国家社会科学基金项目结项成果

（项目批准号：10BZW003）

Study on the Literature Fiction
in the Horizons of Modernity and Postmodernity

现代、后现代视域中的文学虚构研究

马大康 著

中国社会科学出版社

图书在版编目（CIP）数据

现代、后现代视域中的文学虚构研究／马大康著．—北京：中国社会科学出版社，2014.12
ISBN 978 - 7 - 5161 - 5313 - 0

Ⅰ.①现… Ⅱ.①马… Ⅲ.①文学理论—理论研究 Ⅳ.①I0

中国版本图书馆 CIP 数据核字（2014）第 309297 号

出 版 人	赵剑英
责任编辑	史慕鸿
责任校对	李小冰
责任印制	戴　宽

出　　版	中国社会科学出版社
社　　址	北京鼓楼西大街甲 158 号（邮编 100720）
网　　址	http://www.csspw.cn
	中文域名：中国社科网　010 - 64070619
发 行 部	010 - 84083685
门 市 部	010 - 84029450
经　　销	新华书店及其他书店
印　　刷	北京君升印刷有限公司
装　　订	廊坊市广阳区广增装订厂
版　　次	2014 年 12 月第 1 版
印　　次	2014 年 12 月第 1 次印刷
开　　本	710×1000　1/16
印　　张	24
插　　页	2
字　　数	369 千字
定　　价	76.00 元

凡购买中国社会科学出版社图书，如有质量问题请与本社联系调换
电话：010 - 84083683
版权所有　侵权必究

目　录

导论 …………………………………………………………………（1）

第一章　文学虚构理论的现代开端 ……………………………（9）
　　第一节　柏拉图：一个遥远的启示 ……………………………（9）
　　第二节　康德：审美自律性，文学虚构理论的基石 …………（13）
　　第三节　席勒："零状态"与"感性先在" ……………………（19）
　　第四节　新的开端：文学艺术的"反现实主义本性" ………（25）

第二章　语言论转向与文学虚构理论 …………………………（34）
　　第一节　瑞恰慈：玄秘世界观与"伪陈述" …………………（34）
　　第二节　兰色姆："本体论鸿沟" ………………………………（38）
　　第三节　雅各布森：语言的"诗学"功能 ……………………（41）
　　第四节　热奈特："转叙"与虚构 ………………………………（46）
　　第五节　语言论转向：新的理论视野 …………………………（53）

第三章　在虚构世界中生存 ……………………………………（55）
　　第一节　海德格尔：颠倒的世界 ………………………………（55）
　　第二节　萨特：跨越自律性与功利性之鸿沟 …………………（66）
　　第三节　马尔库塞：审美乌托邦 ………………………………（83）

第四章　文学虚构与意识形态批判 ……………………………（99）
　　第一节　阿尔都塞：意识形态，"沉浸"与"距离" ………（99）

第二节　马歇雷：虚构与文学生产 …………………………（113）
　　第三节　伊格尔顿：文学的意识形态生产 …………………（126）

第五章　虚构理论：从现代到后现代 ………………………………（142）
　　第一节　弗莱：文学是有意识的"神话" ……………………（142）
　　第二节　海登·怀特：历史的"诗学"性质 …………………（151）
　　第三节　塞尔托：文学对历史的"理论表述" ………………（164）
　　第四节　古德曼："多元世界"与文学艺术世界 ……………（175）
　　第五节　伊瑟尔："三元合一"与文学人类学 ………………（192）

第六章　审美形式·虚拟意向·人的生存 …………………………（207）
　　第一节　文学"越界"与形式"专制" ………………………（207）
　　第二节　虚构世界与人的生存 ………………………………（217）
　　第三节　虚构理论：面对新的挑战 …………………………（226）

第七章　话语行为·文学虚构·文学活动 …………………………（239）
　　第一节　奥斯汀：言语行为理论 ……………………………（239）
　　第二节　话语建构性与文学虚构性 …………………………（245）
　　第三节　文学真实性·文学叙事·历史叙事 ………………（263）
　　第四节　权力关系：控制与抵抗 ……………………………（281）
　　第五节　话语行为多维性与文学功能多样性 ………………（293）
　　第六节　文学阐释的边缘性 …………………………………（302）
　　第七节　回归文学活动 ………………………………………（315）

第八章　神圣世界·虚构世界·阈限空间 …………………………（326）
　　第一节　原始仪式与文学艺术活动 …………………………（326）
　　第二节　原始仪式，孕育文学艺术的母胎 …………………（331）
　　第三节　艰难的分娩与神恩的失落 …………………………（339）
　　第四节　神圣世界·虚构世界·阈限空间 …………………（345）

结语 …………………………………………………………（356）

主要参考文献 ……………………………………………（360）

附录　课题阶段性成果（论文）目录 …………………（376）

后记 ………………………………………………………（378）

导　论

　　文学虚构是文学的基本问题，也是最有争议的问题。在论及什么是文学时，韦勒克、沃伦指出，尽管对此很难有明晰的答案，但是，如果把"文学"一词限指想象性的文学，是最为妥当的。在文学艺术的中心地带，如抒情诗、史诗和戏剧等传统的文学类型，它们所处理的都是一个虚构的世界、想象的世界。因此他认为，"'虚构性'（fictionality）、'创造性'（invention）、'想象性'（imagination）是文学的突出特征"。① 威德森在考察现代西方文学观念演变历史时也说："我接受并保留上两个世纪定义的'美学性'（aestheticisation），将文学看成技巧人工的（artificial）领域内的运作，例如在最广阔意义上的'虚构'（fictive）。"② 虚构和想象总是形影不离地纠缠着文学，然而，恰恰也正是在这个问题上引起西方学者无休止的争议。伊格尔顿就明确指出："在'事实'和'虚构'之间区分是行不通的。"英国16世纪末和17世纪初，"Novel"（小说）这个词似乎既用于真实的事件，也用于虚构的事件。"如果'文学'包括许多'真实的'写作，它同样也排除大量的虚构。"③ 在《诗学——文学形式通论》中，达维德·方丹则认为，"虚构的边界随着历史的发展是动态的、不断变化着的"。他进而指出，虽然所有想给文学下单一定义的企图都以虚构标准为基础，并试图适当进行扩展，用

---

　　① ［美］勒内·韦勒克、奥斯汀·沃伦：《文学理论》，刘象愚、邢培明等译，南京：江苏教育出版社2005年版，第16页。
　　② ［英］彼得·威德森：《现代西方文学观念简史》，钱竞、张欣译，北京：北京大学出版社2006年版，第15页。
　　③ ［英］特里·伊格尔顿：《当代西方文学理论》，王逢振译，北京：中国社会科学出版社1988年版，第15页。

其对立面或其他相应的标准加以补充。"事实上，上述这些通过虚构进行定义的企图都注定要失败，或者只能取得一种相对的成功。"文学性是超出虚构的。① 虚构的边界确实在不断变化，伊瑟尔在他的《虚构与想象》中就梳理了"虚构"和"想象"语义变化的历史，并最终放弃了给它们下定义的做法。

我们认为，文学虚构性是文学研究不能回避的基本问题，文学的其他特征，诸如审美性、文学性、真实性、意识形态性、社会功利性，等等，都只有在对文学虚构问题做出正确的回答之后，才能得到深入阐释。正是基于这种认识，我们才把文学虚构作为集中研究的对象。但是，这一选择也让我们陷身理论纷争的泥淖中了。

在西方学术界，涉及虚构问题的论著汗牛充栋，不仅仅限于美学、文艺学，而且也是史学、哲学、语言学、人类学等学科普遍关注的问题。本研究并非要对虚构理论作历史梳理，其目的并非要建立"虚构理论史"或者"文学虚构理论演变史"，而是研究文学虚构问题本身，这就决定了我们对具体的研究时段和有关学术观点的选择。我们把研究重点放在现代、后现代，就因为现代以来文学虚构理论得到最为充分的阐述，它为我们建立自己的文学虚构观提供了最丰富的启示；而后现代时期对文学及虚构边界的解构，又对文学虚构理论构成严峻挑战，这不仅是我们必须予以回应的，并且也只有直面对立观点的质询，才可能抓住问题核心，深入把握其实质。从另一角度说，也只有揭示了文学虚构的内在机制，才可以更好地理解和区分各种虚构的性质。由于不属于历史研究，理论分期问题不是我们必须认真考察辨析的，我们只是采纳了现成的说法，即按照一般习惯，把现代理论的起点确定为20世纪初。本研究之所以把柏拉图、康德、席勒的美学思想也纳入讨论范围，是因为文学虚构理论无法绕开这些西方理论巨擘，无论后来者是赞同或批驳，他们的思想始终是西方美学、文艺学的重要理论资源。柏拉图关于迷狂及预言真理的阐述，而不是他所说的"虚构文学"，与后来的文学虚构理论存在着内在关联；康德美学、席勒美学更是为文学虚构理论奠

---

① [法]达维德·方丹：《诗学——文学形式通论》，陈静译，天津：天津人民出版社2003年版，第63、74页。

定了现代基础。

在众多涉及文学虚构的现代理论中，我们只粗略地选取三条线索，即语言论（包括语义学、语言符号学、言语行为理论）视角、存在论视角、认识论（主要为意识形态分析）视角分别予以阐释。所选观点不以学者本人影响大小为依据，而主要着眼于对文学虚构理论本身的启发意义来决定取舍。我们发现，即便许多人们十分熟悉的观点，如柏拉图对文学艺术的矛盾态度、席勒对感性与理性相和谐的内在机制分析、瑞恰慈的"伪陈述"、兰色姆的"本体论鸿沟"、热奈特的"转叙"、海德格尔关于文学虚构的矛盾表述、萨特将文学独立性和社会功利性相结合的独特思路、马尔库塞的"异在世界"、马歇雷和伊格尔顿对虚构与意识形态关系的独特理解、伊瑟尔的"越界行为"和"三元合一"观点等等，都仍然存在误读误释，这些都必须重新加以清理和认识。此外，多数学者关于文学虚构的阐述散见于各种论著中，这也为研究增加了难度。

正如许多学者所指出，后现代与现代之间并无截然区分的界限，为此，我们只选取几种对文学虚构理论构成重要挑战的观点，如海登·怀特、塞尔托、古德曼的观点加以阐述。弗莱的理论最具有现代宏大叙事的特点，而恰恰是他力图包容一切所造成的内在矛盾，为后现代理论提供了一个起点，这是我们把他和怀特、塞尔托放在一起的缘由，并且把这一章笼统命名为"虚构理论：从现代到后现代"。至于那些强调文学并非虚构的观点，由于其根源在于对文学虚构本身的误解，且缺乏理论深度，我们仅在运用言语行为理论正面阐述文学虚构时给予澄清。

古德曼深入阐述了人类运用语言符号构造世界的多种方式，并分析了日常生活世界与文学艺术世界的联系和区别。在把这些观点与波德里亚所说的"超现实"、费瑟斯通的"日常生活审美化"、韦尔施的"认识论的审美化"相互对照、相互阐发的过程中，我们将进一步揭示文学艺术虚构的特性，揭示认识活动与审美活动的复杂关系。

本研究所采用的理论资源几乎都来自西方，原因在于：现代以来，我国文艺学界主要关注的问题是文学真实性、批判性，而不是文学虚构性。在新时期，学术界对文学虚构问题开始有所重视，但由于起步较晚，基本上停留在对西方文学虚构理论的转述、阐释阶段，对文学虚构问题本身尚缺乏创造性洞见；而此际的后现代语境，对文学与非文学、虚构与非虚构边界的拆除，也似乎取消了文学虚构问题本身的重要性。这些都迫使我们不得不以西方理论作为主要资源。

我们关于文学虚构的观点建立在诸多前辈学者的理论基础上，但是，又有别于诸前辈。伊瑟尔的专著《虚构与想象：文学人类学疆界》不仅对"虚构"和"想象"概念的语义演变做了历史梳理，并且从人类学角度提出自己的独到见解。特别是他所提出的文学虚构是一种"越界行为"这一观点具有重要价值。我们吸收了这一观点，但不同意他对"越界"的解释。我们认为，越界并非如伊瑟尔所说，是通过"选择"和"融合"来实现的，实质上，越界首先是人与世界、人与语言之间意向性关系的转换，是从现实关系转向非现实关系，从对象性关系转向非对象性关系。在这方面，我们更接近马丁·布伯和海德格尔关于文学艺术虚构的观点，即虚构是人与世界间的一种独特关系，一种非现实性、非对象性关系。不过，我们不赞同他们将这种关系视为"原初关系"的见解，而是提出"虚拟意向关系"和"主体间性"这一观点；并且认为在文学活动中，现实关系与非现实关系、对象性关系与非对象性关系之间是不断转换的，由此造成现实与虚构的越界。只要我们把文学虚构视为一种意向性转换，是建立虚拟意向关系，那么，历来关于文学表述对象究竟为"虚构"还是"真实"的争论就自然化解了，因为这已经不再是对象的真假问题，而只是关系变化问题。即便在后现代语境中，文学虚构仍然具有意义。我们所看到的是各种意向性关系的转换变得愈加便捷、轻易了，现实与虚构之间的越界愈加频繁、流畅了，并非界限被彻底抹平。

要真正把文学虚构问题阐释清楚，就离不开言语行为理论。当我们把文学研究的逻辑起点确定为"文学活动"，而非作家或文本或作品所反映的社会现实，我们自然就不能简单地运用心理学、历史学、社会学、语言符号学、语义学等等，一种很有针对性的阐释工具是言语行为理论。从某个角度说，言语行为理论能够最恰切地揭示文学活动的内在过程和状态，因而也能够最深入地阐明文学虚构问题。奥斯汀的言语行为理论把文学话语排除在研究范围之外，约翰·塞尔、德曼、米勒诸学者则将其加以推广，运用到文学话语领域；但是，我们仍然必须对它进行一番改造重塑。奥斯汀理论最具启发性的观点是：言就是行，而且不是单一行为，而是行为系统，包括言内行为、言外行为、取效行为等三个层次的一系列行为。同时，还重新引入参与者、语境和社会文化规约诸因素，把言语行为与人及社会文化相关联。因此，它为文学研究摆脱语言论转向所造成的局限提供了可能。

从语义分析角度来界定文学虚构，我们确实无法确定虚构与真实的边界，无法说清虚构本身；但是，从言语行为角度分析，则可以发现存在着两种既相关联又全然不同的虚构：其一，话语"表述"与事实不符，或话语"指谓"现实世界不存在的对象（古德曼）；其二，话语"建构"一个语言符号的虚构世界（热奈特）。这是两种迥然不同的话语行为，前者属言内行为，具有真假值；后者属言外行为，不存在真假值。文学虚构只能指后者。当文学话语施行建构虚构世界的行为时，它就以"言外之力"召唤人展开想象，共同创建一个文学话语的虚构世界，并调节人进入这一世界的方式。此际，话语与现实相关联的"纵向原则"（约翰·塞尔）被暂时悬置了，人与话语、世界的关系改变了，它从现实关系转换为非现实关系，从对象性关系转换为非对象性关系。文学的创造性、独立性、审美性、文学性、诗性就建立在此基础上。因此，唯有作为建构行为的虚构，才构成文学的核心特性，并赋予文学以其他诸多现代特征。

可是，两种不同的虚构之间又相互关联、相互转化，正是这种复杂关系很容易让人忽略两者间的根本差异。几乎可以说，西方学者关于文学虚构的所有争论都源自混淆了两种不同含义、不同性质的虚构。包括提出文学虚构是"构建一个虚构世界"这一观点的热奈特本人也徘徊于两种阐释之间。

当我们把文学活动（创作和阅读）视为话语行为系统的多向展开，那么，历来关于文学审美性与社会功利性、独立性与意识形态性、主体性与无物无我状态等矛盾对立的阐释就找到了根源。其实，文学话语行为的多层次性、多变性和多向性决定着文学的多面性，文学就处在既相对立又相融合的话语行为所构成的张力场中。文学就像魔方，其话语行为系统结构是复杂多变的，它处在建构行为与表述行为、指涉行为（内指涉、外指涉、自我指涉、文本间指涉，以及指谓或例证关系等）

相互纠缠、相互消长、相互越界、互为背景的复杂关系之中。不同学者由于不同的理论视野和特定时代氛围所构成的语境压力，往往只关注某一侧面的特征，由此得出相互冲突的理论观点。同样，社会文化语境也调节着文学话语行为系统及功能结构。在文学活动的整个过程中，社会文化语境发挥了双重作用：它既聚焦读者、研究者的视线，又调整文学话语行为功能结构，从而使某一方面的特征得以凸显。同时，文学话语行为系统的复杂性、矛盾性、协同性，也揭示出以往种种理论阐释所存在的片面性。文学话语行为的这种复杂多变的结构特征，赋予文学作品以未完成性和开放性，使它的意义处在永无止境的流动生成之中。

话语行为是多层面、多方位的，作家常常运用各种策略来强化文学话语的建构功能，强化话语意义的不确定性和开放性，以增强作品感染力；历史学家则不同，他们总是以确定的时间、地点、人物，以及考古资料和相对可靠的历史材料，来加强话语的指谓功能，其话语模型具有"语词向世界适应"（word-to-world）的指向（约翰·塞尔）。从中，我们可以看到，尽管历史叙事同样不可避免虚构性，但毕竟不同于文学，两种文体的话语行为系统及功能结构是不同的，话语行为模型是存在差异的。这也就决定着历史是不能任意杜撰的。海登·怀特和塞尔托只看到话语的共性，却忽略了不同文体对话语行为的制约，忽略了两者间话语行为系统功能结构和话语行为模型的差异。

文学话语是以建构性（虚构性）为主导功能的话语，这一特性同时决定了文学其他各种特征以及功能状态和实现方式，诸如文学真实性、文学批判性、意识形态性，以及文学阐释和意义问题，等等，我们都在新的理论框架中做出新的思考，提出新的观点。我们认为，文学虚构性与真实性并非相互对立，实际上，两者间的相互协作赋予文学以独特的存在方式。文学正是以这种独特方式参与人类社会实践，并形成巨大的批判力量。

文学话语行为多向性和多变性的特点决定着文学活动的边缘性，人就置身各种行为的边界，随话语行为的转换而不断越界：文学活动创建了一个虚构的话语世界，又在现实与虚构之间相互越界；文学活动既以审美为其特征，又在审美、认识、伦理活动间不断越界。这种越界从话语行为自身来看，主要是建构行为与表述、指涉行为间主次关系的转换。而文学话语的建构行为展现给研究者的是存在论视野；表述、指涉行为则与认识论视野密切相关。也就是说，在整个文学话语展开过程和转换过程中，人既存在着、体验着，又认识着、评判着，人总是不断地穿越自我的边界。而话语作为一种行为，则意味着话语与人类实践密切相关，这不仅指话语行为可以组织、推动着人的实践，而且本身就包含着一种特殊的实践方式。① 文学活动内在过程的复杂性告诫我们，运用某种单一视野，不论存在论视野或者认识论、实践论视野，均不能涵盖文学活动的整体状态，不能正确描绘文学活动真实面貌，理论研究必须超越这种分割状态。

正如在现实生活中，人既存在、体验着又实践、认识、评判着，而存在是人的基本生存方式；在文学活动中，人同样既存在、体验又实践、认识、评判，不能将各种生存方式截然割裂。因此，从总体上我们采取了人类学的理论立场。也就是说，我们是把文学活动作为人的极其复杂的特殊活动来展开研究的，我们始终围绕着人，在人的各种话语行为之间不断越界，这就可以打破存在论、认识论、实践论间的理论壁垒，以人和人的话语活动为出发点，融汇种种与论题相适应的理论方法，多侧面地考察文学活动以及文学虚构问题。

在谈到文学虚构时，弗兰克·克默德说："如果没有一种至高无上的虚构，或者如果连它的存在的可能性也都没有的话，那么命运就会变得非常严酷。"② 文学虚构给予人以心灵慰藉，这只是针对人类的消极面来说的。伊瑟尔则有着更为积极的心态，在谈到文学阅读作为一种人类自我表演需要的双重作用时，他说："一方面，表演让我们走出藩篱，寻找被禁锢的那部分自我，过上出神入化般的生活（至少在我们的幻想里是这样）。另一方面，表演将我们表现为'单词句'的片断，所以我们通过另一种自我的可能与自我对话，这是一种起着稳定作用的

---

① 我们没有把文学活动直接视为一种实践活动，是因为"实践"在马克思那里已有明确的意涵，它特指人类有目的的活动，因而，实践虽然是人类最为重要的活动，但并不能囊括兼具目的性和无目的性的文学活动整体。实践活动和文学活动之间有着相互重叠的部分。

② ［英］弗兰克·克默德：《结尾的意义：虚构理论研究》，刘建华译，沈阳：辽宁教育出版社2000年版，第60页。

形式。这两方面的作用同样适用,同时发生,因为认识能力不能充分把握这种双重作用,所以我们需要文学。"① 正如米夏埃尔·兰德曼所指出,人"离心"地生存着,文学的虚构性赋予人以超越性,让人走出自我,远离自我,然而,又让人真正找到人本身,真正回归自己。

---

① [德]沃尔夫冈·伊瑟尔:《虚构与想像:文学人类学疆界》,陈定家、汪正龙等译,长春:吉林人民出版社2003年版,第385页。

第一章　文学虚构理论的现代开端

第一节　柏拉图：一个遥远的启示

自从文学诞生以来，虚构和想象就相互纠缠，一直如影随形般追蹑着文学发展的足迹。只是在进入现代时期，文学虚构问题才获得真正的重要性，其内涵得到深入、充分的阐发，并且虚构也从原先作为文学创作的手法，变身为文学的基本特性，成为文学得以存在的人类学依据。尽管文学虚构理论发生了种种重要变化，却仍然是整个西方美学和文论传统发展的必然成果，其中，柏拉图的智慧始终不断地给予后人以启迪，康德和席勒的美学思想更是为现代文学虚构理论奠定了坚实的基础。

早在古希腊时期，柏拉图就已经论及文学虚构问题了。在柏拉图看来，文学艺术是对现实的模仿，而现实又是对理式的模仿，这就和真理隔着三层。而且文学艺术更看重模仿情感和欲望等无理性的部分。如果说人的理智尚能认识现实，而情感和欲望等无理性的作用则相反，它只会蒙蔽心灵的眼睛，那么诗人却由于逢迎人性中低劣的无理性部分，只能"制造出一些和真理相隔甚远的影像"。[①] 这些模仿人的无理性的文学，就是柏拉图所说的"虚构的文学"，应该从理想国中驱逐出去，不准闯入国境。但是，另一种文学却获得柏拉图特别青睐，那就是处于灵感状态创作的诗歌。在这种状态中，诗人由神力凭附，心灵受到迷狂的

[①] ［古希腊］柏拉图：《理想国》卷十，《文艺对话集》，朱光潜译，北京：人民文学出版社1968年版，第85页。

支配，成为神的"代言人"：

> （迷狂）是由诗神凭附而来的。它凭附到一个温柔贞洁的心灵，感发它，引它到兴高采烈神飞色舞的境界，流露于各种诗歌，颂赞古代英雄的丰功伟绩，垂为后世的教训。若是没有这种诗神的迷狂，无论谁去敲诗歌的门，他和他的作品都永远站在诗歌的门外，尽管他自己妄想单凭诗的艺术就可以成为一个诗人。他的神智清醒的诗遇到迷狂的诗就黯然无光了。①

在古代社会，祭司、巫师承担着预言家的角色，他们进入迷狂的状态被视为沟通人与神、人间世与上界的桥梁，因此，迷狂被当作能够预知未来的最体面的美事，是接受神灵感召的禀赋和老天赐予的最大幸福，远胜于人的清醒状态。到了柏拉图时代，祭司、巫师的权力已经衰落，迷狂也开始受到质疑，并被区分为两种：一种被认作疾病受到诟骂，另一种是神灵的附凭；而柏拉图则仍然十分重视诗人的迷狂。这种我们今天看作非理性的迷狂，在柏拉图眼中则是最高的理智，通过迷狂状态，反省回忆起灵魂随神周游，上升到存在着永恒"真实体"的天外境界，见到事物的本体，见到正义、美德和真知。迷狂让诗人超越了现象界而进入本体界，从而洞悉真正的美和真理。

迷狂使人失去现实感，失去与现实世界的真实联系，可是，恰恰是这种非现实状态却让人有可能把握真理。柏拉图这种对文学艺术悖论式的见解，特别是关于迷狂的观点长期影响着西方文学艺术思想，成为后来的学者、文人阐释文学艺术虚构及独特作用的重要理论资源。亚里斯多德所说历史学家描述已经发生的事，诗人却描述可能发生的事，诗比历史更具有普遍性的观点，其根源就在柏拉图。康德的审美无利害说、席勒的游戏说、海德格尔关于诗和思的思考、萨特所说的"普遍的人"、马尔库塞所说的审美乌托邦等等，也都试图借道非现实（即文学艺术虚构）而直抵本真状态和真理，其思路与柏拉图思想仍然存在着内在关联。

---

① ［古希腊］柏拉图：《斐德若篇》，《文艺对话集》，第118页。

文艺复兴时期，随着人的觉醒和对人的本性、权利及自身力量的肯定，文学艺术虚构也因此成为人发挥自我创造才能的重要途径。在《为诗辩护》中，锡德尼就大胆宣称，唯有诗人才不屑于服从自然的、社会的、技术的种种规则的束缚，为自己的创新气魄所鼓舞，创造出崭新的、自然中从来没有的形象，从而升入了"另一种自然"。"虚构是可以唱出激情的最高音的。"① 只有那种创造怡悦性情、有教育意义的卓越形象的虚构，才是使人成为诗人的"真正标志"。

人类理性的发展也促成对研究对象的甄别和划界。在这一背景下，培根将人的想象力跟知解力、记忆力区分开来，并认为，想象力不受物质规律限制，可以随意造成事物不合规律的匹配或分离，它通过使事物的外观服从于人的心灵欲望而对自然加以改造；理性却使心灵屈服于事物的本质。培根把诗与想象力联系在一起，指出诗是"虚构的历史"，它赐予心灵以事物本性所不能给予的"虚幻的满足"。对此，比厄斯利评论说："通过将想象区分开，使之自成一种特殊的积极力量，培根开创了一个新的研究领域。"②

一旦人确认了自身力量，并且充满自信地发挥自己的创造力，他也就迅速改变着自然和人类社会，迎来了现代化的曙光。展现在人面前的是刚刚萌生的工业文明，它以前所未有的欲望和蛮力推动经济繁荣的同时，毫不留情地撕毁农耕文明那温情脉脉的面纱，令人陷身布满着陌生、冰冷、机械的规则的陷阱之中。原先那千百年不变的熟悉的自然景观、散漫的生活方式、融洽的人际关系都已一去不复返，一切凝固的都消融了，竞争、变化、动荡和风险成为时代特征。这是一股不可抗逆的时代旋流，它冲刷席卷一切，撕扯肢解一切，改造扭曲一切，包括人的自我本身。人竟以自己的力量造就自身的异化，以自己的双手为自身戴上枷锁，并且沦为失却精神家园的流浪汉。这，就是思想启蒙所面临的悖谬。一方面，人的个性、主体性、理性得到空前的张扬，而作家、艺术家也因作品的印刷出版和自由买卖而获得了独立性；另一方面，欲望

---

① ［英］锡德尼：《为诗辩护》，钱学熙译，锡德尼、杨格：《为诗辩护 试论独创性作品》，北京：人民文学出版社1998年版，第24页。

② ［美］门罗·比厄斯利：《西方美学简史》，高建平译，北京：北京大学出版社2006年版，第146—147页。

和竞争、危机和战乱成为普遍现象，不仅个体自我价值难以实现，而且还危及人的生存。人不断为自身制造一个个牢笼，屈从于物质诱惑而被迫变卖自己的精神自由，以致完整的个体被拆卸为零碎的片断，生气灌注的生命被兑换为明码标价的劳动力商品。

吉登斯对社会现代化过程中的"脱域"机制做过很好的分析，其中最为重要的是作为象征符号的货币的脱域作用。货币具有的"纯粹商品"的特性，是时间—空间延伸的工具，它使原本受到时空分隔的商品相互交换成为可能，有效推动了交换价值的一般化。正是货币以极其便于流通的特性有力改变了农耕社会以物易物的交换方式，将生产者和交换者从狭小、固定的时空关系中解放出来，使大规模的社会分工有了可能，并迅速瓦解了农耕社会的传统组织形式，为现代都市发展提供了基本条件。货币这一脱域机制，"使社会行动得以从地域化情境中'提取出来'，并跨越时间—空间距离去重新组织社会关系"。[1] 那些世世代代建立起来的亲密、稳定的人际关系崩溃了，每个人都成为无根的漂泊者，成为游荡于街市的陌生人。货币将人与人之间的直接的交往，转变为通过货币间接地打交道，在扩大人的活动范围的同时，把人与人的关系抽象为金钱关系，抽象为枯燥的数字关系，温情丧失了，欲望却因此泛滥。"启蒙运动——理性的民主希望——的方法所承诺的得到解放的社会没能卫护主体自身之间在面对不断出现的理性化、物化和支配的威胁时相互认可的可能性。"[2] 新的文明形态就像所罗门瓶子里的魔鬼，一旦被放出来，就再也收不回去了，而是要按照自己的意愿和欲望摧枯拉朽、为所欲为。人似乎已经无法对抗自己的行为所酿成的后果，无法对抗随社会现代化裹挟而来的负面影响，唯一的可能，就是构建一个想象的虚构世界，借此逃避现实，实现精神"还乡"。

正是基于反抗现实异化的需要，文学虚构世界才愈发引起人们的重大关注并被赋予显要地位。不过，以现代思想观念来探究文学虚构问题，其实仍然无法绕开此前的康德美学和席勒美学，就是从他们的美学

---

[1] [英]安东尼·吉登斯：《现代性的后果》，田禾译，南京：译林出版社2000年版，第46页。

[2] [美]安东尼·J. 卡斯卡迪：《启蒙的结果》，严忠志译，北京：商务印书馆2006年版，第6页。

思想中，现代学者找到了抵御现实异化的重要思想武器。尽管康德的《判断力批判》主要探讨判断力，特别是审美判断力，较少谈到文学艺术，甚至几乎没有直接论述文学虚构问题，但是，他们却为文学虚构理论开启现代视野提供了极为重要的理论资源。以此作为理论出发点，文学虚构才从原来作为文学创作的手段和作家实现自我创造才能、确证自我价值的手段，开始转变为文学的本质特征和文学得以存在的人类学依据。

第二节 康德：审美自律性，文学虚构理论的基石

正如邓晓芒所指出，康德是从人类学立场来建立他的哲学体系的。他完成了《纯粹理性批判》和《实践理性批判》，发现人的认识能力和欲求能力之间的分裂和对立，于是，从人的有机整体性出发，去寻找沟通这两者的过渡桥梁，从而阐明了审美判断力的特性。"正是由于这种人类学的视野，才使康德在把他的眼光放到作为人类学一部分的美学中来的时候，具有远远超出就事论事的经验派美学家们和脱离人而构思的唯理派美学家们之上的敏锐性和深刻性。"[①]

康德是运用严密的逻辑分析来实施这项艰巨工程的。要找到沟通认识能力和欲求能力的中间环节，康德只能参照传统的关于知（认识能力）、情（愉快或不愉快的情感）、意（欲求能力）三者相区分的做法，并着眼于其中的"情"。他必须要阐述论证的是：与愉快或不愉快的情感相联系的判断力，它既区别于认识能力（知性）和欲求能力（理性），但是，又与这两者相关联、相贯通。唯有如此，判断力才是人的一种独立的能力，又沟通和连接着原本被割裂的认识能力和欲求能力，从而恢复人的有机整体性。关于审美判断力的批判就是围绕这一理论目标展开的，并分别从认识论四范畴（质、量、目的关系、模态）来分析阐述。也就在逐步揭示审美判断力特征的过程中，康德实际上已经为文学虚构问题给出了重要的理论根据。

[①] 邓晓芒：《冥河的摆渡者——康德的〈判断力批判〉》，武汉：武汉大学出版社2007年版，第3页。

康德认为，认识能力将表象通过知性联系着客体，在这一过程中，人的感觉指向客体，并进而从逻辑上和概念上来把握它，发现其规律性。审美判断（鉴赏判断）则完全不同，它不是将表象与客体相联系，也非逻辑的和概念的，因为一旦如此，它也就成为对客体的认识了。审美判断是通过想象力与主体及其愉快或不愉快的情感相联系的，它"完全没有标明客体中的任何东西"，相反，在这过程中，"主体是像被这表象刺激起来那样感觉着自身"。因此，对于审美判断来说，"这表象是在愉快和不愉快的情感的名义下完全关联于主体，也就是关联于主体的生命感的"。[①] 主体的这种"生命感"正是想象力的自由活动，是想象力和知性的游戏，它是主体对自身生命活力的感觉，而非对客体的感觉，是不能用概念、逻辑来限定和规范的。一旦用概念、逻辑来规范，生命感就僵死了、丧失了。这也就把审美判断力与认识能力划分开来了。

由于审美判断无关乎客体，不能以逻辑和概念来发现其规律性，因此，也就没有客观规律可寻，不可能有什么确定的规则可以依据它来判定对象是否美。审美判断是无规律的。可是，它又要求在愉悦方面的普遍同意，追求判断的普遍可传达性。那么，其依据只能从主体自身去找，它在于主体诸认识能力自由游戏所形成的独特心境：一方面，想象力将直观的杂多复合起来；另一方面，知性将结合诸表象的概念统一起来。这样一种诸认识能力的自由游戏，既没有受到任何确定的概念把它们限制于特殊的认识规则上，却又自然地合乎规律，并因此具有普遍可传达性，为审美判断奠定了基础。对美的判断既是无规律的，又合乎规律，是无规律的合规律性。所以，康德说："正是被给予的表象中内心状态的普遍能传达性，它作为鉴赏判断的主观条件必须为这个判断奠定基础，并把对对象的愉快当作其后果。""内心状态在这一表象中必定是诸表象力在一个给予的表象上朝向一般认识而自由游戏的情感状态。"[②]

感官的鉴赏则基于主体与对象直接的利害关系，而一切利害关系都

---

① [德]康德：《判断力批判》，邓晓芒译，北京：人民出版社2008年版，第38页。
② 同上书，第52页。

会败坏审美判断，以致取消它的无偏袒性，也势必取消判断的普遍有效性。特别是当它混杂着刺激和激动，并以此作为自己评判赏识的尺度时，它就永远还是"野蛮的"。因此，康德断然把感官鉴赏清理出审美判断的门户，只保留了纯粹的审美判断，即反思的鉴赏。

康德指出，对于审美判断而言，没有任何主观目的或客观目的的表象可以作为判断愉悦对象的根据。假如主观目的被看作愉悦的根据，就不可避免会带有某种利害关系，也就只能跟欲求能力相关。至于客观目的性同样跟审美判断无缘，因为当这种客观目的是外在的时，它就是"有用性"，也即和对象处在利害关系之中；而当它是内在的目的，那么，这就是对象的"完善性"。在后一种情况中，某物应当是"怎样一个物的概念"就成为该物的原因，它为该物提供连接杂多的规则，使该物达成协调一致的完善性。因此，即便是内在目的，由于它以概念为根据，也必然跟审美判断相睽违，而只跟欲求能力相关联。

在审美判断中，被给予的表象不是与对象的实在相联系，因此审美判断也就无关乎质料，而只取决于表象的单纯形式。质料所关涉的是感官判断，只有被给予的表象的形式才赋予主体想象力自由活动，让想象力和知性处于游戏的和谐关系之中。对这种内心状态的感觉正是生命感，它是生命活力的体现，符合主体生命自身的目的，并伴随着愉悦的情感。由于被给予的表象的单纯形式，关联着主体诸认识能力的自由游戏，并达成杂多与一的协调一致，而这个"一"又非概念性的，应当是什么尚未确定，这就表明它不可能是客观的目的概念，而只能是主体中表象状态的某种主观合目的性。因此，在审美判断中被给予的表象，一方面是无目的的（既无主观目的又无客观目的），另一方面，表象的单纯形式又合乎目的，具有无目的的合目的性。从这个角度说，美是一个对象的合目的性形式：

> 在一个对象借以被给予的表象那里，对主体诸认识能力的游戏中的形式的合目的性的意识就是愉快本身，因为这种意识在一个审美判断中包含有主体在激活其认识能力方面的能动性的规定根据，所以包含有一般认识能力方面的、但却不被局限于一个确定的知识上的某种内在原因性（这种原因性是合目的的），因而包含有一个

表象的主观合目的性的单纯形式。①

美的判断正根源于对表象形式的主观合目的性的意识，它激活主体诸认识能力的积极性和能动性，却又没有局限于确定的知识上，本身就是愉悦的情感。

康德对崇高的分析建立在对美的分析的基础上，并着眼于差异性来展开的。康德将崇高划分为数学的崇高（数量无限巨大）和力学的崇高（力量无比巨大），并指出，无论哪种崇高都是人类感性所无法把握的，真正的崇高不能包含在任何感性形式中，它是"无形式"的。面对无形式的崇高，主体的知性也就无能为力了，只能求助于理性理念，因此，对崇高的判断就不是想象力与知性自由游戏，而是想象力与知性的协作受到挫折，转而向理性理念寻找依托。"就想象力必然扩展到与我们理性能力中无限制的东西，也就是与绝对整体的理念相适合而言，这种不愉快，因而这种想象力在能力上的不合目的性对于理性理念和唤起这些理念来说却被表现为合乎目的的。"② 这就是说，在对美的判断中，主体诸认识能力的激发和协调具有一种促进生命的情感，而对崇高的判断却因诸认识能力的协作受挫，生命力因此受到瞬间阻碍；只有主体转向超感性的理性理念，并与理性理念协和一致，揭示出主体这种无限制的能力，从而在另一个新层次上造成生命力更为强烈的涌流。所以，崇高不能在自然客体中去寻找，它只存在于判断者的内心。如果说对美的判断虽然源自主观，却仍需想象客观对象本身具有激发主体诸认识能力的合目的性形式，那么崇高则纯粹属于主观，它无法、也无须借助对客观对象的想象。

就在康德对美和崇高的分析阐述中，我们看到，审美判断力既区别于认识能力、欲求能力，又因为是合规律、合目的的，并且分别与知性、理性协调一致，因此成为沟通连接认识能力与欲求能力、自然与自由的桥梁。与此同时，审美判断的独特性质也得到了充分揭示。

在《判断力批判》中，康德明确提出了审美判断无关乎对象的实

---

① ［德］康德：《判断力批判》，第57—58页。
② 同上书，第99页。

在，只关乎主体内心这个观点，当他进而把艺术划分为"机械的艺术"和"美的艺术"（后者即今天我们所说的"文学艺术"），并将机械的艺术驱逐出艺术的领地，实际上就已经为"文学虚构"这一命题给出了基本前提。所以，在谈到诗艺时，康德说：

> 诗人敢于把不可见的存在物的理性理念，如天福之国，地狱之国，永生，创世等等感性化；或者也把虽然在经验中找得到实例的东西如死亡、忌妒和一切罪恶，以及爱、荣誉等等，超出经验的限制之外，借助于在达到最大程度方面努力仿效着理性的预演的某种想象力，而在某种完整性中使之成为可感的，这些在自然界中是找不到任何实例的；而这真正说来就是审美理念的能力能够以其全部程度表现于其中的那种诗艺。①

不过，这还仅仅涉及对文学虚构的一般性理解，更为重要的在于：康德所揭示的审美判断无规律的合规律性、无目的的合目的性，也即审美自律性这一根本特性。正是这些观点成为后来的学者阐释文学虚构问题的重要资源。克罗齐就进一步发挥了康德的上述观点。他把"真正审美的活动"与"实践活动"加以严格区分，认为只有这样，才能解决"艺术与效用"、"艺术与道德"之关系那些繁难问题。"艺术就其为艺术而言，是离效用、道德以及一切实践的价值而独立的。如果没有这独立性，艺术的内在价值就无从说起，美学的科学也就无从思议，因为这科学要有审美事实的独立性为它的必要条件。"② 我们认为，恰恰是康德阐述的审美自律性为确立文学虚构理论的现代观念提供了最为重要的理论资源，赋予它以丰富的启示，并因此成为虚构论诗学获得现代理论品格和重要性的依据。正因如此，热奈特说："不管是以诗句或散文形式、叙事或戏剧方式出现，虚构典型而又明显的特征，在于向公众提供非功利性的乐趣，自康德以来，我们对此认识得更加清楚，即非功利性

---

① ［德］康德：《判断力批判》，第 158—159 页。
② ［意］克罗齐：《美学原理》，朱光潜译，《美学原理 美学纲要》，北京：外国文学出版社 1983 年版，第 126 页。

乐趣包含着审美标志。进入虚构领域,等于走出语言的日常的功能场,后者以关心主导交际规则和言语伦理学的真实和诚信为特点……虚构文联结它与其接受者的互无责任的奇怪合同是著名的美学无功利性的完整标志。如果存在着使语言可靠无误地成为艺术作品的唯一手段,该手段大概就是虚构。"① 而康德所提出的美是一个对象的合目的性形式的观点,则从另一个方向为形式论诗学提供了重要的理论依据。但是,也正是在这两个方面,康德受到了后来者最严厉的质疑。

康德为求得纯粹的审美判断,驱逐了感官的鉴赏等不纯净的东西,这固然是实现自己的理论目标所需要的,但是,也因此将审美判断局限在狭小的空间内。一旦"去差异化"的后现代社会来临,那些追求快适、兴趣等感官鉴赏的大众文化,或者如杜尚的现成品"泉"、沃霍尔的"布里洛盒子",堂而皇之进入艺术殿堂,康德的"纯美学"也就显得捉襟见肘了。

布尔迪厄曾对康德的"纯美学"和"自律"的文学艺术做出深刻批判。他认为,这种关于文学艺术的经验之所以有意义和价值,是同一历史机制两个互为根基的方面共同达成的结果:一方面是文化习性,通过学校教育、环境熏陶养成了部分享有文化特权者的文化惯习;另一方面,为了维护自己的文化特权,就需要构建相应的文学艺术场域,促使场域在自主化过程中逐渐制度化,于是,作为这一场域特征的种种技术、门类和概念(类型、潮流、风格等)也就在自主化过程中被创造出来了。"这是一个确立生产的相对自主场域的过程,正是由于这个过程,纯粹美学或纯粹思想的领域才有可能存在。"但是,"这种经验是特权的产物,或者说,是习得的特殊条件的产物"。② 这一特殊的经验是不可能完全适用于无限多样的文学艺术实践的。用伊格尔顿的话来说,这种纯美学只是特定意识形态的产物。布尔迪厄的分析切中了康德美学中的理论局限,并揭示出蕴含其中的社会文化根源。但是,我们却不能因此全盘否定康德美学,不能把它仅仅视作特定时期、特定阶层的

---

① [法]热拉尔·热奈特:《虚构与行文》,《热奈特论文集》,史忠义译,天津:百花文艺出版社 2001 年版,第 91—92 页。
② [法]皮埃尔·布尔迪厄:《纯美学的起源》,福柯、哈贝马斯、布尔迪厄等:《激进的美学锋芒》,周宪译,北京:中国人民大学出版社 2003 年版,第 60、48 页。

理论偏见而予以简单抛弃。即便在后现代时期，我们仍然不能无视康德美学为我们提供的无限丰厚的理论资源。

第三节 席勒："零状态"与"感性先在"

不同于鲍姆加登把审美视为低层次的认识，康德明确把审美与认识区分开来，并将其定位于情感体验，实现了"哥白尼式革命"。但是，由于他所因袭的文化习惯和对现代理性的钟情，又倾心于审美判断力的纯化，强调精致的反思鉴赏而蔑视粗俗的感官鉴赏，将审美判断强行纳入理性制定的普洛克路斯忒斯之床。席勒继承了康德美学思想，相反，却重新召回康德所鄙弃的人的自然本性，致力于弥合被硬性分割开来的理性与感性间的鸿沟，意欲将现代化、工业化进程中被碾为"断片"的人重新复原为统一的人本身。为此，他不能不特别看重文学艺术虚构。如果说，康德是从人类学出发来寻求连接自然与自由、认识能力与欲求能力的桥梁，并意外地为文学艺术虚构提供了理论基础；那么，席勒则把建立道德国家作为自己的政治目标来探寻理想国家的人性基础，从而认识到文学艺术的虚构世界对于复归完整人性的重要性。如果说，康德所看重的感性仅局限于精神性的想象力和情感；席勒所谓感性则扩展到人的整体的感性生命，接纳了人的自然本能，并将人的本性作为理论出发点。如果说，康德为寻找连接认识能力与欲求能力的中介环节，却拿起了知性分析的解剖刀，冷静肢解作为整体的人；席勒则力图避开纯知性的方法，防止把转瞬即逝的现象捆绑在理性规则的刑具上，将美的形象分割为抽象概念，他常常满怀浪漫激情地发布重造健全人性的宣言。

席勒是针对西方社会所造成的人性异化来思考美和艺术的。席勒敏锐地看到，在他所处的时代，欲望占据了统治地位，利益成了时代偶像，一切力量都要服侍它，一切天才都要拜倒在它的脚下。社会分工、阶级分化和学科划分导致"国家与教会、法律与习俗都分裂开来，享受与劳动脱节、手段与目的脱节、努力和报酬脱节"。人的活动被局限在某个固定领域，人被强制性地捆绑在社会整体中的一个孤零零的"断片"上，以至于单个的完整主体已不复存在，人无法发展他生存的和谐，而是把自己仅仅变成他的阶级、职业和学科知识的一种"标志"。① 自然与理性、感性冲动与形式冲动也因此分裂为相互对立的力量。

在现实世界中，自然与理性、感性冲动与形式冲动是难以调和的。自然追求多样性，理性则要求统一性，这是两种迥然而异的立法。与此相应，人身上产生了两种相反的要求，即感性冲动与形式冲动。前者从自然出发要求绝对的实在性，追求将一切只是形式的东西转化为世界，将我们自身必然的东西转化为现实，使人的丰富多样的素质表现出来；后者依据理性法则要求绝对的形式性，欲将世界的存在消融于人自身的观念之内，赋予外在事物以形式，使自身之外的现实服从于规律，并致力于使人获得自由，使人的表现的多样性处于和谐统一状态。人就受到两种相反力量的推动。而当社会现实将人异化为"断片"，强行割裂这两种力量，感性冲动与形式冲动之间的对立就愈益激化，不可调和，不可弥合了。

为了改变这种状况，席勒提出了第三种冲动，即游戏冲动，以此来协调相互对立的两种力量。席勒认为，感性冲动要投身世界感受对象，它被自然所规定；形式冲动要将世界吸纳于自身，赋予事物以形式，它由本身规定来产生自己的对象；游戏冲动则"致力于像它自己所产生的那样来感受，并像人的感官所感受的那样来产生"，② 因此，它也就排除了一切偶然性和强制性，使两种冲动结合在一起。游戏冲动既不违背理性规则来产生形式，又不脱离感性丰富性而创造的对象，席勒称其为"活的形象"，也即"美"。这也就是说，事物的形式活在我们的感觉里，而它的生命在我们的知性中取得了形式。所以，美既不仅仅是生命，也不仅仅是形象，而是活的形象，它向人暗示着绝对形式性和绝对实在性的双重法则。在这种独特的游戏中，实在与形式相统一，偶然性与必然性相统一，感性受动与精神自由相统一，由此完成了健全的人性。

---

① [德]席勒：《美育书简》，徐恒醇译，北京：中国文联出版公司1984年版，第50—51页。

② 同上书，第85页。

席勒所谓"游戏"并非现实生活中流行的那种游戏，它需要游戏主体具有一种独特的心境：一方面，主体的感觉不受自然规定性的限制；另一方面，又不受自身理性规律性的限制。这也就是说，主体必须回到感性无规定性与理性无限规定可能性的状态来参与游戏，准备接纳审美对象。席勒将此心理状态称为"零状态"或"最高的实在状态"。它正如老庄之所谓"涤除玄鉴"和"堕肢体，黜聪明，离形去知"的"虚静"、"坐忘"，也如现象学所谓的"审美还原"。只有在这种状态下，心灵才因无规定性而获得了无限可能性，才成为真正自由的心灵，游戏才真正成为自由的活动，成为美的活动。

但是，在现实世界，我们总是处身错综复杂的现实关系之中，无法摆脱各种力量、欲望和功利目的的掌控，无法获得这种零心境。因此，席勒所说的游戏或审美恰恰需要一种区别于现实关系的独特关系，即非现实的审美关系。由此，我们就可以明确理解席勒关于文学艺术虚构的观点。在《美育书简》第二封信中，席勒说："艺术必须摆脱现实，并以加倍的勇气越出需要，因为艺术是自由的女儿，它只能从精神必然性而不能从物质的欲求领受指示。"① 席勒所说"艺术必须摆脱现实"并非意谓艺术要抛弃现实，与现实无关，而是强调艺术所具有的超越性，强调艺术与现实间独特的非现实关系。这种非现实关系既没有摒弃世界，而又超越了现实利害关系，于是，主体心境处于零状态，它充溢着生机活力，向无限可能性开放，对象则显现为活的形象。艺术正是人与世界间这种独特的非现实关系的创造物，是人与世界的审美中介，它既向人要求零状态的主体心境，又从世界出发创造活的形象。在这里，我们看到席勒与康德的巨大差别，康德将审美的根源完全归于主体，席勒却强调主客体间的非现实关系。这种从主客体关系来探讨审美，恰恰成为日后现象学美学和存在论美学的理论出发点。

"美或者说鉴赏力把一切事物看作自身的目的，绝对不允许把这一个事物作为另一个事物的手段，或对另一事物加以束缚。在审美的世界中，每一个自然物都是自由的公民，它们都与最高贵者具有同等的权

---

① ［德］席勒：《美育书简》，第37页。

利，甚至为了整体的缘故也不能受到强制，而要得到绝对同意。"① 唯有人与事物解除现实关系，重新缔结和约，事物才作为自身目的存在，人和自然物都不再受到现实的利害关系的束缚，双方都成为自由的公民，都获得了独立的最高权利。在席勒的理论视野中，文学艺术虚构并非远离现实世界，而是与现实世界处于一种独特关系，即非现实关系之中。由此，人和世界都卸下了一切现实的枷锁而获得独立，并展开了自由的交往、交流。正因如此，席勒将美视为自然本身的流露，将艺术视为自由地表现自然的产物，并认为审美国度的基本法则在于：通过自由去给予自由。

针对席勒提出感性和理性相和谐的审美教育，伊格尔顿和韦尔施做出了严厉批判。伊格尔顿指出：

> 作为感觉和欲望的进步性改良，审美完成了一种解构：审美不是通过外在的强制禁令而是从内部瓦解了感觉冲动的统制……如果理性已经充分地从内部削弱和升华了感性的自然，理性就易于控制感性的自然：这恰恰是精神和感觉之间的审美的相互作用所要达到的目的。在此意义上，审美扮演了必要的基本角色，为了理性对感性生活的最终的抑制，审美既促进又排斥感性生活的粗俗素材……席勒所称的"审美的心理调节"实际上指出了基本的意识形态重建方案。审美是沉迷于纯粹的欲望的野蛮粗俗的市民社会和秩序良好的政治国家的理想之间难以发觉的媒介。②

韦尔施则直接称席勒为"反感性的独断主义"，他认为席勒"没有发展认识和解放感觉的策略，而是发展了控制感觉、消灭感觉和严格管理感觉的策略"。并认为"这是传统美学最内在的悖论"。③ 其实，伊格尔顿、韦尔施对席勒的批评是建立在一种草率、片面的误读上的。

---

① ［德］席勒：《论美书简——致克尔纳论美的信》，《美育书简》，第170页。
② ［英］特里·伊格尔顿：《美学意识形态》，王杰、傅德根、麦永雄译，桂林：广西师范大学出版社1997年版，第95—96页。
③ ［德］沃尔夫冈·韦尔施：《重构美学》，陆扬、张岩冰译，上海：上海译文出版社2002年版，第90页。

席勒所说的感性与理性相和谐、自然与自由相统一，并非一种简单的折中调和，更非以理性来控制感性、削弱感性，他是在考察感性与理性、自然与自由相互关系的历史发展中做出思考和规定的。席勒认为，从人性的历史生成来看，感性冲动的作用先于形式冲动，正是在这种感性冲动在先的过程中，人类开辟了自由的全部历史。这一发展秩序也就决定着感性是理性的基础，自然是自由的基础。所以，席勒说："我认为自然一词比自由一词好，因为它同时表示出感性的领域，美只限于感性领域。除了自由的概念之外，自由的领域也表现在感性世界中。"①既然理性以感性为基础、自由以自然为基础，那么理性就不应该奴役人的感性生命，而应该服务于人的感性生命；自由也不应该违逆自然，而应该协调人与自然的关系。然而，恰恰是人类理性的发展历史为人的感性生命设定了桎梏。当理性被尊奉为权威，成为主宰一切（包括人在内的整个自然界）的中心，成为裁决一切（包括人的感性生命）的审判官的时候，两者间的关系就被倒置了，它们的冲突也日渐形成。理性自行其是地发展了自己的片面性并坚执于独断的成见，它不仅背离了感性生命，而且成为戕害感性生命的力量。人的自由意志也成为高踞于自然之上对自然发号施令的强权。于是，感性与理性、自然与自由也就分裂为不可调和的对立面了。正是文学艺术的虚构世界有可能让人的心灵返归"零状态"，回归人性生成的初始出发点来重建感性与理性的新关系，并重申感性冲动的先在性，重申感性对理性的基础性，要求理性放弃权威，服务于感性生命。文学艺术世界因其虚构性，它就不再是现实法则统治的世界，因而也不再是片面发展了的理性施展自身权威的所在，相反地，在这感性的世界，理性必须谦卑恭顺地侍奉感性生命，为此必得放弃自己的片面性。这种从感性生命出发并服务于感性生命的理性已经完全排除了强制性，它是能够和感性生命充分协调一致的，同时，也是真正能够指导人性发展的健全理性。所以，席勒始终警惕理性的"全面立法"对人性的剥夺，坚持给予自然以决定性的"最后发言权"。他明确提出，感性冲动的缓和绝不能是肉体无能为力和感觉迟钝的结果，并尖锐地指出：

---

① ［德］席勒：《论美书简——致克尔纳论美的信》，《美育书简》，第159页。

> 如果理性对人的企望过高，它为了一种人性（这是人还缺少的并且由于缺少而无损于他的生存的）甚至于夺去了人作为动物性的手段，那么就等于夺去了他的人性存在的条件。这就等于在他把他的意志固定为法则之前，理性由人的脚下撤去了自然的阶梯。①

席勒美学的局限性并非如伊格尔顿或韦尔施所说，以审美来解构人的感性生命，暗中操控感性，从而为秩序良好的政治国家做好铺垫；相反，恰恰是在感性与理性的关系，以及文学艺术虚构为重建两者关系的作用问题上，席勒给出了最富有创造性、真理性的见解，只不过他过分夸大了审美教育功能，将其视为塑造健全人性的唯一途径和建立理想国家的根本前提。还是加达默尔的评价较为中肯。他指出，现代以来，艺术作为美的现象是与现实相对立的，而且艺术是在这种对立中被理解的。现象与实在的对立已经取代了自古以来就规定的艺术和自然的积极互补关系。因此，"凡是由艺术所统治的地方，美的法则在起作用，而且实在的界限被突破。这就是'理想王国'，这个理想王国反对一切限制，也反对国家和社会所给予的道德约束。这与席勒美学的本体论基础的内在变动相联系，因为在《审美教育书简》中，一开始的杰出观点在展开的过程中发生了改变，即众所周知的，一种通过艺术的教育变成了一种通向艺术的教育"。② 理性和感性通过艺术虚构世界来调解只是一种局部性、临时性调解，艺术所争得的自由也只是审美王国的虚幻自由，而不是实在世界的自由，它赋予实在的只是一缕倏忽即逝的薄暮微光。

"真理在虚构中永生"，"在真理把它胜利的光亮投向心灵深处之前，形象创造力截获了它的光线，当湿润的夜色还笼罩着山谷，曙光就在人性的山峰上闪现了"。③ 席勒所说的虚构正是主客体间的非现实关系，通过这种想象性的自由关系，原先被利害关系、习惯关系所遮蔽的

---

① ［德］席勒：《美育书简》，第41页。
② ［德］汉斯-格奥尔格·加达默尔：《真理与方法——哲学诠释学的基本特征》上卷，洪汉鼎译，上海：上海译文出版社1999年版，第106页。
③ ［德］席勒：《美育书简》，第63页。

真理就有可能重现光芒。席勒敏锐地将文学艺术虚构从康德的纯主观性转向主客体间的非现实关系，并试图以此重建感性与理性的新关系，使被颠倒的关系重新复原，使两者在新的关系中相融合，这一做法包含着深刻的真理，也为文学虚构理论的现代视域提供了重要的理论借鉴。

第四节　新的开端：文学艺术的"反现实主义本性"

颇为有趣的是 20 世纪初，先后两篇重要文献引起美学界和文论界的关注。其一是爱德华·巴罗的《作为艺术中的因素和作为审美原则的"心理距离"》，发表在《不列颠心理学杂志》1913 年卷；其二是维克托·什克洛夫斯基的《作为手法的艺术》，写作于 1917 年。前者几乎可以看作虚构论诗学的宣言，后者则成为俄国形式主义派的宣言。自康德 1790 年出版《判断力批判》、席勒 1794 年发表《美育书简》，先后对审美无功利性做出深刻阐释之后，经过一个多世纪的思想酝酿发酵，这两篇文章从各不相同却又相互关联的角度，分别抓住审美心理距离和艺术形式来阐述文学艺术的根本特性。

在文章中，巴罗旗帜鲜明地提出了"艺术的反现实主义的本性"。他说：

> 宣称艺术是反现实主义的，只不过等于断言艺术不是自然，艺术从来不觊觎自然的权力。并且断言反对把艺术同自然混为一谈。这种断言所强调的是艺术的艺术性，因此"艺术的"这个词和"反现实主义的"这个词是同义词，它往往意味着非常显著的艺术性程度。[①]

十分清楚，巴罗所说"艺术的反现实主义本性"，就是主张把艺术与自然区分开来，认为艺术是非自然、非现实，也就是说，文学艺术是虚构的。不过，他所强调的是主体对对象的非现实态度，也即主体与现实对

[①] ［英］爱德华·巴罗：《作为艺术中的因素和作为审美原则的"心理距离"》，孙越生译，［美］麦·莱德尔编：《现代美学文论选》，北京：文化艺术出版社 1988 年版，第 433 页。

象间的"心理距离",因而实际上,正如席勒一样,他是从主体与对象的独特关系角度,来考察文学艺术特性,思考审美心理距离的。

巴罗依据康德"无利害说"来解释心理距离。他举例说,譬如海上大雾不仅妨碍航行,还会引起特别的不安全感和对看不见的危险的恐惧感。但是,如果你能够暂时撇开海雾带来的不便和可能引发的危险,将各种实际的念头"虚拟地"予以否定,孑然独立地超脱出来,只注意海雾那浓密得几乎不透光的乳白色帷幕使物体的轮廓若隐若现,使它们的形状变成某种神秘、离奇的东西;空气仿佛黏稠得能够加以搅和,它造就一个印象,似乎你能触摸远处那女首鸟身的海怪,那时,海雾也能够成为极大的满足和享受的源泉。这种感受差异,巴罗认为就源于距离产生的作用,是距离改变了在肉体上或精神上(即在感觉、感知、情绪或观念上)影响我们存在的一切东西。"距离的改造作用首先在于把现象从我们实际的或者真正的我这个范围中转移出去,在于给现象以超然于我们个人需要和目的的范围之外的地位。"[①] 人处身复杂多变的现实关系之中,种种变化都或隐或显地影响着你,令你无法摆脱各种现实的利害考虑,因此也就束缚了你的感性丰富性,压抑了你的感性生命。唯有当你虚拟地否定现实关系,超脱于现实关系之外,也即与世界处于非现实的关系中,此际,你才可能与世界达成无利害、无目的关系,才可能克服原先的不安全感和恐惧感,转而开放自己的想象力和整个感性生命,承领美的享受。正是从这个角度,巴罗强调说,没有一个艺术作品能够是真正"客观的",同时,艺术作品也不可能是"主观的"。艺术作品创造了我们与现实对象间的一种距离,让我们从现实的利害关系、目的关系中超脱出来,进入无利害、无目的的非现实关系之中,进入审美之境,从而改变我们的存在状态,解放我们的想象力和生命力。

什克洛夫斯基提出的"陌生化理论"与巴罗的"心理距离说"有着内在关联。在《作为手法的艺术》中,什克洛夫斯基说:

赋予某物以诗意的艺术性,乃是我们感受方式所产生的结果;

[①] [英]爱德华·巴罗:《作为艺术中的因素和作为审美原则的"心理距离"》,[美]麦·莱德尔编:《现代美学文论选》,第422页。

而我们所指的有艺术性的作品，就其狭义而言，乃是指那些用特殊手法创造出来的作品，而这些手法的目的就是要使作品尽可能地被感受为艺术作品。[①]

在此所说的特殊手法就是"陌生化"手法。什克洛夫斯基认为，在日常生活中，人的感觉因习惯性而机械化、无意识化了，人不再敞开心灵去感受事物，而只是凭空洞的概念去识别事物，事物的感性丰富性也就丧失殆尽了。这就是所谓熟视无睹、充耳不闻。陌生化手法让事物以反常的方式出现在人面前，打破人和事物间的习惯关系，重新唤醒人的注意力和感性，于是，事物就向人显现了。陌生化手法令石头不再只是空洞的概念，它的丰富性呈现了，更成其为"石头"了。

陌生化确实增加感知的难度，从而激发人的注意力去感受被陌生化了的艺术形式，凸显艺术作品的形式感。形式主义诗学就是以此为理论出发点的。但是与此同时，更为重要的是陌生化还改变了人与对象间的习惯关系，进而改变了人的生存状态和对象的显现样态。它并非如什克洛夫斯基所认为要延长感受时间，仅以感受为目的。实际上，增加感知难度是为了截断日常习惯的识别方式，转而以另一种全然不同的方式、以开放的心灵去感受世界，包括它的声音、色彩、形象等所有要素；在阻断人与世界间习惯的狭隘关系的瞬间，同时开启另一通衢，让人与世界展开自由、全面的交往，让人从有限的、确定的现实存在进入无限的、不断生成的自由空间。陌生化实即创造经验距离，它让艺术提供了与日常生活全然不同的另一种经验，与日常生活经验、生活态度拉开了距离，进而摆脱同现实世界的习惯的功利目的关系，于是就为获得审美心理距离准备了条件，并与被陌生化的对象构成一种非现实的审美关系。[②] 这也就通向了虚构论诗学。

[①] ［俄］维克托·什克洛夫斯基：《作为手法的艺术》，维克托·什克洛夫斯基等：《俄国形式主义文论选》，方珊等译，北京：生活·读书·新知三联书店1989年版，第3页。

[②] 在《作为艺术中的因素和作为审美原则的"心理距离"》中，巴罗谈到多种"距离"，包括空间距离、时间距离、经验距离（经验差异）、审美心理距离，其中，最重要的是既相区别又相关联的"经验距离"和"审美心理距离"，巴罗常误将两者混为一谈，统称为"心理距离"。详见马大康《文学活动论》第15章，杭州：浙江大学出版社2012年版。

在巴罗、什克洛夫斯基的心中，潜藏着许多现代学者所共有的一个观念：即日常的现实生活中所谓"正常"的，其实早已经被异化了，成为"虚假"的存在，并且这种异化也已司空见惯、习以为常，因此，艺术只有以"反常"的、"陌生"的、"虚构"的方式出现，才能真正抵达真实的存在。文学艺术只有跟现实世界割断日常关系，建立非日常、非现实的关系，才有可能解脱功利目的的束缚，实现真正的自由。克莱夫·贝尔就曾指出："艺术本身会使我们从人类实践活动领域进入审美的高级领域。此时此刻，我们与人类的利益暂时隔绝了，我们的期望和记忆被抑制了，从而被提升到高于生活的高度。"① 在他看来，艺术只是与生活无关的"有意味的形式"。巴赫金的观点更为尖锐。在谈到文学艺术中的怪诞风格时，他说：

> 实际上，怪诞风格，包括浪漫主义的怪诞风格，揭示的完全是另一个世界、另一种世界秩序、另一种生活制度的可能性。它超越现存世界虚幻的（虚假的）唯一性、不可争议性、不可动摇性……现存世界之所以突然变成异己的世界……正是因为存在一个真正自己的世界，黄金时代和狂欢节真理的世界的可能性被得以揭示。人向自身回归。现存世界的毁灭是为了再生和更新。世界既死又生。②

在巴赫金眼中，日常生活世界是异己的，已被现实权力扭曲了，被惯习玷污了，而浪漫主义的怪诞世界却是"真正自己的世界"和"真理的世界"。正因如此，布莱德雷说："诗按其本性来说，不是现实世界的局部，不是它的摹本（按我们通常所理解的意义来说），而是世界本身，是完整的、独立自主的世界；为了完整地掌握它，需要进入这个世界，服从它的规律和暂时抛弃我们在另一个世界，即现实世界习以为常

---

① ［英］克莱夫·贝尔：《艺术》，周金环、马钟元译，北京：中国文联出版公司1984年版，第16页。
② ［俄］巴赫金：《拉伯雷的创作与中世纪和文艺复兴时期的民间文化》，李兆林、夏忠宪等译，钱中文主编：《巴赫金全集》第六卷，石家庄：河北教育出版社1998年版，第57页。

的要求、目的和特殊的条件。"① 作家、艺术家常常被视为现世的"救世主",他们承担着解救现世沉沦,引领人类重返纯真、纯净的伊甸园的重任。兰色姆也把虚构视为文学艺术特有的领地,他不无幽默地指出:"在看来像诗的每一首诗上都有一块牌子,上面写着:这条路并不直接通向行动,它是虚构的。艺术总是打算在客体与主体之间创造一种'美的距离',而且艺术声嘶力竭地宣称它并非历史……如果善于妒忌的科学成功地把历史这块领域作为它的禁脔,它也不会因此而消灭各种艺术,因为它们重新出现在一个可被称为真实(real)虽然略微不同于现实(actuality)的领域里。在那里,艺术发挥着它们的作用,受到的干扰要少得多,而在同时它又与历史几乎同样地忠实于现象世界。"②

现代以来,人对个人独立性、主体性、创造性的向往与社会现实对人的种种精神需求的剥夺及对人的压制、对人性的异化构成了尖锐冲突,于是,文学艺术虚构就成为人的另一种生存方式,它所赋予人的独立感、自由感和创造才能的充分发挥,就愈加成为人重要的心理补偿和寄托希望之所在。同时,强调文学艺术的虚构性,以摆脱现实的不安定感,也势必成为学者们的共同追求。这正是爱德华·巴罗、维克托·什克洛夫斯基以及诸多现代学者能和康德美学、席勒美学形成共鸣,强调文学艺术的独立性、自律性,并寄希望于文学艺术虚构来实现这一理想的重要原因。

伊格尔顿就精辟地指出:现代美学和艺术哲学的兴起绝非偶然,在这个时期里,从康德、黑格尔、席勒、柯勒律治和其他人的作品中,我们才继承了当代关于"美学经验"的概念和作品特殊性的概念。从前,男人和女人为了各种目的写诗、演戏和绘画,或者以各种目的阅读、观看和参观;现在,这些活动开始呈现出一种新的意义,即存在一种不变的、称作"艺术"的客体的假想,大多认为艺术是"完全脱离社会生活的产物"。他进而指出:"如果文学不再有任何明显的功能——如果作者不再是一个受雇于法庭、教会或者某个贵族保护人的传统人物——

---

① [英]安德鲁·塞西尔·布莱德雷:《"为诗而诗"》,孙越生译,[美]麦·莱德尔编:《现代美学文论选》,第363页。
② [英]约翰·克娄·兰色姆:《诗歌:本体论札记》,蒋一平译,赵毅衡编选:《"新批评"文集》,天津:百花文艺出版社2001年版,第69—71页。

那么就可以把这个事实转变成文学的优势。整个'创造性'写作的要点是：它无用而光彩，'本身就是目的'，高尚地摆脱了任何污浊的社会目的……艺术摆脱了它常常卷身其中的物质实践、社会关系和思想意义，并且被提高到一种孤独的偶像的地位。"① 吊诡的是，恰恰是这种似乎摆脱了具体的欲望、功利和目的的虚构、孤独的文学艺术，也因此突破阶级、阶层和个人的局限，成为每个人可以分享和提高修养的精神食粮，并被视为"异质的工业、都市、阶级社会的背景下能够凝聚民族意识、民族认同的建设中的构成因素"而受到尊崇，被查尔斯·金斯利奉为"一个民族的自传"。②

在西方现代理论视野中，文学艺术的虚构性、独立性、审美性、文学性、艺术性是密切关联的，其中虚构性是最为基本的特性。文学艺术因其虚构性，将自己同现实世界区分开来而获得了独立品格，并且由于摆脱了现实利害关系的纠缠，康德所说的自律的审美鉴赏就开始了，文学性、艺术性其实就寄寓于审美关联中。但是，上述诸特性均先后受到质疑，不过即便如此，虚构问题仍然受到诸多美学家、文论家的重视，在他们各自的阐释下，向着不同的理论维度展开。只是进入后现代之际，福柯揭示了话语与权力的关系、后殖民主义对殖民文化的剖析、女性主义对男权政治的抨击、新历史主义对文学与历史界限的解构……凡此种种，都似乎毫无疑义地对文学艺术的现代特性做出有力批驳，致使现代虚构理论陷于全线溃退的境地，再无还手之力了。现代美学家、文论家所搭建的象牙塔正在被拆毁。当文学重新被置于社会历史语境中加以审视，当文学与文化政治的瓜葛得到充分揭示，甚至文学文本与历史文本的差异性也正在消失，那么虚构性所具有的现代意义也似乎荡然无存了。文学独立性、审美自律性在理论的众声喧哗中被弃之如敝屣，文学与权力、政治、意识形态的关系则得到凸显。虚构、审美也不再为文学艺术所独占，现实已被波德里亚所说的虚幻的"仿象"所覆盖，日常生活也审美化了。与此相对，在许多学者眼中，文学则相反地被去审美化。面对20世纪60年代以来文学艺术所发生的根本性变化，丹托慨

---

① [英] 特里·伊格尔顿：《当代西方文学理论》，第40—41页。
② [英] 彼得·威德森：《现代西方文学观念简史》，第37页。

叹道：艺术"经验应该是审美的吗？曾经一度，这是天经地义的。艺术品据信主要是为了给予那些思考它们的人以愉悦而创作出来的对象。这可能还会发生，但是它不再具有普遍性，事实上，它不再具有典型性"。①卡罗尔则认为，应该对那些将艺术理论简化为美的理论的指控进行必要的澄清，并说："美的理论与艺术理论截然不同似乎是显而易见的。在二者之间可能有交叉点……然而，一个起码表面上合理的检验美的标准，如无利害，很难成为有意形成的作品或任何种类艺术品的规定性目的，它也不能用来划定对艺术理论进行合理探究的界线。"②

那么，我们是否应该彻底否定和抛弃文学虚构理论，特别是康德、席勒和其后诸多现代美学家、文论家为此所做的努力呢？对此，显然不应作非此即彼的解答。即便在今天，弗莱从多方位考察文学的综合方法，对于解决文学虚构问题仍然具有重要参考价值。在《批评的剖析》中，弗莱阐述了文学语言既"向心"又"离心"的观点：文学语言具有双重性，它向内构建一个文学虚构世界，并吸引着读者，让读者生活于这个想象的虚构世界，文学独立性、审美自律性就源于文学语言的向心特性；同时，它向外又描述现实世界，于是，文学就跟现实密切相关了，文学独立性、审美自律性因此受到挑战，而针对社会现实的批判性则成为文学的显著功能。③我们认为，也正因文学语言具有"向心"和"离心"双重特性，文学作品的批判性就和一篇直白的檄文不同，它邀请读者潜入文学虚构世界，去经历审美的洗礼，在某种程度上挣脱利害关系，以便用更为宽广的视野、更为深邃的目光去看待现实、批判现实。文学就形成于这种"向心"与"离心"所构成的张力场中，文学的复杂性正源自于这一张力场。

如果我们借用言语行为理论加以阐述则更具说服力。话语本身就是行为系统，具有多重性和多向性：它既建构一个独立的话语世界，又表

---

① ［美］阿瑟·C. 丹托：《美的滥用：美学与艺术的概念》"中文版序"，王春辰译，南京：江苏人民出版社 2007 年版，第 7 页。

② ［美］诺埃尔·卡罗尔：《超越美学》，李媛媛译，北京：商务印书馆 2006 年版，第 64 页。

③ ［加］诺思罗普·弗莱：《批评的剖析》，陈慧、袁宪军、吴伟仁译，天津：百花文艺出版社 1998 年版，第 63—71 页。

述、指涉现实世界,同时还具有自我指涉性。话语的建构性即弗莱所说的向心,当研究者专注于话语的建构性,文学的虚构性、独立性、审美性就被揭示了;话语的表述、指涉即离心,当研究者着眼于话语所表述、指涉的现实,文学的认识功能、批判功能就显现了;自我指涉性则彰显话语自身特征,文学形式研究、叙述学研究就以此作为出发点;当研究者进而关注话语与权力、意识形态的关系,后现代叙事学以及诸多"后学"就找到了栖身之地。话语行为的多重性决定着文学品格和功能的多面性,同时决定着文学研究方法的多维性。

在后现代时期,整个社会文化,包括文学艺术都发生了重大变化,这就是詹姆逊所谓的"去差异化":一方面,商品经济以难以抗拒的侵略性向文化、政治等各个领域殖民,把商品交换规律强加给各领域,操控各领域;另一方面,文化艺术则借助于电子媒介、互联网和各种现代复制技术向经济、政治及其他领域渗透,以自己的形象重塑商品,将符号魅影播撒向社会生活的各个角落。于是,美学终结、艺术终结、文学终结、历史终结、现实陆沉的呼声此起彼伏,不绝于耳。这一状况不能不为文学艺术及其研究带来新的变化:其一,面对随边界突破而至的危机,文学为要自保,它不断地孳生出诸如"非虚构小说"、"历史元小说"、"口语诗"等非驴非马的变种。这些文学现象突破文学的传统藩篱,似乎已经填平虚构与非虚构、审美与非审美间的鸿沟。既然如此,文学虚构问题也就丧失了意义。其二,不同时代各不相同的社会文化和精神氛围所构成的语境压力,也势必驱使研究者更多地关注文学的某个相应侧面。如果说现代时期,文人、学者们尚能拿着文学虚构这面盾牌,堂吉诃德似地抵挡商品对人的异化;那么后现代时期,则因为商品已经征服了一切,早已令人在商品的妖艳身姿前五体投地臣服了。现代那种乌托邦式的对抗似乎不再可取,于是只能转而从小处着眼、零打碎敲,倒是更像阿Q,热心于检点、清理文学自身的政治疤痕了。

然而尽管如此,我们认为文学虚构问题仍然具有当代意义,从话语行为系统结构及文学话语的本性来看,即便"非虚构"其实也离不开"虚构","诗"与"真"总是如胶似漆般交缠于话语活动中,只不过其间的界限变得相对模糊,转换变得不露痕迹,恰如费瑟斯通所指出:

"消费文化存在着一个更强的能力,那就是它可以迅速地转换规则,以一副'好像'的态度参与到各种经验当中,然后转向考验实现幻觉的技术,而几乎不带任何乡愁般的失落。"① 这一现实状况,更为迫切地要求我们对文学虚构问题做出深入探究。

---

① [英]迈克·费瑟斯通:《消解文化——全球化、后现代主义与认同》,杨渝东译,北京:北京大学出版社2009年版,第108页。

第二章 语言论转向与文学虚构理论

第一节 瑞恰慈:玄秘世界观与"伪陈述"

20世纪文学研究的语言论转向是在现代科学取得巨大进展、实证主义思想产生重要影响的背景下发生的。当文学研究意图追寻一个坚实的理论基础,并怀着在文学活动中寻求科学分析的"稳定"对象时,语言就自然成为聚焦注意力的目标;而现代语言学的发展则又为语言论转向提供了有力的武器,打开了新的理论视野。洪堡特对诗歌语言与散文语言的区分、索绪尔对语言符号系统特性的分析、布勒阿尔对语义的探究、维特根斯坦的语言游戏说、巴赫金的超语言学理论、奥斯汀的言语行为理论、乔姆斯基对语言深层结构的揭示、福柯关于语言与权力关系的阐释等等,都为新的文学研究带来重要启示。特别是自索绪尔和维特根斯坦以来对语言认识的根本性转变,认为语言不再是"表现"或"反映"的透明工具,它本身就是"世界观",这就势必有力地促成哲学、美学和文学研究的语言论转向。而对于文学研究来说,索绪尔的语言符号学和英美传统的语义学是最受青睐的,它们为文学研究的语言论转向注入了强大动力。

早在古希腊时期,亚里斯多德就把表示真假逻辑的叙述句同既不表示真也不表示假的语句做了区分,认为后者是心灵之所属,是诗和修辞的表达。19世纪30年代,洪堡特深入阐述了语言结构对人类精神发展的重要影响,并认为语言既是精神力量的主要表现形式,是精神的生动创造,反过来又成为人与世界的中介,它反作用于人的精神生产,渗透到精神和情感的最隐秘的深底,构成人的一种独特的"世界观"。人类精神的丰富性决定着语言形式的多样性，同样，语言形式的多样性则表达了人类精神的丰富性，以使它能够跟人的心灵状态和感觉的内在整体发生联系。基于此，洪堡特分析了诗歌与散文，特别是科学的散文间的语言差异，指出两者在精神上的实质性区别：

> 诗歌从感性现象的角度把握现实，知觉到了现实世界的外在和内在的表现，但它非但不关心现实的本质特性，反而故意无视这种特性；于是，诗歌通过想象力把感性的现象联系起来，并使之成为一个艺术—观念整体的直观形象。散文则恰恰要在现实中寻找实际存在（Dassin）的源流，以及现实与实际存在的联系。因此，散文通过智力活动的途径把事实与事实、概念与概念联系起来，力图用一种统一的思想体现出它们之间的客观关系。①

20 世纪初的俄国形式主义正是秉承文学语言具有区别于日常语言的独特性这一信念，去寻找文学性和诗性的。

作为英美新批评的重要人物瑞恰慈（I. A. Richards）同样相信文学具有语言独特性。在《文学批评原理》(1925) 中，他从心理学角度对人的精神活动做了分析，并将精神活动的起因分为两组：一方面，目前的刺激因素，以及与其相关联的过去刺激因素的作用，它们通过人的感觉神经进入精神，引起冲动反应；另一方面，存在着另外一组内在因素，即机体的心理、需要、欲望和本能等，它们是对各种刺激因素做出反应的预成心理。在精神活动中，性质取决于刺激因素的那种冲动，瑞恰慈称其为"指称"，并认为，机体的内部状态通常会介入进来影响指称、歪曲指称，因此，反映或符合外部情况的指称，必须尽量排除内心需求和欲望的干扰。这种指称就是"真"，科学的发展正开辟出一个个可能实现的指称领域。不过，瑞恰慈并没有贬低机体内部干扰作用的价值，而是指出，人的冲动屈从于本能习性反而有利于构建心理场，它和"美"、"善"相联系，美和善是根源于需求、欲望对人的冲动的特殊歪

---

① ［德］威廉·冯·洪堡特：《论人类语言结构的差异对人类精神发展的影响》，姚小平译，北京：商务印书馆 1999 年版，第 227—228 页。

曲的。这种因需求、欲望而受到歪曲的指称,瑞恰慈认为,它正是"虚构"。

对虚构的运用并非以假为真、自我蒙骗,它和以真为目的的指称同样重要,恰恰表达了人的心灵状态,是诗歌语言的典型用法。据此,瑞恰慈区分了两种语言:"可以为了一个表述所引起的或真或假的指称而运用表述。这就是语言的科学用法。但是也可以为了表述触发的指称所产生的感情的态度方面的影响而运用表述。这就是语言的感情用法。"① 在瑞恰慈看来,在语言的科学用法中,不仅指称必须正确才能获得成功,而且指称与指称间的相互关系也必须合乎逻辑,必须经过严密的组织,从而不会阻碍进一步的指称。对于语言的感情的用法来说,指称方面的分歧再大也毫不重要,只要符合态度和感情的表达就可以;并且就感情目的而论,逻辑的安排是不必要的。它需要态度自身所应有的组织,有感情的相互联系,外在的逻辑则往往会成为一种障碍。

然而,科学知识并非与人的情感态度相绝缘,事实上它同样渗透着信仰、希望、恐惧和惊异,萦绕着人的种种意念和态度,以"感情用法"来界定文学语言,势必引起非议。此外,从心理学角度来研究文学语言也存在诸多局限。在稍后发表的《科学和诗》(1926)中,瑞恰慈对此做出了修正。他转而从世界观的历史演变来探讨诗歌。瑞恰慈认为,人对世界的看法经历了从"玄秘的世界观"向"科学的世界观"的过渡。这种玄秘的世界观就是万物有灵的观念,它相信一个精灵和天神的世界,以为它们掌管着人事,又能够接受人的召唤。诗和其他艺术就是从这种玄秘的世界观产生出来的,而且会随这种观念的消失而终结。很显然,瑞恰慈这种说法与维柯所说的诗性智慧,以及诗根源于"粗糙的玄学"的观点一脉相承。瑞恰慈看到,科学的发展、知识范围的扩大和人驾驭自然能力的增强,驱逐着玄秘的世界观,使它开始衰落下去。但是,由于这种玄秘的世界观在社会集团内部经历过长时间发展,历经久远而稳固的统治时期,深深扎根于人的心底,存在于人际之

---

① [英]艾·阿·瑞恰慈:《文学批评原理》,杨自伍译,南昌:百花洲文艺出版社1992年版,第243页。

间，它们就是人的一种独特的感觉方式，并成为人的行为的主要推动力量。因此，这些玄秘的观念作为一种对自然的解释，在人的最隐秘、最重要的事务中，就自然更适合于寄托精神和组织情绪的需要。由这种观念所反映出来的宇宙同感情交融在一起，协调着爱和憎、恐惧和兴奋、希望和绝望，并赋予生命以形式及规定性和一致性。与此相反，科学所带来的是一个"数学的世界"、一个"单一性"的领域。这个"世界的科学图画"不会触及心灵深处的感动。

纯粹的知识并不完全符合人的日常生活目的，它板着冷冰冰的面孔讲述客观世界，按照理性机械地分析各种事物，而不顾及人的感性丰富性，无法为幽微的精神带来温暖。但是，当科学以真理的掌握者自居，并凭借自身的力量占领了世界，成为世界的统治者，也就判定玄秘的世界观为谬误了。诗和艺术由于扎根于玄秘的世界观也不可避免地被视为梦幻般的想象，沦为非现实的"虚构"。因此，瑞恰慈对我们说："这种形态，让我叫它为'伪陈述'（Pseudo-statement）。"并说：

> 能鉴别科学的陈述（Scientific Statement）（在这里，"真"即是像人们在实验室里所理会到的一种验证）与感情的叙述（emotive utterance）（在这里，"真"主要是有那可以被态度所接受的性质，或说得更远一些，是这些态度本身有可被接受的性质）的人会承认，诗人底职务并不是创作真实的陈述。但是，诗歌常有创作陈述的姿态，甚而有创作重要陈述的姿态。……通常诗歌底叙述是依据着一种"讨论宇宙"（Universe of Discourse），一种"伴信底世界"（World of Make believe），想象底世界，诗人与读者共同承认的虚拟的世界。一种"伪陈述"，若是合于这种假设底系统，便会认为是"诗的真实"，而不会认为是"诗的虚假"。[①]

这就是说，诗的语言并非言说事实的陈述，而是一种包含着玄秘世界观的陈述，因而也被今人视为虚拟的伪陈述。它与真假判断无关，只

---

① [英] 瑞恰慈：《科学与诗》，曹葆华译，徐葆耕编：《瑞恰慈：科学与诗》，北京：清华大学出版社 2003 年版，第 33—34 页。

存在适宜或不适宜。"诗的真实"只追求可接受性,追求虚拟系统内在的统一性、协调性和适洽性,而非与事实相符合,正如维柯所说,"诗所特有的材料是可信的不可能(credible impossibility)"。①

对于瑞恰慈来说,情感仍然是诗的重要构成因素。人的需要、激情和态度是由所属的社会情境中产生出来的,随时代变迁而变化,因此,诗人应该从当代出发,从自己生存的社会汲取营养;而珍藏于心灵深处的玄秘世界则为它们提供了活动领域,并以自身的形式、规定性和一致性来调节和组织各种经验和散漫的冲动,从而把秩序、和谐及自由凝聚在感受里,给心灵以安宁。这一点恰恰是科学的观念所缺乏的。科学终究不能告诉我们,我是谁,或者我们的世界是什么,它只能回答我们,这个或那个是怎样使用的,因此,它势必导致存在意义的丧失和由冲突而生的生存危机。同样,宗教也不再能够解决这些问题。唯有诗歌是能挽救我们的"自卫手段",帮助我们摆脱混乱和避免希望的毁灭。"诗中所有的叙述都是为着在情感上发生效用,并非为着自己本身,所以反对叙述中的真理,或疑问它们是否像那主张真理的叙述一样值得严重的注意,那都是把它们的意义弄错了。"②

在瑞恰慈和许多现代人文学者内心潜藏着深刻的矛盾:一方面,他们强调文学区别于科学的独特性,意图圈出一片洁净、淳朴、宁谧的领地以抵制科学的肆虐;另一方面,却又自觉不自觉地沿用了科学主义的研究方法和思维理路,实际上成为归顺现代科学的仆从。

第二节 兰色姆:"本体论鸿沟"

瑞恰慈最受其他"新批评"学者诟病的,是他将诗视为一种传达诗人内心状态(情感或深层心理)的媒介,阅读则是读者对作者这种状态的再创造和对自己内心状态的重新组织。这种深受浪漫主义文学观影响的观念恰恰与"新批评"强调"文学本体论"的宗旨相背离。

---

① [意]维柯:《新科学》上,朱光潜译,北京:商务印书馆1989年版,第187页。
② [英]瑞恰慈:《诗中的四种意义》,曹葆华译,徐葆耕编:《瑞恰慈:科学与诗》,第51页。

"事实上，新批评所做的是把诗变成一种偶像。如果说 I. A. 理查兹已经把原文'非物质化'，使它成为通往诗人心理的一个透明的窗口，那么美国新批评派则彻底地把它重新物质化，使它看起来不像是一个意思的进程，而是像某种有四个角和类似水沙石面的东西。"① 其中，为"新批评"做出最为重要的理论贡献的是约翰·克娄·兰色姆（John Crowe Ransom）。在《诗歌：本体论札记》（1934）中，兰色姆将"事物诗"与"概念诗"相对照，明确提出了"诗歌本体论"的主张。他认为，诗歌应该以追求生动、丰满的意象，即"事物"为目的，以意象对抗概念，并说：

> （意象）具有的那种原始的新鲜性——这是概念所不可能具有的——是不可能被剥夺的。概念是衍生的，是被驯服的，而意象是处于自然的或未驯服的状态；它必须在处于那种状态时被发现，而不能被安排成那种状态。它服从于自身的规律，而不服从于我们的任何规律。我们认为我们能够抓住意象，把它当作俘虏，但是这种驯服的俘虏并不是真正的意象，而只是概念，是被除去了特性的意象。②

意象和概念原本总是相互纠缠，难分难解。兰色姆突出意象与概念的差别，并强调诗歌意象的自然状态，其目的在于褒奖意象的感性特征，抵制理性对感性丰富性、生动性的压制和规训，防止感性意象被抽象为空洞、干瘪的概念。诗就应该由原初的感觉，由那些湿漉漉的、原生态的鲜活意象构成。

既然兰色姆注重诗歌意象的自然状态，追求意象与客观对象的直接关联，反对人将任何主观人为的规律强加于它们，那么，他所谓的"本体论"是否就是追求诗的客观真实性？事实上，情况可能更为复杂。

---

① ［英］特里·伊格尔顿：《当代西方文学理论》，第 78—79 页。
② ［美］约翰·克娄·兰色姆：《诗歌：本体论札记》，蒋一平译，赵毅衡编选：《"新批评"文集》，第 56 页。

在论及诗的手法时,兰色姆就明确提出"虚构"在诗歌中的重要性和普遍性。在他看来,正是因为诗歌属于虚构或假设的情景,科学才不那么贪心地去占领它,而将它留给了感觉。虚构让人的感性免遭科学的涂炭,让意象不被理性所抽象。和瑞恰慈一样,兰色姆也试图以文学抵制科学的跋扈,然而,他却另辟蹊径地从感觉而非情感入手。"一般说来,从艺术中获得我们美的经验比从自然界中获得更为容易,因为自然界是现实的,交流是被禁止的。但当艺术上的客体被称为虚构或假设时,它并未受到丝毫贬低。在现实的意义上说来,它不可能是真实的,因而它可能会遭到科学的歧视。但在公正的或有代表性的意义上说来,它是真实的,因为它容许'现实性的幻想'。"① 在日常实践中,人已习惯于用科学的眼光看待自然,将自然作为确定的对象,封闭、凝固了它的存在,于是,自然不再向我们敞开自身,不再同我们相互交流,自然缄默了,甚至枯萎了,它了无生气了。只有在幻想的虚构世界里,一切对象又重新获得生命的蓬勃生机,才可以同我们絮絮交谈,并以灿烂的笑容向我们频抛媚眼。因此,兰色姆才认为,艺术是以第二次爱情,而不是第一次爱情为基础的。诗和艺术不是诞生在人与自然直面相对之际,而是在梦和回忆中与自然第二次邂逅、第二次爱恋。在梦和回忆中,自然的意象业已解脱现实的重负和束缚,它不再生活在科学的阴影下,终于舒展身姿,展现出深厚的蕴含。

很显然,在兰色姆看来,诗是同梦、回忆、虚构联系在一起的。因此,所谓"本体论"即指诗歌的独立性,指诗歌自身即本体。可是,兰色姆同时又认为:"诗歌旨在恢复我们通过自己的感觉和记忆淡淡地了解的那个复杂难制的世界。""它所处理的是存在的条理,是客观事物的层次。"② 这就是说,所谓"本体论"又指诗歌所表现的客观物质世界而非仅仅是诗歌本身的虚构世界。正如韦勒克所指出的,在兰色姆关于诗歌本体论的阐述中,存在着"本体论鸿沟"(ontological gap)。

---

① [美]约翰·克娄·兰色姆:《诗歌:本体论札记》,赵毅衡编选:《"新批评"文集》,第70页。
② [美]约翰·克娄·兰色姆:《征求本体论批评家》,张廷琛译,赵毅衡编选:《"新批评"文集》,第82页。

其实，这种关于文学本体论的双重理解正是许多现代人文学者共同的观念：即日常现实世界已经被科学、理性、逻辑所统治，而且这些"统治者"也已为人所接受，习以为常，深深嵌入人的感官和理智，删减、抽象、规范，乃至扭曲、宰割着被感知理解的世界，以致世界仅仅成为被统治、被掠夺的对象。世界也因此成为"荒原"。唯有诗歌和文学艺术因其虚构性，才将自己与"日常现实"分隔开来，为人保留着一片未经玷污的领地，提供了一个自由栖居的精神家园，让人重返童年的纯贞和天真，解放人的感性。感性的解放是世界敞开、真理显现的前提。这也正是俄国形式主义主张通过对事物的陌生化而重新感觉事物，海德格尔意图以艺术的虚构世界悬置人的主体性而敞开真理的原因。"诗歌的象征力量就在于它让缺席的现实登场（即便是用语言符号），并且也正是借用充满智慧的诗歌风格，坚守其自身存在的语言学本性以及迷幻特征。"① 通过文学艺术虚构，人和世界实现了现象学的还原，使人终于可以"澄怀味象"。诗歌中存在着对逻辑论证这一传统的"革命性反叛"。诗歌本体是通向自然本体的桥梁。

正因如此，在谈到诗的另一手法"比喻"时，兰色姆特别推崇"玄学诗"，并认为玄学诗的优点在于将诗的所有部分予以"戏剧化"和"具体化"，其中一条重要途径就是"曲喻"。曲喻是一种虚构，需要大胆、奇特的想象。当诗人通过类比发现物体之间局部的而又重要的一致，继而直接进入完全的同一性时，奇迹就发生了。这种完全的同一包含着不同事物间"不合法"的奇特联姻，它给人以意外的惊喜，却又以逼真为基础，是对事物间某种幽晦未明的独特联系的发现，并因此揭橥事物本身隐含的某种特性。奇迹般的曲喻，破除了习惯观念，削弱了科学对感觉的野蛮、专横的统治，以使人的感觉重新获得解放，使世界得以敞开。

第三节 雅各布森：语言的"诗学"功能

索绪尔所阐述的语言是由能指（音响形象）与所指（概念）构成

---

① Helen Vendler, "Introduction", in *The Harvard Book of Contemporary American Poetry*, Cambridge: The Belknap Press of Harvard University Press, 1985, p.17.

的符号体系，这两个部分都是心理的，它们的联系是任意的，并且符号的任意性是语言"头等重要"的原则，这一观点，实际上就已经把语言与实在分割开来，暗地里为文学虚构提供了基本前提。

作为布拉格学派和结构主义符号学的重要人物，罗曼·雅各布森（Roman Jakobson）深受索绪尔语言学的影响。与"新批评"诸学者以语义学为理论基础或强调诗歌情感或强调诗歌本体不同，雅各布森是以系统分析的观点看待诗歌的。他反对把诗歌定义为单一美学功能的作品，也反对定义为其他功能或者美学和其他功能的简单集合，而是把诗歌看成一个结构系统，采取系统方法来分析诗歌的功能，并认为诗歌应该定义为一种以美学功能为主导的语言信息。在《主导》（1935）一文中，雅各布森给"主导"下定义说："一件艺术品的核心成分，它支配、决定和变更其余成分。正是主导保证了结构的完整性。"对于诗歌来说，其主导因素就是美学功能，它规定着诗歌的整体结构，充当整个结构强制性的不可分割的要素，并因此决定其余成分的作用。那些美学之外的其余功能，既处在美学功能的主导之下，又协同美学功能以不同的方式、不同的重要性发挥作用。雅各布森还将诗的语言与指称语言、情绪语言分别做了简要比较，他说：

> 作为一部诗作之主导的美学功能的定义，允许我们规定诗作之内多种多样语言功能的等级。在指称功能中，符号与指示对象具有最小限度的联系，因此，符号自身只具有最小的重要性。另一方面，表现功能要求符号与对象之间有更为直接密切的联系，因此，要求对符号的内在结构多加注意。与指称语言相比，情绪语言（这种语言基本实现了表现功能）一般来说更接近诗的语言（就这点而论，诗的语言恰好是符号之所指）。[①]

这就是说，诗的语言是美学功能占主导的多功能信息系统，其他诸功能只能依从美学功能并受美学功能制约而改变自己。在语言指称功能中，

---

① [俄] 罗曼·雅各布森：《主导》，任生名译，赵毅衡编选：《符号学文学论文集》，天津：百花文艺出版社 2004 年版，第 9—11 页。

重要的是所指涉的对象，语言符号自身却因英加登所说的"透视缩短"，往往变得"透明"而受到忽视；语言表现功能则相反地凸显了语言符号自身结构的重要性。情绪语言也具有表现性，但它侧重于传达情绪，而不是强调符号本身，虽然与诗的语言有部分重叠，却是完全不同的。由于诗的语言突出语言符号自身而削弱指称功能的作用，它与现实的关联就变得极其稀薄，诗于是就成为一个与现实相离异的独立的话语世界了。

在后来的一篇文章《语言学与诗学》（1958）中，雅各布森进一步发展了系统结构观点，既强调语言的统一性，又创造性地把语言视为一系列相互联系的"次信码"，将其置于传达过程对语言功能结构进行系统分析。

雅各布森以图表来表示语言传达：

语境（context）
信息（message）
发送者（addresser）　　　　　　　　接收者（addressee）
接触（contact）
信码（code）

发送者将信息传给接收者，信息要生效，就需要联系具体语境（指称物）；接收者要想捕捉到这种语境，则需要和发送者共享的信码；在发送者与接收者之间还需要有物质通道和心理联系，通过接触来维持传达过程。在语言的具体使用中，上述六个因素中每一种都会形成语言的一种特殊的功能，并且其中某种功能居于支配地位，其他多种功能则构成等级序列，处在被支配地位。对语言传达过程支配因素的改变和强调，就会改变语言传达状态，改变语言结构本身，进而改变语言功能结构。语言结构的多样性，决定着语言功能的丰富性和多变性。据此，雅各布森说："指向信息本身和仅仅是为了获得信息的倾向，乃是语言的诗的功能。"并说："诗的功能并不是语言艺术的唯一功能，而是它的主要的和关键性的功能。而在其他的语言行为中，它只能作为一种附加性的和次要的成分而存在。这样一种功能，通过提高符号的具体性和可触知性（形象性）而加深了符号同客观物体之间基本的分裂。"①

雅各布森既借鉴了索绪尔的语言符号学，又运用传播理论对其进行了改造，引入了发送者、接收者等因素，把语言置于信息传播的动态过程来考察，并把自己的诗学观念建立在强调系统结构和动态变化的语言观之上，这就使他免除了机械、绝对的弊病。诗既以美学功能为其特性，强调语言信息本身，以语言所具有的形象性凸显自身的魅力，扩大了语言与物质对象的分裂，因而具有虚构性、独立性及文学性、诗性；同时，又因存在种种附加的和次要的成分而兼具多种其他功能。诗人为了赋予诗更强的美学功能，就应该致力于语言的具体化和形象化。在这里，雅各布森的诗学理论又和兰色姆的诗歌本体论遥相呼应。

与雅各布森从系统结构来分析语言功能相似，伊森伯格也抓住语言多功能动态结构来探讨文学的美学功能，只不过他更倾向于从读者接受入手来思考语言。在《语言的审美功能》（1949）一文中，伊森伯格将"意义"和"指称"作为区分语言行为的两种过程。他举例说，譬如在小说中读到这样的句子："1820年3月1日，一个汉子在巴黎圣母院的门口站了三个小时。"这句子并非没有意义的空话，它表达了思想，把我们引到了一个人事喧嚣的世界。可是，关于小说之外的现实世界，它却什么也没有告诉我们。这就是说，它传达了意义而非指称现实。在语言中存在"非指称的意义"，文学就利用了语言的非指称的意义。我们在阅读时，既不会信以为真，又不会对其存在提出疑问，更不会做出身临其境的反应。这些表达的意义具有一种功能，它介于感觉刺激与指示之间，而我们的心理状态也介于纯粹的感觉与认识之间。"一个审美客体所具有的意义的存在，只有通过观照的情感反应的性质变化来认识。"② 文学语言的美学价值就存在于对意义的直接掌握里。伊森伯格据此认为，句子的性质如何，它是否包含信息，并不取决于它本身，而是取决于读者的态度。读者存在一种心理"预期"或"预备心向"，它让注意力从一个给定的对象向另一个未曾给定的对象转移。

---

① ［俄］罗曼·雅各布森：《语言学与诗学》，滕守尧译，赵毅衡编选：《符号学文学论文集》，第180页。
② ［美］A. 伊森伯格：《语言的审美功能》，［美］M. 李普曼编：《当代美学》，邓鹏译，北京：光明日报出版社1986年版，第169页。

伊森伯格还对文学中的哲理格言和道德说教做出阐释。如《安娜·卡列尼娜》中的第一句话："幸福的家庭都是相似的，不幸的家庭各有各的不幸。"我们并不会对它作真假判断，不会去检验它的正确性，而是将它融入小说整体去加以理解。甚至在诸如《战争与和平》中叙事与议论之间也没有绝对的区别。其原因就在于我们是以看待小说的心理预期去阅读的。当人们以某种态度对待记录信仰的句子时，"信仰"就变成了"印象"。"它能使理性、良知、趣味所承认的一切价值相互协调，而这样的能力便包含了对艺术的纯审美欣赏的存在的理由。"①

读者态度对阅读确实构成重要作用，可是，一旦过分强调，也就会走向主观主义的极端。伊森伯格甚至认为，任何哲学、任何科学体系，只要我们在理解它的过程中不对它进行检验，就是一出戏。沉思观照同样可以把握意义。这种把读者态度置于决定地位的做法与雅各布森重视语言本身的功能结构正好相反。

事实上，阅读过程是文本语言与读者交互作用的过程，语言的功能就是两者相互作用、共同实现的。一方面，文学语言固有的特征会诱发读者的心理预期，调整读者的阅读心态，引导阅读接受行为；另一方面，读者的态度又反过来决定对语言功能的选择，影响语言功能的重构和实现，进而影响阅读理解。两者是交互影响、共同生成的。但是，无论语言和读者都处在特定社会语境，共享文化惯例，正是文化惯例在某种程度上规范着阅读过程，引导、制约着语言与读者相互作用的方式，并授予语言以优先性。因此，从文学作品来看，其语言特征就往往成为相对重要的因素，它会弱化语言的指称功能，强化诗的功能，赋予文学以虚构性和审美性。对于文学作品内部某一具体句子而言，由于处在总体的虚构语境之中，它的指称功能也就自然遭到剥夺。与此相反，哲学或科学论文却排斥虚构性，除非读者刻意违反文化惯例，主观地坚执"文学阅读"的态度，那也可能重新选择和构建语言功能，进而把它看作伊森伯格所说的"一出戏"。

---

① ［美］A. 伊森伯格：《语言的审美功能》，［美］M. 李普曼编：《当代美学》，第177页。

第四节 热奈特:"转叙"与虚构

关于文学虚构问题,热奈特(Gerard Genette)的理论阐述存在着内在矛盾。

在《虚构与行文》(1991)中,热奈特认为,虚构是文学最显著的特征,正是它让语言从日常的功能场中摆脱出来,获得非功利的审美性。与此同时他又认为,仅以虚构性来界定文学存在局限性,虚构性并非所有文学类型共有的特征,尚不能涵盖整个文学领域。尽管亚里斯多德以来的古典诗学总体上重视虚构论原则,但面对抒情诗,却颇难自圆其说。自意大利和西班牙的文艺复兴时期起,开始将文学划分为叙事或史诗、戏剧和抒情诗三大类型,前二者为虚构型类型,而抒情诗则被视为非虚构型类型。"以史诗——戏剧——抒情诗三足鼎立的无穷变化为特征的新体系于是意味着抛弃虚构的一统天下而支持一定程度上公开宣称的双雄垄断局面,在新体系中,文学性从此与两大类型相联系,一方面是虚构(戏剧和叙事),另一方面是抒情诗,人们心目中的诗愈来愈经常地专指后者。"[1] 自此,虚构论诗学对文学的垄断结束了,以亚里斯多德传统之"题材标准"(虚构)的对称面而存在的"形式标准"则逐渐受到重视。经德国浪漫主义、马拉美、俄国形式主义,直至雅各布森,"形式论诗学"开始可以跟"虚构论诗学"分庭抗礼了。

热奈特把虚构论诗学和形式论诗学并称为"本质论诗学",他意识到即使两者联合起来已经可以网罗较为典型的文学文本,却仍然无法覆盖全部文学场,因为散文体非虚构类文学的巨大领域躲过了本质论诗学的双重约束机制,诸如史学、演说、政论、自传等,它们的独特性致使本质论诗学无法将其收罗到自己的麾下。这些文本随环境变化及在某种压力条件下可以进出于文学场。因此,为了能够收容这些在特殊情况下也可视为文学的文本,热奈特提出了"条件论诗学",它的原则为:我视任何引起我之审美满足的文本为文学文本。于是,

---

[1] [法]热拉尔·热奈特:《1. 虚构与行文》,《热奈特论文集》,第93页。

热奈特将文学划分为"构成型"和"条件型"两大类:"构成型"指其文学性由自身特征所规定的文本,包括具有虚构题材或诗的形式的文学文本;"条件型"则指不受上述规定限制而在某种条件下可以视为文学的文本。由此可以看到:其一,热奈特所谓"文学虚构",主要指题材上的虚构。如果从语言角度来看,即话语陈述缺乏真实对象,是个假命题,也即形式上模仿陈述的"虚假陈述"。[①] 其二,虚构并非文学的普遍特性,它只是叙事文学或戏剧所特有的。

但是,在《虚构作品的语言行为》一文中,热奈特转而从言语行为理论出发,对文学虚构做出了不同的解释,他的文学虚构观出现了新的变化因素。

在塞尔(即西尔,John R. Searle)的理论中,虚构话语是对"断言"的模仿,虽然具备断言的形式,但不具有断言应该具备的真诚性等条件,不能有效施行话语行为。因此,塞尔认为文学作品中的命令、许诺、打赌、裁决、馈赠等施事话语,是没有现实的施行能力的。针对塞尔的观点,热奈特做出了修正。在热奈特看来,虚构话语在假装下断言的同时,其实完成了另一行为,即生产虚构作品的行为,并以其言外行为宣示这个生产虚构世界的行为,邀请读者共同参与其间。他说:"西尔仅仅认为不严谨的'从前,一个姑娘等等'这句话,可以分析为(这显然是我的观点)(广义的)间接的因而也是复杂的非措辞行为,其载体是一个假设的或不严谨的论断句,而内涵则既可以是一种请求('试想想……')、一种宣示('我宣布下面内容纯属虚构……'),甚至另一个论断句,当然是严谨的论断句,如'通过下文,我希望在您的头脑中唤起一个小姑娘的虚构故事,云云'。"[②] 在此,热奈特对话语行为做了精辟分析,指出了话语行为的复杂性、多重性和多义性。话语是多层次的行为系统,在表面上伪装断言(虚假陈述)的同时,其实是以严谨的态度生产虚构作品,建构文学的虚构世界。这是个极其重要的观点,文学虚构之所以具有重

[①] 瑞恰慈所说的"伪陈述"是建立在玄妙世界观基础上的陈述,它没有真假值。与此处没有真实所指对象的"虚假陈述"不同。后人常常将瑞恰慈的"伪陈述"等同于"虚假陈述",其实是一种误解。

[②] [法]热拉尔·热奈特:《2. 虚构作品的语言行为》,《热奈特论文集》,第121页。

要的现代意义，就因为它建构了一个虚构世界。"文学把语言正常的指称性转移或悬搁起来，或重新转向。文学语言是改变了轨道的，它只指向一个想象的世界。"① 文学独立性、审美自律性等诸多现代特性，正是建基于这一虚构世界而非虚假陈述之上的。

作为虚假陈述的话语虽然没有真实的指涉对象，却仍然是一种指涉行为，它有真假值，并且由于指向现实世界（尽管没有真实对象），把自己与现实相关联，也就沦为指涉的工具，它自身的价值就取决于有否真实所指或者究竟指涉什么。其目的并非为人创设一个可以生存其间的虚构世界。恰如谎话只是意图令人"误以为真"的假话而非文学一样。文学话语行为则具有建构性，它生产着一个话语世界并吸引读者参与其中，因而与日常的现实存在分处于两个不同的世界，即虚构的话语世界与现实世界，它既不真也不假。当文学为自己创设了一个虚构世界而与现实世界相分离，文学就获得了独立性，它从现实关系中逃逸出来，免除了现实的功利目的的打扰，并为自由自律的审美活动准备了条件。因此，不是虚假陈述赋予文学以现代特性，而是话语构建虚构世界的行为能力为文学赢得了文学性、审美性。

可是，热奈特虽然对文学虚构提出了重要的见解，却没有充分重视它，而只是将其作为塞尔虚构观的补充。在他看来，塞尔关于虚构话语的阐释"是无可指责的，但是不够全面"。② 热奈特并没有改变他原先的语言符号学和叙述学的理论出发点，即便偶尔运用了言语行为理论，却没有将自己的立足点彻底转移过来，以致自己已有的重要发现得而复失。

正是秉承传统虚构观，热奈特意图对虚构叙事与纪实叙事的话语特征做出分析阐述。在另一篇文章《虚构叙事与纪实叙事》中，热奈特从"时序"、"速度"、"频率"、"语式"、"语态"诸方面分别做了比较分析，尽管其间的分析相当缜密，而从叙述学角度入手来界定

---

① ［美］希利斯·米勒：《文学死了吗》，秦立彦译，桂林：广西师范大学出版社2007年版，第30页。
② ［法］热拉尔·热奈特：《虚构与行文》，《热奈特论文集》，第81页。

虚构与纪实,其结果必然令人失望。他不得不慨叹说:

> 虚构的所有"标志"并非都属于叙述学范畴,首先因为它们并非都属于文本范围:更常见,也许愈来愈常见的情况是,一部虚构文本以副文本方面的特征为标志,它们可以使读者避免任何误解,扉页或封面上的体裁标志"小说"即是众多副文本标志之一例。其次,还因为虚构性的某些标志属于题材范畴……或风格范畴。①

正如热奈特所意识到的,虚构的标志并非都属于叙述学范畴,而且也非仅属于文本。事实上,文学虚构是文学话语行为的一种功能,是话语建构的虚构世界,它存在于文本向作品生成的过程,取决于话语、读者、语境和文化惯例的协同作用。热奈特是睿智的,他敏锐地发现了叙述学的理论盲区,可惜的是没有因此把自己的立场转换到言语行为理论上。其实,如果从言语行为理论角度把文学虚构视为生产虚构世界的能力,那就可以将热奈特从上述困境中解脱出来。以这种角度来看待文学虚构,我们甚至可以统一热奈特提出的本质论诗学(虚构论诗学、形式论诗学)和条件论诗学:一个虚假陈述因为缺乏实在对象,中断了话语与现实的关联,也就更有可能引导我们从话语的指涉性转向建构性,从而进入创建虚构世界的活动;另如节奏和韵律或分行书写等话语形式则因包含着文化惯例,要求我们按照诗歌的方式来阅读,也就引领我们一同创建诗意盎然的虚构世界;此外,只要我们将某一文本作为满足自己审美需求的对象,我们的意向就已经指向话语的建构行为,放弃了话语的指涉性而突显其建构性,悬置了话语与现实的关联,而这正是条件论诗学所要阐释的。因此,一旦我们将文学虚构视为话语建构一个虚构世界的能力,而不是视作话语表述与现实不符,虚构理论就获得了新的生机。

在《转喻:从修辞格到虚构》(2004)中,热奈特阐述了种种转喻以及和虚构之关系。在热奈特看来,任何一个修辞格都可以称得上

---

① [法]热拉尔·热奈特:《3. 虚构叙事与纪实叙事》,《热奈特论文集》,第147页。

是一次小小的虚构,或者说,是虚构的雏形和简化的虚构形式,因为它通常都具有双重意义,要求我们变换方式想象一个事物。譬如高康大拿木鞋磨自己的牙齿、橡树同芦苇对话交谈,这些修辞手法利用"虚构契约",既强调虚构的虚幻特征,又让读者欣然接受这种虚构,自愿中止怀疑。

但是,热奈特主要关注的并非作为修辞格的转喻,而是转叙,他把转喻的含义扩展、延伸到文学叙事中的转叙,即在叙事过程中变换故事层、跨越两个世界的边界。"这是两个世界之间变动不定但神圣不可侵犯的边界,一个是人们在其中讲述的世界,另一个是人们所讲述的世界。"① 人生活于现实世界并在现实世界中讲述故事、构建另一个虚构的话语世界,一个可以生存其间的虚构世界,这两个世界间存在着难以逾越的本体论鸿沟、一条神圣的边界,而转叙恰恰借助于想象穿越了这条神圣的边界,打破了这条边界,也将自己带进文学虚构之中。"大部分转叙性质的虚构都具有魔幻表现形式特征,它会立即吸引我们的注意力,它不像是故意使出骗人的花招,或者还说不上……设骗局,将读者(真实的和潜在的)引入所虚构的情节之中。"② 阿拉贡的小说《圣周风雨录》的叙述者,在整个史实叙事过程既担任见证者兼编年史作者,他自己又出现在故事情节之中,不断纠缠着故事人物。科塔萨尔的《花园余影》则写一位正在阅读这部小说的读者几乎被作品中的一个人物谋杀了。这位读者显然是小说创造的一个虚构人物,他一身而二任,既是小说的读者,又是小说中的人物,不仅跨越了两个原本平行的不同世界,而且也将两个世界扭结在一起。这就造成一种违背常理的魔幻特点,增强了故事的吸引力。

在此,我们发现热奈特关于文学虚构的另一种重要理解。其一是文学题材的虚构,从话语角度看则指陈述没有真实的指涉对象;其二是文学话语具有构建虚构世界的能力,正是这种虚构才是文学获得独立性和审美性的根源;而转叙显然有异于上述两种虚构。题材的虚构

---

① [法] 热拉尔·热奈特:《叙事话语 新叙事话语》,王文融译,北京:中国社会科学出版社1990年版,第165页。
② [法] 热拉尔·热奈特:《转喻:从修辞格到虚构》,吴康茹译,桂林:漓江出版社2013年版,第24页。

使读者中断了话语与现实的关联，引导他进入话语建构虚构世界的活动，进而沉浸于虚构世界的体验，中止怀疑，也暂时忘却虚构性。转叙固然也可视为一种特殊的虚构题材，但是，它却让读者保持对虚构的清醒意识，所强调的是对虚构的意识。转叙总是对两个世界边界的穿越。一般文学虚构作品，无论叙述者、受述者和人物都安守本分地各自处在"一个"世界内，即便出现越界行为，也是隐形的、不易察觉的。这种结构方式符合读者的实际经验和阅读习惯，很容易使读者对边界无意识化，并因此自由进入虚构世界深入体验；而忘却虚构、中止怀疑，正是深入体验的前提。转叙却让作者或叙述者或受述者或人物穿行于"两个"世界之间，违背常规地把越界行为推到前景位置，使这种荒诞行为突出出来，打破或搅乱两个世界的边界，这实际上反而就强化了读者的边界意识和对虚构的意识。"假如作者讲故事的过程突然插入自己的评论，就可能让人意识到故事本身的虚幻性……如此，就产生了类似奥斯卡·王尔德或黎里作品所创造的世界。"[1] 正是在违反常态的跨界越轨之时，读者清醒意识到边界的存在，意识到边界被拆毁所产生的虚幻感，因此，他实际上已经和文学虚构世界拉开了心理距离，实现了布莱希特所说的"间离效果"，站在旁观者而非分享者、体验者的位置了。转叙强调了边界意识、虚构意识和对越界的荒诞感。

　　对现实世界与虚构世界的边界的意识是极其重要的，缺乏对边界的意识，就会造成荒唐的结果。韦尔南叙述过这样一件事：一出讲述米利都陷落的悲剧在公元前5世纪初上演。由于真实事件离戏剧演出时间相隔不远，当演到米利都居民怎样在波斯人面前退却，观众被这一场面震惊了，他们开始慌乱地哭叫起来。韦尔南认为，在当时，人们对虚构与现实的边界缺乏明确的意识，以致无法保持与戏剧应有的距离。因此，"在悲剧中，虚构从一开始就被设置了；这是一个很重要的事实。悲剧讲述一个故去的往昔。主题本身一下子就给出了一种距离，与事件相关的距离，与人物相关的距离，而人物，正是往日的

---

[1] Ford Madox Ford, *The English Novel: From the Earliest Days to the Death of Joseph Conrad*, Philadelphia: J. B. Lippincott Co., 1929, pp. 148–149.

英雄和国王"。① 司汤达也讲述了一件发生在 1822 年的事：一位在巴斯梯摩剧院执勤的士兵，看见剧中奥瑟罗亲手掐死戴斯德蒙娜，大声惊呼并开枪打伤饰演奥瑟罗的演员。② 在舞台虚构与真实生活之间画出一道边界，以维持观赏所必需的心理距离，这正是戏剧需要"第四堵墙"的原因。

但是，读者又必须具备超越边界、放弃虚构意识的心理能力，否则，他就会被阻挡于虚构世界之外，不能登堂入室，深入体验。边界既是分隔现实与虚构两个世界的鸿沟，又是连接两个世界的桥梁。转叙则强调了这条鸿沟和桥梁的存在，因此，和相对注重参与体验的文学作品比较，它更侧重立足于旁观者位置的观照。其实，科塔萨尔的《花园余影》所强调的不是现实世界与虚构世界间的越界行为，而是两个不同的虚构世界间的越界行为。作品中的读者本身就是被叙述者，他处在一个讲述阅读事件的元故事层面；同时，他又越界进入另一故事层并被故事中的人物所谋杀。这位读者是从一个虚构世界穿越到另一个虚构世界。然而，任何明显的越界行为都会唤醒读者对边界的意识，实际上，读者此时就已经站在现实世界来感知和察觉边界的存在了。这就是说，文学作品中的任何明显的越界行为都有可能导致读者与虚构世界脱离开来，重返现实世界，从而产生对虚构的明确意识。

热奈特还将转叙拓宽至元叙述，乃至话语的"双声现象"，他说："从真实故事到虚构故事，从一种虚构到另一种虚构，这种相互之间不断交融与借鉴是普遍意义之魂，当然更是一切虚构的源泉。一切虚构都是由转叙编织而成的。"③ 并认为，现实与虚构是相比较而存在的，当日常现实中的真实因过于熟悉而失去对它的感知时，只有把它置于虚构的状态下，才能显示其真；同样，也只有把虚构看作酷似它的另一个世界时，方能显现其本色。

---

① [法] 让-皮埃尔·韦尔南：《神话与政治之间》，余中先译，北京：生活·读书·新知三联书店 2001 年版，第 435 页。

② [法] 司汤达：《拉辛与莎士比亚》，王道乾译，上海：上海译文出版社 1979 年版，第 10 页。

③ [法] 热拉尔·热奈特：《转喻：从修辞格到虚构》，第 161 页。

第五节　语言论转向：新的理论视野

　　20世纪是哲学、美学和文学研究实现语言论转向的时期，当人们把文学虚构问题置于语言学的视野中进行考察，这就有效推进了研究的深化。瑞恰慈阐述了语言的情感用法，继而又提出扎根于玄秘世界观的伪陈述；兰色姆从语义学角度分析了诗歌本体论；雅各布森则将语言置于传达系统，在分析诸要素相互关系中揭示其诗的功能；热奈特的理论阐释既深刻又庞杂，他以结构主义诗学为理论出发点，同时采纳了言语行为理论，尽管他的虚构理论存在着内在矛盾，却包含着许多真知灼见。

　　在不计其数的关于文学虚构的语言学研究中，上述研究仅只是其中几个微小的亮点，但仍然可以让我们大体窥见研究思路演变的轨迹。瑞恰慈关注作者与文学语言的关系，将语言与人的思维发展相联系，并把它视为人的内心情感的表达或深层心理的组织。从这个角度考察文学虚构问题，虽然揭示出文学语言与原始思维的关联，却同时使得语言本身的研究受到遮蔽，文学虚构的实质也因此未能深入揭示。兰色姆的诗歌本体论将语言自身孤立开来、突现出来，强调诗歌语言本身的独特价值。由此造成他的诗歌本体与现实本体之间的本体论鸿沟，可是，也恰恰是这种诗歌语言与现实世界既分裂又贯通的关系，展示了文学虚构的独特性，展示了文学与现实之间若即若离的独特关系。雅各布森则扩张了瑞恰慈、兰色姆的理论视野，他将语言作为一个信息传达系统来阐释其系统结构，在分析系统功能分布的变化中，展现文学语言的诗性特征，以此来揭示文学的虚构性。然而，由于上述分析阐述立足于语言共时研究的基础上，就势必难以深入揭示文学话语活生生的、不断创生的特性；与此同时，这种把虚构性视为文学语言自身固有特性的做法，也令文学虚构理论陷入备受质疑的困境。即便是雅各布森，表面上看似乎将文学虚构置于语言信息传播活动中来研究，而实质上却把活动过程的历时性问题篡改为系统和要素之关系的共时性研究。他所说的信息"发送者"和"接收者"，也只不过是传播系统中的"发送器"和"接收器"，并非参与话语活动的

"人"。特别是当解构主义否定了语言的指涉能力，提出语言能指总是不断飘移、永远不能抵达所指的观点，虚构与非虚构的界限就泯灭了，文学虚构问题本身也似乎被解构了。

正是言语行为理论把我们从单纯的话语表述和指涉活动中解救出来，将话语行为的复杂性、多维性、多变性、多层次性展现在我们面前。维特根斯坦说："每个符号自身似乎是死的。是什么给了它生命？——它在使用中才是活的。"[1] 约翰·塞尔则进一步指出："一切语言交流都包含有言语行为。语言交流的单位，不是平常所认为的那样是符号、语词或语句，也不是符号、语词或语句的标志，而是在言语行为的完成中构造出或表现出的这些符号、语词或语句。"[2] 文学话语的独特性是在其具体运用中展现的，是话语行为展开过程中生成的。就是在话语行为的展开过程中，文学话语的建构功能得以充分实现，文学虚构世界于是被创生出来了，文学独立性、审美自律性就建基于这个虚构世界之上。因此，文学的虚构性、审美性，以及文学性、诗性，都是生成性、过程性范畴，而非确定性范畴。

与索绪尔语言学着眼于语言符号系统的共时研究或语义学关注语言意义分析不同，奥斯汀的言语行为理论却注重日常言语的具体运行，注重个别的、动态的言语行为，注重言语行为与人、社会文化语境的关联，这就使它可以有效进入充满生命活力的文学作品之中，深入阐释文学话语的建构行为，展示文学虚构及诸文学特性生成的根源和机制。热奈特敏锐注意到言语行为理论新的阐释力，但由于他尚未将自己已有的立足点彻底转移过来，而是徘徊于索绪尔和奥斯汀两者之间，终于未能让自己的洞见发扬光大。即便如此，热奈特理论所具有的内在张力，就已经为文学虚构理论提供了许多重要启示和巨大的阐释空间。

---

[1] ［英］维特根斯坦：《哲学研究》，汤潮、范光棣译，北京：生活·读书·新知三联书店1992年版，第174页。

[2] John R. Searle, *Speech Acts: An Essay in the Philosophy of Language*, Cambridge University Press, 1969, p. 16.

第三章　在虚构世界中生存

第一节　海德格尔：颠倒的世界

马丁·海德格尔（Martin Heidegger）的文学艺术观对西方现代美学和文艺学有着重要的影响，而他恰恰是以极其曲折、矛盾且深刻的方式来阐述对文学艺术虚构的看法的。一方面，海德格尔反对将诗、艺术视为虚构和幻想的产物；另一方面，却又将诗和艺术置于跟现实相区分的"另一个天地"，也即非现实世界，这就在理论上构成了内在的矛盾。然而，在这一表面的矛盾中却又包含着对文学艺术的深刻思考。

一

海德格尔是在西方现代科学技术迅速发展，日益取得文化统治权的背景下，来思考文学艺术问题的。他痛感于现代科技所造就的"贫乏时代"，并认为，现代科学不同于古希腊的"知识"和中世纪的"学说"，现代科学立足于人的"主体化"和对一切存在者的"客体化"，并把主体与客体相割裂了。可是，就在人成为主体之际，人与其他存在者的关系发生了根本性变化。因为人一旦成了第一性的和真正的"一般主体"，那就意味着：人成为一种特殊的存在者，一切存在者都必须依据人这种存在者来建立自身的存在方式和真理方式。人成为一切存在者的"中心"，存在者整体则被人所确定和表象，世界于是被把握为"图象"了。"世界之成为图象，与人在存在者范围内成为主体是同一个过程。"① 这个"世界图象的时代"是与以往任何时代全然不同的时代。

在古希腊时期，人还不是一般主体，他并非一切存在者的中心。存在者乃是自行开启和涌现的，它作为在场者遭遇到作为在场者的人；而人则不是通过直观来感知存在者之存在，更不是以主体方式来筹划和构想存在者，他被牵引到存在者之敞开领域中，并被这敞开领域所包涵。在那里，存在乃是在场，真理乃是无蔽状态。可是，人成为现代主体以来，他就开始力求成为那种能够给予一切存在者以尺度和准绳的存在者，通过"表象"把存在者"摆置"（stellen）到面前来。"表象不再是'为……自行解蔽'，而是'对……的把捉和掌握'。在表象中，并非在场者起着支配作用，而是进攻（Angriff）占着上风……存在者不再是在场者，而是在表象活动中才被对立地摆置的东西，亦即是对象（Gegenstandige）。表象乃是挺进着、控制着的对象化。"② 人自从成为主体，就把一切存在者视为客体，视为对象，这就必然会以人自己的尺度来衡量、掌握、控制、改造其他一切存在者，实际上就已经造成主客体间的隔阂、对立和不平等，暗寓着人类中心主义，以及从人的主观性出发把握存在者、遮蔽存在的弊端。与此同时，当人的意识被设定为主体时，人自身也被意识构想为客体，同样不可避免地沦为作为主体的人的征服对象。

海德格尔认为，技术并非科学之具体应用，相反，是技术决定科学。"技术乃是一种解蔽方式。"③ 但是，古代技术和现代技术的解蔽方式却全然不同。古代人绝不运用技术去强制性地逼迫自然和改造自然，而是顺应自然，从亲近自然、照料自然中获得自然的酬报。而现代技术却按照人日益膨胀的欲求无止境地向自然索取，强行改变自然的形态和条件。"现代技术无视一切存在者的神秘存在，它以科学研究和实验的

---

① ［德］海德格尔：《世界图象的时代》，孙周兴译，孙周兴选编：《海德格尔选集》下，上海：上海三联书店1996年版，第902页。按照海德格尔的说法，"世界图象"并非指先有一个世界，然后"世界图象"是它的摹本，而是说，世界本身就以"世界图象"的方式站立在我们面前，世界被我们把握为"世界图象"。
② 同上书，第918—919页。
③ ［德］海德格尔：《技术的追问》，孙周兴译，《海德格尔选集》下，第931页。

方式探究存在者的秘密，以开发、改变、储藏、分配、转换存在者所隐藏的能量的方式来'逼出'存在者的某种存在。在此强求性的强制安排（the challenging setting-upon）中，存在者不再作为完整的神秘者而自行出场，而是作为被技术强行安排（set upon）与订购（ordering）的资源而出场。"① 然而，从根本上看，人并不能真正成为现代技术活动中的"主体"，人与其他存在者一样，都无法逃脱被现代技术掌控和订购的命运。海德格尔说，正是现代技术把大地和大气变成了原料，也使人沦为人的材料。技术观念统治蔓延开来的时候，个体的独立想法和意见的领域也早被弃置不顾了。"不仅生命的存在在训练和利用中，被技术性地对象化了，而且原子物理学对各种作为生命的生命现象的攻击，也在大力进行之中。归根到底，这是要把生命的本性交给技术制造去处理。"②

更为严重的是，对于这一现实危机，人并没有自觉。人自以为似乎能够凭借科学技术让一切存在者解蔽，按照自己的尺度和意志来订造种种"被技术所订购者"，人神气活现地仿佛成了地球的主人了。技术的肆虐有效地遮蔽、隐瞒了人和其他存在者受到技术控制这一命运。

> 这片大地上的人类受到了现代技术之本质连同这种技术本身的无条件的统治地位的促逼，去把世界整体当作一个单调的、由一个终极的世界公式来保障的、因而可计算的贮存物（Bestand）来加以订造。向着这样一种订造的促逼把一切都指定入一种独一无二的拉扯之中。这种拉扯的阴谋诡计把那种无限关系的构造夷为平地。③

现代技术俨然是保障人类未来的"世界公式"，它毋庸置疑地承诺把人

---

① 余虹：《艺术与归家——尼采·海德格尔·福柯》，北京：中国人民大学出版社 2005 年版，第 142 页。
② ［德］海德格尔：《诗人何为？》，海德格尔：《诗·语言·思》，彭富春译，北京：文化艺术出版社 1991 年版，第 101 页。
③ ［德］海德格尔：《荷尔德林的大地与天空》，海德格尔：《荷尔德林诗的阐释》，孙周兴译，北京：商务印书馆 2000 年版，第 221 页。

类一步步引领进幸福之境。然而事实上，人与世界、人与自己原本无限丰富的联系却由于现代技术而单一化、工具化了。人和世界的命运被遮蔽，人忘却了自己，失去了自己的本质。"今天人类恰恰无论在哪里都不再碰到自身，亦即他的本质。"①

二

那么，人怎样才能从这种危机中获救呢？海德格尔为此指出的拯救之路不是重新回到被他理想化了的古希腊，而是艺术和诗。"由于技术之本质并非任何技术因素，所以对技术的根本性沉思和对技术的决定性解析必须在某个领域里进行，此领域一方面与技术之本质有亲缘关系，另一方面却又与技术之本质有根本的不同。""这样一个领域乃是艺术。"② 在海德格尔看来，正是在艺术和诗中，被遮蔽的命运敞开了，人与存在者之间摆脱了主客体关系，恢复为无限丰富又极其自然的联系，存在者之存在重新开始涌流，大地则将一切涌现者返身藏匿起来，于是，世界不再是我们自以为十分接近的那样可把握、可攫住的东西，不再作为"世界图象"立于我们面前能让我们细细打量。世界"世界化"了。世界重新成为世界本身，成为与人休戚相关、亲密相融、既敞开又神秘的存在，成为人始终归属于它的非对象性的存在。"艺术作品以自己的方式开启存在者之存在。这种开启，也即解蔽（Entbergen），亦即存在者之真理，是在作品中发生的。在艺术作品中，存在者之真理自行设置入作品。艺术就是自行设置入作品的真理。"③

由于艺术和诗开启了存在者之存在，艺术和诗即真理之发生，因此，艺术和诗就有着极为深刻的现实性和真理性。基于这种认识，海德格尔对艺术和诗的虚构性常常表达了自相矛盾的看法。

一方面，海德格尔明确否定了艺术和诗的虚构性。他说："诗并非对任意什么东西的异想天开的虚构，并非对非现实领域的单纯表象和幻

---

① ［德］海德格尔：《技术的追问》，《海德格尔选集》下，第945页。
② 同上书，第954页。
③ ［德］海德格尔：《艺术作品的本源》，孙周兴译，《海德格尔选集》上，第259页。

想的悠然飘浮。作为澄明着的筹划,诗在无蔽状态那里展开的东西和先行抛入形态之裂隙中的东西,是让无蔽发生的敞开领域,并且是这样,即在现在,敞开领域才在存在者中间使存在者发光和鸣响。"① 这就是说,诗(包括艺术)并非虚构,并非非现实的幻想,而是相反,诗是存在者的无蔽状态,是存在的敞开,是真理自行设置入作品,它深深地植根于现实。这种否定艺术虚构的观点与海德格尔的世界观、艺术观密切相关。在海德格尔看来,现代社会给人类造成的困境,其根子就是人的"主体化"和世界的"图象化"。正是这样一个过程改变了人与存在者原本的亲密关系,也使世界受到遮蔽。海德格尔之所以钟情于艺术,就在于艺术保留着古希腊时期人与世界的那种亲密关系,也即主体尚未形成、主客体尚未分裂的状态。唯有在这种主客体没有区分、没有割裂的状态下,艺术才能将存在者带入无蔽的敞开领域,于是,存在者开始发光和鸣响,存在重新开始涌现,真理自行置入了作品。艺术即真理的自行发生——这就是海德格尔的艺术本质观。因此,在阐述艺术和诗的问题时,海德格尔一再强调艺术和诗的现实性和真理性,并对"主体",以及与"主体"相关联且建立在"主体"活动之上的诸如"想象"、"幻想"、"虚构"、"价值"等等,提出了非议。②

可是,问题的关键是:艺术和诗究竟是如何将存在者带入无蔽的敞开领域的?它又是如何维护了那种主客体没有分裂的状态?为什么进入艺术,也就进入了主客体浑融的境界,进入了澄明之境?为什么在人告

---

① [德] 海德格尔:《艺术作品的本源》,《海德格尔选集》上,第293页。
② 在《艺术作品的本源》中,海德格尔说:"我们的意图是找到艺术作品的直接的和全部的现实性;因为只有这样,我们才能在其中找到真实的艺术。"(《海德格尔选集》上,第240页)可以说,对艺术与真理关系的思考构成了海德格尔美学思想的核心。在《世界图象的时代》中,海德格尔则说:"唯当存在者成为表象(Vor-stellen)之对象之际,存在者才以某种方式丧失了存在。这种丧失是十分不清晰和不确实地被追踪到的,并且相应地很快就得到了弥补,因为人们赋予对象和如此这般得到解释的存在者以一种价值,并根本上以价值为尺度来衡量存在者,使价值本身成为一切行为和活动的目标……价值似乎表达出这样一个事实,即:人们在与价值的关联的地位中才推动了最富价值的东西本身,但价值恰恰是对变得平淡无奇、毫无隐秘的存在者之对象状态的微弱无力的蒙蔽。"(《海德格尔选集》下,第911—912页)在海德格尔看来,价值恰恰是人的主体化和世界的图象化之后,为了弥补存在的丧失而出现的,可是,它却被当作"自在之对象",愈加造成对存在的蒙蔽。艺术则应该排除因主体性而造成的种种蒙蔽,也包括价值对存在的蒙蔽。但是问题在于,文学艺术如果离开了主体和价值,也就不可能存在了。

别古希腊时期之后,艺术竟然会成为这样一个境域?在海德格尔看来,自现代以来,主客体的分裂已经不可避免。只要生活在日常现实中,就无法逃脱胡搅蛮缠的科学技术对世界的对象化。"在人的本性中威胁人的,是这种观念:技术的制造使世界有秩序,其实正好是这种秩序,把任何秩序都拉平为制造的千篇一律。因而,它自始就把一个可能出现的秩序与承认的来源破坏了。"① 人的本性之中就潜藏着人自身的危机,即:刻意追求秩序,并通过科学技术追求统一规格的秩序,这种无法遏止的冲动却为人自身设置了陷阱。在现代社会,人就生活在技术包围之中,生活在由现代技术所建立起的秩序之中,无法摆脱主客体相分裂的状态,无法摆脱被对象化、被控制的命运。人已经无处逃遁,无处藏身了。唯一出路就是逃离现实,进入另一个世界:这个世界正是艺术。于是,艺术也就成为人摆脱现实关系的一个独特的世界。如果沿用人们的习惯,把日常现实关系中的世界称为"现实世界",那么,非现实关系中的艺术世界就只能是非现实世界,也即"虚构世界"。沿着海德格尔的思路,艺术也只有作为非现实的虚构世界,才能成为人的庇护所。因为在非现实的虚构境域,人终于摆脱了种种现实关联、现实条件和现实局限,包括现实的职业分工、角色规范和科学技术的纠缠,人重返自由了。他可以自由自在地分享任何一个角色的喜怒哀乐和人生体验,并和任何一个存在者融合为一体,人自由地敞开了自己的心扉。当人在虚构世界中摆脱所有的现实限制,以新的方式展开自己的存在时,那些原先的成见、偏见和寻常的平庸就有可能被弃置不顾了,他以新的态度感受世界,他与世界处于一种全新的自由嬉戏的关系之中,一种尚未分裂的非对象性关系之中,于是,在他面前,存在者恢复了原本的丰富多彩,世界展开了无限的可能性。

因此,海德格尔说:

> 作品越是孤独地被固定于形态中而立足于自身,愈纯粹地显得解脱了与人的所有关联,那么,冲力,这种作品存在的这个"此一",也就愈单纯地进入敞开之中,阴森惊人的东西就愈加本质性

---

① [德]海德格尔:《诗人何为?》,《诗·语言·思》,第106页。

地被冲开，而以往显得亲切的东西就愈加本质性地被冲翻。然而，这形形色色的冲撞却不具有什么暴力的意味；因为作品本身愈是纯粹地进入存在者的由它自身开启出来的敞开性中，作品就愈容易把我们移入这种敞开性中，并同时把我们移出寻常平庸。服从于这种移挪过程意味着：改变我们与世界和大地的关联，然后抑制我们的一般流行的行为和评价，认识和观看，以便逗留于在作品中发生的真理那里。唯这种逗留的抑制状态才让被创作的东西成为所是之作品。①

只有作品"孤独地被固定于形态中而立足于自身"，只有作品阻断人与世界之间日常的习惯性联系，只有作品处在与现实全然不同的另一个维度，此时，作品才能终于成为一个独立的、自足自律的、完整的世界。也只有作品成为一个区别于现实世界的独立自足的世界，它才具备一种力量来改变我们日常的生存方式，改变我们与世界和大地的关联，进而改变我们的行为、评价、认识和观看方式。文学艺术虚构让人自由地生存于作品世界之中，自由地与一切存在者相亲近，相嬉戏，相融洽，相融合。原先，人与存在者之间因现代技术而变得单一化、工具化且相割裂的关系，现在重新恢复为自由、丰富、全面、融洽的关联，于是，存在敞开了，真理显现了。表面上，海德格尔否定了艺术和诗的虚构，而实际上，他却只给艺术和诗保留下唯一一条生路，那就是遁入非现实的虚构世界。所以，在谈到观赏梵高的绘画作品时，他说："走近这幅作品，我们就突然进入了另一个天地，其况味全然不同于我们惯常的存在。"② 艺术并非现实，它属于跟现实不同的"另一个天地"，它赋予我们新的区别于"我们惯常的存在"的存在方式。然而，这首先就要求艺术作品必须"从它自身以外的东西的所有关系中解脱出来，从而使作品只为了自身并根据自身而存在"。而艺术家则扮演着这样一个角色，他不是正在幻想着的"主体"，而只是去倾听，去领受，"作品要

---

① ［德］海德格尔：《艺术作品的本源》，《海德格尔选集》上，第287页。
② 同上书，第255页。

通过艺术家进入自身而纯粹自立"。① 无论如何，艺术必须是独立自律的，它摆脱了所有现实关系而"纯粹自立"，它处在现实维度之外。所以，在讨论荷尔德林的诗时，海德格尔又说："作诗压根儿不是那种径直参与现实并改变现实的活动。诗宛若一个梦，而不是任何现实，是一种词语游戏（Spiel in Worten），而不是什么严肃行为。诗是无害的、无作用的。"② 海德格尔的这些表述就不能不跟他对虚构的否定态度构成矛盾。

三

如果深入一层分析，就不难看到，海德格尔关于虚构的自相矛盾的表述，导源于他的真理观。在海德格尔那里，真实与虚构是倒置的。海德格尔颇为赞赏荷尔德林的诗歌《恩披多克勒》中潘多亚所说的话："……成为他本身，这就是生活／我们别的，都只是对生活的梦幻。"③ 人生活在现实中，他永远无法逃离社会历史语境，摆脱种种角色要求和现实规范，而只能是某个特定环境中的特定角色，或是医生、作家、朋友、情人、丈夫、儿子等等，他只能以某种现实方式存在着，而且被技术纠缠着。人是历史的、社会的、现实的人。可是，在潘多亚看来，人的这一切现实的存在方式都不是他真实的自己，而只是"梦幻"；唯有成为"他本身"，一个非历史的、非现实的，如同恩格斯所说"母的类人猿"，才算是真正的生活。在潘多亚那里，生活与梦幻、真实与非真实、现实与非现实已经被倒置了。海德格尔同样认为，人的日常存在已经不是"自己存在"，只能是一种"非本真状态"。在日常生活中，人沉沦于世界，混迹于和"常人"的杂然共处之中，并被"常人"的共同此在所攫获，人于是丧失了自身本质而成为"常人"，成为"他人"，

---

① ［德］海德格尔：《艺术作品的本源》，《海德格尔选集》上，第260页。
② ［德］海德格尔：《荷尔德林和诗的本质》，孙周兴译，《海德格尔选集》上，第311页。
③ 转引自海德格尔《荷尔德林和诗的本质》，《海德格尔选集》上，第322页。

成为"平均数",以致"跌入非本真的日常生活的无根基状态与虚无中"。① 艺术则不同,"艺术作品决不是对那些时时现存手边的个别存在者的再现,恰恰相反,它是对物的普遍本质的再现"。② 在海德格尔看来,艺术和诗是因为展现了"普遍本质",才有了深刻的现实性。一切事物,其真实与非真实、现实与非现实即以此为衡量、判断的标准;一切人,其本真状态与非本真状态也只能以此为衡量、判断的标准。

尽管海德格尔致力于批判形而上学,实质上,却并没有真正摆脱形而上学。就如柏拉图所认为,理念是永恒的、真实的,现实却只是理念的"影子",海德格尔则看重"普遍本质",而鄙视身边的具体存在者,认为那只是因主客体分裂而造成的"表象"或"世界图象"。与柏拉图不同,海德格尔没有把"表象"、"世界图象"视为"普遍本质"的"影子",更没有把艺术和诗视为"影子的影子",而是相反地将艺术和诗直接跟"普遍本质"攀上亲,挂上钩,将柏拉图刻意要驱逐的东西重新请进神圣的殿堂,认为恰恰是艺术和诗持存并展现了"普遍本质",所以,艺术和诗才真正具有现实性、真理性,它远比"那些时时现存手边的个别存在者"真实。③

显然,海德格尔所要反对的是建立在"主体"的想象、幻想基础上的"虚构",以为那只会离"普遍本质"更远。他所强调的是:要人们专注于作品世界,与作品世界相融合,进而达到物我两忘、界限泯灭并与现实世界割断日常关联的一种沉醉状态。借助于这样一种状态,主体与对象之界限消弭了,存在敞开了,真理显现了,艺术和诗于是据有了真正的现实性。然而,这样一种与现实世界相割裂、纯然沉浸于作品之中的境界也只能是"虚构之境",只不过不同于一般美学家所谓的主体的想象性虚构而已。可以说,一般所说的虚构是"有我的虚构"(有我之境),而海德格尔所说的"另一个天地"是"无我的虚构"(无我之境),仿佛古代中国的老庄以"虚静"、"坐忘"而体"道"。两种虚

---

① [德]海德格尔:《存在与时间》,陈嘉映、王庆节译,北京:生活·读书·新知三联书店1987年版,第216页。
② [德]海德格尔:《艺术作品的本源》,《海德格尔选集》上,第257页。
③ 如第一章所述,柏拉图也赞赏另一种诗,即迷狂中产生的诗,这些诗是能够窥见理念的。从这一点看,海德格尔的观点又和柏拉图相通。

构观都共同强调：超越现实，摆脱现实关系，只不过超越的方式相异。这种区别导源于康德与胡塞尔：康德强调审美想象是主体对世界的改造，并创造了另一个自然；胡塞尔则主张不干预外部世界的现象学直观，现象学的意向性结构本身就已经悬置了主体问题。海德格尔正是继承了胡塞尔现象学直观的思路。正如中国古典美学的核心问题是艺术与"道"的关系，海德格尔美学思想的核心则是追问艺术与真理的关系。从中也可以看到海德格尔美学思想与中国古典美学的内在关联。

  在此，并非否定海德格尔所指出的"世界图象"的遮蔽性，也非否定艺术、诗具有解蔽的"敞开性"。正是艺术和诗赋予人以自由，令人以全新的方式与世界重建丰富的联系。在这一点上，海德格尔确实把握了艺术和诗的真谛。但是，艺术和诗的这种敞开却不是展现"普遍本质"。即便海德格尔所说的"本质"并非本质主义所谓的那个唯一的、永恒的本质，而是指真理的显现，一种本源性的本真状态，更具体地说，即尚未发生主客体分裂的古希腊人对存在的领受。但是，那样一种状态也只能是他在自己的理想中虚设的，是他对古希腊时期的美化。实际上，从来就不存在那种显现"普遍本质"的澄明状态。当人尚未成为个体，当主客体尚未出现分化之际，那只能是一种混沌状态和蒙昧状态，任何真正意义上的审美都不可能发生。海德格尔敏锐地看到主客体分裂所隐含的人类中心主义的危险和世界"图象化"的弊端，却忽略了人的主体性对于人，对于艺术和诗的重要意义；没有看到，唯有人成为主体，同时又能放下这种主体性，且将其他存在者也视为主体，即建立"主体间性"关系，真正意义的审美才会发生，艺术和诗的独立才有可能。正是人的主体性诉求，才促使艺术和诗终于摆脱宗教等种种束缚而获得独立。没有人的主体性，也就没有艺术和诗的独立性。同样，艺术和诗则以"虚构"为自身设定疆域，将自己与现实世界间隔开来，开辟出诗意领地，为人的存在和人的自由提供了无限可能性，并成为孕育人的主体性的不可或缺的生存维度。

  人的主体性与艺术、诗的独立性是相互生成的。"虚构"解除了现实法则对人的拘囿，消除了人与世界间的隔阂，弥合了主客体间的鸿沟，敞开人的心灵，同时也敞开了世界，让人与世界无拘无束地相融合，相交通，让一个与人的心灵相亲近、相应和的世界呈现出来了，让一个无限丰富且变幻莫测的世界显现出来了。艺术和诗为人创设了一个有别于现实世界的虚构世界，并引领人离开现实，弃绝现实，最终却将一个更为真切生动的现实、一个真正属人的现实奉还给了人。然而，它却绝不是引领我们去窥探那个虚设的"普遍本质"。海德格尔有着太深的怀旧情结，他总是不由自禁地赋予"开端"（古希腊）以纯粹性和神圣性，并意图借道于艺术和诗来"还乡"，回归那被他理想化了的古希腊时代。在艺术和诗的活动过程中，人也经历着丰富的变化：当人展开想象并要创造一个审美世界之际，他满怀着自由创造的欲望，满怀着对自由的审美世界的向往，他是一个积极能动的自由的主体；而一旦进入所创造的审美世界、陶醉于审美世界，并与这一世界相融合，人的主体性也就消解了，他处于一种"无我无物"的混融境界。但是，也正是主体性的消解，人与世界的融合为一，又丰富着人自身，拓展着人自身，并将一个更为自由、更为独立、更富有创造性的主体奉还给人。因此，文学艺术活动过程也恰恰正是人的主体性的建构和生成的过程。

与以往的文学艺术虚构观不同，海德格尔否定从人的主体出发的幻想和虚构；他所说的文学艺术与现实世界相区分的"另一个天地"，则是主体消解、物我相融的世界。正是这样一个"天地"，才为人在科技霸权肆虐的现代提供了另一种生存方式，提供了一种人与世界的新关系。唐·伊德在评论海德格尔关于现代科技的观点时指出："海德格尔有关论述的重要性在于，他早在库恩之前就认识到技术不仅是简单的物的集聚，而是一种看世界、揭示世界的方式。至少在西方占主导的将自然视作为人服务的资源这一点上，海德格尔是正确的。"[1] 在科技日益取得文化霸权地位的现代，海德格尔提出了人与世界的另一种关联方式，强调了艺术和诗对于人的重要意义，这确实起到了纠偏救弊的作用，而他关于文学艺术虚构的论述则既体现了深刻的洞见，也显示出他的思想局限。

---

[1] Don Ihde, *Postphenomenology: Essays in the Postmodern Context*, Evanston, Illinois: Northwestern University Press, 1993, p. 113.

第二节　萨特：跨越自律性与功利性之鸿沟

同海德格尔对文学艺术虚构的矛盾表述不同，让-保罗·萨特（Jean-Paul Sartre）则明确阐述了文学艺术的虚构性。萨特不仅认为文学艺术是想象性的虚构世界，并将虚构性奠基于人的存在虚无化的基础上，这就给予文学艺术虚构以有力的阐释。但是，一旦文学艺术成为非现实的虚构，它就无可挽回地跟现实世界疏离了，它高悬于现实之上，与现实社会割断了直接关联，成为一个独立、自律的世界，再也不能被当作实现现实目的的有效手段了。那么，作为一个积极"介入"现实的作家，萨特究竟是如何阐释文学艺术的虚构性，并且是如何以文学艺术这个虚构之物来实践现实目的，发挥它的社会功能的呢？

一

在《想象心理学》中，萨特明确指出："艺术作品是一种非现实。"[①] 萨特以绘画作为例子，沿用胡塞尔现象学的观点分析说：在绘画作品中，现实的东西是笔画的效果，是画布上的颜料及其颗粒，是敷在颜料上的清漆。但是，所有这些都不是构成审美把握的对象。"美的"东西只是某种不能作为知觉被经验到的而在其本性上又在世界之外的东西。只有意识发生根本性的改变而成为想象性的，这个时候，绘画才作为非现实的审美对象出现。所以说，"审美对象是由将它假设为非现实的一种想象性意识所构成和把握的"。[②] 小说家、诗人、剧作家的创作莫不如此。他们正是借助于"语词近似物"构成了一种非现实对象。譬如戏剧舞台上，扮演哈姆雷特的演员已经不是现实生活中的他本人，也不是哈姆雷特，他以自己所有的情感，所有的能力，以及自己的整个身体和动作姿态，当作哈姆雷特这个形象的近似物，他

[①]　［法］让-保罗·萨特：《想象心理学》，褚朔维译，北京：光明日报出版社1988年版，第284页。

[②]　同上书，第288页。

完全是以一种非现实的方式生活着的。因此,"演员是完全被那种非现实的东西所吸引,所唤起的。他不是人物在演员那里成了现实的,而是演员在人物那里成了非现实的"。① 戏剧所展现的正是非现实的虚构世界。

萨特关于文学艺术非现实性的认识是建立在人的独特性基础上的。萨特认为,世界作为"自在的存在",是一种纯粹的无条件的充实的存在。与此不同,人则是有意识的"自为的存在"。由于意识只能是对某物的意识,它的特征就在于总是离开自身而指向外物,指向世界,这就注定人无法与自身同一,既"是其所不是"又"不是其所是"。他总是不断否定自身的存在,超越已成的存在而成为非存在,成为虚无。"自为"是"自在"的纯粹的虚无化,他的存在绝不能被给定,虚无化总是把他与他本身区别开来,使他永远处于悬而未决状态,处于一种永恒的延期。"自为除了是存在的虚无化之外,没有别的实在。他的唯一定性来自他是个别特殊的自在的虚无化而不是来自一般的存在的虚无化。"② 他通过否定"自在"而使自己显示他不是什么,并且因此显示他应是什么。"虚无"构成人的存在的本体论规定。

"任何自为都是自由选择;这些活动中的任何一个,最微不足道的和最值得注意的一样,都表达了这种选择并来源于它;这就是我们称之为我们的自由的东西。"③ "虚无"赋予人的存在以自由,令他具有无限的可能性,永远不能被既成的存在所框定,而必须面对种种境况做出自己的选择、决断。从这一角度来看,想象恰恰最为充分地体现着人的存在的虚无和自由的特性。人的存在的虚无化本性,注定了人是自由的,也注定了人的自由需要借助于一种自由的意识来实现。所以,萨特说:"人之所以能从事想象,也正是因为他是超验性自由的。"④

胡塞尔说:"想象这个词,至少是与它相近的虚构一词,通常是表

---

① [法] 让-保罗·萨特:《想象心理学》,第284页。
② [法] 萨特:《存在与虚无》,陈宣良译,北京:生活·读书·新知三联书店1987年版,第787页。
③ 同上书,第765页。
④ [法] 让-保罗·萨特:《想象心理学》,第281页。

示'非现实',表示捏造,被想象之物只是虚构,即只是假象。"① 萨特承接这一观点指出,想象性意识不同于一般意识就在于:它的意向对象不是现存的而是假定的,是一种非存在的对象,也即虚构的对象。想象"这个世界是自足的;它既不会为知觉所掩盖也不会为之所更改,因为它并不属于现实领域。正是它的这样一种非现实性,便使之成为不可企及的,而且使之具有了一种密不可透的性质和一种力量"。② 如果说,意识常常是从既定境况出发做出抉择,不能不受到既定境况掣肘的话,那么,想象则因其非现实性,因其对象是虚构的、自足的,也就摆脱了特定境况的束缚,获得彻底解放。想象是最富于创造性的虚构活动,也是最为自由的活动。"想象的活动是一种变幻莫测的活动。它是一种注定要造就出人的思想对象的妖术,是要造就出人所渴求的东西的;正是以这样一种方式,人才可能得到这种东西。"③ 所以,一方面,萨特"坚持人常常不得不为超越他们目前处境的目标而生活和行动"。另一方面,"他主张这个终极目标只是自我矛盾的空想"。④ 这样,就给想象留下了空间:"我们只能通过想象意识到美,想象抓住了这种空想,同时认识到这种想象的不现实性。"⑤ 正是想象的这种非现实性,使得自由成为可能,使得美成为可能,它以变幻莫测的"妖术"创造出"人所渴求的东西",来舒缓人的本体性焦虑。也就是从这一问题中,萨特看到了价值的根源、美和文学艺术的根源。

"根据萨特的说法,人有着根本上的欠缺。"⑥ 因为"自为"与"自在"既不可分又存在无法弥合的差异。"自为"总是要否定和超出"自在",成为另一个"自在",但是,又不可能成为任何一个"自在",它与"应该是"的存在永远不能重合,其间的差异就是"欠缺"。因此,"欠缺"注定作为"自为的存在"的人无法摆脱欲望,注定这欲

---

① [德]胡塞尔:《与感知表象相对的想象表象问题》,倪梁康译,倪梁康选编:《胡塞尔选集》下,上海:上海三联书店1997年版,第724页。
② [法]让-保罗·萨特:《想象心理学》,第259页。
③ 同上书,第192页。
④ Stephen Wang, "Human Incompletion, Happiness, and the Desire for God in Sartre's Being and Nothingness", in *Sartre Studies International* 12. 1 (2006), p. 2.
⑤ Ibid., p. 3.
⑥ Ibid., p. 4.

望就是超越性本身,是向着所欲望的对象,向着"应该是"的存在对自我的逃避;而当这一对象不是现实存在对象而是人的自由理想之具体化时,它就表现为"美",表现为文学和艺术。人与世界理想状态之间的自由关系,则体现为审美关系。想象正是力图弥补"欠缺",连接人与人所渴求的东西,人与世界理想状态的桥梁。因此,美表现世界的一种理想状态,"就我们把我们本身当做一种欠缺而言,我们认为宇宙是欠缺美的……就人在世界上实现了美而言,他是以想象的方式实现它的"。[1]

二

一旦文学艺术立足于人的想象活动,文学艺术作品成为想象性的虚构世界,它也就与现实世界相分离而成为自足自律的独立王国。萨特以查理八世的肖像画作为例子,他说,这幅肖像画本身作为一种现实的"物品",它和周围的环境相关并受到环境的影响,譬如环境明暗的变化,色彩也可能是有些褪色的,它的客观性依赖于被当作一个时空整体的现实。但是,如果我们在那幅肖像画上所把握到的是作为"意象"的查理八世的话,那么,情况就完全不同了。肖像画上查理八世面颊的明暗光影是画家当初在非现实中确定下来的,决定面颊的明暗程度的是那个非现实的太阳,或者是画家特意放置的那支非现实的蜡烛。现实的照明装置所能做到的,只是将现实中作为"物品"的画幅照亮,而不能改变作为"意象"的查理八世面颊上的明暗。因此,非现实的意象出现的同时,也就超出了现实的可及范围。为了造就出"查理八世"这个作为意象的对象,意识就必须有能力否定这幅画的现实性。"假定一个对象,也就是在现实的整体边缘构成一个对象。因此,这也就意味着要同现实的东西保持一段距离,要使自己从现实的东西中得到解脱,总之是要否认现实的东西。"[2] 这就是说,当肖像画不是作为现实世界中的物品,而是作为欣赏对象的艺术作品时,它就已经超越了现实世界而进入另一个独立的虚构世界了。

---

[1] [法]萨特:《存在与虚无》,第266页。
[2] [法]让-保罗·萨特:《想象心理学》,第277页。

然而，当作品成为自足自律的虚构世界，当作品与现实世界相分离，它也就不再能够介入社会现实发挥作用了。无论作品表达什么意义，它都是在虚构的王国里自言自语、自说自话，它超脱于具体的社会历史之上，失去跟现实直接对话的能力。与此相应，作者和欣赏者也都必须进入虚构世界，才能与作品构成交流对话。因为"想象的世界是完全孤立的，而我则只有将自己非现实化在这个世界中才有可能与之相接触"。[1] 作者或欣赏者，都因为进入这个想象的虚构世界而不能不让自己从根本上脱离现实世界，孤立于现实世界，否定种种现实关系。可是，问题的关键还不在于人与现实世界相分离，而在于当人进入虚构的文学艺术世界之后，人也就无可奈何地必须放弃任何现实的功利目的了，因为虚构将文学艺术本身连同人一道从现实世界的种种关联中疏离开来，解脱出来，功利目的也就被悬置了，落空了。这一放弃也终于令人回归人本身，人不再成为实现自身以外的功利目的的手段，人成为自己的目的，人获得了真正的自由。很显然，萨特的文学艺术虚构观是承继了康德审美自律和现象学的观念的。

当人从现实的社会历史关联中脱身出来，当人回归于人本身，这个所谓的"人"也就成为抽象的"普遍的人"；所谓的"自由"也只能是抽象的永恒的自由。"普遍的人这个概念的一项基本特征是他不介入任何一个特定时代"，"普遍的人不会去想普遍价值以外的东西，他是对人的不受时效限制的权利的纯粹和抽象肯定"。[2] 而"自由本身，如果人们考察其永恒的形式，也像一根干枯的树枝"。[3] 这个"普遍的人"和"永恒的自由"势必因丧失历史具体性而失却现实的社会根基，它们已经成为空洞、抽象的观念。人不能不"具有一个具体的存在形式"，[4] 没有人会对一个抽象的人和抽象的自由感兴趣。于是，文学艺术即便想要有所作为，也只能是"无所为而为"、"无所用之用"了。抽象的、普遍的、

---

[1]　[法] 让-保罗·萨特：《想象心理学》，第203页。
[2]　[法] 让-保罗·萨特：《什么是文学？》，《萨特文学论文集》，施康强等译，合肥：安徽文艺出版社1998年版，第125页。
[3]　同上书，第117页。
[4]　[法] 让-保罗·萨特：《自我的超越性》，《萨特哲学论文集》，施康强等译，合肥：安徽文艺出版社1998年版，第31页。

永恒的东西与历史的、社会的、具体的现实是格格不入的,其一高悬于天上,另一则立足于地面,两者之间存在难以弥合的鸿沟。

作为一个热衷于"介入"现实社会的作家,萨特显然意识到文学艺术这种追求形而上的虚构本性跟历史意识间的冲突。虚构抽空了文学艺术的历史具体性,令人陶醉于形而上的、永恒的人性之中,这在事实上已经构成对现实的逃避。要么坚守文学艺术的虚构本性,放弃作家、艺术家的社会责任;要么为干预社会现实而扭曲文学艺术的本性——这似乎是摆在作家、艺术家和学者面前无法两全的难题。与以往学者总是在这对矛盾中各执一端不同,萨特没有为康德和胡塞尔所牢笼,也没有轻率地否定康德那一严谨的推论和现象学的合理内核,他既正视这个矛盾,又努力探寻沟通、调和两者的途径。

三

萨特尝试从两个方面给出疗救的方案:一是将以虚构为本性的文学艺术置于具体的历史语境中,特别是将它与接受者群体相联系;二是对文学艺术形式与内容(题材)在接受过程中的不同状况和作用做出新的解释。

萨特认为,文学总是在特定的社会历史环境中产生的,作家、读者也与其他人一样位于具体处境中,他们都不是在历史的上空翱翔,都无法逃脱历史,跃入永恒,洗清具体的社会历史处境为他们打下的烙印:

> 写作和阅读是同一历史事实的两个方面,而作家怂恿我们去争取的那个自由并非以纯粹抽象的方式意识到自己是自由的。确切说这个自由没有定性,它是在一个历史处境中争取到的;每一本书从一个特殊的异化出发建议一种具体的解放途径……总之,求助于习俗和现成的价值、作者与读者共有的整个世界。①

在萨特看来,作家必然要面对读者写作。一方面,写作是作家对读者的

---

① [法]让-保罗·萨特:《什么是文学?》,《萨特文学论文集》,第118—119页。

召唤；另一方面，公众在召唤作家，公众对作家的自由提出疑问。当作家确定了自己的读者群的同时，他也就确定了自身。

萨特分析了文学发展演变的几个关键时段。他认为，12世纪左右的欧洲，教士专门为教士们写作，阅读和写作是只有专业人员才能掌握的技巧。同样，在17世纪的法国，当时的作家则还沉浸在特权阶级的意识形态中，以致他们不能再有别的思想。这两个时期，除了作家所属的特权阶级或集团，这些有着共同文化修养、欣赏趣味及意识形态的"真正的读者"之外，并不存在超出这个阶级或集团的"潜在的读者"。写作和阅读成为精英们互致敬意的辨认仪式，即用礼仪性的方式肯定作家和读者属于同一个世界，对一切问题持相同见解。每一个精神产品都同时是礼貌行为，而文体就是作家向读者表示的最高敬意。

与此不同，18世纪为法国作家提供了一个难得的机缘：这个时期，作家的读者圈明显扩大了，面对破产的贵族阶级，资产阶级正在不声不响地取得经济优势，它已经拥有金钱、文化和闲暇而成为真正的读者群。作家则被夹在贵族阶级与资产阶级两派敌对读者之间，受到两方面的吁请。在这一矛盾中，作家认为自己并不与任何人串通，他可以自主选择自己的敌与友。他拿起笔杆子之际就能摆脱环境、民族和阶级的制约，他翱翔于尘世之上，他自身就是纯粹的思想和目光。他的写作是为了要求脱离自己所属的阶级，并将写作变为一种孤独处境。文学也正是在这个时期通过作家开始意识到自身的独立性。作家则由于面对不同的读者而必须成为"普遍的人"，创作"纯粹形式"的文学，以抽象的自由对抗具体的压迫，以理性对抗历史，来应对"普遍的读者"。"由于作家把自己变成普遍的人，他只能有普遍的读者，而他向他的同时代人的自由提出的要求，是割断他们的历史联系以便与他共登普遍性的境界。"[1] 这样一个"普遍性的境界"只能是独立于具体社会历史的抽象化了的虚构世界，作为"普遍的人"的作家和"普遍的读者"在这里聚首，共享着普遍的人性和永恒的自由，人自身之外的现实的功利目的都已经与这里无缘。

文学的这种变化正好与历史发展不谋而合。其时，资产阶级为了向

---

[1] ［法］让-保罗·萨特：《什么是文学？》，《萨特文学论文集》，第145页。

贵族阶级夺取政权、巩固自己的权力，必须与那些还不能提出政权要求的被压迫阶级联合一致。面对众多不同的社会集团，要把它们团结起来，而不是让它们对自身产生明确的意识，这就只能强调不同集团间的笼统、抽象的联系。于是，作家所主张的普遍人性和舆论自由，恰恰吻合了资产阶级谋取政治权力的需求。

可是，到 19 世纪，资产阶级已经取得政权，并且差不多吞并了贵族阶级。这时，作家又需要满足一个统一的读者群的要求。这个资产阶级读者群不再要求作家的批判性，它已转向建设，并要求作家帮助它进行建设。而从宗教意识形态中解脱出来的作家，同样拒绝为资产阶级意识形态服务。在这个时期，一个被压迫阶级构成的潜在读者群虽已初露端倪，可是作家却不了解它，更害怕降低自己的阶级地位去俯就它。被压迫阶级只可能是某些作品的题材，而不是作家选定的读者。于是，优秀的作家由于拒绝与"一体化"的资产阶级读者群合作，这就促成他们在原则上为反对所有读者而写作。

萨特通过描述、分析作家的自由在不同时代的处境，以及读者对作家和文学所提出的要求，来阐述文学观念发展演变的辩证法，从中发现文学作品的"纯粹本质"，同时发现文学作品的"社会类型"：文学起初是具体的和被异化的。作家站在教士的立场为教士写作，或是站在特权阶级地位来写作，这样，文学自然就不是独立的、自由的。它虽然是具体的，却是被异化的。18 世纪的文学则变成抽象的否定性。此时，作家不再面对单一读者群写作，读者群体的矛盾对立迫使作家不得不采取超然的态度，以"普遍的人"的身份去追求抽象的人性，并对现实做出否定。至 19 世纪末和 20 世纪初，作家跟读者间的冲突达到前所未有的尖锐状态，并因此拒绝了所有读者。文学也走向绝对否定性，它切断了与社会的全部联系，全神贯注于发现文学自身的自主性。于是，文学把自己作为对象，醉心于试验它的方法，企图用实验确定文学自己的内在规律，锤炼新的技巧。"朝这个方向走到头，便有可能产生一种绝对的创作，它集奢侈和糜费的精华于一身，在这个世界上毫无用处，因为它不属于这个世界，也因为它还不提示这个世界上的任何东西：想象力被设想成一种不受任何制约的否定现实的能力，艺术品则是建立在世界的崩塌之上。"①

萨特对文学发展变化的描述受到卢卡契思想的启发,不管这是否完全符合客观实际,他这种把文学的自主、自律、自由和虚构的本性置于社会历史过程来分析,这一方法本身为后人提供了一条极其重要的思想路径。萨特本人则是试图通过历史分析为一项艰难的任务提供借鉴:"创造一种能使形而上的绝对与历史事实的相对性交汇、和解的文学。"② 可是至此,关键问题仍然没有解决:既然文学的本性是自主、自律、自由和虚构,它又怎么能介入具体的社会历史,让作家成为"介入"的作家?

萨特的思路跟马尔库塞迥然不同。马尔库塞强调文学艺术的"异在性",他认为,文学艺术创造了一个虚构的"异在世界",从而能使人摆脱现实压抑,解放人的感性,培养"新感性"。正是这种"新感性",而不是那有着局限性的理性,预示着人的未来,并具有真正的革命性。很显然,马尔库塞所说的文学艺术与革命的联系是建立在乌托邦上的,他把人类的希望寄托在无限遥远的未来,寄托在难以兑现的关于未来的梦幻之中。

萨特另辟蹊径,他说:

> 一个特定时代的文学当它未能明确意识到自身的自主性,当它屈服于世俗权力或某一意识形态,总之当它把自己看作手段而不是不受制约的目的时,这个时代的文学就是被异化的。在这种情况下,作品就其个别性而言,无疑超越了这一奴役,每一作品无疑包含一个不受制约的要求,但是这一切仅是潜在的。我认为,一种文学当它还没有完满地认识到自己的本质,当它只是提出它的形式自主的原则,而将作品的题材视为无关紧要时,这一文学便是抽象的。③

---

① [法] 让-保罗·萨特:《什么是文学?》,《萨特文学论文集》,第162页。
② 同上书,第228页。
③ 同上书,第177页。

在萨特看来，历来将文学的本性仅仅归结为形式自主的原则，这种认识是不圆满的。他从黑格尔那里拿来"具体的普遍性"这个观点，指出文学是"形而上的绝对与历史事实的相对性的交汇、和解"。需要注意的是，萨特在此的意思并非按照习惯所说的"本质与现象的统一"。萨特所思考的是：文学在其本质上有着超越性，它通过否定现实，摆脱种种现实制约，赢得自身的自主和自由，也赢得了普遍性。可是，这一特性又往往使得文学被抽象为纯形式，抛弃了历史具体性。这是一个难以解决的悖论。于是，萨特抓住文学的"题材"。萨特认为，文学具有超越性，而作家却不应该脱离现实社会。既要承认纯形式地求助于抽象的自由意志会使每个人留在原先的孤立处境中，又不能简单抛弃它，而必须以此为"出发点"，否则，一旦失去这条线索，人们就会迷失在"宣传的丛林"中。可行的办法是：通过文学作品的"内容"（题材），把独立、自律的"目的之城邦"改变成具体的、开放性的社会，也就是说，应该赋予文学作品的题材以充实的社会历史性。文学既超越社会历史，又因其充实的题材而立足于社会历史。

萨特十分看重历史中的具体个人的价值，譬如，在谈及作家福楼拜时，萨特有一句名言："福楼拜如是外省资产阶级的一员的话，那么不是每个外省资产者都是福楼拜。"[1] 对历史中具体的自由个人之捍卫溢于言表。这种思想方法同样体现在萨特对文学艺术的认识上。萨特认为，对文学艺术作品的审美欣赏能够在人身上引起把人作为目的的纯形式意愿，在某种程度上解除了他的经验人格，逃脱他的怨恨、恐惧和觊觎心理，让他翱翔于自身自由的巅峰。同时，通过作品的现实"题材"，将欣赏者的意愿引向他生活的世界，引向他的邻人，即这个世界上的被压迫者，从而把"这些非时间性的善良意志……在维护它们的纯洁性的同时使自己历史化"，"把它们的形式要求改变成物质的、有确定日期的要求"。[2] 这样，就在形式与题材之间，在人性理想、自由意志与人的现实生存状态之间造成了一种"特殊张力"，进而引导人们

---

[1] Thomas R. Flynn, *Sartre: Foucault, and Historical Reason*, Vol. 1, *Toward an Existentialist Theory of Histortly*, Chicago and London: University of Chicago Press, 1997, p. 205.

[2] ［法］让-保罗·萨特：《什么是文学？》，《萨特文学论文集》，第 261 页。

认识社会，变革社会。这样的作家才是"介入"的作家：他不是将文学作为宣传或实现某种实际目的的手段，而文学却最为有效地发挥了它的社会政治功能。

四

萨特天才地找到了一条沟通文学艺术自律性与功利目的性、形而上学与历史化的路径，同时，也为后人遗留下做进一步深入探讨的理论空间。

首先，萨特将虚构和自律性视为文学艺术的"本性"，而认为那些屈服于权力或意识形态的文学艺术是其"异化"，这实质上已经先验地为文学艺术预设了一个"本质"，并没有将他的"历史化"的意图贯彻到底，甚至和他自己的"存在先于本质"的哲学观自相抵牾。但是，萨特对文学所做的历史分析对于解决上述悖论仍然十分有用，而且是关键性的，只不过他受康德影响太深，没有能够完全地从中超脱出来，以致他所做的历史分析原本很可能得到的答案，最终却失之交臂。正是从萨特的具体分析中可以看到，文学艺术的虚构性和自律性本身就是一种历史建构的产物。

文学艺术活动作为一个独特的活动领域，是随人类实践发展而分化形成的，它从一般活动中逐步分离出来，成为一种特殊的精神性活动。在这个过程中，科学观念和主体性观念的发展起着很大作用。正是科学观念的发展促使人将"求真"活动、"求善"活动与"求美"活动相区分，也推动人对文学艺术虚构性和独立性的认识。人的主体观念的发展，则从另一个方向强化着人对独立、自由的向往，进而强化着文学艺术虚构世界区别于现实世界的"异在性"。萨特则更细致地从文学自身发展、文学与读者群体的关系，以及文学的社会文化背景等诸多角度，对这个过程做出历史阐释。正如萨特所指出：在18世纪和19世纪，文学艺术原先潜在的、尚未被充分认识的虚构性，以及同虚构性相应的独立性、自律性、无功利性、普遍性和自由等特征，得到日渐深入的阐发。文学艺术自身成为反思的对象，获得了自我意识。可惜的是，萨特却因循康德的现成结论而最终偏离了自己的历史分析。

其次，萨特关于文学形式与内容（题材）的分析也存在二元论的嫌疑，文学自律性与功利目的性之间的复杂关系仍然未能得到深入、明晰的阐述。

对于文学艺术来说，并不存在与内容相分离的形式，也不存在独立于形式的内容，任何内容总是被形式化了的内容。文学艺术的形式在审美过程中所起的主要作用，就是引导欣赏者进入审美欣赏并参与审美建构。形式作为文学艺术的一种外在标志和内在结构力量，它将文学艺术与日常对象区分开来，引领人以非现实态度与文学艺术建立起审美关系，进而与作品话语一道建构着虚构的审美世界。形式的这一作用，马尔库塞做了很好的阐述："艺术正是借助形式，才超越了现存的现实，才成为在现存现实中，与现存现实作对的作品。这种超越的成分内在于艺术中，它处于艺术本身的维度上。艺术通过重建经验的对象，即通过重构语词、音调、意象而改变经验。"① 也正是从这个意义上，沃尔夫冈·韦尔施说："正是在与现实世界的对立之中，审美世界肯定了虚拟世界的品质，肯定了现实的化解，肯定了对非现实的勾画和关注。与现实相反，审美世界将更见优越，将是轻灵的、明亮的，相对来说非现实的，有时候还是云遮雾障的……围绕'虚拟'这个中心属性，'审美'一旦意味着一种存在的方式，指的就是这一类意义。"②

文学艺术借助于审美形式以及非现实化，创造了一个虚构的审美世界，一个与现实世界"异在"的独立、自律的世界。在这个虚构的独立自律的世界里，现实的功利目的不得不被悬置，于是，文学艺术自身成为目的，人自身成为目的，人自由地展开了自己的感性生命，充分体验着生命存在的丰沛。

可是实际上，文学艺术欣赏并非单一的、纯之又纯的审美活动，欣赏者与作品间的关系也并非单一的审美关系，而且审美活动本身也是复杂多变的。尼采关于悲剧的分析，就揭示出文学艺术及其欣赏的复杂性。尼采认为，真正的艺术，特别是悲剧应该是酒神因素与日神因素相

---

① ［美］马尔库塞：《论新感性》，《审美之维——马尔库塞美学论著集》，李小兵译，北京：生活·读书·新知三联书店 1989 年版，第 121 页。

② ［美］沃尔夫冈·韦尔施：《重构美学》，第 25—26 页。

互渗透、交融，似乎像两位神灵的兄弟联盟：酒神说着日神的语言，而日神最终也说起酒神的语言。这两种因素在艺术欣赏过程中起着相反相成的作用。酒神毁坏着人生日常界限和规则，将个人过去所经历的一切都淹没在恍惚的迷狂状态之中，以一条忘川隔开了日常的现实和酒神的现实，它蓄意毁掉个人，用一种神秘的统一感解脱个人，并敞开了回归存在之母和原始生灵的道路，令人在痛苦中感受着原始快乐。日神则是个体化原理的守护神，它剥夺了酒神的普遍性，让人重新迷恋个体，它把人生形象一一展示给人，激励人去领悟其中蕴含的人生奥秘，以形象、概念、伦理教训、同情心的激发等巨大能量，把人从纵欲的自我毁灭中拉出，以幻象哄诱他避开酒神过程的普遍性。这两种力量使得欣赏者经历着"既要观看又想超越于观看之上这种情形"，并且这两种过程"确然分明地同时并存，且同时被感觉到"。① 酒神以迷狂让人摆脱现实，摆脱个体而趋向于普遍性和自由意志；日神则以静穆的观照，直面世界万象和人生百态，并激发起同情心，这也就为作家和欣赏者介入社会现实提供了契机。而当作品幻象展示了人生形象和人生奥秘，它就与欣赏者的人生经验密切相关，于是，随着作品题材现实性增强，作品所揭示的社会矛盾愈益深入，作品与欣赏者之间的经验距离也趋于缩小，进而导致审美态度消解而转向现实的态度，② 导致文学艺术欣赏从审美向认知批判过渡。这也就是"入乎其内"与"出乎其外"相交织的过程。

在谈到审美对人的陶冶、净化作用时，乔治·桑塔耶纳说：

> 我们能够解脱掉偶然穿上的尘世衣物愈多，历万劫而长存的精神就愈坦露而纯朴；它的优越性和统一性就愈臻于美满，从而他的快乐就愈无可限量。那时，在我们心中留下的尘念不多，只有那种

---

① [德]尼采：《悲剧的诞生》，《悲剧的诞生——尼采美学文选》，周国平译，北京：生活·读书·新知三联书店1986年版，第104页。
② 爱德华·巴罗认为，艺术作品与欣赏之间必须保持一定的经验距离，如果"过分地缩小距离"，就会导致丧失审美距离，使审美态度转变为日常的现实态度。[英]爱德华·巴罗：《作为艺术中的审美因素和作为审美原则的"心理距离"》，孙越生译，麦·莱德尔编：《现代美学文论选》，第428页。

纯理性的精华而已,有几位伟大的哲学家曾称之为永恒的,与神性同一的本质。①

当欣赏者"入乎其内",涵泳、陶醉于文学艺术的虚构世界时,他忘却了自己的现实存在,摆脱了现实束缚而获得了充分的自由,在某种意义上蜕变为自由的理想存在。也只有在这种状态,文学艺术才可以说是独立的、自律的、无功利的。可是,当欣赏者"出乎其外",超离作品世界,进而以认知态度看待作品时,他则又重新回到现实,成为一个现实的人,他已经立足现实的地面来审察、思考文学艺术作品了。不过,欣赏者已经有所变化,他不再是原先日常现实中的"我本人",而是体验了真正的自由并窥见理想人性的欣赏者。在某种意义上,他已"解脱掉偶然穿上的尘世衣物",站在理想人性的立场,以自由主体的身份和萨特所说"普遍的人"的角度来审视作品所提供的处境,并对此做出批判性认识。文学艺术作品也不再独立于现实世界,它重新成为现实的社会历史处境中的一个"事件",并和整个社会现实密切关联了。此时,萨特所主张的现实"题材"恰恰成为沟通作品与现实社会的桥梁,它引领欣赏者关注现实,批判现实,并将他的同情引向他的邻人和那些受到现实压迫而异化的人们。

习惯的看法中存在一个误区,以为现实题材一旦运用于文学艺术作品,它就已经被纳入虚构的审美世界,其指涉现实的能力已经完全丧失,它成为虚构世界的构成要素,不再跟现实发生关联了。其实,这种"孤立状态"只发生在纯粹的审美关系中,发生在审美陶醉中。当欣赏者超脱于作品世界之外,转而以认知态度看待作品,题材的现实指涉能力又会重新恢复,并且它指涉现实的能力恰恰和题材本身的现实性密切相关。只不过这种指涉已经不是"确指",而是"泛指",是古德曼所说的"例证关系"。② 虚构的整体语境取消了"确指"的可能性,而只能通过例证关系,通过作品与社会现实的内在关联,来实现对社会现实

---

① [美] 乔治·桑塔耶纳:《美感——美学大纲》,缪灵珠译,北京:中国社会科学出版社1982年版,第161页。

② 关于文学语言的指涉性,请参阅第七章。

的"泛指"。然而，也正因为题材的指涉性不是"确指"而是"泛指"，才赋予文学艺术以巨大的批判力量：它不再囿于某一有限的确定的社会现象，而是将自己的触角延伸到社会历史的各个角落，指向种种相类似、相关联的现象，极大地拓展了自己的批判视野。只有当作品题材的现实性被抽空，失去与社会现实的关联，以致无法通过指涉与现实搭建桥梁，这时，它的现实指涉能力才会丧失，社会批判性也随之消失殆尽。尽管萨特没有对文学艺术欣赏过程中的转换关系做出应有的具体阐释，可是，他已经凭天才的直觉抓住了问题的关键。

文学艺术的批判力量不仅是因为把隐晦不明的社会现象特别指示出来，置于眉睫之前，或者用放大镜加以高倍数放大，其根本在于欣赏者经历了审美陶冶和净化，摆脱了自身的局限性，开始以一种更具普遍性的价值立场和更为深沉的对人的关怀来实施这种批判，就如韦尔南所说："进入到另外一种看的方式中。"[1] 在文学艺术欣赏过程中，一方面，欣赏者"他通过他们瞄准所有的人，犹如永恒的自由在他追求的具体的历史解放的地平线上隐约可见，犹如人类的普遍性在他的读者群组成的具体的历史集团中显现"。[2] 另一方面，他又从自由意志和理想人性的角度进入到作品题材所展示的历史活动中，以新的激情面对社会历史，新的眼光和尺度剖析社会历史，从而达到新的批判深度。因此，文学艺术的形式与内容（题材）的关系并非萨特所认为的相互对立，并由此构成人性理想、自由意志与人的现实生存状态之间的一种"特殊张力"。实际上，形式与内容是一个整体，只不过在欣赏展开的过程中，欣赏者经历着不同的欣赏状态，欣赏者与作品间的意向性关系由审美到认知交织交替进行，而人恰恰能够将不同阶段、不同状态的不同成果加以整合，从而实现文学艺术的功利目的性。文学艺术活动中的特殊张力就形成于人与作品之间意向转换的过程，存在于这些不同的意向性关系相反相成的矛盾运动中。

如果说，文学艺术欣赏本身是一个复杂变化的过程，那么，文学艺术作品则常常借助种种手法来调节欣赏者与作品的关系，以此造成丰富

---

[1] ［法］让－皮埃尔·韦尔南：《一种城邦的戏剧》，《神话与政治之间》，第422页。
[2] ［法］让－保罗·萨特：《什么是文学？》，《萨特文学论文集》，第125页。

多样的欣赏效果，实现种种目的。譬如，布莱希特就采用了各式各样的"间离方法"来强化戏剧批判现实、干预现实的功能。他批评亚里斯多德式戏剧只是通过"共鸣"引起观众的恐惧和怜悯，以此达到"净化"的目的。与此不同，布莱希特提倡"教育剧"和"史诗剧"，主张采用"陌生化"和"历史化"手法，将观众从那种"共鸣"的立场转变为"批判"的立场，来纠正亚里斯多德式戏剧的弱点。在这种新戏剧中，"情节的发展是不连贯的，各个独立的部分组成统一的整体，观众能够也必须随时把它们和现实生活中相应的事件相对比。这种演剧方法不断地从这种和现实的对比中吸取力量，这就是说，这种演剧方法把观众的目光不断引到所模仿的事件的因果律上"。[1] 除了切断戏剧情节，布莱希特还利用旁白和字幕、插入"叙述者"、夸张的表演等陌生化手法，来调节观众与戏剧间的心理距离，不断将观众从"共鸣"状态中拉扯出来，让他以理智的态度对剧情以及相关的社会现实做出批判。

当然，布莱希特的戏剧并没有完全抛弃"共鸣"，对这一点，他有着清醒的认识。在谈到斯坦尼斯拉夫斯基体系时，他说："我们必须认识到完全化身是积极的、富有艺术性的做法，是很难实现的，通过这一过程有可能使观众同角色融合为一。从历史的角度来看，通过这种方法可以更接近人，可以更了解人的本质。我们今天确实想离弃这种方法，但这决不意味着是彻底地脱离这种方法，也不意味着把一个艺术时代当作谬误而一笔勾销以及全然摒弃这个时代的艺术宝库。"[2] 在此，布莱希特所说的戏剧通过"共鸣"可以"更接近人"，"更了解人的本质"，除了强调艺术共鸣拉近欣赏者与人物的距离，相互融合，深入体验之外，也包含着萨特所说的艺术对人的灵魂的提升。文学艺术欣赏是欣赏者与作品之间相互作用、共同建构的动态过程，而且这种作用和建构是极其复杂、流动多变的。欣赏者总是徘徊于文学艺术的虚构世界与日常现实世界之间，他的欣赏态度总是不断发生着微妙的变化。

文学艺术欣赏通常并非总是处在"两极"，而是介于"人"和

---

[1] [德]贝·布莱希特：《"买黄铜"理论补遗》，景岱灵译，《布莱希特论戏剧》，北京：中国戏剧出版社1990年版，第123页。

[2] [德]贝·布莱希特：《论斯坦尼斯拉夫斯基体系》，李健鸣译，《布莱希特论戏剧》，第268页。

"出"之间的运动,它始终处于"过渡"状态。正如布莱希特所指出的,完全的融合是较难实现的,它只出现在审美沉醉状态;同样,完全的认知批判也往往会演变为一种学究式的研究,它脱离了审美建构活动,以冷漠的客观态度把作品视为一堆僵死的考古材料,不再是文学艺术欣赏了。文学艺术欣赏活动可以用马里奥·佩尔尼奥拉提出的"过渡"这一概念来说明,他说:"实际上,过渡似乎常让我们处于一种临时状态和不确定状态,这种状态就让存在中的静态与动态不可理喻地重合在一起。"[1] 在文学艺术欣赏过程中,欣赏者总是处在一种"临时状态"和"不确定状态",他时时变化着,他与作品世界的心理距离,他在作品世界中的位置也总是在变化着:时而他深入虚构的审美世界而忘却了现实世界,时而又从虚构世界中摆脱出来,返回到现实世界;时而作为一个自由的理想个体而凌空翱翔,时而又脚踏实地成为一个历史的具体的人,他总是处在"过渡"的途程中,并"让存在中的静态与动态不可理喻地重合在一起"。其实,也恰恰是这种"临时状态"和"不确定状态"揭示了文学艺术的巨大的潜能,预示着人的广阔的未来。

萨特把文学艺术的虚构性奠基于人的存在虚无化的基础上,给予文学艺术虚构以有力的阐释。虚构性同文学艺术独立性、自律性、无功利性和自由的特征是密切相关的,也可以说是其他种种独特性的前提。跟以往学者将文学艺术的自律性与功利性、形而上学与历史化相对立的做法不同,作为一位积极"介入"现实的作家,萨特天才地找到一条沟通两者的理论途径。从萨特的启示中可以看到,文学艺术应该以审美的方式叙述人的现实处境,从而在某种程度上让人从自由主体的角度审视、批判人的现实处境和异化存在,实现自律性与功利性的统一。

文学艺术之所以不同于现实世界中的其他任何事物,就在于它是属于虚构世界的;文学艺术的功利目的性之所以不同于其他功利目的性,就在于它是建立在审美体验基础上的。文学艺术以独特的方式为人提供了一种"虚构的",也即"不确定"、"未完成"的生存状态。正是这一特点,使欣赏者有可能超越既定的社会历史条件的局限,从更为长远

---

[1] [意]马里奥·佩尔尼奥拉:《仪式思维——性、死亡和世界》,吕捷译,北京:商务印书馆2006年版,第34页。

的，也更切合人性的目的出发，而不是从一己一时的私利出发，去实践人类自身的功利目的，去认识社会和干预社会。也正是在这个问题上，萨特天才地指出了一条破解自律性与功利性、形而上学与历史化关系之难题，探索文学艺术奥秘的思路，为后人留下了极其宝贵的理论资源。

第三节 马尔库塞：审美乌托邦

在西方马克思主义美学中赫伯特·马尔库塞（Herbert Marcuse）是个异类，他以存在主义哲学为基础，吸收了弗洛伊德心理学，并以马克思主义加以改造重铸，以此构建自己独具特色的美学思想。马尔库塞极其重视文学艺术的政治功能，可是，他却以出人意料的方式将文学艺术与革命相关联。与萨特完全不同，在马尔库塞看来，文学艺术的革命性并不取决于作品的题材和内容，也不取决于作家有否介入现实，相反地在于审美形式，在于作者、读者与现实的疏离，并通过与现实的疏离来实现感性解放，培植新感性，以此抵制现实对人的异化，反抗不合理的现实。

一

马尔库塞是在改造弗洛伊德精神分析理论，深刻理解人的生命存在与社会文明发展的关系的基础上，来展开美学思考的。

按照弗洛伊德的观点，人的本能需要的自由满足与社会文明是相抵触的。文明进步的先决条件就是克制、延迟本能的满足，并把力比多转移到对社会有益的活动和表现中去，因此，人类文明史就是一部人的生命本能持续受压抑的历史。马尔库塞重新阐释了弗洛伊德的文明观，他从弗洛伊德的心理学中发掘出隐含着的社会学内容和批判的政治理论，并将其与马克思的学说相结合。马尔库塞认为，弗洛伊德的观点无疑是有重大价值的，但是，他只是一般性地阐述了压抑理论，而没有深入具体的社会历史形态中做具体分析，因此，也就没有对一般文明要求的现实原则与特定文明形式所要求的现实原则即操作原则做出区分，没有对基本压抑与额外压抑做出区分。在马尔库塞看来，一般文明要求的现实原则是以"缺乏"作为依据的。由于生产力低下、物质供应不足所造成的贫困和克服贫困所需的劳动，这就要求限制和延缓本能的满足。这种压抑是必须的，是基本压抑。而针对具体的社会形态来看，对人和自然的统治方式决定了现实原则的各种历史模式，它通过一系列社会机构、社会关系、法律及价值标准来实施压抑性控制，并且为维护统治者的利益，引进了附加的压抑即额外压抑。[①] 额外压抑的提出，既预示了人类解放的可能性，又很好地解释了现代发达工业社会的现实境况。正是存在这种额外压抑，即便在富裕的现代发达工业社会，人类仍然没有摆脱社会压抑，相反地，社会控制却被组织得更为严密、更加彻底了。

现代发达工业社会是高度技术化的社会，它不是由暴力，而是由技术来实施全面统治的。技术渗透社会各个层面：社会管理、生产活动、生活活动、日常消费，凡是人的现实活动领域都无法摆脱技术的掌控。技术逻辑已成为整个社会的逻辑。"如今，统治不仅通过技术而且作为技术来自我巩固和扩大；而作为技术就为扩展统治权力提供了足够的合法性，这一合法性同化了所有文化层次……理性的工具主义视界展现出一个合理的极权主义社会。"[②] 马尔库塞指出，发达的工业文化较之于它的前身是更为意识形态性的，因为如今意识形态就包含在生产过程本身，包含在商品中。生产的组织、商品的享用，以及种种服务和娱乐，这一切所带来的都是固定的态度和习惯，并将个体与社会整体紧紧维系在一起，加强了"一体化"的过程，以致人们在讲自己的语言时，也讲他们的主人、赞助商和广告商的语言。同时，高层文化也被"俗化"了，它与现实的"间距"被弥合，文化中心变成了商业中心。在这个过程中，产品起着思想灌输和操纵的作用，并且这种思想灌输不再是宣传，而成为一种生活方式，由此塑造了单向度的思想和行为模式，塑造了单向度的人。人甚至降格为"人力资本"和"欲望机器"。"当技术成为物质生产的普遍形式时，它就制约着整个文化；它设计出一种历史

---

　　① ［美］赫伯特·马尔库塞：《爱欲与文明——对弗洛伊德思想的哲学探讨》，黄勇、薛民译，上海：上海译文出版社 1987 年版，第 21—23 页。
　　② ［美］赫伯特·马尔库塞：《单向度的人——发达工业社会意识形态研究》，刘继译，上海：上海译文出版社 2006 年版，第 144—145 页。

总体——一个'世界'。"①

　　这种变化不仅仅是外部世界和人的思想方式及行为模式的变化，它还通过人的需求体系的变化进而改变着人的本能结构，导致人的本质的异化。人似乎已经无法逃脱这种被异化的命运。"人的第二自然就如此阻碍任何变革，这种变革原本能够摧毁人对市场的依赖，甚至是人被商品所淹没和异化的状况。"② 当人的现存世界，无论日常生活、政治谋划、生产活动、文化娱乐、话语交流，或者思维方式，都已经无可挽回地被同化、一体化，当人无可奈何地失却自身的自由并失却对自由的意识、对异化存在的抗争的时候，马尔库塞就不能不寄希望于文学艺术，他另辟生路，在远离尘嚣的虚构世界构建审美乌托邦，以此反抗现实。

二

　　在马尔库塞的美学思想中，文学艺术是作为现实对立面被建构起来的，它处在与现实相异在的虚构世界，是对不合理的现实的拒绝和控诉，是对人的异化存在的抗争。马尔库塞深入阐发了席勒的"美导向自由"的观点，进而指出："人只是在摆脱了内外、身心的一切压制时，只是在不受任何规律和需要压制时，才是自由的。但这样的压制却是现实。因此，严格地说，自由乃是摆脱现存现实的自由，因为人只是在'现实失去了其重要性'，其必然性也变得无关紧要的时候才是自由的。"③ 现实世界是不自由的世界，是充满着强制性法则的受压抑的世界，它为秩序、需求和必然性所制约；而文学艺术则是想象的世界，是虚构的世界，在这个与现实相异在的世界里，现实秩序失去了权威性，必然性失去了重要性，需求也因缺乏真实对象不再时刻促逼着人，当人处身这个没有外在束缚和压制的世界，人也就终于获得了自由的存在。因此，正是文学艺术所构建的审美乌托邦，为人保留了一片飞地，一个

---

　　① ［美］赫伯特·马尔库塞：《单向度的人——发达工业社会意识形态研究》，第140页。
　　② Herbert Marcuse, *An Essay on Liberation*, Boston: Beacon Press, 1969, p. 11.
　　③ ［美］赫伯特·马尔库塞：《爱欲与文明——对弗洛伊德思想的哲学探讨》，第137页。

伊甸园，珍存着对业已失去的自由、和谐的记忆，因而也珍存着对不自由、受压抑的现实的反抗。

马尔库塞认为，文学艺术的质料和素材是来自现实的东西，文学艺术和现存社会共同分享这些质料和素材，无论它们被如何加以改造重铸，都依然是在给定的质料、素材基础上的变换；也正因为它们是现存社会共同分享的，文学艺术才能为人们所理解和接受，才能对现存现实做出抗议。"艺术就是现实存在物的一部分；而且也只有作为现实存在物的一部分，它才能对抗现实存在物。"① 但是，在文学艺术中，质料和素材都脱离了它的直接现实性，成为某种与现实有着质的差异的东西，成为"另一现实"，即"异在世界"的组成部分。文学艺术借助于审美形式，将自己与现存现实分隔开来，从现实的时间之流中超脱出来，升华为另一个独立的世界，一个想象的异在世界：

> 只要这部作品是艺术，它就不是现实的东西，也就是说，小说不是报纸上的故事，艺术里安宁的生活并非活生生的生活，甚至流行艺术中的真实罐头盒，也不再是超级市场的东西了。艺术本身所具的形式，不仅与致力于去取消把艺术当成"第二级现实"的努力对峙着，而且与把创造性想象力的真理改换为"第一级现实"的努力也对峙着。②

文学艺术既非实存的现象世界，也非隐身于现象背后的所谓理式或本质，它是全然不同的另一存在，是非现实的虚构世界，是对现实存在的超越和升华。就在这超越现实的升华过程中，文学艺术终于摆脱现实束缚而获得了自律性，并成为人得以自由生存、人的生命本性得以解放的世界。

文学艺术与现实之间这种悖论式关系恰恰最为有效地包孕着政治潜

---

① ［美］赫伯特·马尔库塞：《审美之维——对马克思主义美学的批判性考察》，《审美之维——马尔库塞美学论著集》，李小兵译，北京：生活·读书·新知三联书店1989年版，第234页。
② ［美］赫伯特·马尔库塞：《论新感性》，《审美之维——马尔库塞美学论著集》，第123页。

能。一方面，文学艺术源于社会现实，甚至它的审美形式以及艺术自律都是社会历史现象，是特定社会意识形态的成果。同时，文学艺术给予人的苦难以安慰，给予情感以净化，使冲突得以和解，似乎在客观上肯定着现存现实。然而另一方面，文学艺术又超越了社会历史的竞技场。由于这种超越，这种与现实世界的分离，使人摆脱现实原则的制约、摆脱功能性生存而成为自由的主体，也使文学艺术世界超脱现实的无尽过程而成为另一个不同于现存现实的虚构的异在世界，为人提供了全新的经验。它让人以新的面貌和方式来感受新的世界和经验，从中发现真理，转而批判社会现实、控诉社会现实。文学艺术只有潜入社会历史之中，并且也只有通过审美形式实现审美升华，超脱现实世界，才能最充分地发挥其对现实的批判功能。因此，马尔库塞说："艺术作品的结构，就是由肯定现实存在与控诉现实存在之间的相互作用，以及艺术意识形态与艺术真理之间的相互作用构成的。"①

马尔库塞借鉴了俄国形式主义的陌生化理论，又对其作了根本性改造。在俄国形式主义的理论视野中，文学通过形式的陌生化来增加感知难度、延长感知时间，从而将人们惯常的"识别"活动转换为"感觉"活动，唤醒并更新被生活磨钝了的感觉，重新感知被日常经验遮蔽了的事物，让事物的感性特征充分展现出来，使"石头变得更像石头"。与这种认识论的思想方法不同，马尔库塞是从存在论出发来看待审美形式的。马尔库塞认为，现实并非确定不变的客观对象，文学艺术只是以不同的形式打开人的心灵的窗子，更新人的感觉，让人看到同一对象的不同容颜。审美形式对于人的意义是更为根本的，它不仅仅是更新人的感觉，更不是为了增加阻力、延长感觉时间，文学艺术通过审美形式改变了人与世界的关系，改变了文学艺术自身的存在方式和人的生存状态，让文学艺术和人从现实世界超升出来，从现实压抑中解放出来，让人的感性、想象和理性以日常所未曾有过的崭新方式得以敞开。审美形式是一种"异化"力量，它通过对被异化的现实和人的异化存在的异化，赋予世界和人以新的存在：

---

① ［美］赫伯特·马尔库塞：《审美之维——对马克思主义美学的批判性考察》，《审美之维——马尔库塞美学论著集》，第213页。

（因此）文学艺术本质上是异化，因为它维系和保护着矛盾，即四分五裂的世界中的不幸意识，被击败的可能性，落空了的期望，被背弃的允诺。由于它揭示了人和自然在现实中受压抑和排斥的向度，因而曾是合理的认知力量……虚构的作品叫出了事实的名称，事实的王国因此便土崩瓦解；因为虚构之物推翻了日常经验并揭示了其残缺不全和虚假之处。但艺术只有作为否定力量才能拥有这种魔力。只有当形象是拒绝和驳斥已确立秩序的活生生的力量时，它才能讲述自己的语言。①

文学艺术借助于审美形式、借助于虚构而获得新的秩序，一种与人的生命活动相吻合的感性秩序，因此它所培植和蕴蓄的力量正是与异化现实相对抗的生命的力量，是拒绝和驳斥已确立的现实秩序的力量，是揭露并推翻日常虚假经验的力量。

　　马尔库塞和萨特一样，都十分看重文学艺术的政治批判功能，而且对文学艺术的审美形式、虚构本性和审美自律及其对人性的解放作用也有着相近的看法；但是，对于文学艺术政治潜能的具体认识，两人又有着明显差异。萨特虽然没有忽视文学艺术形式，但他更强调以作品题材的现实化来介入现实，批判现实；而马尔库塞则更注重审美形式。在马尔库塞看来，作家在作品中直接表现革命和批判现实，相反地，是缺乏真正的革命性的，因为作家本人就处身现实之中，受到意识形态的掌控，他的呐喊、叫嚣、反抗，只是在既成的理性框架中、在意识形态的牢笼中蹦来跳去，根本无法对现实做出有力批判，无法给予既定现实以致命打击，很快就被重新接纳并窒息于现实的沉寂中了。事实上，即使在政治内容完全缺乏的地方，也就是说，在只有诗歌存在的地方，都可能存在具有革命性的文学艺术。政治在具有革命潜能的文学艺术中是可以缺席的，诸如兰波的诗歌、库尔贝的绘画，它们并没有表现政治性内容，却以其审美形式与现实决裂，因此也就抗拒了不合理的现实。是审美形式造就文学艺术与现实相疏离和相异在，而这种疏离和异在的程

---

① ［美］赫伯特·马尔库塞：《单向度的人——发达工业社会意识形态研究》，第57页。

度，就构成文学艺术的解放价值。所以，马尔库塞说："艺术不能为革命越俎代庖，它只有通过把政治内容在艺术中变成元政治的东西，也就是说，让政治内容受制于作为艺术内在必然性的审美形式时，艺术才能表现出革命。所有革命的目标——自由和安宁的世界——都出现在完全是非政治的媒介中，都受制于美和和谐的规律。"① 文学艺术有自己的语言，而且也只能以自己的语言形式去揭示现实。对审美形式的重视，使得马尔库塞甚至主张应该从"介入的文学"中摆脱出来，从实际生活和生产过程的王国挣脱出来，以审美形式赋予文学艺术不妥协的、自律的性质。马尔库塞和萨特都看到文学艺术的审美形式、虚构本性、审美自律对人性的解放和滋养，但是萨特出于对现实斗争的热忱却急急乎让人去介入现实，从事批判的事业了；马尔库塞同样对现实斗争充满激情，可是，现实政治斗争的挫折，现代发达工业社会对人的同化和异化，使得他更为关注革命主体本身，转而去思考文学艺术究竟是如何让人获得真正的主体性、如何培植人的新感性的。在他看来，唯独具有新感性的人才昭示着人类未来的希望。个体感官的解放是普遍解放的起点。

三

在全面异化的现代发达工业社会，工具理性成为组织整个社会的核心，人的感性则因长期压抑而被扭曲、变得麻木、死气沉沉的了，人已经被压铸成单向度的人。这些丧失生命力和主体性的人是无能力承担解放的任务的。改造社会，首先要改造人本身，要恢复人性的丰富性，要重塑人的感性，为此，马尔库塞提出了"新感性"。"新感性，表现着生命本能对攻击性和罪恶的超升，它将在社会的范围内，孕育出充满生命的需求，以消除不公正和苦难；它将构织'生活标准'向更高水平的进化。"② 人的新感性的获得是社会解放的前提，自由的社会必须植根于崭新的本能需求之中。在马尔库塞的美学思想中，新感性恰恰成为

---

① ［美］赫伯特·马尔库塞：《艺术与革命》，《审美之维——马尔库塞美学论著集》，第176页。
② ［美］赫伯特·马尔库塞：《论新感性》，《审美之维——马尔库塞美学论著集》，第106页。

连接文学艺术与社会革命的关键所在。

　　马尔库塞所说的新感性是与理性相和谐的。在康德和席勒美学思想的基础上，马尔库塞进一步作了阐发，他说，人的想象力依赖于提供经验材料的感觉，并将这些感觉材料和感官对象及关系加以转化，创造出想象的自由王国。因而，想象的自由受制于感性秩序，不仅受制于感性的纯形式，而且受制于感性经验内容。从有机体结构的另一极看，想象力还受制于人的理性。即便关于崭新世界或崭新的生活方式的最大胆的想象，也仍然是由概念指导的，仍然遵循代代相传的、精织于思维发展中的逻辑历史。感性和理性都被纳入想象力的构想之中。感官的世界是一个历史的世界，而理性是对历史世界在概念上的把握和解释。想象成为沟通感性与理论理性、实践理性的中介，想象力变成生产性的，社会的重建找到了自己的向导。

　　文学艺术中的感性之所以是新感性，还在于生命本能被开拓了，它由性欲成长为爱欲。马尔库塞认为，人的性欲本能原先是多形态的，只是受到文明的长期压制才被逐渐限制在种族繁衍的实用功能和有限部位。当文学艺术为人提供了想象的自由王国，当压制不复存在，性欲就重新得到拓展而成为多形态的丰富的爱欲。爱欲是一种接受性，它倾向跟对象融合一体，因此攻击性只能成为从属性的了。"艺术作品从其内在的逻辑结构中，产生出另一种理性、另一种感性，这些理性和感性公开对抗那些滋生在统治的社会制度中的理性和感性。"[①]

　　新感性是马尔库塞就文学艺术活动提出的卓越见解，但是，他的解释仍然沿袭了传统美学关于理性与感性相和谐的现成结论。想象力固然可以沟通感性与理性，而问题在于，当感性受制于理性，当想象接受了概念的指导，感性是否还能是自由的、不受压抑的？那种与感性相融合的理性又是一种怎样的理性？阿瑞提则从另一个角度来阐述感性与理性的融合。他将文学艺术的创造性活动视为原发过程（即无意识过程）和继发过程（即意识过程）的特殊结合，并称之为第三级过程。"第三级过程用特殊的机制与方式把精神和物质这两种世界混合起来，并且在

---

① ［美］赫伯特·马尔库塞：《审美之维——对马克思主义美学的批判性考察》，《审美之维——马尔库塞美学论著集》，第 210—211 页。

许多情况下是把理性和非理性这两种世界混合起来。创造的精神并不拒绝这种原始的（亦或古老的、陈旧的、脱离常规的）心理活动，而是以一种似乎是'魔术'般的综合把它与正常的逻辑过程结合在一起，从而展现出新的、预想不到的而又合人心意的情景。"[1] 阿瑞提也阐述了文学艺术活动中感性与理性相结合的关系，而他同样没有说明这种"魔术"般的综合究竟是如何实现的。

其实，马尔库塞所看重的文学艺术的异在性，恰恰可以很有说服力地阐明感性与理性的崭新关系。从人类生成历史来看，感性生命是人的根底，理性是为维护、协调感性生命而发展起来的，它只能是服务于人的感性生命。感性生命是"主人"，理性则是服务于感性生命的"仆人"。可是，由于感性的盲目性，更由于科学技术所取得的巨大成就为理性张目，理性终于赢得权威地位，并反过来遏制，乃至窒息感性生命。唯有文学艺术是个特殊领域。作为一个非现实的想象的异在世界，操作原则或现实法则在此丧失了它存在的合法依据。文学艺术的虚构世界是一个自由的世界，这里不存在外在的法则，不存在凝固的秩序，于是，人的感性生命自由地展开了自身，这也就是说，文学艺术世界只遵循生命自身的法则，只遵循感性的秩序。正因如此，理性的权威地位被褫夺了，它重新降身为"仆人"。这不仅仅是一种简单的关系颠倒，也不是复归原始。当感性生命重获自由，重新成为"主人"，它就不仅改变了受压抑、被异化的状态，转而开拓自己的疆土、增强自己的力度，向感性生命的全方位、多形态展开了，向一切与生命相关联的对象、向整个世界展开了，性欲也随之转变成为遍及人类和自然并意图与其融合一体的爱欲。理性不再固执于僵死的条文和法则或机械的逻辑和规范，作为感性个体的"公仆"，它必须转化为理性智慧，成为追随感性生命、服务感性生命、协调感性生命的新理性——理性智慧。在文学艺术的虚构世界中，生命本能中的攻击性也因失去真实对象而丧失了野蛮力量和嚣张气焰，它被接纳到爱欲之中，从属于爱欲，成为人的接受性和创造性的一种动力。理性只有彻底放弃中心地位，转换统治者的角色，

---

[1] ［美］S. 阿瑞提：《创造的秘密》，钱岗南译，沈阳：辽宁人民出版社1987年版，第15页。

改变刻板威严的面目，成为名副其实的"公仆"，成为理性智慧，才能和感性生命相和谐。这是真正意义上的感性和理性的融合，感性也因此成为包容着理性、融汇了理性智慧的新感性。文学艺术借道于跟现实相异在的虚构世界，为人类持存、积蓄、培植着新感性，持存、积蓄、培植着一种与现实相对抗并欲求改革现实的力量。马尔库塞天才地预见到文学艺术的虚构世界与新感性的关联，却囿于现成结论，未能深入揭示其中的内在机制。

在评论萨特存在主义思想时，马尔库塞尖锐地指出，萨特所说的"自由选择"，脱离了人的具体的社会历史处境。他说，假如一种哲学借助其对人或自由的存在本体论的分析，能够把受迫害的犹太人和刽子手屠刀下的牺牲品证明为完全自由的，证明为依然是其自己承担责任的选择的主人，那么，这些哲学思想就堕落到纯属意识形态的水平上。这种意识形态本身可以为迫害者和刽子手提供最得心应手的辩解。"在死亡与奴役之间的自由选择既不是自由，也不是选择，因为两种出路都毁灭了欲求着自由的'人的现实'。"① 马尔库塞的批评是合理的，他自己则力图将人和人的感性置于特定社会的历史境况中做具体分析，阐明它们被异化的社会历史事实。就如科尔纳所说："在现象学中，历史、社会及社会变革的唯物主义理论之缺席，促使马尔库塞转向马克思主义，并因此提供了现象学所缺漏的'具体哲学'的核心内容。"② 然而，当马尔库塞转而从文学艺术的异在世界来思考人和新感性，那位被羽化了的"普遍的人"和被"还原"了的感性是否仍然保有其历史内涵呢？

四

文学艺术之所以能够跟现实相异在，并持存着反抗现实的感性力量，其审美形式起着决定性作用。马尔库塞说：

---

① ［美］赫伯特·马尔库塞：《论萨特的存在主义》，《现代文明与人的困境——马尔库塞文集》，李小兵等译，上海：上海三联书店1998年版，第25—26页。

② Douglas Kellner, *Herbert Marcuse and the Crisis of Marxism*, Berkeley: University of California Press, 1984, p. 55.

> 所谓"审美形式",是指和谐、节奏、对比诸性质的总体,它使得作品成为一个自足的整体,具有自身的结构和秩序(风格)。艺术作品正是借助这些性质,才改变着现实中支配一切的秩序。不错,这个改变是"幻象的",但是,这种幻象却能表现着那些不同于占支配地位的言论世界的意义和功能内涵。语词、声音、图像,从另一个维度上,为行将达到的和解,"悬置"、剥夺着现存现实的存在权利。①

马尔库塞笔下的审美形式是和谐、节奏、对比、声调、旋律、色彩、结构、形状、文体、语体等总体,但又不仅仅是诸形式要素的总体,它有着极其深刻的内涵。

任何物质对象都有其自身的时空形式,这些时空形式既申明对象自己是具有特定形态的特定客体,将自己与其他对象区别开来,却又仍然让自己依存于现实时空连续体之中;审美形式则完全不同,它独具一种力量,能够让文学艺术作品从现实时空连续体中超脱出来,置身于非现实的虚构世界,获得自律性。这是一种"专制的力量"。审美形式之所以能赋予文学艺术以异在性和反抗现实的权力,就取决于这种专制力量。它剥夺现实质料的现实性,悬置它们的现实关系和现实权利,推翻它们的现实秩序,并按照审美秩序,即感性秩序对它们进行改造重塑。

在《结构主义诗学》中,卡勒说:"文学之所以吸引我们,是因为它与一般的交流有明显的不同;它的形式和虚构属性决定了它的奇特、力量、组织结构以及与一般口语不同的永久性。"② 卡勒认为,文学形式暗示了特定的阐释程式,基本上确定着作者与读者之间的契合,这样,阅读前的期待就会发生作用,将各成分"归化",纳入我们的视野,让我们将文本作为文学来阅读,作为虚构的文字来阅读。审美形式的专制作用仿佛卡勒所说的"归化"。作品以其形式标志引起阅读欣赏的期待,改变欣赏者与文本间日常的实用关系,建立起非现实、非实用

---

① [美]赫伯特·马尔库塞:《艺术与革命》,《审美之维——马尔库塞美学论著集》,第152—153页。

② [美]乔纳森·卡勒:《结构主义诗学》,盛宁译,北京:中国社会科学出版社1991年版,第201页。

关系，并将文本建构为一个想象的虚构世界。在这关系转化的过程中，原先所有的质料，如语词、音响、线条、素材等等，都不能不发生质的变化而被纳入审美视野，使它们成为审美世界中不可替代的成分，也可以说，因审美专制而归化了。

从表面上看，文学艺术形式与阐释程式的关系是约定俗成的，欣赏者只需从特定文本形式出发，就可以不假思索地把文本当作文学艺术作品来欣赏，譬如"字条诗"。但从深层原因来看，审美形式之所以具有专制力量，正在于它即生命的形式。就如康德把审美形式视为自由的象征，视为人类实存的方式和自然宇宙的存在方式，马尔库塞则认为，"审美形式是感性形式，是由感性秩序构成的"。① 文学艺术的节奏是生命的节奏，它的旋律是生命的旋律，它的色彩是生命的辉光，它或柔美或壮观或华丽或朴拙或挺拔或畸曲或奋激或凄厉的形式，都展现着生命多姿多彩的形态，而非仅仅作为外观模仿的技巧的形式。生命形式的多样性决定着审美形式的多样性，生命的复杂、深邃，以及生命的内在矛盾冲突就展现于审美形式。正是这种审美形式与人的生命相合拍、相共鸣，它与人一见如故，顷刻间就吸引人跃入生命的新境界，一个生命得以自由活动并展示着生命本真存在的新世界，而这个世界只能是跟生命饱受压抑的现实世界相异的虚构世界。生命的创造本能、生命活动无限丰富的形态，赋予文学艺术以不息的创造新形式的动力，也决定着文学艺术形式创新的基本走向。那些简单的形式模仿或者对新异技巧的玩弄，当它背离生命活动之形式，最终不能不受到生命活动的矫正，或为生命所摒弃。

"形式是艺术本身的现实，是艺术自身。"② 在马尔库塞的美学思想中，审美形式具有极为重要的核心价值。这一点，引起不少学者的非议。杰拉尔德·格拉夫说："形式主义把经验陌生化，不是为了揭示幕帷后面的某些真实，而是为了使我们再也不要希望遇到真实。正是马尔库塞对审美陌生化这一概念的这种用法，使他得以把他的康德的形式主

---

① ［美］赫伯特·马尔库塞：《爱欲与文明——对弗洛伊德思想的哲学探讨》，第135页。

② ［美］赫伯特·马尔库塞：《论新感性》，《审美之维——马尔库塞美学论著集》，第120页。

义同某种超现实主义调和起来。"① 这种将马尔库塞与形式主义相等同的做法显然是偏颇的。在马尔库塞看来,审美形式不仅仅是形式,它是生命本身,因而也就是文学艺术本身。审美形式区分了文学艺术活动与其他实践活动,区分了生命本真存在的世界与非本真存在的世界,文学艺术正是借助于审美形式,才超越了现存的现实世界、超越了被异化的境遇,才成为与现实作对、反抗现实的作品。审美形式按照感性秩序把来自现实的质料和素材加以重组,颠覆了现实秩序,重建感性生命的秩序。因此,审美形式在否定的同时又在肯定着,即使形式表现着无序、狂乱和苦难,它仍然是对无序、狂乱、苦难的把握和否定,同时是对自由的生命的肯定。文学艺术凭借审美形式让人遭遇了生命的真实,一个充满着生命欲求、不息的创造潜能,和敞开了心扉时时准备迎迓新世界的崭新的感性生命。

关于形式的重要作用,阿多诺做过类似的阐述。阿多诺认为,艺术总是来自社会现实,它的生产方式体现了生产过程中各种力量和关系的辩证法,它的素材内容取自社会生活。但是,一旦进入艺术,这一切就发生了转变。艺术通过形式凝结为一个自为的实体,以"独断性的整一"打断生活的连续性,从社会生活中悬置自身,并不再服从现存的社会规范及社会效用,废除了经验生活的压抑性。甚至连作品中的所有"物质",无论是对象或素材,譬如音响和色彩,也已不再只是"在那里",而是通过形式以全然不同的方式予以表达。形式在艺术和经验生活之间划出了一条"质性"和"对抗性"的分界线。"由于摆脱了异律的控制(heteronomous control),艺术已成为一种纯粹的生产生命力量(a pure force of production life)。"② 艺术就是通过形式来偏离社会,为自身赢得"生产生命力量",以此构成对特定社会的有力否定。

审美形式具有双重性格:商品化与抵制商品化。审美形式作为一种形式,总是抓住稍纵即逝的灵感、朦胧的知觉、矛盾纠葛的经验和运动变幻的情感,给它以形态,给它以界限、框架,使它成为一个客体,并

---

① [美]杰拉尔德·格拉夫:《反现实主义的政治》,赫·马尔库塞等:《现代美学析疑》,绿原译,北京:文化艺术出版社1987年版,第81页。
② [德]阿多诺:《美学理论》,王柯平译,成都:四川人民出版社1998年版,第387页。

赋予它可衡量的价值。这就意味着文学艺术作品因此同其他产品一样可以用于流通交换了，它因被赋形而沦为商品。文学艺术被赋形之后，具备了无限的可复制性，而这种可复制性又快速推动文学艺术商品化的进程。当代"反艺术"的兴盛，就起因于反抗这种作为现实形式的"商品的"形式。可是，审美形式又非一般的形式，它有着专制的力量。凭借这种专制力量，文学艺术超越了现实，它被携入非现实的虚构世界而具有了自律性。文学艺术就借助审美形式所获取的自律性来抵制商品化过程。审美形式赋予文学艺术以无限魅力，它令作品敞开自身来吸引、接纳欣赏者，它让欣赏者进入一种生命自由活动且不断创造着的境域。每一次欣赏都是一次新的经历，一次新的创造，文学艺术作品也因此成为唯一的，它绝不重复自己，并且永远只能是未完成的、不能被固定的。从这个角度看，文学艺术的价值是无法确定的，它以生命的真实和自由来抵制外在物质形式的囚禁，抵制商品化，并对抗整个商品社会。正是借助于审美形式，文学艺术让自己寄身商品社会而又与商品社会相抗衡。

马尔库塞进一步引申了本雅明对艺术可复制性的论述，他说，有一种与所有复制性的东西对立的存在，这就是艺术品的氛围，即艺术作品在其中被创造并对之诉说的、规定了艺术作品的功能和意义的独一无二的历史性情境。一旦艺术作品脱离了那个不能再重复和不能再挽回的历史时刻，它"原初"的真实就被歪曲了，或被修正了：它获得了另一种意义，这种意义对应于另一种历史性情境。借助于新技术及新的感受和思维形式，原初的作品可以被阐释、编排和"翻译"，从而可能变得更丰富、更复杂、更精巧、更有意味。可是，对于艺术家和欣赏者来说，作品已不是它曾是的东西了。"那种构成作品的独一无二、经世不衰的同一的东西，那种使一件制品成为一件艺术作品的东西——这种实体就是形式。借助形式而且只有借助形式，内容才获得其独一无二性，使自己成为一件特定的艺术作品的内容，而不是其他艺术作品的内容。"[①] 审美形式构成文学艺术作品独一无二的品格，以此来抗拒被复

---

① ［美］赫伯特·马尔库塞：《作为现实形式的艺术》，《审美之维——马尔库塞美学论著集》，第 193 页。

制和被商品化。

　　文学艺术凭借其异在性和独特性来反抗现实异化、反抗被商品社会同化；正是审美形式创造并维护着文学艺术与现实的距离以及与任何他物的距离，标示着自己独立于现实的异在性和独特性。因而，马尔库塞认为，"反艺术"对形式的蔑视和鄙弃恰恰使它更易于被商品社会所同化。当今，真正的文化危机在于：随着后现代社会逼近和大众媒介迅猛发展，高级文化中对立的、异己的和超越性的因素被日渐消除，文化与社会现实之间的对立被日渐消除，文学艺术日益被俗化，审美被日常生活化，这种状况是否可能最终导致文学艺术政治功能的衰竭？"如果大众传播媒介能把艺术、政治、宗教、哲学同商业和谐地、天衣无缝地混合在一起的话，它们就将使这些文化领域具备一个共同特征——商品形式。发自心灵的音乐可以是充当推销术的音乐。"① 这也正是詹姆逊所担心的"去差异化"。商品社会以其巨大力量耖平各个领域的差异，以交换价值来统一衡量整个世界，包括文学艺术的虚构世界，贪婪地吞噬它能遭遇到的一切。在这大一统的商业王国里，不仅文学艺术，人的身体、精神乃至灵魂也将贴上商标被任意拍卖和随意消费。面对这一危境，马尔库塞的审美乌托邦还能否保持它的革命性呢？

　　在马尔库塞的美学思想中，文学艺术是作为现实对立面被建构起来的，它处在与现实相异在的虚构世界。文学艺术作品的结构，是由肯定现实存在与控诉现实存在之间的相互作用，以及艺术意识形态与艺术真理之间的相互作用构成的，这种悖论式关系恰恰最为有效地包孕着政治潜能。文学艺术的审美形式是感性形式，它由感性秩序构成；文学艺术就是以此对抗现实秩序，培植新感性，而这正是社会解放的起点。在评论马尔库塞的文章中，理查德·沃林说："马尔库塞主张，进步的历史变化的出现与个体意识和洞察力有着必然联系。社会改造必定是一个有意识的意愿过程——一个自我改造过程，否则它就毫无意义。"② 身临人人遭受严重异化的现代发达工业社会，马尔库塞把社会改造的希望寄

---

　　① ［美］赫伯特·马尔库塞：《单向度的人——发达工业社会意识形态研究》，第53页。
　　② ［美］理查德·沃林：《海德格尔的弟子：阿伦特、勒维特、约纳斯和马尔库塞》，张国清、王大林译，南京：江苏教育出版社2005年版，第157页。

托于个体的感性重建,寄托于文学艺术的异在性,以及由这个异在世界所孕育的新感性。这是个审美乌托邦。但是,正如卡尔·曼海姆所说:"我们把所有超越环境的思想(不仅仅是愿望的投入)都看作是乌托邦,这些思想无论如何具有改变现存历史—社会秩序的作用。"①

---

① [德]卡尔·曼海姆:《意识形态与乌托邦》,黎鸣、李书崇译,上海:上海三联书店2011年版,第205页。

第四章　文学虚构与意识形态批判

第一节　阿尔都塞：意识形态，"沉浸"与"距离"

在西方文论中，文学虚构是一个很有争议的重要问题。尽管对于虚构能否作为文学的"根本性质"这一点上存在重大分歧，但是，作为一种"重要特征"却是没有疑义的。的确，绝大多数文学作品离不开虚构和想象。那么，作为一种虚构的作品，文学是否具有认识功能？它又是如何发挥认识作用的？对这一问题，亚里斯多德早就给出了答案。在他看来，诗描写可能发生的事，它比历史更具有普遍性。这一观点长期影响着文学，并成为后来的典型化理论的重要源头。

但是，在西方马克思主义理论家那里，文学的认识功能被做了全新的解释。他们所关注的重点已不再是文学如何反映现实、认识现实，而是文学与意识形态的关系。由于意识形态是人们与其现实生存条件的想象关系的表述，由于谁都无法摆脱意识形态的影响，因此，真实反映社会现实实际上是一句空话。任何反映都必然经过意识形态的折射，都必定是被歪曲的、不真实的。在文学中，历史真实始终是缺席的。正是基于这一认识，西方马克思主义批评家才把意识形态批判作为文学认识的首要任务，他们既强调意识形态对文学的重要影响，又没有把文学与意识形态的关系简单化。诸如阿尔都塞、马歇雷、伊格尔顿，他们都在这个问题上做出自己的深刻思考，提出了许多创造性洞见。其中，文学虚构与意识形态的关系则是一个十分重要的关键问题。

在文学活动中，文学虚构既以意识形态作为自己的材料，同时，其本身就是受意识形态影响的，不可避免地具有意识形态性，但是，由于文学遵循着审美规律，又与意识形态拉开了距离。因此，文学活动中的意识形态呈现出极其复杂的状态和交互作用的动态过程。以这一视角重新审视文学，文学虚构就蕴含着比审美更为丰富、复杂的寓意了。对文化政治视域中的文学虚构进行阐释，其认识价值也就得到充分昭显。

一

探讨文化政治视域中的文学虚构问题，我们必须先从阿尔都塞（Louis Althusser）的意识形态理论说起。文学的意识形态性是西方马克思主义作家绕不开的话题。在《阿尔都塞与马克思主义社会理论的复兴》中，罗伯特·保罗·赖希较为全面地梳理了阿尔都塞思想对当今社会理论所产生的影响。他指出，米歇尔·佩舒的"话语实践"观、马歇雷和伊格尔顿的意识形态话语实践论、马歇雷有关科学批评和文本问题的观点等等，都源自阿尔都塞关于文学与意识形态关系的理论阐述。这些观点对文学观念和文学批评带来深刻的影响，同时，也使文学与意识形态的关系这一理论难题的核心部位变得更加彰明，为深入理解文学和意识形态关系的复杂性、不确定性提供了更多线索。[1]

在《德意志意识形态》中，马克思就提出了明晰的意识形态理论。以后的《〈政治经济学批判〉序言》有关经济基础、上层建筑及其关系的论述中，又对意识形态做出了更为明确的阐释，因此，"意识形态"成为历史唯物主义的重要范畴之一。此后，卢卡契、葛兰西、曼海姆等人又分别对意识形态做出了自己的阐释，赋予它更加丰富的内涵。这个概念在不同语境下，大略有三种含义：一是指特定阶级或阶层所有的信念体系；二是与真实、科学的知识相对立的虚幻的信念体系，或错误观念、错误意识；三是意义或观念产生的一般过程。阿尔都塞的"意识形态"概念大致包括以上三种意义，而尤其着重在第二种意义上使用。[2] 他的意识形态理论是在马克思，以及卢卡契、葛兰西、曼海姆等

---

[1] Robert Paul Resch, *Althusser and the Renewal of Marxist Social Theory*, Berkeley: University of California Press, 1992, pp. 261–262.

[2] 黄世喻、陈引驰：《窥破意识形态——阿尔都塞派批评家论文学与意识形态》，《学术月刊》1991年第3期。

经典作家的基础上，吸收拉康的精神分析理论而做出的发展。在《意识形态和意识形态国家机器（研究笔记）》中，阿尔都塞就意识形态问题提出了一系列重要见解。

在马克思的有关论述中，意识形态主要指统治阶级的意识形态；阿尔都塞则赋予意识形态更加宽泛的含义，他把意识形态界定为："个人与其实在生存条件的想象关系的'表述'"，[1] 并认为存在不同阶级的意识形态，以及不同领域的意识形态。不同阶级不同的生存条件、不同实践领域不同的实际状况，都造成了人与现实的不同关系，意识形态正是为着适应这些现实关系，并以扭曲的想象方式反映这种现实关系的。它必然受到现实的生存条件，特别是生产关系的决定，并且被结构化了，以至于变成一种非历史的现实。正是从这个意义上，阿尔都塞说，意识形态没有历史，它的历史在它的"外部"。

然而，尽管阿尔都塞提出存在不同阶级的意识形态的观点，但是，他又同时认为，在特定社会，总是存在居于统治地位的意识形态，这就是统治阶级意识形态。这样，阿尔都塞又回到马克思的观点，并为进一步阐述意识形态提出了新的问题。

阿尔都塞把国家机器划分为两个部分："（镇压性）国家机器"，包括政府、军队、警察、法庭、监狱等，和"意识形态国家机器"，指非强制性的，进行规训、劝服的社会组织形式，包括宗教、教育、家庭、法律、工会、传播、文化以及政治制度和党派等。这些社会组织形式就是意识形态的物质性存在，它们通过各种实践来有效实施着意识形态规训和劝服，把统治阶级意识形态强行灌输给所有社会成员，使其毫无疑义地取得统治地位。在前资本主义历史时期，教会起着"头号的"意识形态国家机器的作用，而在成熟的资本主义社会形态中，教育则取代了宗教的位置，成为意识形态国家机器的最重要部分。学校接纳了各个阶级的学龄儿童，向他们反复灌输一定量的、用占统治地位的意识形态包裹着的"本领"，或者干脆直接灌输统治阶级意识形态，由此造就一批批向资本主义制度臣服的公民、管理者、雇员和劳动力。"正是通过

---

[1] ［法］阿尔都塞：《意识形态和意识形态国家机器（研究笔记）》，孟登迎译，陈越编：《哲学与政治：阿尔都塞读本》，长春：吉林人民出版社2003年版，第352页。

在这个学徒期学习由大量灌输的统治阶级意识形态包裹起来的各种本领，资本主义社会形态的生产关系（即被剥削者对剥削者和剥削者对被剥削者的关系）才被大规模地再生产出来。造成资本主义制度赖以生存的这个结果的机制，自然被一种普遍盛行的关于学校的意识形态掩盖和隐瞒了。"① 在意识形态国家机器的灌输和劝服下，统治阶级把自己的利益表述为社会全体成员的共同利益，并赋予自己的思想以普遍性的形式。因此，在阿尔都塞看来，意识形态并非仅仅是虚幻和想象的，其实，它与虚假无关，相反地意识形态是有目的、有功能，也有实践的政治力量。意识形态观念之所以非常成功地介入人的现实活动，恰恰因为这一切都是在一定的物质实践和制度之内进行的，它是"真的"。

一个人具有这样那样的行为方式，采取这样那样的实践姿态，就是意识形态劝服的结果。由于他参与了特定意识形态机器的某些常规实践，他的行为被纳入实践之中，成为常规实践的一个成分，不得不顺从实践仪式规程的限制和主宰，而这个过程本身就是受意识形态机器支配的，因此，他自己的观念、他的行为方式和实践姿态，以及作为行为和实践的"主体"，也就是这些机器产生出来的。"意识形态关系同样从活生生的人中进行抽象，目的是把他当做不是服从占统治地位的观念就是反抗这些观念的简单主体。"② 这也就是说，意识形态把个人"传唤"为主体。一方面，意识形态不断借助于各种手段生产"主体"；另一方面，也通过生产"主体"生产意识形态本身，赋予意识形态以普遍性。

阿尔都塞进一步以拉康的镜像理论来说明主体建构与意识形态的关系。他认为，所有意识形态的结构都是"反射"的，它以一个独一的绝对主体的名义把个人传唤为主体，此即"镜像"的结构，而且还是一种"双重"的反射结构；这种镜像复制是构成意识形态的基本要素，它为意识形态发挥功能提供保障。正是这种反射作用以虚幻的方式为个人设定他的社会位置、他的社会身份，以及他与他人、社会、历史的关

---

① [法] 阿尔都塞：《意识形态和意识形态国家机器（研究笔记）》，陈越编：《哲学与政治：阿尔都塞读本》，第 346—347 页。
② [法] 阿尔都塞：《在哲学中成为马克思主义者容易吗？》，陈越译，陈越编：《哲学与政治：阿尔都塞读本》，第 216 页。

系，设定他作为一个独一的、不可替代的独特主体；同时，也复制、生产着意识形态，保障着意识形态的功能。任何个人只能按照他的地位、身份，以独一主体的方式生活，以独一主体的方式参与社会实践。这种镜像结构同时保证着四重组合体系：把"个人"传唤为主体；他们对主体的臣服；主体与主体的相互承认，主体间的相互承认，以及主体最终的自我承认；绝对保证一切都确实是这样，只要主体承认自己的身份并做出相应的行为，一切都会顺利。因此，阿尔都塞说：

>　　个人被传唤为（自由的）主体，为的是能够自由地服从主体的诫命，也就是说，为的是能够（自由地）接受这种臣服的地位，也就是说，为的是能够"全靠自己"做出臣服的表示和行为。除非由于主体的臣服，除非为了主体的臣服，就不会有主体的存在。正因如此，他们才能"全靠自己起作用"。①

人总是受到意识形态的浸润，甚至"主体"也是意识形态传唤而构成的，意识形态已经深深潜入人的无意识之中，并且始终令人以"主体"的方式不断实践着意识形态承认的各种仪式，把社会欲望和期待投射为自己的欲望和期待。当人的行为被嵌入物质的实践时，意识形态就通过物质仪式嵌入人的无意识了，它作为一种结构被强加于人，成为人的深层无意识。于是，意识形态也就被无意识化、自然化、神秘化了，它将自己隐蔽起来，藏身于社会的每个领域和每个角落，藏身于种种仪式和行为，藏身于每个人内心最隐秘的深处，藏身于理论体系和文学艺术作品，让人无法看到它，认识它，却又无时无刻受到它的暗中操控。意识形态成为社会"客体"，它既是想象性、虚幻性的，又是客观存在的；它是隐而不彰又无远勿届、无坚不入的。

在评价阿尔都塞的意识形态理论时，齐泽克将其与福柯做了比较，并认为"阿尔都塞之对于福柯的长处看来是显而易见的"。他指出，福柯与意识形态国家机器相应的一个概念是"微观权力"（micro-power）

---

① [法]阿尔都塞：《意识形态和意识形态国家机器（研究笔记）》，陈越编：《哲学与政治：阿尔都塞读本》，第372页。

层面运作的规训过程（disciplinary procedures），这些过程指明了权力绕过意识形态将自己直接写入身体的那个点。阿尔都塞完全相反，从一开始，他就将这些微观过程看作意识形态国家机器的组成部分；也就是说，为了具有可操作性和永远"掌握"个体之目的，阿尔都塞把这个过程看作个体之对质询源于其中的意识形态的大写他者的过渡关系为先决条件的机制。①

二

由于意识形态是对现实生存条件的想象性表述，具有虚幻性和虚假性，因此，阿尔都塞将其视为与真实和科学的知识相对立的虚幻的信念体系或错误观念。要达到科学的认识，就必须揭破意识形态迷雾，为此，阿尔都塞提出了"征候阅读"这个重要概念。

阿尔都塞把弗洛伊德和拉康的精神分析方法运用到作品解读当中。他认为，一部作品与意识形态的关系是极其复杂的，正是意识形态的作用，使作家不能说或不敢说或想不到要说。因此，不仅仅只关注作品看似要说的东西，它的"显在的话语"（explicit discourse）背后必有"无声话语"（silent discourse）存在，就像深藏在行为之后的无意识一样，只能通过某些"征候"来破解。就在作品意味深长的沉寂中，在它的空白和停顿处，隐秘而确凿地存在着意识形态。换言之，一部作品与意识形态的关系，不是看它说出了什么，而是看它没有说出什么；也即作品没有说出的东西，比它偶尔说出的任何言语更能揭示与意识形态的关系。文学作品是无法摆脱意识形态的。意识形态剥夺了作品言说某些事情的权利，意欲从根本上抹去其痕迹，因此留下空隙和缄默；并且由于意识形态本身并非完整的统一体，意识形态与作家个人思想也非翕合无间，这势必导致作品内部的含义充斥着分歧和冲突。文学作品永远是不完整、不圆满、不明晰的。正是基于这种认识，阿尔都塞认为，作品的

---

① ［斯］斯拉沃热·齐泽克：《导言：意识形态的幽灵》，［斯］斯拉沃热·齐泽克、［德］泰奥德·阿多尔诺等：《图绘意识形态》，方杰译，南京：南京大学出版社2002年版，第17页。

真义在于内涵的冲突和空白。

既然文学作品是不完整、不圆满和不明晰的,那么,这就可以有两种阅读方式:"字面阅读"和"批评性阅读"。其一,仅从字面表述上加以阐释,并以"作者的思想"作为作品意义的唯一决定者;其二,探寻作品的问题框架,将作品纳入其自身的问题框架,并把它视为充满内在矛盾冲突的对象来分析。让作品自身显现自己的沉默,而不是从外部塞进读者的观念。① 阿尔都塞要求以批评性阅读方法看待马克思的著作,应该遵循马克思本人的方法,从马克思自己的话语中去寻绎话语与话语、个别话语与文本整体,以及文本与文本间的内在联系和结构,揭示隐藏于文本深处的问题框架。在此基础上让空隙充溢,让沉默开口,进而完整理解作品,把握真义。"要看见那些看不见的东西,要看见那些'失察的东西(oversight)',要在充斥着的话语中辨认出缺乏的东西,在充满文字的作品中发现空白的地方,我们需要某种完全不同于直接注视的方式,这是一种新的、有信息的注视,是由视域的转变而对正在起作用的视野的思考产生出来的,马克思把它描绘为问题总框架的转换。"②

这是阿尔都塞对"征候式阅读"最为详尽的说明。

阿尔都塞将马克思理论本身的发展过程作为一个"征候"来阅读,从而发现在这一过程中,马克思的问题框架发生过"断裂"。问题框架是指一整套设置和思考问题的方式,内在于作者已经说出和没有说出或不能说出的话语之中,并制约着相关的话语界限。它既敞开了某些理论视域,又遮蔽了另一些视域。"征候式阅读"发现了作品的可疑性和非透明性,使得阅读行为本身增加了复杂性和多义性。阿尔都塞由此提出,应该以总问题的变化来确定概念的意义和适用范围,更要重视理论作品的知识自足性,而不要将作品看成现实的直接对应物。

"征候式阅读"将文本看成了可疑性作品,也就打破了作家对作品的权威性、垄断性阐释地位,使这种阅读更像是对未完成的、充满多义性的文学作品的解读。阿尔都塞将自己对马克思主义的创造性阅读与拉

---

① Louis Althusser, *Reading Capital*, trans by Ben Brewster, London: Verson, 1979, pp. 18 – 22.
② Ibid., p. 27.

康对弗洛伊德的高度个人化阅读结合了起来，并将虚假意识形态的概念扩展到包含作为个体的我们的整个意识领域。我们通常感觉自己作为自由的个体能够决定自己要做的事情，阿尔都塞则警告我们：这只是一个自欺欺人的错觉。实际上，我们只能通过和依赖意识形态并在意识形态中体验自己的行动和自己的世界，因而体验本身就是不可靠的。通过这种意识形态的内在化，我们长大成人的过程也就是自身被构造的过程；所谓主体认同从来就是一种自欺，其实是被"构成"的一种欺骗性。同理，表面上看，作家的写作是自主的行为，而实际上却无法摆脱意识形态操控，作家无法主宰自己的写作和表达，他总是言不由衷，在他所说出的话语背后总是潜隐着未被明言的东西，潜隐着意识形态运作，充满着断裂和矛盾。只有通过征候式阅读，才有可能揭示作品背后的东西，去触摸作品的真实意义。

但是，由于隐含的东西毕竟是未完成的、不稳定的，因此，征候式阅读所得到的阐释也只能是无法确定的阐释，对文本的阐释不可能有一个完整的结局。福柯在关于尼采的讨论会上的发言也许可以说明这一点："永远不要设想阐释会有一个结束，只因为没有任何东西可以阐释。没有任何绝对的先在性需要阐释，由于从根本上说任何事物已经是阐释了；每一个符号，其本身不是容许阐释的东西，而是其他符号的阐释。"① 意识形态作为一套松散的表象体系，通常采取歪曲方式表现或掩盖社会中的真实矛盾；同时，作为一种意识形态实践活动，它有着相对独立的存在领域，并且具有渗透于其他实践的扩散性与流动性。从歪曲和掩盖社会真实矛盾这一点来看，意识形态是虚假的，它呈现出"虚构"和"幻觉"的特点；而从这种虚假意识业已渗透于社会生活的各个角落，影响和操控人的实践这一点来看，意识形态则已经被无意识化、自然化、神秘化为一种"客体"，成为一种客观存在。意识形态就具有这种双重性。不难看到，阿尔都塞一开始就将意识形态看成既与想象或非真实相当，又是实实在在地"客观"存在的东西。对于生来就处于一定的物质关系和社会关系之中的人来说，他根本无法摆脱客观存

---

① Vincent Descombes, *Modern French Philosophy*, Trans by L. Scott-Fox & J. M. Harding, Cambridge Uni. Press, 1979, p. 117.

在的意识形态，意识形态已然强加于他的头上。就像处身空气中的人无法感受空气的存在，从一开始人就被一种未经意识的意识形态所笼罩和浸润，他无法看到和认识到意识形态。从这个角度来说，只有当意识形态出现内部断裂，或作品内部的空白、沉寂和停顿包含着内在矛盾，才有可能揭示作品的意识形态性。

"征候式阅读"隐含着阿尔都塞对意识形态的深刻认识，包括从静态的社会结构确认转向对实践功能和主体建构的探讨，由此引发了对意识形态与个体生活体验、意识形态与社会生产关系诸问题的深入分析，而这些也都成为阿尔都塞推进意识形态理论的关键点。

三

阿尔都塞关于文学艺术的论述并不多，但同样贯穿着他对意识形态问题的深刻理解，是他对意识形态理论的具体运用，在其中，他力图阐明意识形态、文学艺术和科学三者间的复杂关系。对于信奉马克思主义的阿尔都塞而言，"知识"在严格的意义上是指科学知识；意识形态则有别于科学知识，是科学的对立面，它无法摆脱想象和虚幻的性质。科学与文学艺术也全然不同。科学以概念知识的形式解释某种事实或状态；而文学艺术不是传达概念知识，它以感性形式直接给予某种经验。文学艺术这一经验性的特点与意识形态相同。但是，意识形态通过习惯化、自然化和无意识化来隐蔽自己；文学艺术却不然，它虽然不能使我们直接认识艺术性所掩盖的真理，但是，它又透过艺术性、形象性的表述让我们"看到"、"感觉到"那种隐含着的意识形态的性质，使我们有可能与意识形态拉开距离，把意识形态作为审视的对象，剖析、了解意识形态，进而达到科学的知识。在谈到巴尔扎克、索尔仁尼琴等作家的创作时，阿尔都塞就指出："他们都根本没有使我们认识他们所描写的世界，他们只是使我们'看到'、'觉察到'或'感觉到'那个世界的意识形态现实。"文学艺术只能通过具体、生动的艺术形象来说话，它不是说教，不是理论认识，而是提供了某种经验，一种能够感知世界的意识形态现实的经验，一种"他们的作品所暗指的并且经常给他们的作品供给养料的意识形态"① 的经验，一种可能以虚构和想象的方式与意识形态分离开来并揭破意识形态虚假性的经验。正因如此，阿尔都塞把文学艺术与意识形态之关系视为"很特殊的"关系。

在阿尔都塞看来，意识形态虽然具有虚幻性和不统一性，却并非虚无缥缈、无法捉摸的，作为表象、形象和观念，在任何社会，它总是具有一定结构上的连贯性。至于文学艺术作品则不仅"属于"意识形态，是意识形态的构成部分，而且以形式重构了意识形态，赋予确定的结构和外观，自然也就更有利于我们对它做出科学分析。批评应该从意识形态结构入手，在充分把握其结构框架的前提下来阐释文学艺术作品，才可能是科学的。这也就是说，要寻找出文学作品复制意识形态而又与它保持距离的内在机制。

那么，这种使文学艺术与意识形态保持距离的主要途径究竟是什么？这就是艺术虚构和艺术形式。阿尔都塞充分意识到，我们手边的语言和技巧都已经渗透一定的意识形态，它们本身就是一些既定的感知现实、解释现实的方式。艺术以自己特有的"虚构"和"艺术形式"与日常生活、日常语言相区别，也就创造了一种"距离"。"距离"使艺术不再成为一种简单地"体现"或"暗指"意识形态的东西。"距离"的产生，是揭示意识形态秘密的根本条件，它直接源于作品所呈现出的"歧异"和"离散"的倾向。在文学艺术活动中，作家创作所据有的材料是意识形态性的，它随同材料进入作品，但作家又通过虚构把它加以改造重塑，赋予它一种新的形象和结构，赋予确定的形式，这一过程同样存在意识形态的内在生产。正是在作家为意识形态赋形的过程中，将意识形态与物质世界剥离开来，并固定在文学艺术的虚构世界内，艺术才能使自己与它保持"距离"，使我们与它保持距离，向我们显示那种意识形态的界限，为我们提供揭露意识形态虚幻特性的一条可能途径。文学艺术只有通过这种"距离"，才让我们有可能依据"征候阅读"来揭示作品没有明确表述的、只是"暗指"着的意识形态；有可能理解

---

① [法] L. 阿尔都塞：《艺术与意识形态的关系——答安德烈·达斯普尔》，杜章智译，董学文、荣伟编：《现代美学新维度：西方马克思主义美学论文精选》，北京：北京大学出版社1990年版，第261页。

作品中留下的无法言说的空白,和由此造成的歧异、离散的意义。而在这样做的时候,艺术有助于我们摆脱意识形态的虚幻性。因此,阿尔都塞的结论是:

> 艺术使我们看到的,因此也就是以"看到"、"觉察到"和"感觉到"的形式(不是以认识的形式)所给予我们的,乃是它从中诞生出来、沉浸在其中、作为艺术与之分离开来并且暗指着的那种意识形态。①

针对巴尔扎克、托尔斯泰的意识形态立场与其创作的关系问题,阿尔都塞精辟地分析说:他们作品的内容与他们政治上的意识形态"分离开",在意识形态内部造成"距离",并在某种程度上让我们从外部"看到"它,其原因就在于文学艺术作为特殊的意识形态形式,虽然从属于社会意识形态,却又不等同于意识形态,其中存在极为复杂的生产关系。"只是因为他保持了自己的政治概念,他才能产生出自己的作品,只是因为他坚持了他的政治上的意识形态,他才能在其中造成这个内部'距离',使我们得到对它的批判的'看法'。"② 作家和作品都"浸润"着意识形态,然而作品却又通过虚构和形式,创造出与意识形态的"距离",从而使我们能够看到意识形态,也为认识意识形态的虚幻性提供了可能。文学艺术虚构是我们通向认识意识形态虚幻性的有效途径。

此外,阿尔都塞还对文学形式与意识形态的关系做了深入阐释。他认为,文学形式的重大发展产生于意识形态发生重大变化的时期,它们体现感知社会现实的新方式以及艺术家与读者之间的新关系。这种重大变化造成意识形态内部的坼裂,使得作家不得不采用与新的感知方式相适应的艺术表达形式,不得不以新的虚构方式来重造意识形态材料,从而有效地与原有意识形态拉开距离。

---

① [法] L. 阿尔都塞:《艺术与意识形态的关系——答安德烈·达斯普尔》,董学文、荣伟编:《现代美学新维度:西方马克思主义美学论文精选》,第 260 页。
② 同上书,第 263 页。

文学并不等于现实，它是虚构的。文学作品体现着作家对世界的独特的个人感受和理解，凝聚着他的审美理想。作家总是按照自己的独特理解和理想来重造自己的艺术世界，以新的秩序改造现实秩序。这也就是说，文学虚构活动重建了人与他的生存现实的关系，重建了人与社会、历史、自然以及人与他人、人与自我之间的种种关系。这些关系虽然源自于人与实践的关系、人与真实生存条件的关系，相互间存在复杂的关联，却又是以全新的面目出现的：虚构和想象借用文学形式这一桥梁重建了世界秩序，在人与现实之间创造了距离，因此为开展对实际关系的批判提供了一个坚实的出发点。从这个角度看，文学的虚构活动并非仅仅属于美学领域的问题，它绝非一个与现实社会相隔离、不食人间烟火的独立、自律的领域，我们应该从一个更为开阔的文化政治领域，从文化诗学的视角对文学虚构做出解码，对文学丰富、多元的价值做出全面、公允的判断，重新检视文学活动的真正意义。或许就是因为看到了这个特点，批评理论（critical theory）才强调文学批评不但要阐释作品本身，同时还要把作品的生产过程、生产环境，把作品与社会现实、与历史文化的关系，等等，都纳入批评的视野。也就是说，批评的对象不仅仅是文学或文学作品，它更关注的是整个文学活动。

四

正是基于这种理解，阿尔都塞特别赏识布莱希特的戏剧理论。在《皮科罗剧团，贝尔多拉西和布莱希特》和《论布莱希特和马克思》中，他对布莱希特的戏剧理论作了自己的阐释。

在分析贝尔多拉西的戏剧《我们的米兰》时，阿尔都塞指出，从空白的、缓慢的群众场面和紧凑的、充满动作的悲剧场面这两种时空对比中，可以读出剧本内部隐藏的分裂结构这一深刻的寓意，而剧本的内部分裂结构和寓意是在剧本任何地方都未曾言明的。针对莫克尼尼的画中去除人的面部表情这一手法，阿尔都塞则揭示出蕴藏在画中抛弃人道主义意识形态的动机。通过从这些"不在"中揭示深刻的意义，阿尔都塞实践着思想家的职责：不是在意识形态的想象性关系中体验自我，而是通过科学的分析去掌握真实，从而窥破意识形态的迷障。而要获得

第四章 文学虚构与意识形态批判　111

这样的认识，布莱希特所提倡的"间离效果"就具有重要启发意义。

"间离效果"是布莱希特针对传统的亚里斯多德式戏剧而提出的。他反对传统戏剧过多强调"移情"、"共鸣"和"净化"，认为这种戏剧只能让观众看到戏剧自身已经说出的东西，让观众去经历戏剧主角所经历的事件，而不能让观众获得更为深刻的认识，不能破除意识形态迷雾。因此，只有通过虚构让戏剧舞台从现实生活中间离出来，让演员从虚幻角色中间离出来，同时，剥夺戏剧主角及其冲突的中心地位，才能让观众从移情、共鸣和自我认同中间离出来，进而赢得批判性认识。剧本本身虽然有主角，而剧本结构又使主角不能存在，剧本把主角连同主角的意识统统消灭了。正是通过虚构的间离作用，戏剧构成了它的"离心性"，构成了它与现实、与导演、与演员及观众间的多种"距离"，阿尔都塞称其为"移置"。他说："我大胆认为，在他（布莱希特——引者注）的剧本里，中心始终是偏斜的，既然这些剧本的目的是要破除自我意识的神话，它们的中心便在克服幻觉走向真实的运动中始终姗姗来迟和落在后面。"戏剧的共鸣之所以难以摆脱，就因为我们与剧中人是共命运的，我们总是不断与剧中人相认同，按照一种不可靠的虚假意识来观看和体验戏剧的。那么，要避免这种共鸣和认同，就必须转移这面作为演出中心的"镜子"，把它搁置一旁，若弃若取、若即若离，甚至让它如被远处的物理震动震破一样，突然成为落在地上的一堆碎片。"如果戏剧的目的是要触犯自我承认这一不可触犯的形象，是要动摇这静止不动的、神秘的幻觉世界，那么，剧本就必定在观众中产生和发展一种新意识。"[①]

"史诗剧"是布莱希特实现间离效果的一种重要戏剧形式。它在舞台上采用一种史诗的（叙述的）演剧方法，不仅加入了"叙述者"来创造观众与戏剧间的距离，而且把戏剧演出的事件和人物视为历史的、暂时的对象去表演，创造一种历史间距，也就是说，"从另一个社会制度的立场观察某一特定的社会制度"。[②] 这实质上是剧作观念上的一种

[①] ［法］路易·阿尔都塞：《保卫马克思》，顾良译，北京：商务印书馆1984年版，第121页。

[②] ［法］贝·布莱希特：《〈买黄铜〉理论补遗》，景岱灵译，《布莱希特论戏剧》，第121—122页。

间离和移置,不仅要求把戏剧所表现的对象"历史化",展示人物及其行动是如何历史地产生,而且要求剧作家站在更高的思想水准上来审视对象。阿尔都塞将历史化和布莱希特戏剧的其余间离手法概括为:对戏剧的移置,强调戏剧不是生活;对剧作观念的移置,强调作家观念与剧作内容的差异;对演员表演的移置,即演员对角色表演的掌控,演员应该既表演角色又对自身的表演做出说明和评价。他认为:

> 所有这些移置的结果,在场景和观众之间造成了一种新的关系。这是一种被移置的关系。布莱希特把这种移置效果表述为间离效果(effet-V),就观众本身而言,则是认同的终结。观众应该停止与舞台让他看到的那些东西相认同,他应该处于批判的立场,并且自己选择党派、判断、投票和作决定。①

移置造成观众与戏剧间的间距,因此也造成观众与生活间的间距,它以戏剧的虚构手段剥夺了所反映的社会现实的不可侵犯性和永恒性,把社会现实连同社会意识形态推上被质疑、被剖析、被批判的被告席,把意识形态的虚假性公之于众。

在谈到画家的创作时,阿尔都塞同样十分重视意识形态批评。他强调画家对艺术语言的改造,强调艺术一定要用自己独特的语言来表达,即在它的言语、它的语调、它的句法和语义上要有所发明,通过对措辞法和修辞格的改造,去发现艺术对象的异化,创造出"熟悉的怪异"。那么,"当我们进入它们的世界时,一种沉默的存在早已在我们之前对它们说是了:那就是我们的身体和它那因痛苦和平静而撕裂的记忆"。②总之,在阿尔都塞眼中,文学艺术的目的不仅仅是审美,它首先是对社会现实,特别是社会意识形态的批判,文学艺术只有实现这一首要任务才是有价值的,才值得我们信赖。

自阿尔都塞以来,当代西方马克思主义文论对文学与意识形态的关

---

① [法]路易·阿尔都塞:《论布莱希特与马克思》,陈越译,《阿尔都塞论艺术五篇》(上),《文艺理论与批评》2011年第6期。
② [法]路易·阿尔都塞:《林》,陈越译,《阿尔都塞论艺术五篇》(下),《文艺理论与批评》2013年第1期。

系都做过深入而富有启发性的探讨。意识形态理论是阿尔都塞文论的核心，也是他对后来学者产生深刻影响的根源。阿尔都塞将意识形态分别放在社会关系结构和文学艺术实践中去考察，使人们更容易从不同的层面去理解作为表象体系的意识形态与意识形态实践的区别和联系。在文学艺术与意识形态之间，阿尔都塞创造性地提出了"浸润"与"距离"的复合关系，以此来阐释文学艺术及其虚构和形式的独特作用，同时对文学艺术批评的任务做出规定，指出文学艺术批评的目的就在于展现作品所承载的意义，揭露其隐含的意识形态本质。马歇雷和伊格尔顿沿着这一思路做了进一步的探讨，从而在一个新的视角更为深刻地阐发了他们对文学艺术生产、文本构成和文学批评的认识。

第二节　马歇雷：虚构与文学生产

作为阿尔都塞的学生，马歇雷（Pierre Macherey）继承了阿尔都塞的思想，特别是他的意识形态理论。在《文学生产理论》中，马歇雷在批判"艺术创造论"的基础上，提出了自己的"文学生产论"。他将文学视为"生产"而非"创造"，其目的主要在于清除文学活动的神秘色彩，以此为出发点，为他阐释文学这一"意识形态生产"准备条件，由此深入阐述文学生产的内在过程，阐明文学生产与意识形态的独特关系，以及文学语言、文学虚构与意识形态的关系。

一

马歇雷尖锐地指出，把艺术家视为"创造者"的这种主张是一种人本主义意识形态。在这种意识形态中，人从一种外在于他本身的命令中被释放，被归还他所谓的"力量"，只为他本身的"资质"所限制，他成为他自身法则的缔造者。于是，他像上帝一样从事"创造"。他创造什么？——人。因为只要以"创造论"观点来谈论文学，都把文学创作视为按照人的自身法则来创造，是自我人格的生成和个性的发挥，也即人的自我创造。"人创造人"这个过程实质上并没有产生任何新质，他只不过从他自身释放本来就已经存在的东西；创造是人的自我复制。人本主义这种想法是循环的、同义反复的，完全致力于一种单一想象的重复。神学和人本主义之间看起来似乎有根本的区别，但实际上这区别是一种幻觉。人本主义只是一种贫乏的并且颠倒的神学：

> 在神—人关系中，人被设置，神高于他本身，人永恒地重复着他已经在他内在所承受的命运。在这颠倒的方式中，人相对于作为创造者被疏离于人：被剥夺了他自己，变成他物。为了变成他物（疏远）和为了变成自己（创造）——这两个想法是一样的，它们属于同样的问题。被疏远的人是没有人的人——没有神的人，没有对于人来说既是人自身的神。

在批判了创造论之后，马歇雷进而指出：艺术不是人的创造物，它是一种产品；并且艺术的生产者也不是这一创作活动的中心和主体，他只是一个场景或系统中的某种要素。在本质上，任何创作都只能是一种生产。各种各样的关于创造的理论都忽略了作品的生产本质和过程，对生产不做任何解释：要么认为"创造是永不衰落的，这样，就跟将创造视为对既成存在的解放相矛盾"；要么认为"人作为一个意外的幽灵的目击者，然后创造是一种突然闯入的神灵的一种显现，是一种顿悟和一种神秘的体验"。马歇雷认为："对于这两种观点，任何可能的解释都是不可信的：前者等于什么都没有发生；而后者是令人费解的。所有把人作为创造者的观点都会导致一种真知的泯灭，即这'创造的过程'准确地来讲，不是一个过程，而是一种劳动；这种关于创造的宗教信条将会在阴郁的葬礼和纪念碑中被我们找到。""同样，所有对于天才、对于艺术家的主体性、对于艺术家他们的灵魂的考虑，都是乏味的。"[①] 艺术作品不是通过魔法，而是通过一种真正的生产劳动而被生产出来的。在马歇雷《文学生产理论》这本著作中，"创造"这个词受到深刻的批判，它被"生产"这个词系统地置换、替代了。

"艺术生产"这一概念是马克思提出的特有的概念，是马克思对文

---

① Pierre Macherey, *A Theory of Literary Production*, trans by Geoffey Wall, London: Henley & Bostc, 1978, p. 68.

学艺术活动的一个独特发现。这个概念的第一次使用是在马克思的《〈政治经济学批判〉导言》中："当艺术生产一旦作为艺术生产出现，它们就不再能以那种在世界史上划时代的、古典的形式创造出来；因此，在艺术本身的领域内，某些有重大意义的艺术形式只有在艺术发展的不发达阶段上才是可能的。"① 实际上，在这个概念明确提出之前，马克思这一思想萌芽在《1844年经济学—哲学手稿》中就已经形成："宗教、家庭、国家、法、道德、科学、艺术等等，都不过是生产的一些特殊的形态，并且受生产的普遍规律的支配。"② 在此，马克思把艺术看成同其他上层建筑一样是生产的一种特殊形式，并且一样受到生产的普遍规律的支配。正是在马克思的艺术生产这一观点的启示下，马歇雷构建了自己的文学生产理论。可以说，"文学生产"是贯穿马歇雷文学理论的思想主线，既是理论的逻辑起点，也是其终点。因此，要真正把握马歇雷的文学理论的内涵，就必须抓住"文学生产"的这一关键词。这种生产是对意识形态的加工变形，正是通过这一决定性的变形，文学打破了日常意识形态虚假的同一性，从而使人们得以逼近被这种同一性所掩盖的真相。

二

对于文学生产，本雅明注重生产力和生产关系的分析，而马歇雷更重视的是文学生产内在过程的规律，特别是文学与意识形态之间的复杂关系。在阿尔都塞思想的影响下，马歇雷将意识形态理论与文学生产相结合，并致力于揭示文学生产过程中的意识形态问题。由于马歇雷把文学当作意识形态生产来看待，这就与本雅明对"生产"的看法迥然不同，他所研究的"生产"主要不是那些有形的机构、制度、技术、生产力和生产关系等，而是文学生产的内在过程，是这个过程中文学以及语言与意识形态的关系。马歇雷认为，文学生产无法脱离意识形态，文

---

① 陆梅林辑注：《马克思、恩格斯论文学与艺术》（一），北京：人民文学出版社1983年版，第93页。

② 马克思：《1844年经济学—哲学手稿》，刘丕坤译，北京：人民出版社1979年版，第74页。

学是意识形态的特殊生产活动，它以意识形态为原材料，同时，其本身也是意识形态生产过程。

阿尔都塞对意识形态做过深入的阐述，他认为："意识形态是具有独特逻辑和独特结构的表象（形象、神话、观念或概念）体系，它在特定的社会中历史地存在，并作为历史而起作用。"[①] 意识形态是一种无历史的深层无意识，它通过把人改造成主体的方式来确保社会关系的再生产，并具有鲜明的阶级性和欺骗性。对于意识形态问题，马歇雷在遵循阿尔都塞观点的基础上又做出自己的阐释。反过来，在某些方面，马歇雷还影响了阿尔都塞对意识形态的理解。由于吸收了弗洛伊德精神分析学和"无意识"理论的相关观点，阿尔都塞用一种"泛"意识形态论来看待人类的所有活动。在他看来，意识形态存在于人类活动的所有领域，与人类"生活经验"是一体的。也就是说，意识形态是人类世界的客体，是人类世界本身；通过意识形态，人们实现对世界和历史的"体验"，而这种体验关系就是意识形态本身。马歇雷同样强调指出，作为社会生活基本结构的意识形态是普遍的、无所不在的，它具有普遍性；同时，它不是可以选择的，人一出生就不可避免地掉进意识形态的包裹中，它具有强制性。除了普遍性和强制性，马歇雷还强调指出了意识形态的虚假的欺骗性。在他看来，意识形态之所以存在是因为现实社会充满着矛盾，而意识形态却通过自然化、无意识化的方式"抹去"矛盾，"解决"矛盾，那只能是对现实矛盾的一种"想象性"的解决，也即"虚假"的解决。出于对现实社会的秩序化需要，意识形态需要对现实进行统一阐释，因此，它必然会忽略现实社会复杂的矛盾状况；现实社会的复杂性、多样性和矛盾状况就被掩盖了起来。

马歇雷同时关注意识形态的两方面特性：一方面它具有虚假性和欺骗性，另一方面又具有认识价值，并试图从这种复杂关系中理解文学艺术批判功能的产生机制。阿尔都塞说，艺术使我们"看到"、"觉察到"、"感觉到"某种暗指现实的东西，那种艺术从中诞生出来、沉浸其中，又与之分离并暗指着的意识形态。可是，艺术究竟是如何实现这种文化政治功能的？在这个问题上，阿尔都塞基本上依从布莱希特的

---

① ［德］路易·阿尔都塞：《保卫马克思》，第 201 页。

"间离说"，尚未对文学艺术与意识形态的复杂关系做深入、细致的研究；尚未说明在作家、读者和所描述内容都"浸润"着意识形态的状况下，又怎能创造读者与作品的间距，从而实现意识形态批判功能。马歇雷则以"文学生产"为理论出发点，对文学艺术与意识形态之间的复杂关系做出了更为明晰的阐释。

对于意识形态如何在文学中存在这个问题，巴赫金已做过深入阐释。他认为，艺术作品与意识形态密不可分，其所有因素都是具有意识形态性质的：

> 生活，作为一定行为、事件或感受的总和，只有通过意识形态环境的棱镜的折射，只有赋予它具体的意识形态内容，才能成为情节、本事、主题、母题。还没有经过意识形态折射的所谓原生态现实，是不可能进到文学的内容中去的……折射性，乃是情节进入文学作品结构、进入作品内容的必需的和必定的先决条件。[1]

这就是说，在文学生产过程中，意识形态不仅作为材料进入文学，而且创作本身就是意识形态生产过程。在此过程中，文学通过将社会生活材料转化为作品自身的题材、体裁、主题、情节、形式、技巧、话语方式诸因素，这一转化改造其实就是以特定的感觉方式去过滤和折射生活，这也就注定了所有这些新因素都必定浸染着意识形态性，绝非原生态的生活。因此，一切进入文学文本的客体都是意识形态的，文学以它自己的方式反映着意识形态视野。文学在反映意识形态的同时，也创造新的形式、新的意识形态。也正是在这种意义上，马歇雷把文学生产视为社会实践的组成部分，视为特定的意识形态国家机器中社会实践的不可分割的部分，它与特定的语言实践不可分割，其本身即意识形态生产。

而关键的问题是：文学究竟是如何生产意识形态的？意识形态的复杂性又是如何在文本中得到体现的？这是马歇雷必须予以回答的问题。

---

[1] ［俄］巴赫金：《文艺学中的形式主义方法》，钱中文主编：《巴赫金全集》第二卷，石家庄：河北教育出版社1998年版，第128页。

三

作为文学生产原料的意识形态是如何进入文学文本的呢？如何理解意识形态在文学作品中的存在及影响？文学如何才能将自己沉浸其中的意识形态背景暗指出来，让意识形态自身呈现出无法愈合的矛盾和裂缝？对此，马歇雷主要抓住"语言"、"虚构"和"沉默"三个关键点来阐述。

阿尔都塞把文学归入以特殊方式（意识形态形式）发挥社会职能的意识形态国家机器范围，把文学看成一种特殊的意识形态实践方式，然而，对这种实践的"特殊性"却尚未做充分阐述。与阿尔都塞有所不同，马歇雷没有笼统地把文学生产直接理解为意识形态实践过程，而是首先把它理解为一种与语言有着直接关系的特殊的意识形态实践。文学作为意识形态实践的特殊性主要就缘于话语实践的特殊性。作为文学生产原始材料的意识形态通过语言而进入文学生产，语言是文学生产与意识形态相关联的中介。而语言又是极其复杂的人文现象：一方面，语言是思想的实现，意识形态必须借助语言或形象等物质形式才能得以显现；另一方面，语言本身也是意识形态的，是受到意识形态塑造的；可是，语言所具有的反思的特性，又使它可以对意识形态提出质询。所以，乔纳森·卡勒说："语言既是意识形态的具体宣言——是说话者据此而思考的范畴——又是对它质疑或推翻它的基地。"[1] 马歇雷则指出，文学生产是一种语言实践，特殊的意识形态实践只能通过文学语言实践来实现，无论文学生产和文学接受都如此，都必然首先涉及语言交往行为，涉及作者、读者、语言载体（文本）等因素，都不可回避语言实践活动。这就决定着：文学生产受到本身就承载着意识形态的语言、意识形态语境、无意识语境、无意识想象和虚构诸因素或直接或间接、或隐蔽或显豁的影响。将文学生产看成一种文学话语实践，就为探讨文学与一般意识形态的深层联系和差别找到了物质载体，也为文本的意识形

---

[1] [美]乔纳森·卡勒：《文学理论》，李平译，沈阳：辽宁教育出版社1998年版，第63页。

态分析提供了可行的操作手段。意识形态、社会权力、主体身份等等,就藏身于话语实践中。

"语言和意识具有同样长久的历史;语言是一种实践的、既为别人存在并仅仅因此也为我自己存在的、现实的意识。"[1] 语言就是主体间相互交流的媒介,是意识形态的载体。语言不仅与意识形态、权力和主体认同等因素密切相关,而且与语言构成的历史有深刻联系。语言的言说方式就意味着对说话者地位和权力的隐蔽性认同,意味着说话者与听话者之间的身份和权力关系。因此任何一种写作、批评或理论都隐含了一套深层的话语结构和话语方式。阿尔都塞、马歇雷对文学生产、文学语言、意识形态的讨论,将文学活动置于社会生产关系当中,充分揭示了文学生产和文学话语实践过程的复杂性。

巴赫金曾深刻揭示文学语言的复杂性,他指出,文学作品中不仅存在各种不同思想观念的冲突,而且语言本身也因不同的使用历史而存在断裂,存在内在矛盾。文学语言只能是"杂语",它因来自不同的地域、族群、阶层、职业而被打上深深的印记,相互间存在难以弥合的冲突。作家虽然努力以"最高修辞体"来统一作品,而实际上这种解决仍然是想象性解决,作品内部充满着不同思想观念、不同语言间的"对话"。马歇雷就是在这种意义上来阐释文学语言的意识形态特征的。马歇雷认为,日常语言都是意识形态语言,这一语言除了受主流意识形态掌控之外,还沉积、包容着各式各样不同的意识形态,包容着意识形态内在冲突;而日常语言是一条永不止息却又迅即消逝、不留行迹的言语流,文学生产就是要捕捉日常意识形态语言并对它进行审美化处理的文学话语实践。文学话语实践创造出来的应该是一个新的图景,它不是对现实世界的简单再现,而是一个独立的文学世界,一个相异于现实语境的崭新的虚构语境,并以此凸现了意识形态内在冲突。这种冲突还因教育体制的内在矛盾而得到强化。在现有教育体制中,基础教育中的基础语言训练与高层次教学所保留的文学语言之间的分裂,必然加剧着语言的分裂和语言内部意识形态的分裂。强调文学文本的统一性、总体性、自足性和完善性,其实只不过是虚幻的一厢情愿。文学在物质上是

---

[1] 陆梅林辑注:《马克思、恩格斯论文学与艺术》(一),第69页。

不完整的、异质的和扩散的，其压倒一切的真实过程产生的矛盾冲突，只能以想象的方式才能消除。因此，马歇雷说："文本想象地综合了这个矛盾的诸多对立，尽管它不可能消除真正的对立。""文学以想象性来解决无法解决的观念矛盾，并以再现那种解决'开始'。"① 如果说，马克思通过对资本主义社会生产过程的分析，揭露了商品的秘密；那么，马歇雷则尝试从文学话语生产的过程去揭示文本意识形态构成的秘密。

马歇雷进而指出，"通过特定的方式，语言的性质似乎已经被改变，改变成为一种伪装的、装饰性的语言"。② 在文学的世界里，语言的身份、面貌和功能发生了蜕变，但它并不是"另一种"语言，而是日常语言的改装，日常语言经过加工、变形，按照审美秩序进行重组而变得陌生化了，成为一种"伪装的、装饰性的语言"。这样，才能给意识形态赋形，成为绘声绘色、形貌毕现的可见的形象，使语言及它所包含的意识形态得以凸显，才能对其进行审视。"文学只是解除了看似自然地联系着的词与物的联系：这样，文学就让人们看到这个联系一点也不自然。"③ 也就是说，文学语言除了具有一般语言有的意识形态性之外，还具有更为复杂的审美特性，文学的这种审美功能通过文学话语实践，通过艺术变形、抽象和陌生化等手段来完成，从而发现词与物之间关系的人为性、任意性，从中揭露意识形态的操纵。通过这种方式来打破意识形态的普遍性和强制性所带来的麻木性，对其欺骗性和虚假性引起警觉。文学生产通过对日常语言的伪装和装饰，通过将语言与现实语境相剥离，进而置于区别于现实语境的文学的虚构语境，取消了日常语言"天然"的合法性和透明性，令语言自身成为反思对象，从而剥露出语言的意识形态内在矛盾，并对它实行了意识形态批判。文学以其虚构的方式揭露了意识形态语言的欺骗性和虚假性。

---

① ［法］埃蒂安纳·巴利巴尔、皮埃尔·马歇雷：《论作为一种观念形式的文学》，陈永国译，［英］弗朗西斯·马尔赫恩编：《当代马克思主义文学批评》，北京：北京大学出版社2002年版，第49页。

② Pierre Macherey, *A Theory of Literary Production*, trans by Geoffey Wall, London: Henley & Bostc, 1978, p. 59.

③ ［法］皮埃尔·马舍雷：《文学在思考什么?》，张璐、张新木译，南京：译林出版社2011年版，第287页。

四

　　文学以一个清晰的虚构的轮廓把生活中流动的、隐身的意识形态框住，使其在文本中成为可见对象，而这被赋形了的可见对象已不再是作为原材料的日常意识形态，不再是那在现实世界中处于"无意识"状态的意识形态了。在文本中意识形态被"内在置换了"。不存在意识形态本身，而是意识形态的具体表现形式，是意识形态以一种文学虚构的方式来表述。

　　在马歇雷的文学生产理论中，"幻象"和"虚构"是两个重要的概念，其最直接的理论依据是现实与作品之间存在着差异。马歇雷认为语言有三种不同的形式：幻象、虚构和理论。"幻象"和"虚构"属于语言在文本中的两种变形方式，实际上其本质是一样的。所以，马歇雷指出，"虚构比幻象真实不了多少"。意识形态作为一种主要隐蔽在语言中的表象体系，提供了关于现实的幻象。意识形态幻象通过建立一系列形象："人"、"自由"、"神的旨意"等，使人们相信它的真实性。"幻象"作为一般意识形态经验是伴随意识形态出现的社会的必然现象，语言则是这些幻象的载体。马歇雷说："作为作家原始材料的幻象的语言，是日常意识形态的媒介和源泉。当我们被这绵延不断的无形的话语的河流所挟持包裹的时候，内在于我们的日常意识形态就会把我们塑造成型。"[①] 幻象被语言的自发运用而自发地定义，语言的自发运用把意识形态变成一个无形的、无意识的、透明敞开的文本——这个文本强有力地滑过它自身，尽它最大的努力去言说，而事实上它并不是被设计来言说任何真实事物的。对于幻想的空洞的言说，马歇雷指出，"必须被停止，未完成的必须被赋予形式，被确定（尽管这不确定依靠一种必需的确定的形式，因此它能被认识）"。因为作为"未完成的"幻想的语言只是一种"想象语言"，虽然它是文学创作的原始材料，但语言要发挥其现实功用，就必须通过赋予其形式让它"被确定"。

---

　　① Pierre Macherey, *A Theory of Literary Production*, trans by Geoffey Wall, London: Henley & Bostc, 1978, p. 62.

为了让这种转变起作用,马歇雷认为,"两种职能"要被提出:理论的职能和美学的职能。理论的职能确定语言,并且让语言在作为取得知识的工具时用概念言说;而美学的职能同样是通过给语言一种有限的形式(虽然未完成的)来捕捉语言。马歇雷所说的"通过语言来捕捉语言",这两个"语言"是否是同一所指呢?如果说后一个"语言"是指作为意识形态载体的语言,即"幻象"的语言,那前一个"语言"指的是什么?马歇雷随后提出:"确定性幻象:一个真实的和必要的虚构,设法到达一个明确的目的地。"① 综上所述,马歇雷的后一个"语言"是指意识形态语言,而前一个"语言"则指具有形式特征的文学虚构性语言。虚构以有确定形式的话语中止了飘忽不定的幻想语言的无意识运动,使其"到达一个明确的目标"。虽然,"它不能篡夺理论的地位。但它能通过渗透它的不充分、通过把我们的关系转换为意识形态(在它本性上,意识形态通常是无处不在的,它能够永远不被安顿下来;因而,它不能被完全征服、减少和驱逐)。虚构在它被捏造的范围内欺骗我们;但这不是欺骗的主要行为,因为它被瞄准在一个更加深邃的行为,揭露它,帮助我们从欺骗中摆脱出来"。② 这"确定的目标"和"更加深邃的行为"就是揭露意识形态的虚假性欺骗。

通过语言叙述、描写、修辞等"虚构"方式,文学赋予意识形态以确定的形式,并将它固定文本中。虚构并不比幻象真实,它也不能取代知识的地位;而且自身也是一种欺骗——"在被捏造的范围内欺骗我们";甚至是它也是一种幻象。但它的本意并不是为了欺骗,"被派上用场的幻象不再只是一种幻象,不再只是欺骗,它是一种被打断的、被认识到,被完全转变了的幻象",是通过显露自身的欺骗性去揭露意识形态幻象隐藏得更深的虚伪性,向我们提供了一种逃离意识形态的可能。所以"文学与其说它是现实的再现,不如说是语言间的论争,它对现实的曲解大于模仿"。③ 这也是马歇雷在《文学生产理论》中对巴尔扎克的《人间喜剧》进行分析时提出的观点:小说家的伟大之处并

---

① Pierre Macherey, *A Theory of Literary Production*, trans by Geoffey Wall, London: Henley & Bostc, 1978, p. 64.

② Ibid.

③ Ibid., pp. 55 – 56.

不在于作品所反映的意识形态，而在于他以一种虚构的表述来对抗一种意识形态的表述。文学通过"虚构"使意识形态定型，从而可以制造或拉开与意识形态的距离，在文本——这一有限的空间里，让意识形态呈现自身的幻象性和窘迫性。虚构是文学对意识形态进行生产的一种方式和对意识形态虚假性进行揭露的一种手段。文学作品以意识形态为材料，以虚构的语言固定并瓦解意识形态。科学是意识形态的反面，意图取消意识形态，抹杀它；文学则利用意识形态并向它提出挑战，揭露它。也正是在这个意义上，马歇雷说，文学不是虚构，不是描写真实的虚构形象，而是虚构的生产，是虚构效果的生产。

五

由于"幻象"作为文学生产的意识形态原材料，"虚构"作为文学生产的一种特殊方式，并且由于它们两者都具有某种欺骗性和虚假性，是带有意识形态属性的，因此，也就必然以不同方式在不同程度上扭曲和遮蔽真实，由此构成文本已经言说与没有言说、在场与缺席相互交织的复杂性。马歇雷极其重视这种复杂性，他认为，"一部作品的知识必须包括某些与其相当的不在场"，[1] 其意义是由在场和不在场共同生成的。因此，文学文本作为文学生产的产品，不是一张凭借我们的解释意图和力量就可被拆散的织物，因为在构成文本的语言经纬线之外，存在着大量未被言说的东西和影影绰绰、躲躲闪闪的东西，一旦要拆散它，意义就遗失了。文学生产的材料和生产方式都受到意识形态浸染，这就注定文学文本天生带有某种"不足性"，而文学正是要利用这种"不足性"来揭露意识形态的虚假性的。为此，马歇雷提出了"沉默论"。

虽然马歇雷受到结构主义的影响，包括他的"沉默论"，但是，他和罗兰·巴特及其他学者存在明显区别。罗兰·巴特认为，理解一部作品，就应该去肢解一部作品，同时又要重新将它写出。马歇雷则指出，

---

[1] Pierre Macherey, *A Theory of Literary Production*, trans by Geoffey Wall, London: Henley & Bostc, 1978, p. 85.

这其实不过是"一种重复"。结构主义批评是不可能说出作品原本没有言明的东西的，结构主义所谓的"结构"和"秩序"是作品既成的存在，任何结构分析都是对既成对象这样那样的"复述"，并没有揭示作品缄口不言或刻意隐瞒或闪烁其词的东西，没有提供新的内容。就如列维－斯特劳斯对神话的结构分析，虽清楚地指出了神话里有什么，却没有看出神话里欠缺什么，神话恰恰就依赖这些"欠缺"才得以存在。文学批评的职责并不是解释作品已经明确声言的含义，而是要注目作品中的空白、欠缺和沉默，阐明未曾说出的重要意义。

"作品中的话语来自某种沉默，这沉默给予一种形式的东西，在这基础上，它描绘一种形象的场所。因此，作品不是自足的；有某种不在场是必要的，没有这种不在场，作品将不复存在。"[1] 作品总是受到意识形态的约束，不能说出某些事情。当作家试图按照自己的意图和方式说出真理时，却不能不发现自己所受到的意识形态方面的限制。"似乎词语的功能就是谈论其他的事物，似乎事物的本质就是永远成为其他的事物，永远处于我们所说事物的旁边。"[2] 他不得不以沉默代替言说，以空隙暗示不能明白说出的东西。不在场的"沉默"构成了文学作品本身，只有抓住沉默，我们才能正确看待和理解文学作品：它以"沉默"无言地暗示了什么？什么是它没有言说又想要说的？为了说出任何事，有些事必须不被言说；为了能发言，语言把自己掩盖在沉默的不在场中。我们能让这沉默开口吗？一些已经把自己隐藏起来的事物还能否被召回，令其重新在场吗？那些已经言说的又以什么方式来伪装和掩饰它们？沉默作为表达的源泉，什么是它真正要说的？什么是它没有说出的？这些问题是文本不自足带来的，文学作品正是围绕这"缺省"被建构的，必然伴随着某种"缺省"。文学作品中的某些话语行为："躲藏"、"分散注意力"和"欺骗"，就是为了阻止可以被看见的和可以被看到的；延缓它的出场，恰恰是为了让它真实地出场。因此，文学作品在两种不同的水平上被揭露给它自己和别人：它使自身看见和不可

---

[1] Pierre Macherey, *A Theory of Literary Production*, trans by Geoffey Wall, London: Henley & Bostc, 1978, p. 85.

[2] ［法］皮埃尔·马舍雷：《文学在思考什么？》，第282页。

见。不是为了显示出某些东西，而是某些东西必须被藏起来；因为注意力从被显示的东西那里被转移了。如果作者经常说他所陈述的，那么他已不必陈述他所说的。通过缺席的语言，这里出现一种语言造成的缺省，也为人感知缺省、把握沉默提供了可能。沉默不语生成了所有的话语。通过言说与沉默、在场与缺席、彰显与隐藏，文学作品以其独特的方式来表达，而沉默则成为表达的中心。

马歇雷认为，重要的不是被言说的，而是不被言说的沉默，沉默让所有的言语成形。为了探寻作品的意义，发掘出意识形态以及不在场的现实，我们应进一步探寻在那些沉默所没有或所不能表达的东西是什么。要知道作者正在说什么，只注意他说，是不够的，因为他的说话是空洞的。马歇雷进而指出："这主要的危险是那些将会说出每件事的人所带来的。毕竟，可能作品没有隐藏它没有言说的，这仅仅是找不到的。"① 所以，语言真正的陷阱是它的无言的自明性。

正如阿尔都塞对作品中"沉寂"和"空白"的阐释，马歇雷的"沉默论"也借鉴吸收了弗洛伊德的无意识理论和精神分析方法。马歇雷说，弗洛伊德把某些语言的缺席归到一个新的地方，这个地方是弗洛伊德第一个去探索的，并且被他命名，这个地方就是"无意识"。马歇雷把文学文本视为一个"显在的梦"，意识形态就是梦的"监察官"，而历史现实是隐藏在背后的欲望。在监察官——意识形态的监视下，隐藏于文本中历史现实的真实表达往往是"沉默"的。"沉默"是另一种更具有力量的言说。通过意味深长的"沉默"，文学对意识形态做出隐秘的暴露，发出诘难。因此，作品的沉默不是一种要被修补的缺乏、一种需要被补偿的不足，它不是一种可以被最终消除的暂时的沉默，我们必须辨别这沉默的必要性。沉默构成作品几种根本不同的意义间的并列和冲突：这冲突可以被指出，却不能被解决或被吸收，而仅仅被展现。"在它的每一个微粒里，作品显示、揭露它不能说的，这个沉默给予它生命！"②

---

① Pierre Macherey, *A Theory of Literary Production*, trans by Geoffey Wall, London: Henley & Bostc, 1978, p. 86.

② Ibid., p. 85.

第三节 伊格尔顿：文学的意识形态生产

一

作为西方马克思主义批评家，伊格尔顿（Terry Eagleton）十分重视文学与意识形态的关系问题。可是，意识形态理论本身就极其芜杂，就如他所指出，有多少理论家就有多少意识形态理论。为此，伊格尔顿对意识形态理论做了认真清理。

伊格尔顿认为，"意识形态"这个概念的提出，是与18世纪启蒙运动的伟大梦想分不开的，其目的是通过对人的观念的研究，以一种非常细密的精确性描绘人的心灵，企图借此推翻精神王国里的神父和国王，扫除形形色色的偶像和迷信，以理性祛除人性中的神秘性，把男男女女从图腾和神怪的重压下解放出来。这种关于意识形态的看法无疑反映了那个时代朴素的乌托邦思想，其本身就具有意识形态性。理性的这种狂妄自然受到质疑。因为我们自己以及我们的理性都不能脱离意识形态而独立，就像揪着自己的鞋襻儿把自己提起来一样，彻底清除意识形态的想法注定是要失败的，是幼稚天真的。尽管如此，意识形态理论仍然引起学者们的巨大兴趣，出现了许多关于意识形态的阐释，使得这一术语具有非常宽泛的意义和用处，而且所有这些意义往往不完全相容。伊格尔顿在罗列了意识形态的种种定义之后，进而将其概括为可以进行规定的六种方式：意识形态作为一种物质生产过程；作为一套观念和信仰；作为一种行动取向的话语；作为占统治地位的意识形态；意识形态能够促进统治阶级利益和信仰，并通过歪曲和掩盖的秘密方式来达到；意识形态是具有虚假性和欺骗性的观念和信仰，但它并非来源于统治阶级的利益而是来源于整个社会的物质结构。[1] 虽然列举了许多定义，并且提出了界定意识形态的六种方式，但是，伊格尔顿自己却没有给意识

---

[1] Terry Eagleton, *Ideology: An Introduction*, London and Nework: Verson, Typeset by Leaper & Gard Ltd. Great Britain, 1991, pp. 28-30.

形态下一个明确的或者说核心的定义,因为他对意识形态这一概念的理解是具有策略性的。

在伊格尔顿看来,造成意识形态概念多义性的原因在于它的使用历史和变化的语境。正确的做法应该是把意识形态这个概念视作各种含义线索交织成的"文本"(text),并结合历史语境加以梳理,厘清分歧所在,在认真甄别的基础上决定取舍,而不必刻意追求规范、统一,勉强将原本极其丰富的意义压缩成一个单一的定义,人为地构造宏大、完整的理论。

在意识形态理论形成过程中,马克思做出了决定性的贡献。马克思既从认识论角度戳穿了意识形态的虚伪性,又指明了彻底铲除产生虚假性的社会物质关系的实践道路:"批判的武器当然不能代替武器的批判,物质力量只能用物质力量来摧毁。"① 马克思对意识形态范畴的革命性改造,以及阿尔都塞关于意识形态和意识形态国家机器的论述,对伊格尔顿产生了重要影响。伊格尔顿在此基础上做出新的发展。他不再仅仅停留于对意识形态虚假性或歪曲性的认识,也不再简单地将意识形态作为消极的东西推诿给统治阶级;而是从唯物史观出发,努力揭示造成意识形态虚假性或歪曲性的社会关系根源,探讨如何通过改变真实的物质条件来破解意识形态虚伪性。他明言:

> 意识形态研究不只是关于思想观念的社会学;它要更具体地表明观念如何与现实的物质条件相联系,如何遮盖或掩饰现实物质条件,如何用其他形式移置它们,虚假地解决它们的冲突和矛盾,把它们明显地转变成一种自然的、不变的、普遍的状态。简言之,思想观念被赋予一种积极的政治力量,而不是仅仅理解为对世界的反映。②

伊格尔顿把意识形态和社会生产关系密切联系,与权力、意识和语言表

---

① 马克思:《〈黑格尔法哲学〉导言》,《马克思恩格斯选集》第 1 卷,北京:人民出版社 1995 年版,第 9 页。
② [英]特里·伊格尔顿:《意识形态》,《历史中的政治、哲学、爱欲》,马海良译,北京:中国社会科学出版社 1999 年版,第 84 页。

达密切联系来进行讨论，从意识形态的虚假性及虚假性产生的根源来对意识形态进行深刻批判，这就使意识形态概念不再只是虚假意识或欺骗意识的贫乏的代名词，而成为一个构成社会结构和社会心理并具有社会改造力量的内涵更丰富的重要范畴。

伊格尔顿对阿尔都塞的意识形态理论做了进一步的充实和修正。首先，针对阿尔都塞的"泛"意识形态观，伊格尔顿指出，并非所有自然的东西都具有意识形态性，如降生、吃饭、性行为，以及平时的痛苦、欢笑、劳动、死亡，等等，都是人类的自然的物质过程，虽然具有不同的文化形式，却不能抹杀它们的自然性。而且也不是所有的语言命题都是意识形态的，只有在具体的社会历史语境中具体主体的实践交流，也即语言作为一种"话语"方式进入人的社会实践领域，它才是意识形态的。伊格尔顿反对将意识形态无限泛化，认为这样做就会把这个术语扩展到毫无用处的地步。他明确地表示，意识形态可能是政治统治不可或缺的部分，但肯定不是这一过程中最紧要的东西，政治统治更多是一个物质技术问题。

其次，伊格尔顿不仅如阿尔都塞那样承认意识形态既具有虚幻、想象的一面，同时又是真实的政治力量，它在物质实践和制度内运作，而且进而阐述了意识形态的认识功能。伊格尔顿指出，一方面，意识形态话语无可置疑地具有虚假性和神秘性；另一方面，在它试图讲述"真话"时，却又无法突破已有的思想方式的制约，并因此造成内部的矛盾、抵牾，而这适巧反映了社会历史本身存在的制约和局限，也暴露出意识形态自身的制约和局限。阿尔都塞阐释了意识形态的无意识的特点，认为意识形态不能反映自身，永远不能宣布"我是意识形态"；伊格尔顿则在承认意识形态具有无意识化的特点外，认为它仍然可以有自我意识，尽管这种自我意识一般是有限的。把意识形态作为"科学"的对立面予以批判，是阿尔都塞的基本立场；伊格尔顿则认为，意识形态的对立面应该是"解放知识"。意识形态虽然具有非理性、普遍性的特点，被压迫、被剥削阶级同样不能幸免，但是，只有穿透意识形态的蒙蔽，了解社会权力的运行方式，了解社会制度究竟如何维护权力的实施，如何偏袒所属阶级的利益，并且又如何赋予权力以合法性，如何使人们认可并臣服于这种权力，只有对这一切做出深刻理解，人的解放才有可能。意识形态关心话语的功能、效果和动机，也同样关心它们的真理价值。据此，伊格尔顿批评了这样的观点：意识形态是一道横亘在社会历史和人之间的屏障，以一种"虚假意识"遮蔽人对社会历史的真实感觉，以至于人永远处在它的帷幕之中，无法发现社会真相；或者相反地认为人可以穿越这道障碍。他认为，这些观点简化了意识形态问题，模糊了意识形态的复杂作用，我们应该从多个角度辩证地阐明意识形态及其作用：意识形态并不等于虚假，不等于障碍，它自身就带有真实性因素，是切切实实存在着的；意识形态在欺骗和阻碍我们的同时，也在制造和建构着真实。

再次，阿尔都塞提出意识形态与人的现实生存条件密切相关，因而存在着不同阶级的意识形态这一观点，但对此尚未做出深入阐述；伊格尔顿在此基础上进而指出，不应该把意识形态视为一个统一的整体，而应该从意识形态内部发现裂隙、矛盾或故障，把它看作各种社会集团和阶级进行斗争和谈判的场地。意识形态的作用确如阿尔都塞所说是规训人们的行为，说服人们顺从命运、容忍不公的处境，但这并非它的全部功能，而且即便它这样做的同时，根本无法避免分歧和斗争，并不存在某种统一的、全能的意识形态。正因如此，对意识形态话语就要重视其沉默、断裂和内部矛盾，运用一定方式的解码和破译，从被扭曲了的话语形式中揭示现实物质冲突的印记。

正是基于上述这些新认识，伊格尔顿才有可能对文学与意识形态关系问题做出更为深刻的阐述。

二

伊格尔顿吸取了阿尔都塞关于意识形态的无意识性、自发性和物质性的理论，但不同的是，为了更加凸显意识形态的政治性和阶级性，他有意识地缩小了意识形态这一范畴。在《当代世纪西方文艺理论》一书中，伊格尔顿阐述了文学以及文学观念、文学理论和政治、社会权力、意识形态之间的密切的关联。他分析说，一部维多利亚时期的文学作品，在好几个方面都适合于充当意识形态计划的恰当候选对象。作为一种自由的、人性化的追求，它可以为政治偏执和意识极端主义提供一种有效的矫正方法，还可以抑制他们身上任何对集体政治行动的破坏性倾向。文学用多元论的思想和感情来训练大众，说服他们承认除了他们自己之外还存在另一种观点，即他们主人的观点；说服他们相信苦难是早经注定的命运，谁也不能幸免，除此之外不存在更好的选择，甚至可能更加糟糕；说服他们和主人一起投身于合理化过程。由于意识形态的建立主要通过形象和再现而不是教义体系，因此，文学的意识形态作用就更为有效。伊格尔顿还明确指出："实际上，毫无必要把政治拖进文学理论：就像南非运动的情况那样，它从一开始就在那里存在……我在这本书里自始至终都试图说明，现代文学理论的历史是我们这个时代政治和思想意识历史的一个部分。"[1] 在坚持意识形态的无意识性、自发性和物质性的同时，伊格尔顿特别强调意识形态与权力间的关系，这与他强调阶级性、政治性是相一致的，他的分析阐述突出展现了社会现实和意识形态的错杂现象，展现了意识形态与各阶级间的实际利益及政治斗争的联系。

伊格尔顿认为，文学艺术作为意识形态形式，立足于特定的社会经济基础之上，其本身就是社会知觉的构成部分；文学艺术也体现着复杂的社会权力关系，它在受到社会权力掌控的同时，又以曲折的方式再生产着权力关系，因此，文学艺术势必无法摆脱政治性。基于这种认识，他把文学和政治密切结合起来，在一种文化政治视域中对文学的意识形态性进行批判。

伊格尔顿主张，文学批评家应当毫不犹豫地具有鲜明的政治性，应当在批评中对社会结构和权力关系做出剖析，表达自己的态度和观点。事实上，无论文学批评展露出一副多么公允的面目，它都无法抹拭去隐含在容颜褶皱里的政治偏见。批评不可能仅仅是针对词语或形式的纯粹分析，也不可能只是沉湎于美的品味、鉴赏。当然，文学作品的政治性只能通过一种复杂隐晦的特殊方式表现出来，它不能被当作直白的政治宣传，文学与经济基础的关系、文学与意识形态的关系也不是简单的决定关系。在伊格尔顿的《批评与意识形态》中，他对马修·阿诺德进

---

[1] Terry Egleton, *Literary Theory: An Introduction* (second edition), Oxford, UK: Blackwell Publish Ltd., 1996, p. 194.

行了剖析,并认为,尽管阿诺德总是力图与本阶级相决裂,把传播平等作为文化使徒的真正使命,但实际上,阿诺德仍然不过是资产阶级的伪装了的代言人。伊格尔顿说,在阿诺德那里,"'诗'是一个深陷在意识形态危机中的社会的最终指望,它以抚慰代替批评,以情感代替分析,以维持代替颠覆。如此一来,诗的含义与其说是一种具体的文学实践,不如说是一般意识形态的运作模式"。① 作为具体的文学实践,诗歌通过情感"抚慰"、"替代"和"维持"来凝聚社会,拯救危机,这看起来在提倡非理性,但是,这种观念恰巧与资产阶级的利益相吻合,并且由于资产阶级国家还有强制性的国家机器,非理性所可能具有的危险也得到纾解和消除。相反,较之于封建专制制度赤裸裸的压迫,杜撰出独立、自由、平等的"普遍主体",诱使人们在情感体验中"自我认同",来取代封建贵族的强制性奴役,这显然是更具有效性的政治统治模式。

　　文学作为一种特殊的意识形态运作模式,其意识形态并非统一自洽的,而是复杂矛盾的。在谈到乔治·艾略特以农村为题材的作品时,伊格尔顿就细致分析了意识形态的复杂性。他阐释说,作为一位文学生产者,艾略特描绘了一个"构成性空间",在这里,田园的、宗教的和浪漫主义的意识形态插入自由主义、科学理性主义和经验主义占主导地位的意识形态之中。这就是说,作品所表达的并不是某种统一的社会意识形态,也不简单是艾略特自己的意识形态,它的构成是复杂的,决定这种结合的因素是多重的,其中还有性意识形态的成分。性意识形态既强化了个体解放的冲动,又认可了那些制服它的诸如怜悯、宽容、顺从等"阴性"价值。就因为文学作品中意识形态构成是极其复杂的,其内部也就势必充满了断裂、间隙和空白,存在着"潜对话",并暴露出文化中隐伏的矛盾和冲突。在文学活动的虚构境域中,就交织着既冲突又融合的各种意识形态。正是基于这种认识,伊格尔顿才能一方面认为文学具有意识形态性,另一方面又认为文学具有意识形态批判性。可以说,伊格尔顿所竭力倡导的是一种文化政治学,他对文学艺术与政治权力的复

---

① [英]特里·伊格尔顿:《意识形态与文学形式》,《历史中的政治、哲学、爱欲》,第9页。

杂关系、对文学艺术的多重意识形态内涵做出了精辟的分析。从这个角度看，伊格尔顿的文学理论是"政治的"，它是阿尔都塞"政治的"哲学思想在文学领域中的回响。

三

在《德意志意识形态》中，马克思说："思想、观念、意识的生产最初是直接与人们的物质活动，与人们的物质交往，与现实生活的语言交织在一起的。人们的想象、思维、精神交往在这里还是人们物质行动的直接产物。表现在某一民族的政治、法律、道德、宗教、形而上学等的语言中的精神生产也是这样。"① 马克思在这里使用了"思想、观念、意识的生产"这种表述方式，同时也使用了"精神生产"这个概念，这些"思想"、"观念"、"意识"等都属于精神范畴，是个体对世界的主观认知；而"精神生产"具体指的是"政治、法律、道德、宗教、形而上学等"在"语言中"的生产。"精神生产"可以涵盖"思想、观念、意识的生产"，也可以涵盖马克思在别的语境里使用的"艺术生产"这一含义。就是在这个意义上，伊格尔顿把文学生产视为一种物质生产实践，同时，又视为一种精神生产。

伊格尔顿坚持了马克思的社会存在决定社会意识的历史唯物主义原则，以"经济基础—上层建筑"这一基本模式对文学和意识形态的关系进行重新阐释。他认为，文学作为上层建筑的一部分，它属于意识形态的一部分，属于复杂的社会知觉结构的一部分。所以，要理解文学就等于要去理解整个社会过程，因为文学是其中的一部分，"就我们继承这个词的词义而言，文学就是意识形态。它与社会权力问题有着最密切的关系"。② 与此同时，伊格尔顿又指出，文学不仅仅是一种意识形态，也是一种生产。换言之，文学既是意识形态的一部分，也是经济基础的一部分。文学是一种具有"双重性质"的生产：物质生产和精神生产。

---

① 马克思：《德意志意识形态》，《马克思恩格斯选集》第 1 卷，第 72 页。
② Terry Egleton, *Literary Theory : An Introduction* (second edition), Oxford, UK: Blackwell Publish Ltd., 1996, p. 19.

关于文学生产的观点，伊格尔顿受到本雅明、马歇雷和布莱希特的直接影响，并且把本雅明与马歇雷对文学生产的两种不同理解结合起来。伊格尔顿指出："文学可以是一件人工产品、一种社会意识形态的产物、一种世界观；但它同时也是一种制造业。"[①] 文学作为制造业，属于一种物质生产过程，因为"书籍在这里不只是有意义的结构，也是出版商为了利润销售给市场的一种商品；戏剧不只是文学脚本的集成，它是一种资本主义的商业，雇佣一些人：作者、导演、演员、舞台设计人员……生产为观众所消费的、能赚钱的商品"[②]。一方面，文学是与经济基础联系最为直接的社会生产，属于一种经济方面的实践、一种商品的生产，也是经济基础的一个组成部分。因此，在伊格尔顿看来，文学可以作为一种社会生产实践、一种与其他生产形式并存的社会经济生产的形式，受生产规律和经济规律的制约。另一方面，作为一种精神性的生产，伊格尔顿认为就应该把它与意识形态紧密联系起来，视为一种特殊的意识形态生产来对待。"马克思主义文学批评的创造性不在于它对文学进行历史的探讨，而在于它对历史本身革命的理解。"[③]这就是说，文学批评不应该把文学作为对历史的简单再现，也不仅把文学本身视作一种历史现象来探讨，而主要在于探究文学究竟是以什么样的社会知觉结构，什么样的世界观、价值观来理解历史的。也就是说，文学批评的首要任务是文学的意识形态生产。

在《批评与意识形态》中，伊格尔顿对文学生产做了更为深入的分析。他把一般生产方式与文学生产方式，一般意识形态和审美意识形态、作家意识形态做了区分，探讨了一般生产方式、一般意识形态对作家意识形态，以及审美意识形态既具有决定性的又极其复杂的关系。伊格尔顿认为，直接依托文学文本的不是历史，而是意识形态。因此，文本生产实际上是混杂着的各种意识形态之间交相对话、交互作用的"动态"的生产过程，并不是历史现实的直接"反映"。作家意识形态与其他各种意识形态的互动作用，作家对诸意识形态间的历史冲突所提

[①] Terry Eegleton, *Marxism and Literary Criticism*, London: Methuen & Co Ltd., 1976, p. 59.

[②] Ibid.

[③] Ibid., p. 3.

出的解决方案，是马克思主义批评必须深入探究的重要问题，由此揭示特定历史条件下的意识形态构成状况，而不是进行历史的"还原"。于是，伊格尔顿以意识形态为中心范畴尝试建立文本科学，围绕意识形态问题来构建历史、审美、文本、作家、语境的新关系，以消除形式与内容相割裂的传统二分法所导致的误释和局限。

四

伊格尔顿的文学生产理论是对文学文本的生产过程及其产品——文学作品形态进行分析的理论。首先，他强调了一般生产方式对文学生产方式的决定性作用，进而分析一般意识形态和文学生产方式之间的关系，认为文学生产的意识形态性主要是寄生在语言身上的。"文学文本不仅是通过它如何使用语言，而且通过它与所使用的特定语言所产生的一般意识形态相联系。"[1] 伊格尔顿明确认识到，"凡是有语言的地方也总有权力"。[2] 在语言成为话语进入人的社会实践时，就不再是一套与权力无关的中立的符号系统，它浑身沾满了意识形态性。谁有权力使用话语，使用什么样的话语，如何使用话语，其间充满着斗争。文学话语其实就是权力斗争的重要场所，它既是这种斗争的动因又是结果：作为"动因"，语言在文学的具体运用过程中不断被赋予新的意义、新的感知世界的方式，不断凝聚、积淀着政治和意识形态内涵，由此引发了语言内部的分歧和冲突；作为"结果"，文学又总是以这些包含着政治性和意识形态的语言作为自己的材料，努力把种种分歧的语言融合在一起，试图让它们相互妥协，却又无法最终平息这些分歧。这同时也就意味着，文学生产必定包含着作家与语言的斗争。

尽管文学生产自始至终无法摆脱一般意识形态的制约，但伊格尔顿同时认为，文学生产作为一种特殊的生产却有着能动性，对一般意识形态既

---

[1] Terry Eagleton, *Criticism and Ideology: A Study in Marxist Literary Theory*, London: Verso, 1976, p. 54.

[2] ［英］特里·伊格尔顿：《当代西方文学理论》"中译本前言"，第10—11页。

迎合又拒斥、既顺从又悖逆,并非与一般意识形态生产处在相同一的方式中:

> 不同的文学生产方式可能在其文本的意识形态特征方面再生产出同样的意识形态形式。在一般意识形态和文学生产方式之间没有必然的同一性,一部依原貌连续出版的维多利亚小说,尽管属于不同的生产方式,却可以从属于同一意识形态;相反,相同的文学生产方式可以生产相对立的意识形态,笛福和菲尔丁的小说就是如此。再生产出一般生产方式的诸社会关系的文学生产方式,可以与占主导地位的意识形态相冲突,对资产阶级价值观和资本主义生产关系提出浪漫主义的异议,部分决定于文学生产方式与一般商品的结合;相反,一种与一般生产方式的诸社会关系相冲突的文学生产方式,却可以再生产其主导地位的意识形态形式。①

文学意识形态生产的复杂性,要求批评家必须针对具体作品做出具体的分析。

伊格尔顿认为,作家的意识形态在文学文本的生产过程中起到关键性作用。从总体上看,一般意识形态是社会意识形态表象的总体,作家的意识形态是一般意识形态的组成部分;同时,作家意识形态又是由作家的国别、阶级、性别、宗教等因素所决定的个人思想,是作家以其独有的方式与一般意识形态发生关联的结果。因此,作家意识形态不可能跟一般意识形态完全吻合,而是存在着或和谐,或分歧,或对立的关系,两者间往往构成了裂隙。从语言层面看,"话语"总是铭刻着一般意识形态,并且在经常性的使用中成为语言无意识积淀下来,四处流溢。作家一旦运用话语进行创作,他实际上就已经介入了意识形态话语,无可挽回地堕入一般意识形态的泥淖了。与此同时,作家也在加工着社会话语,他以个人独特的方式占有话语、重塑话语,在话语中烙下个人的印记,凸显出个人独特的思想方式和表述方式。特别是一位严肃

---

① Terry Eagleton, *Criticism and Ideology: A Study in Marxist Literary Theory*, London: Verso, 1976, pp. 57 – 58.

的作家以创新为己任，在他醉心于语言创造的同时，也就必然篡改着一般意识形态，冒犯了一般意识形态。而这整个过程作家又遵循着审美规律，并最终使文学作品成为熔铸着审美意识形态的产品。在此过程中，存在着种种断裂、冲突、互动和融合，一般意识形态因此被弱化了，人不再完全受制于一般意识形态的掌控。文学作品为我们展现了相互冲突的多种意识形态，于是，也就为我们超越意识形态、认识批判意识形态提供了一个立足点，也为克服人的生存困境提供了一种方案。这就是审美加工的重要贡献。

在内容和形式问题上，伊格尔顿指出，形式绝非意识形态内容的外在表达方式，如果这样，就违背了文学生产论而重蹈文学反映论的覆辙。审美形式具有马尔库塞所说的"专制"作用，它赋予文学生产以某种相对自律和能动：文学生产过程所使用的素材和话语都表现出一般意识形态内容，而作家个人的意识形态和审美意识形态又注定创作同时要突破意识形态的束缚，造成内部的紧张关系，从而能够形成一种个人的话语、一种独特的审美话语。这本身就要求对意识形态内容进行改造，使一种新的意识形态意义得以显现。同时，作家的意识形态通过审美形式的体裁、题材、语言、风格等得以传达出来，并使文本成为作家审美意识形态的载体，从而使文学生产具体化。"审美话语的全部任务就是弥合资产阶级秩序本身所特有的形式与内容之间的裂隙，这种裂隙在其他地方也体现为该阶级道德和文化领域的壅滞与其物质世界的变动之间的分裂。"[1]

在伊格尔顿看来，文学与社会历史语境的关系是极其复杂的，它是多种因素交相作用的共同产物。文本意识形态与一般意识形态的关系是曲折的，它既不是一般意识形态的反映，也不是作家意识形态的表达，而是对一般意识形态进行个人独特的审美加工所得的产品。因此，文学生产只能是某种复杂的意识形态生产，充满着各种意识形态间的交织和交锋。譬如在戏剧表演中，各种意识形态的交织是比较显豁的，其中，不仅存在不同角色所体现的不同意识形态，以及各种意识形态间

---

[1] [英]特里·伊格尔顿：《资本主义与形式》，赵文译，张永清、马元龙主编：《后马克思主义读本：文学批评》，北京：人民出版社2011年版，第135页。

所展开的交锋，而且存在着戏剧旁白或其他手段所体现的剧作家的意识形态，以及戏剧表演本身具有的审美意识形态，甚至导演对戏剧的独特理解、演员对角色的独特扮演也包含着意识形态性，这些都会进入戏剧表演之中。在戏剧中充分体现着意识形态生产的复杂性。通过把文学文本的生产与戏剧生产相比较，伊格尔顿明确指出："文学文本不是意识形态的表达，意识形态也不是社会阶级的表达。文本是在某些方面类似于戏剧生产的一种意识形态生产。"① 在文学生产的整个过程中，生产、生产者、产品是互相影响的。一方面，生产决定文本的特征，即通过选择、组织和排斥的过程，文学生产将限定"某一"文学文本的实际状态和构成，限定文本所能产生的作用；另一方面，文本的特征反过来也将决定着生产的性质，并赋予作为生产者的作家以个性特征。文学文本与文学生产的关系就是一种劳动关系，而这又是一个十分复杂的相互决定的过程。

伊格尔顿认为："文学生产并非仅仅重复文本的自我理解，而是建构一个关于这一自我理解的解释，即关于这一意识形态的一种意识形态。"② 文本生产实际是一种"生产的生产"，文本产品也即"产品的产品"。因为文本的生产必然包含一种主动的构造活动，而这种主动的构造活动将揭示出文本的自我理解——文学文本与特定社会历史间的复杂、多元、间接的关系。应该彻底抛弃那种以为文学文本与历史之间是一种直接的、自发的关系的朴素经验论。呈现于文本之前的是被意识形态改造过、被意识形态加以"意识化"的历史，因此，真正意义上的历史是不会直接呈现于文本之前的。意识形态不断地对历史进行构造，并且赋予它意义；而文本能够接触到的就是这样的意义——特定历史的自我理解。由此，伊格尔顿说，"历史确实进入了文学文本，但它完全是作为意识形态进入文学文本的"，③ 并且由于历史在意识形态中就已经是"不在场"的，因此历史是以"双重缺席"的形式"在场"于文本之中的。文本在运用意识形态来组织意识形态话语的时候，就已经重

---

① Terry Eagleton, *Criticism and Ideology: A Study in Marxist Literary Theory*, London: Verso, 1976, p. 64.
② Ibid., p. 68.
③ Ibid., p. 72.

构了意识形态材料，加以固定并拉开了距离，将其置于被审视的位置，这就有可能使意识形态暴露出自身的虚假性，从而以迂回的方式揭示历史真相。

伊格尔顿分析了艾略特的《荒原》。他认为，《荒原》确实可以被解释成一首在资产阶级意识形态危机时期生产的诗，但是，对于那个时期的危机，对于产生那种危机的政治、经济条件，作品都不是一种简单的反映关系。作为一首诗，它当然不知道自己是某种意识形态危机的产品，否则，这种意识形态就可能受到批判和清除，或者相反地沦为某种说教。这也就是说，意识形态主要不在文本的表层，而是在文本的深层得以表现。因而，和马歇雷一样，伊格尔顿强调对文本的沉默、空白，以及对文本潜在结构的关注。他认为：

> 所有的文学作品都包含一个或几个这样的潜文本，在某种意义上这种潜文本可被称为作品本身的"无意识"。所有的写作状态都表明，作品的洞察力与它的盲目性紧密相连：作品没有说出的东西，以及它为何不说这些东西，可能与它所明确表达的东西同样重要；看来像是缺席、空白或矛盾心理的地方，可能会为作品的意义提供重要的线索。[①]

从总体上看，文学文本不可能脱离一般意识形态语境，它永远处在一般意识形态阴影的笼罩下，并且自身也成为一般意识形态的"亚结构"；但在文本生产中或迎或拒的复杂的意识形态关系所造就的歧异和裂隙，却又可能泄露出意识形态自身的缺陷，因此赋予文学以意识形态批判的积极意义。

文学生产的复杂性还体现在审美意识形态的复杂性。在梳理、分析历史上各种美学的意识形态性之后，伊格尔顿指出，审美始终就是个自相矛盾而意义双关的概念。一方面，审美扮演着代表解放力量的角色，扮演着统一的主体，这些主体并非依赖外在法则，而是在感性冲动和同

[①] Terry Egleton, *Literary Theory: An Introduction* (second edition), Oxford, UK: Blackwell Publish Ltd., 1996, p. 155.

情的作用下联系在一起，由此达成社会和解的同时又维护了独特个性；审美为自律和自主提供了新形式，缓解了法则与欲望、道德与知识之间的紧张关系，重建了个体与总体之间的联系，在风俗、情感和同情的基础上调整了各种社会关系。另一方面，审美又预示了霍克海默所称的"内化的压抑"，把社会统治更深地植入被征服者的肉体内，在身体快乐和内驱力中开拓殖民地，并因此作为一种最有效的政治领导权模式发挥作用。作为风俗、情感和自发冲动的审美可以很好地与政治统一协调起来。"如果说审美是危险的、模糊的，这是因为肉体中存在反抗权力的事物，而权力又规定着审美。"① 这种对审美的矛盾理解也必然会渗透到文学生产过程，进而影响着文学生产。

五

对于伊格尔顿来讲，意识形态始终都是文学的一个核心概念。通过分析文学的意识形态构成和文学生产的过程，在阐明文学意识形态生产理论这一基础上，伊格尔顿提出了文学的价值问题。

伊格尔顿对文学价值问题极其重视，在评价萨缪尔·贝克特的作品时，他明确指出："没有某种价值判断，我们甚至不会发现我们的苦难是令人不快的，也不能意识到我们的状况根本就不正常。为了避免这种价值观被意识形态解释夸大为某种感伤的人文主义，并由此成为问题的一部分而非解决方案的一部分，因此不能直截了当地将它说出来。事实上，价值观必须以否定的方式证明它自身，这种写作以坚定不移的明朗来对抗不可言说。"② 文学批评的生命在于价值评判，这是任何一位批评家所不能回避，也无法回避的。关键是如何做出价值判断，以什么样的立场和方法来开展价值评判。对此，伊格尔顿说："马克思主义批评确实应当果断地介入'价值问题'……马克思主义批评的任务，是给

---

① ［英］特里·伊格尔顿：《美学意识形态》，第17页。
② ［英］特里·伊格尔顿：《政治贝克特?》，赵文译，张永清、马元龙主编：《后马克思主义读本：文学批评》，第282页。

文学价值的基础提供一种唯物主义的解释。"① 他认为，文学价值是阅读和批评所产生的现象，它所表现的永远是文本、读者和批评家之间的"交换价值"形态。不存在恒定的一成不变的价值，价值只存在交换活动中，所以，必须从文学生产的角度来理解文学价值，把马克思主义的文学价值理论建立在唯物主义的基础上。

　　文学的价值是在文本被阅读和批评的再生产中获得的，只有通过阅读和批评，文学价值才被生产和再生产出来。文学生产作为一种审美意识形态的生产，它体现出由文学文本和作者、文本接受者、批评家之间复杂的交互关系所确定的价值。伊格尔顿认为，文学文本存在着双重组合：意识形态和审美形式，这是读者可以阅读的依据，也只有在阅读活动中，文本复杂的意识形态潜能才发挥出来，另一方面，读者也以自己的立场和意识加入同文本的交互作用中。"文本价值是由一种意识形态结构和文学话语的双重作用所决定的。正是通过这种方式，文本进入这一领域的特定关系当中，而在这一领域存在着由历史所决定的价值、利益、需要、权力和能力，不是它'表达'或'再生产'这些东西，而是它在将它们编码为意识形态符号的关系中建构它自己。"② 文学价值在本质上也是意识形态，是文学文本和读者、批评家相互作用、共同协商而确定的成果，体现着作者和读者的同谋关系，与作者、读者、批评家的立场密切相关。文本自它诞生之日就置身于这样一种共谋关系中，不能不任随接受者和批评者的恣意践踏而留下累累痕迹。作者、接受者和批评者共同参与了作品写作。作品接纳了接受者，使他成为有价值的，而接受者也让作品成为有价值的。"一切文学作品都由阅读它们的社会'重新写过'，只不过没有意识到而已；实际上，没有一部作品的阅读不是一种'重写'。任何一部作品，任何关于它的现时评价，绝不可能一成不变地持续到新的一代。"③

　　伊格尔顿的文学理论（主要表现为意识形态生产理论），是各种现

---

① Terry Eagleton, *Criticism and Ideology: A Study in Marxist Literary Theory*, London: Verso, 1976, p. 162.

② Ibid., p. 186.

③ Terry Egleton, *Literary Theory: An Introduction* (second edition), Oxford, UK: Blackwell Publish Ltd., 1996, p. 12.

代思想与马克思的历史唯物主义相互碰撞和交融的结果。其中，他特别显著地受到阿尔都塞和马歇雷思想的影响：阿尔都塞主要建立了一种"哲学与政治"的意识形态理论；马歇雷通过马克思主义的结构主义化，在意识形态多种因素的张力中寻找文学艺术的位置；伊格尔顿试图综合这两种观点，站在马克思主义辩证法和历史唯物主义的立场，进而将意识形态理论与文学生产理论熔铸为一体。

伊格尔顿关于文学艺术与政治关系的见解与法兰克福学派有着重要区别。法兰克福学派代表人物阿多尔诺和霍克海默强调资本主义条件下艺术生产的"一体化"倾向，强调艺术难以摆脱资本主义意识形态的控制。他们的理论观点表现出消极悲观的情绪。与之相反，马歇雷、伊格尔顿则赋予文学生产和虚构以积极的能动作用，他们认为文学生产正因为是通过虚构方式的意识形态生产，这就有可能打破意识形态的一统天下。

阿尔都塞、马歇雷、伊格尔顿都十分重视文学与意识形态的关系，但在他们的相关论述中，仍然可以看出他们对文学与意识形态关系的理解是有所不同的。阿尔都塞对意识形态的看法带有明显的"泛化"倾向，认为它四处弥漫，无所不在，但他仍然特别眷顾文学艺术，意欲划出一片纯净的世外桃源，授予"真正的"文学艺术以"特权"地位。马歇雷从文学生产理论入手，创造性地对文学虚构与意识形态的关系做出了阐释。他剥去文学创造的光环，将它降格为文学生产，并以文学生产为突破口，以此揭示文学虚构对于意识形态批判的重要价值。伊格尔顿批判和继承了阿尔都塞、马歇雷的理论，他将文学视为意识形态生产，深入分析了这一生产过程中各种不同意识形态间的交互作用，既纠正了那些否定文学意识形态性的理论观点，也批驳了将文学简单等同于意识形态的做法，使得文学与意识形态之间错综复杂的关系得到深刻、辩证的阐释。于是，在文学生产过程中，文学虚构使文学呈现出两重性：文学受意识形态支配，同时也在反抗意识形态，进而又在生产着意识形态。这样，原本那种把文学艺术简单归属于意识形态的观点，它的理论根基开始动摇了，文学与经济基础、上层建筑的关系更显复杂，文学与社会历史、意识形态的关系呈现出了另一种景观。

第五章 虚构理论：从现代到后现代

第一节 弗莱：文学是有意识的"神话"

从宏观视域对文学做出高度概括的诺思洛普·弗莱（Northrop Frye），以其构建的神话—原型批评赢得了世界声誉，同时，也因"超然自足的神话现代主义框架"而受到后现代学者的诟病。[①] 但事实上，由于这一理论有着巨大的包容性，恰恰成为诸多后现代理论的生长点。同样，弗莱关于文学虚构的论述，也因其包容性而构成强大的内在张力和阐释力。

一

在谈到文学的"真实感"时，弗莱指出，真实感（reality）不同于真实性（realism），它更为宽泛，诸如幻想作品、浪漫故事等等，都可以具有真实感。文学的结构原则是神话和隐喻，二者都违反常理及逻辑规则，而它们同时又让人"相信"。文学的真实感实际上包含着背谬：一方面，它在文学中明确地表达"这件事的确发生了"；另一方面，又含蓄地提醒人们"这件事根本没有发生过"。你不得不同时相信这两句话。"在文学中，只有当事物变成真伪莫辨的幻觉时，我们才能见到它们，因为惟有这样方可用主观经验去取代客观经验，不过它是一种受节

[①] ［加］林达·哈琴：《弗莱新解：后现代性与结论》，王宁译，《国外文学》1995年第2期。

制的幻觉,这时人们对事物感受之强烈不是日常生活中所能体验到的。"① 这就是说,文学是建立在幻觉的基础上的,它似乎真实地存在着,真切地展现在我们眼前,可是又并非实际存在的事实,在现实世界中它从未发生过。就如哈姆雷特和福斯泰夫那样,"既不存在又并非不存在,看似空幻无所有又确实地有名姓有处所"。② 文学是幻觉,是虚构,却又是一种独特的虚构,是受到节制的具有真实感的虚构。因为文学具有真实感,它才能深入人心,打动人心,引起共鸣;又因为文学讲述的故事并非实际发生的现实生活,而是处在幻觉和虚构世界,人们才有可能解脱现实世界的种种压力、干扰和利害关系,全身心投入到这个世界之中,深入体验文学世界所提供的经验,终于获得日常生活中未曾有过的强烈感受。

那么,这一具有真实感的文学虚构世界是如何构成的?对此,弗莱有着独特的理解。在弗莱看来,文学作品是多义的,它本身是一个象征系统,不同的现代批评流派往往从其中选择某一层面或某些独特的象征,来对作品做出解释。可是,文学作品作为一个象征系统,它是一个整体存在,并整体地发挥作用的,因此,文学批评最好不要单独考虑作品某一层面的意义,而应该将文学置于一系列关联域,也即"相位"(phase)中加以整体考察。

弗莱认为,文学作为语言的艺术,它首先包含文字和描述相位。从这个相位看,语辞同时有着"向心"与"离心"两个相互对立的倾向:它向外表述或描述外在的客观对象;向内则成为较大的意义的组成因素,成为语辞结构的构成单位,从而建构起一个相互关联的母题的结构,而不再是独立的表述外在对象的符号。文学是语言的一种特殊形式。在文学中,对客观事实或对象的表述,从属于为作品自身创造一个语辞结构这个基本目标,象征的符号价值从属于它们作为一个相互关联的母题的结构的重要性,由此构成一种"自足的语辞结构"。尽管阅读过程中,读者的注意力可能同时向两个方向移动并产生两种理解模式,

---

① [加]诺思洛普·弗莱:《文学的疗效》,王静安译,吴持哲编:《诺思洛普·弗莱文论选集》,北京:中国社会科学出版社997年版,第77页。
② [加]诺思罗普·弗莱:《批评的剖析》,第462页。

但是，文学的语辞结构则决定其意义的最终方向是向内的，向外的意义只能是第二位的。当文学的语辞"向内"将自身结构作为关注的核心，这个语辞结构就与现实世界疏离开来，而建构起另一想象的虚构世界。在这个世界中已无所谓真假，它不仅成为"自足的"，而且它的声韵、意义和母题结构的价值也得以实现，一个美的世界于是显现了。所以弗莱说："向内的意义和能自我包容的语辞布局，是与快感、美、兴趣相关的反应领域。对一种超然的布局的沉思，不管是不是语词的布局，显然是美感和随之而来的快感的主要来源。"① 语辞的描述相位由于向外表述客观对象，它和对象及其语境相关联，其意义也就相对稳定和明晰；语辞结构则因其向内而与外部世界相脱离，与具体的现实语境解除了关系，其意义就变得含混多义了。"含混"作为文学，特别是诗歌语言的特点，赋予语辞多种功能和多种力量，使语辞具有更为丰富深厚的审美意涵。

　　文学的文字和描述相位同时存在着向内和向外两种倾向，它们以假设性因素和论断性因素构成了一种内在张力感。当象征系统的描述方面得到强调，文学在其叙述上就倾向于现实主义，而在其意义上则倾向于教诲。自然主义文学走得更远，作品在某种程度上成为现实生活的表征。而一旦向外的倾向越过界限，文学就会因虚构因素消失而转化为丧失美感的文献。与现实主义、自然主义相对，浪漫主义文学则注重内向性，强调富于想象的创造。象征主义却又趋向另一极端，它强调语辞结构方面的意义，把它视作向心的语言布局，成功地把文学的假设的萌芽剥离出来。弗莱通过对文学的文字和描述相位的阐述，让我们看到，诸文学流派是在由向内与向外、假设性因素与论断性因素所构成的张力中不断地移位的。

　　在弗莱提出的形式相位中，"形式"指连接文字意义和描述意义并将对立双方相融合的方式。"'形式'（form）的常用含义似乎将这些明显对立的方面联结了起来。一方面，形式包含了我们称之为文字意思或结构的统一性的东西；另一方面，它又意指像内容和事件这样的补充性

---

① ［加］诺思罗普·弗莱：《批评的剖析》，第65页。

的术语，用以表达它与外部自然共享的东西。"① 这种融合对立双方的主要方式就是意象、意象系列和意象结构，它存在于接近自然与强调虚构、事例与训诫之间。

如果不是孤立地看待单独一部作品，而是将作品与文学整体联系起来，从宏观上做出考察，那么"文类"、"程式"就成为其中不可忽视的重要问题。在弗莱看来，文学并非由一部部独立的作品聚集而成的，所有的文学作品都是程式化了的，程式是文学共同的东西。文学可以具有自身的生命，可以模仿自然和社会现实，可以再现经验、表达思想，等等，但是文学本身却并非由这些所构成的。诗歌只能产生于其他诗歌，小说只能产生于其他小说。文学形成自身，它从内部而不是从外部形成，其共同财富就是程式。程式使诗歌、小说、戏剧等文学作品成为可交流、可传承的，程式将作品聚合为文学。可是在文学作品中程式不是作为抽象的东西存在，它是一种典型的或重复出现的意象，这个可交流的单位，弗莱称之为"原型"。正是由于存在文学原型，文学创作和接受才有可能正常进行。从这个意义上说，诗人不是他的诗作的父亲，"他充其量是助产婆，或更确切地说，是自然母亲的子宫：可以说，她以他为自己的私处"。诗歌则"焦急地摆脱诗人，哭喊着割断诗人自我的脐带和食管"。②

从原型方面来看，文学叙述是象征交流的一种重复进行的行为，其实质即"仪式"；文学的有意义的内容是意愿在现实中尚未实现且同现实相冲突的结果，这正是梦的工作机制。仪式和梦幻在语辞交流形式中的统一，就是神话。因此，神话说明仪式和梦幻，神话不仅为仪式提供了意义，为梦幻提供了叙述，它还是仪式和梦幻的同一性的体现。这就是弗莱所说的神话相位。神话作为人类经验的结晶，它源自自然的节律和生命的循环，这些周而复始的运动塑造着人的心灵，构建了人的经验模式，并成为人感知世界和实现交流的结构原则。文学就是通过神话的结构原则来讲述故事的，所以弗莱说：

---

① ［加］诺思罗普·弗莱：《批评的剖析》，第76页。
② 同上书，第98页。

>   文学是一种有意识的神话,因为随着社会不断发展,它的神话故事渐渐地变成了讲故事时的结构原理,而其神话观念、太阳神等等,便变成了思维中惯用的隐喻。在一种充分成熟的文学传统中,作家们都生活在一个传统的故事及形象的系统之内。①

弗莱进而认为,在所有的文化环境中,神话都不知不觉地渗透于文学之中并和文学融合一体。神话用其特有的语言所勾勒出的天地,也就是文学想象的天地。

由于原型是人类交流的基本单位、神话结构是交流的结构原则,因此,它也就成为文学最核心的决定因素。即便作家具有独创性,他也无法脱离这些因素。所谓独创其实只是对这些因素"比较深刻的模仿";种种对新颖、新奇的尝试,结果只能产生"隐蔽或复杂的原型"。甚至对于文学的描述层面来说,表面上它是外向地描摹现实,而实际上则是按照神话结构来建构"现实",现实已不再是原有的自然状态,它被神话的结构原则重塑重组了。因而文学的描述并非对外部现实的如实反映,而是遵循着神话的语辞结构,"认为排列顺序的形式是来自词语的外部乃是一种心理投射的错觉"。② 这就是说,文学作品所讲述的故事,其实质并非从观察人类生活及行为所得到的,它"通统都是讲故事的手段。文学形式不可能来自生活,而只能源自文学传统,因而归根结底来自神话"。③ 神话相位从深层影响并决定着其他各相位。正是这一决定性因素将文学世界与现实世界分隔开来,成为一个"假设的创造实体",一个独成体系的虚构世界,一个现实中并不存在而存在于人类经验深处且连接着经验秩序的活生生的世界。对于现实来说,它是虚构的;而对于人的经验来说,它更具真实感,更有可能深入人心,打动人心,震撼人心。

---

① [加]诺思洛普·弗莱:《〈加拿大文学史〉(1965年首版)的结束语》,韩以明、王庆祥译,吴持哲编:《诺思洛普·弗莱文论选集》,第268页。

② [加]诺思洛普·弗莱:《伟大的代码——圣经与文学》,郝振益、樊振帼、何成洲译,北京:北京大学出版社1998年版,第54页。

③ [加]诺思洛普·弗莱:《虚构文学与神话的移位》,何家祥译,吴持哲编:《诺思洛普·弗莱文论选集》,第131页。

二

　　文学建基于各种原型。一方面，文学讲述的故事离不开神话结构，作家的种种创造只能是神话的不断"重构"或"移位"，神话为作家提供了一个十分古老的现成框架；但是，正因为神话结构是所有文学作品的结构原则，它也就转而成为无意识，成为一种自然的东西，不再具有激动人心的力量了。因而另一方面，一部伟大的作品就需要重新寻找途径返归心灵底层，从人类原始经验中汲取力量和激情。"伟大的经典作品仿佛存在一种总的趋势，要回归到原始形态去……寓意深邃的文学杰作却宛如将我们吸引到一种境界，此时我们发现大量的具有含义的原型汇成浑然一体。"① 这就是说，作家不应该如本尼迪克特所指出的"阿波罗"文化那样，仅仅被动地服从于神话仪式；而应该以"狄俄尼索斯"文化所具有的"预言的心智"，主动、紧张地去感受神灵的显现。

　　要进入这样一种创作状态，作家只能借助于柏拉图所说的"心智清醒时的梦幻"和弗洛伊德所说的"白日梦"。弗莱认为，人类苏醒与睡眠之循环和自然界光明与黑暗之循环是密切对应的，并且这种对应是相反的：白昼，人实际上受到黑暗的控制，陷于挫折和虚弱境地；黑夜，人的力比多，也即有征服力的英勇的自我便觉醒过来。文学创作则通过"白日梦"来解决这种对立关系，将白昼的太阳与黑夜的英雄视为一体，构建一个内心欲望和外部环境相互融合的世界。

　　梦幻让作家逃脱了白昼的控制，把他那原先备受压抑的自我欲望和潜在的创造力解放出来。这一想象展开的过程，既是神话的再创造，也是隐喻的降生，瞬息间，主观与客观在梦幻世界中契合了。神话与隐喻总是联袂而至的，太阳神话与太阳神（英雄和自我愿望的隐喻）密不可分，它们一同滋生于人类思维的源头，共同表达了人的主观世界与客观世界的同一性。"隐喻在我们心目中唤起的世界，不是靠夸张类比串联起来的许多事物，而是一股股漩涡迭起、充满活力的潜流，它们在主观与客观之间不断地潺潺流动。这样的隐喻可能引发或转变成更加持续

---

① ［加］诺思洛普·弗莱：《文学的原型》，黄志纲译，吴持哲编：《诺思洛普·弗莱文论选集》，第86页。

不断或更属理性的思维，但遇这类情况时，隐喻并不被理性思维所取代，而是潜伏在背后，成为灵感的不竭之源。"① 梦幻和想象打开了被意识所遮蔽的心灵黑箱，这里潜藏着人类经验的丰富资源和无限的创造力量。相反地，在弗莱看来，活跃的理性仿佛雇用了"思想警察"作为自己的助手，追捕并消灭每个非法的冲动；或如聘任了"洗脑的教官"来压制这类冲动。因此，作家越是彻底地破除意识的蒙蔽，他的创造力就得到越加充分的发挥。在谈到诗人叶芝的创作时，弗莱指出，叶芝总是尽力让自己深深沉降到意识之下，进入"世界之灵气"的潜流中，让它转化成创造力的媒质。这种创造力扎根于世代相传的传统，它不属于个人，而属于自己的种族，并从种族回忆的潜流中为我们带来始祖神祇及神话。这就是说，真正的文学杰作既非现实生活的反映，也非个人凭空创造，而是归属于种族，它返回到种族的原始经验之中，种族的经验通过个人得到表达。

由此观之，弗莱的文学虚构世界具有多重虚构性。在文字和描述相位，虽然同时存在向心与离心两种倾向，但离心从属于向心，从而将文学作品与现实世界相疏离而构成另一与现实没有直接关联的独立的世界。在神话相位，文学不仅受制于神话结构，而且只有深深扎根于传统，返归原始经验，重新回忆起始祖神祇及神话，才具有真正的文学价值。这些神话讲述的不是现实世界中真实发生的事实，它属于另一个虚构的世界，并且这种对神话世界的回归又必须通过想象和梦幻才有可能。上述两个层面是相互影响的：文字相位的结构特点，它的向心倾向将读者引向一个独立的世界，一个语辞构筑的世界；神话相位则以神话世界跟现实世界相分离，正是它将语言从现实语境中剥离出来，悬浮于想象的虚构世界，成为一种"为了它自己而存在的言词结构"，② 成为含混多义的隐喻，因此，神话相位也就决定着文学的文字和描述相位只能以向心作为主导倾向。文学说的是神话的语言而不是事实的语言，它是取消了真假值的假设性语辞结构。

---

① ［加］诺思洛普·弗莱：《文学是一种纯理性的批判》，叶舒宪译，吴持哲编：《诺思洛普·弗莱文论选集》，第173页。

② ［加］诺思洛普·弗莱：《伟大的代码——圣经与文学》，第85页。

有学者认为，弗莱的文学批评理论妨碍了对多元思想、政治和历史进行探索的批评思路，与关注以性别、阶级、种族、民族特征、历史、知识与权力的政治为特征的后现代主义运动格格不入。[①] 其实，这是一个误解。弗莱所说的神话并非抽象的缺乏历史内涵的东西，在《批评之路》中，弗莱进一步赋予神话以历史性。他认为，神话故事不仅形成一个神话群，而且它们植根于特定的文化之中。一方面，当神话在一种文化的中心具体化时，那种文化的周围就会被罩上一个神奇之圈，一种文学就会在一个有限的，由语言、参照、典故、信仰和传统等构成的范围之内历史地形成。另一方面，"随着一种文化的发展，它的神话倾向于包罗各个学科、扩展成一个总的神话，它包括一个社会对它的过去、现在和将来的看法，与它的诸神和邻里之间的关系，它的传统，它的社会和宗教责任，以及它的最终归宿"。[②] 因此，神话不仅仅是一种原始经验，它虽扎根于人类原始经验，却又是与特定社会文化密切联系，并随文化发展而演化。这些不断得到重构的神话既承袭了原始经验，又与特定的社会历史相适应，并对社会历史发挥重要作用。其中，得到充分发展或百科全书式的神话包含着社会要了解的一切东西，弗莱称之为"关怀的神话"。关怀神话的存在是为了凝聚社会，关怀神话的语言倾向于变成信仰的语言，关怀的权威本身是一种社会既定权力机制的权威，它包含并塑造着人对过去、现在和将来及种种关系的看法，因此，关怀神话实际上就是意识形态或类似于意识形态的东西。

与关怀神话相对，还存在另一种自由神话。自由神话是关怀神话的一部分，却强调文化中的非神话因素，它不直接诉诸关怀而诉诸更能自我确证的标准，如论证的逻辑性或非个人的证据和检验。由它演化出一种社会心理态度，包括客观性、判断推理、容忍和尊重个人等。对这些态度的文字表达，弗莱称之为"自由神话"。自由神话产生于关怀，它不能取代关怀而只能与关怀相依存，并由此形成一种张力，赋予关怀神话以开放性、多样性。文学的虚构世界就存在于这种张力之中。文学既

[①] [加] 帕米拉·麦考勒姆、谢少波选编：《后现代主义质疑历史·导论》，蓝仁哲、韩启群译，北京：中国社会科学出版社2008年版，第2页。

[②] [加] 诺思洛普·弗莱：《批评之路》，王逢振、秦明利译，北京：北京大学出版社1998年版，第18页。

是关怀的"伟大编码",它在整体上又不是超级的关怀神话,它所包含的内容比所有现存的关怀神话的总和还要多,它同时言说两种语言,即自由的语言和关怀的语言,因为文学的中心生活是人和人性。如果我们看到,弗莱所说的关怀神话所具有的意识形态功能,那么,文学一方面无法逃避意识形态控制,同时,又不等同于意识形态,它坚执于人、人性和生命本身,所以弗莱说:"想象的世界部分地是一个假日和安息日的世界,在那里我们可以休息,脱离信念和承诺,充满超出一切可以系统阐述和表现而接受的更大神奇。"①

弗莱的关怀神话已经具有意识形态的特征和功能,在《有力的词语》中,弗莱则明确提出意识形态问题,并将"意识形态"与"修辞"两个概念交替使用。他认为,修辞就是说话者采用话语技巧意图令读者俯首帖耳,诱使读者不自觉地接受其观点。而意识形态正是通过话语修辞,隐秘地对读者施加影响或迫使读者不知不觉间受到思想掌控,"其目的是说服,并令读者心悦诚服地产生相应的反响。修辞的根本目的是令作者、语言和读者相互认同"。② 弗莱所说的"有力的词语"正源自言语行为理论。言就是行,它具有言外之力,能产生言后效果,而修辞恰恰是话语实施影响力的重要手段。在弗莱看来,意识形态是神话在特定社会文化中的具体应用。它所改编和重构了的神话,就是我们处于意识形态内部时必须相信或表明自己相信的神话。这种被改编和重构的神话征用了话语修辞,迫使修辞有意无意地服从并服务于它的意识形态目的,悄无声息地实施意识形态影响。

与此同时,弗莱又指出文学与意识形态关系的复杂性。弗莱列举了巴尔扎克和索尔仁尼琴的创作,他说,巴尔扎克和索尔仁尼琴在其作品中暗示了他们的意识形态观点,这些观点丰富着他们的作品,而他们的想象则从意识形态中退却,造成一个内部距离,正是在这个退却和生成距离的过程中小说形成了。文学有权反对意识形态,却不是以科学知识的方式。巴尔扎克和索尔仁尼琴是通过与意识形态的内在距离,让我们

---

① [加]诺思洛普·弗莱:《批评之路》,第119页。
② Northrop Frye, *Words with Power: Being a Second Study of "The Bible and Literature"*, New York: Harcourt Brace Jovanovich, Publishers, 1990, p. 17.

"感觉"或"感受"到那个世界的意识形态的现实。这就是说，文学作品在包含意识形态的同时又与意识形态拉开了距离，在暗示意识形态观点的同时又存在一个区别于意识形态的视角。因此，弗莱说："文学是语言的体现，而不是信念和思想的体现：它会说任何事情，因此在某种意义上，它什么也没有说。它为阐述关怀神话提供了技术资源，但是它自己并不去阐述。"①

弗莱的神话—原型批评试图对文学整体做出宏大、深入的概括，他的解释成为最具现代主义特征的"元叙述"。与此同时，弗莱的神话—原型批评又由于多视角、多层次地阐释文学，并努力将原本属于不同理论体系的东西囊括于文学的整体阐释之中，这就势必充满着内在矛盾，具有多元的再阐释空间，其理论张力恰恰为通向后现代主义提供了可能，成为诸多后现代理论的生长点。弗莱将文学、文化与神话紧密联系在一起，强调神话随历史发展而不断移位和重构，赋予神话以意识形态特征，这就使他的理论对于当代文化研究具有重要的参考价值。而弗莱对人类思维和话语的神话根性的揭示，也使他的理论成为新历史主义，特别是海登·怀特消解文学与历史，乃至消解其他诸学科界限的重要的理论基础。

第二节 海登·怀特：历史的"诗学"性质

率先打出"新历史主义"旗号的斯蒂芬·葛林伯雷是以文艺复兴研究来实践自己的文学批评主张的，他从文学与历史的交结处——文艺复兴研究领域入手，为文学批评另辟了一条新路径。正是这一研究领域的特殊性，进一步激发了人们重新思考历史与文学之关系、真实与虚构之关系的兴趣。其中，被视为新历史主义重要理论家的海登·怀特（Haden White）所做的理论阐述最为深刻，他不仅为新历史主义做出有力辩护，而且重新考察了历史，乃至整个人文科学的话语基础，提出了自己的独特见解。

---

① ［加］诺思洛普·弗莱：《批评之路》，第67页。

一

在《评新历史主义》一文中，海登·怀特敏锐地指出，新历史主义者之所以转向历史，并不是为了寻求他们所研究的那种文学材料，而是为了获得文学研究中的历史方法所能提供的那种知识。[①] 这就是说，新历史主义所关注的焦点是：运用一种什么样的历史方法，以及如何运用这种方法来处理文学材料。正是在对历史方法的深入考察和思考中，新历史主义者发现，根本就不存在历史研究中独有的历史方法这种东西，历史编纂离不开想象，离不开文学虚构的手法，历史学家的话语和文学家的话语在很大程度上是彼此重叠、相似甚或吻合的，所谓特定的"历史方法"，它的"诗学"性质绝不亚于它的"逻辑"和"语法"性质。基于这种认识，他们提出了构建"文化诗学"和"历史诗学"的主张。

海登·怀特认为，历史材料总是零碎的、散乱的，甚至可能相互抵牾，它本身不具有意义；历史学家必须对这些材料进行阐释，建构起各种形象的活动模式，以此作为反映历史过程的形式。在这一历史过程的叙事再现中，一方面，纷纭的历史记载往往包含着过多的材料，历史学家不可能将所有材料全都囊括进去，他必须从中做出甄别、选择，确定它们的因果关系和轻重主次的秩序；另一方面，要充分地叙述这些历史事件，却又往往缺少能够合理解释这些事件何以发生的材料，缺少各个事实之间相互关联的必要环节和能够确证各个事实内在关系的客观线索。这就意味着历史学家必须"阐释"他的材料，借助于想象和推断来填补信息中的空白。"在历史之中并没有开端或终结，只有历史学家以不同方式加以切分并借以——相当武断地——建构故事的事件发生之流。"[②] 因此，任何一种历史叙事必然既是一个充分解释与未充分解释的事件的混合体，也是一个既定事实与假定事实的混合体，既是一种再现，也是一种阐释。而一旦承认所有历史在某种意义上都是阐释，那

---

① [美]海登·怀特：《评新历史主义》，陈跃红译，朱立元、包亚明主编：《二十世纪西方美学经典文本》第四卷《后现代景观》，上海：复旦大学出版社2000年版，第604页。

② [美]海登·怀特：《反对历史现实主义——对〈战争与和平〉的一种阅读》，赵文译，张永清、马元龙主编：《后马克思主义读本：文学批评》，第168页。

么，历史学家对以往历史的解释就无法避免主观性和假定性，它的客观性势必受到质疑。

阐释是历史编纂的灵魂。零散、陌生的历史材料，必须被组织起来，赋予它一定的情节结构，才可能被人们所理解。这个过程就是弗莱所说的在形态上把它变成"神话"，或建构为浪漫主义神话，或建构为喜剧性神话，或者悲剧性神话和反讽、讽刺性神话。沿着弗莱的思路，海登·怀特得出这样的结论："历史中的阐释包括为事件序列提供一种情节结构，这样一来，这些事件作为一种可理解的过程的本质就通过它们作为一种特殊类型故事的比喻而显现出来。"[①] 历史学家据此将事件的编年史转化成一种被视为"故事"的"历史"，这些所讲述的故事分别根据具体情况而被识别为"某个特别类型的故事"——史诗、罗曼司、喜剧、悲剧或讽刺。历史叙事将历史材料建构为故事类型，使得原本与人们相疏离的陌生经验以熟悉的方式出现，从而为人们所接纳，并因此具有意义。没有情节就没有故事，没有故事就没有解释，也就不可能为人们所理解。

历史编纂不仅因叙事而被建构为故事，事实上，历史学家是事先有了不同类型的故事，然后才去挑选不同类型的事实。这就是说，各种不同类型的故事赋予历史学家以看待事实的眼光和选择事实的依据。对于历史学家来说，采用哪一种类型的故事情节则取决于他的"先见"。这就是对同一历史事件，不同历史学家会做出不同的叙述和解释，赋予不同意义的原因。所以，海登·怀特说：

> 一种特定的历史情形应该如何进行塑造，这取决于历史学家在把一种特殊的情节结构和一组他希望赋予某种特殊意义的历史事件加以匹配时的微妙把握。这实质上是一种文学的亦即虚构创作的运作过程。称之为文学虚构决不是贬低它作为提供某种知识的历史叙事的地位。[②]

[①] [美]海登·怀特：《历史中的阐释》，《话语的转义——文化批评文集》，董立河译，北京：大象出版社2011年版，第65页。
[②] [美]海登·怀特：《作为文学制品的历史文本》，《话语的转义——文化批评文集》，第93页。

历史即对历史事实的阐释，而阐释又取决于历史学家的"先见"，它和历史学家的意识形态背景不可分。历史只能现身在历史学家的话语阐述和观念构造之中。据此，海登·怀特指出，每一种历史记叙，无论其广度或深度如何，都通过其中的"科学"、"客观性"和"解释"等概念预先设定了一套特殊的意识形态承诺。即使那些宣称自己没有特殊意识形态承诺的历史学家，实际上也只能在意识形态框架内写作，因为他们采取了一种与历史再现应采用的形式相对立的立场。在意识形态领域里，有多少立场观点便会有多少历史阐释方法。海登·怀特进而区分了历史的三种阐释策略：情节编织模式、解释模式、意识形态含义模式，分析了这三种阐释策略中结构上的同源性，即情节编织模式（罗曼司、喜剧、悲剧、讽刺）、解释模式（具体论的、有机论的、机械论的、语境论的）、意识形态含义模式（无政府主义的、保守的、激进的、自由的）三种阐释策略间的各模式具有结构同源关系。而历史阐释策略的选择则往往"不是出自认识论的，而是出自美学的或道德的"。①

历史只是特定历史境遇的产物。海登·怀特概括阐述了历史学科形成的历史过程，他指出，在文艺复兴和启蒙运动这段时间，历史编纂学一直被视为一种文学艺术，甚至还被看作修辞学的一个分支，它的虚构性大体上是被认可的。到 18 世纪，理论家们相当严格地区分了"事实"和"想象"，但是，他们并没有从总体上将历史编纂学视为一种不夹杂任何想象成分的事实再现。在此时，关键性的对立还是在"真相"与"谬误"之间，而不是在"事实"与"想象"之间。学者们很自然地认为，许多真相，即便是历史真相，也只能运用再现中的虚构技巧来传达。这些技巧包括修辞策略、转义、比喻等等，而小说叙事恰恰为历史叙述提供了合适的模式和借鉴。直至 19 世纪早期，历史学家开始习惯于把"真相"等同于"事实"，并将"虚构"当作"真相"的对立面，视为理解实在的障碍。历史最终与虚构，尤其是小说对立起来：历史被看作对事实的再现，而文学虚构则被视为对"可能的事物"或

---

① Haden White, *Metahistory: The Historical Imagination in Nineteenth Century Europe*, Baltimore: Johns Hopkins University Press, 1990, pp. xi – xii.

"可想象的事物"的再现。于是，便诞生了一种对历史话语的幻觉：历史只包含那些对实实在在的事实的精确陈述，它描述过去的可观察、考证的事件，并展现其真实的意义和价值。诗性、虚构性从历史陈述中被抹去或被掩盖了。表面上，历史似乎已经获得"科学"的品格，跻身知识的殿堂，终于同文学分道扬镳。而现代大学学科制度又强制性地俨然为两者划出了边界，使区分合法化了。因此，海登·怀特说："历史是一种历史偶然，是一种特殊历史境遇的产物，而且随着产生那种境遇的各种误解的消逝，历史自身可能会失去其作为自治和自证的思想方式的地位。"[①] 历史学是在特定历史条件下产生的，它其实只是历史性"误解"的结果，始终没有能够摆脱文学的阴影，无法摒除修辞、隐喻和虚构。尽管历史忘却自己原本出身于文学想象，自以为在追求客观性、科学性，可是，在哲学家眼中，历史学要么是科学的"第三级形式"，要么是艺术的"第二级形式"，其认识论价值是靠不住的，其审美价值也是不确定的。而对于现代作家来说，历史学家则被看作小说和戏剧中感受力被抑制的极端例证的代表。相反地，他们坚持认为："就19世纪40年代英国的状况而言，最好的历史学家就是小说家。"[②]

布克哈特是少数几位抵制将历史"过分情节化"的历史学家。他声称自己撰写历史著作的目的之一，就是要挫败人们对于历史的"形式一致性"的惯常期待。历史事件是无数原因共同造成的结果，这些错杂交织的因素使得历史无理性可言且难以理解。然而不管怎样，只要在阐释历史，就无法逃避文学想象和对修辞的借鉴、运用，无法逃避虚构。实际上，布克哈特也正是以一种"混合曲"的形式来编织文艺复兴的故事的，并因打破人们的惯常期待而显得晦涩难懂。

二

海登·怀特对历史的"诗学"性质的阐述是深刻的，但是，他没

[①] [美]海登·怀特：《历史的负担》，《话语的转义——文化批评文集》，第31页。
[②] [英]劳伦斯·勒纳：《历史与虚构》，翁路译，周宪、阎嘉主编：《文学理论精粹读本》，北京：中国人民大学出版社2006年版，第99页。

有就此止步，而是进一步深入话语层面来展开分析。他认为，在人文科学中，无论"实在性话语"或是"想象性话语"，"转义"这种成分都是不可消除的。想象性话语自然不必说，即便实在性话语试图逃离转义的阴影，它的一切努力都将徒劳，因为转义存在于所有话语建构对象的过程中。转义是话语的灵魂，也即一种话语机制，没有这种转义机制，话语就无法正常运转。具体而言，"转义（troping）既是一种从有关事物关联方式的一种观念向另外一种观念的运动，也是事物之间的一种关联，这种关联使得事物能够用一种语言来加以表达，同时又考虑到用其他方式来表达的可能性"。① 这就是说，转义可以通过在人们通常认为没有联系的地方，建立起某些联系；或者打破人们习以为常的联系，以转义暗示出另外一种方式的迥然不同的联系，从而产生修辞格或思想。

布鲁姆曾对诗性文本中的转义做过细致分析。事实上，即便最朴素的推论性散文文本，如果不借助于转义和修辞雕饰，也不能如愿以偿地表达意义。因此，在海登·怀特看来，在描述性言语序列中，对任何现象的任何散文描述，只要一经分析，就可发现它们都包含着转移或转折，违背了逻辑一贯性准则，甚至三段论模式本身都显示着转义性。譬如从大前提（所有人终有一死）到小前提（苏格拉底是人）的选择，这一转移本身就是一个转义的步骤。

海登·怀特的话语转义理论，是建立在福柯所发现的词的"修辞学空间"基础上的。福柯认为，在语言发生过程中，必须建立起词语符号与表象的新关系：它们既是分离的又是可转换的。分离造成词语符号的衍变；可转换性则要求将词语符号固定在这个表象的一个要素上，或一个伴随着表象的环境中，或某个不在场的物上，这就造成词语符号与表象（或物）的不同联系，它"停落在某个内在要素上，在某个邻近点上，在某个类似的形象上"，② 并相应地构成提喻、转喻和隐喻关系。据此，海登·怀特说："对于福柯来说，所有字词都源自一种'转义空间'，其中，'符号'可以'自由地……停落'在它意欲表示的实

---

① ［美］海登·怀特：《话语的转义·导言》，第3页。
② ［法］米歇尔·福柯：《词与物——人文科学考古学》，莫伟民译，上海：上海三联书店2001年版，第157页。

体的任何一个方面,因此,字面意义和比喻意义之间的区别便完全落空了。"①

海登·怀特还从词源学角度对"话语"做出分析。他指出,话语一词来源于拉丁语 discurrere,指的是一种"前后"的运动或者"往来的奔跑"。话语实践表明,这种话语运动既是辩证的,又是前逻辑或反逻辑的。话语的反逻辑特性其目标是解构一个给定经验领域的概念化,抵制概念化将经验硬化为某种本质,以致阻碍鲜活的感知,并通过形式化来打破日常生活中所形成的惯常认知,打开新视界。前逻辑特性的目的则是标示出一个经验领域,以便于逻辑引导下的思想对之进行分析。话语就在为某一实在进行编码的可选择方案之间"来回"运动,它既是阐释的,又是前阐释的。海登·怀特这种见解是深刻的,他不是将话语视为凝固的静态的对象来分析,而是充分认识到话语的"运动"的特性。正是从"话语运动"的角度,他发现话语的多层次性和多功能性。

话语可以从三个层面对它进行分析:第一个层面是对研究领域中的"资料"的描摹(模仿);第二个层面是论证或叙事(叙述);第三个层面是以上两个层面得以结合的基础,即辩证排列。在话语的最后一个层面(辩证句法)上形成了一些规则,它们决定着话语的可能对象,决定着描述和论证相结合的方式。如此,话语本身就是意识诸过程的一种模式,也就是借助于类比,原先某个需要理解的现象领域被同化在那些其本质上已经被理解了的经验领域中。这从话语角度看,也即一种转义。这种转义一般是比喻的,它的主要形态可以被识别为隐喻、换喻、提喻和反讽等。

话语和意识过程的这种转义,维柯在阐述原始先民的"诗性逻辑"时就提出过,皮亚杰则在对儿童认知能力发展的研究中做了深入分析。皮亚杰认为,儿童与世界相关联的早期模式中存在一个自然"隐喻"阶段。随着儿童认知发展,"哥白尼式的革命"发生了,一种"临近意识",或称之为"换喻能力"开始出现。接下来的另一次根本性转折,

---

① [美]海登·怀特:《形式的内容:叙事话语与历史再现》,董立河译,北京:文津出版社 2005 年版,第 160 页。

便是逻辑能力的形成。但是，在儿童认知发展过程中，早期模式并没有因认知发展而消除掉，它在个体发生过程中被保存下来，同化到随后的模式之中。因此，无论是人的意识，还是话语活动，它们始终同时存在各种不同的模式。根据皮亚杰的论述，海登·怀特进而指出，话语过程在知觉与概念化之间、描述与论证之间、模仿与叙述之间不断进行着调解，同时指示着"意识之诗性层面和认识层面的混合，而出于'理解'的目的，话语本身就在这两个层面之间谋求协调"。①

关于话语的转义特性，卡西尔也曾做过很好的阐释。他认为语言起源于神话，而"神话思维和语言思维在各个方面都相互交错着；神话王国和语言王国的巨大结构在各自漫长的发展过程中都受着同样一些心理动机的制约和引导"。其结果是，两者产生出的形式间的相似处都指向一种最终的功能的共同性，指向两者借以发挥其功能的原则的共同性。因此，"不论语言和神话中内容上有多么大的差异，同样一种心智概念的形式却在两者中相同地作用着。这就是可称作隐喻式思维的那种形式"。② 语言在根子上就是隐喻的，它始终无法摆脱隐喻，也即文学想象和虚构的纠缠。利科对话语也有着相似的认识。"利科并不认为隐喻和思想仅仅是对立的，不如说隐喻是通过挑战概念性思想而使其多思，来促使它脱离自满的惰性。"③

然而，一旦话语的转义特性得以揭示，那么，不仅是历史，整个以话语为表述形式的人文学科也就难以逃避隐喻、换喻、提喻、反讽等文学手法了，它们被笼罩在文学虚构的魅影之下。于是，真实与虚构之间、真相与谬误之间失去了截然区分的界限。所以，海登·怀特说："话语转义理论能够使我们理解错误与真理、无知与理解，或者换种说法，想象与思想之间的存在连续性。"并告诫说，要改变对"客观性"与"歪曲"之间对立关系的理解，"这与其说是一个在客观性和歪曲之间进行选择的问题，还不如说是一个对在思想中构建'实在'的不同

---

① [美]海登·怀特：《话语的转义·导言》，第17—18页。
② [德]恩斯特·卡西尔：《语言与神话》，于晓等译，北京：生活·读书·新知三联书店1988年版，第102页。
③ [美]约埃尔·魏因斯海默：《哲学诠释学与文学理论》，郑鹏译，北京：中国人民大学出版社2011年版，第68页。

策略进行选择的问题,在这里,构建实在是为了以不同的方式对待实在,而每一种构建实在的策略都具有自身的伦理含意。"① 不过,海登·怀特没有因此否定各种话语间的类型差别,他提议应该依据占主导地位的语言模式来建立"话语类型学"。

三

从变化的角度来阐释话语转义,的确有说服力地揭示了历史的"诗学"性质,从而提醒历史编纂学作自我反思,增强了历史和文学史撰写的自觉性。更为重要的是,它提醒我们不要简单、轻率地对不同的历史编纂做出判决,而应该深入考察各种建构策略隐含的伦理意义,以及背后的权力关系和意识形态背景。与此同时,也消融了文学与历史,以及诸人文学科间僵化的边界,为研究那些边缘性作品,如人物传记、非虚构小说、报告文学、历史元小说等提供了新的理论方法。葛林伯雷说:

> 艺术作品本身是一系列人为操纵的产物,其中有一些是我们自己的操纵(最突出的就是有些本来根本不被看作是"艺术"的作品,只是别的什么东西——作为谢恩的赠答文字,宣传,祈祷文等等),许多则是原作形成过程中受到的操纵。这就是说,艺术作品是一番谈判(negotiation)以后的产物,谈判的一方是一个或一群创作者,他们掌握了一套复杂的、人所公认的创作成规,另一方则是社会机制和实践。为使谈判达成协议,艺术家需要创造出一种在有意义的、互利的交易中得到承认的通货。②

当我们不再将文学、历史视为独立、封闭的领域,而看到它们之间的连续性,并进而与其他诸领域联系起来,承认各领域间的区分是"谈判"

---

① [美]海登·怀特:《话语的转义·导言》,第 25—27 页。
② [美]斯蒂芬·葛林伯雷:《通向一种文化诗学》,盛宁译,张京媛主编:《新历史主义与文学批评》,北京:北京大学出版社 1993 年版,第 14 页。

的产物，其间存在文化制度的作用，那么，文学和历史的丰富性、复杂性、多面性，以及两者间交互作用的关系就充分展示出来了。

文学与历史，以及各人文学科之间没有天然的界线，各不同领域的分化是人类实践的成果，并受到社会机制和人为因素的操纵。就在学科分化过程中，文学、历史及诸人文学科间的差异也就日渐形成了。与此相反，后现代时期，学科融合却成为一个引人注目的现象，文学与历史间的界限也受到挑战。"后现代的历史著述——还有小说，如《午夜的孩子》、《白色的旅馆》、《第五号屠宰场》等——有意带上一种历史却又夹杂着说教与情景散漫的叙述，以此挑战历史叙述的不言而喻的常规：客观、公允、非个性和表征的简洁透明。"[①] 然而，即便文学与历史间的界线总是不断被突破，各学科间可能出现融合重组，却仍不能因此无视学科间的差异。当话语转义理论阐明了历史的诗学性质，指出它不可避免的虚构性，实际上也就隐含了一场新的理论危机：历史真相是无法接近的，人们所能接触到的只是由话语建构的历史文本，它甩不掉话语转义，离不开文学虚构。任何一种历史阐释都不过是应"审美"或"伦理"或"政治"的需要而采取的策略罢了。所谓还原历史真相也只是人的误解或奢望，甚至只是人的狂妄，并因此为历史虚无提供了理论依据。再进而观之，所有以话语作为表述方式的人文学科都将不能逃避"转义"，不能逃避虚构，因而成为一场众声喧哗般的娱乐。

从话语运动角度提出转义理论，是海登·怀特对新历史主义的有力支持，也是对理论本身的推进，它让我们更为清醒地认识叙事话语与历史再现之间的关系，认识"我对自己所占有的材料提问，其实，这些材料的性质恰恰受到我的提问方式的支配"，[②] 从而提高历史编纂的自觉性。但是，这一理论存在重要缺陷，其关键在于：它没有将话语运动置于人类实践中来阐释；没有看到人是具有能动性的，在不同实践领域中人与话语的关系是变化的，并因此造就话语运动方式的变化，以及话语功能结构的变化。

---

① [加] 琳达·哈钦：《后现代主义质疑历史》，[加] 帕米拉·麦考勒姆、谢少波：《后现代主义质疑历史》，第 20 页。

② Greenblatt, *Renaissance Self-fashioning*, Chicago: The University of Chicago Press, 1980, p. 5.

不同的人类活动领域中话语的不同使用目的和方式，使话语运动受到制约和塑造。话语本身固然是转义的，它具有虚构性，但是，在不同的活动领域中，话语转义的方式和可能性空间却受到不同对待，或受到限制，或给予鼓励，从而使话语展示出不同的功能特征。譬如"网"字：在日常对话中，如"我去拿网逮沙丁鱼"。"网"具有现实指涉对象，它指涉一种真实的捕鱼工具，表示我要拿的是什么以及我的意愿，并预示着将发生的事件"逮沙丁鱼"。尽管如德里达所言，它究竟指哪种类型的网，哪种材料做的网，网眼多大的网，等等，"能指"似乎一直在不停漂移。而对于处在特定语境中的对话双方来说，其指涉对象仍然是明确的，起码是可以通过对话及语境来确定的。实用性话语遵循有效性和节约性原则，它以双方能够理解为度。可是，当这句话出现在海明威的小说《老人与海》中，"网"的现实指涉对象就被悬置了，整个句子只构成小说情境展开的一个环节，与现实语境以及真实性毫无关涉。小说虚构取消了语言直接指涉现实的能力，将它与现实语境拆解开来。在读者的想象中，"网"确如德里达所说，它存在着不断漂移、不断转义的可能性空间。不过，即使在小说情境中，这张"网"也并不存在，它只是小男孩与老人借语言游戏来获得安慰的手段，并以此来塑造老渔夫的性格。在北岛的诗歌《生活》中，"网"字又是另一番面目，它孤零零出现在诗歌里，指涉真实的现实对象的能力丧失了，隐喻意义却漫无边际地自由生发开来：生活就是一张"网"，命运也就是一张"网"，人际关系也是一张"网"……你用"网"去捕捉他人他物，而你自己也被"网"所捕捉；你用"网"来捕捉自我，所能捉到的却是"我"的空壳……即便如海登·怀特所举的例子：从大前提（所有人终有一死）到小前提（苏格拉底是人）的选择，其本身虽然是一个转义的步骤，但它却必须符合逻辑性。在历史等认知性文本中，话语转义必须在逻辑框架内进行，必须受到限制；同时必须借助于历史材料来建立与历史世界的关联。而在文学活动中，话语转义却具有首要性，它完全可以甚至有意突破逻辑的拘囿，以此激发读者的想象，无限延展开来。在文学活动领域与其他认知性、伦理性实践领域或日常生活领域，话语运动虽有共性，而差异性是不可抹杀的。文学是话语转义施展华彩的领域；而历史编纂主要作为一种认知性活动，其话语虽不能逃避转义和隐喻，但它们却受到认知目的和认知关系的抑制。历史编纂有自己的准则，它要控制话语转义的可能性空间，不能容忍话语任性妄为。

语言是变色龙。它既控制人，又受人控制；同时，还存在着逃脱相互控制而与人共存共生共荣的状况，也即文学话语的存在方式。话语的变化方式是随人的活动领域的变化，随人与话语关系的变化而变化的。在不同活动领域中，人出于不同目的、以不同方式运用话语，并与话语建立起不同的意向性关系，这就导致话语运动本身的变化。在历史等认知性领域或其他伦理性实践领域，话语主要是作为表述"工具"看待的，那些随转义带来的模糊性、歧义性、虚构性必须尽量受到限制和清理，除了有助于理解，它们往往被当作累赘压缩到最低限度，隐喻也枯萎了，并因此发生了英加登所说的"透视缩短"。而在文学活动中，话语不再仅仅是"工具"，甚至也不再是简单的"对象"，它成为另一个"主体"，一个与人相亲近的"你"，其本身就是目的，于是转义也就有了本体意义。那些已经老化死去的隐喻也因此复活，在诗人的笔下，竟可以"点铁成金"，焕发出生命的异彩。由话语转义而建构的虚构世界也终于成为人的精神家园。

不同活动领域的话语类型是不能仅仅依据"占主导地位的话语模式"来区分的，孤立地看待话语或者话语运动本身，这种区分将徒劳无功。只有将话语运动置于人类活动领域这个大视野中，分析人与话语的特定关系，分析这种关系对话语运动的制约、影响，才有可能把握话语变化的规律。在人类话语实践中，人受到话语的塑造，话语也同时受到人的塑造，受到实践目的的塑造。

忽视话语转义可掌控的一面，其结果必然落入德里达的解构理论，话语将丧失终极所指，成为能指的不断漂移。这，又与海登·怀特自己关于历史编纂的权力和意识形态分析相矛盾：如果话语总是不断转义，不断漂移，它是不可控的，那么，它就始终不断地逃离人，不能为任何权力所操控，并必将解构话语自身的意识形态性。福柯之所以提出词的"修辞学空间"，就因为语词符号与表象（或物）的关系既是随意的，又是可操控的；而对话语的操控正是基于两者关系的随意性，也即这个"空间"是"修辞学"的。因此，权力就可以利用修辞借机暗中改变词语符号"停落"的位置、改变词语符号与表象（或物）的关系来夹带"私货"，实现话语操纵。而一旦承认话语是可以人为操控的，也就不得不承认，在不同实践领域中，人出于不同目的可以对话语运动实施调控，并由此造成历史、文学及各实践领域间话语运动方式的差异。

在不同话语活动领域中形成的特定文体，具有卡勒所说的特定"程式"，这些"程式"引导我们看待话语的方式，与话语建构某种主导的意向性关系，从而也就决定着话语运动的方式和方向。话语变化规律之所以难以把握，不仅在于人类各实践领域间存在差异，更在于同一实践领域中总是存在着多种活动方式，譬如文学活动领域和历史编纂领域都交织着认知活动、伦理活动和审美活动，活动方式的多样性、多变性决定着人与话语间意向性关系的多样和多变，这就使话语运动变幻莫测，就如钱锺书所说，话语"狡黠如蛇"。但是，尽管活动方式交织多变，在同一实践领域中总是存在某种主导性活动，正是这种主导性活动规定了这一活动领域的特性，同时，规定了人与话语的主要关系，规定了话语运动的走向，规定了话语本身的特征。

在谈到新历史主义的局限时，盛宁正确地指出其根源："这主要是因为以怀特为代表的后结构主义的史学理论家把历史仅仅归结为文本，他们把那个实实在在发生，并产生影响的事件彻底地放逐了。"[1] 如果深入话语层面来看，则可以说，以海登·怀特为代表的后结构主义理论家只强调话语对人的掌控，而忽视人对话语的反作用和有效利用，忽视人与话语关系的多样性和多变性，他们把人从自己的理论视野中驱逐了。在海登·怀特的元历史理论中，人始终是受操控的：在历史编纂层面，人只能在早已存在的现成模式中选择阐释策略，而选择什么策略却是由他所属的意识形态背景和权力关系所决定的；在话语层面，人同样无法摆脱话语转义而使历史文本落入文学虚构的陷阱。如此，人便用不着为历史编纂承担责任，历史也确实应该随着对历史编纂"误解"的消除而寿终正寝了。相反，如果我们承认在历史文本之外，存在"实实在在发生，并产生影响的事件"；承认人在实践中，包括话语实践中

---

[1] 盛宁：《新历史主义·后现代主义·历史真实》，《文艺理论与批评》1997年第1期。

仍然保留着能动性，那么，就不能不为历史编纂承担起应有的责任。弗莱就曾对"诗学决定论"提出批评，他说："用一种一切归之于修辞的观点试图去证明神学、玄学、法学、社会科学，或任何我们所不喜欢的一种或一组，认为它们的基础除了隐喻和神话外便'一无所有'，那是愚蠢的。"① 其实，后现代主义反对宏大叙事，提倡小叙事和口述历史，也并非否定历史，而是着意于改进叙事方法，试图以种种"一家之言"摆脱宏大叙事所受到的意识形态操控，从各自角度去切近历史真相。希利斯·米勒有一个很好的比喻，他说，小说的素材是桥墩，它的话语结构是桥梁，可以将读者从河流的一边渡到另一边。"筑桥者本来想将桥建在桥墩上，而结果桥梁却被建在别处，悬浮在空中，没有坚固的桥墩基础。"② 与文学架构的悬浮在空中的桥梁不同，历史架起的桥梁既连接作为事实的桥墩，同时，又必须稳稳当当架在事实这个桥墩上。一旦发现新的事实，建了新桥墩，桥梁就须改建。因此唯有文学，其虚构是获得特许的，它享有无边的想象的自由王国。

在很大程度上，社会生活就是人通过话语活动来组织的，话语的有用性、有效性使社会生活得以正常运行并获得有序性；而话语的转义性、隐喻性、虚构性和娱乐性则使得社会生活显得丰富多彩，充满生机活力，也使话语自身生生不息。话语活动贯穿和渗透于人类活动的各个领域，并因各领域活动性质的差异其本身也受到塑造，发展了各自特有的功能，显示出不同的运动特征。只有在这个大视野中看待、分析文学话语和历史话语，我们才有可能找到各自的规律。③

第三节 塞尔托：文学对历史的"理论表述"

同海登·怀特着重从话语角度阐释历史的虚构性不同，米歇尔·德·塞尔托（Michel de Certeau）是从更为广阔的理论视野来阐述这个

---

① ［加］诺思罗普·弗莱：《批评的剖析》，第465页。
② J. Hillis Miller, *Literature as Conduct: Speech Acts in Henry James*, New York: Fordham University Press, 2005, p. 164.
③ 关于文学话语与历史话语的异同，我们将在第七章第三节中具体阐述。

问题的。塞尔托是一位在多个领域取得重要成就的学者，他以自己独有的方式深入阐述了历史、心理分析与文学的关系。塞尔托认为，历史不是"陈述"事实，而是"设立"事实，本身就是一种"操作"行为，而心理分析所揭示的则是被掩盖和压制的"他者"的历史，两者都离不开文学虚构，都介于科学与虚构之间。因此，从这一角度说，"史学家也是小说家"，[1] 而"文学是一段'合乎逻辑的'历史表述，文学的虚构使历史可以被思考"。[2]

一

塞尔托以"玩纸牌"来解说史学工作。他说，历史学家将历史材料像纸牌那样作为对象来操纵，他们根据相应的操作规则和解读程序对材料做出分拣、剪切、重新归类和置换。在这个"玩牌"过程中，"过去"被历史学家视为一堆无序的元素，必须由他们将其进行"整理筹备"。关于那些散落在文化中的"文物"的"所指"，历史学家依照某种关联性将它们"切分"，按照一定的顺序加以排列，从而变成可资处理的对象。通过这一系列操作，它们被赋予"故事情节"和某种"意义"，于是才可以被人理解和接受。其间，历史学家无可奈何地必须运用"虚构"，在各个单元之间建立关联体系，在往昔的空间里采用当今的科学假设，从而建立各式不同的社会模式。

虽然历史在表面上宣称保持着"中立"的客观立场，而实际上却与作者的身份、社会位置密切相关。"历史的问题在于主体的位置，主体本身就存在差异作用，存在难以认同自我的史学性。"[3] 知识主体所处的社会位置、他的身份、他所关注的焦点、他与历史主体的关系，都会影响乃至决定着他的兴趣所在，他对历史材料的选择、解读和组织归类，影响乃至决定着历史知识的生产。譬如 18 世纪末，情感和兴趣理论还仍然是社会分析的核心。到 19 世纪，该理论逐渐被客观经济所淘

---

[1] [法]米歇尔·德·塞尔托：《历史与心理分析——科学与虚构之间》，邵炜译，北京：中国人民大学出版社 2010 年版，第 124 页。

[2] 同上书，第 46 页。

[3] 同上书，第 18 页。

汰，代之以一种对生产关系的理性解释，旧有的理论只遗留下残余，情感也只是作为"需求"，为新的理论体系提供落脚点。这其间，知识主体的变化造就了历史学对象的变化和历史表述的变化。

在塞尔托看来，历史是无法重现事实的。只要存在时间间隔，人的理解就无法避免歧异，因为具体语境变化了，事件生成的条件、规则变化了，当今的读者与昔日的转述者以及历史当事人的信仰、观念都不同了，以现在的眼光看待逝去的事件，就必然存在误解。在历史流传过程中，每一次转述所做出的诠释都是一种新的理解（误读），它既是转述者对历史的理解，又是我们对转述的理解，同时也是我们通过与过去的"关系"对现在的认识。历史只能是不断地被重读和修改过的，它无法"再现"事实本身。

历史不是线性发展的，它不具有连续性。每一历史阶段的文化总是多元共存的，这就决定了组织着社会意义的结构秩序背后，潜隐着别的"他性"的结构秩序，而一旦文化变迁导致"他性"的结构秩序取代原有秩序的位置，历史延续中的间断性就发生了。历史不可避免地存在断层，人与历史之间总是不可避免地存在隔阂和误解。塞尔托讲述了撰写17世纪宗教史的亲身经历：在研究的路途中，面对历史的"垃圾桶"里毫无理性可言的残余、碎片和手稿，他只能像拾荒者那样，凭借从垃圾桶里翻检出的菜单或被丢弃的衣物，来想象从未谋面的豪宅、宴席和私密生活。历史是他永远也不可能走进的世界，唯一可做的是激活想象，找回"他人"的过去，构想一种自己实际上并不了解的生活。一旦我们的眼光变了，思想变了，过去的世界也就会跟着我们的思想意愿变化。在历史的延续中，存在着福柯所说的"彻底的间断性"，这种时间断层不允许有人声称自己真实反映了过去。因此作为历史学家，他必须清楚意识到两种形式的"隐藏"：一方面，在昔日的背后"隐藏"着某种结构化的东西，它抗拒着我的理解；另一方面，另一种结构化的东西"隐藏"在我自己的成见或意愿里，并决定着我最初投向历史事件的目光。历史就产生于上述两种形式的"隐藏"内容相互冲突之中。历史只能通过想象将两者调和、折中，把它们组建成论述，缝缀为佩内洛普（Penelope）的华衣。过去藏匿着的结构化不同于现在，并且作为一种反抗将现在相对化。这种反抗总是强迫历史论述不得不成为"他性"的论述。鉴于此,历史学家不能无视"历史不再",这种不可挽回的"历史不再"决定了历史的编写,同时,也注定了历史学工作的虚构性和脆弱性。

尽管历史所讲述的"事件"自诩为客观"再现"了某段业已发生的"事实",然而,在再现往昔的背后却隐藏着当今的组织者,隐藏着"机构":某一国家机构、学术团体、职业职位等等,因此,历史撰述不能摆脱社会经济结构的束缚。正如波普所指出,科学团体纠正着科研人员的主观效应。科学团体有一定的预算,它和政策紧密相连,而且日益受到复杂的工具,诸如档案设施、计算机、编辑方式等的限制,秉承某些社会文化的前提和定式,而这些定式又取决于人员征用模式、研究状况、雇主利益和时代主流等因素。因此,学问已不再仅仅是边缘意义上的个人行为,它是一种"集体产业"。所谓的"再现"事实,其实质只能是隐藏在背后的组织机构所"设立"的现实,它以"设立"的现实来代替那些已经离我们而去的历史事实,填补逝者留下的空间,借用现代技术让"过去"死灰复燃,进而打破"过去"与"现在"之间泾渭分明的状态,人为地弥合古今关系的断裂。"在一个社会或团体中,历史再现有着不可或缺的作用,它不断修复着过去和现在之间破裂的伤口,它超越时间的分离和暴力,产生出某种'意义';它创造了一个具备共同价值的参照舞台,保证群体的团结和象征的可交流性。简而言之,用米什莱(Michelet)的话说,历史是活人'安抚死人'的工作,它将散落的众生集中在一个似真的空间,这本身就是再现。"[①] 历史讲述之所以必要,就在于它是学术机构利用昔日的"故事"来组织当今的社会交流和社会生活的重要途径。

塞尔托还对"广义历史",即新闻媒体做了深入分析,指出它的三种属性:其一,新闻媒体以再现现实作为一种手段,掩盖了历史自身的产生条件。新闻报道从来不坦言自己本身就是特定的社会经济机构,而实际上它的报道却受命于一个行业,甚至受命于政权,同时受制于该产业和客户之间的契约,受制于某种技术自身的逻辑。报道的信息表面看是清晰、透明的,但恰恰掩盖了它背后复杂的筹划工作。其二,以现实

---

① [法] 米歇尔·德·塞尔托:《历史与心理分析——科学与虚构之间》,第6页。

为名义的陈述是带有指令性的，它像一个指令那样给出"指示"。时事（日常现实）报道的作用就等同于从前神的旨意：神父、见证人、组织者都不过是在以所谓的"事实"来暗示乃至授意众人，指示人们何所言、何所信、何所为。"事实"是不可否认的，以事实说话，历史教条在教导人们如何思考、如何行动的时候根本无须辩解。其三，媒体一面声称在陈述事实，一面在制造事实。它凭借已经建立的权力和信任，意图蛊惑人、煽动人；培养信徒，怂恿他们行动。媒体上的历史陈述从主题选择、重点议题、材料及模式采用上都体现出类似的操作手法，它可以忽略、贬低或认可、聚焦、放大某些实践，可以激发矛盾冲突，点燃民粹主义或种族主义的火焰，还可以煽动或组织某种行为来制造事实。新闻媒体以其迷人的声调，改造和管制着社会空间，它是一种拥有无限权力的声音。"在白纸之上，一种巡回、渐进以及被调节的实践活动（一个步骤）组成了另外一个'世界'的赝品，它不再是被广为接受的世界，而是被制造出来的世界。"① 可是，这个被制造出来的"世界的赝品"却又被人们当作真实的世界，当作权威的声音。

在分析夏威夷神话传说和历史传说的关系时，萨林斯阐明了这样一个道理："真实"与"虚构"之间并无泾渭分明的分界，那些被称作"虚构"的陈述，其内容或言说方式倒可认为是"真实"的，可是在那些无需争辩和证实的"历史事实"中，却总是交织着"隐喻性神话"。② 历史与虚构原本难分难解，而历史陈述之所以被认为再现了现实，在塞尔托看来，其因源于历史是以"现实"的名义进行阐述的。它根据自身的标准，将两种话语区别开来，一是科学论述，二是虚构故事。既然历史的对立面"虚构"被认为是虚假的，那么联系现实的历史便成为真实可信的言论。因此，历史学家实际上只是致力于清除虚假，而不是建立本真。他们是在认定谬误的过程中还原真相的。这种相互界定包含了双重的差别：一方面，一旦甄别了谬误，历史就变得"似真"起来；另一方面，"揭伪"则使得陈述愈显可信。这一切的假

---

① [法]米歇尔·德·塞托：《日常生活实践·1. 实践的艺术》，方琳琳、黄春柳译，南京：南京大学出版社2009年版，第223页。
② Sahlins, *Historical Metaphors and Mythical Realities*, Ann Arbor: The University of Michigan Press, 1981, p. 9.

设是：非伪者，现实也。就仿佛从前人们揭露"假"神只不过为了使人相信有真上帝。

更为重要的原因还在于"真实"与"虚构"间的区分离不开权力运作。正如福柯所指出：

> 重要的是真理不在权力之外，也不是不包含权力……真理属于这个世界。多亏种种约束，它才得以产生。它具有规则的权力职能。每个社会都有其真理制度，都有其关于真理，也就是关于每个社会接受的并使其作为真实事物起作用的各类话语的总政策；都有其用于区分真假话语的机制和机构，用于确认真假话语的方式；用于获得真理的技术和程序；都有其有责任说出作为真实事物起作用的话语的人的地位。[1]

历史陈述之可信跟历史学家及其机构的权威性分不开。历史学家在知识场域占有自己独有的学术位置，这个位置是有选择地启用的，它通过一系列仪式被分拣、筛选、征用，由此，它的论述也就具有合法性和权威。正是有了合法性和权威，论述就变得可信。权威掩盖了缺失的东西、被曲解的东西和撰述者主观的虚构，掩盖了对事实的历史操纵，赋予历史陈述以可靠性，甚至还可以将个案变成放之四海而皆准的意识形态。有了权威的担保允诺，读者大可不必担心自己会冒失去真实和真理的危险。学术机构则凭借其社会资源和权力，以自己的权威授予历史学家以合法性和权力，同时也授予他所陈述的事实以合法性和可信性。机构几乎在神奇地操控这一切，借权威的力量来填补知识的空缺，掩饰史实的虚无。因此，"所谓'现实性'，就是论述凭借'它所参考的事物'而变得合法。先由作者提出某种'现实'；因为作者受到行业和社会的认可，该'现实'从作者转移到他的文章，最后文章因为自己描述的事件而得到认可"。[2] 而"史学作者一旦丢掉教授的头衔，那么他充其

---

[1] [法] 福柯：《米歇尔·福柯访谈录》，蒋梓骅译，杜小真编选：《福柯集》，上海：上海远东出版社2002年版，第445—446页。

[2] [法] 米歇尔·德·塞尔托：《历史与心理分析——科学与虚构之间》，第61页。

量不过是一个小说家"。① 正因如此，塞尔托主张历史的"再政治化"，在历史学界声言自己的"客观"、"中立"之时，重新强调要揭示历史陈述中的权力操纵。

二

塞尔托认为，心理分析和历史研究分别以不同的方式安排着"记忆"空间。历史研究意图接近"过去"，它利用零碎的记载来重返历史现场、复原历史事件、重建事实原貌；而心理分析则以另一种方式来唤醒"过去"的记忆。在心理分析的视野中，"过去"仍固执地滞留着，表面上"现在"似乎已经驱逐了"过去"并取而代之，可是，那些受到压抑的"过去"却又不露痕迹地回返到它不被容身的"现在"，改头换面产生作用。那些被排除的意念潜伏在它那里，那种"野蛮"、"阴暗"的东西、那种被丢弃的"垃圾"、那种对理性和"迷信"的抗拒在此记录着"他者"的法律，这一切躲过了主体的察觉，也无视他的意愿，而心理分析却重新努力召回它们。因此，心理分析和历史都力图找回过去，"心理分析承认过去存在于现实当中，史学研究则将过去放在现实的旁边"。②

心理分析对昔日记忆的寻访、回溯，陈述了一种迥异于西方启蒙话语的另一种"他者"的历史。塞尔托指出，启蒙意识所建立起的理性主体及发展伦理观赋予历史以连续性。个人主义成为西方现代社会的历史形象，个体的权利和义务得到了强调，并认为这是一种充分的自由和责任，一种知性的独立，它能使人走出"未成年"的状况。正是个人作为舞台，表现了西方现代社会的历史和认识，成为资本主义经济和民主政治的基础。弗洛伊德学说诞生并存在于启蒙理念之中，却又逆转了启蒙意识。与启蒙使人走向成年相反，心理分析则意图使成人重返儿时的"未成年"状态，使知性重返隐含在背后的冲动机制，使自由重返无意识法则，并使进步回到原发事件。心理分析将个人领向无意中决定

---

① ［法］米歇尔·德·塞尔托：《历史与心理分析——科学与虚构之间》，第62页。
② 同上书，第26页。

自己命运的"他者",它打开了一部新的"自然"史,所揭示的是被启蒙以来的历史所遮蔽的历史,是受到忽略乃至压抑的历史。这种历史没有英雄、没有人名,它是散漫的、碎裂的、无名的,其中展现的是在"布朗运动"中组织并构成社会背景的"行为"和"举动",而它却又是不容忽视的,也更为基本的"他性"的历史。

塞尔托从史学角度对弗洛伊德做出新的阐释。他说,心理分析所要阐明的是过去被压抑了的经验和欲望的记忆,这些记忆被扭曲并沉积于无意识之中,对它们无法采用一般科学手段来做分析,所以弗洛伊德借用"文学模式",利用修辞,如隐喻、借代、提喻、近音联用等来再现心理病症。在这些修辞格里,弗洛伊德发现许多揭示"他者"的手法,诸如俄狄浦斯情结、阉割情结、移情等,并赋予它们历史价值。为了解释被扭曲的记忆片断背后的真相,心理分析需要利用推测和假设来重释片断,利用虚构来重组片断,将隐晦难解的材料组织成可理解的"故事"。文学所专擅的"激情",也得到弗洛伊德的重视。在弗洛伊德看来,正是激情决定着人的活动,构成社会历史发展的强劲动力。那些"盲目"的激情越是受到理性和技术性活动的压抑,就越对社会经济状态起决定性作用。上述被科学长期排斥在外的"文学"的模式,重新被弗洛伊德接纳到他重建"过去"的探索活动中,构成区别于作为主流的科学逻辑的另一种形式逻辑。"对史实的重视恰恰使弗洛伊德回到小说的形式当中,甚至回到一种诗的艺术中。"[①]

在塞尔托看来,弗洛伊德不仅采用文学的模式来做心理分析,对他而言,文学本身事实上就是对历史的"理论表述"。文学和历史之间原本没有明确界限。古代中国就有"采诗"以观民风、补察时政的说法。古代西方也是"诗"、"史"不分;至17世纪,"故事"和"回忆录"出现平分秋色的状况,文学和历史这两个学科才开始隐约划出界限;到18世纪,由于"文学"与"科学"之间的分工,文学和历史的界限变得合法化;19世纪,借助于大学教育,这种学科划分变成了一种制度。其间,"客观"与"想象"因实证科学的发展而建立了不可逾越的边界,这是历史与文学相区分的根据。历史看重的是科学方法能够控制的

---

① [法]米歇尔·德·塞尔托:《历史与心理分析——科学与虚构之间》,第48页。

内容，而文学则接纳了被剔除在外的"剩余物"，接纳了被历史视为"他者"的东西。于是，文学通过让历史学感到羞耻和缺乏合法性的修辞、虚构故事和激情，通过被表述主体剥夺了严肃性的表述，找回被科学理性所遗忘和被社会规范所压制的语言，来表达那些被历史所否定和拒绝的东西，建立一个独特位置让"他者"能够得以潜入。历史中不被允许和承认的社会行为，在文学中获得了合法存在的地位，文学开辟了一处"无罪的空间"来接纳过去，它蕴藏着人的不被认可的历史。那些被自诩为追求"客观事实"的历史所淘汰的"他者"，又终于回到现实的幻觉中，重新以"虚构"的文学面貌出现。基于此，塞尔托说，"文学作品将历史的变迁框定成某种形式"，① 那些理性无法触及的历史于是可以被人重新思考了。从另一角度看，文学创造的虚构世界与现实世界相分离，恰如一个梦的世界。"在梦中，当他免于'噪音'并孤身独处和只听任自己的印象和感受时，他才能做出比他的清醒状态更敏锐、真实的判断。"② 正因如此，弗洛伊德特别看重文学传记和悲剧，并将它们作为重构过去的重要材料，只不过弗洛伊德所关注的不是人物形象，而是意图识别那些引发行为的藏匿着的力量，解释再现所遮蔽了的往事，揭示它以潜在历史的方式所发挥的作用。塞尔托曾这样谈到一种潜在力量，他说，通常新奇现象的流行开始是悄无声息的，而一旦危机来临，就足以让新奇现象不胫而走，如同洪水泛滥掀开下水道的井盖，恣肆涌流，淹没一切。这股潜流总是令人始料不及，它揭示的是地下的存在，一种从不间断的抵抗，这种力量会渗透整个社会，威胁整个社会。"这股潜流所具有的力量将冲决重重壁垒，从社会原有的渠道中漫溢出来，开辟新的通道，并将留下完全不同的新的景观和秩序。"③ 从这个意义上看，文学和心理分析同样着意于揭示这股被掩盖和压抑的地下潜流。

心理分析确乎介于文学与历史之间。人的深层心理是文学活动所不

---

① [法]米歇尔·德·塞尔托：《历史与心理分析——科学与虚构之间》，第50页。
② [美]埃里希·弗罗姆：《被遗忘的语言——梦、童话和神话分析导论》，郭乙瑶、宋晓萍译，北京：国际文化出版公司2001年版，第26页。
③ Michel de Certeau, *The Possession at Loudun*, Chicago: University of Chicago Press, 2000, p. 1.

可或缺的,它既是文学创作的动力源,又是文学重要的描述对象。反过来,文学也责无旁贷地担当了心理分析不可或缺的重要工具。同样,这种人的深层心理在现实的历史进程中发挥着重要作用,它常常潜伏在历史底层,成为难以索解的历史进程或历史转折的重要动因。从这个角度说,文学不仅是对人的潜意识的解释,也是对历史的解释。文学是对历史的"理论表述"。

恰如学术机构将历史叙述装扮得酷似"科学",它同样也授予心理分析以"科学性"。塞尔托说:"人们相信那些被认为是真实的东西,而这一所谓的'真实'是由某种信任指派给话语的,前者给了后者一具被法律镌刻过的身体。"① 心理分析机构诱导人相信无意识的现实性,它让理论"假设"俨然表现为业经证实、不容怀疑的"事实"。没有学术机构,无意识就只能像托马斯·莫尔的乌托邦,不过是一个新的理论范式,它仅仅为小说、悲剧和修辞提供施展才华的空间。学术机构凭借它的权威性,教导人如何看待历史和心理分析,就如银行做出的担保,分别授予它们以科学性和合法性。正是在这个意义上,塞尔托说:"无论如何,历史和文学并无多大区别,二者的区别仅仅在于对文献的两种理解方式:要么把文献看成学术权威,要么认为文章只关'虚无'。"②

在学科界限不断被打破、填平的后现代思潮背景中,塞尔托重新思考了历史、心理分析、文学间的关联,揭示出它们无法摆脱"虚构"这个鬼魅纠缠的事实。在塞尔托眼中,心理分析和历史一样,力图接近过去、复原过去,只不过历史是一种被理性化了的过去,而心理分析则垂青于受理性压抑的"他者"的过去,它同文学占据同一个空间。历史和心理分析都不可避免地要采用同一种方式:"文学虚构"来重返过去、建构历史。所以,塞尔托说:"小说讲述事情的发展,而神话则展示结构,心理分析恰恰处在小说和神话之间,它让分析师凭借悲剧模式对材料进行历史诠释。"③ 塞尔托这些观点对史学和历史写作带来了巨大的挑战和冲击,同时,也为文学理论和文学写作,特别是"非虚构

---

① [法]米歇尔·德·塞托:《日常生活实践·1. 实践的艺术》,第237页。
② [法]米歇尔·德·塞尔托:《历史与心理分析——科学与虚构之间》,第63页。
③ 同上书,第51页。

文学"的写作带来重要的启示和影响。

塞尔托深入揭示了历史、心理分析对文学虚构的依赖，正确地阐明了历史、心理分析、文学三者间的关联，而他却没有充分重视历史作为一种求真活动与文学间的差异。在历史文本之外毕竟曾经存在历史事实，尽管这些事实已经为时间所淹没，尽管历史叙述无法避免想象和虚构，尽管对历史事实的理解无法逃脱语言符号和当下语境的制约，可是历史不能不以追求事实为鹄的。当考古或其他研究所发现的事实与历史叙述相抵牾，历史叙述就必须据此做出修正。这就是说，历史叙述归根到底是要不断地去接近事实真相的。文学则有着不同的目标和法则，它可以置事实于不顾，文学想象是得到特殊豁免的，它不必受事实的拘囿。

汤因比曾结合实例说：

> 有人说对于《伊利亚特》，如果你拿它当历史来读，你会发现其中充满了虚构，如果你拿它当虚构的故事来读，你又会发现其中充满了历史。所有的历史都同《伊利亚特》相似到这种程度，它们不能完全没有虚构的成分。仅仅把事实加以选择、安排和表现，就是属于虚构范围所采用的一种方法，一般人认为所有的历史学家如果同时不是一个伟大的艺术家就不可能成为一个"伟大的"历史学家，这种说法是正确的。①

在此，汤因比虽然指出历史离不开虚构，历史学家应该同时是艺术家，但是，他并没有因此就将历史等同于文学，将历史学家等同于艺术家。《伊利亚特》产生的时代是历史与文学尚未分化的时代。随着人类活动的发展和活动目的的不同，活动领域也发生了分化，历史与文学终于分道扬镳了。虽然两者间仍然保留着不少共同点，甚至保留着共同的边缘地带，但从总体上看，却因不同的活动目的而发展了各自的特征：文学醉心于虚构，而历史却必须努力限制和清除虚构。

---

① [英]汤因比：《历史研究》上，曹未风等译，上海：上海人民出版社1964年版，第55页。

第四节　古德曼:"多元世界"与文学艺术世界

关于虚构理论,弗兰克·克默德(Frank Kermode)做了相当深入的思考。在《结尾的意义》中,他指出,人总是根据自己的内心需求来构造世界的时空结构,人为设定开端和结尾来赋予人的生存以意义,为了寄托焦虑和希望来划分千禧年、世纪以及其他非常主观的历史时期,并将对现在的感知、对过去的记忆和对未来的期待纳入一个共同的结构之中。人需要开端、结尾和时序。正是人的这种主观性决定了历史的虚构性。因此,没有独一无二的客观的历史,只有依照不同范式建立的各式各样的历史,而这些范式恰恰是人的主观性的产物。"范式所对应的是人类生理或心理上的某种基本'倾向',而且人们越接近一种绝对纯朴的状态,这种对应关系也就表现得越充分。归根到底,它们必须对应于一种基本的人类的需要,它们必须得产生意义和提供安慰。"[①]较之于历史,文学则更为自由,文学被授予创造的特权,它不仅可以无视所谓的历史事实,而且挑战既成范式,随心所欲地构建自己的世界,以满足心灵的需要,但是,无论如何它们都是虚构的。"所有类型的虚构,不论是承袭的还是发明的,是简单的还是复杂的……它们都是这语言世界的组成部分,是能赋予世界以生命的那个骗局的组成部分。"[②]

克默德着重阐述的是文学虚构问题,而实际上却包含着这样一个见解:人的历史、人的世界是被构造的,是由语言符号构造的,它们都建立在人自己的虚构行为之上,受到人的生命结构和心灵结构的制约,因而,历史乃至世界并非客观实在,它们是虚构的,多元的。较之于克默德,纳尔森·古德曼(Nelson Goodman)的"多元世界"思想则提出自己的独特见解,他的《构造世界的多种方式》对此做出了深入阐述,它们共同汇入西方现代哲学主流。正如古德曼所指出:

---

① [英]弗兰克·克默德:《结尾的意义:虚构理论研究》,第41页。
② 同上书,第154页。

这种现代主流哲学始于康德用心灵的结构取代了世界的结构，继之于 C·I·刘易斯用概念的结构取代了心灵的结构，现在则进一步用科学、哲学、艺术、知觉以及日常话语的很多种符号系统的结构取代了概念的结构。这个运动是从唯一的真理和一个固定的、被发现的世界向构造中的多种正确的甚至冲突的样式或世界的转变。①

古德曼自己就是着眼于符号系统结构来探讨世界以及文学艺术构成方式的一位哲学家、美学家。

一

在《构造世界的多种方式》中，古德曼直截了当地提出自己的观点：世界并非自在的，而是被构造的，是借助于各种符号系统从虚无中构造出来的。② 因而，并不存在一个实在的世界，而只有科学的、艺术的、知觉的、日常生活的，以及各种符号构造的世界。世界被构造的特点，决定着世界是人为的，打上了人的主观性、创造性印记，因而也是虚构的、多种多样的。既然世界由符号所构造，那么，世界的多样性就取决于人对符号系统的选择，并且直接和符号样式和风格相关。不同的符号系统，诸如语言、数字、图画、声音和其他各种符号，以及不同的符号样式和风格构造出不同的人的世界，这些世界不仅各不相同，甚至可能相互冲突，不可通约，难以转译，可是，却又同时共存着，以各自的方式解释世界。即便运用同一符号系统，也由于不同方式的分解和组合、强调、排序、删减和补充，而构造出不同的世界。存在着各式各样符号化的世界，却没有一个纯然自在的实在世界，也不可能把各种不同的世界还原为一个原初世界。这就使古德曼的观点明显区别于形而上学实在论，这种实在论认为，"世界是某

---

① ［美］纳尔逊·古德曼：《构造世界的多种方式·序言》，姬志闯译，上海：上海译文出版社 2008 年版，第 2 页。
② 正如许多创世神话所说，世界起始于混沌，即"无"。只是有了语言符号，一个千姿百态的世界才出现。

些独立于人的心灵的确定对象构成的,只存在一种对世界存在方式的真实、完善的描述"。①

在此,我们也看到古德曼与克默德之间的重要差异。克默德所强调的是人的心理结构与历史构造(世界构造)的关联,而对于古德曼来说,符号系统的重要性取代了心灵的重要性。在克默德眼中,历史、文学及其他世界,它们的构造取决于人的心理结构,也就是说,由人的主观性、人的需求和欲望所决定的;可是,在古德曼的理论视野中,符号虽然是人创造的,是人类活动的产物,打上了人的主观印记,而当它一旦被生产出来,就成为客观性存在,符号系统的结构、特性和规则就预先决定了世界的构造方式。当然,这种客观性并非以往人们所认为的物质世界的客观性,而是符号系统的先在性和共享性。古德曼并没有否定人的主观性的作用,他说:"我们对一个世界的热衷,在不同时期、为了不同目的、通过许多不同的方式得到了满足。不仅运动、派生、强调、秩序是相对的,甚至连实在也是相对的。"② 人对不同符号系统、符号样式和风格的选择,人运用某一符号系统时在强调、排序、增减、组合诸方面所采取的不同方式,都会受到人的特定目的、人的内在欲望的影响。但是,这种主观的作用并非根本性的,它受制于符号的结构和规则,一旦选定某一符号系统,他就受到这一系统的制约。人可以选择符号系统,可以修改符号系统的规则,却并非随心所欲,并且他对世界的构造也只能在原已构造的旧有世界基础上的再造,是对世界的重构。人类认识的发展就是一个不断重构世界的过程。这就涉及真理性问题。因此,古德曼虽然称自己的理论属于"相对主义"和"非实在论",却又强调是"受到严格限制的彻底相对主义",是"某种近似于非实在论"的观点。③

古德曼的世界构造论强调世界的多元性,却没有否定真理性问题而导向不可知论。事实上,当我们提出实践是检验真理的标准时,就已经把人的实践活动提高到首要的位置。只要进而指出人类实践的符号特

---

① Hilary Putnam, *Reason, Truth and History*, Cambridge: Cambridge University Press, 1981, p. 49.
② [美]纳尔逊·古德曼:《构造世界的多种方式》,第21页。
③ [美]纳尔逊·古德曼:《构造世界的多种方式·序言》,第2页。

性，指出人类实践只能是符号活动，那么，就不能不看到人的世界正是人的符号活动的产物，它是按照符号规则建构起来的，真理就建立在符号规则的基础上。① 人类实践的重要特征，就在于它是运用符号并通过符号活动的实践。人的任何实践活动都离不开符号，都被符号所渗透、规范、确定，包括人的感官都被符号化了。不同类型的实践从根本上说，是运用不同符号系统的实践。当我们采用不同的符号系统，当我们的符号化实践不断扩大活动领域并因此扩大参照系的时候，我们就会构建出不同的真理。从这个角度说，真理既是发现的又是创造的，它不是唯一的，不存在一个唯一正确的客观真理。真理只能置于它所属的符号系统，在这个符号系统所提供的参照系中来考察它的"适合性"。因此，古德曼说："当一个样式与坚定的信仰以及它自身的规则都不冲突时，我们就把它视为真的。"真理应该与它所属的符号系统的规则相一致，应该与这一符号系统所构造的世界的规则相一致。我们并不是随意地把符号放在一起形成整体来构造一个世界的，真实的世界只能由真实或正确的样式被构造出来并适合于它们。为此，古德曼提出"有效性"、"一致性"和"融贯性"作为衡量的标准。只有当"真理"在所属符号系统所构造的世界中是有效的，是与这个世界的其他规则相一致、相融贯的，它才会得到认可。真理受到人的符号活动实践的检验。"真理，远不是一个一本正经和严厉的主人，而是一个恭顺和服帖的仆人。"② 当然，如果新提出的"真理"遵循了符号系统的规则，却与该系统所构建的世界的规则相冲突，那么，除了重新检验"真理"，同时，也可能导致对符号样式本身的质疑，乃至引起对符号样式的修正、重构和信仰的动摇。很显然，古德曼的"多元世界"的观点，是与全球化进程中文化多样性凸显的时代背景分不开的。

---

① 在此，涉及人究竟如何把握世界，究竟能否在语言符号之外直接把握世界的问题。譬如某些"身体感受"就可以是没有经过语言符号的直接感受，它恰恰是难以用语言符号来表达的。人对世界的感受同样包含了这些因素。但是，由于非语言符号的感受是朦胧、模糊的，本身无法独自形成明晰、完整的世界，它总是依附于各种语言符号活动，只能作为一个连带成分、一种背景参与进来。特别是实践活动作为一种目的性活动，更离不开语言符号。因此，古德曼"多元世界"的说法仍然是成立的。

② ［美］纳尔逊·古德曼：《构造世界的多种方式》，第18—19页。

二

　　世界是由符号构造的，是多元的，那么，普通人的日常生活世界又是怎样构成的呢？对此，古德曼也做出了精辟阐述。在古德曼看来，各种不同符号系统，包括科学、艺术、哲学、历史，以及其他符号对世界的构造活动，都会参与到日常生活世界的构造过程中，都影响着日常生活世界的建构，并融入日常生活世界，成为日常生活世界的一个成分。日常生活世界就是一个被各种不同系统的符号拼凑起来的杂七杂八的世界。"对于一个普通人来说，绝大部分来自科学、艺术和知觉的样式，都以某种方式与那个熟悉的日常世界有所区别，这个世界是他从科学、艺术的传统碎片以及在他自己的生存奋斗中偷工减料地建造起来的。实际上，这个世界最常被当作是真实的；因为，一个世界中的实在，就像图画中的现实主义一样，在很大程度上是一个习惯问题。"[①] 日常生活世界不同于任何一个严格按照符号系统规则构造的世界，它就像和尚的"百衲衣"，是一个缝缀起来的世界，科学、新闻、历史、文学艺术的碎片，以及日常活动中的亲身感知都被拼接到这个世界之中；又像是"羊皮书"，随着科学知识的发展和普及、媒介技术的变化、人类视界的扩大、人类兴趣的转移而被不断改写，是个被反复涂抹修改、一层层色彩重叠着的世界。

　　即使历来被视作虚构的文学艺术世界的碎片，也参与了日常生活世界的构建。譬如因为有了巴尔扎克笔下的葛朗台、果戈理的乞乞科夫、冈察洛夫的奥勃洛摩夫、鲁迅的阿Q，我们又重构并重新认识了日常世界中的不少人物。"'唐吉诃德'，从字面意义来看，不适用于任何人，但是，就其比喻意义而言，却适用于我们中的很多人……字面的虚假或不适用是完全可以与比喻的真实相容的。"[②] 虚构和非虚构都参与了日常生活世界的构造。文学艺术给予我们一种构造世界的新方式，给予我们看待世界的新视角。"当人离开某个展览之后，他突然能够以艺术家的眼光观察世界，以艺术家的作品的视角，根据这些作品展示的美学来

[①] [美]纳尔逊·古德曼：《构造世界的多种方式》，第21页。
[②] 同上书，第107页。

观察世界……艺术作品经常是拓展和强化世界感知的工具。"甚至文学艺术还可以进而改变人的生活方式,"为生活方式提供范例"。① 于是,世界以新的面貌出现在我们眼前。从这个角度看,自然是在人的符号创造活动和言说活动中被构造出来的。"自然就是艺术与谈话的一种产物。"② 只是由于我们自出生以来就直接生活在由符号构造的世界中,我们所有的活动本身就是符号化的活动,每时每刻都在以符号构造或重构着我们的生活世界,我们被限制在种种被构造事物的构造方式之中,以这种或那种方式与这些构造物直接打交道,并把它们纳入我们的生活活动,于是,构造世界的符号就成为海德格尔所说的"应手之物",我们也因此失去对这些构造方式的意识,失去对日常生活世界本身所具有的符号性、主观性和虚构性的意识。分析哲学之所以重视日常话语分析,就因为构造日常生活世界的语言符号是不统一、不规范的,甚至是被扭曲的,并且这种不统一、不规范和被扭曲的现象还蔓延、侵袭到专门领域的语言符号运用之中,从而歪曲和遮蔽了意义。只有经过分析清理,才能使这些被歪曲、遮蔽的意义重新展现出来。同时,也力图通过对语言符号的梳理,揭示出一层层覆盖着的历史断层。

就是这么一个拼凑和重叠起来的杂色世界却被我们视为真实的世界,视为我们切切实实生活其间的世界。其中,传统和习惯起着极为重要的作用。因为我们历来就生活于这个按传统方式构造的世界上,都早已习惯了、麻木了,从来没想到要对这个杂凑的符号化世界提出质询。习惯掩盖了日常世界中不合理、不协调,乃至自相冲突的因素,一切都被视为理所当然的了。因此,所谓日常生活世界正是一个业已习惯的世界,所谓事实则是以习惯方式构造并被习惯性地接受的对象和事件。其实,事实并非纯客观的对象、事件,因为对象即人的对象,事件则为人的符号活动所建构,它们都经过符号化或再符号化而被人所感知和认识。事实是人为制造出来的。③ 它之所以被认为是客观的,则基于人们

---

① [德] 沃尔夫冈·韦尔施:《重构美学》,第 125—126 页。
② [美] 尼尔森·古德曼:《艺术语言:通往符号理论的道路》,褚朔维译,北京:光明日报出版社 1990 年版,第 50 页。
③ 关于人的知觉的主观性、创造性,鲁道夫·阿恩海姆的《艺术与视知觉》、冈布里奇的《艺术与幻觉》均做了充分、具体的阐述。

第五章 虚构理论：从现代到后现代 181

已经完全习惯于这种符号活动，以至于根本就意识不到符号的介入。所以，古德曼说："事实的某些被意识到的顽强其实是这种习惯的力量，这个习惯就是：我们的稳固基础确实是冷漠迟钝的。""事实是小的理论，正确的理论则是大的事实。"这也就是说，事实总是在人的符号活动中按照特定样式建构起来的，它势必受制于人的认知模式和符号样式，渗透着"理论"意味；而正确的理论则正是我们构建历史，乃至世界的范本。只要是人的实践活动，就只能是符号活动；只要是人的世界，就只能是符号化的世界；人对世界和事实的认识，则只能是对世界和事实的再造，本身就是符号化和再符号化的过程，理解与创造总是如影随形般融合在一起。人类的惰性在日常生活世界的力量是那么巨大，往往难以撼动，就因为它令构造世界的方式隐蔽起来，让我们习惯于符号样式的存在，忘记了我们所有的感知和认识都通过这些符号样式，因而将一切都自然化了。唯有当某一构造世界的方式受到挫败或这个被构造世界因内在矛盾尖锐化而发生坼裂，由此引发质疑，一种新的符号样式才起而取代它。"世界的构造从一个样式开始，在另一个样式那里终结。"① 于是，才导致人类认识的跨越式突进。

日常生活世界是个习惯了的符号化世界，也是失去新鲜感而变得黯然无光的世界，隐喻恰恰就是一种试图挑战习惯、重新赋予世界以光彩的语言符号样式。隐喻作为语言符号的一种独特样式，是偏离了习惯样式的样式。一方面，它维持着语言符号原先的外延和用法；另一方面，又将自身置于新语境之中，迫使自己同先前的东西相脱离，相位移，并诱发着另一种新用法，建立一种新的指谓关系，由此造成称谓含混不明，造成内在的张力。在隐喻的运用中，"实际发生的是图式的一种转移，是概念的一种迁移，是范畴的一种转让。的确，隐喻可以被视作是一种精心策划好的范畴失误，或更可以说是一次愉快的、给人以新生的再婚，尽管可能犯重婚罪"。② 隐喻确实触犯了"重婚罪"，它在没有解除旧婚姻的同时又缔结了新婚约，它同时占有了新旧两个对象，并让两者聚首在一起，以此诱导我们用新的方式重构司空见惯的对象，组织起

---

① ［美］纳尔逊·古德曼：《构造世界的多种方式》，第100—101页。
② ［美］尼尔森·古德曼：《艺术语言：通往符号理论的道路》，第82页。

一个异样的阈,进而从新的角度去看待习惯的对象。或者更确切地说,隐喻希冀遭逢一次"艳遇",通过寻求新的指谓关系来建立一种"不合法"的"婚外情",从中发现惊喜和刺激,因此,隐喻应该总是新奇的。

隐喻像一位靓妆的新娘,当我们慢慢熟悉了她,习惯了她,耀眼的光亮就被磨蚀了。它被日常生活世界同化、老化、吸收,再也不是活的隐喻,隐喻死了,它重新隐失于纷扰庸常的生活之中。譬如"山腰"、"牺牲"、"剥削"、"压迫"、"解放"……我们都已经忘记它们也曾经有过楚楚动人的形象或触目惊心的历史。正如古德曼所说:

> 隐喻随着作为言语生动表现出来的活力的不断消失而愈发地显得像是表面意义上的真理了。消失了的并不是它的真实性,而是它的生动性。隐喻也如新的再现风格一样,当其新鲜可感的性质隐退的时候就变得更为确确实实了。[①]

隐喻终归要重新投入日常生活世界的怀抱,它溺死在窒闷、慵懒的生活环境,成为一个没有生命、徒具躯壳,却又确确切切的存在。如果从相反的角度看,也可以说成功的隐喻是日常生活世界的叛逃者,它设法从人们熟悉的世界逃离,引领人进入一个新世界,去探索新的奥秘,追求一种心灵的震撼。也正因如此,隐喻往往被视为文学艺术常用的一种语言样式。显然,隐喻具有双重性:它因"厌旧"而逃离一种指谓关系的同时,又另寻"新欢",去亲近另一种新的指谓关系,并试图维持这种关系暧昧不明、不即不离的性质。可是,当日常生活世界企图笼络它、收编它,世俗力量企图压制它、驯服它,而新的指谓关系也被习惯化、自然化,它自身逃遁的冲动也就消耗殆尽,隐喻归顺了,它服服帖帖、毫无生气地融入日常生活世界的"真实"之中。隐喻一直处于革新与蜕变、叛逃与皈依的循环之中,也处于指谓关系不断迁移的过程。

---

① [美]尼尔森·古德曼:《艺术语言:通往符号理论的道路》,第78页。

三

在古德曼看来，文学艺术世界并非与现实的日常生活世界相对立，两者间的区分也并非虚构与实在（非虚构）的差异。无论文学艺术还是现实世界，它们都是经由符号构造的，从这一点来说，两者间并没有实质性差别。即便在文学艺术与科学之间也不存在一条天然鸿沟，其区别并不在于情感与事实、直观与推理、兴奋与审慎、综合与分析、感觉与思考、具体与抽象、冲动与行动、直接与间接、主观与客观、美与真之间的对立。历来试图给文学艺术规定其特殊的成分，为它划出一个独立的圈子，寻找"文学艺术是什么"这么一个确定性答案的努力，终归是徒劳。

不过，古德曼没有因此否认文学艺术独特之处，而只是认为这种独特性是实际的、具体的、表象性的。他指出："一个对象也是在某些而非另一些时候和情况下，才可能是一件艺术作品……正是由于对象以某种方式履行符号的功能，所以对象只是在履行这些功能时，才成为艺术作品。""只有当事物的象征性功能具有某些特征时，它们才履行艺术作品的功能。"① 因此，我们不应该问"文学艺术是什么？"而应该问"文学艺术何以可能？"或"何时是文学艺术？"

既然文学艺术世界、科学世界及其他各种世界都是由符号构造的，那么，是否就应该从符号角度来探讨文学艺术的独特性？古德曼的确是循此来展开思考的，他就是试图从符号的某些属性所支配的差异性来看待文学艺术独特性的。可是，问题在于文学艺术并没有独享的符号系统，譬如文学所用的语言文字同样是其他非文学作品采用的符号系统，绘画所用的色彩、线条也为其他应用性图样所共享，这就给解决问题设置了障碍。于是，古德曼进而思考文学艺术在符号运用上会体现出哪些倾向，究竟是以什么方式履行了符号的哪些功能，才使文学艺术"是其所是"，真正成为人们所认为的文学艺术作品。据此，他提出符号功能的"五个审美征候"：即句法上的密集、语义上的密集、相对的充盈、例证关系、多重的和复杂的含义。同时，古德

---

① ［美］纳尔逊·古德曼：《构造世界的多种方式》，第70—71页。

曼又认为，这些征候中的某个或多个的在场或缺席，都不能最终决定作品的审美资格，它们不是检验对象是否为文学艺术作品的标准。这些征候，毕竟只是为解决"何时是文学艺术"提供一些线索。正如维特根斯坦分析游戏时所指出，你无法看到所有游戏的共同点，而只能看到相似之处和它们的联系，以及一系列关系。审美征候也只是指出了符号功能与作品审美性的某些关联，指出了文学艺术作品存在的可能性条件。至于不少学者所注重的虚构性，古德曼并不以为然。在古德曼看来，虚构就是指谓不存在的对象，而文学艺术既可以是虚构的，譬如莎士比亚的哈姆雷特或狄更斯的匹克威克或独角兽、飞马等等，这些的确没有真实的指谓对象；但是，又可以是非虚构的，如传记文学、纪实文学、肖像画等却又有真实的指谓对象，甚至连抒情诗也很难据此做出判断。虚构性并非判别文学艺术的标准或征候。正是在上述没有得出最终结论的思考中，我们看到古德曼对待文学艺术所持的谨慎态度。

　　审美征候与文学艺术密切关联，于是，文学艺术的独特之处就只能首先从语言符号功能的征候中去寻找，文学艺术欣赏也应该把握语言符号的审美征候，以此作为出发点并将其整合到欣赏活动逐步深化的过程中，这才能真正理解文学艺术。语言符号特征的把握是文学艺术欣赏的必要前提，也是文学艺术欣赏的必要组成部分。因此，古德曼说：

> 对符号，最需要加以注意的便是有了突然间意外发现的时候；而有时，在这个阶段之中，符号便由含混转而变得清晰了。但是，也确有结束和重新开始。发现只有可以理解，才能成为有用的认识；清晰而充实的符号为人们所熟悉时，并没有变得微不足道，而只是体现到了进一步解释的依据之中。而且，只要符号的体系具有某种层次，那么，熟悉也就不会是完全的和最终的；而再次观察则总可以揭示出新的有意义的细微之处。不唯如此，我们在符号中所读到和了解到的东西也随着我们赋予符号的东西的不同而有所不同。我们不仅通过符号发现了世界，而且在发展的经验启发下不断地对符号又有所理解并重新加以评价。审美价值的变幻不定与持久

永恒都是其认识特征的必然结果。①

这些论述鲜明地显示出古德曼的个人欣赏习惯,他始终以一位博物馆管理者②偏好的眼光来品鉴文学艺术,而且将着重点放在符号功能的征候上,放在认识理解活动上,把文学艺术理解活动当作知识增长的方式,而非体验和理解并重。正如古德曼自己所说,他对艺术的兴趣是同认识的理论相联系的,并把审美经验视为一种特殊的"认知经验"。

古德曼一方面认为,科学、文学艺术、日常生活世界都是人为构造的;另一方面,又认为文学艺术有其独到之处,并意图根据符号功能的征候来探讨"何时是文学艺术"这个问题。可是,同样从人类符号活动这一角度出发,诸如波德里亚、费瑟斯通和韦尔施等后现代学者则引申出完全不同的见解。我们只有将他们的观点加以比较,才可以更为深入地理解古德曼的思想,并阐明文学艺术及其虚构理论。

四

波德里亚认为,随着消费社会商品经济和电子媒介技术的高度发展,我们不仅生活在物的包围之中,而且处于影像、仿象的包围之中。各式商品、商店橱窗、广告、影视、街市、街心公园乃至各个领域都被精心地设计,充斥着令人眼花缭乱的影像和仿象,它们被不断复制、超量地生产,并且其主要生产方式已成为受代码支配的仿真,以至于"它不再是造假问题,不再是复制问题,也不再是模仿问题,而是以真实的符号替代真实本身的问题"。由此,真实成为"超真实",现实成为"超现实"。③ 这种因符号生产重造世界的观点与古德曼是相通的。不过,在古德曼看来,影像符号最终会被生活世界所吸收、同化,并因习惯而蜕变为"真实";可是对于波德里亚来说,符号的超量生产已经

---

① [美]尼尔森·古德曼:《艺术语言:通往符号理论的道路》,第228—229页。
② 1929—1941年,纳尔逊·古德曼曾任沃尔克-古德曼艺术馆(Walker-Goodman Art Gallery)主任。
③ [法]鲍德里亚:《影像与模拟》,《生产之镜》,仰海峰译,北京:中央编译出版社2005年版,第187页。

使得摹本与原本间的联系断裂了,符号成为没有所指的漂浮的仿象。因此,波德里亚说:

> 仿真的意思是从此所有的符号相互交换,但决不和真实交换(而且只有以不再和真实交换为条件,它们之间才能顺利地交换,完美地交换)。这是符号的解放:它摆脱了过去那种指称某物的"古老"义务,终于获得了自由,可以按照一种随意性和一种完全的不确定性,展开结构或组合的游戏,这一游戏接替了以前那种确定的等价法则。①

当巨量生产的仿象因不断复制而自主地游离于物本身,它就终止了与真实的关联和交换,获得了自己的自由,并展开符号之间随意的交换、组合和建构,成为一种不确定的游戏,于是,我们也就处处生活在现实的"美学"幻觉中了。费瑟斯通则称此为"日常生活的审美呈现",并认为,这种社会现象同时重塑着人的感官和感受方式。(因此)"随着社会生活的规律的消解,社会关系更趋多变、更少通过固定的规范来结构化,消费社会也从本质上变成了文化的东西。记号的过度生产和影像与仿真的再生产,导致了固定意义的丧失,并使实在以审美的方式呈现出来。大众就在这一系列无穷无尽、连篇累牍的记号、影像的万花筒面前,被搞得神魂颠倒,找不出其中任何固定的意义联系"。② 同样是符号活动,古德曼认为它建构了日常生活世界,各种符号终将转化为"真实";而波德里亚、费瑟斯通则认为会促使艺术与生活之间界限的消解,并导致日常生活审美化。这两种不同趋向和结果的原因又在哪里?我们认为:造成这种差异的根源在于符号性质及构造方式本身的变化。在消费社会,日常生活审美化实际上是符号及其构造方式的一种异化:由于信息和传媒技术的高度发达,那种因习惯而无意识化的构造世界的方式,被另一种新的符号构造方式大规模地置换了。

---

① [法]让·波德里亚:《象征交换与死亡》,车槿山译,南京:译林出版社2006年版,第4页。
② [英]迈克·费瑟斯通:《消费文化与后现代主义》,刘精明译,南京:译林出版社2000年版,第21页。

传统符号因为具有指涉功能而与现实存在着内在关联。人既通过符号活动构造现实，同时又指涉现实，构造和指涉是相互交融的。当这种关系被习惯化、自动化，符号与物就合二而一了，符号融入现实的生活世界，符号成为"真实"本身了。① 缺乏指涉关系这一桥梁，符号就难以和现实相融合，难以直接融入日常生活世界。可是在消费社会，由于符号、影像被大量地、超负荷地复制和生产，它与"原本"的联系失去了，指涉功能也因此丧失殆尽。于是，符号和影像就不再如以往那样可以轻易将自身直接融入日常生活世界，而是与现实保持着一种间距、一种游离状态，抗拒被日常生活世界所吸收、同化和湮没。更为重要的是：这些符号和影像具有过于张扬的形式和风格以及迅速膨胀的价值，这就反过来以一种新的符号形式扰乱、肢解和遮蔽日常生活世界，改塑日常生活世界，并使日常生活世界悬浮为一种幻觉，由此获得审美化，或者说，以影像符号覆盖了原先那个已经为人们所习惯的所谓现实世界，现实成为"超现实"。如果说，以往的日常生活世界具有强大的惯性力量，可以利用影像符号指涉现实的特性来吸附、同化、湮灭各式各样的影像符号，使其融入自己的怀抱，以习惯之力溺死影像符号的审美性；那么，如今影像符号由于解除了对现实的指涉关系而获得另一种力量，一种无拘无束的自我建构力量，同时也获得另一种价值，一种自我炫耀的符号价值，并以符号夸张的形式扭曲日常生活世界，使现实影像化、虚拟化、审美化了。正如阿切特胡斯所说，这是"意指文化"的胜利，它消解了现实与想象世界的差别；或如巴克－默斯所说，工业主义的动力学引起了一个奇怪的颠倒，"实在"与"艺术"互换了自己的位置；卡勒法罗则说，日常生活已经成为虚构的、具有奇特价值的幻象的大杂烩；居伊·德波又称其为将现实审美化的"景观社会"。古德曼的世界构造理论与波德里亚、费瑟斯通并没有实质性冲突，他们是针对不同时期、不同性质的符号生产所得出的结论。

---

① 在此，所谓"现实"、"物"都是指业经符号化的现实、物，而非纯然自在的"客观对象"。人类实践活动是一个世界不断被"符号化"和"再符号化"的过程。下文的"世界"、"对象"也同样在此意义上使用。

不过，后现代影像符号生产导致日常生活审美化还只是问题的一个方面；另一方面，由于这些符号总是以零散的、碎片化的方式参与人的日常生活活动，和人的各种活动交织在一起，因此，实际上它又成为人的日常生活的延伸，为日常生活逻辑所掌控，并被高度技术化和商品化了。

在波德里亚、费瑟斯通提出日常生活审美化的基础上，韦尔施进一步做了深入阐述。他将"审美化"划分为几个彼此关联的层次："首先，锦上添花式的日常生活表层的审美化；其次，更深一层的技术和传媒对我们物质和社会现实的审美化；其三，同样深入的我们生活实践态度和道德方向的审美化；最后，彼此相关联的认识论的审美化。"① 并认为，其中认识论的审美化是最为根本的，它构成其他种种审美化过程的实际基础。

韦尔施以康德、尼采，以及20世纪哲学中的某些观念作为自己的理论资源来阐述认识论的审美化。在《纯粹理性批判》中，康德指出，空间和时间是先天被给予的直观表象，人类认识就建立在人的这些先验感性的基础上。他说："如果我们把我们的主体、哪怕只要把一般感官的主观性状取消掉了的话，客体在空间和时间里的一切性状、一切关系，乃至于空间和时间本身就都会消失，并且它们作为现象不能自在地实存，而只能在我们里面实存。""正是这个主观性状规定着作为现象的客体形式。"② 尼采则直接认为，我们的知识建立在不稳定的基础上，就好像在流水上堆积起一个无限复杂的概念穹顶。我们对世界的表述则像艺术家运用直觉、投射、想象、基本意象和主导隐喻等虚构手段一样，几乎整个就是审美性质的。古德曼也同样认为世界是人以符号构造起来的，人对世界的认识则是对世界的重构，理解与创造相伴。凡此种种都说明认识活动离不开人的感性、主观性和创造性，离不开虚构因素。韦尔施正是据此提出认识论的审美化的。

正如韦尔施对"审美"所做的语义分析，审美确实或与感性，或

---

① [德]沃尔夫冈·韦尔施：《重构美学》，第40页。
② [德]康德：《纯粹理性批判》，邓晓芒译，北京：人民出版社2004年版，第42、43—44页。

与主观性，或与创造性，或与虚构性密切相关，但是，当韦尔施以上述特征为据推导出认识论的审美化这一结论，他就欠缺必要的谨慎而走向谬误了。事实上，无论认识活动、审美活动都建立在感性基础上，建立在符号活动基础上，它们也必然都与上述特征相关。意识形态就是利用符号活动的特征并操纵符号秩序而跻身其间的。因此，齐泽克说："现实永远不是其'自身'，它只通过其不完全失败的象征展示自己，幽灵鬼怪就在这永远将现实与真实分离的空隙出现，由于这个原因，现实具有了（象征）虚构的特性。"[①] 在尚未对认识活动中存在的虚构做出界定之前，韦尔施就以此作为认识论审美化的依据，显然缺乏理论说服力，它恰恰混淆了两种不同性质的活动。我们反对将人类各种活动，包括认识活动和审美活动相互对立的观点，在这方面韦尔施的见解具有启发性，然而，这并非抹杀不同活动间差异性的理由。

　　较之于韦尔施，古德曼是更为审慎的。他既承认世界构造的主观性、创造性和虚构性，同时又认为这个世界就是我们生活其间的真实的世界；既承认科学与文学艺术之间没有绝对界限，同时又小心求证"何时为艺术"这一问题。我们认为：人的认识活动总是对世界或对象的"重新构造"。在此过程中，人既再造世界或对象，又将其作为人生活其间的"真实世界"或"真实对象"来指谓，并努力使这种再造与世界或对象相适合。只有将构造和指谓相互结合，人的认识活动才得到不断的调整，才有可能使得符号构造适合世界和对象。也就是在指谓的过程中，被指谓的世界被"自然化"、"客观化"了。"指谓"是指称的一种方式，即"一个语词或一幅画或其他符号，对一个或更多事物相适合"。[②] 指谓过程总是指向对象的过程，在这个过程中，符号介于人与指谓对象之间，关联着人与对象，并设定了人与对象的联系和间距，从而在一定程度上抑制了主观性的肆意入侵，也限制了构造的随意

---

　　① ［斯］斯拉沃热·齐泽克：《导言·意识形态幽灵》，［斯］斯拉沃热·齐泽克、［德］泰奥德·阿多尔诺等：《图绘意识形态》，方杰译，南京：南京大学出版社2002年版，第27页。

　　② Nelson Goodman, *Of Mind and Other Matters*, Cambridge, MA: Harvard University Press, 1984, p. 55.

性。审美活动则不然。在审美活动中，人积极投身于活跃的符号创造，并沉醉于创造的愉悦之中，他并不将眼前创造的形象指认为真实，而是如约翰·塞尔所说，暂且悬置了与现实世界建立联系的"纵向原则"，中断了指谓现实世界的行为。这种勃发的创造过程消弭了人与所创造的符号世界的间距，并与其相互融合。很显然，两种活动有着迥然不同的意向性关系：前者即如马丁·布伯所说的"我—它"关系，也即人与对象处于对象性关系，它让人与对象（重构的对象世界）相分离并超脱于对象之上，将对象作为对象来分析和认识；后者则是"我—你"关系，也即非对象性关系，它让人与对象（建构的想象世界）相融合并因此祛除对象的对象性。也正因如此，认识活动虽然无法避免虚构，但这种虚构却是受到抑制并被努力清除的，它只是一种被视为与认识相"异质"的虚构因素；审美活动中的虚构则不然，它恰恰得到充分的自由，虚构和想象就是审美活动的必要前提。由于人总是习惯于将对象作为对象来看待，唯有虚构和想象才为非对象性关系（"我—你"关系）提供基础。虚构和想象把对象建构为一个和人相亲相近的"你"，也让自身赢得汪洋恣肆的激情和无拘无束的创造权力。

从另一角度看，由于认识活动、审美活动都与感性、主观性、创造性、虚构性相关，这就为两者之间相互转化提供了可能，然而这毕竟是不同活动间的转换。总之，伦理活动要求人进入现实世界，并直接活动于这个世界；认识活动要求人维持与现实世界的间距，维持又即又离的关系，既再造世界又指谓世界，既与现实世界相分裂又密切关联；审美活动则要求人超越现实世界，生活于另一个自己创造的符号世界。伦理活动、认识活动和审美活动是相互区别又相互关联而非绝缘的。文学艺术活动则以审美活动为特征，又在三者之间不断地越界。片面强调建构行为，忽视指涉行为，哲学就会陷入不可知论，认识活动也将混同于审美，这正是沃尔夫冈·维尔施、海登·怀特观点的根源所在。

在对待虚构问题上，古德曼的观点和韦尔施也不同。古德曼明确否定虚构性与文学艺术审美的关系。究其实，这和古德曼对虚构本身的理解有关。历来，存在着对虚构的各式各样的解释，但从言语行为角度看，可以区分为两类：其一是语言符号表述与事实不符，或语言符号指谓现实世界不存在的对象,这种虚构所关涉的是语言符号的"表述"和"指谓"行为,具有真假值;其二则指语言符号构建"另一个"非现实的话语世界,它所关涉的是语言符号的"建构"行为,不具有真假值。古德曼所强调的是"表述"、"指谓"含义的虚构,而韦尔施对虚构的理解是含糊的,它同时包含了语言符号的表述、指谓和建构行为。只要是表述、指谓行为,无论对象有否存在,都仍然是企图与现实世界建立关联的行为,与现实世界处在对象性关系之中,只不过对象或是缺席的或被歪曲的,因而与审美无关,也不能显示文学艺术的独特性;而语言符号的建构行为则与想象、创造密切相关,它恰恰改变了人与世界间的现实关系、对象性关系,而构建起非现实关系、非对象性关系,从而为自身赢得审美性,并因此成为文学艺术的显著特征。从这个角度看,韦尔施是正确的,他说:"'审美'归根到底是指虚拟性。"[1]但是,我们仍然需要对它做出补充:不是"表述"、"指谓"行为的虚构,而是"建构"行为的虚构与审美密切相关。虚拟性为审美提供了一个基本前提。

不过,即便是古德曼意义上的虚构,也仍然与审美存在间接的关联。正如古德曼所指出,对于虚构的反事实句,"我们更看重的不是说了什么,而是如何说的,我们明显地使自己关注语句的形式"。[2] 这种看待语言方式的转变,弱化了语言的表述和指谓行为(说什么),强化了语言的建构行为(如何说),令语言从表述、指谓行为转向建构行为。语言主导性行为方式的转化,适巧使句法上的密集、语义上的密集、句法上的充实、含义的复杂等审美征候得以显现,使"指谓关系"转换为"例证关系"。因此,指谓意义上的虚构同样有利于我们放弃指谓行为,转向另一种意义的虚构,也即转向建构行为和创造行为,同时发掘出语言符号及其所构建的世界的审美潜质。

古德曼关于世界构造方法的论述,为我们深入理解文学艺术以及文学虚构、审美诸问题,提供了极富启发性的观点。只有把它与波德里

---

[1] [德]沃尔夫冈·韦尔施:《重构美学》,第14页。
[2] [美]纳尔逊·古德曼:《事实、虚构和预测》,刘华杰译,北京:商务印书馆2010年版,第58页。

亚、费瑟斯通、韦尔施等后现代学者的有关论述相互比较，相互阐发，我们才能深入了解文学艺术，逐步逼近文学虚构理论的核心。

第五节 伊瑟尔："三元合一"与文学人类学

沃尔夫冈·伊瑟尔（Wolfgang Iser）的《虚构与想象：文学人类学疆界》是对文学虚构问题做出全面、深入思考的重要著作，是他在接受理论领域做出杰出贡献之后推出的一部力作。

随着文学的意识形态性以其令人瞩目的方式取代文学独立性和审美性，文学所承担的文化功能势必愈益复杂，随意性不断增大，其存在的必要性也因此受到质疑。正是针对这一现状，伊瑟尔试图从人类学角度重新阐释人之所以不能缺少文学的根本原因。他抓住文学虚构这一核心问题，不仅深入讨论了文学活动中现实、虚构和想象的关系，从文学史、哲学史角度梳理了有关虚构和想象理论的流变，并且致力于探讨文学虚构的人类学依据。因此可以说，这部著作标志着伊瑟尔文学思想的进一步深化：他不再仅就文学而谈论文学，而是将文学活动作为人类活动不可或缺的重要组成部分来看待，从人类基本特性出发重新考察文学。

一

正如萨特所指出的，人的理想的存在，是既"是其所不是"，又"不是其所是"的存在，[1] 伊瑟尔对此作了自己的发挥。他认为，人总是既想了解自己已有的自我存在，又向往着未来，希冀突破自我，重塑自我。人既"向心"又"离心"地生存着。正是基于人的这一本性，文学也就势必成为人所不可或缺的活动领域，因为文学为人提供了种种与现实相关联又不为现实所限制的生存方式，也为人提供了"人的自解"的不同形式：文学体现着人类自我呈现的冲动，它将这种冲动展开在人的眼前，促使人去思考"人究竟是什么"；同时，又通过虚构和想象来展现人的可塑性，让人可以去亲身体验和发现"人应该是什么"

---

[1] ［法］萨特：《存在与虚无》，第798页。

和"人可能成为什么"。唯有作为虚构文本的文学,让人的历史保持着极其活跃的开放状态,为人的生存开辟了无限可能性。文学的虚构性蕴含着人之为人的深刻根源。这种虚构意识是现实世界的入侵者,它避开人的认知能力,公然漠视事物的本质,撕裂和拓展了这个供它参照的世界,构成了一种跨越现实与虚构之疆界的行为。文学虚构的"越界行为"既创造了一个文学虚构世界,又同时关联着现实与虚构这两个世界。因此,在伊瑟尔的理论中,文学虚构不再与现实相对立,而是成为跨越和贯通虚构与现实两个世界的越界行为。

为此,伊瑟尔指出了关于虚构与现实关系之"常识"的谬误:其一,人们历来把文学视为"虚构之物",并将此作为"不言而喻的知识";其二,一旦文学是虚构文本,它就割断了自己与已知现实的关联,那么就势必成为谁都无法理解的"天书"。这两点都是常识,却又相互抵牾,而人们并没有意识到其间存在的逻辑矛盾。这种矛盾正建基于传统认识论将现实与虚构二者相对立的旧观念。与此相对,伊瑟尔提出自己对文学的独特见解:即以现实、虚构和想象"三元合一"来取代传统的"二元对立",并将这种三元合一的关系作为文学文本存在的基础。

在伊瑟尔看来,文学文本是现实与虚构的"混合物",是既定事物与想象事物相互纠缠、彼此渗透的结果。在文本中现实与虚构互通互融的特性远胜于相互对立的特性。一方面,文本中弥散着大量具有确定意义的词语,它们来自社会,来自某些非文本所能承载的现实。可是另一方面,文学文本却并不是为了追求现实性,"无论什么时候,只要现实一旦被转化为文本,它就必然成了一种与众多其他事物密切相关的符号。因此,文本理所当然地超越了它们所描摹的原型"。[①] 这种对现实原型的超越正是文学的虚构化行为。

在以往文论中,虚构与想象是相互纠结、难以区分的概念,伊瑟尔则试图将两者区别开来。在他看来,虚构是一种有意识的运行模式,是受主体引导和控制的行为;而想象则是自发的,并不是一种自为的潜能,它必须依靠其他因素才能发挥作用,犹如任性的鬼魅,想象常常一闪而过,来去无踪,没有定型,它是自我意志在瞬间的显现。因此,虚

---

① [德] 沃尔夫冈·伊瑟尔:《虚构与想像:文学人类学疆界》,第15页。

构化行为激发了想象变化多端的潜能,并赋予想象一种明晰的格式塔(gestalt),为想象对现实的越界提供了依据、导向和框架。在文学活动中,虚构与想象是交相作用、水乳交融的。由于虚构化行为的引领,现实才得以升腾为想象,虚构拆毁现实的栅栏,同时将纵横恣肆的想象的野马圈入形式的围栏,虚构化行为充当了想象与现实之间的纽带;而想象则以其多姿多彩的形象为文学提供了审美维度。"在这一过程中,虚构将已知世界编码(transcode),把未知世界变成想像之物,而由想像与现实这两者重新组合的世界,即是呈现给读者的一片新天地。"① 虚构和想象相互融合,共同实施了多重越界,构成了现实、虚构和想象的三元合一。

伊瑟尔以文艺复兴时期的田园诗和具有田园风格的作品为例,来具体阐释文学虚构的越界行为。田园体具有双重结构:一方面,它重现了乡间世界;另一方面,又创造了另一个田园世界,以使现实中无法寻找的事物成为可能。这两个世界有着双重指涉,因此,虚构的田园诗的世界同时与理想化的状态及历史的世界相关。虚构使得原本互相排斥的事物和平共处。"在历史的世界和艺术的世界边界的跨越过程中,田园罗曼司提供了一幅既非置于艺术世界也非置于历史世界的文学虚构的生动图画。"② 人们只要戴上田园诗主角"牧羊人"的面具,就可以从一个世界自由穿越到另一个世界;同时,又将面具揭示为虚构的假象,以便虚构的伪装允许他随心所欲地闯入任何禁地,违反种种现实禁令。面具让人获得了双重性,他既是自身,又作为牧羊人来表演,并因此成为"他人"。面具以伪装遮蔽了人的真实面目,却又以变化的角色揭示出人无限丰富的多样性。人借助面具超越自身,面具则让人居于自身之外而发现了自己,并真正拥有了自己。

二

伊瑟尔阐释文学虚构的方式最基本的特点在于:他不是将文学虚构

---

① [德]沃尔夫冈·伊瑟尔:《虚构与想像:文学人类学疆界》,第16页。
② 同上书,第66页。

视为"现实"或"真实"的对立面来做静态的概念界定，而是将其作为一种"虚构化行为"来看待。既然是"行为"，其边界就势必时时变化、流动不居，就不可以给它做简单的界定，而应该转而对其功能做出描述。就是在这个基础上，伊瑟尔把文学虚构的功能区分为选择、融合和自解。

文学作品是作者依从其倾向性对社会、历史、文化和文学系统等多重因素做出选择的结果。只要文本中的参照物是既定世界的组成部分，它们就可以被看作是现实本身。而选择却是一种越界行为，因为一旦对象被选择和挪用，它就从原来所属的现实语境中超脱出来，失去了它在原有体系中的本相和功能，成为"另一个"文学世界的构成部分。选择改造了现实参照物，打破了它们的既定秩序，以"另一种"文学世界的秩序重组了它们。尽管被选择对象本身并非虚构之物，却已经超脱原有现实的疆界而进入文学虚构之境了。对于所构建的文学虚构世界来说，那些在选择过程中被排除在外的因素虽然是不在场的，却由于和所选择的因素原本密切相关，也会随之进入人的感知领域，这就形成一个考察虚构化行为的"大背景"。"那些看上去明白无误的缺席者，在文本中也如同始终在场一样。"① 其他如文化习俗、文学典故和惯例的选择也如此。一方面它们与原文本相关联而保持着最基本的意义；另一方面又已经被纳入新的文本，在新的结构系统和语境中获得了新意义。因此，文学的多重选择造就了多重越界，并因此形成多种系统的相互交织。文学文本注定着自身极其复杂的"互文性"，它既因为多重越界而成为一个独特的虚构文本，又与社会、历史、文化和其他文本构成了相互参照关系。"选择，作为一种虚构化行为，揭示了文本的意向性。它将一种跨文本的真实性引入文本之中，将不同系统之中各种被选择的因素带入共同的语境，而这一语境把被选择过程淘汰的因素作为背景，于是，就形成了一种双向互释的过程；在场者依靠缺席者显示其存在；而缺席者则要通过在场者显示其自身。"② 正是这种"双向互释"既区分又瓦解着现实与虚构的边界，以及其他各种文本之间的边界，构成多重

---

① ［德］沃尔夫冈·伊瑟尔：《虚构与想像：文学人类学疆界》，第 18—19 页。
② 同上书，第 19 页。

越界行为。因此,我们既不能把文学文本的意向等同于对现实世界的追问,也不能将其视为虚幻的想象,它是一种介于现实与想象之间的"过渡物"(transitional object)。

虚构化行为的另一个功能是融合,它使各种被选择的不同因素组合为一个有机整体,是选择功能重要的互补方式。

在谈到文学语言时,巴赫金指出:长篇小说作为一个整体,是多语体、杂语类和多声部融合的现象。这些语体、杂语和各种声音来自种种不同社会领域、阶层和民族,各自带有自己的意向并牵连着原有的语境,它们在小说中构成了不同语境、不同观点、不同视野、不同情感色彩、不同社会语言间的交互作用,或相互支持、映衬或相互抵牾、冲突,无论说话者和听话者都必须深入对方的视野,在他人的疆界里、在统觉的背景上来建立自己的话语或对话语做出理解。小说作品既要广泛接纳多语型、多声部、多体式,甚至常常是不同民族语言的成分,以不同的格调彰显各种世界观的、派别的、社会诸方面的特定评价,又必须让种种杂语服从于"最高的修辞整体",构建一个有机统一的作品世界。"作品作为统一整体的背景。在这个背景上,人物的言语听起来完全不同于在现实的言语交际条件下独立存在的情形:在与其他言语、与作者言语的对比中,它获得了附加意义,在它那直接指物的因素上增加了新的、作者的声音(嘲讽、愤怒等等),就像周围语境的影子落在它的身上……在一部完整作品的统一体中,一个言语受其他言语框定,这一事实本身就赋予了言语以附加的因素,使它凝聚为言语的形象,为它确立了不同于该领域实际生存条件的新边界。"[①] 如此,文学文本既有自己所属的世界,有自己的统一性、整体性,又充满了各种对话和潜对话,是各式言语相融合的"汇合地"。

巴赫金所说的"最高修辞整体"主要是从言语类型和特征角度,来阐述文学究竟如何将杂语融合为作品整体的,伊瑟尔则扩大了融合功能的范围,不仅包括不同文本、不同系统的话语和语词间的融合,而且还涉及不同的社会现象、不同的文化习俗和文学典故等等。那些被选择

[①] [俄]巴赫金:《文学作品中的语言》,潘月琴译,钱中文主编:《巴赫金全集》第四卷,石家庄:河北教育出版社1998年版,第283页。

第五章　虚构理论:从现代到后现代　197

的因素在融合过程中重新建立了新秩序,并获得文学世界的"真实感",一种迥异于经验世界的"真实性",或如古德曼所说的"源于虚构的真实"。① 至于被排除在外的因素虽然未能进入文本,却因原本与所选因素相关联,又构成被彰显因素的背景,建立起"形—影"关系。"在场者通过缺席者而显示其存在。但是,当融合不得不通过被排斥因素的参与才能得以实现时,虚构化行为就必然会造成在场与缺席相互依存的局面。反过来,文本中已被确定的关系又会在这一过程中变得活泛起来。"② 融合功能致使各种矛盾因素共同关联着文本这个统一体,它们既相互揭示又相互遮蔽,从而赋予文学文本极其丰富的互文性,也因此构成了种种不同性质的越界行为,导致意义的不稳定性。

　　选择和融合这两种行为都涉及文学与社会系统间的越界,同时也都涉及对参照系统的跨文本越界。越界行为穿越了虚构与现实,以及文本之间的界限,也模糊了它们间的边界,模糊了文学作品的边界。为使虚构化行为进行到底,使文学成为一个完整统一的世界,就需要另一种功能,这就是虚构性自解。

　　伊瑟尔认为,文学文本中包含着大量标示其虚构特征的信号,这些信号并不等同于语言信号,而是在特定历史条件下,作者和读者共享的某些标识。譬如文学类型、流行故事等等,它们都具有一种使作者和读者达成默契的虚构功能。文学虚构的自解功能既要求作者遵循这些文化共识来完成文学文本的建构,设立某些标识,又引导读者将其作为虚构文本来解读。文学的自解功能有效实施着文学文本的自我显现和自我解释。从某种角度看,这种作者和读者间达成的共识,犹如乔纳森·卡勒所说的"程式"。一方面,程式是作者从文学传统中获得的某种文学观念和能力,并成为作者进行创作的内省意识;另一方面,也是读者所具有的阅读能力,读者按照他在文学经验中建立的一系列形式规则,把文本视为非现实的虚构之物,由此展开再创造,这些程式既是他实施再创造的条件,又是对创造的限制。正是由于存在文学程式,才能有效引导文学阅读活动,以使读者"把某一文本当作文学来阅读就是当作虚构

---

① [美] 纳尔逊·古德曼:《构造世界的多种方式》,第106页。
② [德] 沃尔夫冈·伊瑟尔:《虚构与想像:文学人类学疆界》,第22页。

文字来阅读"。① 在伊瑟尔的文学虚构理论中，虚构文本的自解即对文学文本虚构性的彰显；对于读者而言，则引导阅读态度的转变，它要求读者改变接受心态，以区别于阅读非文学文本时的态度。虚构的自解功能引起读者对一个非真实世界的热情，并使读者的自我真实性在想象中得以展开。文本在读者的经验面前实现了再次越界。

当读者把文学作为虚构世界来看待，文本中隐含着的大量依稀可辨的"现实"也被伪装起来，"现实"的世界于是被悬置，读者的"本真态度"也被悬置了。只有通过这种悬置，读者的想象才获得自由，真正的文学欣赏才可能顺利进行。譬如莎士比亚的《仲夏夜之梦》，当演出即将开始时，演员要反复提醒观众不要害怕舞台上的狮子，那是人在装扮假狮子，以此来强化观众的虚构意识，转变观看态度。"就这种超越现实的意向而言，虚构文本的实际功能，不过是给现实描绘一种模糊的轮廓，颇有画饼充饥的意味。因为，虚构对其实用而言，它永远有一个解不开的死结，即文本的真实并不等于现实的真实。文本的真实是一种假象的真实。文本的真实性是一种假象的真实性，因为它的功能就是赋予对象以想像的空间。"② 文学虚构离不开自解功能，正是它揭示了文本的虚构性，并赋予作者和读者超越现实的权力，亲身体验种种生存可能性。

三

在考察虚构理论的历史演变时，伊瑟尔指出：流行的关于虚构问题的讨论，其焦点往往集中于虚构话语的命题模式：或按照命题逻辑来判断，认为虚构话语缺乏真实性；或从言语行为理论角度来衡量，以为命题缺少真诚性。这两种观点都把虚构的陈述视为"寄生性"的。随着知识确定性观念的衰落和对虚构问题研究的深入，虚构在哲学中的地位开始攀升，它从一种只有负面价值的欺骗形式变身为认识的一种基本构成方式。正如克默德所指出的，人类通过提供虚设的开端和结尾来建立

---

① [美]乔纳森·卡勒：《结构主义诗学》，第193页。
② [德]沃尔夫冈·伊瑟尔：《虚构与想像：文学人类学疆界》，第27页。

"和谐的虚构",以此寻求现实的意义。或者如古德曼所说,世界是人类符号活动的产物,是被人为构造的,存在着各式各样不同的世界,而没有一个所谓实在的世界。因此伊瑟尔认为,虚构有着实用主义的本性,它取决于我们对待它的态度,总是随着不同的需要和不同的语境以游移不定的方式展示自身,产生出虚构的不同形态,其边界永远处在变化之中。虚构的具体应用所证实的只是虚构的功能而非本质,它不可能获得一个不变的身份。为此,伊瑟尔着重针对弗兰西斯·培根、耶利米·边沁、汉斯·费英格和纳尔逊·古德曼诸学者关于虚构理论的阐释,将"虚构"置于哲学话语体系中进行分析梳理。

培根揭示了作为"再现"的具体形式的"四类假象",并致力于以"虚构的设计",即实验和操作来克服虚假的再现。与培根不同,边沁并非意图消除虚构,而是批判虚构在法律领域的特殊使用,他认为法律实践掩盖和压制了对其虚构特性的意识。实际上,虚构作为一种"模态",它构建了"虚构的实体",人只有通过虚构的实体赋予真实对象以形式,才能了解对象并将它当作一个真实的存在来谈论。在边沁的理论中,虚构已不再是现实的对立面,而成为一个观念与真实间的"调停的模式"。如果说,在边沁那里,我们已经看到对虚构的肯定倾向,而这种肯定还仅限于弥合认识论视野中暴露出来的鸿沟,那么,对费英格而言,虚构说明了感觉与现实间的根本分裂,并且唯有虚构能突出这个分裂。根据观念地位的变化,费英格勾画了感觉与现象之间差异性的图式:即信条、假设和虚构。在信条中,人们否认实际存在的虚构,强调观念与现实相符合,以使差异得以填平;在假设中,则指明了观念与现实的不一致性,以致观念变成了一个需要在反复试验过程中被修正的假设;在虚构中,差异性被认可,区分的意识占据了主导地位。"假设"总是寻求解释自己所创造的秩序,并通过争取广泛的赞同获得正当性;"虚构"则借助于想象开始筹划产生某些非现实的"事物",虚构是"有意识的虚幻观念"。[①] 在对虚构做出分析的基础上,费英格阐述了"仿佛"哲学。"仿佛"造成了不同物之间的认同,它承认差异

---

① H. Vaihinger, *The Philosophy of "As if": A System of the Theoretical, Practical and Religious Fictions*, London: Routledge & Kegan Paul LTD., 1952, p. xlii.

性，承认自己不是存在物，却又是假定的连接的结构，并为洞见带来可能。"仿佛"揭示了虚构的双重性，以自身的差异性标明虚构同时是假的和实用的：假的是对真实和有效性的否定，强调根本差异依然存在；实用性则表明，虚构作为感觉设计的形式来说，假的外观变成了一个变化的"指涉框架"。费英格的理论仍然建立在认识论的主客二分的基础上，古德曼则抛弃了这一认识论框架。在古德曼的理论中，世界本身就是"人为"地以多种方式，诸如哲学、艺术、科学、知觉的方式，或者是用不同的符号形式所构造的，是"多元世界"。存在着多个由不同符号构建起来的"真实的世界"。在由此形成的多个世界"译本"之下，并不存在所谓实在的世界，它们不可以被还原为一个唯一的基础。① "无数的世界借助于符号的使用从虚无中被构造出来。"② 一种关于世界"译本"的构造依赖于对其他方式构造的世界的解构。没有一个被构建起来的世界样式将被视为唯一的真理，所谓真理只能是适合性和可接受性。从世界本身是被人为构造的角度来看，"真实性"其实来自"虚构的真实"。

在上述理论中，虚构的意义，以及虚构与现实的关系发生了重大变化，虚构与现实不再相互对立，而且虚构已经成为构建人的世界的必要手段和必然途径。伊瑟尔从这些理论中吸收了丰富的营养，其中，他特别感兴趣的是费英格的"仿佛"哲学。因为连词"仿佛"关联着既有事物与不可能的事物，揭示了虚构文本与所反映的世界之间关系的双重性：一方面，文本为反映世界，就必须加以生动的描绘，以使文本世界"仿佛"是真实的；另一方面，文本世界又注定只能是貌似真实，它自己否决了自身的真实性，强化了文本的虚构性。"仿佛"语式结构激发了想象，并为想象提供了自由驰骋的空间。这恰恰可以被伊瑟尔用来阐释文学虚构的越界行为。

至于"想象"在哲学话语系统中也同样经历了变化。在柯勒律治那里，想象是一种源于主体的能力，并被划分为"幻想"、"第二级想

---

① 在这一点上，古德曼的"多元世界"正如海德格尔所说的"世界图象"，是被人为构造的，既非实在的世界，在它们之下也不存在一个实在的世界。
② ［美］纳尔逊·古德曼：《构造世界的多种方式》，第1页。

象力"、"原发性想象力"三个层次;在萨特的阐释中,想象是一种创造精神性意象的行为,它在意识、潜意识的作用下展现自身;卡斯特里阿蒂斯则认为,想象只能通过心理和社会历史来体现,想象取代神话成为制度的基础,它既建构社会,同时赋予社会自我改革以可能性。总之,想象并非一种自我激活的力量,它必须借助外力,如主体、意识、社会历史才能得以展现。但是,主体或意识或社会历史的实用要求,都将想象引导到一个十分具体的方向上去。与此不同,虚构则以一种不确定的灵活方式激活并推动想象。虚构和想象相互交融,造就了错杂交织的越界行为,开辟出变化多样的游戏空间。

"人类的表演多种多样,唯独不能'拥有自我'。只有文学才能反映的这样一种分裂并非人所共知。因为人类不能成其自身并不一定非要'拥有自我'。事实上,'成其自身'与'拥有自我'二者的鸿沟不可逾越,文学的作用就是发现探索二者的空间距离。"[1] 文学文本表演构成了游戏本身。无论作者或读者都在参与游戏的过程中表演着,作为文学世界中的一个角色,一个"他者"表演着。他融入想象的环境,融入自己产生的独特幻象和行为,并且相信自己已经暂时忘记和摆脱了自己的个性,成为自身之外的某个人。文本游戏让人突破被日常习惯所模铸的固化的自我,走出种种藩篱,扮演着多种多样的角色,以此重新寻找被禁锢的那部分自我,探索人的未知领域,进而开发出被日常生活所遮蔽的无限可能性。

四

伊瑟尔以其精细、系统的分析,阐述了文学虚构理论,突破了传统的把虚构与现实相割裂、相对立的二元观,将虚构视为一种行为,以"越界"来统摄现实、虚构和想象,建构起"三元合一"的理论观点,而且把文学虚构置于人类学的理论视野中,深入揭示出文学虚构对于人类存在的重要意义。正如汪正龙所指出的:"伊瑟尔所说的文本表演与文本游戏是在对现实的越界中实现的。它融合了经验世界的元素,又对

---

[1] [德]沃尔夫冈·伊瑟尔:《虚构与想像:文学人类学疆界》,第379页。

之加以超拔和间离；既是人类经验的展开，又是人类的自我塑造与反思。可以说，它在与后结构主义相结合的同时，又反对了后者在文学虚构问题上的意义虚无主义。"① 原先那种在认识论框架中对虚构做出理论界定的方法被抛弃了，代之以人类学视野，在具体语境中对文学的虚构化行为做出详尽的功能描述，这就使得文学虚构问题研究得到极大推进，并为文学活动找到了人类学依据。

人较之于其他任何生命体，最大的区别在于：人不仅是他自身，而且总是不断超越自身，正如普勒斯纳所说，"人'离心地'生活着"。② 文学恰恰以其虚构化行为为人打开自由的活动空间，让人既置身其内，又超然于外，为人摆脱现实束缚、真正赢得创造性和超越日常的自我提供了可能。"由于文学虚构，超出自身之外和之上总是保留了已经被超越的东西，以这种双重化方式，我们作为有差别的人对我们自己在场，但是作为多种角色的综合，人类依然不懂得他们自己，因此文学虚构代表了与人类使自己'成为什么和理解什么'有关的某种东西……虚构指明了人类不可能对自身在场，它需要通过没有允许我们与自己所创造之物相一致的梦境，行使创造性权利的条件。我们所达到的是对这个基本特性的构想，即虚构使人类成为自身。"③ 文学虚构即人的自我越界。伊瑟尔从人的基本特性出发来阐释文学虚构，也就抓住了文学活动对于人类存在最为核心的价值。

但是，伊瑟尔虽然为文学虚构理论做出重要贡献，而其理论却存在局限。文学虚构固然如伊瑟尔所说，是越界行为，可是越界行为却并非必然是"文学的"虚构。越界并非文学虚构的专利。正如伊瑟尔所列举的培根、边沁、费英格、古德曼诸学者所指出的，人类认识活动同样无法摆脱虚构和越界。并且文学虚构也不仅仅是一种更自由、更富于想象性的行为，与认识活动中的虚构因素相比较，并非只是一种"量"的变化，两者间其实存在"质"的差异。我们赞同伊瑟尔把虚构视为

---

① 汪正龙：《沃尔夫冈·伊瑟尔的文学虚构理论及其意义》，《文学评论》2005 年第 5 期。

② [德] 米夏埃尔·兰德曼：《哲学人类学》，张乐天译，上海：上海译文出版社 1988 年版，第 193 页。

③ [德] 沃尔夫冈·伊瑟尔：《虚构与想像：文学人类学疆界》，第 106 页。

一种越界行为的观点，并认为这是一个极为重要的创造性洞见，但是，不同意伊瑟尔把虚构的越界行为建立在"选择"、"融合"的基础上，而是认为，文学虚构的越界行为源于意向性关系的转换。意向性关系的转换既将文学虚构世界与现实世界相区分，又仍然使二者相互关联。正是在这个意义上，文学虚构行为与认识活动中的虚构因素区别开来了，文学虚构中的越界才是真正意义上的越界。

尽管认识活动包含着虚构因素，这毕竟是一种对象性活动，总是指向"现实"或那个被构建且被指认为现实的"世界"，它处于"现实关系"之中。文学活动则不然，它并非对象性活动，而是另行建构一个"虚构的世界"，一个仅仅属于人自身而不属于现实的另一个"世界"。在此活动中，人与文学世界相互生成、相互亲近、相互融合，于是，世界也就不再作为人的对象而存在，它同时成为人自身。无论这个被构建的世界是否与真实世界相类似、相接近，它都让人处在另一个生存维度上，处在非现实的"虚拟意向关系"之中。因此，文学虚构的越界行为并非伊瑟尔所谓通过选择和融合由现实进入虚构，而是直接由现实关系转向非现实关系，由对象性关系转向非对象性关系，越界行为的关键在于意向性关系的转换。关系转换促成行为方式的实质性变化，正因如此，文学虚构才是一种自由自主的活动，才有着远为阔大的空间。

在文学活动中，人充分调动并展开了自己的想象，既是虚构化行为的参与者，亲身参与构建虚构世界的活动，又生存于这个虚构世界之中，和这一世界相融合。因此，文学活动中的虚构和越界有别于认识活动、道德活动中的虚构和越界，前者处在一种非对象性关系，即"主体间性"关系之中；后者则仍然处于对象性关系，即主客体关系，两者分别属于完全不同的意向性结构，并因此具有截然不同的性质。文学虚构的越界行为是以意向性关系的转换为前提的，它建立了一种非现实关系和非对象性关系。意向性关系的转换才是越界行为的根本，正是意向性关系的转换才导致越界行为的发生，才决定着文学活动中的虚构和越界不同于认识活动中的虚构和越界。伊瑟尔的虚构理论恰恰未能对这个根本性差异给予足够的重视和强调。

固然，在阐述文学虚构行为的功能之一"自解"时，伊瑟尔指出了文学文本存在着引导读者改变接受态度、以非现实态度对待文本的自我解释作用。可是，在其理论框架中，自解却只是与选择、融合并列的三个功能之一，并且它主要是一种自我解释功能，针对阅读接受活动发挥作用。这就大为贬低了自解的重要性，不能有效阐明文学活动整体，也不能阐明文学虚构化行为的根本特性。我们则把意向性转换视为文学活动的前提。

无论文学创作或阅读，文学活动及其虚构化行为的特殊性就在于：文学活动改变了日常现实态度而采取了非现实态度，建立了一种马丁·布伯所说的"我—你"关系，这是一种迥异于其他对象性关系的新关系。在这种关系中，"对象"已不再是对象，不再是"它"而转化为与我相对待、相融合的"你"，转化为另一个主体。在文学活动中，非现实关系与非对象性关系是互为因果、表里一致的。意向性关系的转换有着决定性的意义，正是由于这种转化，一种新关系的建立，让作者或读者从现实关系中摆脱出来，从现实世界越界而进入虚构化行为，进入另一个虚构世界的创造过程，由此，想象展开了一个无限广阔的世界，人也才可能在越界中向无限开放，并最终自由地成为"我自己"。伊瑟尔正确地批判了将虚构与现实相对立的二元论，并提出虚构是一种越界行为这个极其重要的观点。但是，恰恰忘记最为重要的一点：虚构的越界行为首先是人的自我越界，并且这种越界根源于人改变了看待世界的态度和方式，改变了看待语言符号的态度和方式，改变了意向性关系。意向性关系的转换是文学活动及其虚构化行为的关键，其他诸如选择、融合等行为都在这个前提下开展。因而，选择就不是一种对现实素材的机械择取，融合也不是一种拼凑，而是在新的非现实、非对象性关系中，在双重主体性关系中，敞开人的心扉，勃发人的创造力，以使种种内心经验（这些经验原本就关联着人的现实活动，具有现实性）得以充分发掘和涌现，与此同时，在创作意向、心态和情感的主导下，又自然而然地对各种经验加以筛选和融合，就如克罗齐所说："每个表现品都是一个整一的表现品。心灵的活动就是融化杂多印象于一个有机整体的那种作用。"① 关系转换决定了文学虚构行为的独特品格，也决定了文学活动的独特性。

---

① ［意］克罗齐：《美学原理 美学纲要》，第 27 页。

伊瑟尔虚构理论的失误,其根源在于没有对虚构的两种含义做出辨析的前提下,就把虚构与想象强行割裂开来。尽管伊瑟尔小心翼翼地想要区分虚构和想象这两个概念,实际上,这种从语义分析入手的方法,恰恰令他在梳理种种不同含义的虚构和想象的过程中,反而使虚构、想象的意义变得更加难以捉摸、夹杂不清,这势必无法为虚构和想象设定界限。正如金惠敏对伊瑟尔的访谈中所指出的,在伊瑟尔的理论构架中,虚构与想象仍然纠缠在一起,不能形成一个相互区分的清晰图像。

我们认为,伊瑟尔这种做法本身就存在问题。尽管历来人们对虚构有各种不同解说,但是,从言语行为角度看,则存在"表述"、"指涉"行为中的虚构与作为"建构"另一个虚构世界的行为。这是两种迥然不同的虚构,它们分别属于不同言语行为,有着不同的功能。伊瑟尔没有对此做出区分,因而也就无法对文学虚构做出相对明确的阐释,更无法阐明虚构与想象的关系。对于文学艺术来说,它并非必须具备前一种意义的虚构,因为文学艺术作品的描述既可以没有确定的、真实的现实对象,如海妖塞壬,屈原笔下的云中君、东君等,又可以有真实的指涉,如纪实文学、传记文学等。文学艺术虚构主要指后一种意义的虚构:建构一个虚构世界。就在人运用语言符号构建一个话语世界之际,必然会如约翰·塞尔所说暂时悬置"纵向原则",中止语言符号指涉现实对象的功能,让人沉醉于建构活动以及这个人为建构的语言符号世界。他和现实世界暂时分离了,并置身于这个正在被建构的人造世界之内,处在非现实关系之中。正是文学话语建构虚构世界的行为,改变了人与世界的关系,构建起非现实、非对象性关系。不管这个世界在多大程度上与现实世界相近似,只要它的指涉功能被暂时中止,人就处在"另一个"世界,一个非现实的虚构世界。此际,这个被建构的虚构世界与现实世界有多大关联已经无关紧要了。而这种构建另一个世界的虚构行为,同时也就是人们所说的想象。从这一点来看,虚构与想象是难以区分的,它们讲的是同一回事,只不过描述的角度不同:虚构侧重于话语的建构行为,而想象侧重于人的心理功能,两者又融合一体。虚构与想象的关系历来解说不清,伊瑟尔想要区分它们也终归于失败,其原因就在于:虚构本身就具有两种不同的含义,在前一种意义(表述、指涉)上,虚构与想象是分裂的;而对于后一种意义(建构)来说,虚构与想象则为一体，只是人们一直来尚未对虚构的含义做出明确阐述，这就必然导致种种误解和误释。① 建构行为虽然是文学话语最重要、最具特征的行为，却并没有因此剥夺指涉行为，在文学活动中建构行为和指涉行为总是交替进行的，同时构成意向性关系的转换以及现实与虚构之间不断的越界。

　　伊瑟尔对文学虚构的阐述十分细致，他把文学虚构置于人类学的理论视野中，正确地把它阐释为一种"越界行为"，深入揭示出文学虚构对于人的现实存在的重要意义，并且提供了许多有重要价值的见解。但是，由于他未能辨析两种不同含义的虚构，未能澄清文学虚构的真正意义，而将虚构与想象硬性分割开来，以此来构建现实、虚构和想象"三元合一"的虚构理论；同时把态度和关系的转换贬低为文学虚构化行为中和"选择"、"融合"并列的一个"功能"，甚至只视为文学阅读活动的一个功能，而不是作为文学活动的根本特征和文学虚构化行为的"前提"来看待，也就不能最终阐明文学虚构问题。

---

① 详细论述参见第七章第二节。

第六章 审美形式·虚拟意向·人的生存

第一节 文学"越界"与形式"专制"

文学艺术虚构与人的存在之间的关联，是随西方现代化进程而凸显的，是现代主义文化英雄的精神建构。在这个过程中，一方面，人的主体性观念得到发展；另一方面，愈演愈烈的商品化、技术化以及工具理性却造成人和种种现实存在的严重异化，使得人的观念与现实的冲突日益激化，于是，迫使人寄希望于文学艺术的虚构性，企望通过文学艺术建构一个与现实世界相区别、相抗衡的虚构的审美世界，为自己营造精神家园，抗拒现实异化，重新获得人性的健全、和谐。但是，恰恰是在文学虚构这一问题上历来存在着争论，特别是后现代社会对种种边界的瓦解，以及电子媒介和现代复制技术所建构的虚拟世界，对文学艺术以及虚构理论构成了严峻挑战。这个后现代的虚拟世界实际上已经失去"异在性"，被接纳到日常生活之中，成为日常世界的延伸。它蛮横侵蚀着文学艺术的虚构世界，给人和文学带来巨大冲击。正因如此，我们就更有必要对文学艺术虚构问题重新做出探讨。

在前面几章中，我们已经粗略阐释了现代以来西方美学和文论中某些关于文学虚构的论述，从中发掘出许多真知灼见，同时也展示了种种不同的，甚至相互抵牾的观点。尽管这仅仅是管窥蠡测，却已经为我们深入探讨文学虚构问题准备了基本条件。我们关于文学虚构的观点就建立在前辈学者的研究基础上，并力图在对他们的观点进行批判的过程中，提出自己的独立见解。

一

在《虚构与想象：文学人类学疆界》中，伊瑟尔不仅对"虚构"和"想象"概念的语义演变做了历史梳理，并且从人类学角度提出自己的独到见解。特别是他所提出的文学虚构是一种"越界行为"这一观点具有重要价值。伊瑟尔批评了将现实与虚构相互对立的传统观点，并以"三元合一"（a tried）来取代"二元对立"理论。他说："文学文本是虚构与现实的混合物，它是既定事物与想像事物之间相互纠缠、彼此渗透的结果。""虚构对现实的越界，为想像对现实的越界提供了前提和依据，没有这个依据，想像就难以施展其魅力。在这个过程中，虚构化行为充当了想像与现实之间的纽带。"[①] 在伊瑟尔看来，文学的虚构化行为同时包含着"选择"和"融合"，"选择"将一种跨文本的真实性引入文本之中，将不同系统中各种被选择的因素带入共同的语境；"融合"作为选择的重要的互补方式，使各种不同因素组成一个有机整体，成为一个文学文本，由此，使文学文本成为现实与虚构的混合物。然而，为什么这么一个经过选择和融合而构成的"大拼盘"就能成为文学作品？各种或虚构或现实的因素以什么样的比例和方式搭配才能区别于"日常行为中的虚构"而使文本本身就"昭示着一种虚构特性"？为什么一张字条，没做什么选择，只要分行书写，也可以读作一首诗？一个"现成品"也同样能够成为艺术品呢？显然，伊瑟尔的虚构理论是难以解释这些问题的。

我们赞同伊瑟尔提出的文学虚构是一种"越界行为"的观点，赞同他以越界行为来打破和超越现实与虚构二元对立的做法，但是，不同意他把虚构的越界行为视为选择和融合的结果。我们认为，文学越界首先是人自身的越界，是人改变了自己与语言的意向性关系，进而改变了人与世界的意向性关系，改变了人看待世界的方式，由现实关系转换为非现实关系，由对象性关系转换为非对象性关系。正是意向性关系的转变导致文学从现实世界向虚构世界的越界。相反地，伊瑟尔所说的

---

① ［德］沃尔夫冈·伊瑟尔：《虚构与想像：文学人类学疆界》，第14—16页。

"选择"和"融合"应该是在意向性关系转换之际或之后发生的,意向性转换才是关键。由于文学活动过程充满着不同的意向性关系间的转化,这就把现实世界与虚构世界相互关联,使得文学活动在现实与虚构之间不断越界。

其实,文学艺术活动区别于人类其他实践活动的关键在于其独特的意向性关系,文学艺术世界是人在"虚拟意向关系"中构建的虚构世界。在《〈政治经济学批判〉导言》中,马克思说:"整体,当它在头脑中作为被思维的整体而出现时,是思维着的头脑的产物,这个头脑用它所专有的方式掌握世界,而这种方式是不同于对世界的艺术的、宗教的、实践—精神的掌握的。"① 在此,马克思将人掌握世界的方式予以甄别,明确指出思维的方式与艺术、宗教、实践—精神的方式是不同的,它们分别以各自的方式掌握世界,与世界之间建立不同的关系。胡塞尔深入阐述了人与世界关系的复杂性。他说:"认识体验具有一种意向性(intention),这属于认识体验的本质,它们意指某物,它们以这种或那种方式与对象发生关系。"② 在胡塞尔看来,人的意识始终是关乎对象的意识。在人的认识或体验活动中,人与对象的关系是不同的、变化的,人能够以不同的方式关联某物,以建立不同的意向性结构。在分析丢勒的铜版画《骑士、死神与恶魔》时,胡塞尔把铜版画纸视为"形象载体";把知觉意识在画纸上所把握的线条表现出来的骑士、死神和恶魔称为"形象客体"。但是,这些都还不是审美观照。审美观照是在此基础上产生的,是我们从线条表现的形象中看到了形象显现的实在性,感受到活灵活现、有血有肉的骑士,等等,胡塞尔称它为"形象主体"。审美观照就是从"形象载体"到"形象客体",再到"形象主体"的过程,三个层面最终在想象意识中构成。审美活动既以知觉对象为前提,又不停留于物理存在,它是在想象意识中最后完成的。因此,审美对象"对我们来说既不是存在的又不是非存在的"。"当我们采取纯审美态度时重又把它当作'纯图像',而不赋予它关于存在或非

---

① 陆梅林辑注:《马克思恩格斯论文学与艺术》(一),第170—171页。
② [德]胡塞尔:《现象学的观念》,倪梁康译,上海:上海译文出版社1986年版,第48页。

存在，可能的存在或推测的存在诸如此类的任何标记。"① 这种"既不是存在的又不是非存在"的审美对象，恰恰是处在虚拟意向关系中的"对象"，即非对象性的对象，它居于审美创造的虚构世界中。虚拟意向关系悬置了与现实的关联，因而也放弃了对审美对象做真假判断的意图，于是，审美对象也就成为既不是存在又不是非存在的独特存在，它不再是对象，因而它没有真假值。从"形象载体"到"形象客体"，再到"形象主体"的整个欣赏过程，其实就包含着意向性关系的转换，包含着从现实关系到虚拟意向关系的转换，它是一种虚构化的越界行为。

　　人对世界的掌握方式、人与世界的意向性关系是随着人类活动领域的分化而分化的，"分化"造就了掌握方式、关联方式的多样性。马丁·布伯则将人与世界的多样关系加以概括，具体区分为"我—它"关系和"我—你"关系。前者是对象性关系，后者是非对象性关系，文学艺术就属于非对象性关系。马丁·布伯认为，人对于世界秉持双重态度，世界也因之呈现为双重世界。在日常生活世界，人总是习惯于把对象作为对象看待，每一个"你"都不可避免要蜕变为"对象"，蜕变为"它"，蜕变为可资利用的"物"。唯有在文学艺术的虚构世界，才能建立这种非对象性的"我—你"关系，才能把"青山"、"溪水"、"落花"视为与"我"相亲相伴相怜的"你"，把任何"物"、任何对象重新化为与自己相对待的"你"。也唯有在这种虚拟意向关系中，无论他或她，都"不是与其他的'他'或'她'相待的有限物，不是世界网络中的一点一瞬，不是可被经验、被描述的本质，不是一束有定名的属性，而是无待无垠、纯全无方之'你'，充溢穹苍之'你'。这并非意指：除他而外无物存在。这毋宁是说：万有皆栖居于他的灿烂光华中"。② 正是这种虚拟意向关系和"我—你"关系，把人引领进文学艺术的审美之境，引领进一个相对自由、解放和创造的世界。在这种关系中，"我"成为我自己，"你"也成为另一个"我自己"，双方都最充

---

① ［德］胡塞尔：《纯粹现象学通论》，李幼蒸译，北京：商务印书馆1997年版，第270—271页。

② ［德］马丁·布伯：《我与你》，陈维纲译，北京：生活·读书·新知三联书店1986年版，第23页。

分地占有了自己、丰富了自己、敞开了自己,并在自由的创造、自由的交往中,破除隔阂,相互融合一体,终于迎来海德格尔所说的"诗意生存的家园"。这种虚拟意向关系实质上也就是"主体间性"关系。这就是说,当人与对象的关系从现实关系转化为非现实关系,从对象性关系转化为非对象性关系,处于虚拟意向关系之中,双方就都解脱了现实的束缚,赢得了充分的自主性,并建构起主体间性关系。这是一种最为自由、最为丰富、最富有创造性的关系,伊瑟尔所说的"选择"和"融合"就发生在意向转换之际。如此,文学艺术活动才成为真正具有创造性的活动,而非生硬的拼凑。我们吸收了马丁·布伯把文学艺术关系视为"我—你"关系的做法,吸收了海德格尔的文学艺术给予人"另一个天地"的观点,借此更为具体地说明文学艺术活动的独特性,但是,不赞同马丁·布伯将这种"我—你"关系等同于"原初关系",一种混沌不明的原始关系;不赞同海德格尔回到古希腊的主张。我们认为,原初关系恰恰不可能实现文学艺术创造,它所可能产生的充其量是一种巫术活动,而非文学艺术活动。即便在文学艺术活动中同样存在一种"忘我"、"无我"的境界,那也是具有主体性的人之忘我和无我,并不完全等同那种原始混沌,不等同于海德格所称赏的主体尚未形成的状态。"我—你"关系即主体间性关系。我们同马丁·布伯、海德格尔的另一个区别在于:我们并不对"我—它"关系和"我—你"关系做机械割裂,不认为文学艺术活动中只存在"我—你"关系,而是认为两种关系同时并存、相互转化,文学艺术活动是以虚拟意向关系和主体间性关系为特征的活动。

　　文学艺术作品并非如伊瑟尔所说混合着虚构和现实,在审美视野中,它整个都处在与现实相异在的虚构世界。在文学艺术活动中,虚构和现实相交织根源于人与话语及世界之间意向性关系的多样性和各种意向性关系的可转换性。人在实践过程中习得了种种意向能力,他既可以与文学艺术建立虚拟意向关系,共同建构虚构的审美世界,又可以转而以认识批判的态度看待文本中采自现实的各种元素,挖掘蕴含其中的社会历史内涵。这就是说,创作和欣赏过程既非单纯的审美,也非认识批判,而是种种意向性关系的交织,是现实关系与非现实关系、对象性关系与非对象性关系间的交互转换,人总是与作品处在不断转换变幻的关系中，处在不断摆动迁移的位置上，处在一种马里奥·佩尔尼奥拉所说的"过渡状态"。但是，文学艺术之所以成为文学艺术，就在于它虽然可以与人建立种种关系，却不能失去虚拟意向关系和主体间性关系，不能背弃由这种关系所构建的虚构世界。文学艺术的审美特征就植根于它所构建的虚构世界中。

二

那么，人究竟借助于什么与文学艺术建立独特的虚拟意向关系，构建虚构的审美世界的呢？其中最重要的因素是审美形式。人与文学艺术作品之间，存在交相作用、共同建构的生成过程。在这一过程中，作品的特征（包括内容和形式的特征）、人的主观心态，以及所处的独特语境和背景，都会发挥作用，共同决定着人与作品间关系的建构，决定着虚拟意向关系的建立；而各种因素中，审美形式常常是关键性的。譬如诗歌的韵律、节奏、隐喻、夸张和冗余信息，故事开头不确定的过去时"从前……"① 小说中绘声绘色的细腻描述和充满矛盾和激情的内心独白，京剧中的脸谱、唱腔、道白、舞蹈化动作，等等，它们都是引领人与作品建立虚拟意向关系的重要的形式因素。这些形式因素构成乔纳森·卡勒所说的"程式"，指引着欣赏者的欣赏活动，帮助欣赏者与作品建立起虚拟意向关系："这种阅读程式引导读者以新的方式看待语言，从先前未曾发掘的语言中又找出了某些有意义的属性，把文本纳入了与前不同的一套阐释运作过程。"② 程式是约定俗成的，是人在文学艺术活动中习得的，这也就是我们所说的"文化惯例"。它属于文学艺术传统的一个重要构成部分，既在文学艺术活动中得到传承，成为维系文学艺术连续性的纽带，又不断受到文学艺术创新冲动的挑战而发生演变。这种变化致使文学艺术形式本身就具有不稳定性，其作用也是不确定的：随着历史语境的变化，某些形式因

---

① 故事往往以"从前……""很久以前……"这些不确定的过去时间作为开头，一下子就拉开了读者与现实间的距离，使读者坠入对虚指的"过去"的想象之中，从而建立虚拟意向关系。

② [美] 乔纳森·卡勒：《结构主义诗学》，第175页。

素不再作为文学艺术的主导程式，或者退出文学艺术程式；另一些则被加入文学艺术活动，甚至上升为决定性程式，由此引起文学艺术的重大变革，使得文学艺术本身成为维特根斯坦所说的"家族相似"的文化现象。尽管存在不稳定性和不确定性，审美形式仍然是重要的。"即使形式呈现为某种反形式也改变不了此种见证：反形式只能相对于形式而建立并被理解。"①

当然，审美形式只是建立虚拟意向关系最重要的因素而非唯一因素。被称为"史家之绝唱，无韵之离骚"的《史记》中的某些篇什，既可读作历史，也可读作文学，然而，它们却分别处在不同的意向性关系中。《史记》成书之初，虽然文史之间尚无明确限定，② 但是，司马迁的写作意图是明确的，正如他自己所表白："所谓述故事，整齐其世传，非所谓作也。"也就是说，他是整理、记载历史事实，而不是发挥自己的思想见解。尽管存在"意有所郁结，不得通其道也，故述往事，思来者"③ 的主观因素，但毕竟是作为"史"记而存在。人们与《史记》之间主要建立了认知关系，通过它来了解历史。随着时日推移、语境变化，它所指涉的历史世界渐渐被人淡忘了，与人隔膜了，生动传神的语言以及语词背后隐含的作家情感则相反地愈加凸显，于是，除了历史学家，一般人更经常地把它作为"文学"来欣赏。在这一转化过程中，时间扮演了关键性角色。正是社会历史语境的变迁，解除了文本与所指对象的紧密关联，令人不得不松懈了认知意向，转而瞩目于文本本身和语言自身，瞩目于绘声绘色的描述，从而使文本和语言的特征，以及它们的表现性和建构性得到前所未有的充分展现。认知意向以主客体相分裂的方式，限制人的自由想象，不断驱使人去寻觅话语所指涉的对象，寻觅历史事实；而只有在所指涉的真实对象与人相隔膜，进而被

---

① ［法］让·贝西埃:《文学理论的原理》，史忠义译，广州：暨南大学出版社 2012 年版，第 40 页。
② 一般认为，至魏晋南北朝，历史与文学间的文体界限日渐明晰。刘勰《文心雕龙·史传》对史传提出"文非泛论，按实而书"的要求。萧统《文选序》对历史与文学做出比较明确的区分。历史为"记事之史，系年之书，所以褒贬是非，纪别异同"；文学则"事出于沉思，义归乎翰藻"。
③ 司马迁:《史记·太史公自序》，郭绍虞主编:《中国历代文论选》第一册，上海：上海古籍出版社 1979 年版，第 78、79 页。

悬置、被虚化，也即人与文本及话语处在虚拟意向关系中，一个动人心弦的想象世界才可能充分展开在眼前。

　　马塞尔·杜尚的作品《泉》原本只是个批量生产的产品，一个极不起眼的、日常实用的"现成品"。一旦经杜尚署名（R. Mutt），并把它请进艺术展览厅，颠倒放置，供人观看，情况就大不一样：展厅的特殊背景迫使人以欣赏的眼光看待它，著名艺术家的题签又暗示着它不同凡常的身份，于是，"有用性"被取消了，它成为纯粹"被观赏"的对象。顿时，它以从未被注意过的新姿态出现在人眼前，其造型、线条、光泽，夺人眼目地显现出来，并终于成为艺术品《泉》，成了"20世纪最具影响力的艺术品"。显然，主要是展厅所给予的语境压力和艺术家署名，改变了人们对这个物品的"看"的方式，诱使人与这个物品建立一种全新的关系，重新发现日常生活中被忽视的形式，共同建构了审美中介物，激发起观赏者关于"泉"的遐想。杜尚的《泉》颠覆了传统艺术观念，挑战了安格尔的"标准的美"，并与安格尔的《泉》构成绝妙的反讽关系。① 在此，杜尚巧妙地利用了社会文化体制的力量。因为展览馆以体制赋予它的权力，强势地从社会空间中另行开辟出一个特殊空间，在这里，只有艺术才能获准进入，也只有观赏艺术的人才进入。这一特定语境改变了人与现成品的关系，迫使现成品彻底变更自己的身份，获得前所未有的尊荣。杜尚以他所提供的一系列"现成品"开创了艺术新领地，他也因此被定位为概念艺术的鼻祖。约瑟夫·孔苏

---

① 在英国当代艺术界最高荣誉奖"特纳奖"颁奖仪式前，2004年12月1日公布的一项问卷调查显示，杜尚的《泉》被评为"20世纪最有影响的艺术作品"。这是针对英国诸如艺术家、艺术品经销商、艺术界评论家以及英国各大艺术博物馆和画廊的专业人士等500位权威人士做出的调查。杜尚这一作品获得64%的选票，毕加索、马蒂斯作品分列第2和第5位。杜尚的艺术理念是：来自日常生活中的任何显示，稍加修改甚至完全照搬原样就可以成为一件"艺术品"。对这件作品，彼得·博格（Peter Bürger）曾评论说，杜尚的作品挑战了当代艺术市场的面具：在那里，签名比作品质量更为重要；而且对资产阶级社会的艺术原则提出质疑，否定了艺术属于个人生产的范畴。在此，博格主要从文化政治角度做出评论，并没有阐明这个"产品"转化为"艺术品"的内在机制。玛乔瑞·帕洛夫（Marjorie Perloff）则做了较为深入的阐释，她指出，小便器倒置并称其为"泉"，会令人遐想联翩。器具上的署名具有一语双关，甚至多重含义；它的形状模棱两可，以及作为男性排泄的器具，又和安格尔《泉》中的圆形陶罐构成性的隐喻（玛乔瑞·帕洛夫：《激进的艺术：媒体时代的诗歌创作》，聂珍钊等译，上海：上海外语教育出版社2013年版，第5—6页）。

斯曾对"概念艺术"做出这样阐释:"概念艺术最纯洁的概念应该是它探求'艺术'概念的基础,正像它所意味的那样。"① 从这个角度说,概念艺术其实就是"元艺术",它试图思考和阐释艺术之所以成为艺术的惯例,剥除它的神秘性和神圣性,并且常常是通过颠覆传统惯例、利用社会体制来打破艺术体制(或者利用艺术体制来挑战社会体制)、回归平常和平凡来实现这个目的的。

北岛的一字诗"网",与商业招幌上的同一个字,其意义完全不同。诗集本身就以明显的标识诱发我们阅读诗歌的期待,与它建立起虚拟意向关系,取消了"网"字直接的现实指涉而专注于语言符号本身;于是,"网"的隐喻性被激活了,它与标题《生活》相互生发,共同创造了一个诗意葱茏的想象世界。

在《文学理论》中,卡勒举了这样一个例子。他说,假如你偶然读到下面的句子:

我们围成一个圆圈跳舞、猜测,
而秘密坐在其中知晓一切。

那么,你又是怎么知道它是什么呢?卡勒认为,你是在"什么地方"读到这句话,这一点非常重要。如果它是印在一张夹在中国运气饼里的小纸条上,那你就可以把它看作是一种特殊的、神秘的运气。此外,它也会让你猜测这会不会是个谜语,或者是一则广告?不过,卡勒指出,这句子还有一个疑点,它没有显而易见的意义,这一事实造成了把它归为文学的可能性。作为谜语,它需要一个特殊的语境来要求读者去猜测;广告则只有与日常生活语境相关联,才能发挥广告的作用;而文学却超脱于现实语境之上。因此,卡勒说:"当语言脱离了其他语境,超然其他目的时,它就可以被解释成文学(当然它必须具备一些特殊条件使它能够对这种解释做出回应)。"② 当语句与现实语境相离异,它就

---

① [斯]阿莱西·艾尔雅维奇:《艺术在死亡与终结之间吗?》,韩凌译,高建平、王柯平主编:《美学与文化·东方与西方》,合肥:安徽教育出版社2006年版,第523页。
② [美]乔纳森·卡勒:《文学理论》,第26页。

成为无根的、漂游的流浪者了,这就很容易和我们建立虚拟意向关系,使它加入文学的行列。至于伊格尔顿所谓列车时刻表也可读作诗,则主要取决于人的主观意向。①

由于虚拟意向关系的建立涉及多方面因素,因此,仅仅在文本"内部"探寻文学艺术的"本质"是不可能的,对"文学性"的寻找也只能徒劳无功。在《虚构叙事与纪实叙事》中,热奈特逐一分析了作品叙事的时序、速度、频率和语式、语态,却始终未能找到区分两种叙事的因素,他不禁失望地慨叹道:"虚构的所有'标志'并非都属于叙述学范畴,首先因为它们并非都属于文本范畴:更常见,也许愈来愈常见的情况是,一部虚构文本以副文本方面的特征为标志,它们可以使读者避免任何误解,扉页或封面上的体裁标志'小说'即是众多副文本标志之一例。"② 这就是说,文本自身的形式因素可能无法最终区分文学与非文学、虚构与非虚构,相反,倒是和文本相关的副文本(体裁标志)却对我们的阅读态度起着重要作用,引导我们建立虚拟意向关系,建构一个文学虚构世界。不过,尽管原因来自诸多方面,我们认为,从总体上看,审美形式毕竟是其中最重要的,也是最经常发挥作用的因素。只是在现代以来,由于作家、艺术家强烈的创新冲动导致艺术形式本身不断受到挑战,逐渐被祛魅,它在文学艺术活动中的作用日渐衰竭,副文本、语境或其他主观性因素反倒意图趁机取代它的位置。

审美形式之区别于一般形式,主要不在于它以陌生化形式增强人的感觉,而在于能够引导人与作品建立虚拟意向关系,从而改变人和作品的存在状态,赋予人和作品独特的存在方式,即审美的存在方式。这就是马尔库塞所说的"形式的专制"。马尔库塞认为,审美形式具有一种"异在的力量",它使那些习以为常的内容和经验以全然不同的方式出现,由此导致新的意识和知觉的诞生。正是由于审美形式的"专制",作品中的"素材"才脱离了现实直接性,成为某种有质的差异的东西,

---

① 特里·伊格尔顿说:"假如我仔细观看列车时刻表,不是为了找出换乘的列车,而是在心里激起对现代生活的速度和复杂性的一般思考,那么可以说我是把它作为文学来读的。"([英]特里·伊格尔顿:《当代西方文学理论》,第25页)

② [法]热拉尔·热奈特:《虚构叙事与纪实叙事》,《热奈特论文集》,第147页。

成为"另一现实",也即虚构的审美世界的组成部分。(文学艺术)"作为虚构的世界,作为显象,它包含着比日常现实更多的真实,因为日常现实在它的制度和关系方面已经神秘化了,日常现实把必然性塞给偶然的东西,把异化强加给自我实现。事物只有在显象的世界中,才呈现其本来面目和它们可能的情景。出于唯有艺术才能以感性方式表现的这种真理,世界就被颠倒过来了。那个现存的日常世界,现在看起来才是不真实的、虚假的、欺骗人的"。① 审美形式首先是作为一种界限,将作品与现实世界相区隔;因而,也是一种标识,它引领人以全新的态度看待作品,与文学艺术作品建立起虚拟意向关系;与此同时,人与审美形式、与作品一道,共同建构着一个虚构的审美世界。正是在这个虚构世界里,文学艺术的独特性质才得以充分展现。"每一件真正的艺术作品都有脱离尘寰的倾向。它所创造的最直接的效果,是一种离开现实的'他性'(otherness),这是包罗作品因素如事物、动作、陈述、旋律等的幻象所造成的效果。"② 文学艺术之所以区别于现实世界中的任何一种存在物,就在于它拥有另一个世界,即非现实的虚构世界;文学艺术之所以对于人是不可或缺的,就在于人的完整的世界同时包含着现实世界和非现实的虚构世界,缺少其中的一半,人的世界就残缺了,人也就偏瘫了。因此,文学艺术的虚构世界与现实世界相区隔,并没有造成人的世界二元分裂,而是让残缺的世界复归完整。由于文学艺术的虚构世界是一个不确定的、无限的世界,当人据有这一世界时,也就改变了人自身存在的确定性和有限性,开启了不确定的和无限的向度,赋予人的生存以丰富多样的方式和可能性。

第二节　虚构世界与人的生存

在阐释了文学艺术虚构,以及审美形式与文学艺术虚构的关系之

---

① ［美］赫伯特·马尔库塞:《审美之维——对马克思主义美学的批判性考察》,《审美之维——马尔库塞美学论著集》,第244页。
② ［美］苏珊·朗格:《情感与形式》,刘大基、傅志强、周发祥译,北京:中国社会科学出版社1986年版,第55页。

后，我们必须深入一步来阐述文学艺术虚构的功能。诸如为什么文学艺术虚构能让人与世界的关系复归于融洽和谐？它究竟是通过怎样一种机制而让人的感性与理性相协调？又是如何让人摆脱自身的异化而成为健全的人？这些问题仍然有待于我们作进一步探讨。

一

在文学艺术的虚构世界里，弗洛伊德所说的"现实法则"因脱离现实语境而失效了，被悬置了。因为任何法则都是在具体语境中形成并在具体语境中发挥作用的，脱离了原有语境，它不仅毫无用处，甚至已经无法继续存在，只能自生自灭。席勒说："舞台的法律行使职权的地方就是现世的法律范围终止的地方。"① 塞尔托则说："诗是违抗社会契约的，因为社会契约要使'现实'成为法则。诗带来的只有它自己的虚无——诗是特异的，革命的，'诗意的'。"② 文学艺术的审美形式以其"专制"的力量，将人和作品从现实世界中"间离"开来，进入了虚构世界，也就令现实法则失去了根基。文学艺术的虚构世界是"无法则"的。在这个虚构世界里，人摆脱了外在束缚，充分展开了自己的生命及其创造力，因此也可以说，文学艺术的虚构世界唯一要遵循的"审美法则"也就是"生命的法则"，它与人的生命一起律动，同张共弛。于是，这种生命法则也就体现为"自由的法则"和"快乐的法则"。与此同时，现实世界日渐固化的秩序也融化了，甚至解体了，生命的秩序成为文学艺术世界的秩序。

由于文学艺术的虚构世界只遵循"生命的法则"而非"现实法则"，因此，在这里，感性生命重新确立了自己的权威性，它贯穿于整个文学艺术活动过程，成为文学艺术活动的出发点和终极目的。

文学艺术的虚构世界并非要取消人类理性，但是，由于它本身即感

---

① [德] H. R. 姚斯、R. C. 霍拉勃：《接受美学与接受理论》，周宁、金元浦译，沈阳：辽宁人民出版社 1987 年版，第 55 页。

② [法] 米歇尔·德·塞尔托：《历史与心理分析——科学与虚构之间》，61 页。

性的世界，在此，感性享有特殊的权力，这就颠覆了理性的权威地位，恢复了感性与理性原本应有的关系：即感性生命是目的，是"主人"，而理性是服务于感性生命这个目的和主人的"仆人"。

从理性的生成历史来看，最初的人类理性就是为着维护感性生命的共同存在和发展的，原本就处在仆人的位置。感性生命是人的根底，理性是在感性生命的基础上发展起来的，它本应服务于这个根本。可是，由于感性的盲目性，也由于科学技术的巨大成就给予了强力支持，理性终于篡夺了权威地位，反过来压制、戕害感性生命。这种压迫人类感性生命的所谓"理性"，事实上已经蜕化为工具理性，甚至堕落为"反理性"了。

正如怀特海所说，"理性的作用，乃是高扬生命之艺术"，[①] 理性本应是维护生命、高扬生命而非压制生命的，它应该是追随感性生命的发展，不断自我调整，进而协调、指导着生命整体的理性智慧，它最擅于倾听心灵的声音，蕴含着对自由的追求，绝非放之四海而皆准的"公理"或"公式"。感性与理性的和谐也并非一对一的对等关系，那是永远也无法调解两者间的矛盾的。唯有当文学艺术的虚构世界依据其所遵奉的生命法则褫夺了理性的权威地位，感性与理性才复归正常的关系，也即一种和谐的关系。在这里，感性生命成为唯一的目的，唯一的标准，一切都得经由人的感性生命、人的真情实感来做出裁决，凡是违背感性生命共同存在和长远发展的理念、条文、法则、公式都遭到蔑视和鄙弃。理性也终于摆脱自己的局限性，追随生命整体的发展，不断调整和纠正原有的成见和偏见，真正成为一种维护感性生命、高扬感性生命的理性智慧。譬如阅读小仲马的《茶花女》，读者的同情会毫无疑问地自然倾注在玛格丽特和阿尔芒这对年轻恋人身上，期盼有情人终成眷属。设若处在现实生活世界，那就很难避免阿尔芒父亲老迪瓦尔那样的种种顾虑，难以认同这对年轻人的恋爱，甚至有可能成为老迪瓦尔的同谋。这就是说，在现实生活中，人往往很难摆脱利害关系，很难放弃

---

① ［美］赫伯特·马尔库塞：《解放的巨变》，《审美之维——马尔库塞美学论著集》，第91页。

理性考量；而在文学的虚构世界，感性就取代理性，成为真正的裁判者，并对僵化的理性条文进行拷问，要求理性摆脱局限性。文学艺术为人提供了一个虚构世界，一个相对自由的世界。"在这个自由王国里，'我是'是思考和感觉所涉及的唯一系统。"我"可被看做不屈从于'现实'法则的天使"。① 列翁·弗希特万格的《成功》有一段有趣的描述：纳粹分子奥托·克伦克刚开始观看电影《战舰"波将金"号》时，竭力保持"旁观者"的态度，他只是冷静地赞赏影片的逼真感和演技。渐渐地，他对电影中的人物和事件发生了兴趣。出于社会本能，他不满意军官的无能，更痛恨起来反抗的水兵。然而，电影画面和音乐却以巨大的情感力量把他卷入其中，使他无法摆脱，不知不觉间竟站到水兵一边。文学艺术虚构之境具有一种解放力量，它在某种程度上令克伦克暂且搁置了政治偏见，让感性判断和情感判断占据了上风。

　　文学艺术的这种解放作用，席勒早在《美育书简》中就做出阐述。席勒从人性生成的角度指出，人的感性冲动先于形式冲动，自然先于自由，因此，感性是理性的基础，自然是自由的基础。只是后来这两者的关系被颠倒了。这种被颠倒的关系在审美活动中才得以复原。席勒把审美视为一种特殊的游戏。在这种审美游戏中，人的感觉既不受自然规定性的限制，又不受自身理性规律性的限制。这就是说，审美把人带回到感性无规定性和理性无限规定可能性的状态来参与游戏，准备接纳审美对象。席勒称此心境为"零状态"或"最高的实在状态"。这也就如现象学所说的"审美还原"，或如老庄所说的"虚静"、"坐忘"、"心斋"和"涤除玄鉴"。当然，所谓"零状态"、"审美还原"只是一种永远无法真正达到的理想状态，我们虽然并不完全赞同席勒的说法，但是，承认文学艺术的虚构世界具有这样一种解放的倾向，它恰恰为审美心境重建"零状态"提供了契机。当虚构世界解除现实规定性的限制，审美心境就向"零状态"回归，向感性和理性的初始关系状态回归，感性重新获得基础地位，理性则恢复服务于感性生命的从属性，并重新构

---

① ［美］埃里希·弗罗姆：《被遗忘的语言——梦、童话和神话分析导论》，第18页。

建感性与理性的和谐。席勒所说的审美的人就是指这种状态的人。①

当文学艺术虚构摒除了现实秩序和法则的束缚，当人类理性放弃了原有的权威性以及成见、偏见并谦恭地侍奉着人类感性，当人的感性生命因此充分自由地展开了自身，世界也就向我们敞开了，一个无比丰富、新异、多姿多彩的世界终于展开在我们眼前。正如岑参的"忽如一夜春风来，千树万树梨花开"（《白雪歌送武判官归京》），庞德的"人群中这些面孔幽灵一般的显现；湿漉漉的黑色枝条上的许多花瓣"（《在一个地铁车站》），它们创造了一个不同于现实的虚构之境，引领人离开现实世界，由此使人的感性生命得以敞开，使世界豁然开朗，让人最终重新返归被"解蔽"的"大地"。原先，在现实世界中受到压抑、贬斥、忽略的无意识和非理性的东西，由于感性生命的解放而恢复了它的位置，获得了应有的重视。那些无以言表的内容、那些语言的空白、那些受到权力钳制而缄口的东西，都开口言说。审美形式以其"专制"的力量，将文学艺术作品移置于虚构的审美世界，使人和作品超脱于现实的无尽的过程，从而颠覆了理性权威，疏离了各式炙手可热的权力，取缔了种种现实压抑，释放出人的深层心理积淀，也令形式本身闪耀出生命的奇光异彩。因此，文学艺术的形式也就成为克莱夫·贝尔所说的"有意味的形式"，成为真正的"审美形式"。从这一角度看，审美形式与文学艺术虚构也是相互生成的：审美形式引领人与作品建立虚拟意向关系，并与人共同构建着文学艺术的虚构世界；而唯有在虚拟意向关系中，在文学艺术的虚构世界里，形式的意味才得以彰显，形式才真正成为审美的形式。

---

① 席勒正确地阐明了文学艺术究竟如何调整感性与理性之关系，促成感性、理性相和谐这一问题。同时也让我们看到其中潜伏着的危险。当文学艺术的虚构世界重新恢复感性生命的基础性和优先性，确立感性生命的最终决定权，这实际上就可能隐含着另一倾向：感性的盲目和理性的软弱。当理性不是转化为理性智慧，而是因此缺位，或者放弃自己应有的责任，那就可能导致感性的肆虐，导致另一种人类困境。从这一角度看，文学艺术同样可以被用来操控人。法西斯就曾一边高奏音乐，一边实施杀人的。"文化大革命"期间，也是利用音乐和戏剧渲染阶级斗争氛围和情绪的。在荷马史诗《奥德赛》中，奥德修斯对海妖塞壬歌声的态度就极其矛盾：他既向往和迷恋塞壬的歌声，又生怕受到诱惑而遭遇死亡，不得不让船员用绳索将自己捆在桅杆上来听塞壬的歌唱。其根源就在于人类对感性的双重态度：既向往感性解放和自由，又惧怕感性泛滥和肆虐，因此必须以理性这根绳索来捆绑自己。这也是孔子主张"哀而不伤，乐而不淫"的原因。对这一问题，本书存而不论。

二

德莫特·希利的小说《一心为家》十分关注个体记忆。其中一件轶事是关于叙事者母亲的，一首著名歌曲中有关珀西·弗伦奇的虚构唱词她信以为真了。民谣讲述了弗伦奇劝出租车司机送他回家，路上他具体细致地指出了方向，详细到在何处拐弯。可是，实际上道路并不是这样的，他需要的不过是歌曲押韵、合乎情理，而不是真实。叙事者母亲却把歌曲中的虚构故事当成现实，真的按照民谣说的方向走下去，到那个想去的虚构的地方。结果小说把现实生活中不可能的事情实现了。对此，理查德·卡尼分析说，在小说叙事的幻想中，好像所有的警戒都撤掉了，审查人员都去度假了，各种各样遭到压制的材料都第一次得以用语言来表现。文学虚构颁发给作者和读者一张没有禁区的特许通行证，使他可以进入任何空间，也使得任何事情都有可能发生。"虚构将那些囚徒即我们活生生的经验释放进可以畅游可以自由表现自己的可能的世界里，说出通常言及自己名字的事物，提供机会，使我们无法体验的经验最终得到体验。尽管这样的经验是代他人承受，即该经验表面上是不真实的，然而，它还是经验。有时这样的经验比所谓现实中认可的经验更加真实。"① 在文学欣赏过程中，一旦我融入虚构世界，成为"他人"，所有禁令就被解除了，一个绚丽的可能性世界就向我们敞开了。于是，我随同他人并且直接成为他人去经历一切，体验一切。

如果说，在文学艺术活动中，人的自由创造、人对现实世界的超越离不开人的主体性的话，那么，由此所构建的虚构世界则又化解了人的主体性。虚构废除了种种现实压抑，撤去了意识与无意识间的屏障，洞开了人的心灵黑箱，那汹涌着的集体无意识就把个体淹没了，把主体消解了。阿多诺称此为"关切感"或"震撼"。他说：

> 对艺术的合乎情理的反应是一种关切感（Betroffenheit）。关切

---

① [爱] 理查德·卡尼：《故事离真实有多远》，王广州译，桂林：广西师范大学出版社2007年版，第47页。

是由伟大的作品激发出来的。关切感不是接受者的某种受到压抑并由于艺术的作用而浮到表面的情绪,而是片刻间的窘迫感,更确切地说是一种震撼(Erschütterung)。在这一片刻中,他凝神贯注于作品之中,忘却自己的存在,发现审美意象所体现的真理性具有真正可以知解的可能性。这种直接性(在该词最好的意义上),即个人与作品那融合无间的关系,是一种调解的功能,或者内在的、广泛的体验功能。①

这是一种物我两忘、物我交融的境界,也是审美沉醉的至境。人的心灵充分敞开,人的生命力得以勃发,人与世界重新融合为一了。人的心灵解放,人与世界亲密无间的融合,又进一步拓展了人本身,滋养了人本身,丰富了人本身。在虚构的审美世界里,"忘我"恰恰成为人自我发展的重要途径,它最终将一个更为独立、更为自由、更为深邃,也更富于包容性和创造性的主体奉还给人。

在《虚构与想象》中,伊瑟尔从人类学角度把文学活动解释为"表演"(performance)。他认为,所谓"模仿"是对既有事物的模仿,所以不能以此来阐释文学活动。文学只能是"表演",它不仅涉及已有的,而且创造将有的、未有的、不可能有的:

> 因为生命的方式在不停地扩展,永无止境,所以其可能性无穷无尽。但是我们就是需要接近这些无穷的可能性,这个入口就是表演,正是因为表演并不回答知识和经验不能回答的问题,它让我们可以将经验生活的情景形象化——这是一个特色与形式不断发生衰落的过程,这一过程最终展现了生命的无穷潜力。当知识和经验展现世界的能力不足时,表演就成了发挥最大作用的一个模式。表演表现的是从来没有完全存在的事物。经验和知识对这些事物都不能起作用。表演将这些事物归结为示例,并让它渗透进入所有形式,以此表现未存在之物。②

---

① [德]阿多诺:《美学理论》,第417页。
② [德]沃尔夫冈·伊瑟尔:《虚构与想像:文学人类学疆界》,第381页。

在文学想象活动中，作家和读者可以"表演"医生、商人、律师、士兵、囚徒、父亲和妻子，甚至是神灵和鬼魂，却又不受任何角色的限制。他可以自由地成为任何角色，又超然于任何角色之上，不必受角色规范的约束，不必承担责任和风险。他可以去经历种种事件，经历恋爱、战争、复仇、喜剧和悲剧，同时却又可以作为旁观者置身局外。在"表演"中，"移情"与"超然"是同时并存、相互交织交融的。文学虚构世界所创设的这种双重关系，解除了人的现实束缚，授予人以自由表演的特权，让人"离心"地生存着，使人可以突破自己既成的、有限的存在，向着不确定的、未完成的、无限的状态开放。表演展现了人类不可定义的特征，为人类开启了一个通向无穷无尽的可能性的世界。

在谈到文学艺术的价值时，哈灵顿说："的确，小说、戏剧、电影、绘画和素描可能是虚假的。在真实相对于事实的一般意义上，它们并不'讲述真实'。它们常常被称作是'虚构'的作品。但艺术品在其欺骗性上是富有启发性的，它们能使虚构具有启迪性，它们能言说一种完全不同于事实秩序的真理。"[①] 文学艺术创造了一个虚构的审美世界，以此与现实构成鲜明的对照：以健全的生命方式来对照现实的异化存在，以自由的生命活动来对照现实的僵化秩序，以鲜活的生命体验来对照日常习惯经验，进而揭示并抗议现实的不合理性，颠覆不合理的现实。文学艺术是一个召唤，它唤醒了活生生的生命存在，展示出生命的无限可能性；文学艺术又是一个大拒绝，它所拒绝的正是人和现实的异化状态，同时否决了这种状态的不可更易性。

马尔库塞认为：

> 在审美的形式中，内容（质料）被组合、整形、调整，以致获得了一种条件，在这个条件下，"材料"或质料的那些直接的、未被把握住的力量，可以被把握住，被"秩序化"。形式就是否定，它就是对无序、狂乱、苦难的把握，即使形式表现着无序、狂

---

① [英]奥斯汀·哈灵顿：《艺术与社会理论——美学中的社会学论争·导论》，周计武、周雪娉译，南京：南京大学出版社2010年版，第4页。

乱、苦难，它也是对这些东西的一种把握。艺术的这个胜利，是由于它把内容交付与审美秩序。而审美秩序就其本身的要求看是自律的。①

文学艺术通过审美形式重组内容（质料），赋予无序、狂乱、苦难以审美秩序，其实质就是按照审美法则，也即生命法则来重建秩序，凡是与生命法则相悖的东西一概受到否定。正是经由这一否定，那些异己的、非人化的、与生命相抵牾的，终于被改造或剔除而变得同人的生命活动相合拍、相融洽了。审美形式的否定性是对人的生命的肯定，它令那些异己的、非人化的、与生命相抵牾的，回归生命本身，回归人本身，同时，呈现着生命的律动，闪耀出人性的光彩。因此，审美形式也即苏珊·朗格所说的"生命的形式"。

文学艺术作品形式化、秩序化、生命化的过程，就是人改变日常现实态度，在虚拟意向中创造一个虚构的审美世界的过程，它让人的感性生命获得解放和拓展，生命力充分展现，并以自己的生命同化、酵化所有质料，从而把生命的形式赋予文学艺术作品。这个过程被苏珊·朗格称为"艺术抽象"："艺术的实质即无实用意义的性质，是从物质存在中得来的抽象之物。以幻象或类似幻象为媒介的范型化使事物的形式（不仅指形状，而且指逻辑形式，例如事件中不同价值的协调，不同速度的比例等）抽象地呈现它们自身。"② 在此，"抽象"并非指上升为概念而挤干其丰富的内涵，而是指与现实的物质存在脱离开来，从现实的历史关联中超越出来，割断现实时间的绵延过程，摆脱现实的权力关系。通过抽象，文学艺术为自己构建了非现实的虚构世界。就在这非现实化的过程中，人的感性失去了现实的具体目的，变得空灵了，并因此得到超升和解放。它不再是日常生活中的感性，而与这种普通感性拉开了距离，摆脱了其中的粗鄙的、直接的因素，升华、转化为自由的美感。在这个非现实化过程中，任何原有的实用意义都丧失了意义，唯一

---

① ［美］马尔库塞：《论新感性》，《审美之维——马尔库塞美学论著集》，第123—124页。

② ［美］苏珊·朗格：《情感与形式》，第61页。

存留下人的生命的意义,文学艺术于是也就回到了人自身,获得了自律性。生命成为文学艺术最高的,也是唯一的意义和价值,这就是文学艺术的人文主义本性。文学艺术即人本身,它让人蜕去尘世的外衣,摆脱短浅的功利目的而专注于人的自由、健全和发展。文学艺术持存着人性的最高理想,孕育着人性的最高理想,正如弗莱所说:

> 我们生活在有三重外部压力的世界里:对行动的压力,或曰法律;对思想的压力,或曰事实;对感情的压力,它是所有快乐的特征,不管这种快乐是来自天堂还是冰激凌苏打水。但是在想象的世界里,第四种力量(包括真、善、美,但从不属于它们)却摆脱了所有的压力而兴起。想象的作品呈现给我们一种幻象,不是关于诗人的个人伟大性,而是关于某种非个人化的和远为伟大的事情:关于精神的自由的决定性行动的幻象,关于人的再创造的幻象。①

第三节 虚构理论:面对新的挑战

然而,在后现代社会,文学艺术的审美形式以及所构建的虚构世界正在被祛魅,形式所具有的区隔、引导功能也日渐衰竭,并因此导致文学艺术的生存危机,乃至导致人的生存危机。那么,文学虚构问题是否就因此被取消了呢?作为构建虚构世界的文学本身是否也失去存在的根据了呢?在前面我们虽然已经针对几位后现代学者的观点做了分析,在此,仍有必要结合实际做出阐释。

一

在后现代社会,虚构已非文学艺术的专利,事实上,真实与虚构的

---

① [加]诺思罗普·弗莱:《批评的剖析》,第93页。

界限正在泯灭。快速发展的电子媒介建构了一个庞大的虚拟帝国,这是个无论从规模和诱惑力诸方面都远胜于文学艺术的虚拟世界。尽管文学艺术也常常借助这个空间来传播自己,而实际情况是:它已无可挽回地被淹没在信息的汪洋之中,听凭偶然性的捉弄了。

与网络虚拟帝国一道扩展的是符号社会。那疯狂地繁衍着的符号,覆盖了现实;现实陆沉了,它被不断模拟的符码掩埋了。在波德里亚看来,这是一个"仿真"的时代,是个没有"真本"与"摹本"之别,或者根本上就是"真本"缺失而只剩下自行繁衍着的"摹本"的世界:

> 这也是现实在超级现实主义中的崩溃,对真实的精细复制不是从真实本身开始,而是从另一种复制性中介开始,如广告、照片,等等——从中介到中介,真实化为乌有,变成死亡的讽喻,但它也因为自身的摧毁而得到巩固,变成一种为真实而真实,一种失物的拜物教——它不再是再现的客体,而是否定和自身礼仪性毁灭的狂喜:即超现实。[1]

当现实因仿象的不断模拟而成为"超现实",真实就不复存在了,真实与虚构的区分也已经不复存在,人们日常生活的"现实",包括政治、社会、历史、经济,甚至是最为平庸的日常事务,都被纳入超级现实主义的模拟维度,人则已经切切实实生活在一种"审美"幻象之中了。

在《信息方式》中,马克·波斯特深入分析了电视广告对主体的解构作用。他说,阿尔都塞的意识形态机器构建了一个虚幻的中心主体,而电视广告则与此相反,它们强化了一个失去中心的主体,这个主体几乎丧失了对虚构与真实的区分。因为电视广告"从根本上摧毁了科学与意识形态、真假意识、真实与想象的区分。它们是没有直接指涉物的结构,是现实的虚构模型;这些结构和模型自身便与真实和虚构之

---

[1] [法]让·波德里亚:《象征交换与死亡》,第105页。

间的区分进行抗衡，它们是一串只表征自身的文字与图像"。① 广告是一个没有真实的现实指涉物的符号结构，它以审美幻觉诱引着观看者，麻痹着观看者，进而组织着观看者的生活，令他们陶醉于一个亦真亦幻的非现实的现实中，同时，也销蚀着人对现实与虚构的区分能力。

高度发达的现代复制技术和媒介技术正在不间断地狂热生产、传播着仿象，制造着审美幻象，并造就一个"日常生活审美化"的新世界。那么，这一现象对于文学艺术、对于审美活动将会带来什么样的影响呢？在《重构美学》中，韦尔施提出了三点反思意见：其一，使每样东西变美的做法破坏了美的本质，普遍存在的美已失去特性或干脆就变得毫无意义；其二，全球化的审美化的策略成了它自己的牺牲品，并以麻木不仁告终；其三，代之而起的是对非美学的需要，是一种对中断、破碎的渴求，对冲破装饰的渴求。② 韦尔施的说法自然不错。眼下，人们不正是已经厌倦于美的装饰，厌倦于过度的成熟，转而寻找"青涩"，寻找一块未曾开垦的处女地吗？那透着泥土气息的大地的失陷，总令人充满怀旧之情。然而，这或许还仅仅是追求一种新风格的开始，对于文学艺术来说，这种影响并非致命的。

仿象的超量生产，现实被转变为"超现实"，转变为超级现实主义的"艺术品"，日常生活成为审美化的生活，其弊病并非仅仅在于给人带来审美疲劳，以至于厌恶美。问题的关键在于：这个被仿象覆盖的世界，这个被变成"超现实"或"审美化"了的世界，却已经实实在在地被日常生活所驯化，成为日常生活世界的延伸，成为它不可或缺的组成部分，并被现实法则和技术逻辑、市场逻辑所占领。电子媒介和现代复制技术创造的虚拟世界所遗弃的恰恰是马尔库塞所钟情的那种"异在性"，那种与现实世界相睽违、相抗衡的"异在的力量"。失去异在性，所谓的虚拟世界也就被接纳到现实之中，再也无力摆脱现实的历史过程，无力为人的生存提供"另一个"跟现实相区分的精神家园了。这是一个后现代的虚拟世界，是重新现实化、日常化和高度技术化、商

---

① ［美］马克·波斯特：《信息方式——后结构主义与社会语境》，范静哗译，北京：商务印书馆2000年版，第80页。

② ［德］沃尔夫冈·韦尔施：《重构美学》，第112页。

品化了的世界。这个"虚拟的现实"以其表面的自由蛊惑、吸引着人,实际上却挤压了文学艺术的虚构世界,蛮横侵蚀着文学艺术的虚构世界,瓦解着建立其上的种种现代特性,意图统治人的整个世界,取消人的真正自由的存在方式,从而使人重新沦为"单面人",堕落为精神上极度猥琐的侏儒。这种失却异在性的虚拟世界中的自由只能是"伪自由",它以廉价的对自由的许诺满足人的虚荣,以虚假的自由取消人对自由的向往。然而,它却又是一种更为诱惑人的"自由",因为它与人的日常经验直接接壤,是一种不须经过转换、升华,也没有任何阻力和张力的"自由"。当人沉迷于这个后现代虚拟世界享受着它所赐予的"自由"的时候,人也就已经放弃他的超越性了,文学艺术也因此成为多余。

"在真实的世界变成纯粹影像之时,纯粹影像就变成真实的存在——为催眠行为提供直接动机的动态虚构事物。"[①] 由于电子媒介所建构的虚拟世界和仿象造就的"超现实",其本身就是日常生活的直接延伸,是日常经验的直接延伸,它可以将人更为牢固地捆绑在现实的地面上。在这里,意识形态控制非但没有因进入虚拟世界而中断或弱化,相反,它让人更心悦诚服地自愿接受它。这是一个五光十色的神奇世界,又是一个最为普通、最为日常化的世界,一切都依然故我。它时刻在变幻着,更新着,炫耀着,又从不发生真正的实质性变革,它始终是既成现实的自然延伸,可是,却让日常生活变得令人感到更值得过,也过得更有滋味了。后现代虚拟世界通过生产人的被异化的欲望和需求,让异化的人和异化的世界显得正常化、合理化了,因此,也让异化"固化"了,让异化的存在成为人的一种自然选择。如果说,文学艺术中的虚构世界通过唤醒人的自然本性来抗议异化状态的话,居伊·德波所谓的"景观"恰恰只有一种作用:"生产习惯性的顺从",以便舒舒服服地生活于景观中。在这样一个重新现实化、日常化和技术化、商品化了的后现代虚拟世界中,人的价值目标也为现实利益所同化、模式化,他孜孜以求地追逐各式新奇的景观,恰恰忘记了人自身,忘记了人应有的理想。后现代的虚拟世界是一个以花样翻新的刺激抑制人的精神

---

① [法]居伊·德波:《景观社会》,王昭凤译,南京:南京大学出版社 2006 年版,第 6 页。

翱翔，以感官享受窒息人性理想的世界。

与此同时，文学艺术的审美形式也受到祛魅。现代复制技术以其巨大的形式仿造功能，清除着审美形式的神圣性，令它蜕化为平庸的、无韵味的形式。审美形式原本具有"专制"的"异在的力量"也因失却神圣性而日渐衰竭，它已难能有效区隔虚构与真实、现实与非现实，无力引领人进入虚构的审美世界，实现升华和超越了。

文学艺术的虚构世界是蕴含极为丰富的世界，同时，又是文化建构的产物。虚构世界对人的存在的重大意义，是现代性神话的一个有机组成部分，是现代主义文化英雄的精神建构。"形式"和"虚构"成为他们堂吉诃德式地抵抗现实异化的精神盾牌。但是，它也将不可避免地随同文学艺术独立性、主体性的神话一道，在进入后现代之际遭逢最为严峻的考验。阿莱斯·艾尔雅维茨说："我们对真实的感知一直是一种建构，而不是在不同情况下总是瞄准同一真实的固定模式。"① 与此同理，人对虚构的感知同样是一种建构。现代以来，在人的主体意识和科学意识日益加强的同时，人对虚构的意识，对虚构与真实、现实与非现实相区别的意识也随之得到强化，文学艺术的虚构世界于是作为现实世界的对立面而成为人的一个特殊的精神领地；并且因为人的现实困境，文学艺术虚构世界的"异在性"被日渐突出，被理想化为一个真正符合人性的家园，一个人自己为自己建造的天堂，以替代业已失去的上帝的天堂。文学艺术的诸多现代特征也就建基于虚构世界这个人造天堂上。因此，诸如韦勒克、沃伦等学者称虚构性是文学的"核心性质"。可是，这种虚构与真实间的区划在后现代时期遭到解构。詹姆逊的"去差异化"理论指出了文化、经济、政治间的差别正在消失；波德里亚所说的"超现实"、费瑟斯通所说的"日常生活审美化"、舒斯特曼所说的"生活即审美"、韦尔斯所说的"认识论的审美化"，也都共同强调了虚构与真实、现实与非现实界限的消解；而且这种消解是以虚拟世界失去"异在性"，重新现实化、日常化、技术化、商品化为指向的。凡此种种，不仅对文学艺术的虚构世界造成威胁，令它黯然失色，甚至可能颠

---

① ［斯］阿莱斯·艾尔雅维茨：《图像时代》，胡菊兰、张云鹏译，长春：吉林人民出版社2003年版，第18页。

覆建立在文学艺术虚构世界之上的诸现代特性,为文学艺术和人本身带来前所未有的强大冲击。

二

当然,这并非说人和文学艺术因此就前景黯淡。人总是在不断挣扎着为自身的存在和自己的未来而抗争,即便在这个日渐为现实所同化的后现代虚拟世界里,人也仍能利用米歇尔·德·塞尔托所说的"计谋"、"战术"来抵抗这个一体化的世界。

塞尔托以其独有的敏锐从最为琐屑的日常生活中看到"计谋"和"战术"的重要价值,他说:"居住、交通、言说、阅读、购物或烹饪,这些活动似乎与战术的计谋和意外收获的特征相符:'弱者'在'强者'建立的秩序中运用的花招,在他者的领域中运用技巧的艺术,猎人的诡计,机动多变的灵活性,令人惊喜的、诗意的和战争的新点子。"① 利用"战术的计谋",人可以在"强者"建立的秩序中为自己筹划出一片生存空地、一缕残存的诗意。不过,这并非我们所关注的中心论题,应该探讨的是:文学是如何应对这种后现代境况的?

面对后现代的巨大压力和新的危机,文学的应激反应是仓促的、多种多样的:或向通俗求救,或和图像联盟,或放低姿态俯就身体写作,或干脆取法于非虚构写作……而其中一种理性选择则是历史元小说。当现实与虚构的界限正在瓦解,当文学似乎不再保有自己独立的虚构世界为人提供理想的精神栖息地,当严酷的现实窒息了人的浪漫情怀而将危机推到眼前,这种种现状也就不能不迫使人重新反思文学以及虚构问题。历史元小说正凝聚着这样一种反思。

与传统历史小说不同,历史元小说,即历史编撰元小说(historiographic metafiction),并非仅以讲述历史题材为鹄的,它常常更着意于展现历史编撰的过程,揭示历史的虚构性和意识形态性。较之于元小说,它在文本的自我指涉性上往往有过之而无不及;同时,却又将文本及其生产和接受过程再度语境化,置入它赖以存在的社会历史的、意识

---

① [法]米歇尔·德·塞托:《日常生活实践·1. 实践的艺术》,第100页。

形态的情境之中，让对立双方——自我指涉与语境化——相互纠缠，其本身就是个矛盾体。

历史元小说试图将那些已经被视为当然的事件重新问题化。它建立在这样的认识基础上：历史和文学都是叙事，都是人为的语言建构，它们都无法逃避虚构、权力和意识形态问题。将虚构仅仅视为文学的专利，将文学虚构世界与现实世界截然割裂开来，以为可以借此逃避权力和意识形态，这只是个乌托邦，本身就是文化精英们一厢情愿的虚构。因此，历史元小说宁可放弃前辈们那一美好愿景，冷静审视历史和文学究竟是如何叙事、如何被建构出来的？它们讲述谁的故事，是由谁来讲述的？历史叙事与文学叙事具有哪些共同点？它们与权力运作、与意识形态存在怎样的关联？叙事是如何嵌入文化语境之中，权力又是怎样通过叙事而进入文学的虚构世界的？历史元小说常常有意将历史编撰与小说想象相熔接，并运用戏仿、拼贴、互文、多重叙述角度等手法，造成文本内部的紧张，扩大阅读欣赏的心理距离，使欣赏过程同时成为反思过程。它有意裸露历史叙事的建构过程，展示搜集史料的行为以及为确定叙述顺序而做出的努力。① 与其说这些叙述行为是为了证实历史叙事的可靠性，还不如说是对历史叙事的不信任，它意在揭示叙述中的矛盾和虚构性，借此说明一个严峻的事实：谁都无法真正回到过去，回到历史现场，无法真实重现历史事件，从而反思了"真相"是由谁决定的和如何被建构的这些严肃问题。

朱利安·巴恩斯的《福楼拜的鹦鹉》极其巧妙地将历史年表、寓言、试题、文学批评都融合在小说之中，质疑了文学与历史及其他各种文体的界限，并说明"历史只是另一种文学体裁：过去只是装扮成议会报告的自传体小说"。② 小说第二章由三份独立的年表组成：第一份年表记录了福楼拜走向成功的经历；第二份年表完全不同，它特意指出古斯塔夫·福楼拜是在三个接连死去的孩子之间出生，身体羸弱，家里已经为他准备了小墓穴这一事件，"几乎刚出生就开始腐烂了"，他命

---

① 譬如翁达杰的《回忆家史》、芬德利的《战争》、库弗的《公众的怒火》等小说分别展示了叙述者以及各媒体是如何设法制造所搜集到的材料的意义。
② [英]朱利安·巴恩斯：《福楼拜的鹦鹉》，石雅芳译，南京：译林出版社2010年版，第112页。

中注定是个倒霉蛋；第三份年表则由福楼拜在不同年份的言论汇编而成。三份年表都有事实依据，而不同编撰者因其不同观念所导致的不同选择、叙述角度和编撰方式，让我们看到迥然不同的福楼拜。甚至福楼拜写作《一颗质朴的心》时借用过的鹦鹉标本也无法查实。克鲁瓦塞的福楼拜纪念馆和主宫医院分别保存着福楼拜的鹦鹉"露露"，而且都有相关历史文件，它们都似乎是当年福楼拜创作的历史见证。叙述者"我"经过寻访却发现，这两只鹦鹉其实是在福楼拜死后相隔三十多年才向自然博物馆索要的，它们依据福楼拜小说的描写，从五十只鹦鹉标本中选出；而在这三十多年间，鹦鹉标本因受蛀损，绝大部分已经更换了。这就是说，这些被当作"历史见证"的鹦鹉，并非当年福楼拜创作的灵感来源，相反，倒是这些鹦鹉仿照了福楼拜的小说。所谓的历史竟建立在对小说的复制之上。历史正如海登·怀特、塞尔托和古德曼所指出的：它是被构造的。

　　海登·怀特阐释了历史的虚构性。他认为，历史是象征结构、扩展了的隐喻。历史叙事"利用真实事件和虚构中的常规结构之间的隐喻式的类似性来使过去的事件产生意义。历史学家把史料整理成可提供一个故事的形式，他往那些事件中充入一个综合情节结构的象征意义"。[①] 历史编撰必须利用人们在文学和文化中已经熟悉的情节结构，将原先那些零碎的、神秘的，看起来疑虑重重的历史材料转变为可以理解的模式，因此，历史叙事注定包含着虚构成分，而历史元小说恰恰生动具体地展现出历史被建构的过程。当历史叙事被视为语言建构，摆脱不了虚构性，文学叙事则相反地被历史化了，或者更确切地说：被语境化了，它陷入了互文性的纠缠之中。

　　历史元小说不仅揭示出历史叙事和文学叙事都是人为的语言建构，都离不开虚构，与此同时也揭示出这一虚构世界与权力、意识形态的密切关联。它运用戏仿等多种手法凸显叙事过程，将叙事本身推到前景位置，让人意识到"话语"，意识到是谁在讲述"真相"，讲述怎么样的"真相"，怎样讲述"真相"等一系列问题：

---

① ［美］海登·怀特：《作为文学虚构的历史文本》，张京媛译，朱立元、包亚明主编：《二十世纪西方美学经典文本》第四卷《后现代景观》，第583—584页。

> 话语既是权力的手段，亦是权力的结果……由于话语是权力与知识的结合部，它要根据谁在讲话、讲话者的权力地位、讲话者恰好所在的习俗、制度语境来改变自身的形式和意义。历史元小说始终小心翼翼地为自己在话语环境中"定位"，然后利用这种定位将知识（包括历史、社会、意识形态）概念问题化。①

历史元小说展现出语言与政治、修辞与压制的相互关联，它通过语言的自我指涉来揭露话语的意识形态性；在肯定话语的权威性的同时，又将话语暴露在光照下，破除了话语权力运作的神秘性而颠覆了这一权威。如班维尔的《哥白尼博士》力图揭示语言在知识和权力中所产生的作用，对科学做了质疑和反思。罗伯特·库弗的《公众的怒火》将外在证据问题化，来展露新闻报道所采用的叙述模型对真相的扭曲，以此批判美国意识形态。权力和意识形态经由话语而无孔不入、无处不在，历史元小说突出彰显了这个不可回避的事实，质疑了权力和意识形态，将权力和意识形态去神秘化。

阿尔都塞就认识到文学艺术与意识形态的复杂关系。他指出，文学艺术不能被简化为意识形态，文学艺术与意识形态有一种特殊的关系。意识形态是人们借以体验现实社会的想象的方式，而这正是文学所提供的经验。可是，文学又与"政治上的意识形态'分离开'，并在某种程度上使我们从外部'看到'它，使我们通过在那个意识形态内部造成的距离'觉察到'它，这个事实是以那个意识形态本身作为前提的"。②马歇雷进一步充实了阿尔都塞的观点，他说："文学修辞，只要文学修辞得到严格的执行，它对一个时代的意识形态的参照，就只能是让这个意识形态与自身对立，与自身分离，并展示意识形态的内部冲突，也就是说批判这个意识形态。"③马歇雷认为，作家进行创作时，能运用文

---

① ［加］琳达·哈琴：《后现代主义诗学：历史·理论·小说》，李杨、李锋译，南京：南京大学出版社2009年版，第251页。
② ［法］L. 阿尔都塞：《艺术与意识形态的关系——答安德烈·达斯普尔》，杜章智译，董学文、荣伟编：《现代美学新维度》，第263页。
③ ［法］皮埃尔·马舍雷：《文学在思考什么?》第307页。

学修辞把作为幻象的语言塑造成某种不同的东西,赋予它形状和结构,将意识形态固定在虚构的界限内,从而改变我们跟意识形态的无意识关系,凸显意识形态的内在矛盾,并向意识形态臆说提出挑战。如果说,阿尔都塞和马歇雷是从一般意义上揭示了文学艺术与意识形态的关系,那么,历史元小说则因刻意展示话语和叙事本身,较之于一般文学艺术作品就有着更为自觉的批判意识。而与元小说比较,历史元小说"并不是思考自身的,它们思考的是在解释世界的行为中叙事的逻辑和意识形态"。[1]

在历史元小说中,我们看到了两种不同性质的虚构:一种是"历史的"虚构,另一种是"文学的"虚构。在单纯的历史叙事过程,我们往往看不到虚构,我们失去了对虚构的意识,历史以其庄严的面目掩饰了自己不可逃避的虚构性;而文学则不同,文学声称自己的虚构性并通过建构一个虚构的文学世界,让我们"看到"、"感觉到"历史的虚构性。文学以自身的虚构创造了与历史的间距,使历史"被构建"的事实裸露出来,使其间的权力运作得以彰显,挑明了历史与权力、意识形态纠缠不清的复杂关联。文学虚构是一种具有充分的自我意识的虚构,这种对虚构的意识,使文学虚构成为一种获得豁免又被赋予独特权力的虚构。[2]

三

文学的虚构世界绝非一方净土,它绝不可能彻底摆脱权力和意识形态。然而,它既然能够如阿尔都塞、马歇雷所说对意识形态做出批判,就说明它毕竟可以给作家和读者一个既定意识形态之外的立足点,一个巴赫金式的"外位性"位置,而这个立足点有可能并非作者原本就有的,作者同他人一样都生活在权力掌控和意识形态浸淫之中。一个更具普遍意义的解释是:这一立足点正是虚拟意向关系中建构的文学虚构世

---

[1] [英]马克·柯里:《后现代叙事理论》,宁一中译,北京:北京大学出版社2003年版,第76页。
[2] 关于历史叙事与文学叙事,以及两种虚构的区别,我们将在第七章第三节中予以阐述。

界所给予作家和读者的。

在探析"文学性"是什么,以及文学性与虚构的关系这个问题时,彼得·威德森深表疑虑,但是,最终他还是不无犹豫地坚持说:"我主张'诗性创作'具有决定性作用","我认为,文学'制作'的最重要特征是它创造原本不存在的'诗性的现实'(poetic realities)"。威德森引用了雷蒙德·威廉斯的观点说:

> 与我此处的语境相联系,会留意到他(威廉斯——引者注)所说的"艺术通过新的感知和回应创造因素,这些因素是社会无法同样意识到的",我们还发现,"在某些特有的形式和手法中,社会的死结和悬而未决的问题的明证,常常以这种方式第一次为意识所承认"。威廉斯在这里提出的不只是通过内容,还通过更重要的虚构塑成("某些……形式和手法"),这种虚构塑成通过"构成"一个"模式",制造出新知识。这个"模式"是"意识""以这种方式第一次"觉察到的。①

人和文学,包括文学的虚构世界固然都摆脱不了与权力、意识形态的干系,然而,在不同境域中,人的存在方式和状态是不同的,与意识形态的关系也是不同的。卢梭就认为,人只有在孤独中才真正回归自己。处在孤独状态,或处身公众场合,或是群体骚乱漩涡,人往往有着不同的"自我"。拉伯雷和巴赫金也都指出狂欢节广场这一特定场域对颠覆日常秩序和解放人性的作用。人类学研究则证明,仪式活动构建了一个"阈限阶段",并赋予仪式参与者以不确定的、过渡性的存在。② 文学虚构同样创造了一个与日常现实相差异的世界。在这里,人可以体验种种角色,却不必履行各种角色规范;在这里,人的感性与理性之关系发生了调整,人具有了一种新的存在方式;虚构以其不确定性赋予人以未完成性、流动性和开放性,为人的存在提供了无限可能性。正是这种变化

---

① [英]彼得·威德森:《现代西方文学观念简史》,第102—103页。
② 参阅[英]维克多·特纳《仪式过程——结构与反结构》,黄剑波、柳博赟译,北京:中国人民大学出版社2006年版,第103—104页;彭兆荣《人类学仪式的理论与实践》,北京:民族出版社2007年版,第196页;以及本文第八章第四节。

使巴尔扎克在进入创作状态时某种意义上悬置了他原有的保守党观念，也使歌德从一个魏玛庸人变身为文学伟人。这就是说，即便人和文学仍然处在意识形态之中，一旦进入审美虚构之境，一切都不能不有所变化：作家和读者有了一种新的存在方式，某种程度上与既定意识形态拉开了距离，占据一个更切近人的生命本身的出发点对意识形态展开批判，同时也就开启了人的未来。① 因此，无论浪漫地夸大文学虚构世界的特殊性和作用，还是无视文学虚构世界与现实世界的区别，无视文学虚构区别于其他虚构的独特性，两者都是理论偏颇。

需要强调指出的是：文学的虚构世界是在虚拟意向关系中建构的。譬如谎话和故事都包含了虚构，但是，谎话主要为了让人信以为真，它仍处在认知意向关系之中；而故事则处在虚拟意向关系，也即审美关系之中。"虚构和说谎是假装的两个方向，假装可以带有欺骗性质，不让别人发现事实，这是说谎；也可以是另一种语言游戏，即存在于文学中，没有事实相对的语言表演，这是虚构……虚构与说谎作为假装的两种含义从语义上看相隔非常远，语义的相互交叉只是一种假象。"② 其实，韦尔施的"认识论的审美化"是对康德的误读。认识活动即便无法避免虚构，它却主要处在认知意向关系中，没有放弃对真实对象的意指活动，并因此束缚了自由想象。而只有在悬置了现实指涉的虚拟意向关系中，一个自由的想象世界，一个虚构的审美世界才得以生成。同样，被重新现实化的后现代虚拟世界，总体上仍处在人的日常生活意向中，而有别于文学的虚拟意向关系所构建的虚构世界。虽然各种意向性关系之间可以相互转换，虽然后现代社会这种转换变得更为频繁、了无

---

① 弗洛姆说：在文学艺术欣赏中，"他（欣赏者——引者注）被带出了日常习惯性生活的范围，使自己与作为人的自己以及与自己存在的本质联系起来"（［美］弗洛姆：《资本主义下的异化问题》，纪辉、高地译，陆梅林、程代熙编选：《异化问题》下，北京：文化艺术出版社1986年版，第60页）。阿格妮丝·赫勒则认为："当'我们'欣赏艺术品时，我们同它的作家一样被提升到类本质水平。"（［匈］阿格妮丝·赫勒：《日常生活》，衣俊卿译，重庆：重庆出版社1990年版，第114—115页）同样，乔治·桑塔耶纳说："能够脱掉偶然穿上的尘世衣物越多，历万劫而长存的精神就越袒露而纯朴。"（［美］乔治·桑塔耶纳：《美感——美学大纲》，第161页）上述学者都涉及一个共同问题，即文学艺术的虚构世界，让人摆脱了尘世纷扰而具有一种新的存在方式，这种方式是更切近人的生命本身的。

② 王峰：《为了文学的虚构——论塞尔的假装的以言行事观》，《学术论坛》2014年第1期。

痕迹，但是，占主导地位的意向性关系决定着活动的性质，反过来也区划着活动的不同领域，尽管这些领域之间同时又相互渗透和交错。譬如巴恩斯的《福楼拜的鹦鹉》，一方面，诸多体裁的混杂，让读者时而追随叙述者去作历史考察，时而针对提问来作理论思考，时而又陷入想象的虚构世界，使得读者的阅读心态、读者与作品的关系处于最大幅度的摇摆之中；另一方面，总体上的小说形式特征，则又决定着读者与作品间建立的虚拟意向关系居于主导地位。

虚拟意向改变了人与世界的关系，并因此改变了人的存在方式和状态，这才能充分激活人的创造力，一个文学的虚构的审美世界才能被建构起来。凡是健全的人都需要有多向度的生存方式，特别是这样一种充满活力的、自由的生存方式，这也就确证了文学继续存在的必要性和可能性。

我们并非认为历史元小说代表了当前文学的一种趋势，而是认为历史元小说所做的深刻反思告诉人们：文学将不会终结，尽管处境是艰难的，步履是沉重的，但它将仍然伴随着人而存在，昭示着人的未来。

第七章　话语行为·文学虚构·
文学活动

第一节　奥斯汀：言语行为理论

在上一章中，我们主要从现象学角度正面阐述了文学艺术虚构以及相关问题，还没有对种种质疑做出有力的回应。要厘清各种疑难，深入阐明文学虚构问题，必须借助于新的理论工具——言语行为理论。事实上，只要我们把文学研究的逻辑起点置于"文学活动"，而不是作家、文本或作品所反映的现实，[①] 并着眼于文学活动的内在规律，言语行为理论就势必成为一种十分有效的理论工具。与索绪尔的语言符号学注重语言抽象的结构规律不同，奥斯汀的言语行为理论则研究话语的具体运作，它恰恰能够深入文学作品的具体生成过程，揭示文学活动的内在机制和文学虚构的实质，对以往各种误解误释做出解答和纠正。在此基础上，我们可以重新阐释文学真实性、批判性、意识形态性等诸多问题，说明文学叙事与历史叙事的异同，进而阐明文学理论中各种对立观点的根源，为文学理论提供一个坚实的基础。

一

在《如何以言行事》中，奥斯汀提出了著名的言语行为理论。他认为：言即行。说话不仅仅是说些什么，它同时是施行某些行为。"诸

[①] 参阅马大康《文学活动论》第二章。

如说些什么就是做某事;在说什么过程中我们在做些什么;甚至经由说出某事我们做些什么。"① 在奥斯汀看来,施事话语与陈述话语是难以区分的,两者没有绝对的区分标准。常见的情况是,同一个语句常常用来表达两类不同的话语:既是施事话语又是陈述话语。整体言语情境中整体的言语行为是唯一实际的现象,而陈述和描述则只是众多话语行为中的两类,在话语行为中并没有独特地位。奥斯汀进一步将话语行为细分为"言内行为"(locutionary act)、"言外行为"(illocutionary act) 和"取效行为"(perlocutionay act) 三个层次。他把合乎言语习惯、具有语法意义的完整的"说出某事"之行为称为"言内行为",包括"发声行为"、"发音行为"(指具有符号意义的声音) 和"表意行为";在特定语境中,这个话语行为因社会"约定"所履行的行为称为"言外行为";"取效行为"则指说话者说了什么之后,通常还可能对听者、说话者自身或其他人的情感、思想和行为产生一定的影响。这就是说,言不仅仅是行,而且是一个行为系统,它包含着三个层次的多种行为。至于语言不同类型的施事功能就称为"言外之力",它不是指话语表述的内容,而是指说话人为表达意图而赋予话语的力量。针对话语是否能够成功地施行某种行为,奥斯汀提出了以下条件:存在一个公认的、约定俗成且能带来规约性效果的程序;话语本身符合这一程序;在某一特定场合,特定的人和特定的情境必须适合特定程序的要求;这个程序必须由所有参与者(包括发话者和听话者)正确地、完全地、真心实意地、亲自严肃地来完成。他认为,话语是否能成功施行不取决于真假,而取决于是否适切条件,取决于参与者是否严肃地对待话语施为。"如果不严肃地说出一个施事话语,如舞台对话、作诗或个人独白等情境,那么这个施事话语将会在某一特有的方式上是虚伪的或无效的。"② 由于文学话语没有适切上述条件,欠缺原则,也就无法成功地以言行事,因此,奥斯汀将文学话语排除于他的理论视野之外,而致力于日常话语研究。

---

① [英] 约翰·兰肖·奥斯汀:《如何以言行事》,张洪芹译,北京:知识产权出版社2012年版,第84页。

② 同上书,第19页。

二

奥斯汀阐述言语行为理论的方式本身是颇具深意的。一方面，他认为在一定情境中同一句子会同时兼具施事话语和陈述话语的特征，我们是无法将两种类型判然分开的；另一方面，在开始阐释言语行为理论时，他又将话语划分为施事句和陈述句分别对待，从施事句入手阐述话语以言行事行为，然后再逐步推翻自己提出的两类话语的区分标准，将言语行为理论直接推向所有话语。即如乔纳森·波特所指出："他先是论证两种基本话语的区别，接着又反驳这样的区分。"① 这种表面上自相矛盾的做法和独特的阐述方式，包含着奥斯汀对话语行为的深刻理解。实际上，在话语以言行事的具体过程中，言内行为、言外行为、取效行为与话语本身的关联方式是不同的。譬如下述施事句：

在婚礼上，新郎说："我愿意（娶该女子做我合法的妻子）。"其言内行为即说了这句话，行为通过话语就直接、完整地显现出来了。在新郎说这句话的同时，他还履行了一系列言外行为：他向司仪（或牧师）做了"回答"，向未婚妻做了"承诺"，向所有婚礼参加者做了"宣示"。在婚礼这个特定场合，这一行为跟往常全然不同，它包含着从未如此强烈地体验过的神圣感、责任感和幸福感。于是，这一话语行为与婚礼程序一起构成了婚姻行为，他的身份也从该女子的恋人变为丈夫。这就是说，言外行为具有约定的语力，它的施行要依据语境和社会规约。新郎的话语行为不仅感动了自己，同时，也让未婚妻的内心漫溢着信赖感、幸福感和自豪感，并感染了其他婚礼参加者，将喜庆气氛推向高潮。凡此等等，就是取效行为。言内行为是刻写在话语上的，而言外行为则不一定完全刻写在话语上，它必须同时依赖语境和社会规约，是约定的行为。至于取效行为则可以全部或部分通过非话语方式取得，而且也不是约定俗成的，它不是约定行为。在上述实例中可以看到，从言

---

① [英]乔纳森·波特、玛格丽特·韦斯雷尔：《话语和社会心理学：超越态度与行为》，肖文明、吴新利、张擘译，北京：中国人民大学出版社2006年版，第7页。

内行为、言外行为到取效行为,它们在话语上的刻写是依次递减的,不确定性则是递增的。这也就意味着,只有选取典型的施事句,话语行为才可能从整体上得到明晰的分析,而一般句子所包含的话语行为,特别是言外行为和取效行为则很难直接从字面做出完整、确定的阐释。奥斯汀的阐释策略正源于此。

对话语行为与话语的关系,利科也做出了阐述。他认为,正像语言是在话语中实现,作为体系超越自身并作为事件实现自身一样,话语也是通过进入理解过程,作为事件超越自身而变得有意义。事件借助意义的超越是话语本身的特征。它证明了语言的意向性,以及意向性中的意向活动和意向对象的关系。在此基础上,利科依据奥斯汀的分析,将话语行为视为分布于三个不同层次上的从属行为的等级系统。他认为,言内行为是被外化在作为命题的句子中的,如此,命题句子才能被识别和再识别。它以一种表达的形式出现,能够将本身的意义传递给其他人。因此,言内行为与句子结构相对应,可以通过句子得以显示和识别。言外行为也可以通过语法范式(多种情绪语气,如直陈语气、祈使语气等)和其他程序被外化,它们标志了句子以言行事的力量,并因此被识别。适当的句法标记构成一个标记系统,它原则上使言外行为和语力的固定化成为可能。但是,言外行为毕竟是不同于说话本身的另一行为,对于施事句以外的其他句式,言外行为虽然在话语上刻写下标记,却常常只是一些暗示,并非直接、完整的显现,能否成功施行还必须取决于语境和社会规约。以言取效行为则是最难刻写的成分。在以言取效行为中,话语的言语性方面最少,它是作为刺激物的话语。话语似乎是在一种有能量的模式中运行,它通过直接影响对话者及其他人的情感和情绪态度而运行。上述三个层次的话语行为与书写构成了等级关系,"通过书写的可能性,意向外化产生了刻写,而命题行为,以言行事行为和以言取效行为,从越来越低的程度上,易受到意向外化的影响"。要完整把握话语的意义,就不能停留在字面意义,不能仅仅关注话语表述,而必须关注并理解所有各层次的话语行为,将它们作为整体的行为系统来看待。所以利科说:"我给'意义'(meaning)一个很宽泛的含义,它覆盖了意向性外化的所有方面和层次。"①

当言语行为理论被引进文学研究领域，它同时也就给予我们一个重要启示：既然话语意义建立在话语行为系统的基础上，那么，如果我们仅仅依据话语字面意思或只重视表意行为，以此出发来解说文学话语的意义，那就势必删减、扭曲了话语行为系统，其话语言外行为和取效行为则往往部分甚或全部被疏漏了，它们成为解释的"剩余物"而被排除在意义生成之外，以致改变了文学话语的整体意义。要完整占有文学的意义，就必须潜入话语行为系统，追随话语行为的展开、交织和相互作用，细细品味，倾心领会其中的奥秘。

三

针对奥斯汀的言语行为理论，约翰·塞尔、保罗·德曼、希利斯·米勒诸学者又进一步做出自己的阐述，发展了言语行为理论，并将其引入文学研究领域。在此，我们仍然有必要对以下问题做出阐释：作为文学虚构世界中的话语究竟能否成功实施话语行为，以及如何实施话语行为？

确实，文学作品中的命令、许诺、打赌、裁决、馈赠等施事话语，是没有现实的施行能力的，它们恰如塞尔所说，是一种"伪装"或"模仿"的话语行为，无法在现实世界中有效施行。但是，这并不说明文学话语就因此丧失实施行为的能力。我们应该针对话语在文学中的具体运用，来判别文学话语究竟能实施什么行为？这些行为是在什么境况下才被成功施行的？

由于文学建立在人类经验的基础上，虽然作为一个想象的虚构世界，它与现实世界迥然相异，却又参照了现实世界的社会规约，是遵循社会规约来建构文学虚构世界的。否则，文学就失去了可信性和可理解性。从这个角度看，在文学虚构世界内部，诸如命令、许诺、打赌、裁

---

① [法]保罗·利科：《诠释学与人文科学——语言、行为、解释文集》，汤普森编译，孔明安、张剑、李西祥译，北京：中国人民大学出版社2012年版，第95—96页。在奥斯汀言语行为理论中，言内行为（locutionary act）包括发声行为、发音行为、表意行为（命题行为）。利科主要针对书写文本来阐释言语行为，故翻译者将 locutionary act 直接译为"表意行为"或"命题行为"，而将言外行为译为"以言行事行为"。

决、馈赠等施事话语，同样能够参照社会规约有效施行话语行为。譬如伊·布宁小说《扎哈尔》中的主人公，那位高大壮硕的"纯种俄罗斯人"扎哈尔，一旦他说出"就按你们说的办"这句话，答应参加一场荒唐的打赌：一个小时内喝下三升白酒，他就已经向其他人做出承诺，以他的话语构成了"契约"。在旁观者的怂恿和打趣下，他一口气喝下三升白酒，醉得再也控制不住自己，并最终输掉了自己的性命。正是扎哈尔对打赌的应承，旁观者的话语挑逗，共同酿成了一场悲剧。因此，对于作品人物和作品世界来说，扎哈尔的承诺是有效的，旁观者的话语行为也都具有言外之力，它们共同构成推动故事进展的动力。只不过对于生活在现实世界中的人，包括现实生活中的读者而言，扎哈尔的承诺以及其他话语没有直接效力。因为读者生活在真实的世界，上述话语行为只针对它自身所在的虚构世界产生作用，不能超越虚构世界而有效进入现实世界。不过，虽然这些话语行为对读者缺乏直接有效性，而读者却仍然会参照社会规约来看待和理解虚构世界内部的话语行为，预期它们在虚构世界有效施行。

对于读者来说，文学话语的施为性在一个最为重要的层面发挥作用：这就是热奈特所说文学话语施行了"生产一部虚构作品"的行为。[①] 文学话语以自己的行为向读者宣示：构建一个文学的虚构世界，同时邀请读者追随话语去想象这个世界。正是文学话语施为的建构性，开启了文学想象活动，将读者引领进充满了新奇和惊喜的文学虚构世界。一方面，文学话语作为宣示建构虚构世界的行为，它召唤读者展开想象，共同参与文学虚构活动。另一方面，话语还以言外之力在某种程度上调节着读者参与文学虚构世界的方式，调节着读者与文学虚构世界的关系、读者在虚构世界中的位置、读者与作品诸人物的距离，等等，以取得特定的阅读效果。当读者受到文学话语的吸引，进入文学虚构世界并生存于这个世界，文学虚构世界内的命令、许诺、裁决、馈赠等话语行为，也就开始对他构成直接或间接的影响。因为读者生活在文学虚构世界之际，发生在他眼前的行为、事件也就跟他息息相关，他受到种种行为、事件的吸引、影响、感动，乃至参与到这些行为和事件中，亲

---

① ［法］热拉尔·热奈特：《虚构与行文》，《热奈特论文集》，第123页。

身经历、观看、谛听和体验。

与此相反，设若读者中止与文学话语行为的合作，不再协同参与文学虚构活动，那么，文学虚构世界就萎缩了，其余一切可能性也将因此被取消。文学话语诸行为的施行必须以构建虚构世界为前提。这也就是说，文学话语构建虚构世界的行为是文学活动最为根本的话语行为，只有这一话语行为发挥作用，读者响应这一行为的召唤，参与文学虚构世界的建构，并处身文学虚构世界，其他诸话语行为才能得到有效施行，才能对他产生实质性影响。当读者结束阅读，重新返回现实世界以后，这种影响虽然会因环境改变而有所淡化，却仍因文学经历和体验在他心灵打下了烙印，以致不同程度影响了他的思想和行为，成为推动他参与社会实践的动力。需要指出的是，这其间存在两个不同世界（文学虚构世界和现实世界）间的转换，而连接两个世界的则是读者和话语本身。读者与话语关系的变化，造成话语行为方式的变化，也导致两个世界间的转换。读者的审美感动源自文学虚构世界，由此引起的反响也只能是心理性、想象性的，一旦他要即刻做出实际反应，他就必须重返现实世界，回归真实的肉身，此际，两个世界的边界就限制了他，抑制了他的现实行为。文学虚构世界与现实世界间的边界，正是文学作品欣赏过程建立"审美心理距离"的重要机制，也是由审美欣赏走向伦理实践的过渡桥梁。

在文学虚构世界，文学话语以其特定方式实施话语行为，包括言外行为和取效行为，因此，文学阐释不能只拘泥于语言表述，而应该从整体上把握话语行为系统。

第二节　话语建构性与文学虚构性

在对言语行为理论以及它在文学中的适用性做出必要的阐述后，我们就可以更为深入地阐释文学虚构问题了。借此，还可以阐明历来关于文学虚构的论争的症结所在。

一

在《言语行为：语言哲学论》、《表述与意义：言语行为理论研究》

等著作中,塞尔进一步深化了奥斯汀的日常话语"以言行事"的观点,并且明确指出,无论说话还是写作都是在施行一种非常明确的言语行为,即"以言行事行为"(illocutionary acts)。那么,作为一种被奥斯汀日常话语分析排除在外的特殊话语形式,即虚构话语是如何行事的?说得更具体、更明确些,即"虚构故事中的词汇和其他语言成分拥有它们的日常意义,然而附着在这些词汇和其他语言成分之上并决定它们意义的规则却没有被遵从,这样两件事怎么能同时发生?"① 对此,塞尔以其纯熟的分析技巧和严密逻辑,提出了一系列重要观点,也引起学者们的争议。

塞尔认为,与日常话语以言行事不同,虚构话语是作者伪装施行以言行事行为。譬如故事常用的开头:"从前有一个遥远的王国,那里有一位贤明的君王,他有一个美丽的女儿……"这句话字面意思是明确的,却是非严肃的,它没有满足语义学和语用学原则所规定的条件。作者既没有为他的断言所表达的命题的"真"承担责任,也并不真正相信自己所说的话,缺乏真诚。这就是说,上述虚构话语从字面看是一个断言行为,而实际上又没有遵循断言所应该具有的构成性原则,是作者在伪装下断言,或是在行动中表现得好像是在下断言,是一种伪装的以言行事行为。这种伪装的以言行事是对日常话语以言行事的模仿,它是寄生性的、非严肃的,并且和作者的意图相关。塞尔指出,非虚构话语要求作者遵循的真实性和真诚性等构成性原则,其实质就是词句与世界相关联的原则,塞尔把它视为在语言与实在(reality)之间建立联系的"纵向原则"(vertical rules)。只要作者遵循了纵向原则,其话语就和实在建立了关联,也就具有对现实世界的指涉能力。而虚构话语之所以可能,则是由于它模仿了非虚构话语,又借助于一系列超语言、非语义学的惯例,这些惯例打破了上述构成性原则建立起来的语词与世界的联系。塞尔把虚构话语的这些惯例称为"横向惯例"(horizontal conventions)。因此,塞尔说:"对以言行事行为的伪装施行构成了虚构作品,这种伪装的施行事实上是通过施行那种以唤起横向惯例为意图的话语行

---

① [美]约翰·塞尔:《虚构话语的逻辑地位》,冯庆译,《南京社会科学》2012年第6期。

为而得以成功的,这种横向惯例悬置了在一般存在于各种表述之中的以言行事义务。"①

针对塞尔所说虚构话语是作者伪装下断言,是非严肃的以言行事行为的观点,热奈特提出了修正意见。他认为,应该从更为灵活的视角来看待塞尔所谓伪装的断言行为,他说:"生产虚假的论断句(或假装生产论断句),不能顺理成章地排除下述可能性:在生产论断句的同时(或假装生产论断句的同时),人们其实完成了另一行为,即生产虚构作品的行为。"② 从表面上看,虚构叙事总是喜欢披上断言的外衣,而实际上这种状态恰恰是使用非措辞性的暗示、要求、请求、建议,邀请读者展开想象的翅膀,一起进入虚构作品的世界。具体地说,由于存在约定俗成的惯例,也即塞尔所说的超语言、非语义学的横向惯例,诸如"从前……"之类好像是断言的故事开头,其实质是宣告了一个虚构故事的开始。虚构作品的作者正是依据横向惯例的授权,来实施一个宣示:"生产一部虚构作品。"③ 这种话语方式,从字面上看,是非严肃的伪装的断言行为;而在非措辞层面上,则完成了另一个言外行为,一个严肃的建构行为和宣示行为,它通过建构虚构世界并宣布这种行为影响现实。作者正是严肃地写作,严肃地生产虚构作品,严肃地创造一个有别于现实世界的艺术世界,并且严肃地向世人宣告自己独特的以言行事行为。

至此,我们可以对文学虚构做出较为明晰的界定了。我们所说的文学虚构,正是热奈特所说的生产一部虚构作品,创造一个想象的虚构世界,而不是字面意义或题材意义上的虚假,既非古德曼所说的话语指谓现实世界没有的对象,也非塞尔所说的伪装下断言。或者换一种说法:文学虚构是话语施为意义上构建虚构世界,而非表述意义上的虚构(话语表述与事实不符)。关于文学虚构问题的诸多争论,其根源就在

---

① [美] 约翰·塞尔:《虚构话语的逻辑地位》,冯庆译,《南京社会科学》2012 年第 6 期。
② [法] 热拉尔·热奈特:《虚构与行文》,《热奈特论文集》,第 115 页。
③ 热奈特在谈到"虚构"的词源时说:"我们在拉丁文的动词'fingere'中就能够发现其词根。'fingere'在拉丁文中的意思同时表示'制作'、'描述'、'虚构'、'创造',名词'fictio'、'figura'也是我们现在的'fiction'(虚构)以及'figure'(辞格)的原型,它们都是从这个动词派生出来的。"([法] 热拉尔·热奈特:《转喻:从修辞格到虚构》,第 13 页)

于混淆了两类不同性质的虚构。① 譬如福楼拜《情感教育》中的句子:"1840年9月15日,清晨六点钟左右,停泊在圣贝尔纳码头的'蒙特罗城'号轮船即将启航,滚滚浓烟从……"如果孤立看待这个句子,它所表述的意义完全可以接受,它忠实于经验之真实,在字面上可以认作非虚构,甚至"滚滚浓烟"也完全可以与真实相吻合。可是,文化惯例却告诉我们,对于日常话语或其他应用性话语来说,"滚滚浓烟"完全是个语言赘疣,它传递了一个"无用"信息,删除它更符合话语节约原则。"滚滚浓烟"的出现恰恰是以其"形象化"的"描述姿态"宣示:这是在构建一个"文学的"话语世界。尽管上述短语陈述的意义可能不是虚假的,而它却唤起读者并要求读者参与构建一个文学虚构世界,包括整个句子也因此被拖进了文学虚构世界,参与了虚构世界的建构,成为这个虚构世界的组成部分。于是,我们可以进一步得出如下观点:文学话语施为的虚构活动,与话语表述的内容是否虚假没有必然联系,它往往取决于文化惯例。

在整个文学活动过程,文化惯例起着指引读者阅读的作用,或者说,它像是作家与读者之间订立的一份契约。这种契约往往在作品开头就发挥它的效力,就如阿摩司·奥兹所说:"一篇故事的任何开头,都是作者与读者之间的一种合同。当然了,合同各种各样,包括那些缺乏诚意的合同。有时候,开篇一段或一章所起的作用就像是作者和读者背着主人签订的一份秘密和约。"②

当话语不是指涉实存的世界而是施行了一种建构行为,并宣告自己要构建一个虚构世界时,话语就势必成为不自足的。因为语言独自无力构建世界,它总是充满了英加登所说的"不定点"和伊瑟尔所说的"空白",需要读者填补。乔纳森·卡勒说:文学"作为虚构,它与现实世界处于一种特殊的关系;它的符号必须由读者完成,重新组织,并

---

① 对于文学虚构,热奈特虽然提出了与塞尔不同的解释,但他仍然没有重视这两者间的区分,没有充分认识两者的实质性差别。他认为,塞尔关于"虚构"的定义,"是无可指责的,但是不够全面"(热拉尔·热奈特:《虚构与行文》,《热奈特论文集》,第83页)。只是把自己的上述看法作为一个并不重要的补充,并在两种意义上混杂使用。这其实与他仍然站在符号学立场分不开。

② [以]阿摩司·奥兹:《故事开始了——文学随笔集》,杨振同译,南京:译林出版社2011年版,第9页。

引入经验的领域。于是，它便呈现出作为符号的全部不愉快、不确定的属性，而且邀请读者参与意义的产生过程，以便克服或至少承认这些属性"。① 希利斯·米勒则说："正如我所说，每一部作品打开了一个神奇世界，那么除非阅读作品就无法接近它，阅读是人毫无保留地将自己所有的思想、感情和想象投入其中，在自己内心与语词一道重新创建世界的事件。"② 因此，作为生产虚构世界的文学话语，必定要邀请读者参与，共同建构。文学话语在宣告构建一个世界的同时，也就行使了另一言外行为，它做出了一个叙述姿态或其他非措辞行为，利用文化惯例召唤读者随同语言一道想象一个世界。

巴特所说的"指涉幻象"，其根源就在于文学话语独特的施为性。巴特认为，文学话语的能指与指涉直接密切结合，在符号上构成了作品世界的"具体细节"，所指则被排除出符号，于是也就排除了任何发展"能指形式"的可能。这，就是"指涉幻象"：作为外延之所指，真实在现实主义陈述中被删除；作为内涵之所指，真实又返回现实主义陈述。真实在现实主义文学中只不过是一种逼真感而已。因此他说："对于真实，话语不负任何责任：最现实主义的小说，其中的所指物毫无'现实性'可言……简质地说，（现实主义文论中）所谓的'真实'，只不过是（意指作用的）再现符码而已：它不是可付诸实施的符码：故事性的真实不可实行。"③

除了施事句，一般陈述句首先引人关注的就是它所表述的东西，即字面意义。陈述内容往往掩盖了句子的施为特征。因为陈述所使用的概念诉诸人的意识，而它的施为性则常常是非措辞的，很容易为意识所忽略，这就使得话语行事能力处于潜在状态或虽已发挥作用却未被意识察觉的状态。因此，当奥斯汀提出以言行事观点时，竟然会让人感到耳目一新，甚至令人震惊。文学作品则通过种种途径强化和凸显了话语的施为性，让以言行事行为，特别是建构行为成为文学话语的主导特征。这就是文学话语更具形象性、生动性的原因之一，它不是将一个个僵尸般

---

① ［美］乔纳森·卡勒：《结构主义诗学》，第 381—382 页。
② J. Hillis Miller, *On Literature*, New York and London: Routledge, 2002, p. 118.
③ ［法］罗兰·巴特：《S/Z》，屠友祥译，上海：上海人民出版社 2000 年版，第 164 页。

空洞概念横陈于读者眼前，而是创建一个有血有肉有欲望的世界，并邀请读者亲身生活其间；也是文学话语更具言外之力，更能打动人心，感染读者的原因之一。当文学话语以其言外之力吸引读者参与构建虚构世界，那么，作品中的所有话语，包括字面意义上虚构或非虚构话语，都被卷入这一虚构活动，成为虚构世界的建构力量和组成部分，与现实世界分处于两个相互平行的不同维度之中。在虚构的语境中，陈述的真实性被剥夺了，表面上对现实的表述则成为"幻象"，成为虚构世界中一种颇具逼真感的装饰，话语指涉已经蜕变为虚构世界内部的指涉了。借用塞尔的术语来说，文学话语借助"横向惯例"，宣示并召唤读者参与构建文学世界的虚构活动，读者处身于一个跟现实世界相分离的虚构世界，于是，语词与实在相关联的"纵向原则"就不得不被暂时悬置，此际，它已暂停生效了。在阐述热奈特关于文学虚构的观点时，达维德·方丹评论说："虚构更多地存在于叙述的整个构件里，而不存在于其中的各个具体资料中。看来，虚构的世界概念对于更好地解释这一现象是必不可少的。"① 因此，我们的另一个观点是：作为文学话语特征的施为性具有一种独特的力量，当它展开虚构活动时，也就实施了马尔库塞所说的"形式的专制"：改变环绕于它的种种话语的性质，悬搁它们对现实的指涉功能，使陈述转化为伪陈述。

理查德·沃尔施则从关联理论角度来阐释文学虚构。他认为，读者的阅读需要一个能够支持自己希望的语境，这个语境由读者采用的一组假设构成，是认知环境的组成部分。而所有的假设在不同程度上都是推论的产物，这是一种关联性驱动的语用过程，并不依赖言说字面意义的真。因此，他说："虚构性问题绝非真假性问题，而是关联性问题。读者寻找合适的阐释语境，其动机就是对关联性的预设，而不是对文字真假性的期待。"虚构性"是一种语境假设，也就是说，在理解一个虚构言说时，明确假设这个言说是虚构的。这种假设的主要语境效果将依赖于字面真实性的那些含意置于相对从属的位置，更重视那些通过广泛累

---

① [法] 达维德·方丹：《诗学——文学形式通论》，第60页。

积的方式建立关联性的含意。"① 在文学话语活动展开语境构建时,话语字面含义被置于从属地位,真实性则服从于关联性了。这也从另一角度说明,在文学作品建构虚构世界的活动中,话语的纵向原则被暂时悬置,横向惯例发挥了主导性作用。

依据上述界定,塞尔对文学作品和虚构作品所做的甄别也就颇成问题。塞尔认为,有些虚构作品是文学,而有些则不是;反过来也一样,有些文学是虚构的,有些又不是,譬如非虚构小说《冷血》、《夜幕下的大军》。作品是否是文学,这由读者决定;作品是否是虚构的,则由作者决定。那么,我们就来看看杜鲁门·卡波特的《冷血》。小说是这样开头的:

> 豪康镇屹立在堪萨斯州西部高耸的麦原上——一片萧索的地区,别处堪萨斯人都管它叫"外头那边"。靠科罗拉多州境以东七十多英里一带,天气晴朗,空气是沙漠一般干爽,虽位属美国中西部,却充满了极西部的色彩。当地人口音带有一种沉浊像"弹棉花"般的乡下腔调,一种牧场牛仔特有的浓重鼻音;男人都穿紧身细腿牛仔裤,戴史提生名厂出的牛仔帽,脚上是尖头高跟的牛仔靴。草原上大地平坦,放眼望去,广阔得可怕。马匹、牛群和一簇簇白色像希腊神庙般高耸挺拔的收谷机,老远就吸引着远处而来的过客。

从字面表述来看,豪康镇是真实存在的地方,描述的环境背景和风土人情也都切合实际。作者则明确表达自己的意图是写"非虚构作品",所写的都是事实,而且整部作品是扎扎实实建立在深入调查基础上的。塞尔就是根据作者意图和话语表述或题材来判定虚构和非虚构的。可是另一方面,作品的文体特征、叙述方式则表明:作者是在写"小说"。虽然材料都是真实可靠的,非虚构的,可是却承袭了小说的叙述惯例。它引领读者一步步走进一片辽阔、萧索的麦原,走进这个由话语构建的想

---

① [英] 理查德·沃尔施:《叙事虚构性的语用研究》,马海良译,[美] James Phelan, Peter J. Rabinowitz:《当代叙事理论指南》,北京:北京大学出版社 2007 年版,第 163 页。

象世界。这就是说，作品从一开头，就已经以自己的叙述姿态传达了另一个非字面信息：要求读者与其协作，随同作品语言一道构建世界并进入这个话语世界。当读者被作品吸引并沉浸于作品世界，他其实就已经与现实世界相分离，参与了构建小说世界的活动。"文学作品的每个句子都是一连串话语施为的组成部分，不断展开从第一个句子开启的想象世界。语词诱使读者进入这一想象世界。"① 无论文学话语的陈述具有多少真实性，也无论这个想象的世界在多大程度上与现实世界相雷同、相吻合，甚至在阅读这段文字后，读者确信作品所写的都是事实，它确实指涉堪萨斯州的豪康镇，但是，当他沉浸于阅读之际，却已经处身"另一个"想象世界而非现实世界之中，语词与现实相关联的纵向原则因此暂时丧失了效力。"艺术作品构成的目的就在于引你入瓮。你自身的主观意识告诫你拒绝被俘虏，但是，你被推进一个旋涡之中，似乎被劫持或被绑架了。"② 塞尔所说的虚构是指话语表述与事实不符，而我们所说的文学虚构则指文学话语独特的施为性，它是宣告并启动一个由话语构建虚构世界的行为。由此可以得出一个补充观点：话语表述内容是否是虚构，确如塞尔所说，可以由作者决定；而文学话语施为的虚构活动却并非作者单方面决定的，它主要取决于话语所包含的文化惯例和读者的合作。

　　文学虚构在现代受到特别重视的根源，就在于话语建构了一个虚构世界。这是一个与现实世界相区分的"异在世界"，文学独立性、审美自律性就依存于这个独立的虚构世界。而塞尔在此所说的"虚构"却以话语表述与事实是否相符作为标准，仍然着眼于话语表述和指涉行为，它区别于话语建构行为，其目的不是创建一个独立的话语世界并吸引人参与其间，因此文学诸多现代特性也就失去了根基。不过，这种虚构的陈述又有助于我们进入文学虚构活动状态，因为它以现实对象的缺席杜绝了话语表述与实在之间的直接关联，这就更有可能迫使读者将注意转向话语的非措辞行为，进而使话语施为的建构性和言外之力得以凸

---

① J. Hillis Miller, *On Literature*, New York and London: Routledge, 2002, p. 38.
② [美]林赛·沃特斯：《美学权威主义批判》，昂智慧译，北京：北京大学出版社 2000 年版，第 211 页。

显,并开始进入文学虚构活动。但是,如果读者仍然纠缠于表述的真假问题,上述可能性也就被取消了。同样,一个非虚构的陈述,只要它以叙述姿态或其他非措辞行为传递了某种文学信息,也能够引导读者进入文学虚构活动。譬如,按照诗歌格式分行书写或注明体裁的副文本等,凡此种种,都是强调话语施为性,影响和引导读者进入文学虚构活动的有效策略。据此,长久以来困扰西方诗学的疑难也就可以得到解决。西方诗学中虚构论诗学与形式论诗学总是相持不下,任何一方都无法从总体上给文学做出规定。只要我们不是以话语表述的真假来界定文学虚构,而是从话语施为角度将文学虚构视为一种构建虚构世界的行为能力,那么,两者间的矛盾就可以化解。即便是抒情诗,从字面看,它真实表达了诗人自我,可是诗歌形式却同样引领读者去构建虚构的诗意境界,而不是进入诗人的头脑信马由缰。因此,我们的观点是:诸如虚构的陈述、文体特征、形式特征、修辞策略以及各种陌生化手法等等,都有可能隐含着文化惯例,从而改变人与话语间的关系,突出文学话语的施为性、建构性,宣示生产一个文学虚构世界。正是在这里,文学诸现代特性才得以形成。

二

在诸如弗里德里克·詹姆逊等学者看来,人只能通过语言与世界打交道,根本无法直面自在的世界,因为人的感觉、经验都是经由语言所确定的,世界也被语言所确定,被语言秩序化、格式化了。因此,一切感性认识都是一种语言的构成,一切认识方法本身就已经是各种各样的语言了。人所认识的世界总是经由语言分割、确定,按照语言结构被秩序化、格式化了的世界,并不存在所谓的世界本身。

然而,语言自己又无法确定自身。语言所赖以存在的"差异","是时间本质意义上的推延,其结构完全是过程,永远不可能让它停下来成为静止的此在,也就是说在我们刚意识到它的时候,它就在我们身旁一闪而过;因此它的此在既是即在又是不在"。语言是历史性的,它隐隐层叠着历史残留下的痕迹,并且它本身就是稍纵即逝的痕迹。语言淤积着时间沉淀下的渣滓,"语言是一种张大的口或通往非我的开口处",它不断吞噬着过去、现在和未来,吞噬着自我和非我,以此来充填空洞的自己。它的意义总是闪烁不定、把握不准的。谁也不能真正掌控语言,相反,倒是人自己被困身于语言的牢笼了。因此,詹姆逊说:

> 思维和语言之间的关系这个问题本身就暴露了"此在"这种形而上的观点,并且还隐含了一种幻想:即单义的物质是存在的,绝对的此在是存在的,因而我们可以直接面对事物;意义也是存在的,而且应该有可能"断定"它们到底是语言的还是非语言的,此外,还存在着一种叫知识的东西,我们可用一种明确的或一劳永逸的方法来获得它。所有这些观念从根本上说都是那个关键的有关绝对的此在的形而上论的实质的各种表现;这一形而上的观点促使主体(在这一点上与萨特的那个虚幻的"自在"不无相似之处)坚信无论自己的经验多么支离破碎,别的地方肯定存在着绝对的完整,正是对此在的这种信念构成了西方思想的"围墙"或认识极限;德里达本人的问题就在于他自己也属于这个传统,无法摆脱它的语言和惯例,并且必定陷入困境。①

人只能运用语言来把握世界,而语言自身的意义又是难以确定、时时变幻的,因此,人终究毫无能耐捕捉世界本身,即便捕获的也只能是为语言所过滤、扭曲,乃至遮蔽了的所谓"世界",是海德格尔所说的"世界图象"和古德曼所说的"多元世界",是摇曳不定的世界幻象。世界只能是语言的世界,而语言总是在不断篡改和虚构着这个语言化的世界,融化了世界的坚实基础。

正是上述语言观消弭了虚构与非虚构的界限,也似乎消弭了文学与非文学的界限。然而实际上,这种语言观仍然无法褫夺文学话语的独特性。尽管上述观点强调语言不能表述和指涉实在世界,它所表述和指涉的只不过是语言"重构"的世界,一个被语言所伪饰和虚构了的世界,

---

① [美] 弗里德里克·詹姆逊:《语言的牢笼》,钱佼汝译,《语言的牢笼 马克思主义与形式》,南昌:百花洲文艺出版社1995年版,第144—146页。

第七章　话语行为·文学虚构·文学活动　255

但是，这毕竟是一种"指向"现实世界并与现实世界建立密切关系的表述活动，而并非文学话语所具有的施为意义上的"建构"世界。两者分别处于不同的意向性关系之中。也就是说，话语表述并非要另外创造一个世界，而只是运用话语让"同一个"现实世界以新的方式开始和显现，意图让话语与现实相关联，话语只是参与世界活动的一种手段和工具，它与以创造"另一个世界"为鹄的的文学话语不同。在话语表述活动中，人、语言、世界之间的关系表现为：人—语言—语言重构的世界（或曰"世界"），语言只是人用以联系世界的工具。而在文学话语施为的虚构活动中，人与话语则处于交互作用关系，并共同构建了虚构世界，话语与现实世界的关系则被悬置了。在《意向性：论心灵哲学》中，塞尔对言语行为模型做了分析。他指出，断定式（assertive）言语行为，可以认为以某种方式与一个独立存在的世界相匹配，因此具有语词向世界（word-to-world）的适应指向。指令式（directive）言语行为则被认为会带来世界的变化，以使这个世界与该言语行为的命题内容相匹配，它具有世界向语词（world-to-word）的适应指向。[①] 与上述两种言语行为类型不同，文学作品中的话语建构行为却悬置了自己与世界的关系，以自由的想象放弃了语词和世界间的适应指向，其言语行为模型是完全不同的。就在话语行为与现实世界的关系被悬置的同时，话语及语词的"工具"身份也终于蜕落了。"语言之用，不是通过'我'说明性的策略，去分解、去串连、去剖析物物关系浑然不分的自然现象，不是通过说明性的指标，引领及控制读者的观、感活动，而是用来点兴、逗发万物自真世界形现演化的状态。"[②] 在话语表述行为与文学话语的建构行为中，人、话语、世界间有着迥然而异的意向性关系。

　　文学要构建一个独立的虚构世界，就不能将话语简单地视为工具。作为表述的话语，往往只具有工具性质，其语词被人为地压榨、规范、定型，力图将其变为干瘪、僵死的抽象概念，并被固定在逻辑链条上。

[①] ［美］约翰·R. 塞尔：《意向性：论心灵哲学》，刘叶涛译，上海：上海人民出版社2007年版，第7页。
[②] 叶维廉：《言无言：道家知识论》，《中国诗学》，北京：生活·读书·新知三联书店1992年版，第57—58页。

唯其如此，才更便于人驱遣和利用，它不必再给自己增添累赘。而且在所指涉的对象（尽管是被语言扭曲、虚构了的对象）现身之后，语词自己就隐失了，被弃之不顾了。这就是所谓"得鱼忘筌"，也即英加登所说语言的"透视缩短"或加达默尔指出的语言"自我遗忘性"。就在语言成为人的工具的同时，人自己也为语言所牢笼了。人陷身于语言织就的苍白的网罗之中而无法自救。文学话语的施为性则不同，它要构建一个虚构世界而非简单地指涉对象，就需要调动语词的所有潜能，它的声韵、节奏、意象、色彩、意义，乃至语言无意识，无论从话语形式到内容、话语施为的潜力，都被充分发掘出来，调动起来，参与到构建虚构世界的活动之中，构成英加登所说的"复调性和谐"。与此同时，人的积极性，他的想象、情感和整个心灵也受到充分激发和调动。人与话语相互交流、相互影响、相互生发，携手共建一个诗意葱茏的语言共和国，一个形象生动、充满活力的虚构世界。就如加达默尔所说，诗的语言并不是"对象性"的，而是"语言性的全面展现，它把语言用法和语言形态的所有形式都包括在自身之中"。[①]因此，在文学创作中，不是作者"利用"话语重构世界，而是作者"邀请"话语共同创造世界。作者寻觅着话语和语词，苦苦求索着；话语和语词则敞开了作者的心扉，激发着作者的想象，燃烧着作者的生命，偕同作者来到一个新异的世界。作者和话语、语词都充分发挥了自身的潜能。与此相应，在文学阅读中，文学话语则邀请读者和它一道来创造世界。

换一个角度来说，对于一般陈述话语，其表述和指涉功能往往最易引人关注而处于主导地位。当文学话语运用种种途径来强化和突出话语施为的建构性，暂时悬置语词与现实世界相关联的纵向原则，这就剥夺了话语表述和指涉原本具有的主导地位。而恰恰由于这一主导功能被暂时中止，人不得不放弃对话语所指涉的外在对象的关切，而将关注焦点转向虚构世界本身，转向话语行为和语词本身，于是，话语和语词开始具有了巴赫金所说的"自我意识"。"语词从日常存在的客体、人物、

[①] [德] 汉斯－格奥尔格·加达默尔：《真理与方法——哲学诠释学的基本特征》下，第605页。

行为或特征的名称中解放出来，重新恢复了创造自己的现实的原初力量。"① 语词所有的力量和感性特征都因此得到发掘和展现，原本沉积于语词中的无意识内容也得以浮现，语词展示出它的地质学般的层次和无限深邃的蕴含，展示出它的氤氲氛围和含混多义的魅力。语词不再以空洞的概念方式存在，它重新获得生气灌注的肉身，充溢着灵气、情感和力量。就如马歇雷在分析雷蒙·鲁塞尔的文字游戏的思辨功能时所指出的：语言文字"能够让人们驱走能指所持有的逻辑，并且让人们看到，思辨功能远不会自我缩减为一个简单的音响效果，它完全能够开启一个所指内容，而且并不会因此而需要使这一内容对应于任何事物的实际存在"。② 这就是说，当人不是利用话语来指涉外在对象，而是专注于话语及其行为本身，语词也就不再仅仅是工具，不再是空洞的概念了，它展开一个真正属于人的诗意世界。人与语词直面以对，相互尊重，建立起一种平等对话的"主体间性"关系。一旦人与语言之间由原来那种工具关系转换为主体间性关系，人和语言就都获得了解放。这是一种最为自由、圆满的关系，在相互协同的行为中，双方都维护了自身的独立性、自主性和能产性，又最充分地敞开了自己，最充分地实现交合交融。于是，形式主义所说的语言的"诗学功能"得到了充分发挥，人和话语的创造力得到了最充分的发挥。

此外，另一个重要原因是：日常话语往往注重表意行为，这势必强调了语言的符号学特性，而文学由于强化了话语施为的建构性，并且这种建构行为常常源自非措辞的文化惯例，于是，也就凸显了话语的非措辞行为特性。既然是"非措辞"行为，这就不存在概念化的威胁，它只能是非概念、非格式化的，是一种流动不居、变幻无定的言外之力。凭借这种流动变幻的力量，文学话语将人卷入到这个虚构世界，改变了人与语言的关系，改变了人与世界的关系，也改变着人和语言自身。从这个角度看，"语言没有固定的形式，不如说是动力（energia），如同洪堡对它的称呼；没有工具，因为它在被使用中不断地产生；也没有牢

---

① J. Hillis Miller, *The Form of Victorian Fiction: Thackeray, Dickens, Trollope, George Eliot, Meredith and Hardy*, Notre Dame: University of Notre Dame Press, 1968, p. 40.

② ［法］皮埃尔·马舍雷：《文学在思考什么？》，第 280 页。

笼,相反,在本质上具有无限的容量,因为它通过将自身向差异开放来改造和变革自身"。① 在文学虚构活动中,话语已不再是一般意义上的表述,不再是一连串经逻辑捆绑着的齐齐整整排列的语词概念;它以言外之力摧毁束缚在身的逻辑链锁,击碎语词的概念外壳,以重获自由和生机活力的崭新面目,汇入力量的漩流之中。文学话语的施为性为人挣脱语言牢笼、解放人及语言自身带来希望的曙光。因此,海德格尔说:"语言不只是人所拥有的许多工具中的一种工具;唯语言才提供出一种置身于存在者之敞开状态中间的可能性。唯有语言之处,才有世界……语言不是一个可支配的工具,而是那种拥有人之存在的最高可能性的居有事件(Ereignis)。"②

从上述分析可以得出这样一个观点:文学作品以种种途径贬黜话语表述和指涉的显要地位,强化、凸显话语施为的建构性和言外之力,在这同时,人与话语之间建立了一种新的意向性关系,语词因此摆脱了工具地位和概念化的存在,它重新获得丰满的肉身和不竭的创造力量,人则为自身觅取了理想化的自由存在。

三

经过上述分析之后,我们可以对文学虚构做出更为明晰的界定。事实上,对"虚构"做语义分析,我们看到的是其边界的变化,我们无法划定虚构与真实的界限,无法给虚构下定义,无法说清楚"虚构"本身。可是,当我们从言语行为角度来考察,就可以发现存在着两种既相关联又截然不同的虚构:作为"表述"、"指涉"行为的虚构和作为"建构"行为的虚构。第一种是作为表述、指涉行为的虚构,即话语"表述"与事实不相符合,或者话语"指谓"现实世界不存在的对象(古德曼)。这两种说法其含义实质上是相同的。它们有如下共同特点:其一,它们都属于"言内行为"。其二,它们都只能通过与现实相比

---

① [美]约埃尔·魏因斯海默:《哲学诠释学与文学理论》,第124页。
② [德]海德格尔:《荷尔德林和诗的本质》,孙周兴译,《海德格尔选集》上,第314页。

对，才可以确定其是否为虚构，因此，需要通过约翰·塞尔所说的"纵向原则"来建立话语与实在间的联系，其话语行为模型具有"语词向世界适应（不适应）的指向"（word-to-world），并具有真假值。其三，究竟以什么条件和什么标准来衡量话语表述与现实相吻合（真实）或相背离（虚构），由于不可能有一个明确的设定，这就导致真实与虚构之边界是游移不居的，它会因不同学者各自理解的差异或主观目的的不同或理论视界的变化而发生变化，无法最终予以确定。其四，在表述和指涉过程中，话语已无可奈何地沦为表述、指涉的工具了，它成为"得鱼忘筌"之"筌"，并且无论有否捕捉到"鱼"，它都只不过是"筌"。第二种是作为建构行为的虚构，即话语"建构"一个语言符号的虚构世界（热奈特）。它的特点是：其一，这种虚构属于"言外行为"。其二，建构虚构世界并非话语单方面的行为，它需要读者的直接参与和读者想象的充分协作，共同构建一个语言符号的虚构世界。其三，一旦建构活动成为话语的主导行为，就会暂时悬置话语与现实相关联的"纵向原则"，而参照"横向惯例"来实现话语建构，因此就放弃了话语与现实的关联。于是，这个语言符号世界就处在与现实世界相互平行的"另一个"维度，并因此成为一个虚构世界。至于它与现实世界在多大程度上相近似、相吻合或相差异、相对立，都已经无关紧要了。其话语行为模型不具有"语词向世界适应（不适应）的指向"，也不可能存在真假值。其四，跟处在表述、指涉行为中的话语不同，在构建文学虚构世界的活动中，话语已不再与现实直接关联，也不再是人的工具，它成为人最亲密的合作伙伴，成为相亲相爱的情侣。此际，人与话语都处在"另一个"世界之中，两者的关系也已经从现实关系转换为非现实关系，从对象性关系转换为非对象性关系。失去这种平等合作、相互生成的关系，就不可能实现文学虚构世界的建构。这一点也是两种虚构间最为重要的差别。由此观之，两种不同含义的虚构存在实质性差异。从根本上说，文学虚构只能是指后一种含义的虚构。正是这样一个虚构世界改变了人的态度及人与话语、世界间的关系，让人获得一个崭新的生存空间和一种崭新的生存状态，人因此充分发挥着自己的创造力，经历着丰富、自由的体验，审美性、文学性、诗性就生成于这个虚构世界；也只有在这种意义上，文学虚构才在现代获得重要性并成为文学的核心性质，才被现代美学、文学理论所津津乐道。

人们之所以经常把两种虚构相混淆，首先就因为指涉行为总是与建构行为相互纠缠的。实际上，指涉行为同时就是建构行为，它是对指涉对象的"重构"，这一重新符号化的过程不可避免包含着古德曼和詹姆逊所指出的虚构因素。这就极容易将这种重构行为与文学虚构活动中的建构行为相等同。但是，正如前文所阐述，指涉行为中的建构（重构），毕竟是一种与现实世界（已被符号化的世界）相关联的行为，其话语行为模型具有语词向世界适应的指向（word-to-world）；而文学虚构活动中的话语建构行为恰恰放弃了这种关联，放弃向世界适应的指向，两者具有不同的意向方式。

其次，造成这种混淆的原因还在于：这两种含义的虚构虽然各不相同，却又相互关联，可以相互转换。譬如指涉意义上的虚构，由于所指谓的现实对象缺席，就有可能导致我们放弃以话语指谓现实的行为，转而进入话语建构活动。反过来，话语建构行为的自由的特征，往往导致所生成的建构物可能在现实世界并不存在，或与现实对象不相符合，因此成为指涉意义上的虚构。两者间所存在的复杂关系，就很容易让人忽略两种不同虚构间的差异。几乎可以说，西方学者所有关于文学虚构的争论，其根源就在于混淆了两种不同含义、不同性质的虚构。

在专门探讨文学虚构问题的著作《虚构与想象》中，伊瑟尔就充满了矛盾。一方面，他把虚构阐释为越界行为，也就是说，虚构实际上是一种话语施为，它通过"选择"和"融合"建构了一个新的文学世界；另一方面，伊瑟尔却又把虚构当作一种表述、指涉，于是，其标准和边界就无法确定了。就如方丹所慨叹的，虚构的边界是动态变化的。伊瑟尔甚至在没有明确界定虚构和想象的情况下，就把虚构和想象强行地予以分割，以建立他的现实、虚构和想象"三元合一"的文学观，而实际上，他对于虚构与想象的区分又"仍然形不成一个清晰的图像"。[①] 其失误的原因也在于没有区分两种不同含义的虚构。作为话语

[①] 金惠敏：《在虚构与想像中越界——沃尔夫冈·伊瑟尔如是说（代序）》，[德]沃尔夫冈·伊瑟尔：《虚构与想像：文学人类学疆界》，第8页。

建构行为的虚构，原本就和想象一体。这是文学话语以其言外之力邀请人展开想象，共同构建语言符号世界的活动，虚构和想象只不过属于同一行为过程的两个侧面：从言语行为角度看，这是虚构行为；而从人的心理能力角度看，则为想象，两者相互融合，实不可分。一旦将想象与虚构行为强行剥离，同时，也就窒息了活泼生动的话语建构行为，使话语萎缩成干瘪的表述和指涉。在此基础上，才可以判别表述是否与现实相符，或者指涉是否具有现实对象，由此做出真实或虚构的判断。这就是说，话语表述和指涉意义上的虚构是和想象分离的。两种不同含义的虚构，与想象有着完全不同的关系。

约翰·塞尔的矛盾同样源自以指涉意义的虚构来看待文学虚构。在阐释虚构话语的逻辑地位时，一方面，他认为诸如"从前有一个遥远的王国，那里有一位贤明的君王，他有一个美丽的女儿……"这些话语是对日常话语以言行事的模仿，它以"横向惯例"置换了语言与实在相关联的"纵向原则"，打破依靠纵向原则建立起来的语词与世界的联系，悬置了话语的指涉能力。很显然，这里所说的"模仿"其实就是话语的建构行为，只不过塞尔认为是"伪装"的以言行事。可是，当他以非虚构小说《冷血》、《夜幕下的大军》作为例子来阐述文学不等于虚构，文学与虚构这两个概念是相互交叉的这一观点时，塞尔又把话语表述与事实是否吻合或话语所指涉的对象是否存在作为评判虚构的标准，即从表述、指涉角度来看待虚构，由此得出文学与虚构是相互交叉的结论。

热奈特也同样逡巡于两种含义的虚构之间。一方面，他正确地提出文学虚构是话语构建虚构世界的行为；可是另一方面，他又没有重视这一发现的重要意义，没有充分意识到作为建构虚构世界的行为与作为表述、指涉行为的虚构之间的实质性区别，没有意识到两种话语行为在行为模型及意向性结构上的差异，而只是把自己的见解作为塞尔的一种补充。其实，后者如同谎话，它仍然是一种表述并指向现实世界的行为，只不过现实所指物是缺席的或伪饰的；前者则如讲故事，它暂时中断话语指涉行为，在构建虚构世界的活动中悬置了话语与现实的关联。正是在文学话语构建虚构世界的活动中，文学最根本的特性生成了。热奈特太钟情于自己原有的叙述学理论立场，并在后来的《虚构叙事与纪实叙事》、《转叙：从修辞格到虚构》等论著中，又重新退回到传统的解释立场，仍然从表述和指涉角度来看待文学虚构，以致让自己陷于首鼠两端的境地。

　　文学话语的建构行为与指涉行为并非相互取消，而是两种交相影响、互为背景的行为：当我们参与话语的建构行为并沉浸于这个话语构建的世界，我们就已经与现实世界分离了，我们生活在"另一个"话语构建的虚构世界中而暂时中断指涉，悬置了现实，即便非虚构小说也同样；而当我们从这个话语世界中超脱出来，话语指涉现实的功能才又重新发挥作用，我们才可以将作品世界与现实世界进行对比参照，才可能转而从表述、指涉角度来判别话语和作品是否为虚构，当然这已经是另一种含义的虚构了。整个写作或阅读活动就交织着不同话语行为之间前景和背景关系的转换，交织着不断的越界。总之，文学话语是具有多重行为的系统，文学作品就生成于各种既相协同又相冲突的话语行为的张力之中。其中，建构性（虚构性）是文学话语行为最为显著的特征，文学之所以为文学，就在于作家采用种种策略而使作品话语的建构性成为一种主导性功能。

　　文学话语的建构性邀请作者或读者参与构建话语世界的活动，同时又以"言外之力"将作者或读者卷入这个话语构建的虚构世界之中，调节着他们介入虚构世界的方式，他们与这个世界的关系，他们在这个世界中的位置。在这个虚构世界，我们分享着与现实人生迥然不同的另一种生活，感受着各式各样的爱恨情仇；我们既是一位满怀激情的参与者，又是一位冷静的旁观者。唯有这种亲身参与，才让我们真正体验到文学带给人类的珍奇馈赠，才领略了文学的风采，把握文学丰富的意义，发现审美性、文学性、诗性的存在。离开这种参与，文学话语的建构行为就萎缩了，文学虚构世界就凋零了，文学仅剩下毫无生机、死气沉沉的"文本"。审美性、文学性、诗性也就再无别处寻觅。

　　恰如韦勒克所说，虚构性是文学的核心性质。那么，在对这个核心性质做出新的理解之后，就必须重新解释诸如文学真实性、批判性、意识形态性等与此密切相关的问题，必须在这个新的基点上来重新考察文学研究和文学阐释。

第三节　文学真实性·文学叙事·历史叙事

既然文学创造了一个虚构的话语世界，那么，还究竟有没有文学真实性？文学真实性的根据又是什么？此外，历史叙事和文学叙事一样，都离不开虚构，那么，两者之间是否就没有差别了呢？历史写作是否也可以像文学那样任意杜撰呢？对此，我们仍然需要从话语行为角度予以阐述。

在阐释了文学话语独特的施为性、建构性之后，有必要对上述观点做出适当修正。我们认为：文学作品在突出话语施为性、建构性，宣告构建一个虚构世界时，并没有废黜话语指涉现实的功能，它往往是延缓了话语指涉活动，改变了话语的指涉目标和指涉方式。事实上，话语建构行为与指涉行为是互为背景、交相作用的。这种独特的运行方式规定着文学真实性既非"模仿"和"反映"，又非所谓"典型化"，而是对"社会规约"的发现和揭示。话语建构行为和指涉行为的独特关联所建立的话语行为模型及功能结构，则揭示出文学叙事与历史叙事之间的联系和区别。

一

在文学活动中，作家总是采取种种手段来强化话语的建构性和言外之力，借此增强作品感染力，与此同时，也就贬抑了话语表述的主导地位，阻滞了指涉行为的实施，迫使它改变行为目标和方式。当话语表述、指涉的主导地位被剥夺，话语施为的建构性和言外之力得到凸显，话语活动就变得更为复杂、更不稳定了。话语的施为性、建构性与表述性、指涉性两者间侧重点的转移和意向转换也变得更为灵活。

一方面，"文学是以言行事行为的表达，即语词以自身的方式运行，不论写作者的意图是什么"。[①] 它展开话语行为，讲述文学事件，构建

---

① J. Hillis Miller, *Speech Acts in Literature*, Stanford: Stanford University Press, 2001, p. 112.

文学虚构世界。在话语构建作品虚构世界的过程，话语与现实世界的关系被暂时悬置了，它的指涉功能被中断了。文学话语的指涉"与日常语言的指称之间是断裂的。通过小说和诗歌，就在日常现实中打开了一个新的在世存在的可能性"。① 在文学的话语世界中，人既归属话语行为，又占有话语行为，人与话语相互对话和激发，相互作用和影响，相互生成和融合。人参与了话语建构世界的活动，同时又游于居于这个话语世界，陶醉于这个话语世界，自由地生存于这一人和话语共同创建的文学虚构世界。

另一方面，文学话语行为并没有废弃话语对现实世界的表述和指涉。无论文学话语构建一个什么样的世界，即便是唯美的或超现实的或魔幻的或荒诞的，譬如马拉美的《海风》、马尔克斯的《百年孤独》、尤奈斯库的《秃头歌女》等等，也未能最终剥夺话语表述和指涉现实的权利。所以利科又说："在诗歌的隐喻性话语中，指称能力与日常指称活动的消失结合在一起；富有启发性的虚构的创造乃是重新描述的途径：由语言表达的现实性将显示与创造结合起来。"② 文学话语建构虚构世界的行为暂时悬置了话语的日常指涉，然而，却为重新获得新的指涉目标和新的指涉方式提供了可能：它利用话语建构物，以隐喻和象征的方式来实施指涉，利科称之为"隐喻指称"。那么，当话语重新表述、指涉现实世界之际，话语与现实相关联的纵向原则就会发挥效力，人与话语间的关系又改变了。人从建构话语世界的活动中超脱出来，与文学虚构世界分离开来，开始以一种超然的态度重新通过话语建构物来表征、指涉现实世界，认识、评判现实世界，而此时，人自己也已经立足现实之中了。整个文学阅读过程，就充满着两个世界，即文学虚构世界与现实世界间的转换。

在《构造世界的多种方式》中，古德曼就指出，诸如堂吉诃德等虚构人物，从名称来看，并不适用于任何人，而就其比喻意义而言，却适用于我们中的许多人。字面的虚假或不适用是完全可以与比喻的真实

---

① ［法］保罗·利科：《诠释学与人文科学——语言、行为、解释文集》，第102页。
② ［法］保罗·利科：《活的隐喻》，汪堂家译，上海：上海译文出版社2004年版，第329页。

相容的。"那些无所指谓的东西却仍然可以通过例证或表达而被指向，那些非描述的和非表征的作品，仍然作为它们所拥有的——不论是字面地还是隐喻地——那些特性的符号而起作用。"[①] 不过，作品整体构成的虚构语境和话语建构物的不确定性，取消了话语确指现实对象的能力，而只能通过话语建构物与现实对象的某种内在关联，以隐喻、象征的方式进行指涉；因此，这种指涉就只能是古德曼所说的"例证关系"，只能是泛指。可是，也正是这种"泛指"而非"确指"赋予文学作品以巨大的力量，使它有可能对现实世界展开广泛深入的批判。文学典型正寓居于文学话语施为的建构性和独特的指涉性协同作用之中。话语施为的建构性调动了话语的种种手段和语词的全部内涵来塑造人物形象，对人物的言谈举止、外貌表情、内心世界进行无微不至的刻画，乃至直入人物骨髓；话语的泛指功能由于并非指涉单一确定的现实对象，这就反而使得它可以指涉现实世界中的某一类对象，可以指向历史和现实社会的每一个维度和每一个角落，并构成两个世界（虚构世界与现实世界）间的互动、互释、互证、互构，从而获得了普遍性和非同寻常的批判力。譬如鲁迅《阿Q正传》中的阿Q并不指涉某个真实的人，却让每一位读者都感到似乎阿Q精神就在他自己身上，作品就批判寄生在每个人身上的这种劣根性。文学话语对阿Q精神的命名和书写，则第一次让人们明确意识到这种原本就根深蒂固地存在的痼疾。再如卡夫卡《变形记》中的格里高尔，他从公司小职员变身为一只大甲虫。即便如此荒诞的形象和故事，同样能够以象征方式，例证现实社会中人异化为非人的痛苦体验，以及人与人之间被扭曲的关系，以巨大的概括力实现对现实社会的深刻批判。希利斯·米勒说，文学"通过离开现实而返归现实"。[②] 然而，这种返归是全新意义上的回归。文学与现实相分离，恰恰为更深刻有力地返回现实、更广泛地批判现实提供了契机。

---

① ［美］纳尔逊·古德曼：《构造世界的多种方式》，第110页。
② J. Hillis Miller, *The Form of Victorian Fiction*: *Thackeray, Dickens, Trollope, George Eliot, Meredith and Hardy*, Notre Dame: University of Notre Dame Press, 1968, p.71.

二

在话语行为系统中，建构行为和指涉行为是相互交织的，其主导地位是随人与话语关系的变化而不断越界的。除了非虚构文学，其指涉性几乎可以完全复原之外，一般文学作品则因其整体上的虚构语境，以及话语建构物的不确定性，使得话语丧失了直接的指谓能力，它总是会延缓指涉行为，改变指涉的目标和方式。更明确地说，这已经不再是话语"指谓"，而是以话语建构物与现实间的某种内在关联，通过利科所说的"隐喻指称"、费英格所说的"仿佛"结构、古德曼所说的"例证关系"①来指涉现实，进而实现社会批判的目的。文学对现实的批判性就主要依赖文学虚构世界与现实世界间的内在关联，文学的可理解性、可信性和真实性也依赖于这种内在关联。

既然文学是虚构的世界，那么，这种内在关联又究竟是如何形成的？显然，过去所习惯的"模仿说"、"反映说"或"典型说"是缺乏说服力的。正如柏拉图所指出的，模仿总是次等的、蹩脚的，它并不能授予文学以强有力的批判性。至于"反映说"，那么究竟应该反映什么，如何反映，也仍然捉摸不定、语焉不详。典型化的提炼和集中，也只不过是一种拼凑式综合，所谓揭示现实社会的本质和规律，同样过于抽象，让人难以把握。种种说法都不能真正解决文学真实性和批判性问题。我们认为，文学虚构世界与现实世界建立内在关联的关键在于"社会规约"，文学叙述的可能性空间以及文学真实性就取决于社会规约。

在阐释言语行为理论时，奥斯汀提出了"社会规约"这一概念，并认为正是社会规约为参与言语活动的人设定了行为规则，使得言语行为得以顺利实施，且有规律可循。其实，社会规约不仅仅为言语行为设置了规则，它同时为生活在这个社会中的所有人的所有行为设立规则。整个社会就在社会规约的调节下运行。这些社会规约并非以"法律条

---

① 古德曼把"指涉"划分为"指谓"和"例证关系"两种不同方式，并认为文学艺术主要运用例证关系来指涉。详见［美］古德曼《构造世界的多种方式》和《艺术语言》。

文"的方式存在，而是相对宽泛、模糊的行为约束机制，[1] 并在日常生活中被人所习得和内化，深深嵌入人的内心，根深蒂固地成为人的无意识，成为布尔迪厄所说的"习惯"。"当变为习惯、自动程序甚至下意识反应时，它们运行得最好，为此它们需要恒定性。"[2] 这是一股巨大的、无形的力量，它不仅牵着人的鼻子走，而且让人习焉不察，心甘情愿地被这位无形的"他者"牵着走，并且只有当它越是不被人所意识，它才有着越加强大的力量。这是一种社会性存在，是社会"客体"，它隐藏在每一个社会人的内心深处，通过人的物质化的社会行为而得到表现。这也正是人们常说的"随心所欲而不逾矩"之"矩"。当然，它也被铭刻在各种仪式和风俗之中，借此强化各种行为规范。[3] 某个社会阶层的意识形态只有转化为社会规约，才具有整合、协调、统治社会的功能。

一旦文学参照社会规约来构建自己的虚构世界，它和现实世界之间就形成内在关联。因此，文学的真实性并非话语"指谓"的真实性，并非话语描述与现实对象一一对应，既非模仿和反映，也非所谓典型化，其根本在于揭示了社会规约。正是社会规约暗中主宰着人的行为、主宰着人与人之间的交往，进而组建起整个社会。社会秩序就建立在此基础上。可以说，社会规约是一个社会最基本、最隐秘的组织原则。文学作为人学，只有按照社会规约来组织人的交往行为，组织语言作品，才可能被读者所理解和认可。作品描述的对象可以是猴（孙悟空）、猪（猪八戒）、狐（婴宁）、甲虫（格里高尔），但是，只要遵循了社会规约，按照社会规约来描述这些对象的行为，组织他们之间的交往关系，它就成为可阅读、可信赖并给予人真实感、亲切感、能打动人心的文学

---

[1] 强调社会规约约束机制的宽泛性、模糊性很重要。这意味着：规约既规范、约束人的行为，同时，又不是简单、划一的，这中间有着相对自由、自主的空间。否则，人就成为"木偶"，复杂的人际互动就蜕化为刻板的机械反应，世界也变得了无生趣了。但是，由于存在社会规约，人的行为和交往又是有规律可循的。

[2] ［英］E. 霍布斯鲍姆、T. 兰格：《传统的发明》，顾杭、庞冠群译，南京：译林出版社2004年版，第3页。

[3] 譬如史诗颂唱即一种仪式，它对于古代社会的重要性不仅在于纪念自己的祖先，更重要的在于通过这一仪式来传授行为规范，不断强化社会规约。儿童故事也有这一功能，孩子正是通过一边听故事一边询问为什么要这样，才逐步建立起各种规范，为日后理解生活、适应社会准备条件。从这个角度看，社会规约也是经由语言符号塑造和建构起来的。

作品。它所讲述的人和事也就成为"既非存在,又非不存在"的独特存在,具有弗莱所说的那种"真实感"(reality)。

在文学作品中,人物形象不只是通过外貌描摹来塑造,更为重要的是通过他"做什么"和"如何做"来展示,也即通过他的行为来实现。我们称赞一部作品人物性格写得合情合理,就是认为这些人物的行为是遵照特定社会规约的,因而是合乎情理的。称赞故事情节真实可信,就因为这些情节是合规约之行为的自然展开,冲突根源是建立在社会规约基础上的。社会规约是作家塑造人物、讲述故事、编造情节的基本出发点和依据,也是作家和读者判断人物和故事情节真实性的共同标尺。我们称赞某人物个性鲜明,就因为这个人物的某方面行为逼近规约的极限,甚至挑战了规约,突破了规约的边界,特立独行,由此塑造出个性独特的人物形象。[①] 譬如被称作东床快婿的王羲之,竟坦腹卧床以见登门选婿的太傅郗鉴的门生。那些具有特殊身份和文化权力的人,如过去的王公贵族和达官显要及其纨绔子弟、现代社会的明星等,才有可能具备力量挑战某些社会规约,以此吸引他人眼球,煽动他人的效仿,制造时尚,引领时尚,最终可能导致改写某些规约。一般而言,某人物一系列悖逆情理的行为往往会造成喜剧性效果,如堂吉诃德和阿Q的荒唐行为就注定了他们的喜剧性格;婴宁不分场合的笑,不仅憨态可掬,也为作品增添了喜剧性。但是,即便这些违背常理的行为,也是以社会规约构成人物行为的背景,并只能按照特定社会规约来做出解释和评价。相反,一举一动都中规中矩,人物反而显得十分呆板,毫无趣味,就像契诃夫笔下的小职员,甚至接近于"套中人"。当然,这也是一种典型。社会规约以其特有的方式制约着作品人物的情态状貌和言谈举止,制约着故事情节的起伏跌宕,它是文学获得可理解性、可信性和真实性的根基。

人物行为的社会表达方式受到规约的规范,其行为的天赋能力却可以超越人的真实状态而由作家主观设定,譬如孙悟空一个筋斗翻了十万八千里(吴承恩《西游记》);出生在19世纪的"美国佬"竟可以穿越

---

① 这种犯规行为一般只表现在某一方面。任何人都不可能全面违反规约,否则,他就无法在社会立足和生存。

到公元 6 世纪的英国亚瑟王朝（马克·吐温《康州美国佬在亚瑟王朝》）；草原上的"鹰之子"腊拉因为傲慢、任性和冷酷，变身为孤独飘荡的浮云（高尔基《伊则吉尔老婆子》）；迷人又能置人死地的俏姑娘雷麦黛丝竟然会随飘升的床单被轻风卷走（马尔克斯《百年孤独》）……这些极端夸大的越界行为，除了给作品增添或神奇或荒诞或浪漫或魔幻的色彩、赋予文体独特性外，并无其他消极作用。较之于个人单独行为，人际交往更为重要，因为这些交往行为，诸如交谈、争论、协商、交际、性爱、协作、矛盾、冲突、竞争、逼迫、忍让等等，往往起着组织社会关系和文学作品结构的纽带作用，是文学世界与现实世界建立内在关联的重要的结构性因素，也因此必然受到社会规约更为严格的制约。因为只有当"他人"在场，即个人处在"社会关系"中，社会规约才具有更加显著的约束力。社会规约就是为着调节人际关系、组织社会整体的，本身是"社会的"，它也只有借助于"社会的力量"才能够有效施行。这也正是萨特所说"他人是地狱"的原因。① 现实社会与文学作品都按照共同的组织原则来建构自己的世界。因而，社会规约是较文学话语的叙述结构更为内在、更为基本的结构性要素，文学真实性的根子就扎在这一结构性要素上。

在分析人的行为时，行为发生学提出"社会能力"这个概念，以此指称由一套社会规则的知识所构成的能力，这个概念很接近奥斯汀所说的被内化的"社会规约"。他们认为："社会能力为人们在社会场合中所能施行的行为设定了范围，并依照它来决定哪些会被视为行为的合理运用。""知道该如何在这一场合下行动"，"知道哪些行为是合适的，哪些是不合适的"。此外，还进而把这些规则区分为两个基本类别：一类是"规范性规则"（regulative rules），它被用于导引行为进入适当的轨道；另一类是"解释性规则"（interpretative rules），它使得人们可以赋予

---

① 人之所以需要隐私空间，就因为孤身独处，可以给人一个不受社会规约约束的自由空间。随着人的个体性的增强，隐私空间与公共空间的分化就成为必然。至于后现代社会对个人隐私的曝光，恰恰是对社会规约的一种挑战和解构，而且它往往只是在社会变动时期借助于电子传媒的力量才有可能。

动作和事件以意义。① 如果说，规范性规则为人设定了行动的范围和方式，解释性规则则因揭示出行为之意义，而使行为人在施行的同时又体验着自身的意义，并因此或强化、固化，或影响、改变着行为人的意愿及后续行为。对于其他在场者来说，也可能因分享其中的某些意义，并依据社会规约对行为所做出的评价，进而影响和改变了人际交往关系。②

读者对文学作品的阅读，在某种程度上也往往是依循特定社会规约而进行的表演和体验，同时，他又可以超脱于这些规约之上，因为虚构之境取消了规约对读者的强制性。③ 这种双重态度赋予读者极其特殊又极为有利的位置，使他可以把行为以及社会规约作为审视的对象，依仗解释规则来理解、评价行为的意义，把握作品的意义。从这个角度看，对文学作品的理解不仅是对文字的理解，更重要的是对社会规约解释规则的掌握，对行为意义的理解。对文学作品做社会历史批判，则主要是针对行为背后的社会规约的分析批判。也正是读者这种因双重态度而造成的边缘处境，让他在获得深刻体验的同时，又因超脱于社会规约之上、不受规约的束缚而伴随着充分的自由感，使他可能从一个相对自由的立场来发现社会规约及其不合理性。

亚里斯多德说，历史描述已经发生的事，诗人描述可能发生的事，诗比历史更具有普遍性。其原因就在于文学深刻揭示了社会规约，这些社会规约不仅决定着过去、现在人如何行事，同时决定着将来人可能会如何行事，决定着人为什么不得不如此行事。文学就是通过对社会规约的发现，来讲述人的行为的所有可能性，讲述人的世界的所有可能性。社会规约更具有普遍意义，而文学的普遍性就源自社会规约的普遍有效性。文学越是深刻地把那些难以为人所意识，却又强有力地主宰人的行为的社会规约揭

---

① [英]乔纳森·波特、玛格丽特·韦斯雷尔：《话语和社会心理学：超越态度与行为》，第53、55页。

② 人们往往运用符号学来解释人的行为。在此，我们借用行为发生学的"解释性规则"而不是"符号学原理"是因为符号特性只是行为的一个显性层面，它是对行为的一种抽象。符号学只能区分行为风格而不能完整揭示行为意义。对行为意义的阐释必须亲自投身行动之中。

③ 在第六章中，我们强调文学艺术的虚构世界会悬置"现实法则"，解放人的感性，在此，却强调"社会规约"是文学重要的结构因素，这两种观点并不矛盾。"社会规约"是针对作品人物的行为和情节结构而言的，而对于参与文学活动的作家和读者来说，虚构世界在某种程度上又悬置了"现实法则"，解放了他们的感性。这正是造成双重态度的原因。

示出来，将其裸露在读者眼前，也就越具有真实性和批判性。

　　人与社会的冲突实质上主要是人的欲望与社会规约间的冲突。人的欲望是人的行为的动力，它从个体生命出发推动人的行为；社会规约则以社会固有的方式规范人的行为，它迫使人不得不如此行事，这不仅具体表现为人与人之间的外部冲突，同时又构成自我深刻的内部冲突。从个人角度看，由于欲望的驱使，人不断尝试违犯社会规约，突破规约的束缚，试图充分实现自己的欲望；而社会规约则无情地压制它，规范它，甚至要强制性地扑灭它，把人的行为重新纳入规约之中。实际上，生命的真实不是欲望的自然状态，不是其赤裸裸的展览，而是欲望向社会规约不断抗争又不断遭受挫折，以致被折磨得伤痕累累、心劳力瘁这一过程的展现。其间充满着戏剧性和紧张感。由此构成的巨大张力既使个人内心矛盾和社会规约分别得以显现，也充分展示出作品人物或善或恶的品性，因为社会规约常常是一个社会对个人行为做出道德评价的重要依据。个人欲望与社会规约的冲突也可能导致扭曲人的行为，使它以貌似正常、实则异化的方式来施行。作家则往往抓住表面上合乎情理的东西，也即被自然化、无意识化的行为，将它予以夸大，使其凸显出来甚或变得荒诞不经，从而使隐含于背后的社会规约得到揭露和批判。正是欲望与社会规约间的冲突，展现出既丰富多样、变化多端又具有某种规律性的东西。因此，决定着人物行为的欲望与特定社会规约间或冲突或妥协，才是作品需要认真挖掘的最为重要的潜在因素。托尔斯泰在开始写作《安娜·卡列尼娜》时，并没有想到安娜的死，可是，小说最终不能不让她一步步走向死亡。其中的必然逻辑就根源于个人欲望与社会规约间的冲突。同样，在曹禺的《雷雨》中，周萍逃脱与继母的不伦关系，却又不自觉落入与四凤的兄妹乱伦。其间，正是欲望与最为严厉的规约——"禁忌"之间的冲突，组织起电闪雷鸣般的紧张剧情，最终将他们推入悲剧深渊。文学作品就是要揭示那些暗藏在表面上貌似个人与他者间的冲突或个人自我冲突背后的欲望与社会规约的冲突，把两者间的冲突推到最为尖锐的地步，以至于双方都被血淋淋地展现在读者眼前。所谓文学典型正是深刻揭示了这种冲突的形象。由于文学总是以形象、行动和事件来说话，社会规约只是深深潜伏在人的行为和行为构建的事件的背后，因此，作品世界既掩饰它又暴露它，让它在遮遮掩掩下出场。

正如人在创造上帝的同时也创造了魔鬼，人的欲望也是受到话语实践的塑造并作为社会规约的对立面而被建构起来的，两者间的对立关系正体现了人类存在的矛盾和尴尬：一方面，任何个体都不能不从自身欲望出发，授予欲望以优先性，对他而言，社会规约总是外在的、异己的、应该被破除的；另一方面，社会规约的背后却有历史传统支持，它赢得了社会群体（包括他自己）的认可和授权，较之于个人，具有至高无上的权力和绝对优势的地位，个人欲望反而被贬低为理应受到控制的"他者"，甚至被喻为"魔鬼"。

社会规约是历史地形成的，政治、族群、伦理道德、文化，乃至经济关系和性别关系诸内容都凝结在社会规约之中，并通过社会规约对人的行为的约束而分别得以实现。因此，某一社会的社会规约并非一个协调、统一的整体，它本身因时代、地域、阶层、社会群体分化而存在裂隙，并在特定社会构成不同的等级秩序，进而构成不同的"交际圈"或曰"场域"（布尔迪厄），这就使得各种矛盾冲突表现得更为错综复杂，波澜起伏。譬如出身市井的曹七巧嫁入豪门大族姜公馆，她的一举一动都显得与周围环境格格不入，不能不备受他人奚落，并因此扭曲她的人格，酿成她一生的悲剧（张爱玲《金锁记》）。社会权力的运作之所以是隐蔽的，难以被人发现，其原因就是各种权力主要通过社会规约得以施行和实现，它就隐含在社会规约之中。福柯所说的身体、性，就是由社会规约对行为长时间的规范而塑造成型的。社会规约养成了行为习惯，习惯则深深嵌入人的身体，改造身体，使身体成为受规训的顺从的身体。反过来，这些顺从的身体也因此获得社会赞许，它们被整合到社会共同体中，强化着社会规约的规范力量，铸就了社会惰性。巴特勒则进而指出，社会规约本身即一种社会建构，它是社会实践的结果。如果"性别"并不是一个人"是什么"而是一个人"干什么"这个意义上说的，是通过重复无数的行为而使人成为一个男人或一个女人，那么，人们也可以通过重复不同的行为方式来重新赋予意义，改变社会规约，[1] 体现反抗和变革的可能性。

---

[1] Judith Butler, *Gender Trouble: Feminism and the Subversion of Identity*, London: Routledge, 1990, p. 136.

穿越小说就常常把不同时代、不同文化背景的人物置于同一生存境况中加以描述，以代表两种不同社会规约的行为间的碰撞来构建戏剧性冲突。而当文学作品所体现的特定社会的规约已经随时代演进发生变化，作家却特意仿照原有规约来讲述某人物的行为，由此构成两套社会规约间的矛盾冲突，这就往往会造就滑稽模仿的效果。在新的社会规约的背景上，人物行为的荒谬性，乃至行为背后旧有规约的不合理性，都得到暴露和讽刺。

在致敏·考茨基的信中，恩格斯就十分强调小说对"现实关系"的真实描绘，以此来打破关于这些关系的流行的传统幻想，引起对现存事物的永世长存的怀疑。[①] 那么，怎样才能如恩格斯所说真实地描绘现实关系呢？其关键就在于抓住特定社会的社会规约。只有抓住现实关系背后的结构性原则，即社会规约，才能最真实、深刻地展现现实关系，才有可能进而揭示隐藏于社会规约中的权力运作，和凝结在社会规约中的复杂的政治经济关系，从根子上暴露这种社会关系的不合理性，暴露这些关系是人为建构的而非天经地义。因此，文学主要的批判功能就在于：揭露隐蔽在社会规约中的各种权力究竟如何运作，让它大白于天下。

社会规约既是相对稳定的、传承延续的，又处在不断的分化、融合、变动之中。但是，即便在社会大变动之际，社会规约尽管受到冲击冒犯，部分失去了有效性，并导致违犯规约的行为大量出现，就像古人所说的礼崩乐坏，世风日下，人心不古，但它往往仍然能在总体上勉强发挥作用，否则，社会就崩溃瓦解了。当一个社会在社会规约之下实际上却奉行着另一潜在的行为规则，也即"潜规则"，那么，这个社会已经因其虚伪、窳败而濒临解体的边缘了。正是"私权"的介入，扭曲了社会规约，造成规约表里不一的双重性。日积月累，"潜规则"也可能不必再"潜"，它反而变得冠冕堂皇、大行其道。对于这些现象，我们也只能从它们与社会规约的关系中，才能做出解释和评判。不过，这并非我们必须阐述的。

这样，我们就可以重新阐释文学虚构性与真实性之关系：文学话语

[①] 陆梅林辑注：《马克思恩格斯论文学与艺术》（一），第187页。

以其建构行为展现了一个文学虚构世界,给予人以巨大的感染力;同时,又因其把捉了特定社会规约而与现实世界建立内在关联,并通过"例证关系"指涉现实,由此获得真实性和批判性。并且恰恰因为社会规约就是一个社会的内在组织原则,这种揭示也就最具有真实性和深刻性;又因为它并非"指谓"某一确定对象,而是以"例证关系"来指涉所有相关联、相类似的行为和事件,其批判就最具有广泛性和普遍性。"文学话语本身以幻觉的方式规定和投射了'真实'的在场。"①文学虚构性与文学真实性并非相互对立,相反地,两者间的相互协作赋予文学以独特的存在方式。文学正是以这种独特方式参与到人类社会实践之中。

与社会规约不同,文化惯例则是一种潜在的组织文学语言或其他艺术形式的惯例,是人从学习文学语言或其他艺术的过程中习得的,它类似于卡勒所说的"程式";② 与社会规约相同的是,它同样隐含着意识形态和权力关系,只不过这种关系更为间接、曲折和隐晦。文化惯例体现了罗兰·巴特所说的"符号秩序",它是由意识形态予以"合法化"、"普遍化"、"自然化"的。它总是敞开一些视野而遮蔽另一些视野,强调某些内容而弱化另一些内容,将某些对象中心化而将另一些对象边缘化。文化惯例处在历史传承和社会权力操纵的交集地,内部不可避免会发生断裂,譬如精英文学与通俗文学间的差异;各种不同文学艺术流派、不同文体间的争奇斗胜和嬗替;再如我国五四时期的文学写作,由于中西文化冲突和交融,甚至同一文学作品内部就明显存在着新旧惯例的矛盾。文化惯例作为一种潜隐的文化权力,它始终交集着传统与当代的矛盾,以及各种社会力量间的争斗。因此,文学批评除了针对社会规约之外,也把自己的批判矛头指向文化惯例所隐含的意识形态和权力关系。

在谈到先锋派诗歌时,玛乔瑞·帕洛夫做了精辟的分析。她指出,

---

① [法]埃蒂安纳·巴利巴尔、皮埃尔·马歇雷:《论作为一种观念形式的文学》,陈永国译,[英]弗朗西斯·马尔赫恩编:《当代马克思主义文学批评》,第53页。

② 为了论述方便,在此我们把社会规约与文化惯例分开阐述,其实这两者是难以区分的。只要我们把话语视为行为,那么它所遵循的文化惯例就是社会规约。因此,可以把文化惯例视为社会规约中的一个类属。

假如读者按照传统的、"官方的"惯例来阅读这些诗歌,那就会感到诗歌的语词杂乱、语义断裂、意象晦涩,令人无法理解。其实,并非诗歌本身不可解,而是阅读的人仍然坚执于原有的惯例,对诗歌应该如何表达和连接意象有先入之见。先锋派诗人拒绝使用"常规的"词序或拒绝保留句子结构的完整性,引入神秘难懂的词汇、令人困惑的所指意义,而这种写作恰恰模拟了媒体时代面对无休无止的过剩信息,人们思想意识上的醒悟。因此,"阻碍读者理解的因素不是文本的晦涩难懂而是规约"。[1] 这也就是说,在诗歌创作中存在的话语权争夺,一个重要方面就是对文化惯例立法权的掌控。先锋派诗人意图打破旧有的诗歌惯例,建立一种新惯例,一种还仅仅属于先锋派自己及文学小圈子的惯例。

文学写作和阅读既需要参照社会规约,又要遵从文化惯例,这两者总是或相适应或相抵牾,或迎或拒地纠缠在一起。[2] 至此,我们应该对约翰·塞尔所提出的"横向惯例"做出如下具体化:所谓"横向惯例"其实就是由"社会规约"和"文化惯例"交织交融而成的。前者是人物行为组织原则、社会组织原则,也即文学作品的结构原则;后者则是文学话语组织原则,它们都是文学写作、文学阅读不得不遵循的。离开社会规约,我们就不能有效地行动和交际,不能理解行为,不能理解社会,因而也不能理解文学作品;离开文化惯例,我们不仅无法写作,也无法阅读,无法理解文学语言的真正意义。而对于一个勇于创新的作家来说,有意识地挑战文化惯例,突破文化惯例的约束,恰恰可能成为他建立自己独特风格的重要途径。所谓文学写作的"真诚性",从一个重要侧面来看,就是作家努力驾驭文化惯例,使其服务于自己的写作意图和生命要求,申明自己的文化权力,或者让自己与惯例间的冲突暴露出来,而不是被迫匍匐于文化惯例之前,吞吞吐吐,言不由衷。

---

[1] [美]玛乔瑞·帕洛夫:《激进的艺术:媒体时代的诗歌创作》,第156页。
[2] 在第六章中,我们阐述了文学活动的生命法则。相对于生命法则,社会规约、文化惯例则是约束生命活动的外在法则,它们与生命法则构成极其复杂的张力关系。

三

话语建构行为和指涉行为相协同的运行方式规定了文学真实性的独特形态，而话语行为系统所具有的行为模型和功能结构则决定着文体特征和类型。

跟一般文学作品不同，在非虚构小说、传记文学等特殊体裁的文学作品中，话语指涉现实对象的能力几乎可以得到复原。如杜鲁门·卡波特《冷血》所叙述的时间、地点、环境、人物、事件都可以明确指涉真实、确定的现实对象。它们往往具有双重身份：既参与作品话语的构建行为，是话语世界的构成元素，又指涉真实的现实对象。跟新闻报道等非文学作品不同的是，《冷血》所采用的小说叙述方式，使读者受到更加强有力的吸引，使他们能够追随叙述者的脚步，深入事件的每一个细枝末节，深入人物最为幽暗的内心，去观察和体验。在阅读过程中，读者始终受到两股力量的牵引：小说艺术化的叙述吸引读者投身话语构建的作品世界；非虚构手法又力图将读者时不时地拉回现实世界。读者就徘徊于两个世界之间，话语施为的建构性与指涉性也交替发挥着主导作用，由此创造出独特的文体风格。而从总体上看，标示"非虚构小说"、"传记"等副文本也对阅读起着极为重要的导引作用。

在阐述非虚构小说、传记文学所独具的话语行为时，我们就已经处在文学与历史相接壤的地带，并且十分接近历史作品了。我们不能不发现，历史叙事只要是"叙事"，它就实施了话语的建构行为，就具有一种吸引读者进入话语世界的言外之力，而且还不自觉地受到符号秩序乃至小说情节构造模式的影响，受到文化权力和意识形态的影响。也就是说，历史叙事同样具有建构虚构世界的能力。这也正是诸如海登·怀特、塞尔托等学者所强调的历史叙事的虚构性，他们以此来抹杀历史与文学间的差异。确实，假如单独从叙事层面来看，文学和历史两者之间没有截然区分的边界。要找到两者的差别，就必须从整体上来考察话语行为系统。

首先，我们认为，历史话语追求实现自身的指涉功能，它总是通过种种途径力图确指真实的时间、地点、事件、人物和历史境况，利用考古事实、具有可靠旁证材料的历史记载等等,来建立话语与历史真实的关联,也即话语行为模型具有塞尔所说的话语向世界适应的指向(word-to-world)。古德曼说,世界是被构造的。历史叙事也只能是对世界的重新构造,它不可避免地要按照某种思想模式,甚至参照某种文学叙事(情节)来构建历史。钱锺书也谈到史书的虚构性,他说:"史家追叙真人实事,每须遥体人情,悬想事势,设身局中,潜心腔内,忖之度之,以揣以摩,庶几入情合理。盖与小说、院本之臆造人物、虚构境地,不尽同而可相通;记言特其一端。"① 然而即便如此,历史叙事仍然区别于文学叙事:它所叙述的是"真人实事",并且必须"据往迹、按陈编",其叙事目标是追求与真实世界相适应。一旦有新发现的事实打破已有的历史叙述,叙述也就不得不做出调整,要求话语去切合历史世界。在《真与谓述》中,戴维森指出了语言中"索引因素"的重要作用,他说:"比如指示代词和时态,因为正是这些因素最直接地允许谓词和单称词与世界中的对象和事件联系起来。"② 同样,话语中的索引因素应该包括那些表达真实、确切的时空关系及人、物、事的语词,它们恰似船锚,让原本漂泊不定的叙述话语在历史长河中找到自己的位置并停驻下来。可是,对于非虚构类文学以外的一般文学作品而言,其话语并不追求确指现实对象,话语行为模型也不具有向世界适应的指向,相反,它凭借自由想象蔑视以话语直接对应或契合现实世界的努力,大胆地试验一切叙事可能性。因此,在文学叙事与历史叙事中,存在两种不同的对真实性的追求:文学并不追求与事实相同一,它真正要追寻的是特定社会的社会规约,意图通过发现某种社会规约,深刻描写人和人际关系,以及人与人之间的权力关系;历史则挖掘事实,努力还原事实,历史真实性应该同时是事实的确切性,是历史话语与世界相切合。话语向世界适应虽然是历史学的一个梦,却应该是永远向往和不断追寻的梦。我们承认历史叙事的虚构因素,其目的既在于关注历史叙事背后的意识形态性,不盲目轻信历史,也在于提高历史叙事的自觉性,

---

① 钱锺书:《史笔·文心·文采》,舒展选编:《钱锺书论学文选》第三卷,广州:花城出版社1990年版,第311页。
② [美]唐纳德·戴维森:《真与谓述》,王路译,上海:上海译文出版社2007年版,第65页。

努力清除虚构性，而不是借此无视应有的约束，以难以避免的虚构性作为纵容叙事随意性的托辞。

其次是话语行为系统的功能结构，具体说即指涉性与建构性的关系。尽管在叙事层面，历史话语同文学话语一样，无法避免虚构性，但是，在两种文体中，其话语的指涉性与建构性之间的主次关系是不同的：历史作品强调话语的指涉行为，意图强化指涉的确切性；文学则强调话语的建构行为，采取种种手法加强话语的建构性和言外之力；并且两者主要是依靠文体形式及标志体裁的副文本所赋予的文化惯例来实施强化作用的。与此相应，历史作品在强调话语与历史世界的关联，突出话语指涉性的同时，往往尽量删削跟主要事实无关的描述及过于形式化的东西来贬黜话语的建构性，甚至利用极端的方式，如"年表"、"年谱"等形式将话语的建构性削减至最低水平。这还常常成为历史撰写的自觉追求。所以斯坦纳批评说："梦想具有科学的严谨性和预测性，这个野心勾引了许多历史写作偏离其真正本性——艺术性。现在被当成历史著述的许多东西很少有文学色彩。"[①] 事实上，历史作品"以年为纲，以事相从"的写作策略就已经铸成话语指涉性与建构性之间的主次关系。相反，文学则往往以形象化的描述来强化话语的建构性，或者利用诗歌分行和韵律凸显话语建构行为，或者干脆借用"志怪"、"传奇"、"荒诞"等虚幻题材来割断话语与现实的直接关联，令建构性成为一种占压倒优势的话语力量。这就是说，历史和文学之间毕竟存在着话语行为模型、话语行为系统功能结构的差异。话语行为模型与话语行为系统功能结构是互为因果的：当话语追求与世界适应（或不适应），也就同时要求强化话语的指涉性（或建构性）；同样，话语指涉性或建构性的加强，也将改变话语行为模型。

此外，同样重要的是，文学性虚构一般属于费英格所说的那种"有意识的虚构性"，而历史则失去了对自己原本无法逃避的虚构的意识，或者依仗权力否认这种虚构。任何叙事都是以思想模式和话语范式对事实的裁剪和再造，它总是一种虚构，不可避免地渗透着意识形态。

[①] [美]乔治·斯坦纳：《逃离言辞》，《语言与沉默——论语言、文学与非人道》，李小均译，上海：上海人民出版社2013年版，第25—26页。

但是，由于历史意图以话语去适应世界，并自以为恰到好处地做到了这一点，就忘却自己仍然无法逃离虚构，无法逃离意识形态。它拆解历史话语世界与事实世界间的边界，强化话语的指涉性，意图弥合话语与事实间的裂隙，哪怕事实上指涉物是缺席的，只不过是虚假的指涉。历史叙事否认自身与事实世界间的边界，有意无意地混淆两个世界，在为叙事赢得"客观性"的同时，装模作样地从中抹去作者或读者的身影，抹去权力运作和意识形态的痕迹。① 文学则相反，它常常坦率表明自己的虚构性，充分利用这种虚构来强化话语的建构性，同时也为自身谋取了自由。在文学活动中，我们意识到文学的话语世界是"另一个"世界，意识到文学世界与现实世界之间存在着边界，于是，不再试图一一对应地去指涉现实，而是让自己心悦诚服地投身于这个虚构世界的建构和体验。正因为这是一种话语建构和体验活动，也就注定文学无法离弃人，它真诚地邀请人，总是与作者或读者结伴而行；也因为文学正视自己的虚构性，才有可能将话语的意识形态性公之于众，从而实现意识形态批判。

理查德·卡尼认为，叙事是人类与生俱来的需要，是我们追求某种生命协调的愿望。只有通过叙事，把那些零散的、偶然的事件变为完整的、有意义的故事，使它值得记忆，这才使我们真正具备人的身份，赋予我们一种个性与共性相统一的身份形式。这就是神话产生的缘由。随着时间流逝，神话演变为两个主要分支：历史性的与虚构性的。由此，两种叙事分道扬镳，"历史性的叙事作品修正传统的神话，使之日益忠于过去事件的真实性"。"虚构的叙事作品旨在按照某种美、善或崇高的理想标准重新描述事件……随着现代小说的出现，虚构的传奇发展到了顶点。"② 正是不同的叙事目的不断塑造着叙事话语的功能特征，促使它们发生分化。文学性叙事充分利用了话语的建构性和虚构性来拓展

---

① 本维尼斯特阐述了"历史叙事"与"话语"的差异。他指出，历史学家从来不说"我"或"你"，也不说"这里"、"现在"。在历史叙事中，叙述者毫不介入，第三人称不与任何其他人称对应，它是不折不扣的人称缺席（［法］埃米尔·本维尼斯特：《普通语言学问题》（选译本），王东亮等译，北京：生活·读书·新知三联书店2008年版，第271页）。这些叙事特点，正是为了抹去主观的印记，以示叙述的客观性、真实性。而文学话语则不受限制，常常有意强调叙述者的在场，充分施展叙述者在叙事过程中的影响。

② ［爱］理查德·卡尼：《故事离真实有多远》，第20—21页。

自己的叙述空间，不断带给人惊奇和惊喜；历史性叙事则瞩目事实，试图通过强化指涉行为把自己维系于事实上，它或因叙述个人的故事而成为传记，或讲述集体的故事而成为历史。

就如克默德所说，"虚构作品的虚构性一旦不为人们所意识，就会蜕变成神话……神话在宗教仪式的示意图中发挥作用，因为这种仪式预先假定事物的现在与过去能得到总体的和恰当的解释；它是一系列完全固定不变的示意性动作"。① 从这个角度来看，较之于文学，历史与神话更接近。如同神话一样，历史确信自己的真实性，力图通过自我建构，成为一个民族辨识自己、确证自己、凝聚自己的重要手段；文学虽然也有这种功用，并因此被阿诺德视为"民族财富"，却因为意识到自己的虚构性，而具有更多的个体自由。历史更执着于既成的集体的形象，以求得安定感；文学却注重个体、开放自我、追求自由感和创造性。

如此，我们便看到：历史和文学构成了一个渐次变化的文体序列，它们随话语指涉性和建构性两者间的关系，以及指涉功能、建构功能本身的变化而变化。其中，一个极端是历史年表、年谱等；另一个极端是具有虚幻题材或独特文体（如诗歌）的作品；中间是过渡形式，如非虚构文学、传记等。

由于话语指涉性和建构性的结构关系跟文化惯例密切相关，那么，当某些惯例因时间流逝、语境变化而日渐陌生和疏离，它对话语行为的影响力就弱化了，话语行为系统的功能结构也因此变得更不稳定。所以，一部历史作品，如《史记》中的本纪、世家、列传等，当它所指涉的真实对象与读者越来越疏远，直接关联越来越稀少，以致指涉发生了断裂，它也就很容易被视为文学作品。相反，一部文学作品，当它随时日消逝，作品话语对于读者日渐生硬，话语的行为能力及建构性、话语吸引人的言外之力日渐衰竭，作品世界对于读者日渐隔膜，也就难以将读者卷入话语建构活动及话语世界，此时，它就蜕变为一堆历史材料，或者成为考古对象了。另外，读者的阅读习惯、阅读目的和心态也影响他进入作品的方式、他与话语行为的关系，进而影响话语指涉性与

---

① ［英］弗兰克·克默德：《结尾的意义：虚构理论研究》，第37页。

建构性的关系。因此,他就可以在文学中寻找社会历史内涵或将历史看作无韵之离骚。①

我们认为,作品特性取决于话语行为模型和话语行为系统结构,取决于话语施为性、建构性与表述性、指涉性的关系,取决于读者与话语建立的意向性关系,这既与话语自身特征相关,也与读者及所属的历史语境相关,而特定的文化惯例则在其间扮演了重要的协调者。

第四节 权力关系:控制与抵抗

在分析文学真实性问题时,我们提出了作为文学话语组织原则的文化惯例,以及作家与文化惯例间可能存在的矛盾。正是在这中间存在着极其复杂的权力作用,需要我们作进一步深入的分析。

一

在《心灵导论》中,约翰·塞尔指出:"语言意向性必须按照心灵意向性的话语方式来得到解释,而不能反过来……语言的意义是获取自意向性的,并且它必须来自于心灵的源初意向性的。"② 在塞尔看来,话语意向性源自作者的意图,读者必须循着话语意向性来摸索作者心灵的源初意向性,才能正确发挥话语行为的作用,真正把握作品,准确解读作品。这也就是说,读者与话语间建立的意向性关系必须跟作者与话语间的源初意向性关系相同构。

对于一般话语来说,确实存在上述关联,不过,话语行为的力量则不仅与话语的意向性相关,更主要地取决于社会体制的授权。是社会体制授予言说者以身份地位,同时授予其话语行为以力量。一个伟人,即

---

① 在话语行为系统中,指涉性与建构性关系的不稳定性、行为系统功能的可转换性,恰恰给予人更多操纵历史叙事的机会,他可以混淆两个不同层次的话语行为,令读者真假莫辨,并借此篡改历史。但是,历史叙事尽管无法逃避虚构性和意识形态性,它毕竟不是戈培尔式的"宣传",不能随意杜撰。

② [美]约翰·塞尔:《心灵导论》,徐英瑾译,上海:上海人民出版社2008年版,第144页。

便发表再无聊、愚蠢的讲话,也可能产生无可比拟的威力,其意义在反复阐释中被无限扩大和增值。社会体制是话语产生言外之力和有效施行的保障。可是,文学话语则不然。文学话语运行于"另一个"有别于现实世界的虚构世界,正因为这个原因,奥斯汀才认为文学话语缺乏"真诚"而将其排除于言语行为理论之外。其实,文学话语之所以与其他话语不同,并不在于缺少真诚,而是在文学的虚构世界里,现实的社会体制已经丧失它的威严和效用,文学话语因此成为脱离现实语境、失却现存体制直接支撑的孤立行为。

那么,在文学活动中,作者、话语、读者之间的具体关系究竟是怎样的?它们是如何建立的?文学又是如何实施话语行为?如何发挥话语的力量的?这还有待于做深入分析。我们认为:从特定角度看,作者主要是通过修辞策略①赋予文学话语以特定意向和言外之力,以此调节读者与话语间的关系,影响话语行为方式,进而间接影响读者的接受理解的。

对于叙事文学而言,叙述者的选择和确定十分关键。在文学作品中,叙述者一般具有权威性,它隐含或者影响着叙述所采用的人称、视角、聚焦,包括叙述风格、叙述语态(直接引语、间接引语、时态、对话式、独白式等等),影响乃至决定着叙述者与作品人物及事件间的关系。文学作品就是借用叙述者及其种种叙述手段,来影响读者的阅读态度,调节读者与文本、话语间的关系,调节读者与作品世界以及内含的人物、事件等各种因素的距离及交往方式,调节读者体验事件、对待人物、看待作品世界的方式。譬如歌德《少年维特之烦恼》以第一人称叙述者所特有的真切感、亲近感,有效拉近了读者与作品主人公维特的心理距离,增强了作品的感染力,给予读者以心灵震撼,甚至成为影响某些年轻读者"错误自居"的原因之一。比较而言,第三人称叙述者往往与叙述对象保持着距离,以相对超然的态度面对所叙述的人物和事件,这又更有利于注重现实批判的作品。而叙述者对世界的看法和评价则会在某种程度上不知不觉间影响着读者的看法和评价。这就是说,

---

① 我们所谓"修辞策略"沿用了布斯在《小说修辞学》中提出的相对广义的概念,包括一切能够调节读者与文本、话语关系的手段,而非仅指语言学中的修辞。

话语以言行事所具有的意向性和所产生的力量方式及力度，是与修辞策略息息相关的，作者可以借此赋予话语言外之力，间接体现自己的写作意图和文化权力。

如果叙述者是不可靠的，是一位"准则和行为与隐含作者 IMPLIED AUTHOR 的准则不一致的叙述者；其价值观（品味、判断、道德观）与隐含作者的价值观相偏离的叙述者；叙述者叙述的可靠性被其各种不同的叙述特点所破坏"，[1] 那么，叙述者的权威将可能被剥夺殆尽。在罗伯-格里耶的小说《橡皮》中，诸如新闻报道、女仆和偷窥者这些不同叙述者相互矛盾的叙事透露出隐含作者与叙述者之间的不一致性，并对叙事本身的可靠性提出质疑。读者也不再紧紧追随叙述者的脚步，依循叙述者的指引，而是以怀疑的眼光，时时质疑叙述者及其所叙述的一切。这种状况赋予读者相对超然的阅读态度，他与话语间的关系、他介入作品虚构世界的方式也发生了改变。不过，叙述者的不可靠性往往仍然是作者有意为之。作者设定了叙述者，同时又不愿授予他可信赖性，限制乃至剥夺了叙述者的可靠性，因此从一般情况来看，同样也是作者意图的体现。

布莱希特的策略又别有特点。他利用旁白、字幕、布景、陌生化表演，或者在戏剧中加入"叙述者"等各种手法，不时将观众从戏剧剧情中"间离"出来，在舞台虚构世界之外以超然的态度观赏，进而实现戏剧的批判和教育功能。在小说等文学作品中，作者同样可以利用视角频繁转换、元叙述、戏仿、转叙来中断叙事线索、干扰叙事进程，或者利用夸张和荒诞手法等等，制造读者与作品虚构世界的距离，令读者超脱于虚构世界之外，重新返归现实，批判现实。譬如托尔斯泰的《霍尔斯托麦尔》，它既让读者通过小马驹的眼睛来观看世界，摆脱习惯观念和意识形态束缚，而这种荒诞手法又不会消弭读者与马驹间的心理距离，它有效调节着读者与作品虚构世界的关系，影响着读者的阅读态度，使读者可以时时超然于作品世界之外，以此维持批判意识。

---

[1] ［美］杰拉德·普林斯：《叙述学词典》（修订版），乔国强、李孝弟译，上海：上海译文出版社 2011 年版，第 239 页。

与叙事学中被形式化、抽象化的"叙述者"不同,巴赫金则提出"面具"这个概念。他说:文学"需要有一个某种重要的非杜撰的面具,它既决定作者对所写生活的立场(即他作为个人是怎样、从哪里观察并揭示全部这种个人生活的),又决定作者对读者对公众的立场(即他以什么人的名义站出来'揭露'生活,如作为法官、检察官、'书记员'、政治家、传教士、小丑等等)"。① 对于文学话语的权力分析来说,"面具"是一个比"叙述者"内涵丰富得多的概念。因为叙述者除了叙事人称、角度、聚焦等形式因素外,其社会性因素已经被抽空,几乎被清除殆尽了;巴赫金的"面具"则包含具体的社会身份,也就是说,面具体现了故事讲述者必须遵循的社会规约和文化惯例,他所具有的意识形态特征,他对所写生活的立场、对事件和人物的态度,他讲述所有这一切的独特方式,以及对读者和听众的立场,等等,都在"面具"中得到表现。因此,对文学话语做权力分析,面具应该是一个更有价值的概念。

作者的意图通过修辞策略得以实施的过程,正是作者行使权力的过程,是作者征用修辞策略来操控话语意向和言外之力,进而间接影响读者的过程。作者、读者都生活于社会现实和文化传统中,都不能脱离社会规约和文化惯例率性而为。就是这种"调节虚构散文的作用和交流方式的社会、历史、文化的规范之全部"的规约(惯例),② 保证了阅读交流的顺利进行,也似乎维护了作者意图的实现。上述分析让我们看到:在作者、文本及话语、读者之间似乎存在一种单向的权力运作关系。

二

事实上,文学话语行为中的权力运作要比上述分析远为复杂。在《虚构的权威》中,兰瑟提出了"叙述声音"这个概念,重新赋予叙述

---

① [俄]巴赫金:《小说的时间形式和时空体形式》,白春仁译,钱中文主编:《巴赫金全集》第三卷,石家庄:河北教育出版社1998年版,第356页。
② [挪威]雅各布·卢特:《小说与电影中的叙事》,徐强译,北京:北京大学出版社2011年版,第19页。

话语以文化政治内涵,并着重从女性立场来阐释叙述话语。她说:"在西方过去两个世纪的文学传统中,话语权威大都当然地附属于主导意识形态中受过教育的白种男性,只是紧密程度有所不同而已。因此,叙述者的地位在何种程度上贴近这一主导社会权力成了构成话语作者权威的主要因素。同时,话语权威的构成因素还包括随历史进程而变化的文本写作策略。"[①] 这就是说,在男权社会,即使女性作者坚守自己的女性立场,竭力要在文学写作中发出女性自己的声音,可是她所使用的话语、所采用的写作策略,都依然属于传统,属于一个经主导意识形态铸造而成的男权传统,要进行脱胎换骨的改造是一个极其艰难的过程。女性作者要发出自己的声音,就应该具有鲜明的性别意识,警觉地与"主导社会权力"拉开距离,焚毁话语中残留的性别偏见,重新浇铸种种写作策略。为了对抗"主导社会权力",女性作者甚至不得不借助于女性群体的声音来发言。女性作者在写作的同时,开辟了另一个战场,一场对话语、写作策略的宣战。

兰瑟的分析已经涉及话语与文化惯例的关系,不过,她仅只关注性别权力对文化惯例渗透。或者说,她试图为抽象的"叙述者"增添一点社会性内容,把叙述者区分为女性叙述者和男性叙述者,以此阐释叙事话语中的性别权力关系。当然,这个"叙述者"还不是巴赫金所说的具有社会具体性的"面具"。按照兰瑟的观点来看,在男权社会话语权同样属于男性,并按照男性的利益和意愿来铸造话语,话语中蕴含的文化惯例就是男性建立的。权力关系就内化在话语中,成为一种习惯性的东西而不被人所意识,却从根底上制约着人们的话语活动,以致女性想要按照自己的意愿说话,却仍然逃脱不了男性的掌控。要么女人只能缄口不语,因为她无法用自己的话语来言说自己的欲望,她没有真正属于自己的话语;要么她必须展开一场对现成话语及惯例的抗争。她或者吞吞吐吐、闪烁其词地言说,以空白、以隐喻,曲折地表达心声;或者用"身体"来写作,以抗拒理性中心主义(男性主义)的掌控;所有这一切还必须借助于女性的集体力量、集体的声音。而她

---

① [美]苏珊·S. 兰瑟:《虚构的权威——女性作家与叙述声音》,黄必康译,北京:北京大学出版社2002年版,第6页。

们所面对的却是整个男权传统所构建的文化惯例，是一个视而不见却又力量巨大、难以撼动的"无物之阵"，因而，这往往是一场近乎绝望的战斗。马歇雷和伊格尔顿极其重视分析文学作品中尚未言说的"空白"，其实就基于对文化惯例中的权力关系和意识形态性的清醒认识。

萨义德对简·奥斯汀的《曼斯菲尔德庄园》做过精辟分析。他指出，奥斯汀在描述曼斯菲尔德庄园时是"令人恼火地非常充实"，而描述与这种庄园生活息息相关的外部语境——一个加勒比岛国安蒂瓜时，却"非常简略"，只是很节制地"随意"提及它。但是，我们的阅读却不能不把它重新置于大英帝国实行殖民统治的具体语境。这就会发现，在奥斯汀"最节约笔墨"的地方，在话语尚未充分言明的字里行间，在作者写作过程被有意无意忽略的历史语境中，却显示出她并没有脱离特定意识形态。奥斯汀的眼光微微地隐藏在她的话语背后，她的《曼斯菲尔德庄园》实质上是"一个正在扩张的帝国主义冒险的结构的一部分"，"所有这些与引入的外部事物有关的问题似乎都存在于她的暗指性与抽象的语言里"。[①] 表面上奥斯汀没有赞同帝国主义的扩张主张，没有有意识地施行这种霸权话语，但是，特定历史语境却泄露出她与帝国的思想范式之间纠缠不清的关系，其本身就属于特定的语言和文化实践的结构的一个重要部分。在这里，萨义德同马歇雷、伊格尔顿一样，不是从作者已经言说的话语中去做意识形态分析，而是从他尚未言说或尚未明言的地方去寻找征候，把作品置于具体历史语境去揭示思想范式的连续性，从而深入阐释了话语与权力、话语与意识形态的复杂关系。

但是，即便如兰瑟和萨义德的阐释，也只是让话语中的权力运作变得较为复杂而已。一些从文化政治角度阐释文学活动中权力关系的研究，就常常循着这样的思路。其实，其中仍然存在一个重要缺陷：这种分析忽视了文学话语活动的独特性，将文学话语活动等同于日常话语活动，将文学话语视为简单的交流工具。就是说，上述分析仍然建立在

---

① [美]爱德华·W. 萨义德：《文化与帝国主义》，李琨译，北京：生活·读书·新知三联书店2003年版，第132、127页。

"人—语言—世界"（表述）和"人—语言—人"（交流）这种意向性关系上，无视文学活动除了一般性话语交流形式之外，还存在着另一种特殊形式的交流；无视文学话语除了符号学、语义学特征之外，还是一种独特的话语行为。在文学话语行为中，人与话语之间建立了一种最具

特点的意向性关系：主体间性关系；同时，文学话语则展现出非工具化的另一副面貌。在文学活动中，最为复杂地交织着各种意向性关系，话语及语词也呈现出最为繁复多样的面目和色彩。

三

　　在文学话语构建虚构世界的活动中，人与话语间建立了一种新的意向性关系：主体间性关系。正是这种主体间性关系赋予文学话语以抗拒作者意图的自主性，也赋予读者自主阅读的独立性。

　　语言是历史地形成的，在语言中一层层淤积着历史沉淀下的淤泥，因此，任何语言都跟岩层一样层叠着历史断层。而语言作为交流工具，在它沟通人与人、集团与集团、地域与地域、国族与国族之间关系的同时，自身也发生了交换和融合。从这个角度看，语言只能是巴赫金所说的"杂语"，它并非作者主观意图的简单施行，也非贯穿着始终一致的文化惯例，而是由不同系统的语言融汇而成，其间存在纵横交错的边界或裂罅，充满内部冲突。但是，在语言的日常运用中，这些断层和裂罅往往被忽略不见了。作为工具的语言，人们无暇也无意顾及这些断裂，他们生活于语言之中就好像生活于透明的空气中，并因熟悉转而麻木得看不见语言的瑕疵，也感受不到它的特征。但是，文学活动对话语施为性的强调，改变了人与话语间的意向性关系，赋予话语以独立自主性，致使语词的所有内涵和生命力都得以激活，同时使原本存在的断裂也得以敞开。从另一个角度看，工具性话语对语言逻辑和现实语境的重视，严格约束着话语的意义表达，压制着各种背离作者意图的话语意向；而文学话语对语言逻辑的蔑视，以及跟现实语境的分离，则允许话语本身暗藏着不计其数的歧义和意向，同时也使这些潜隐的意义、意向不受压制地浮上地表。"语词就是它们的使用传统：

它们通过具体的言说来保存用法和主题。历史世界在语词上留下了不可磨灭的痕迹，因此，语言不能脱离其言说来理解。"① 如果说，工具化、概念化的日常话语尚能比较伏贴地顺从作者（言说者）的意图，体现作者（言说者）的权力意志，那么，作为非工具化、非概念化的文学话语，则因其自身所具有的相对独立性、生命性以及存在的断裂，又以自相分离、歧异的力量抵消和分化作者的操纵。它在勉强接受话语修辞所赋予的职责之时，又倔强地抗拒这些任务，抗拒作者的权力意志。

在《长篇小说的话语》中，巴赫金对小说话语作为"潜对话"的"杂语"特性做了深入阐述。在巴赫金看来，小说就是"杂语的小宇宙"。这不仅因为小说中嵌入了书信、日记、文告、哲理话语、民间俗语和日常口语的模拟等大相径庭的各式话语，还因为话语本身就是一种多语种现象和个人独特的多声现象。即便是统一的民族语内部，也分解成各种社会方言、各类集团的表达习惯、职业行话、各种文体语言、各代人各种年龄的语言、权威人物或下层民众的语言、摩登的语言、鄙俚的语言等等，而且它们又在不同类型话语的交流过程中相互区分又相互杂交、混合，构成一种充满"潜对话"的话语。从这个角度看，任何话语都是杂语，绝对纯正统一的话语几乎是不存在的。也就是说，文学话语所具有的文化惯例并非单一的，而是充满着内部断裂和张力的。"语言整个地被瓜分了，渗进了种种意向和语调。对于生活在语言之中的人的意识来说，语言并不是用规范的形式组织起来的抽象的系统，而是用杂语表现的关于世界的具体见解。所有的词语，无不散发着职业、体裁、流派、党派、特定作品、特定人物、某一代人、某种年龄、某日某时等等的气味。每一个词都散发着它那紧张的社会生活所处的语境的气味；所有词语和形式，全充满了各种意向。词语不可避免地会带有在上下文语境中得来的韵致（体裁的、流派的、个人的）。"② 小说作者正是通过征用这些社会性杂语，以及以此为基础构建的个人独特的多声现

---

① [美] 约埃尔·魏因斯海默：《哲学诠释学与文学理论》，第119页。
② [俄] 巴赫金：《长篇小说的话语》，白春仁译，钱中文主编：《巴赫金全集》第三卷，第74页。

象，来驾驭题材，讲述故事，描绘人物和作品世界的。虽然作者力图将其熔铸为一个完美的艺术整体，使杂语服从于"最高的修辞整体"，却没有祛除杂语的离心倾向，没有熨平杂语存在的种种歧异，反而是让杂语相互共生、相互对话。[①] 而文学话语作为巴赫金所谓具有"自我意识"的"语言的高级生活形式"，则使得话语内部的离散特征、语词间不同乃至相互抵触的意向得到激活、凸显并发挥作用。

德曼说："内在于语言的言语行为相独立于意图，或我们可能具有的任何动机和意愿。"[②] 在文学作品中，诸话语、语词总是不愿意拭去"身份"的印痕，不愿意压抑那附着在身的纷繁意向，它们构成了色彩斑斓、众声喧哗的杂语。这些杂语中聚集着种种各不相同的观察世界的独特视点，聚集着理解世界的不同方式和反映事物含义和价值的特殊态度，凡此种种，都抗拒着作者强加于作品的最高修辞整体，解构着作者力图构建的统一视野，抵制作者实施意图的权力，也同时销蚀着作品的意识形态性。

如此，在文学话语活动中，我们不得不面对极为复杂的权力关系：其一，作家征用了种种修辞策略来实现自己的意图，施行自己的话语权

[①] 巴赫金的语言观与索绪尔相抵触（当然，巴赫金是针对语言的具体运用，即言语、话语来讨论语言的；而索绪尔则在抽象系统的意义上来讨论语言，两者本不可比较。但是，当两种理论被应用于具体的话语分析，矛盾就出现了）。索绪尔认为，语言是一个共时系统，语词的价值、意义取决于它在系统中的位置，任何要素都是由环绕它的要素所决定的，也即由语境所确定的。而巴赫金则赋予语词以历史性，它的价值、意义与其历史相关。我们认为更合适的说法是：语词正处在历时性与共时性的交接点，处在历时性向共时性转化的过程中，其价值、意义由此而生，忽视任何一个维度都有偏颇。设若每一语词本身都没有自己的价值和意义，那么连语境也无法构成。正是语词的使用历史赋予它们以潜在的价值、意义，当它们组成语句，乃至语篇时，这些有着潜在价值、意义的语词在新关系、新系统中互为语境，相互作用，相互限定和影响，才共同生成每一语词的新价值、新意义，同时构成语句、语篇的价值和意义。正如利科所说："语词对话语的各种各样的依赖性丝毫不意味着语词没有语义上的独立性……孤立地看，语词只有潜在意义，这种潜在意义是由它的部分意义的总和构成的，并且它们本身要由它们可能出现的语境的类型来确定。只有在特定句子中……它们才有现实的意义。"（［法］保罗·利科：《活的隐喻》，第 176—177 页）语词的潜在意义与语境所赋予它的意义之间总是存在着张力，这才使得句子充溢着别具一格的韵致，也使语言富于创造力。这种张力在隐喻中很显著。科学语言尽量弥合两者间的差异，意图消除张力，使语义趋于单一、稳定；文学话语却刻意制造张力，以增强语词的含混性、丰富性和表现力，强化话语行为所具有的力量。

[②] Paul de Man, *The Resistance to Theory*, Minneapolis: University of Minnesota Press, 1986, p. 96.

力；其二，话语自身必须遵循的文化惯例就体现着各种权力关系，这些权力与作家所施行的权力常常不能翕然一致；其三，语境与话语之间的关系也十分复杂，它限制着话语的意义表达和权力运作，甚至会扭曲话语的意义和权力关系；其四，整部文学作品的话语也不是一个有机统一体，而是包含着许多自相冲突的惯例并因此造成自我解构的力量。如果我们进而考虑到文学话语所建构的虚构世界所含蕴的超越性，考虑到虚构世界赋予作家和读者以自由和解放，那么权力和意识形态问题就更为复杂了。

四

从读者与话语的关系来看，文学虚构世界则授予读者以阅读自主性，使他可以按照自己的意愿，乃至突发的灵感和奇想，从话语中择取对他最具吸引力的东西，组成自己的独立视野，进而颠覆作者的意图，颠覆主流意识形态对作品的控制。特别是话语所包含的文化惯例只是一种依据传统而发出的"邀请"和"导引"，是"应该"而不是"必须"，它并非强制性的"法律"，读者完全可能有意识地违犯惯例，置惯例于不顾。那种无视文化惯例而任凭一己的喜好来理解、阐释文本的做法，正是解构主义的策略。它给大一统的、以作者意图或文本结构为中心的阐释范式和观念带来巨大冲击。艾布拉姆斯评论德里达时指出："他在玩一种双重游戏，读别人的文本时引入他自己的阐释策略，想和自己的读者交流其阐释方法和结果时则默契地依仗社团的规范。"[①] 阅读作品，他可以违犯文化惯例，以使自己的阐释出语惊人；但要传达自己的观点，却又不得不尊奉文化惯例，以确保他人能够按他的意图来理解。文学话语内在意向错杂纷纭，以及对逻辑关系的鄙薄，正为解构主义利用"双重规则"来玩"双重游戏"提供了最好的场所和契机。所以，当读者并不顺从文学话语所包含的文化惯例，不追随修辞策略及话语言外之力的左右，而是听任自己的意愿，从侧面的、次要的、边缘的

---

① [美] M. H. 艾布拉姆斯：《如何以文行事》，《以文行事——艾布拉姆斯精选集》，赵毅衡、周劲松译，南京：译林出版社2010年版，第272页。

方位进入文本，并不时变更自己与话语间的关系，变更话语施为性、建构性与表述性、指涉性的关系，这就可能将作品虚构世界拆卸得七零八落，不成片断了，作品的意义及其意识形态性也遭逢解构。

德里达的解读是一位特殊读者的解读，也就是说，是一位批评家的解读。作为批评家，他总是在寻找一种异乎他人的独立方式介入文学文本，以萨义德的话来说，批评是"反抗的"。他说：

>　　假使我就批评（不是作为一种变体［modification］，而是作为一种界定清晰的形式［emphatic］）始终如一地使用一个字眼的话，那就是反抗的（oppositional）。如果批评既不可能还原成一种学说，又不可能还原成有关特定问题的一种政治立场，如果它是在世的（to be in the world），同时又具有自我意识，那么它的身份就在于它与其他文化活动，与思想或者方法体系的差异……批评必然想到自身是张扬生命的，而且从本质上说，它反对种种暴政、统治和虐待；它的社会目标在于为人类自由而产生出来的非强制性的知识。①

这样一种从自身生命出发，以张扬自身生命和人类自由为目的的批评，其实就是独立行使读者自己的个人权力，它反对种种惯例和规则，积极介入文学话语权的争夺之中，从而使话语中的权力运作更其复杂。

"我们的语言可以被看作一座古老的城市：迷宫般的小街道和广场，新旧房屋，以及不同时期新建的房屋。"② 这些迷宫般的街道为我们提供了无数的街景、无数的入口和出口，它总是把读者引向一个未曾预知的地方。而当我们将文本及话语与不断变化的语境（历史语境和文本间性）相联系，也就有可能颠覆作者原先的意图，使意义变得更难捉摸了。这也正是我们总能从文学中读出话外之音，读出作者未曾料想的意义，打破习惯阐释，得到额外收益的原因。我们认为：文学话语

---

①　[美] 爱德华·W. 萨义德：《世界·文本·批评家》，李自修译，北京：生活·读书·新知三联书店2009年版，第47—48页。

②　[英] 维特根斯坦：《哲学研究》，第15页。

是万花筒,是三棱镜,它为读者提供了进入文本的种种不同路径,进而也为读者提供了解读作品、看待世界的种种不同方式。这同时也意味着,文学既受制于文化权力,又总是在摆脱权力的掌控;文学既处在主导意识形态笼罩之下,又销蚀着主导意识形态。文学为人提供了一条摆脱极权的自由之路。

在文学写作和阅读的整个过程中,我们发现了种种冲突:一方面,作者的写作是一场搏击,他尝试以各种途径申说自己的权力,推行自己的意图;文学话语却以分散、歧异的意向和断层扰乱、抵制作者意图的实现。实际上,作者在写作中不得不开辟一个个战场,一场对传统和社会意识形态,对文学话语、语词、修辞策略和文化惯例的开战,而这又几乎是一场很少有胜算的绝望的战斗。另一方面,读者也必须向纷纭错杂的话语意向和断层及文化惯例开战,他力图将话语梳理、压铸成符合自己意愿和欲望的整体;而文学话语却闪烁着,逃逸着,固执坚守那自相分歧的意向和断裂,对抗读者的努力,以致任何阅读都只能是"误读"。阅读正如德曼所说,"是一种永远无法遵奉、不能确证的理解行为"。[1]

与此同时,我们更发现了种种合作:作者与文学话语相互对话,相互激发,相互生成。"写作是启动性的,我使用该词所含的新鲜之意,因而它既危险又令人不安。它不知往哪儿去,没有任何智慧能使它避免疾速冲向它建构的意义,冲向它的未来。它的任性只能在这种冲劲的松弛中获得。因此它没有保险。写作对作家来说乃是第一种航行,哪怕他不是无神论者只不过是个作家,而且这种航行没有恩宠。"[2] 在文学写作中,这些危险的、令人不安的,并且不知所终的语词,毕竟携同作者一同前往,一起开始了没有恩宠,也没有停泊港湾的"第一种航行"。读者也被拖上了话语构造的"航船",他的命运是同话语而不是同作者拴在一起的。话语在邀请读者一道构建作品世界的同时,也重构了读者,在他个人命运上打下一道抹拭不去的印痕。

---

[1] Paul de Man, *Blindness and Insight: Essays in the Rhetoric of Contemporary Criticism*, Minneapolis: University of Minnesota Press, 1983, p. 107.

[2] [法] 雅克·德里达:《力量与意谓》,《书写与差异》上,张宁译,北京:生活·读书·新知三联书店 2001 年版,第 17—18 页。

话语行为即人的行为。从这个角度看，语言虽然是"无主的"，而在文学写作、阅读等具体的话语运作中同时又是"有主的"，在它自由播撒之际总是不断被打上个人的戳记。至此，我们还发现：语言永远只能是人的语言，它坚守着自己的独立性，又每时每刻与人纠缠在一起。它既是集体的，被捆在集体的镇石上，却又是个人的，并与人的关系处在不断变化之中。文学话语行为系统的多变性为人提供了进入文本的多种途径，进而造就了文学的多面性。抛弃人，把人从话语世界中驱赶出去，而仅以语言来讨论文学，也只能是一场无望的战斗，因为事先人就已经将自己放逐了。

第五节　话语行为多维性与文学功能多样性

在阐释了文学虚构性、真实性和话语中的权力关系之后，我们可以从较为宏观的角度来看待文学话语行为系统的整体运行，分析话语行为的多维性和文学的多功能性，从中揭示文学独立性与意识形态性、审美自律性与社会功利性等相互冲突的观点产生的缘由，揭示历来文艺学界各种争论的根源。此外，还可以利用奥斯汀的言语行为理论来分析文学话语的具体运行。

一

维特根斯坦说，"用法即意义"。话语是多面体，或者说，话语是行为系统，它向多个维度展开，并因此生成多种多样的，甚至是自相冲突的功能，是一个多功能的矛盾集合体。它既表述、指涉，又施为、建构。仅就指涉而言，又具有外指涉（指涉现实对象）、内指涉（指涉文本内的对象）、自我指涉（元语言功能）、文本间指涉（互文性），以及指谓和例证关系。至于话语施为性、建构性就更为复杂，它既区别于表述，又始终伴随着表述并与表述相纠缠。在具体语境和用法中，话语可能会将某种行为置于主导位置，突出其功能，却不会因此删除其余行为和功能，一般地说，这些行为和功能往往只是处于潜在状态或背景地位。文学作品正是一个展示话语行为多面性、演练话语诸功能变换的实验场。作家也就是利用话语行为的多面性、多变性来展示技巧,玩弄语言游戏。"当我们实施言内行为时,我们使用言语:在此场合中,我们使用的方法究竟是什么?我们使用的言语有多种方法也有多种功能。"[1]譬如小说元叙述强化了叙述话语的自我指涉和自我意识,突出了叙述行为自身的种种特征。与此相似,什克洛夫斯基的"陌生化"也强调语词的自我指涉,但是,它主要通过激活人的感觉,进而使语词得以敞开,内涵得以浮现,使"石头变得更像石头"。再如文学戏仿和用典都强化了文本间指涉,使互文性得以凸显。但是,戏仿在指涉原文本和原话语的同时,往往又颠覆或嘲讽了原文本和话语;而用典则以尊崇原典为宗旨,它借典故加强自身的权威性,并构成文本间或话语间相互映衬、相互对话、相互阐发的关系,造就秘响旁通、伏采潜发的境界。

上述诸功能间的转换又都同时影响着读者介入作品的方式和态度,变更着读者与作品世界的距离或读者在作品世界中的位置,变更着读者与文本、话语间的意向性关系,反过来又改变着话语行为自身,进而创造出各式各样的意义和价值。从中,我们可以看到:在文学活动中,人与文本、话语之间所构建的意向性关系是极其复杂的,它们错综交织、相互影响、瞬息变化、流动不居,绝非单一、静止、稳定的。与此相应的话语行为系统和功能结构也不断变化着,同时为人提供了无限多样的生存方式。人与话语间的意向性关系跟话语功能结构、人的存在方式是交相影响的。在文学活动中,话语行为系统及其功能结构是最为复杂多变的,人的生存状态也是最为丰富多彩的。

建构性是文学话语最为重要、最具特征的性质。一方面,文学话语施为的建构性,构筑并维护着一个独立于现实世界的文学虚构世界,并邀请人参与这种话语建构,生活于这个虚构世界,为人的生存开启了自由的方式和无限可能性。海德格尔将文学视为人的诗意生存的家园,马尔库塞称文学是人自由生存的审美维度,一个人性复归的维度,就源于文学话语这一建构行为。文学话语创设了一个虚构的话语世界,一个有别于现实世界的另一个"异在世界"。从文学话语这一建构行为看,文学独立性、审美自律性就找到了依据。在这个独立、虚构的感性世界

---

[1] [英]约翰·兰肖·奥斯汀:《如何以言行事》,第88—89页。

中，现实压抑被撤销，理性权威被颠覆，功利目的则因失却实际意义而被搁置，于是，人的感觉、想象、意识、无意识及生命力、创造力都得到了最充分的发掘和发挥。话语活动与人的生命活动最为融洽地交合在一起，相互发明，相互生成，它触及了人的整个经验世界，乃至最为深邃的灵魂和种族的集体记忆。话语自身的概念硬壳及有限性终于被打破了，它开始向无限和超越的境域创生。人的世界也终于被敞开了，一个充满着生命感和形而上意义的世界展开在人的眼前。审美性、文学性、诗性正生成于文学话语建构虚构世界的活动过程中。从这个角度看，康德的自律美学并非没有根据，也并没有完全过时。

另一方面，从话语作为表述、指涉行为的角度来看，文学与现实世界又存在着纵向关联。尽管文学话语的指涉行为被延缓了，指涉现实的方式和目标被改变了，却并没有被取消。因此，一旦研究者着眼于文学话语的表述性、指涉性，建构虚构世界的活动就中断了，话语的纵向原则重新获得认可并发挥作用，话语与现实世界的关系展现了。文学恢复了它的历史维度，成为现实的表征，成为我们观察现实社会的一个特殊窗口。文学独立性也因此遭到废弃，社会功利性、批判性则成为文学不可忽视的重要功能。正如弗莱所指出的，文学话语具有"向心"和"离心"两个倾向，读者的阅读注意力同时向两个方向移动。但是，"在所有文学的语辞结构中，意义的最终方向是向内的。在文学中，向外的意义的标准是第二位的"。[①] 因此，文学审美研究与社会历史研究之间观点相互抵牾，其根源就在于话语行为系统的多维性、多功能性，在于分歧双方各执一端。

话语的自我指涉行为则又凸显了话语自身特征，让话语形式成为人所关注的焦点，由此引发了对话语形式的研究。什克洛夫斯基所谓的"陌生化"语言，雅各布森所阐释的语言的诗学功能，就是强调语言的自我指涉，它让语言节奏、韵律，以及其他感性信息得以显现。只不过文学性、诗性并非某种直接存在于语言中的固有特性，这些关于文学性、诗性的言说都遭到后人的质疑。乔纳森·卡勒在分析种种关于文学性的观点之后指出："如果我们把某文本的文学性效应局限在语言手段

---

① ［加］诺思罗普·弗莱：《批评的剖析》，第64页。

的表现范畴之内，仍然会碰到巨大的障碍，因为所有这些因素或手段都可能出现在其他地方，出现在非文学文本之中。"① 可是，形式主义诗学、结构主义诗学恰恰是在注重话语形式本身的基础上找到自己的理论生长点。此外，从话语叙事角度来看，话语的自我指涉则又构成了元叙述。

当我们转而将话语行为与历史语境、社会规约和文化惯例相联系，关注话语的生产方式、运作方式和机制，话语修辞及言外之力对阅读的影响，那么，话语与政治、意识形态的关系及话语权力的运作方式又可得到揭示，后现代叙事学、新修辞学就有了用武之地。这也是福柯曾经做过的工作。话语存在并运行于社会生活之中，它不仅身上沾满了政治和意识形态污渍，并且是实施某人或某集团权力的得力工具，而权力的成功施行又必须借助于特定语境、社会规约和文化惯例。

除上述类别的话语行为之外，文学话语活动中还存在着诸多其他行为，它们交缠交织交融为话语行为系统。文学就存身于种种或相互依存、增益，或相互冲突、制衡的话语行为所构成的张力场中。作家可以运用写作策略来调节话语行为系统的结构和功能，譬如布莱希特的"间离效果"和布斯的"修辞策略"，读者也同样享有自己的权力去改变这个行为系统的结构和运行，但他们都没有绝对控制权。文学之所以有着永恒魅力，有着说不尽、道不完的意义，能够时读时新，就在于这个张力场充满着相互对立的因素，它是个不断变幻的行为系统，这就为文学阐释提供了无限广阔的空间。对于具体的研究者而言，由于处身特定的社会文化语境，语境所造成的压力以及因理论师承带来的"前理解"，都可能导致他只关注话语行为系统的某个侧面，由此造成各种文学观念间的矛盾冲突。从作品自身来看，文学的话语行为系统及功能结构本身，也必然会随着社会文化语境的变化而变化，以致各种行为及功能的主次关系发生调整，由此形成不同流派、不同文体的文学作品，这也是造成各种矛盾阐释的重要原因。在此，我们看到社会文化语境的双

---

① ［美］乔纳森·卡勒:《文学性》，[加]马克·昂热诺、[法]让·贝西埃、[荷]杜沃·佛克玛、[加]伊娃·库什纳主编:《问题与观点——20世纪文学理论综论》，史忠义、田庆生译，天津：百花文艺出版社2000年版，第33页。

重作用：它既给文学的话语行为系统及功能结构带来变化，同时给读者，特别是批评家和研究者的关注焦点带来变化，而读者、批评家、研究者关注焦点的变化又影响着特定的社会文化语境，进而影响文学创作和作品话语行为系统功能结构，使得文学某一方面的特征得到凸显。各种文学流派嬗替的根本原因莫如此。当我们充分认识到话语是个多层次的、变化的行为系统，认识到文学话语既施行、建构又表述、指涉，是多种多样行为的交织，并从复杂行为系统的视角出发去看待文学话语活动，那么，就不难发现文学研究中历来各种矛盾对立观点的根源，进而重新描述文学话语极其复杂的张力场，深入揭示文学的奥秘。

正是因为话语本身是个复杂多变的行为系统，并且在话语行为的整体作用中，每一行为都不再是我们单独分析时所具有的形态，它们都在共生、多变的行为系统中发生了变异，在话语行为张力场中滋生出新因素，因此，我们就很难对文学话语的总貌做出确定性回答。我们往往只能抓住话语行为的某个侧面，分析某个侧面，而且是一个失却原貌的侧面。因此可以说，康德及其他前人所提出的见解既对又不对。即便把福柯的话语理论运用于文学分析，实际上也已经把文学话语与权力的关系简单化了。

文学话语本身就是行为系统，它将施为性、建构性与表述性、指涉性，以及自我指涉、文本间指涉贯通关联起来了，它集诸功能于一身，并赋予文学以多面性，正如安托万·孔帕尼翁所指出的，"文学是一个穿越高墙贯通二者（虚构世界与现实世界——引者注）的通道"。① 因此我们认为：文学话语行为系统的多维性、多变性注定着文学的多功能性，注定着文学身上必然存在多重品格，存在表面上自相矛盾抵触乃至相互消解的品格。

对于不同文学流派、不同文体的作品来说，其话语的建构性和指涉性处在不同的结构关系、不同的运作方式和状态之中。譬如古典主义文学、浪漫主义文学、现实主义和自然主义文学、现代主义文学、后现代

---

① ［法］安托万·孔帕尼翁：《理论的幽灵——文学与常识》，吴泓缈、汪捷宇译，南京：南京大学出版社2011年版，第130页。

文学等等，其话语建构性与指涉性的关系、话语的建构和指涉方式都迥然而异：古典主义文学在重视话语建构性的同时，强调建构行为的程式化，要求话语建构要恪守特定惯例和模式。对于浪漫主义文学来说，其话语所构建和指涉的主要对象常常是诗人自我、想象中的田园风光、遥远的历史世界或缥缈的神话世界，由此造成话语建构和指涉的独特性。并且由于对情感表达的重视，浪漫主义文学总是努力破除程序、惯例和模式的拘囿；而描述对象的变化，则为它摆脱种种现实束缚提供了便利。自然主义和现实主义文学对题材现实性的关注，使它们在强调话语建构性的基础上，又强化了话语指涉现实生活的作用。不过，前者追求与现实生活现象相吻合，它对生活细节的重视往往掩盖了对社会规约的发现，以致成为一种"似真性"的装饰；后者则将社会规约的发掘置于首要地位，生活细节的描写恰恰要服务于揭示社会规约，进而对社会权力关系做出深刻批判。萨特就是通过强调题材现实性的途径，来强化文学介入社会现实的功能。现代主义文学出于对现实社会的反抗和对文体本身的自觉，往往通过实验种种新奇的形式手法或抽空文学题材的社会历史内涵，来强化话语的自我指涉，进而把形式作为表现的主题，凸显文学形式创新；同时，弱化话语指涉现实的功能，淡化、疏离甚或拆毁话语与现实的意义关联，强化文学虚构的作用，以此表现决绝的反抗姿态。后现代文学常常在突出话语行为本身的同时，又重新将其语境化，历史元小说就是典型例子；或者借用文本间指涉来造成互文性。正是话语建构性与指涉性的复杂组合及千变万化的运行方式，创造出文学各不相同的文体特征，形成了不同的文学流派，同时也改变着文学话语行为系统的功能结构，把文学的某种功能推到突出的前景位置。但是归根结底，是社会文化语境的变化导致文学话语行为系统及功能结构的变化，也正是这一原因，文学虚构性在浪漫主义时期，特别是现代主义时期得到更加充分的关注。

据此，我们认为：面对文学话语行为系统的多维性、多功能性和不确定性，非此即彼、简单绝对的研究态度并不可取。从单一角度进行孤立分析所得出的结论，是不能正确揭示文学活动实际状况的，它不仅仅是片面的，而且也歪曲了作为诸矛盾统一体的作品在该侧面实际具有的特征。摆在我们面前的任务是，如何在相互对立的研究路线间，探寻一条协调、折中的新路线；如何以流动变化的视野，从各话语行为、各功能交互作用的关系中，对以往的研究做出综合，以便在更深层次上整体把握文学活动。

二

奥斯汀言语行为理论的研究对象是日常话语，他认为，文学话语缺乏真诚性，其行为是无效的，并因此把文学话语排除于言语行为研究之外。其实，奥斯汀言语行为理论的研究思路，恰好为文学研究提供了重要借鉴。

我们不妨将其理论做一番改造。我们认为，文学话语是个多层次的行为系统。在第一个层面上，由话语表述和指涉行为（言内行为）、建构行为（言外行为）及言外之力所组成，诸话语行为处在一个共同的行为结构中，同时这个结构是变化不定的。当文学话语的建构行为居于主导地位，指涉行为就退居次要位置，并因此改变了意向性而蜕变为内指涉，参与了话语的建构活动。一旦话语指涉行为重新占据主导位置，话语建构物与现实世界的关联就通过外指涉而得以重建，不过，对于一般虚构作品来说，这种指涉只能是例证关系，而非指谓关系。话语言外之力则调节着人与话语的关系，进而影响着话语行为和功能结构。自我指涉和文本间指涉也在这个话语行为结构中发挥着自身的独特作用。我们对文学性质和功能的分析，主要就是从这个层面的话语行为和功能结构来展开的。

但是，对具体作品的分析，还必须深入文学虚构世界。当我们把文学作品视为一个话语构建的虚构世界，那么，在这个虚构世界内部还存在着第二层次的话语行为系统，它们正是按照奥斯汀的言语行为规则在虚构世界内施行的。尽管文学活动中存在着两个不同层面的话语行为，它们却又相互交织、交融，不宜按层次来对话语行为做出截然区分。我们应该从另一个角度，把文学话语划分为叙事话语、直接引语、间接引语三大类别。

对于叙事文学来说，叙事话语常常是作品话语的主体。正是叙事话语行为构建着文学的虚构世界，以其言外之力吸引人共同参与建构，并调节着人与话语间的关系，调节人进入文学世界的方式，以及感受、体验文学事件的方式。叙事话语同时履行着双重方位的行为：它向内运行于虚构世界之中，并成为虚构世界的建构力量和组成部分；又向外作用于读者，影响着读者的阅读态度、参与方式乃至生存方式；同时，将两个方位的行为相互融合。而叙事话语所具有的言外之力及所产生的实际效果，往往是文体及话语风格、修辞策略、语境、文化规约共同作用的结果，也是读者协作的结果。

直接引语主要指直接引用的作品人物之话语行为。它只在虚构世界内部施行，并参照作品设定的时空所特具的语境和特有的社会规约来实施。这些话语行为扭结起人与人之间绚丽多姿的关系，以纷繁错杂的人际互动充实着文学虚构世界。奥斯汀的言语行为理论可以直接运用于直接引语的行为分析，只是这些行为的有效性必须局限在文学虚构世界内部，它不可能超越虚构世界而有效进入现实世界。也正是这一原因，奥斯汀才认为它是虚伪的、无效的。由于直接引语主要展示作品人物间的行为互动，其行为方式已经由作者依据设定的语境、社会规约以及人物性格做出描述，读者并非话语施行的直接目标，他只保留着旁观者身份，因而，也就有别于他跟叙事话语之间相互作用的模式。

间接引语则介于叙事话语与直接引语之间，除了与直接引语相类同，它还兼具叙事话语的特征。此外，元叙述或转叙也以其特有的方式来实施话语行为，它们常常不是参与建构虚构世界，而是相反地干扰乃至扭曲或拆毁虚构世界，造成叙述背景与前景关系的互换，意图操控读者的阅读，改变读者与话语的关系，强化叙述话语的自我意识，返回叙述行为本身。不过，我们仍然可以将其划归叙事话语。无论哪种话语行为，都不能脱离语境和社会规约或文化规约，正是它们为文学世界提供了可信性和可理解性，确保了文学交流的顺利进行，也维系着文学作品代代相传。

文学话语行为模式的选择与作家的写作意图密切相关。约翰·塞尔说："通过有意地言说某种带有某组满足条件的东西，即那些通过这种言语行动的实质条件（essential condition）加以说明的对象，我就已经使这种言说具有了意向性，并因此必然表达了相应的心理状态……正是由于做出了带有某组意向的言说行动，才把言说行动转换成了一种以言行事行动，并因此把意向性加于言说之上。"① 尽管作家无法完全操控话语行为的施行，他却总是努力按照意图，利用叙事风格和策略来调整话语行为，以实现自己的写作目的。而写作意图则常常是作家个人与其生存状态、社会风尚交相影响的结果，它最集中地体现在作家所设定的读者群上。萨特曾阐述了读者对作家话语行为选择的重要性。他认为，作家在确定自己的读者群的同时，也就确定了自身，他必须依据读者来选择自己的话语和整个写作行为。对于作家来说，公众是一个期待，一个有待填补的真空，一个在本义和转义上的愿望。公众召唤作家，他们向作家的自由提出质询，而作家则必须对此做出回应。

萨特精辟地分析了美国黑人作家赖特的写作。萨特说，假如我们仅仅看到赖特的生存状况，看到他是从美国南方移居北方的"尼格鲁"的状况，就会以为赖特只能描写黑人或从黑人眼里看到的白人。或者他从外部吸收了白人的文化，并以自己的写作表明黑色人种在美国社会内部的异化。但是，假如我们注意到赖特为自己所设定的读者群：这些读者不是白人种族主义者，也不是目不识丁的黑人农民，同时，也不是欧洲或亚洲的读者，他们是美国北方有文化教养的黑人和心地善良的白人，那么就可以理解，赖特给自己提出了一个艰巨的写作目标，他必须面对双重性质的读者，为这些读者而写作。他的写作行为和话语选择都必须针对这些读者。可是，黑人读者与白人读者恰恰是两个不同的读者群。赖特与黑人读者有着相同的童年、相同的困难、相同的情绪，他不必细说，他们就明白了。对于白人读者而言，不管他们多么善良，他们对于黑人作家来说总是代表着"另一个人"，他们有着完全不同的经历，必须付出极大努力，才能理解黑人的境况。而赖特却意图将这些白人读者也牵连进去，让他们衡量自己的责任，并激起他们的愤慨，使他们感到羞耻。"所以赖特的每一本书里都包含着波德莱尔所谓的'同时双重要求'，每个词指向两个背景；两种力量同时施加在每一句句子上，赋予他的叙述以无与伦比的张力……赖特为分裂成两部分的读者写作，他做到了既维持又超越这个分裂。他把这个分裂变成创作一种艺

---

① ［美］约翰·R. 塞尔：《意向性：论心灵哲学》，刘叶涛译，第 26—28 页。

品的理由。"① 文学作品的话语行为运行于作者与读者之间，它是连接、沟通作者与读者的桥梁。读者既决定着作家对话语方式的选择，同时，作品话语方式又筛选了他的读者。作家不得不考虑如何选择、调整自己的话语，最大效益地发挥话语行为的效应，以赢得他的"现实的读者群"和"潜在读者群"。

第六节 文学阐释的边缘性

在文学研究领域，话语行为理论与现代解释学是内在贯通的，两者相互发明、相互补充，共同为文学意义阐释提供了方法论基础。当研究者将关注焦点从话语陈述转向话语行为，也就势必导致研究立场的根本转变：从认识论的理论立场转向存在论、认识论、实践论相沟通的人类学理论立场。

一

文学作品的意义建立在话语行为系统的基础上。这就决定着如果我们只根据表意行为来解释文学作品，那就势必扭曲了话语行为系统，话语言外行为和取效行为就会部分甚或全部被遗漏了，它们成为解释的"剩余物"而被排除在意义生成之外，以致篡改了文学作品本身。要完整领会文学作品的意义，就必须协同话语行为系统的展开、交织和相互作用，登堂入室，悉心领会其中的奥妙。

在文学作品中，文学话语是不断发生、错综交织的动态的话语行为系统，它为我们讲述着动人心魄的"事件"，建构着色彩缤纷的"世界"，一个充满生机活力的文学虚构世界；同时，又行使着言外之力，它邀请读者共同参与，并指引着读者介入文学事件和文学世界的方式。文学阅读和解释就是读者协同话语行为，追随话语行为的展开，共同建构事件、经历事件、创造世界，并涵泳于这个世界，沉浸其间、体验意

---

① ［法］让-保罗·萨特：《什么是文学？》，施康强译，李瑜青、凡人主编：《萨特文学论文集》，第 126 页。

义的活动。这,正是现代解释学阐释作品意义的方式。从话语行为理论角度看待文学意义阐释,自然就叩开了现代解释学这一学科大门;而现代解释学则为我们整体上把握文学话语,及其话语行为系统提供了可能。在文学研究领域,话语行为理论与现代解释学是内在贯通、相互补充、相互发明的。这种文学解释方法也仿佛是我国古代学者阐释文学意义的传统路径。

我国传统的文学研究,一方面注重文本校勘、文字疏证、音韵探析、源流考辨,对那些业已固化的语言及其产品,殚精竭虑地做出了极为深入的探究,取得了非常可观的成果。另一方面,对于作品意义的阐释却持谨慎态度,避免率意附会,遽下断言,而是强调反复诵读,潜心体会,一旦豁然解悟,了然于胸,也仅止于寥寥数语加以评点。这种阐释方式正基于对文学语言复杂性的感悟。文学文本作为语言构成物,它是客观存在的,已经由文字固化了,对它自然可以进行校勘、疏证、探析、考辨。可是,从文学话语行为角度来看,则又是流动变化的,它们不断地展开、冲突、调整、聚合,不断地生成又倏忽消逝,难以把捉,不可确定,不可言说,这就决定了文学意义阐释方式的独特性:它不能靠认知方式做出硬性规定,而只能通过吟唱诵读,追随话语行为展开,聚精会神地经历文学事件,赏玩、体会那韵味无穷的意境。

加达默尔说:

> 诗并不描述或意指一种存在物,而是为我们开辟神性和人类的世界。诗的陈述唯有当其并非描摹一种业已存在的现实性,并非在本质的秩序中重现类(Species)的景象,而是在诗意感受的想象中介中表现一个新世界的新景象时,它才是思辨的……把诗的语词作为日常谈话的强化……把语言表达(Zursprachekommen)作为语言事件的真正过程,那么我们就由此而为诠释学经验准备了地盘。[①]

文学话语作为一种独特的行为,其行为主旨不在于描摹或指涉既成的现

---

① [德]加达默尔:《真理与方法——哲学诠释学的基本特征》下,第601页。

实世界，而主要是以话语来构建一个语言的世界，一个交织着话语行为、充满着话语交锋、幻化着新异事件和景象的语言世界。这个世界对于人来说，既是新奇的又是熟稔的，它是充分自由的，原本就是人的存在家园，并为人的生存打开了无限广阔的可能性空间。从这个角度看，文学话语创建虚构世界的过程，才是真正属于人的"神圣事件"。

当我们将话语视为表述工具时，话语总是与现实或亲或疏地纠缠在一起，总是以如此这般的方式意图指涉现实，对话语的评判也往往是真假判断。话语行为理论颠覆了传统语言观，让我们看到话语被遮蔽的另一副重要面目："话语是由符号构成的，但是，话语所做的，不止是使用这些符号以确指事物。正是这个'不止'使话语成为语言和话语所不可减缩的东西，正是这个'不止'才是我们应该加以显示和描述的。"[①] 在此，福柯所说超越符号确指事物的"不止"，正是话语行为的成果。话语行为的展开，生成了无穷的机缘和无限可能性，它不再去打捞那些僵死的语言概念，也不再将自己捆绑在实存的事物上，而是不断地溢出、突破、生发和更新，离开概念和事物去创建活生生的话语世界，去寻找自己的精神家园。话语行为理论让我们意识到，"理解文本不是去发现包含在文本中的呆滞意义，而是去揭露由该文本所指示的存在可能性"[②]。与此同时，我们也看到：当人们的关注焦点从"话语表述"转向"话语建构行为"之时，文学阐释的理论立场也不得不随之发生根本性转变，实现从"认识论"到"存在论"的变换。因为话语表述所隐含的话语与现实之关系，暗示研究者去探究话语所表征的现实，进而去认识、评判现实；而话语建构行为则向研究者提出了新的要求：不再仅仅拘泥于话语的字面意义，也不再仅仅着眼于话语所表征的现实，或者话语究竟如何表征现实（即意识形态性），而首先是要随同话语行为一道去经历事件、建构世界。于是，话语的行为方式也就成为人的生存方式，话语构建的世界则成为人的精神家园，对话语及其话语所构建的世界的理解恰恰成为对人自身生存可能性的探访。

[①] [法] 米歇尔·福柯：《知识考古学》，谢强、马月译，北京：生活·读书·新知三联书店1998年版，第61页。

[②] [法] 保罗·利科：《诠释学与人文科学——语言、行为、解释文集》，第17页。

其实，话语行为本身就关联着实践论的理论立场。当我们不再把话语视为符号，而是视为行为，就已经进入话语实践的领域。这不仅因为话语行为参与人的实践活动并成为组织社会实践的有效力量，更因为我们正是通过话语实践来生产文学作品，通过话语的取效行为来实现文学的社会功能的。这也是福柯称其为"话语实践"的原因。只是在文学话语建构虚构世界的活动中，我们不再把话语作为外在于人的对象或工具，而是与话语行为相互生成、相互融合，并生存于这个话语建构的世界，这时，才展现出存在论的理论视野。

在此，存在一个悖谬：当我们"阅读"文学作品时，话语行为的整个系统都展开了，并且话语的建构性往往处于主导地位，它邀请读者参与构建作品虚构世界，同时将读者卷入虚构世界的体验之中。可是，当我们"研究"文学作品，以客观、超然的态度看待作品话语，话语行为体系就瓦解了，萎缩了，话语言外行为、取效行为则被扭曲或丧失了，话语建构虚构世界的活动也已经不可能形成或者会中断，而话语的表述性、指涉性则重新占据前景位置，话语不再作为行为系统发挥整体作用，往往只剩余下话语表述及其符号学特征。这正是作品意义阐释所必须警惕的陷阱，也是桑塔格指摘阐释者为"吸血鬼"，反对阐释的根源。

"拥有美学体验意味着从认识的领域穿过并进入力量的领域。"① 文学意义的阐释必须建立在文学阅读及其"建构物"基础上，因为文学意义就生成于阅读体验之际。

但是，文学话语作为一个行为系统是整体展开的，其表述和指涉行为又总是将读者时不时从文学虚构世界中重新拉扯出来，与虚构世界相分离，重新返归现实，进而透过话语建构物与现实间的例证关系，指涉现实世界，认识、批判现实世界。此际，文学活动又转换为一种认识、批判活动。与此相应，文学阐释也需要重新回到认识论的理论立场。

文学活动包含着话语行为的所有方式，因而也包含着人的生存的所有方式，包含着人与世界的所有关联方式。这就告诉我们：对于文学阐

---

① Paul de Man, *Aesthetic Ideology*, Minneapolis: University of Minnesota Press, 1983, p. 133.

释，无论是认识论还是存在论抑或实践论的单一理论立场，都不能适应文学意义的整体生成。我们应该选择能够打破壁垒、灵活沟通认识论、存在论、实践论的人类学理论立场，站在理论的边界，穿越各种理论的界限。

二

既然话语的行为方式即人的生存方式，那么，文学话语究竟为人提供了一种怎么样的生存可能性呢？应该说，这是一种边缘化的生存方式，也是理想化的生存方式。

正如前文所指出，文学话语行为系统具有既施为、建构又表述、指涉的多维性；在文学话语活动中，人既生存于话语构建的虚构世界，又不时返归现实，立足于现实的地面。这一特点就意味着：在文学话语活动中，人既生活在文学虚构世界又生活在现实世界，人就往来穿越于两个世界之间。因此，人事实上生活在两个世界的边界，同时拥有了两个世界。文学话语行为系统的复杂性、多变性为人提供了最为多样化的生存可能性和最为开阔的生活视野。

正如话语表述、指称一般是概念性活动，它诉诸人的意识和理性，话语言外行为和取效行为则常常是非措辞、非概念性的，它构成了一股言外之力，因而可以直接诉诸人的心灵、情感和无意识，乃至人的身体。[①] 在整个文学话语行为系统展开过程，人就处身意识与无意识的边界、理性与非理性的边界，精神愉悦与身体快感的边界，他所有的心理内容，包括意识和无意识、理性和情感都被充分调动起来，发掘出来，参与到文学话语活动之中，参与到虚构世界的创建和现实意义的理解之中。如果说，文学话语行为所具有的言外之力将人卷入文学虚构世界，让人生活其间，醉心其中，人则敞开心扉来承接话语世界赐予他的恩宠和感动，深入体验他所经历的事件和所面对的一切；那么，话语表述和指涉又唤醒人的理智，重新赋予文学以认知功能和批判功能。而文学话

[①] 文学语言不仅仅是符号，而是话语行为。作为一种人的"行为"，它必然会引起人的身体感受。关于文学阅读与身体感受的关联，请参阅第 335 页（第八章第二节）注 1。

语行为对人心灵的敞开、对心灵力量的激发，则为现实世界的敞开提供了先决条件，这也正是海德格尔所说"大地的敞开"和"真理的显现"。

文学话语施为性、建构性与表述性、指涉性相互纠缠的独特关系，就决定了文学活动的边缘性质。无论作者或读者，就生存于文学虚构世界与现实世界之间、无意识状态与意识状态之间、感性与理性之间、体验与认知之间、情感与思想之间、创造与评判之间、精神愉悦与身体快感之间，是种种活动方式和状态的转换和交织，是不断地过渡和越界。文学话语活动为人创设了最为丰富多样的在世存在，创设了一种全面占有人自身、实现自我可能性的理想存在。

艾布拉姆斯指出："我们对语言的使用和理解并非一种科学而是一种实践。"① 文学话语施为性、建构性与表述性、指涉性相互交织和转换，不断改变、协调着人与话语、世界之间的关联，构成了归属、占有关系又不断创造着间距。这正是利科所说的解释过程中归属、占有与间距间的辩证关系。文学话语活动中，人归属又占有话语行为、归属又占有文学虚构世界的同时，创造着多种"间距"：其一是话语行为所创建的虚构世界与现实世界之间构成了间距。对于现实世界来说，文学虚构世界总是"另一个"被改造重铸了的世界，一个人为的非现实的异在世界。其二是人在虚构世界中的生存方式、生存状态与在现实世界中的生存方式、状态之间也构成了间距。文学世界作为想象的虚构世界，它给予人以理想的自由存在，这种存在方式不同于人被决定的既成的历史存在。人理应据有现实和非现实这两种相通又相异的体验和经验，并且必须将这两种体验和经验相补充、相对照、相批判、相融合，人才成为完整的人、健全的人。其三是当话语处在表述、指称活动之际，人与话语本身又构成了间距。人不再和话语行为相融合，不再归属或占有话语，而是与话语拉开了距离，将话语作为工具来表征、指称现实世界。"间距化的概念与归属概念在这一意义上辩证地配对，即通过波动于远近之间的间距化关系，我们属于某种历史传统。解释，即是将（时间

---

① ［美］M. H. 艾布拉姆斯：《以文行事——艾布拉姆斯精选集》，第271页。

上、地理上、文化上、精神上的）远的变成近的。"① 在复杂多变的文学话语活动中，正是这种不断形成的归属、占有和间距共同为理解开辟了道路。②

三

作为书写文本中的文学话语平常是缄默的，它安静地期盼着读者到来。只有读者才赋予它生命，重新启动话语行为。应该说，文学作品的每一次阅读都是重新言说，是话语行为在"现时"的再次生成和展开。从这个角度看，作为行为的文学话语，它总是现时的、当下的，只能在读者开卷阅读之际重新复活，随阅读活动的进程而施行自身的行为，进行现场表演并行使当下的权力。文学话语行为的这种现时性、当下性为文学作品的"同时性"提供了深刻根源。

加达默尔曾谈到审美同时性问题，他认为，艺术作品特有的存在是不能与它的表现割裂开来的，它只是在其表现中才产生出结构的统一性和自身性（Selbigkeit），而作品的表现又只能发生在欣赏者"亲历其中"的时刻，发生在欣赏者观赏的当下，无论作品的来源是多么遥远，它都只在观赏的当下开始表现，并诉诸欣赏者。因此，加达默尔说："在艺术品和它的观看者之间存在着一种绝对的同时性，尽管历史的意识不断强化，这种同时性仍然不可阻碍地继续存在。艺术品的现实和它的表现力不能被限制在它本来的历史视域中，在这种视域中，观看者就

---

① ［法］保罗·利科：《诠释学与人文科学——语言、行为、解释文集》，第70页。
② 需要指出的是：高雅文学对叙事策略的重视，以及充分运用策略来调节读者与话语间的关系，使得读者的阅读活动始终处于不断越界的边缘位置，这就为批判活动提供了可能。通俗文学则有所不同，它片面追求情节性，追求阅读活动中的"沉浸"，使读者往往处于无意识状态，并因此削弱了阅读活动的批判性；与此相应，通俗文学的叙事所沿袭的旧有文化惯例，又暗中把意识形态（感受世界、评判世界的方式）灌输给读者，不断固化读者的旧观念。从这个角度看，阿多诺、霍克海默等法兰克福学派对通俗文化的批评并非没有根据，只不过他们尚未从话语行为内在机制上予以阐明。当然，不应该不加分析地笼统评价通俗文化。譬如摇滚音乐，虽然也造成沉浸和强烈的身体快感，但是，它所采用的崭新的音乐语言却有力挑战了旧的文化惯例，用强大的音乐漩流创造出一个新的音乐空间，一个生命力勃发的空间，以此来反抗社会压抑和种种束缚。尽管摇滚常常包含一些不健康的内容（这也是一种对抗姿态），却仍然具有肯定性价值。

是作者的同代人。看起来恰好相反,唯其依赖于艺术经验,艺术品才具有自己的存在。只是在有限的意义上艺术品才在自身中保留自己的历史起源。"① 由于文学是语言的艺术作品,它并非语词概念堆砌而成,而是由文学话语行为所构建的世界,话语行为的现时性、当下性正是文学作品同时性的根基。②

可是,在叙事文学作品中,情况却因此变得十分复杂。一般而言,小说讲述"过去"的事件,其"叙述时间就是过去的,除非是对话以及外在与内在独白的呈现"。③ 因为叙述者所讲述的事件只能是在他讲述之前已经发生且为他所知悉的,否则,他就没有资格也无法叙述。一旦被叙述的"过去"事件与"现在"的叙述在时间上重合,那就会发生马克·柯里所说的"叙事灾难"(narrative shipwreck),就不可能再有什么叙述了。利科则从另一个角度来揭示叙事的时间特征,他说:"叙事排除现在时、将来时即未来的现在时,以及完成过去时即过去的现在时。""一切叙事,甚至对未来的叙事,均讲述非实在,仿佛非实在已成过去。"④ 利科进而分析了叙事时间特征的成因并指出,其根本原因在于这些时态导向一种松弛的态度。讲述"过去",使得被讲述的世界与讲话者和听话者周围的环境及他们直接关注的现实事件脱离开来,由此造成一种松弛的态度。这也就为创作和欣赏提供了重要条件。

如此,就在话语表述层面、话语行为层面和叙事时间层面造成相互冲突的时间关系:在话语表述层面,无论内容和形式都铭刻着作者写作作品那个特定时代的历史印记。作者关注什么,他所表述的内容,以及运用什么样的表述方式和什么样的语言形式,都不可避免地打下写作时间和表述对象的时间(过去时间)的印痕,提示读者追索那些逝去的

---

① [德]加达默尔:《哲学解释学》,夏镇平、宋建平译,上海:上海译文出版社1994年版,第96页。

② 文学话语行为的现时性、当下性的特点,使得读者不得不即刻进入文学话语建构的虚构世界,亲历其中。这一点恰恰是文学作品吸引力的基本前提,较之于希利斯·米勒所说的暴力和性,起着更为重要的基础性作用。

③ [美]西摩·查特曼:《故事与话语——小说和电影的叙事结构》,徐强译,北京:中国人民大学出版社2013年版,第48页。

④ [法]保罗·利科:《虚构叙事中时间的塑形——时间与叙事卷二》,王文融译,北京:生活·读书·新知三联书店2003年版,第106、127页。

历史时刻。可是，从话语行为层面看，话语行为是随阅读而发生的，是现时正在展开的行为，具有当下性。这种当下发生的话语行为，将读者无可奈何地卷入眼前正在构建的文学虚构世界，令读者陶醉于此时此刻的经历之中。读者与作品世界之间发生的移情，读者与作品人物相互融合，都注定着话语构建文学虚构世界的行为必定发生在读者阅读的当下，是读者在此刻亲身参与的现在行为。而叙事所讲述的却又往往是过去。它将读者推向过去，跟现实和现在拉开距离，脱离直接关联，创造时间和空间间距。正如贝西埃所指出的：文学叙事存在悖论，"作为过去可以一直现在化之展现，它因而不给过去以过去风貌，而它实际上与任何叙事一样，依然维持着对过去叙事的本质……叙事构成的对过去的现在化的展现甚至违背了过去就是过去的信息事实。这里存在着陈述与信息的分离"。① 此外，在语法层面（如动词时态、语气、副词等）上，作者还可以创造另一种时间特征。因此，多种时间性之间构成了文学阅读极为复杂的时间间距和由此形成的张力。如果说，话语行为的现时性、当下性以巨大的言外之力，吸引读者去亲身经历文学事件，满怀激情地生存于文学虚构世界，消弭时间间距，将关于过去或将来的叙事转化为现在和当下的同时性存在，从而使得读者的体验变得亲切而深刻的话，那么，话语表述层面铭记下的历史性所强化的则是历史意识，它意图让读者回溯那一特定的历史境遇，重新获得一个历史立足点；而叙事时间层面虽然也强调过去，创造时间间距，往往主要不是为了重返历史情境，相反地，它意在与现实拉开距离，洗刷沾染在身的功利目的性。这些不同层面上不同的时间性，不断改变着读者的生存状态，改变着读者与话语行为、作品虚构世界、历史境况的关系。时而，读者和话语行为、作品虚构世界相融合；时而，他又与这一切拉开了距离，置身其外。时而，读者超脱于现实关系和历史境况之外；时而，他又重返历史，努力恢复历史记忆。在文学阐释活动中，人就置身各种时间的边界，穿越各种时态的界限，在复杂多变的时间关系中，在融合与间距、置身历史与超越历史的关系转换中，文学解释为自身找到了最为有利的条件。

---

① ［法］让·贝西埃：《文学理论的原理》，第 17 页。

四

罗森斯托克－胡絮说:"言是人之母……语言本身就是母亲般的,是时间的子宫,人在其中被创造,并始终不断地得到再创造……一切真正的言说则使倾听者和言说者都得到了重新塑造……它使我们的心灵自身成为一个造物……一切有意义事件之发生均出自言……只有在一种结合了普遍有效性和此时此地之情境的具体性的对灵魂的言说,灵魂才会苏醒。"[①] 语言是孕育人的母亲,人生活在语言中就如同生活在空气中,须臾也离不开语言。语言每时每刻都在塑造着人。但是,语言对人的塑造却主要不在于其符号特性,不在于语言的符号系统区分并限定了人的世界及人在世界中的位置,而在于语言的具体运用,在于话语是一种行为,它构成了人的话语实践。正是人的话语行为有效组织着人类社会实践、改善着人类社会实践,进而有效改变着人与世界的关系。人通过话语行为塑造人的世界,同时也塑造着人自身。

那么,话语行为究竟是如何塑造人的呢？对此,本维尼斯特做过很好的阐述。在《普通语言学问题》中,本维尼斯特指出,人就是通过言语活动获得主观体验,并在言语活动中安身立命、构建主体性的。他说,说话者总是运用一个指示词"我"来指涉正在说话的自己,同时,这个陈述"我"的话语行为每一次被重新生产时,对于陈述者又都是一个新的行为,它每次都使说话者进入一个新的时刻,进入情境和话语的不同构造中,进入"我"和"你"及"他"的不同关系中。这个"我"就是我构建世界的中心点,我从"我"出发来衡量和支配时空,依据对象与"我"或"你"的远近亲疏做出评判,建立时空坐标系统,并为每个对象确定位置,同时也据此确定自我。这样,不断进行着的话语行为,一次次唤起"我",同时也或隐或现地设立了"你"和"他",并将"我"带进新的时间、新的情境和新的关系之中。所以,本维尼斯特针对人称代词说:"只要有一个人说出它们,他就担负起它

[①] [美]罗森斯托克－胡絮:《越界的现代精神》,徐卫翔译,上海:华东师范大学出版社2008年版,第185—186页。

们，而代词'我'就从聚合的一个要素，转变成一个独一的称呼，而且每次都产生出一个新的人。这是一种本质体验的现实化，人们无法想象一门语言会缺少表达这种本质体验的工具。"① 人通过话语行为获得本质体验，逐渐建立起"我"的世界和"我"的位置，建立起"我"与"你"、"他"既区分又联系的边界，建立起"我"的不可简化、不可通约的个人存在。可以说，任何人都以个体的方式，作为与"你"、"他"相对的"我"而存在，这一事实反映了话语所固有的一种语言对应结构。

文学阅读与日常话语活动之间有着很大的区别。日常话语行为常常是面对面的交流沟通，而文学阅读所面对的却是文本，而非活生生的另一对话者。通常所谓读者与作品间的"对话"，实际上只具有隐喻意义。不过，即便如此，我们仍然可以将文学阅读视为对话，只是这种对话有其特殊性。

文学文本的话语原本是静默的，话语行为需要读者的启动才能发生，需要读者的合作才能展开并构建文学世界，因此，文学话语行为就不仅仅简单地属于话语本身，它同时是读者参与合作的一种行为。读者启动了文学话语行为，而文学话语则召唤读者的合作。文学话语行为是读者和作品话语相互作用、相互适应、相互生发、共同展开的。就如马克·柯里所说：

> 叙事与叙事阅读呈互相对话的关系，两者相互依存，不是你却又不能没有你（nec tecum nec sine te）。它们又似乎是缝合在一起的，不能拆开、不能分离。叙事并不能为自己说话，它需要阅读为它说话，而阅读却永远是一种重写。但阅读不能完全自由地阐释文本，不能畅所欲言。阅读总在客观性与主观性的两极之间摇摆。阅读创造了叙事，而阅读也同样被叙事所创造。②

从这个角度看，文学阅读与其说是对话，还不如说是加达默尔所认为的

---

① [法] 埃米尔·本维尼斯特：《言语活动和人类体验》，刘柯译，《普通语言学问题》（选译本），第143页。
② [英] 马克·柯里：《后现代叙事理论》，第148页。

游戏。读者进入阅读，也即按照文学话语行为规则开始了一场游戏，他既是游戏的参与者，沉浸于游戏之中，又同时是旁观者，静静观照着整个游戏表演。文学话语施为性、建构性与表述性、指涉性间的转换，往往就对应着读者或作为参与者或作为旁观者两种不同角色的转化。

　　作为文学活动的参与者，读者深深潜入文学虚构世界，并可能与某一作品人物相融合，处身这个人物的位置去经历事件，体验事件，同悲共喜，并与虚构世界中的其他人物相交往、相对话、相冲突、相和解。作为旁观者，读者则站在文学虚构世界的边沿，静默地观照着这个世界所发生的一切，而这个旁观者又往往难以避免叙述者的影响。因为作品被叙述的事件、情境和对象处在读者的前景位置，叙述者本身则居于背景位置，当叙述者相对稳定，且没有元叙述特意将叙述者和叙述行为予以强调乃至曝光，叙述者就很容易被无意识化，读者则不知不觉间被置换进叙述者的位置，直接从叙述者的角度来观看。参与者和旁观者这两种角色都集于读者一身，它们相互融合，并不断从其中一极摆向另一极，而这种变化在某种程度上总是受到特定的话语策略的调节。譬如鲁迅小说《风波》简洁、生动、有力的描述，创造了现场感而让读者身临其境地去观看。但是，作品幽默而冷峻的话语，在为我们讲述故事的同时，又以言外之力维持着读者与作品世界间的距离，让读者更多作为事件的旁观者而不是作为参与者去亲身经历。此外，作品所采用的第三人称叙事也以超然的态度有力助成了这一阅读效果，并令读者不自觉地从叙述者的视角，来俯瞰小说世界中芸芸众生演出的悲喜剧，洞悉他们身上的劣根性。郁达夫小说《迟桂花》的话语风格全然不同，那宛若流水般漫溢着情感的话语和第一人称内聚焦的叙述手法，都以巨大的力量将读者卷入文学虚构世界之内，甚至令读者与"我"相融合，去亲身经历、体验，深深地受到作品情感的感染。福克纳小说《熊》却是通过主人公，一个孩子艾萨克·麦卡斯林来感知世界的，那粗犷、恣肆，充满着蛮荒和灵异气息的叙述将读者带进了人与自然混濛一体的境界，让读者受到主人公的强烈吸引，以至与他相融合，与自然相融合，赤裸裸生活在这片大森林之中。可是另一方面，作品还存在一位超然的隐身叙述者，这位叙述者时不时以"他"来称呼这位主人公，这就重新将读者与主人公拆解开来，与主人公感知的世界拆解开来，创造了读者与主人公及作品世界的间距，而将读者拉回到旁观者的位置，拉到叙述者所处的位置并构成了多重视野。在阅读过程中，读者就徘徊于参与者和旁观者之间、叙述者和被叙述者之间、自我和他者之间。总之，文学作品的话语风格、叙述策略等等，都会以言外之力调节读者进入文学虚构世界的方式，调节读者在参与者和旁观者、叙述者和被叙述者、自我和他者间的角色转换，调整读者的在世存在，从而影响整个阅读过程和阅读效果。

"所有的人类经验，无论主动的还是被动的，本质上彻底地说就是含混多义的。这一含混性源于我们的存在根本上的有限性和历史性。"[①]从这个角度看，文学话语活动是日常话语活动极为重要的补充。文学话语行为系统极其复杂的作用方式，组织起我、你、他之间错综变化的交往关系，并且使得读者有可能改变日常话语活动所建立的相对稳定的"我"的位置和"我"的个体性，突破个人自我中心，让读者变身为另一个体，一个虚构世界中的人物或叙述者，一个"他人"，并站在他人的立场、以他人的角度和方式去观看一切、体验一切、思考一切；甚或超越包括自我在内的所有人的固定立场，摆脱现实束缚，以自由主体的角度去观看一切，体验一切，思考一切。在文学活动中就存在着我与你、自我与他者、参与者与旁观者、现实主体与自由主体、主体性与无我无物状态间的相互转换。这就大为拓展了人的生存方式，为人提供了无限多样的生存可能性，从而重新塑造着人的自我。恰如汉娜·阿伦特所提出的"扩展的思维方式"，文学话语活动通过转换"我"的立场、"我"的观看方式、体验方式和思考方式，使人既"向心"又"离心"地生存着并向着无限可能性开放，同时，也增强着人与人之间的沟通理解，增强着人对自我的反思理解，使每个人都有可能拥有包容着众多他人和世界的博大宽广的胸怀。

在《启蒙的结果》中，卡斯卡迪说："在诠释学中，人要求真理，却被给予一个符号；当人再次要求以真理取代这个符号时，却被给予另外一个符号；实际上，看来符号'总是已经'处于代替真理的位置。

[①] ［美］伯纳德·P. 道恩豪尔：《论体制与权力：解构和另一选择》，［美］罗伊·马丁内兹编：《激进诠释学精要》，汪海译，北京：中国人民大学出版社2011年版，第93页。

于是，诠释学以辩证的方式，使人得到这个理念：真理自身是一种符号，或者是尼采描绘为'大批的隐喻'的东西。"① 在语言仅仅被视为符号时，人确实无法摆脱这种可悲的循环。然而事实上，语言除了符号特性，同时是行为系统，其具体运用就是独特的话语实践，它调节着人与现实的关系，以话语行为引领人去亲近现实，尝试种种介入现实、敞开真理的方式。同样，当我们将话语行为理论与文学阐释学相结合，也将开辟出一条探索文学的新路径，展示出一片新天地。

第七节　回归文学活动

在 20 世纪文学研究的语言论转向中，索绪尔的语言符号学产生了极其重要的影响。布拉格学派、俄国符号学派、结构主义，以及后结构主义、解构主义，都以索绪尔语言学作为自己的理论资源，乃至理论出发点，并因此提出了许多重要观点。但是，由于索绪尔注重语言符号系统的共时研究，当其理论成果被运用于文学研究，就难免存在局限性和理论盲点。奥斯汀的言语行为理论则为文学研究提供了一个全新的视角。从这个视角出发，可以深入阐释文学话语行为系统的复杂性、多变性，揭示话语行为与人及社会历史语境的关联，同时，为回归文学活动提供了一条有效途径。

一

索绪尔语言学主要是针对"语言系统"的"共时研究"，致力于揭示语言的符号特性。正如他自己所说："语言的问题主要是符号学的问题，我们的全部论证都从这一重要的事实获得意义。要发现语言的真正本质，首先必须知道它跟其他一切同类的符号系统有什么共同点。"② 他从语言符号系统出发，揭示了语言符号的"能指/所指"结构，阐述

---

①　[美] 安东尼·J. 卡斯卡迪：《启蒙的结果》，第 129 页。
②　[瑞士] 费尔迪南·德·索绪尔：《普通语言学教程》，高名凯译，北京：商务印书馆 1980 年版，第 39 页。

了语言符号的差异性、任意性、系统性和能指的线条性等一系列原则，这些见解为文学研究提供了重要的思想启示、理论借鉴和方法论工具，有力推进文学研究的语言论转向。但是，索绪尔语言学从语言符号共时研究出发所建构的理论尽管极其深刻，所揭示的却又是语言最一般、普遍、抽象的特性和规则，用它来研究文学难免存在局限性和理论盲点。这种对语言符号系统共时研究的理论成果往往更适宜运用于静态的文本作抽象分析。诸如普洛普对故事功能结构的分析、格雷马斯对叙事语法的语义分析、热奈特对叙述话语的分析等等，固然都取得了重要研究成果，究其实都是针对文学文本所做的抽象。即便后来的研究者创造性地运用索绪尔语言学理论，引进了时间性因素，或借取历史主义桥梁，重新促成文学理论再政治化，却由于其出发点仍然建立在语言符号学的基础上，也就无法从根本上摆脱理论局限性。

　　语言是最为重要、最为复杂，也最为神奇的人文现象。俄国形式主义说：语言"是变色龙"。① 钱锺书则说"语言文字'狡黠如蛇'"。② 语言的复杂性并非仅仅在于解构主义所说，是能指的不断漂移，更为主要的原因在于：语言是行为，并且是错综交织、变幻不定的行为系统，它随人与语言关系的变化而不断变幻着行为系统结构和功能结构。每当人自以为抓住了语言，其实他只抓住言语行为中的某一侧面或碎片，并且还是被变异、扭曲、固化了的侧面和碎片。被抓住的言语总是变了质的言语。索绪尔是明智的，他设定了自己的研究范围，把"语言"和"言语活动"区分开来，专门研究语言。可是，当文学研究者将其引入文学研究领域，这就势必造成索绪尔语言学理论在文学研究中遭受到尴尬。正如乔纳森·波特在谈到语言符号学的局限时指出："由于它强调结构（'语言结构'）而不是具体的使用（言语，parole），再加上它在一个时点而不是时间流动的过程中来考察意义，因而它遗漏了许多重要和有趣的问题。诸如巴特、福柯、德里达等欧陆分析者都曾提出，符号学的一些重要的洞见可以予以保持，尤其是对潜在结构的强调，但与此

---

　　① [俄] 尤里·梯尼亚诺夫：《诗歌中词的意义》，张惠军、方珊译，[俄] 什克洛夫斯基等：《俄国形式主义文论选》，第41页。
　　② 钱锺书：《语言文字的难捉摸性》，舒展选编：《钱锺书论学文选》第三卷，第233页。

同时，我们必须更多地关注语言的使用以及变化的过程。"①

文学是语言的"实验场"和"竞技场"，言语行为的所有复杂性在文学中得到最自由、最充分的体现。这就决定着，对于文学研究，言语行为理论具有更大的理论优势。

早在《美学原理》中，克罗齐就对语言的行为特征做出揭示。他认为，"语言并不是一种军械库，装了已制好的军械；不是一部字典，搜集了一大堆抽象品；也不是坟园中抹油防腐的死尸"。"语言是常川不断的创造。已用语言表现过的东西就不再复演，除非根据已创造成的东西再造。生生不息的新印象产生音与义的继续不断的变化，即生生不息的新表现品。"语言作为一种表现，就决定了语言的哲学是艺术的哲学、美学。② 奥斯汀则更充分地意识到语言是人类一种极其重要的行为。"他不将语言视为抽象的死物，可以如逻辑和数学一样进行处理，而是意识到语言是人类的实践"，③ 并对言语行为做出了具体、深入的研究。奥斯汀说："我们把表述句看作是一种话语行为，而不是看作语句（或命题），越这样做，我们就越把话语行为当作整个系统来研究。"④ 而话语行为的施行又与语境、社会文化规约密切相关，并需要参与者的真诚。这就不仅规避了把人与语言相割裂的静态研究的理论视角，重新把语言视为充满生机、瞬息变幻的人的活动，而且将话语活动与人、社会、文化紧密相连，让语言回归生活本身，重获生命活力。约翰·塞尔、保罗·德曼、希利斯·米勒诸学者又进一步发展了话语行为理论。这些语言学理论为我们回归文学活动提供了有效的方法论基础。

二

从话语行为理论出发，我们可以发现：为什么文学研究会日益偏离

---

① ［英］乔纳森·波特、玛格丽特·韦斯雷尔：《话语和社会心理学：超越态度与行为》，第25页。
② ［意］克罗齐：《美学原理 美学纲要》，第161—162页。
③ ［英］乔纳森·波特、玛格丽特·韦斯雷尔：《话语和社会心理学：超越态度与行为》，第11页。
④ ［英］约翰·兰肖·奥斯汀：《如何以言行事》，第18页。

文学实践。其实，在文学研究和文学活动之间存在着难以避免的断裂乃至鸿沟。

无论文学创作或阅读欣赏，文学话语都是多种行为整体展开、协同作用，又相互交织、影响、生发、制约的，它们构成了"文学的"作品整体，显示了文学的实际存在样态。康德所说的"审美性"或形式主义所谓的"文学性"，正是在文学话语行为展开过程中生成的。一旦我们用"研究"的眼光看待文学，话语行为系统就瓦解了，被扭曲了。它往往蜕变为某种单一的行为，并且最容易被简化为话语表述行为，因为话语表述是"言内行为"，它被直接刻写在字面上。这样，我们自然只能注意到话语的符号学特征和语义学特征，自然倾向于索绪尔的语言符号学理论和新批评的语义分析；或者我们关注着话语表述与语境、社会文化规约的关系而倾心于福柯的话语理论；或者竟只关注话语所指涉的现实社会现象，话语本身则"透视缩短"，话语行为已经隐遁了。在文学"研究"的视野中，文学话语最为重要、最富特征的建构行为却萎缩了，丧失了。话语建构行为是一种"言外行为"，它需要人"亲密无间"的合作。在话语建构世界的活动中，人与话语相互吸引、相互协作、相互融合、共同展开，创建着一个想象的虚构世界。这是人与话语间建立的主体间性关系，也是人和话语最具活力、最丰富、最有创造性的状态。而"研究"却要求我们必须采取客观、冷静的立场，必须与话语保持着距离，并把话语作为研究"对象"，也即"他者"看待，它所丢失的正是文学话语最为重要的建构行为。这些分析扭曲、删减了话语行为系统，背离了文学活动的实际，转变为一种学者式的"智力游戏"。其实，当前所谓文学的"去审美化"，正是这种学者式解读的必然结果。并非作品的审美特性已经自行丧失，审美性主要是被研究者人为祛除的。德曼就已经隐约意识到文学研究所包含的危险，他批评说："在法国的历史批评和主题批评的背景中，符号学所具有的非神秘化力量，是相当可观的。这表明，如果不加批判地屈从于意指的权威性，那么，对言语的文学维度的感知将会被大半抹杀。"① 巴赫金则

---

① ［美］保罗·德曼：《符号学与修辞》，《解构之图》，李自修等译，北京：中国社会科学出版社1998年版，第53页。

把索绪尔的语言符号学称为"抽象客观主义",并尖锐地指出,索绪尔所提出的"语言作为规则一致的形式体系……是通过抽象化途径获得的,它由言语流——表述的现实单位中抽象地分离出来的因素所构成","是以研究书面记载的僵化的他人语言,作为实践和理论的目的的",根本不是语言存在的真正方式。① 实际上,研究者所抓住的只是文学话语一个并不重要的且被固化了的侧面,而不再是活生生地展开着、生成着的话语行为系统。可以说,研究所关注的并非文学作品(作品由话语行为系统所建构),也非"活"的文学话语(活的话语是行为系统),它只是个非驴非马的东西。这正是文学研究必须警惕的理论陷阱。

文学文本是开放的,它为读者进入文本和阐释文本提供了无限多样的方式。对文本作结构主义、后结构主义、解构主义乃至其他种种读解,对于扩张文本的理解空间、拓宽理论视野具有重要价值。但是,这种学者式的"智力游戏"恰恰可能导致失去文学所特具的东西,失去文学最珍贵的、不可替代的价值,以致令我们离开了"文学"。恰如舒斯特曼所说:"关键正在于去感受或品味艺术的可感知的性质和意义,而不只是从作品的信号和艺术界的上下文中去计算出一个解释的结果……现在进一步想象要是彻底将审美经验从我们人类文明中剔除出去,那么我们就会完全被改造为那种电子人或者被电子人所灭绝。"② 这种学者式的解读方式将话语建构虚构世界的活动拆散了,把读者身临其境的亲身感受清除了,也因此将文学的审美性、文学性、诗性注销了,展现在人的面前的将只能是灰暗的、了无生气的景象。

我们并不认为学者式的解读不可容忍,目的是指出它与文学实践不符。因为读者面对的是"作品"而非"文本",只要是阅读欣赏,我们就只能面对作品。文本只是研究者分析的对象,而不是读者欣赏的对象。正是在读者的阅读欣赏活动中,文学话语的所有行为都展开了,它

---

① [俄]巴赫金:《马克思主义与语言学》,张杰译,钱中文主编:《巴赫金全集》第三卷,第417—418页。

② [美]理查德·舒斯特曼:《生活即审美——审美经验和生活艺术》,彭锋等译,北京:北京大学出版社2007年版,第38页。

们共同生成了文学作品。可是,在学者式解读的视域中,作品则重新退化为没有生气的文本,它所失去的恰恰是文学和文学性。这正是自俄国形式主义提出"文学性"的一百年来,我们一直没有找到某个确定的文学性的缘由。在寻找文学性的过程中,我们往往感到某些语言形式因素与文学性相关,却又无法把它们确认为文学性,其原因就在于:在文学话语构建虚构世界的过程中,这些因素参与了话语行为的协同作用,共同生成了一个声色并茂、充满生机的虚构世界,让我们真真切切地经历了"文学的"体验,感受到"文学性"的存在;而当我们定睛在文本或话语中细细寻找,虚构世界却业已萎缩、瓦解,"文学性"也隐失了。这些真实存在的语言形式因素本身并非文学性,它们又共同参与生产出文学性,并且连这些语言形式因素自身的特性也因这个虚构世界而获得充分释放,焕发出奇光异彩。文学性是紧随文学话语构建虚构世界的活动而产生的,它是个生成性、过程性的范畴,而非客观性、确定性范畴。文学性建立在乌托邦基础上。

三

学者们的智力游戏不仅导致文学"去审美化"和"去文学化",而且还是文学"去人性化"的根源。艾略特早就提出诗歌的"非个性化"主张,加塞特则叫嚷艺术"去人性化"。在加塞特的眼中,人性即自然,艺术的人性化就是笨拙地追求逼真,这就会干扰纯粹的审美欣赏。艺术家与此相反,他应该试图歪曲现实,打破它的人性面,即去人性化。同样,诗歌也因承载着人性化内容,早已迈不开脚步,像只漏了气的气球,缠绕在树边檐角,弄得遍体鳞伤。"因此,凡人与诗人也是不相容的。凡人的宿命是走完自己的人生道路,而诗人的任务却是创作、虚构。这就是做诗人的真谛。诗人给早已存在的真实世界添上一块虚幻的大陆,让世界变得更加广阔。"[①] 显然,加塞特所谓"去人性化"的理论背景依然是康德美学,它与爱德华·巴罗主张"文学的反现实主

[①] [西]奥尔特加·伊·加塞特:《再论艺术的去人性化》,《艺术的去人性化》,莫娅妮译,南京:译林出版社2010年版,第29页。

义本性"一脉相承。而当前文学研究中的"去人性化"则与此大相径庭,它建立在文学语言论转向的基础上。索绪尔的语言学、福柯的话语理论都把语言视为与个人无关的独立存在。语言是个符号系统,它被捆绑在"集体的镇石"上,不是个人意志所能撼动的。在语言符号系统中,根本就没有人的位置。这些卓越见解都有力助成哲学、美学、文学的语言论转向。与此同时,也将人从文学视野中驱逐了,因为作为独立存在的语言无须依从任何个人。语言已经不再听命于人。相反,"早在我们讲出哪怕一点点言语之前,我们就已经受语言的统治和封冻"。①不是人说语言,而是人跟着语言说,甚至是语言说人。

然而,奥斯汀的言语行为理论则重新召回了人,在他的理论范式中,"参与者"成为必要的因素。正如索绪尔自己所说:"个人永远是它的主人;我们管它叫言语。"② 言语作为一种特殊的行为,它首先只能是人的行为,其次才是人际交往的言语行为,它不仅是由人发出并作用于人、影响人,而且本身就是人的行为。言语行为与人的其他行为交织在一起,并最为有效地组织着人类活动。因此,语言既是独立的,而这种独立性又非绝对的,在它的具体运用中总是与人交缠在一起,并深深留下了人的气息、人的风格特征。离开人,语言只能风干为毫无生气的僵尸,或固化为蛮横的意识形态宣传工具,或蜕变为一个没有目的飘游的幽灵,它不再是活生生的人的语言。在语言论转向的现代视域中,语言孤傲地跋扈着,它与人及人的生活分裂了,于是,作家可以远离文学袖手旁观,读者的阅读也成了"感受谬误"。作者死了,读者也相继死了。对此,艾布拉姆斯颇为尖刻地评论道:

在我们这个阅读时代里,文学交际行为中的第一动因是作者。对一个不再是新手的人而言,看到近来的书和文章作者得意地宣称自己死亡,总让我觉得好笑。"到时候了,"米歇尔·福柯说,"到批评和哲学承认作者消逝或死亡的时候了。""和惯例一样,"罗兰·巴特的说法是,"作者也死了:他的公民身份,作为生物体的

---

① [法]米歇尔·福柯:《词与物——人文科学考古学》,第390页。
② [瑞]费尔迪南·德·索绪尔:《普通语言学教程》,第35页。

他，都已经消逝。"这个死亡讣告更延伸到读者，甚至延伸到已被贬为语言游戏产生的幻象这一地步的人类自身，或者用福柯的话说，人被贬为"我们知识中的一个褶子"，注定"在知识找到新形式的那刻消失"。相应地，按这些关于阅读的新型文章所说，作者已经消融到作品本身中，读者已经消融到阅读本身（reading-as-such）中，而且所影响的以及阅读本身所从事的，也并非什么文学作品，而是文本、书写。渐次地，文本伪造了自己作为关于人类和人类关注的有目的的言说这种身份，甚至其独特性也变成无所不包的文本性中的插曲而已——如爱德华·萨义德所评价的，它已融入"语言性公海"。相应地，传统上所谓作者与作者之间的"影响"也被剔除个性，变成了"互文性"，成了无主的符号串之间的某种回响。①

作为符号系统的语言确实有着独立性、自主性和不透明性，而作为行为的言语却是变色龙，它狡黠如蛇，并且始终与人相互缠绕，永远离不开人。索绪尔、福柯、巴特、萨义德都深刻揭示了语言的符号学特性，却遗漏了言语的行为特性，遗漏了言语行为作为人的行为的特性，而这恰恰是文学话语至关重要的特性。

在此，我们所强调的是"文学话语"。诸如公文、科技文本等工具性话语，其符号学、语义学特征常常是更为主要的；而文学话语则以种种策略强化自身的行为能力，特别是话语建构行为和言外之力。当我们仅只强调文学话语的符号学或语义学特征，人就势必从文学中被驱逐，文学理论也就不可避免地离开文学，走向谬误。

乔纳森·卡勒说："意识主体一旦被剥夺了意义之源的作用——一旦意义是按照规范系统来解释，而这一规范系统又不是意识主体所能把握的——自我与意识就再也不是一回事了。随着各种通过主体而进行运作的人际系统取代了主体的功能，主体便'溶化'了。人文科学起初是把人当作认识的对象的，而随着这些科学的发展，却发现'人'在

---

① [美] M. H. 艾布拉姆斯：《如何以文行事》，《以文行事——艾布拉姆斯精选集》，第 251—252 页。

结构主义的分析中消失了。"① 马克·柯里则针对德里达评论道："语言就是物质的活动，这不仅因为语言应被理解为写作性的物质印记，它脱离了大脑而存在，而且还因为文本与语言的结构都是（用一个德里达避免使用的词来说）被物体化（reified）或叫被转化为世界上的物质的东西或活动。这种做的意义是要把意义从大脑与物质的双重性中解放出来，达到这一目的的策略是解除语言与意识之间的束缚，从而将语言表现为它的物质形式：作为写作、作为录音、技术、外在性等等——德里达一直就是这么做的。"② 语言窃取了前所未有的尊荣，成为世界网络中的权力核心，人的位置则被取代了，主体也被放逐了。

然而，当语言作为具体运作的话语行为时，它却又重新变身还魂为人的行为。特别是当文学话语作为一种建构虚构世界的行为，它就势必邀请人共同参与创造，和人相互纠缠，相互融合，并孕育着人及主体性。正如布朗肖所说："从某种程度说，书需要读者以便变成塑像，需要读者以向自身肯定某种无作者的和无读者的东西。阅读给予它的首先并不是更具人性的真实；但阅读也没有把书变成某种非人的东西，某种'物体'，一种纯粹的密集的独特风格，那种阳光不会使其成熟的深度的成果……阅读的本质，即它的特性阐明了在'阅读造成作品变成作品'这句话中，动词'造成'的特别意义。"③ 本维尼斯特则说："语言使主体性成为可能，因为它总含有适合主体性表达的语言形式，而话语则引发主体性的显现，因为它由离散的时位构成。语言可以说提供了许多'虚设'的形式，由每个使用话语的说话人占为己有并使之与他的'人称'发生关联，与此同时，他将自己定义为我，将他的对话者定义为你。话语时位就是这样构成了用于界定主体的全部坐标。"④ 奥斯汀的理论正是针对言语行为系统所做的阐释，它揭示了言语具体的、动态的运行规则，揭示了言语作为人的行为的本质特征，并将言语行为

---

① ［美］乔纳森·卡勒：《结构主义诗学》，第56—57页。
② ［英］马克·柯里：《后现代叙事理论》，第99页。
③ ［法］莫里斯·布朗肖：《文学空间》，顾嘉琛译，北京：商务印书馆2003年版，第195页。
④ ［法］埃米尔·本维尼斯特：《论语言中的主体性》，苗馨译，《普通语言学问题》（选译本），第297—298页。

系统与具体语境、社会文化规约相结合，因此，它为我们避开理论陷阱提供了可能，让我们更接近文学活动的真实面目。从奥斯汀言语行为理论出发来看待文学，我们发现，文学话语不仅仅是符号，也不仅仅用于"表述"和"指涉"，而是多层次的"行为系统"，它们相互交织、相互影响、相互冲突、相互适应、相互融合，与人一道共同建构充满生机活力的文学作品。文学话语行为既成就了文学自身的特色，又总是与人联系在一起，与它所处的现实生活语境、社会文化规约相关联，以特有的方式与现实生活活动相交流，相影响。从这个角度看，对于文学研究，言语行为理论具有相当有效的阐释力。言语行为理论不仅赋予我们阐释文学内部运行方式以有力的工具，同时，也将文学活动与人的社会生活实践联系起来，让我们看清话语种种不同的行为方式，以及它对于人的重要价值。

在批评古德曼对审美经验的阐释时，舒斯特曼指出："古德曼的讨论暗含了（虽然从未充分明言）下列论证：通过对符号的使用，审美经验在本质上有意义和有认知功能。符号的使用暗含着中介和动态的信息处理，而现象学上的感觉和情感则暗含无法当作意义的被动性和直接性。"这就意味着从符号学、语义学角度来探讨审美经验，其实就已经预先排除了现象学的、直接的或情感的特征。据此，舒斯特曼认为，古德曼的"这种论证是非常有问题的"。[①] 这种见解是十分敏锐、深刻的。这同时也对我们的研究提出质疑：在第六章中，我们主要从现象学的角度对文学虚构问题做了阐释，而在这一章却又转而从语言学角度来阐述，这两种不同的理论视角会不会是自相矛盾、相互排斥的？确实，语言符号学或语义学强调文学活动中语言符号的中介作用，与现象学强调直接性和被动性之间存在不可弥合的理论鸿沟，但是，奥斯汀的言语行为理论却全然不同。言语行为理论不仅把文学视为语言符号构成和对动态信息的处理，而是首先将其视为人的行为，一种人运用语言符号的特殊行为。作为人的行为，它完全可以成为现象学的、直接的、语言意义之外的现象，对它可以做出现象直观；而作为一种特殊的话语行为，对它又可以做出意义阐释，做出各式各样的分析。正如本维尼斯特所说：

---

① ［美］理查德·舒斯特曼：《生活即审美——审美经验和生活艺术》，第35页。

"铭刻在语言中的人类体验总是要关联到交流过程中的言语行为。"[1] 言语行为理论为我们提供了一个将现象学与语言学相互沟通的契机,并让我们可以更为完整地把握文学活动,把握文学活动与人类其他活动的复杂关联,从而纠正语言论转向所带来的局限性。

当然,我们强调奥斯汀的重要性,并非要抛弃索绪尔、福柯以及其他相关研究,而是强调要以奥斯汀言语行为理论作为方法论基础,它为我们提供了一个最基本的观察点和思考问题的理路。同时,广泛吸收索绪尔语言符号学、福柯话语理论、巴赫金超语言学,以及其他诸多已有的研究成果,要重视各种理论之间的适切性和互补性,由此重返文学现场,回归文学活动,也因此重新回到人自身。

---

[1] [法]埃米尔·本维尼斯特:《言语活动和人类体验》,刘柯译,《普通语言学问题》(选译本),第157页。

第八章　神圣世界·虚构世界·阈限空间

第一节　原始仪式与文学艺术活动

在对文学虚构做出上述分析后，我们仍然有必要对虚构世界的特性，以及这些特性形成的原因做出补充阐释，有必要深入到文学艺术的原始形态中做一番检视。

我们认为，文学艺术源于原始仪式，它和人类其他精神性活动，诸如宗教等都离不开原始仪式的孕育。这并非否定劳动的决定性作用。从终极根源来说，正是劳动保证了人类生命的存续，劳动促进着人的身体、感官，以及心灵和思维的发展，这也就为种种其他活动提供了最基本的前提条件，包括仪式活动本身也就是建立在这一基础之上。通过劳动，人与自然建立了密切联系，为了企求协调两者关系这个目的，仪式活动应运而生了。但是，这并不足以证明文学艺术直接来源于劳动，恰恰相反，其间必须经过原始仪式这一中介环节，离开这个环节，也就失却文学艺术产生的必要条件。原始仪式是孕育文学艺术的母胎。原始仪式丰富和改造了由劳动实践建立起来的人与自然的关系，构建了一个独特的精神世界，文学艺术及其诸多基本特征就是建立在这个基础上的。

一

早在古希腊时期，亚里斯多德就指出，悲剧"是从酒神颂的临时口占发展出来的"。① 后来维柯也说:"缪斯的最初的特性一定就是凭天神预兆来占卜的一种学问。"② 尼采进一步阐述了悲剧与酒神仪式的关系。英国剑桥学派的重要学者哈里森深受尼采和弗雷泽的影响,她从大量的人类学材料出发,深入分析了艺术与仪式的关系。在她看来,艺术源于一种为艺术和仪式所共有的冲动,即通过表演、造型、行为、装饰等手段,来展现人的真切的激情和渴望。这种强烈的愿望就是自然的生命力必将死而复生。不仅古埃及的俄西里斯(Osiris)祭仪,他如古巴比伦的塔模斯(Tammuz)和阿多尼斯(Adonis)仪式、古罗马的阿提斯(Attis)仪式,以及流行于世界各地的春天庆典,都表达了对死而复生、除旧迎新的强烈愿望。这样一种共同的情感因素导致艺术与仪式在一开始的时候就浑融不分。正是从丰富的人类学资料的考察中,哈里森发现:"对于艺术而言,其早期阶段,其相对简单的形式,就是仪式,仪式就是艺术的胚胎和初始形态。""艺术并非直接源于生活本身,而是源于人类群体对于生活需求和欲望的集体诉求活动,即所谓仪式。"③

尽管哈里森关于文学艺术起源于仪式的观点受到不少质疑,但是,文学艺术与仪式间的密切关联却得到越来越多的学者的认同。在《审美特性》中,卢卡契深入分析了人类活动分化所产生的审美意识与巫术的联系:"审美反映由日常反映的分化正是在巫术所确定的目标范围内、在创作条件和效果条件的范围内完成的,审美反映与日常生活由这一范围所完成的分化过程提供了它后来与巫术(和宗教)分化的可能性。从而,使审美反映成为独立的活动,并在整个社会生活中发挥它特有的功能。"④ 本雅明承袭和发展了这一观点,他认为:"最早的艺术作品起源于礼仪——起初是巫术礼仪,后来是宗教礼仪。关键在于,艺术

---

① [古希腊] 亚里斯多德:《诗学》,罗念生译,[古希腊] 亚里斯多德、贺拉斯:《诗学 诗艺》,北京:人民文学出版社1962年版,第14页。
② [意] 维柯:《新科学》上,第173页。
③ [英] 简·艾伦·哈里森:《古代艺术与仪式》,刘宗迪译,北京:生活·读书·新知三联书店2008年版,第133—134页。
④ [匈] 乔治·卢卡契:《审美特性》第一卷,北京:中国社会科学出版社1986年版,第352—353页。

作品的氛围浓郁的生存方式从来就不能完全脱离礼仪功能。"① 弗莱则指出：

> 在原始社会中，艺术与巫术非常紧密联系在一起；创作动机附着于一种更为殷切的目的，即希望自身的产品能按有利于人类的方式去影响外在世界……人的想象力是通过扬弃巫术才得以释放出来的。当文明进入下一个阶段后，巫术或自然的附属因素便为社会因素所取代。文学表现了创造该文学的社会最为关注的问题，而且人们迫使它用以阐明像宗教或政治等其它的社会价值。②

迪萨纳亚克从物种中心主义艺术观出发来探讨人类活动的独特性，她说："在我看来，在产生仪式庆典的场合中寻找人类特有的艺术特点，在行为学上似乎是合理的。在这一领域从事研究的一个很好的理由就是，与性炫耀不同，仪式庆典是人类独有的。"③ 梅列金斯基颇为赞许剑桥学派从仪式探究古希腊罗马戏剧之根源的做法，并在他所从事的神话研究中发现：叙事诗"其起源同原始的仪礼浑融体相关联，同崇拜的关联则更不待言"。④ 马里奥·佩尔尼奥拉则从词源学角度对"作品"作了深入探讨，他认为："作品一词来自于梵文的 àpah 一词，表示'工作'，并且与吠陀的 apah 一词有关，表示'宗教活动'，这样，这个词就具有了庆典、仪式的意思。"⑤ 并进而指出，艺术和城市、艺术作品和政治秩序这几种概念一齐交汇在"仪式"这个词上，而仪式正是宗教与古罗马社会的枢纽。

希腊文学学者格雷戈里·纳吉深感当代社会中传统消亡所带来的困

---

① [德]本雅明：《可技术复制时代的艺术作品》，《经验与贫乏》，王炳钧、杨劲译，天津：百花文艺出版社1999年版，第266—267页。
② [加]诺思洛普·弗莱：《显性批评与隐性批评》，徐炳勋译，吴持哲编：《诺思洛普·弗莱文论选集》，第34—35页。
③ [美]埃伦·迪萨纳亚克：《审美的人》，户晓辉译，北京：商务印书馆2004年版，第107页。
④ [俄]叶·莫·梅列金斯基：《神话的诗学》，魏庆征译，北京：商务印书馆2009年版，第103—104页。
⑤ [意]马里奥·佩尔尼奥拉：《仪式思维》，吕捷译，北京：商务印书馆2006年版，第86页。

扰，他认为，我们生活在这样一个时代，数千年积累起来的人类经验正湮没在大约不足百年的现代科技进程之中，古老的活形态传统迅速走向濒危。然而，在美洲本土印第安人的诗歌中，他却看到一种特殊的意义，一种探索最终回归的价值。在纳吉看来，诗歌是演述分支衍生的结果。在仪式、牺牲及其主要的形式里，演述的仪式要素可以成为最好的象征，而牺牲的本质则在牺牲之火中能够达致最佳的象征。作为演述分支的诗歌正是实现这种表达、化解忧患的主要途径。诗歌承载着绵延不绝的传统。因此，纳吉说："形式即仪式，仪式即演述，演述即歌诗。"① 季羡林则据《梨俱吠陀》以颂诗形式对诸神表示赞美、恳求、劝说和《夜柔吠陀》所包含的各种重要的祭祀祷词，来阐明古代印度吠陀颂诗与宗教仪式间的关系，他认为："吠陀时代的文化与宗教密不可分。一般说来，《梨俱吠陀》反映的宗教还带有较多的原始宗教色彩，而《夜柔吠陀》和各种梵书反映的宗教已完全是人为宗教。吠陀本集是婆罗门祭师为了适应祭祀仪式的需要而加以编订的。"②

凡此种种都意在说明，文学艺术与原始仪式是密切关联的。

二

我国古代文献就有不少诗、歌、乐、舞与祭祀、宴飨仪式关系的记载。《吕氏春秋·古乐》载："昔葛天氏之乐，三人操牛尾投足以歌八阕：一曰《载民》，二曰《玄鸟》，三曰《遂草木》，四曰《奋五谷》，五曰《敬天常》，六曰《达帝功》，七曰《依地德》，八曰《总万物之极》。"③ 尽管其中所载八首古歌已经亡佚，仅存标题，但仍可据此推知其内容是赞颂祖先，祭拜天地，敬献神灵，祈祷五谷丰收、草木鸟兽万物繁盛，它正是描述了一场亦歌亦舞的祭祀仪式。在原始社会生产力低下、生活条件艰险的状况下，人不能不依赖于自然，于是也就促成祭拜

---

① ［匈］格雷戈里·纳吉：《荷马诸问题》，巴莫曲布嫫译，桂林：广西师范大学出版社2008年版，第204页。
② 季羡林主编：《印度古代文学史》，北京：北京大学出版社1991年版，第6页。
③ 陈奇猷校释：《吕氏春秋校释》，上海：学林出版社1984年版，第284页。

祖先、神灵、天地的仪式活动，祈求赐福，借此托庇于外力来维护人自身的生存繁衍。在原始先民的意识中，仪式活动的重要性远远超出劳动等其他人类活动，恰恰是仪式活动决定了劳动和其他实践活动的成败得失。仪式的这一功能赋予它自身以神圣价值，使得它成为与日常生活相区分的一个神圣空间。正因如此，最为珍贵的牺牲要在仪式上贡献，而那些赏心悦目的诗、歌、乐、舞也只配在仪式上为祖先和神灵享有。这种观念一直影响到后来，所以，《诗大序》说："颂者，美盛德之形容，以其成功告于神明者也。"① 刘勰《文心雕龙·颂赞第九》秉承前说并加以发挥："四始之至，颂居其极。颂者，容也，所以美盛德而述形容也。昔帝喾之世，咸黑为颂，以歌《九招》……颂主告神，故义必纯美。"② 朱熹则进一步由"颂"推及"雅"，他指出："若夫雅、颂之篇，则皆成周之世，朝廷郊庙乐歌之辞。其语和而庄，其义宽而密；其作者往往圣人之徒，固所以为万世法程而不可易者也。"③ 除了诗、歌、乐、舞，杨静亭《都门纪略》和王国维《宋元戏曲考》则分别指出了戏与傩、巫的联系。

现代以来，随着英国剑桥学派思想的传播，仪式与文学艺术起源的关系问题越来越引起我国学者的重视。在《诗六义原始》中，王昆吾对《诗大序》"六义说"作了穷原竟委的探讨，细致描述了从"六诗"到"六义"的发展过程，深入阐释了演变经过的若干阶段，辨析其含义的变化，并进而认为，诗三百中时代较早的作品往往有两个特点：用叙事体；以颂赞为内容，有明显的仪式成分。据此，他明确地下结论说："这就表明，用于仪式上的记诵、祝祷或颂赞，是早期诗歌最基本的功能。""事实上，如果没有仪式活动，那么，既不会有诗三百的结集，甚至也不会有'诗'这种文学样式的产生。"④ 詹瑛从考证先秦制度出发，揭示了文学与仪式的关系，他说："古者巫祝为联职，《周官·春官》祝之属有大祝、小祝、丧祝、甸祝；巫之属有司巫、男巫、

---

① 《毛诗序》，郭绍虞主编：《中国历代文论选》第一册，第63页。
② 王运熙、周锋撰：《文心雕龙译注》，上海：上海古籍出版社1998年版，第67页。
③ 朱熹：《诗集传序》，郭绍虞主编：《中国历代文论选》第一册，第72—73页。
④ 王昆吾：《诗六义原始》，《中国早期艺术与宗教》，上海：东方出版中心1998年版，第248页。

女巫。盖巫以歌舞降神，祝以文辞事神。《国语》谓聪明圣知者始为巫觋，郑注《周官》谓有文雅辞令者，始作大祝。是知二者乃先民之秀特，而文学之滥觞也。"[1] 刘祯则分析论述了傩仪、傩戏与戏曲之间多重的密切联系和彼此影响，他认为：傩戏有广义、狭义之分，广义的傩戏即仪式戏剧，狭义的傩戏即"以歌舞演故事"之傩戏，它不是纯粹的舞蹈演出，仍然是民间祭祀仪式的一个有机组成部分。因为"在人类早期，人们意识思维混沌朦胧，同属于思想精神范畴的仪式与艺术表演是彼此融合难分的，仪式的结构特性使它与戏剧行动本质保持天然的密切联系，彼时仪式表演与戏剧的行动是不分的、一致的"。通过对中国戏剧发展历程的考察，他指出，仪式与戏剧的关系体现在两个层面上："第一层面，即仪式与戏剧相伴相融的混沌时期"；而第二层面的含义在于，"仪式与戏剧的关系并没有随着戏剧与仪式出现剥离、戏剧走向自我与独立而完全割断其联系脐带"。事实上，戏剧与仪式的密切关系历史上始终存在，只不过它是一个容易被人"忽略"的地带。[2]

虽然文学艺术与仪式的内在关联得到日益深入的研究，而且在历史文献研究和文化人类学研究中取得不少有力证据，但是，这些研究仍然不能确证文学艺术起源于仪式活动这一观点，因为任何例证都是有限的，它无法穷尽起源这个问题，不能排除多个源头存在的可能性。

第二节 原始仪式，孕育文学艺术的母胎

对文学艺术与仪式关系的研究必须将考证与逻辑推理相结合，才能更有利于问题的深入。特别是当我们把文学艺术的发生置于人类精神发展演化的过程中去分析，那就可以发现，作为人类一种独特的精神现象，文学艺术的诞生是离不开仪式活动这个环节的。尽管文学艺术的生成离不开劳动实践所起的终极作用，尽管它不可避免涉及多种原因，但是，唯有仪式活动才真正孕育了它。正是仪式开启了真正意义上的人类精神活动，也为文学艺术的诞生提供了决定性条件。仪式活动是孕育文

---

[1] 詹锳：《文心雕龙义证》，上海：上海古籍出版社1989年版，第358页。
[2] 刘祯：《傩戏的艺术形态与形成新探》，《中国政法大学学报》2010年第3期。

学艺术的母胎。

一

在《原始思维》中，列维－布留尔提出了"互渗律"这一概念。他认为，原始人的意识已经充满了大量的集体表象，这些表象间预先形成的关联，都以不同形式和不同程度包含着那个作为集体表象之一的人和物之间的"互渗"，也即遵循了"互渗律"。这些神秘的互渗在他们的意识中占了首位，而且还常常占据他们的整个意识。[①] 很显然，以互渗律为特征的原始思维是刚从混沌中走出来的原始人的思维特征。人刚刚摆脱了原始混沌，将"我"与世界进行了初步区分，给予世界万物以命名，然而，"我"与世界却仍然是常相混淆的，万物之间又是互渗的，这是一个初分而未分、将明而未明的过渡性阶段。正是过渡性阶段决定了原始人的思维必然具有互渗特征。

这种以互渗为特征的原始思维导致循环观念和交感巫术的形成，譬如四季更替，冬去春来，其每一个新春都被视为前一个春天的重复和新生。人与万物的诞生、成长、衰老、死亡也被看作不断循环的过程，一切都可以重演。基于这种循环观念，原始仪式也就逐渐形成了，即通过人的特定行为方式所产生的交感作用，来促成春天重新来临和生命的赓续。春天仪式、死亡仪式、出生仪式等等，就是人借用集体行为来企求维护这一循环秩序的仪式活动。

在谈到原始仪式时，哈里森有一个观点很值得我们重视，她认为，原始人心里最初是没有"精灵"这个观念或概念的，他们根本不可能有这样抽象的思想，在他们的心灵中，抽象性是格格不入的。[②] 心有所感，情动于中，于是不由自主地手之舞之足之蹈之。这种舞蹈往往因为其中一位跳得格外出众而被推举为带头人、领舞者，这个领舞者就是最

---

① [法]列维－布留尔：《原始思维》，丁由译，北京：商务印书馆1987年版，第69—70页。
② 这一点可以从弗雷泽的《金枝》中得到印证。从大量的人类学实例中，弗雷泽看到，在神灵观念产生前，原始人是靠自己的行为，也即巫术交感来影响自然，谋福避祸的。这就是说，巫术仪式是先于神灵观念的。

初的"道成肉身",逐渐成为仪式参与者的偶像,他的有血有肉的人格为后来的人格化过程提供了雏形。在仪式活动中,领舞者成为凝聚集体激情的焦点和核心,整个活动都围绕着他而展开,他成为仪式的灵魂。他的形象因此深入人心,被铭记不忘,年复一年,这种印象被不断重复和再现,终于从一个真实的人转变为人们记忆中的意象,成为一个精神造物。"正是知觉的周期性重复,使一种持久的抽象化、概念化过程成为可能","周期性的节日缔造了一个神,一个尽管并不是永生不死却能死而复生的神"。①

需要补充的是:这位领舞者,他应该同时是领唱者,由于是仪式参与者注意的核心,在他的身上也就集聚着参与者热切的期待和愿望,随着仪式的周期性重复,真实的人渐次被淡忘了,这个凝聚着参与者期待和愿望的意象逐渐转化为一个抽象观念,一个寄托了参与者的期待和愿望的神灵。必须强调的是,只有在原始仪式的"集体性"活动中,这种转化才可能发生。在这个亦歌亦舞的仪式活动中,参与者的情绪相互感染着,相互激扬着,并由此构建了一个激情和力量的场域,形成了一股巨大的漩涡。正是在这个漩涡中,每个参与者的情感和欲望被高倍数放大了,日常的感觉阈限被突破了,仪式空间中的一切都因此发生了转变,那位领舞者(领唱者)的意象也从平常的对象转变为"非凡"的对象,一个离开集体性仪式活动,离开这个空间就无从感知,无从体验,也无法理解的"非凡"的对象。在仪式活动周期性重复过程中,一方面这个领舞者(领唱者)的表象被抽象化了,另一方面它又不断得到强化、"非凡化",神灵也就因此降生了,仪式空间也因此成为神圣空间。离开仪式的集体性活动,这一转化绝不可能发生。② 这位领舞者(领唱者)既是日常生活中的"人",又是仪式活动中不同凡常的

---

① [英]简·艾伦·哈里森:《古代艺术与仪式》,第43—44页。
② 按照习惯说法,神的观念是由于人对世界的不理解而产生了神秘感所致,譬如雷电等现象。其实,对于早期原始人来说,原先是不存在神秘感的,雷电只是给予他们恐惧感,此外,别无其他。神秘感以对直接感知对象"背后"的力量的推测为前提,也即一种意图感知不可感知对象的意向,当人的感觉还停留在直感对象身上的时候,这种意向是不可能产生的。神秘感只有发生在这种情况:人们在日常感知、体验之外,又有了"非凡"的感知和体验,这种存在于日常生活之外的"非凡"的感知和体验就逐渐演化为神秘感,神的观念就建立在这一基础上。有了这种"神"的观念,它也就可以迁移到对其他对象的感知、体验上。

"神",而这对于依循互渗律来思维的原始人来说,既是自然的,又是神秘的。

王国维《宋元戏曲史》考释了中国戏曲之起源,他说:

> 古之祭也必有尸。宗庙之尸,以子弟为之。至天地百神之祀,用尸与否,虽不可考,然《晋语》载"晋祀夏郊,以董伯为尸",则非宗庙之祀,固亦用之。《楚辞》之灵,殆以巫而兼尸之用者也。其词谓巫曰灵,谓神亦曰灵;盖群巫之中,必有象神之衣服形貌动作者,而视为神之所冯依:故谓之曰灵,或谓之灵保。《东君》曰:"思灵保兮贤姱。"王逸《章句》,训灵为保,训保为安。余疑《楚辞》之灵保,与《诗》之神保,皆尸之异名。①

王国维提出的"宗庙之尸"即祭祀仪式中由活人装扮成祖先之形象。开始,"尸"是由死者子弟装扮的,而后转由专职化的"巫"来担任,故曰"巫而兼尸之用"。而"巫"即"灵",也即"神"。所以,尸、巫、祖先、神灵是相通的。从中,我们可以推知,最早的仪式活动主要是祭奠祖先的。对于原始先民来说,死亡是最为重大的事件,延续生命是最为迫切的需求,他们企图通过死而复生的仪式来实现生命的赓续。因此,早期仪式活动主要的祭祀对象正是祖先,也即由子弟装扮的"尸"。随着仪式周期性重复,也随着时日流逝,对祖先的记忆渐趋模糊,许多"功绩"、"德行"、"恩泽",以及对诸多先辈的怀恋都被强加在"尸"上,终于,那位装扮祖先的"尸"就成为非同凡常的"神"了。金文中商人的"上帝"释为天帝兼祖先神,是殷民族的始祖,亦可为证。至此,我们可以对哈里森的观点再做出补充:那位仪式的领舞者,不仅同时是领唱者,他就是古代中国所说的"尸",也即祖先的扮演者,只是后来也用以表现神灵了。其间,专职化的"巫"的出现是个关键因素。即便在原始思维的互渗作用下,人们毕竟很难将终日相处、耳鬓厮磨、十分熟稔的"子弟"作为"神"来体认,而只可能把他视为祖先之再生。只有当原本陌生、不知来历的"外人",一个

---

① 王国维:《宋元戏曲史》,上海:上海古籍出版社1998年版,第3页。

第八章　神圣世界·虚构世界·阈限空间　335

专职的巫师，以其"专业化"的娴熟舞姿和诵唱，因其"象神之衣服形貌动作"，才能被仪式参与者视为有别于祖先的另一个具有非凡力量的不可知者——神灵。对于仪式参与者，他在仪式中以具体可感的形象显现了，而且激发起一种日常无法触及的如痴如醉的体验；然而，他又是不可知的，人们不知道他的来踪去迹，不知道他究竟是谁，不知道为何有着如此之魔力。这一既可感又不可知者就是"神"，神的表象和观念也因此萌生，并进而和那些令人的感官无能为力或遥不可及的诸如"天"、"日"、"月"等联系在一起。围绕神灵，仪式空间也逐渐被建构为神圣空间。① 仿照伊利亚德的话来说，"尸"的出现导致空间的均质性的中断，并成为一种绝对实在的展示，成为神圣化的基点，世界秩序就建立在此基础上。自此，神灵崇拜与祖先（祖先神）崇拜虽仍旧密切关联，却渐渐地有所区分了。这也是人总是按照人自身（祖先）的形象来构想神灵的原因。

弗雷泽在分析原始巫术时指出：原始人"隶属于过去，隶属于祖先的灵魂。祖先的阴魂好像用一根铁鞭统治着他，他必须服从那些不成文的法律。"② 祖先在原始人心目中有着不可替代的首要性和无法排除

---

①　仪式活动中若痴若醉的歌舞，极大地激发着参与者的身体快感和激情体验，构成一个区别于日常生活的力量漩涡般的仪式空间。神灵非同凡常的神圣性和神秘性，很大程度上就是这种身体快感和激情体验的投射，它不仅仅是哈里森所说对祖先的记忆累积。正因如此，神灵才是不可言说的，是非凡的、神秘的。仪式活动的精神性总是和身体性密切相连。这一特点也是文学艺术活动中精神愉悦与身体快感相融合的根源。文学艺术的所谓"灵韵"之所以无法言说，其中一个重要的原因就是身体感受和激情是无法用语言言说的。灵韵既是精神性、神圣性的，又扎根于身体。舒斯特曼也谈到审美与身体感受的密切关系，他说："音乐的那不可言传的意义深度和它那强大、神秘的力量，源自于身体作为有创造性的基础和强化的对比背景的无言作用。这就是一个转瞬即逝的声音之浅表如何能够真正触及到人类经验的深度的地方。"（[美] 理查德·舒斯特曼：《生活即审美——审美经验和生活艺术》，173—174 页）其实，中国古代美学和文论早就注意到审美欣赏与身体感受的关联。譬如我们把文学艺术欣赏称为"品味"，称好的作品为有"韵味"。"味"、"滋味"是中国古代美学中的重要范畴。西方美学强调"审美距离"，强调作为主要审美感官的"看"和"听"，也就是强调审美的精神维度和心灵特征；而中国美学强调"味"，恰恰是认识到审美的直接性，认识到审美的身体维度，它不仅是一种精神愉悦，同时包含着"身体感受"，因此阅读即"涵泳"，欣赏即"品味"，必须身临其境，身在其间，直接来感受它，同时，这种感受又是语言符号所不能穷尽的。本雅明所说"灵韵的消失"的原因就在于文学艺术的精神性、神圣性与身体性关联的断裂，精神维度的神圣性日渐丧失，于是仅留存下身体快感。

②　[英] 詹姆斯·乔治·弗雷泽：《金枝》上，赵昍译，西安：陕西师范大学出版总社有限公司 2010 年版，第 51 页。

的影响力。这种现象既决定着原始仪式首先要以祖先为祭祀对象,又说明了祖先祭仪已经使这位被祭祀者深深刻印在原始人心中,祖先已具有神灵般的威慑力,而且说明,在神灵崇拜产生之前,祖先崇拜已有了深远的根基。神灵观念源于祖先祭祀,这一点还可以在印度史诗中得到验证。布洛克本的研究指出:印度史诗的中心信仰在于诵唱英雄的故事,并由此将他作为一位神灵来召唤。"在当地传统中,死亡事件作为故事的'生成点'(generative point)而发生作用。它导致了神格化,导致了崇拜,导致了祭仪,因而最终导致了叙事,这种叙事伴随着仪式而得以演述,以召请死者魂灵的降临。"①

需要指出的是,在此,我们和哈里森一样沿用了"舞蹈"、"歌唱"这些概念,其实还远不是在现代意义上来使用这些概念,它们并不属于现代意义上的文学艺术,而只是一些集体性的有规律的行为模式,或者可以采用叶朗的说法,称之为"原始形象符号活动"。

二

原始仪式中发生的这一转化对于人类来说是极其重要的,它开启了人的真正的精神空间。如果说,在神灵观念出现前,仪式活动及包含其中的舞、歌等原始形象符号活动总体上还停留在身体感知水平的话,那么,神灵降生之后,这一切都具有了完全不同的意义,它与"神"相关联,并因此具有了新的精神性向度,这就在原始形象符号活动向文学艺术活动转化的过程中迈出了关键性的一步。尽管这些原始形象符号活动可能仍然是劳动、狩猎、战争等行为的模仿,以及感叹叫嚣呐喊,却因其与神灵相联系而具有精神指向,已经超越了种种日常活动。虽然它还不是现代意义上的文学艺术,但与人类其他实践活动区隔开来了。这些与神相联系的舞、歌等原始形象符号活动不再仅仅给仪式参与者带来身体快感和狂欢,同时还因其与神相联系、相沟通、相融合而具有神圣价值和超越性,并为人带来崭新的体验和精神慰藉、精神愉悦。我们认为,人与神的结合终于导致人的身体、感官与精神的结合。人与世界的

---

① 转引自 [匈] 格雷戈里·纳吉《荷马诸问题》,第65页。

关系也因此得到极大的拓展,世界对于人来说不再仅仅是物质对象,它同时展开了另一个辽阔、虚无的精神空间。

从上面的分析中可以看到,以互渗律为特征的原始思维本身也有一个漫长的发展演变过程,它从混沌初开时的物物互渗、物我互渗进而扩展为客观对象的直观表象与主观抽象的精神性意象的互渗。布留尔从大量的人类学材料分析中看到,对原始人的思维来说,几乎不存在我们叫作现象的原因的那种东西,它的前关联毫不迟疑地确定着从某种感觉印象到某种看不见的力量的直接转换:

> 严格说来,甚至不能说发生着的事物需要解释,因为正是在事物发生着的那个时刻,原逻辑思维立即形成了一个关于以这种方式表现着的看不见的影响的表象。事实上,对原始人来说,他周围的世界就是神灵与神灵说话所使用的语言。原始思维记不得是在什么时候学会这种语言的,它的集体表象的前关联使这种语言完全成为天然的东西。①

按照原始思维的互渗律建立起来的集体表象的前关联,确如布留尔所说是"天然的东西",但是,某种感觉印象与看不见的力量(神)的表象的关联,却必须以对看不见的力量(神)的感知并建立表象为前提,而原始仪式活动恰恰为此提供了最好的演练学习机缘。仪式让原本不可见的东西成为一个具体可感的形象,成为仪式参与者共同的感官对象,原始思维正是在仪式活动演进过程中学会这种与神交流沟通的语言的。

在《数的崇尚》中,庞朴从古文字学角度对"无"做了深入探考,他认为,无、巫、舞,三位原本一体。"无"的象形文字表示一个人手执牛尾或茅草在跳舞的形象。远古人跳舞,并非为娱乐,而是为祈福:祈求农作物丰收,他们就模拟农作的动作;祈求出猎大获,就模拟猎物的动作。这些动作叫做"舞",也就是"无"。"舞"所奉献的对象——种种神灵,由于看不见,无法明其形,便也用"无"来表示。善于从事跳舞、善于揣摩对象"无"(神灵)之喜怒的人,慢慢以其专

---

① [法]列维-布留尔:《原始思维》,第375页。

长而被称为"巫"。因此他说:"巫之所以称巫,原来因为他们负责同'無'打交道。'無'又是什么?原来是'舞'所献媚取悦的神灵。"①随着人类实践发展,原始思维日渐趋于解体,原始仪式活动衰落了。原先包含于仪式活动并与其融为一体的各种原始形象符号活动,由于其本身同时具有娱神、娱人的功能,在离开仪式之后,同样在民间得以流行,并且因为不再受到仪式的严格约束,反而迅速发展起来了。在这个过程中,由于离开了仪式的神圣空间,由于神的观念淡漠了,这些活动中由神占据的位置也空缺了,神成为不在场的在场,仅遗留下一个模糊的、虚无的影子。神灵离去后,诸如"舞"等形象符号活动原有的神圣性也日渐淡薄,并转变为本雅明所谓的"灵韵",一种含混的形而上的精神意蕴,一种没有神灵的"無"(虚无)。可以说,宗教是人通过仪式与神灵打交道的活动,而被神遗弃后的"舞"等形象符号活动则是人借道于它与"無"(虚无)打交道,与无边无垠的精神世界打交道。人与世界之间建立起一种全新的关系。② 人用以描摹、颂唱祖先和神灵的话语行为,也因祖先、神灵的缺位,成为指向虚无世界、构建话语虚构世界的行为,成为文学的话语行为。

人对世界的掌握方式、人与世界间的关系是随着人类活动领域的分化而分化的,分化带来了掌握方式、关联方式的多样性。仪式活动正是以强大的力量促成了这一分化,它从日常生活世界中区划出一个独特的神圣空间,也使得仪式中的种种原始形象符号活动成为人与神打交道的独特的神圣方式。这种人与神之间的神圣关系,后来演变为人与"無"(虚无)打交道的新关系,我们称之为"虚拟意向关系";由此创建的不确定的想象空间,我们称之为"虚构世界",一个迥然有别于现实世

---

① 庞朴:《数的崇尚》,刘东主编:《中华文明读本》,南京:译林出版社 2009 年版,第 11—12 页。

② 不仅是文学艺术,可以说,文化各领域与仪式有着极其密切的关系:仪式崇拜构建了一套严密的行为体系,它的扩散推广就成为社会礼仪;原始仪式的发展提升,直接形成宗教,于是就有了神学;如果说,神学思考"神是什么?"相应的,也就引发了"人是什么?""存在是什么?"等问题,哲学也就出现了。柏拉图的"理念"其实就是虚无化的"上帝";当问题转向自然界,它就引发出科学,而仪式严格的程序性,又恰恰成为科学方法的基础;此外,当仪式歌唱向演述往事发展,被叙述对象由神转为人,历史雏形就形成了;向着供人欣赏、让人愉悦的方向转化,则就演变为诗歌及其他文学形式。

界的虚无的无限的精神世界。这个虚构世界成为文学艺术理想的栖身之地。也正是这一原因,"虚构"一直来受到西方美学和文论的青睐。

第三节 艰难的分娩与神恩的失落

以上,我们只讨论了原始形象符号活动向文学艺术活动转化的一个最关键的因素,这还不足以阐明这一具体转化过程,还必须对几个重要变化做出说明。

一

仪式符号活动之所以能向文学艺术活动转化,除了神的降生和离席,另一个重要原因是仪式活动参与者的分化和旁观者(观众)的出现。在《古代艺术与仪式》中,哈里森对古希腊剧场做了细致考察。她发现,乐池或合唱队舞场与观众席之间的空间关系随着时间的推移而不断发生变化,在这个过程中,观众席的地位越来越突出,最后,直到它成为整个剧场的精神中心。这一变化正喻示着观众从参与者中分化出来,并逐渐成为仪式活动不可缺少的构成部分,而这就最终导致仪式向艺术转化。她说:

> 对于希腊人来说,观众是一个全新的因素,因为有了观众,舞蹈从人们共同参与的活动,变成了供人从远处观看的对象,变成了某种壮丽的景观。过去,所有的人都是参与者和祭拜者,现在,其中的大部分人变成了旁观者,他们看、听、想,但不再做。正是这种全新的旁观者的态度,在仪式和艺术之间划了一条界限。原本是你自己亲身参与的行事,你自己的所作所为,现在变成了戏剧,戏剧依然是行事,但却与你的行为相疏离。[1]

夏含夷则从形式、语言、内容诸方面,对《诗经》中那些大约作于西

---

[1] [英]简·艾伦·哈里森:《古代艺术与仪式》,第82页。

周王朝第一世纪的最早诗篇与作于西周中期（约当公元前 10 世纪后半期）的诗篇做了比较，他认为，其中很重要的一个变化是：西周中期的诗篇中已经不见第一或第二人称代词，相反地却以第三人称代词"厥"（他的、他们的）来指称礼仪的参加者、他们的活动以及他们的祖先和神灵。这一变化暗示：仪式活动不仅由参与者（祭拜者、祈祷者）和承受祭拜、祈祷的对象（神灵、祖先）构成，而且出现了第三者，即观众，并且这些观众已经成为仪式活动的重要组成部分，成为仪式诵唱不得不面对的听众。也就是说，仪式中的诗歌诵唱不再仅仅是献给神灵，同时是让观众"欣赏"的。诵唱的目标从单一的神灵进而变为兼顾观众，而且观众的重要性也已经显示出来。为了适应这种变化，为了尊重观众，让观众听明白，不至于淆乱表达，第三人称"厥"就不可避免地出现了。人称的变化显示了对话结构从"二元"到"三元"的变化。这就说明，最早的诗篇是一种在仪式中被参与者集体唱颂及舞蹈过的祷告诗，它们的功能和意义都不能脱离礼仪；而西周中期的诗篇描写了另一种不同的礼仪，即由专职祭师在群众宾客面前进行唱颂。从这两种诗歌的比较中，"可以使人看出诗歌表现形式与礼仪表演这种从集体参与到祭师与观众相分离的平行演进：从合唱到诗人与观众相分离。以这种分离为起点，中国诗歌从'颂'的领域发展到了真正的文学的领域"。[①]

哈里森和夏含夷都敏锐地看到，观众的出现对于仪式形象符号活动向文学艺术活动转化的重要性，然而，没有阐明观众究竟为何从仪式参与者中分化出来。我们认为，究其原因，主要有三：其一，人口繁衍，部落壮大，以致组织全体人员参与仪式因受到活动空间等诸多客观条件限制，在事实上已经不再可能。其二，也是最为重要的是神灵崇拜观念加强和对仪式活动高度重视（"国之大事在祀与戎"），这就势必对仪式及其中的歌舞等形象符号活动提出了更高的技术性要求，也就自然导致表演的专职化，不仅"尸"由专人扮演，歌舞也要由训练有素的专人担任，其余就只能成为旁观者了。其三，权力的集中使得专职队伍得到

[①] 夏含夷：《从西周礼制改革看〈诗经·周颂〉的演变》，《河北师院学报》（社会科学版）1996 年第 3 期。

稳定，当"国家"雏形既成，仪式表演者也就相应有了"官职"，成为权力集团的组成成员，各司其职了。于是，作为仪式活动看客的观众就形成了。此外，不同部落间的兼并、融合带来新的仪式活动方式，也使得一部分人不得不成为旁观者。

这一分化对原始形象符号向文学艺术转化又是关键性的。原先，尽管仪式歌舞给人带来快感，但这些感受几乎完全被淹没在仪式崇拜和敬畏情绪中，在实质上类似于宗教体验，审美则只是潜在因素。一旦参与者成为观众，即便他在观看中受到陶醉感染，不时发出呐喊助兴，却已经无可挽回地与仪式歌舞拉开了距离：他已不再能够直接参与表演，空间距离和心理距离共同造成了一种变化，即"审美改造"。就如巴罗所说："距离的产生是由于通过把客体从我们实用的需要和目的的范围中抽取出来的办法使客体及其影响脱离我们本身的结果。只有这样，对客体的'直观'才有可能。"① 作为仪式的旁观者，他虽然仍旧怀抱着对神灵的虔敬，仍旧默默祈祷目的的实现，却毕竟已不是直接向着神灵表演和交流，他只是观众，因此也就不再拘执于实用目的，观看给了他萌生超然态度的机缘，审美就趁机登场了。

就仪式本身而言，它主要是娱神的，同时，也因参与者的身体活动和情感活动带来快感而具有娱人的因素。旁观者的产生促成娱神与娱人的分化。作为参与者，他不能不全身心投入敬神娱神的活动中，完全忘却了自身的存在，更无暇顾及自己的感受；而"旁观"则让观众之"我"重新在场，我的感受也开始受到关注了，并使原始形象符号活动成为被"我"观看、体验的对象。"观看"即亵渎，原先单纯的膜拜心理开始受到挑战和排挤，② 高高在上的神灵也于不知不觉间

---

① ［英］爱德华·巴罗：《作为艺术中的因素和作为审美原则的"心理距离"》，［美］麦·莱德尔编：《现代美学文论选》，第423页。

② 萨特认为，"看"即对象化过程，它剥夺了被看者的自由，令被看者沦为对象，沦为物，沦为"公园里的椅子"。本雅明也将崇拜价值与展览价值视为此起彼落的相对关系，也即展览价值的增加是以崇拜价值的贬损为代价。可是，辛弃疾的"我见青山多妩媚，料青山见我应如是"之"见"，则是"主体间性"之看（此处用"见"妙于"看"，"看"强调主体单方面之行为，被看者则成为对象，而"见"即"现"，则强调相互性，双方建立了平等之关系）。无论哪一种看，都是对神的贬低。神圣寓居于神秘之中，看即去神秘化过程，也即去神圣化过程。

降身为马丁·布伯所说的"你",一个不再令人感到敬畏而让人觉得可亲可爱、可笑可悲的"你",从而构建起"我—你"关系。于是,审美关系出现了,审美因素滋长了,并终于导致"膜拜"向"欣赏"转化,导致仪式形象符号活动向审美符号活动,也即文学艺术活动转化。表演者与旁观者的分化,是仪式形象符号活动转变为文学艺术活动的关键一步,从此,原始形象符号活动正式踏上向文学艺术发展的途程,并在日后从仪式中分离出来成为真正意义上的文学艺术。所以,闻一多说:

> 这些神道们——实际是神所"凭依"的巫们——按照各自的身份,分班表演着程度不同的哀艳的,或悲壮的小故事,情形就和近世神庙中演戏差不多。不同的只是在当时,戏是由小神们做给大神瞧的,而参加祭礼的人们是沾了大神的光而得到看热闹的机会;现在则专门给小神当代理人的巫既变成了职业戏班,而因尸祭制度的废弃,大神只是一只"土木形骸"的偶像,并看不懂戏,于是群众便索性把他撇开,自己霸占了戏场而成为正式的观众了。①

谢克纳则从人类表演学角度进一步指出:

> 当观众和演员之间需要拉开距离时,戏院出现了。典型的戏剧的情形是:一群演员尝试引起可能会有回应,也可能不会有回应的一群观众的参与……仪式是一项参与者依赖的活动;戏剧是一项依赖参与者的活动。这个过程不是老一套。但戏剧通过转换步骤由仪式产生的证据——通过这一证据,参与者依靠表演一项有实效的活动被转换成一项表演者依靠观众的娱乐活动——不光是古代或中世纪的文献里可以找到。仪式转换为戏剧的现象今天正在出现。②

---

① 闻一多:《什么是九歌》,《神话与诗》,北京:中华书局1959年版,第268页。
② [美]理查·谢克纳:《从仪式到戏剧及其反面:实效—娱乐二元关系的结构/过程》,黄德林译,《人类表演学系列:谢克纳专辑》,北京:文化艺术出版社2010年版,第171页。

二

在《宗教生活的基本形式》中，涂尔干讲述了阿兰达人举行的因提丘玛仪式：在虔诚的朝圣途中，崇拜者走过的道路是阿尔彻灵迦时代的英雄们所踏过的；崇拜者停下来举行仪式的地点是祖先们曾经逗留过、辉煌过并在此魂归大地的地方。所有这些都会在仪式参与者的内心引起回忆。他们除了运用手势动作以外，会经常吟唱与祖先业绩有关的圣歌。涂尔干认为，这些动作、吟唱已经具有戏剧和其他艺术的形式，由于祭司由祖先的后代担任，他既是祖先的后代，又是祖先的化身，模仿祖先的姿势，只不过还没有像演员那样去扮演祖先的角色，他的角色还是自己。"要想进一步加强仪式的表现性质，只要突出一下祭司与祖先的双重性就足够了，而这正是瓦拉蒙加部落的情况。甚至在阿兰达，也至少在一种因提丘玛上，有某些与该族祖先没有神话传承关系的人来代表祖先，于是，仪式中就出现了确切意义上的戏剧表现——这便是鸸鹋族的因提丘玛。"[①] 当仪式中的祭司（同时是祖先装扮者）从跟祖先有血缘关系的后代转为没有神话传承关系的专职人员担任，一个重要变化即他与所扮演的"祖先"之间的裂罅扩大了，他既是祭司，又扮演着"他人"的祖先，两个角色间存在显著的"双重性"。他明显地感到自己是在假扮一个与他毫无关联的人物，他的一举一动都必须获取那个部落的认可，意识到这只是在"表演"，一种与戏剧表演并无二致的表演。表演性（虚构性）的加强则从另一方面促使仪式形象符号活动向文学艺术转化。

除了上述原因，仪式的集权化、集中化也必定导致仪式活动衰落和文学艺术发展。当普通百姓被剥夺了参与仪式的权利，原本借用仪式不断固化、强化神灵观念的活动，而今与普通百姓疏离了。这种状况汇同劳动实践中不断发展的人类认识一道，共同促成神灵观念的淡漠，并因此抽空了仪式存在的基础，注定了仪式的衰落，为文学艺术腾出了生存空间。

《尚书·吕刑》记载："蚩尤惟始作乱，延及于平民，罔不寇贼，

---

① ［法］爱弥尔·涂尔干：《宗教生活的基本形式》，渠东、汲喆译，上海：上海人民出版社 2006 年版，第 357—358 页。

鸱义奸宄，夺攘矫虔……皇帝哀矜庶戮之不辜，报虐以威，遏绝苗民，无世在下。乃命重、黎绝地天通，罔有降格。"①"绝地天通"之谓，是因为苗民原本存在"人神以杂"的现象。他们的祭祀仪式是全体部落成员集体参与的，每个参与者都有可能与神灵相沟通，因此造成"人神以杂"的混乱局面。这与汉民族的祭仪大不相同，故而帝为惩处他们，禁止苗民部落的仪式方式，命重以司天，黎以司地，隔绝了天与地。其实质是一种改革，以汉民族的仪式制度来统一苗民。《国语·楚语》有一则相似的记载：

> 昭王问于观射父，曰："《周书》所谓重、黎实使天地不通者，何也？若无然，民将能登天乎？"对曰："非此之谓也。古者民神不杂……及少皞之衰也，九黎乱德，民神杂糅，不可方物。夫人作享，家为巫史，无有要质。民匮于祀，而不知其福。烝享无度，民神同位。民渎齐盟，无有严威。神狎民则，不蠲其为。嘉生不降，无物以享。祸灾荐臻，莫尽其气。颛顼受之，乃命南正重司天以属神，命火正黎司地以属民，使复旧常，无相侵渎，是谓绝地天通。"②

以汉民族的眼光看，九黎"民神杂糅"、"家为巫史"、"民神同位"、"神狎民则"是违犯了天道秩序，应该痛加整饬，由重、黎分而治之，阻绝天地之贯通。这正是仪式活动的集权化和集中化。

当仪式活动成为少数人的专利，当绝大多数人失去参加仪式的机会，仪式活动中那些娱人的歌、舞等形象符号活动就纷纷散佚了，它们流落民间，也因此获得自由发展。③ 正如西方基督教改革运动（the Reformation）后的教堂清除了偶像、图画和各类画像，迫使图像流向民间，进入私宅，倒反促成图像的流布一样，离开仪式后的诗、歌、舞、

---

① 陈戍国：《尚书校注》，长沙：岳麓书社2004年版，第129页。
② 左丘明撰，鲍思陶点校：《国语》卷第十八《楚语下》，济南：齐鲁书社2005年版，第274—275页。
③ 参阅马大康《诗性语言研究》，北京：中国社会科学出版社2005年版，第170—174页。

戏也得到迅速繁衍。背离了仪式也就背弃了神，原先的仪式形象符号活动如今名正言顺地以诗、歌、舞、戏等新身份流传于世，它们改换了原来的庄严面目，变得让人亲近了，虽然还仍然背负着神的影子，萦绕着拂拭不去的灵韵，却已切切实实为着娱人而非娱神了。即便日后它们重又被采集、收编且运用于仪式（如《诗经》中部分采自民间且用于仪式的歌谣、傩仪中的许多傩戏），但是，由于神的权力衰落而人的地位提升，娱人需求压倒了娱神的需求，仪式形象符号活动向文学艺术转化就形成一个不可阻遏的潮流。

另外，仪式泛化，它从祖先和神灵祭仪推演延及宾客宴饮等仪式，造成仪式中神圣缺席，这也是仪式形象符号活动蜕变为娱人的文学艺术活动的重要原因。这一点李春青做了很好的阐释："从人神关系上的言说到君臣关系上的言说，再到贵族社会不同个人、不同集团之间，甚至不同诸侯国之间的言说，诗经历了由神圣性的话语向政治性话语，再向标志着身份、尊严与智慧的修辞性话语的演变过程。在这一过程中，诗的功能是在不断变化的，但是它始终指涉某种精神价值，是作为这种与贵族的生活方式密切相关的精神价值的'能指'而存在的。"[①] 应该指出的是：这种流播于贵族间的诗歌与沉沦于民间的歌谣也注定要分道扬镳，由于所娱之人的群体差异，两者之间展开了既相互区分又相互影响、交融的动态的复杂关系。

第四节　神圣世界·虚构世界·阈限空间

一

文学艺术是由仪式活动孕育而成的，它原本是用来与神打交道，与神相沟通的，所以直至后来，柏拉图谈起诗人时仍常常以巫师、祭司做比较。他说：

[①] 李春青：《论先秦"赋诗"、"引诗"的文化意蕴》，《齐鲁学刊》2003 第 6 期。

> 凡是高明的诗人，无论在史诗或抒情诗方面，都不是凭技艺来做成他们的优美的诗歌，而是因为他们得到灵感，有神力凭附着。科里班特巫师们在舞蹈时，心理都受一种迷狂支配；抒情诗人们在做诗时也是如此……神对于诗人们像对于占卜家和预言家一样，夺去他们的平常理智，用他们作代言人，正因为要使听众知道，诗人并非借自己的力量在无知无觉中说出那些珍贵的辞句，而是由神凭附着来向人说话。①

在讲到荷马史诗时则说："他好像就是克律塞斯自己在说话，尽量使我们相信说话的不是荷马而是那老祭司本人。"② 甚至那些诵诗人也像锁链那样跟诗人连在一起，传递着神的灵感，所以诵诗人伊安"解说荷马，不是凭技艺知识，而是凭灵感或神灵凭附；正如巫师们听到凭附自己的那种神所特别享用的乐调，就觉得很亲切，歌和舞也就自然随之而来了"。③ 在柏拉图看来，唯有灵感降临，诗人才能代神说话，才有真正的创造力，才能窥见天国的真理；至于那些并非神灵附体产生灵感，而仅仅凭模仿写成的诗歌，则是等而下之的，应该驱逐出理想国。这正是柏拉图对待诗歌矛盾态度的原因。后世的锡德尼则从词源学角度指出："在罗马人中间诗人被称为瓦底士（vates），这是等于神意的忖度者，有先见的人，未卜先知的人，如由其组合成的词 vaticinium（预言）和 vaticinari（预先道出）所显示出来的。"④ 从中，我们也能窥见仪式歌颂沦落为尘世诗歌的迹象。

由于文学艺术经由仪式而诞生，原本就与神灵相关联，它本应归属神圣世界而非凡俗的现实世界。所以，涂尔干指出：

> 确切地说，圣物的世界是一个独特的世界……既然神圣世界的所有特征都与凡俗世界相对抗，那么就必然按照其特有方式来对待

---

① [古希腊] 柏拉图：《伊安篇》，《文艺对话集》，第 8—9 页。
② [古希腊] 柏拉图：《理想国》卷二至卷三，《文艺对话集》，第 48 页。
③ [古希腊] 柏拉图：《伊安篇》，《文艺对话集》，第 11—12 页。
④ [英] 锡德尼：《为诗辩护》，锡德尼、扬格：《为诗辩护 试论独创性作品》，第 7—8 页。

神圣世界。当我们不得不与构成神圣世界的各种事物发生关系时，如果我们使用了与普通事物打交道时所采用的姿势、语言和态度，就不会理解神圣事物的性质，并会造成某些非神圣事物与神圣事物的混淆。①

这就势必决定着：仪式活动将自身与日常生活活动区隔开来而成为一个神圣的空间，在这个空间内的每一事物和行为都是神圣的。正是事物和行为被神圣化，使事物和行为具有了自身表象以外的意义，并成为有着象征性的符号了。同样，仪式形象符号活动也正因与神灵相联系而具有神圣意义，包含着象征性意蕴。当那些形象符号活动脱离了仪式背景，成为文学艺术浪迹民间之后，也就被神灵遗弃了，它已经服务于人，服务于生活在现实的世俗世界中的人，而且由于放弃了娱神作用，娱人的特征就更为突出、更为彰显了。但是，人与文学艺术的关系毕竟不同于其他实践活动建立的关系。在仪式的神圣世界，人与仪式对象的关系远非日常关系，它指向非现实的"无"（神灵）；而当神灵离去留下了空缺之后，人与文学艺术间的关系就只能指向虚无之"无"了，并由此建立了虚拟意向关系，建构起一个非现实的虚构世界。神的离去让人摆脱了精神威压，人已经可以既不受制于神灵又不受制于现实规范，因此，文学艺术的虚构世界恰恰成为人的一个不受任何拘囿的自由世界，一个仍然萦绕着灵韵的意义世界，一个得以诗意栖居的世界。可以说，没有仪式的孕育，人的心灵只能匍匐在现实的地面而无法实现真正的翱翔，正是仪式为文学艺术，也为人类带来了广阔的精神世界，也注定了文学艺术不可移易的精神性取向，哪怕因为金钱的压力令它不断向着娱乐方向沉沦，也始终不愿放弃精神向往。

二

仪式的"神圣性"将仪式空间与日常世界相区隔，同样，"虚构"也将文学艺术世界与日常现实世界相区隔，并由此建构了一个独特的世

---

① ［法］爱弥尔·涂尔干：《宗教生活的基本形式》，第299页。

界。正是这一独特世界孕育着文学艺术的独特性,那与仪式世界的神圣性有着千丝万缕联系的独特性。在谈到古希腊戏剧时,韦尔南说:"戏剧是个虚构的世界。它不再像在诗歌中那样,不再是通过一种间接的叙述而忆及的虚构,而是一种直接搬演出来的虚构……假如说悲剧创造了一种虚构的现实,观众们心中却十分清楚,戏剧赋予了有血有肉的内容的对象并不存在于现实中。这种认识,就是虚构的意识。"[①] 史诗通过叙述者的叙述创造了一个虚构世界,由于故事是间接转述的,又被置于遥远的过去,听众与故事之间夹杂着叙述者,这就较容易与它拉开距离,将它作为虚构世界来看待;戏剧却不同,它没有中介,而是一种"直接搬演",事件就在"我们眼皮底下发生着",然而,观众却仍然十分清楚地将它意识为虚构。个中奥秘,韦尔南解释为哲学思想的重大变化。这种变化出现在这样一个阶段,在哲学上,实际存在和表面显现之间划分了一条鸿沟。过去,两者间的关系很复杂,却没有绝对的对立。人类尽管无法把握住整个存在,至少能够从表面的显现上升到实际的存在。随着埃利亚学派的兴起,出现了一种在后来支配着希腊思想界的观念,认为表面的、显象的世界跟存在的世界是根本不同的,神明属于存在的世界,而凡人作为转瞬即逝的影子则属于显象的、不稳定的世界。正是这一假装的、虚构的世界被搬上了悲剧舞台。韦尔南的分析固然揭示了哲学思想的细致变化,但这种书斋式的思考却将本末倒置了,应该说,是因为有了对虚构的意识,尽管它起先仍然是模糊、朦胧的,然后才有可能出现哲学观念的转变,而不是相反。

深究其源,它和人类思维演化分不开。随着人类理性发展,残留的原始思维被驱入无意识领域,互渗律不再具有主宰思维的巨大力量,神灵的观念也渐趋淡薄,于是,仪式中神灵、祖先、英雄的装扮者就只能被视作"装扮者"而非神灵、祖先、英雄本身,甚至也不是他们附凭在身,一切都只是"演出",是装扮的、模仿的、虚构的。如果说,仪式的特定场景,特别是严格的仪式仪程"迫使"参与者相信其"真实性",那么,离开仪式之后,种种制约解除了,虚构意识就凸显了。或者说,原始仪式的式微宣告了神的退席,这就唯独留存下虚无之"无"

[①] [法]让-皮埃尔·韦尔南:《一种城邦的戏剧》,《神话与政治之间》,第423页。

和神的影子"灵韵"了,同时,也将令人意识到这一显象世界的虚构性,意识到显象世界与神的存在世界的分裂。一方面,戏剧和其他文学艺术从仪式中分离出来了,另一方面它们又沿用了原始形象符号原有的形式。这些形式原先是用来配合仪式的神圣性,区隔仪式的神圣世界与日常生活世界的标识,如今,在脱离了仪式,转化为文学艺术的形式之后,却仍然保留着原有区隔功能,使文学艺术空间成为有别于日常生活的"另一个世界",一个虚构的审美世界,即马尔库塞所说的"异在世界"。这些形式也就是引领我们进入文学艺术虚构的异在世界,也即审美世界的标识,我们称之为"审美形式"。① 审美形式之所以具有马尔库塞所说的"专制力量",就在于它从仪式这个母体中遗传了区隔功能。作为一种标识,它显示着文学艺术的虚构世界与现实世界间的差异和边界,同时,将我们引领进这一虚构的审美世界。正是在这里,一切都发生了审美转化,焕发出不受压抑的勃勃生机。

维克多·特纳对仪式阈限做了深入研究,他指出:"在象征意义上,结构化的社会秩序中把各个类别和各个群体区分开的所有特征,都在这里(指仪式阈限阶段——引者注)达成了一致。新成员只不过是转换过程中的实体,没有地位,没有身份。"② 仪式过程是一个特殊时段,它构建了阈限阶段,在这个阶段,个体不再承担现实生活中的身份和角色而成为"转换过程中的实体",或者说,他实现了现象学的"还原",成为一个流动变化着的、不确定的、过渡性的存在。这一点,拉伯雷对民间节日的描绘就是很好的例证。在狂欢节(仪式)中,没有人的身份是确定的,也没有人的行为受到严格的规范的,身份完全可以被颠倒,行为则变得无拘无束。费瑟斯通称此为"心理阈限空间"。他说"狂欢节、商品交易会和节日盛会等大众传统,是对官方'文明'文化的象征性颠覆和僭越,是对激情、情感宣泄以及膏腴的食物、烈性酒、淫乱的性生活等等,所表现出的直接而粗俗荒诞的肉体快感。这些就是所谓的心理阈限空间(liminal space),在其中日常生活世界被颠倒

---

① 在文学艺术发展过程中,那些从原始仪式带来的"形式"不断被革新变更,致使文学艺术成为维特根斯坦所说的"家族相似"的东西,而无法对它做出明确的概括了。

② [英]维克多·特纳:《仪式过程——结构与反结构》,第103—104页。

了，禁忌和幻想有了实现的可能，不可能的梦想也可以得到表达。"①彭兆荣则对仪式理论做了很好的归纳，他说：仪式的"象征性有三：（1）它是一种模糊不定的时空。（2）在阈限期，受礼者进入了一种神圣的仪式时空，处于一种中间状态，此时世俗社会的分类不复存在。（3）在世俗社会结构中的等级、身份、地位消失"。② 实际上，仪式之所以创建了阈限阶段，其根本在于神的在场和围绕神构建了一个神圣世界，这个世界是与日常生活世界有着根本区别的另一个世界，它重新建立了与现实秩序不同的神的秩序。我们认为，在由日常的现实秩序向仪式神圣秩序转换的过渡性时刻，一个空白地带出现了，在这里，一切都发生了转变且正处在转变、生成之中，于是，它也就成为一个新的开始，一种从不确定的、纯净的开端迈向神圣的出发，一种死亡和再生、交替和更新的过渡性状态。

在讨论仪式活动中娱神与娱人的关系时，郑志明认为：

> 巫师可能在仪式中进行各种法术操作，形成了庄严神圣的皈依气氛，但是也经由娱神的欢乐活动，将神圣的气氛转成一种集体悸动的情绪力量。这种情绪大多在团体的共舞中进行，在声乐歌舞下，更能与神话传说结合。巫师讲述神话，更能带动欢乐的气氛，人神之间的距离模糊了，在狂欢歌舞中甚至结合为一，忘却了各种烦恼与痛苦，在群体的雀跃、呼叫、歌唱与舞蹈中，获得了心理上的平衡与慰藉……整个娱神的过程，可说是一个虚幻与实体、肤浅与深邃、糟粕与精华等相混合的世界。③

举行仪式的场所、严谨的仪程、巫师的法术，以及歌舞乐戏都共同营造了神圣氛围，建构了一个神圣时空，一个区别于日常生活的阈限阶段，由此构成一种心理诱发——只要踏进这一时空，你就受到感染，分享了神圣，成为另一个"你"了。

---

① ［英］迈克·费瑟斯通：《消费文化与后现代主义》，第32页。
② 彭兆荣：《人类学仪式的理论与实践》，第196页。
③ 郑志明：《想象：图像·文字·数字·故事——中国神话与仪式》，贵阳：贵州人民出版社2010年版，第80页。

三

　　这种阈限状况同样存在于文学艺术的虚构世界。在文学艺术的虚构世界中，种种形式都指示一个方向：营造审美氛围，建构虚构的审美世界。在这里，既成的体系和秩序，包括神的秩序都被推翻了，任何现实规范都失效了。虚构抽空了这个世界中的固态的、确定的东西，取消了种种现实权力，狭隘的功利目的，让其中的一切处于流动变化之中。比较而言，仪式空间是一个神圣世界，它建立了神的秩序；文学艺术的虚构世界则因其虚无和无限而成为一个自由的世界，在这里，语言的魔力，人的想象、情感和无意识，乃至人的整个心灵都获得解放。文学艺术虚构所构建的是一个充分展示人的生命的世界，生命中那些隐而不彰的精微之处，那些被压抑、被遗忘、被遮蔽的，以及生命的每一个皱褶都得以展现，因而它也就是美的世界，并且由于它脱胎于仪式的神圣世界，也就永远怀抱着对神圣的记忆和向往。对于走进文学艺术虚构世界的人来说，这也是一种新生，一种新的出发，一种向着自由、向着生命的应然状态、向着自我更新的更高境界进发。进入文学艺术的虚构世界正如进入仪式神圣世界一样，"每次的开始都是对原初开始的重复，正是在那时宇宙第一次看到了光"。[①] 所以，亚里斯多德赞赏悲剧具有"净化"功能。萨特认为文学艺术的虚构之境具有超越性，它让人成为"普遍的人"。桑塔耶纳则说："美的主要特权，在于综合自我的种种冲动，使之集中在一个焦点上，使之停留在单一的形象上，于是伟大的和平降临于那骚乱的王国。我们的美感享受和美的一切神秘意义都是以这些暂时和谐的经验为基础……美使我们与世界打成一片。"[②] 尼采又从另一个角度来阐释文学艺术虚构赐予人类的恩惠：

　　　　酒神艺术也要使我们相信生存的永恒乐趣，不过我们不应在现

[①]　[罗]米尔恰·伊利亚德:《神圣与世俗》，王建光译，北京：华夏出版社 2002 年版，第 26 页。
[②]　[美]乔治·桑塔耶纳:《美感——美学大纲》，第 160 页。

象之中，而应在现象背后，寻找这种乐趣。我们应当认识到，存在的一切必须准备着异常痛苦的衰亡，我们被迫正视个体生存的恐怖——但是终究用不着吓瘫，一种形而上的慰藉使我们暂时逃脱世态变迁的纷扰。我们在短促的瞬间真的成为原始生灵本身，感觉到它的不可遏止的生存欲望和生存快乐。①

与仪式神圣世界强调神的秩序，一种不容置疑、不能移易的强制性秩序不同，文学艺术的虚构世界则以其虚无和无限来化解种种固化的秩序，并从生命本身出发质疑种种外在秩序，挑战种种权威，它只遵循生命的律令，也即美的秩序。外在秩序的化解，让人真正回归自身的生命，回归人性而非神性，体验到人的重生。如果说，仪式的神圣世界让人"还原"为不确定的、过渡性的存在之后，是企图按照神的意志和秩序来重塑人；那么，在文学艺术的虚构世界中则只注重人本身，它让人从被确定的社会"角色"蜕变为自由、自主的"我自己"，让人的所有潜在的能力和品性都得以成长，让人不断超越自身的既定边界，摆脱必然性的束缚，向着无限的世界和未完成的将来开放。总之，虚构以其不确定性为人提供了全方位发展的可能性，让人成为生机勃勃、富于创造性的审美的人。从这个角度来看，它又是对现实秩序和神圣秩序的蔑视和嘲弄。

格尔兹从解释人类学角度将宗教活动与艺术活动做了比较，在他看来：

> （宗教）不是努力摆脱对实在性的整体质疑，不是精心营造一种表面的、幻觉的气氛，而是深化对现实的关注，并力求创造一种彻底的实在性的氛围。正是这种"千真万确"的感觉，成为宗教观的基础；宗教作为文化体系，其象征活动通过来自世俗经验的不和谐启示，致力于产生、强化和神圣化的，也正是这种感觉。另一方面，从分析的角度看，正是为某一特定符号丛，为这些符号构成的超验性，为它们推崇的生活方式，树立令人信服的权威，构成了

---

① ［德］尼采：《悲剧的诞生——尼采美学文选》，第71页。

宗教活动的本质。

艺术则全然不同,艺术幻觉的功能不在于使人相信,恰恰相反,在于使人摆脱相信:

> (艺术)这种"看的方式",不是从某种神秘的笛卡尔魔法变出来的,而是通过奇妙的类客观事物(quasi objects)——诗、戏剧、雕塑、交响乐(它们将自身从实在的常识世界中分离出来,呈现出只有纯粹现象才能到达的那种特殊雄辩性)——来被引发、被沉思的,在事实上也是这样被创造出来。[1]

宗教与文学艺术均脱胎于原始仪式,而两者却分道扬镳了。宗教因依然留恋原始仪式的神圣世界,也就保留了更多原有品格;而文学艺术却被神灵所遗忘,它不得不离开神圣世界,浪迹于虚无的虚构世界。虚构以其所具有的区分功能,将文学艺术的审美世界与日常生活世界区隔了开来,同时,也将自己与其母胎——仪式的神圣世界区隔开来,并注定文学艺术世界是一个独立的世界,也决定着文学艺术活动的独特性。

另一方面,文学艺术的虚构世界从仪式神圣世界脱身后,它所打交道的主要对象已经不再是神灵,而是日常生活世界的人,这也就将自己与世俗世界联系起来了,因此,它又成为沟通神圣世界与世俗世界的桥梁。它处在神圣世界与世俗世界之间,处在两个世界所构成的张力场之中。尽管它是个独立的世界,却不能不受到这两个世界的影响,它徘徊于两者之间:既向往重返神圣世界,又不断向世俗世界沉沦;既引领人窥探神圣,接近神圣,又诱惑人沉迷感官,纵情声色。特别是金钱介入以后,无论从内容和形式上,我们更看到它无奈地"堕落"着的踪影:在叙述对象上,它从神灵、英雄蜕变为凡夫俗子,于是,庄严的史诗式

---

[1] [美]克利福德·格尔兹:《文化的解释》,纳日碧力戈译,上海:上海人民出版社1999年版,第128—129页。

"歌颂"也随之演化为鄙俗的"讲述";① 原先仪式那种死而复生故事为悲剧铸定的充满悬念和突变的情节,以及激烈的冲突所造成的戏剧性,② 也随时日流逝、观众口味的转变而褪色,甚至连情节本身也逐渐淡出了;在他如文学语言等种种形式因素上,我们都不能不看到这种变化,虽然它仍在顽强维护着自身的独特性,却已与原始形象符号活动的形式有了很大差别,"变异"造就了维特根斯坦所说的"家族相似"现象。文学艺术总是在倾诉着"过去",渴望恢复诸神生机盎然的存在状态,渴望返回世界初创时的神圣开端,然而,却又无可奈何地流淌着怀旧和伤感。总之,种种变异不能不取决于张力结构的变化。审美形式和文学艺术虚构本身及其区隔功能也在变化着:现代时期,它们踌躇满志、志得意满,似乎成为主宰文学艺术这块领地的霸主;而此后,它们的能耐也终于日渐衰竭,甚至连原有的灵韵也日渐消散了。文学艺术没有因此重返仪式的神圣世界,而是淹没于日常生活世界,一个没有激情和崇高的凡庸的世界。由于文学艺术的虚构世界连接着神圣世界和世俗世界,并受到这两者构成的张力的影响而兼具两方面的特征,因此,对它的研究就可以且应该分别从思辨的、形而上学的和历史的、实证分析的多个角度展开,任何一种单一视角都不能窥其全豹,而这些已经超出本论题的主旨了。

至此,我们可以做出这样的总结,劳动实践是文学艺术产生的终极根源,然而,却必须经过原始仪式活动这个中介环节。原始仪式活动是孕育文学艺术的母胎。在仪式活动中,神灵观念的形成,开启了人类真正意义上的精神空间,从而为原始形象符号活动向文学艺术活动演化提供了决定性条件。仪式活动中表演者与观众的分化,仪式活动的集权化、集中化以及泛化,共同促成文学艺术从仪式的神圣世界中分离出

---

① 巴赫金认为,"讲述"和史诗的"歌颂"这两个范畴有着深刻的区别。讲述的一个重要因素是"粗俗化",在讲述的故事中,一个重要因素是:告诉一些新鲜事,没有听说过的,出乎意料的,奇怪的,好笑的,等等。"破坏了禁忌、规范、限制,犯了罪,出了错误——这才是讲述的对象。"([俄]巴赫金:《长篇小说理论问题、笑的理论问题》,黄玫译,钱中文主编:《巴赫金全集》第四卷,第58页)而造成这一变化的原因,正在于它从"娱神"转化为"娱人",从神圣世界降落到世俗世界了。

② 可以说,叙事作品中的戏剧性情节是仪式中"死而复生"故事的演化和复杂化,是它的变体,变奏。

来，走向独立。由于神的离去留下了空位，文学艺术就从与"神"打交道转而成为与"無"打交道的世界，也即一个不确定的虚构世界，但它仍然遗传了神圣世界的阈限现象，以其虚无和无限化解了种种外在秩序和规范，让人重返自由。文学艺术的虚构世界处在仪式神圣世界与日常生活世界所构成的张力之中，虽然它努力维持着自身的独立性，却不能不受到两者的影响，并因此铸成它的复杂多元的特征及其变化。

结　　语

在《激进的艺术：媒体时代的诗歌创作·作者序》中，玛乔瑞·帕洛夫讲述了一位颇有争议的诗人约翰·凯奇的轶事：有一位媒体采访者问凯奇，他是如何忍受他所居住的曼哈顿南部四楼窗外连绵不断的交通噪音的？凯奇出人意外地回答说："起初我以为我会因为噪音而整夜无法入睡，但后来我找到了一种把噪音转换成图像的方法，让噪音进入我的睡梦中而不会吵醒我。"从这则轶闻里，帕洛夫得到这么一个启示："也许我们可以说，这种转换就是 20 世纪后期的美国诗歌。"① 这则 20 世纪后期发生的轶事，似乎就是这个世纪初爱德华·巴罗"心理距离说"的回声：它们都同样涉及意向转换，即把现实的对象性关系转换为一种想象性的审美关系。这种转换就是越界。巴罗是从对海雾弥漫的现实恐惧中超脱出来，凯奇则从现实生活嘈杂的噪音烦扰中超脱出来，他们都由此把不快的现象转化为一个美的梦境，转化为一个给人愉悦的虚构世界。文学艺术中就存在着各式各样的转换和越界。

从古典文学到现代、后现代文学，转换和越界是一以贯之的，只不过转换、越界的方式及手法不断花样变新，导引转换、越界的文化惯例在不断更替。在整个文学演变过程中，我们看到文化惯例不断被建构又不断被摧毁，而且随着时日推移，惯例从相对稳定变得不稳定，更替愈加频繁，甚至连惯例也日渐不再成其为惯例了，它仅仅成为某个作家个人的实验，成为个人的主观行为，当然这也是一种没有惯例的惯例。这种现象在诗歌创作中表现得特别显著，先锋诗歌也因此成为对交流的拒绝，成为个人的梦呓。然而事实上，这种新的话语组织方式又恰恰体现

---

① ［美］玛乔瑞·帕洛夫：《激进的艺术：媒体时代的诗歌创作·作者序》，XI.

了媒体时代信息过剩所造成的一种心理应激状态,从而以另一种方式来实现人际沟通,并试图建立与原有惯例全然不同的新惯例。这已经不再是以语词意义为主要根据的话语组构惯例,而是立足于表达形式基础上的惯例,它把表达形式本身主题化了。这种转换势必为我们的理解增加了障碍,也削弱了语言对现实的指涉能力,改变了指涉方式,增强了不确定性,并要求我们以新的方式来建构话语世界,一个业已破碎、断裂的虚构世界。

新媒体时代给文学艺术带来的变化是巨大的。阿瑟·丹托情不自禁地惊叹说:"艺术死了。"他重新阐释了黑格尔关于艺术发展轨迹的思想,并指出,黑格尔所说的艺术的进步,并非那种不断完善的艺术表现技术的进步,而是一种"知识"的进步。"艺术是某种知识出现过程中的一个过渡阶段",因此,"艺术随着它本身哲学的出现而终结"。[①] 哲学在本质上是反思的,它必然导致艺术的自我理论化,使得"艺术是什么?""如何才成为艺术?"这样一些理论问题成为艺术自身思考的主题。艺术变得越来越依赖于理论才能生存,而理论也不再寻求解释外在于艺术的对象世界,而是用以理解艺术自身,也就是说,艺术成为"元艺术",成为以颠覆艺术惯例来解释惯例的"理论"了。其最终趋势是:艺术表达的对象世界日益接近于零,而理论却接近于无限,艺术终于在对理论的迷恋和对自身纯粹思考的耀眼光芒中蒸发掉了,只剩下作为自身理论意识对象的东西。杜尚的"现成品"、沃霍尔的"布里洛盒子",以及被赫伯特·曼纽什四脚朝天地倒置的"藤椅",无不显示出这种倾向。正如历史随着自我意识的到来走向终结,艺术同样不能幸免死亡的命运。这样的景象也出现在文学领域。我们看到,后现代时期备受青睐的"元小说"、"历史元小说"所走的正是这样一条路径,它把自己的关注焦点从社会人生移开,转向对文学叙述或历史编撰方式自身的理论思考,并因此不断抽空自己的内涵,蜕变为一种颓靡的自恋式话语游戏。

如果说,丹托的忧虑主要源自艺术自身的演变,源自艺术丢弃了原

[①] [美]阿瑟·丹托:《艺术的终结》,欧阳英译,南京:江苏人民出版社2001年版,第98页。

本的优势，改换门径去玩弄理论，以至于自我取消的话，希利斯·米勒的痛苦是更为深刻的。他沉重地看到电子传媒对人的自我主体性所造成的影响。他认为，人的主体性是随着工业社会，特别是印刷出版业的发展而被构建起来的，而电子传媒却将主体"去中心化"，使自我失去了边界，失去了身份感，所谓的主体则成为四处游荡的幽灵。就像是釜底抽薪，当人的主体性已经不复存在，那么随着现代主体确立而得以繁荣的文学还将继续吗？米勒借用德里达的话来为文学占卜："在特定的电信技术王国中，所谓文学的时代（即使不是全部）将不复存在。"[①]

元艺术、元小说的大量孳生，似乎显现了文学艺术一种临终前的病态，它把对社会人生的兴趣转向对自身的关切。尽管如米勒所说，这仍然是建构一个话语世界，想象作家、艺术家究竟如何叙述、如何生产，然而，实际上它却已经与社会人生不可挽回地隔膜了。文学艺术在不断耗竭自身内涵，从原先的解释世界蜕变为自我解释。文学艺术的虚构世界既离开现实世界又解释现实世界，它以虚构创造了与现实世界的间距，为的是更好地理解现实世界，而今它已用不着这样烦扰自己，它义无反顾地推卸了原有的职责。文学艺术的虚构世界从一个"元世界"，一个解释世界的世界，退化为单纯的"元艺术"，一种解释艺术的艺术。它与现实世界不再关联，现实也不再需要它，完全可以听任它在自我欣赏、自我娱乐中自生自灭。可是，当米勒所说的主体被逐出中心位置，进而被剥夺了主体性，那么，它还需要一个孕育自我独立性、自主性的文学虚构世界吗？那至多不过是零碎的、片断的、装点粉饰生活的"文学性"罢了。无论从丹托还是米勒的角度看，前景显然都是令人沮丧的。

我们自然不敢断言上述预言是否正确，也不愿轻信艺术就已经把自己的未来交托给元艺术，不愿轻信人类必定会堕落为没有自我主体性的幽灵，但是，却不能不思考这样一个问题：在日常生活审美化的后现代语境中，文学艺术以及文学性、艺术性正在被广泛播撒，被不断织进日常生活世界的连续体中，与日常生活日渐混为一体，文学艺术不再作为

[①] ［美］J. 希利斯·米勒：《全球化时代文学研究还会继续存在吗》，《文学评论》2001年第1期。

一种独特的经验而栖息于我们生活的世界和功用之中,甚至连生活本身也成为舒斯特曼所说的表演(Performing Live)了。这种状况将弥合文学艺术世界与现实世界的差异和间距,碾平或驱除文学艺术虚构世界的"异在性"。那么,它带给我们的将是马克思所憧憬的社会分工消灭,生产劳动转化为艺术创造,成为人自身的需要,人则真正成长为全面发展的人?还是我们将被商品化、技术化的现实更加牢固地掌控,我们的作家、艺术家从商品化、技术化中觅取得力工具,熙熙逐利,为自己谋求生存空间和文化权力,我们的日常生活连同我们的想象世界都无可奈何地被商品化、技术化所殖民,我们的世界在获得色彩斑斓的表象的同时,却变得更加单一化、机械化,成为统一度量、统一规格的"通用商品"?我们认为,两种全然不同的未来,并非取决于文学艺术,也非取决于电子媒介,而是取决于人类自己。

主要参考文献

阿多诺：《美学理论》，王柯平译，成都：四川人民出版社1998年版。

阿尔都塞：《哲学与政治：阿尔都塞读本》，陈越编译，长春：吉林人民出版社2003年版。

阿瑟·丹托：《艺术的终结》，欧阳英译，南京：江苏人民出版社2001年版。

阿瑟·C. 丹托：《美的滥用：美学与艺术的概念》，王春辰译，南京：江苏人民出版社2007年版。

A. P. 马蒂尼奇编：《语言哲学》，牟博、杨音莱、韩林合等译，北京：商务印书馆1998年版。

爱德华·W. 萨义德：《世界·文本·批评家》，李自修译，北京：生活·读书·新知三联书店2009年版。

爱德华·W. 萨义德：《文化与帝国主义》，李琨译，北京：生活·读书·新知三联书店2003年版。

爱弥尔·涂尔干：《宗教生活的基本形式》，渠东、汲喆译，上海：上海人民出版社2006年版。

埃德蒙德·胡塞尔：《纯粹现象学通论》，李幼蒸译，北京：商务印书馆1997年版。

埃德蒙德·胡塞尔：《生活世界现象学》，倪梁康、张廷国译，上海：上海译文出版社2002年版。

埃克伯特·法阿斯：《美学谱系学》，阎嘉译，北京：商务印书馆2011年版。

埃里希·弗罗姆：《被遗忘的语言——梦、童话和神话分析导论》，郭乙瑶、宋晓萍译，北京：国际文化出版公司2001年版。

埃伦·迪萨纳亚克：《审美的人》，户晓辉译，北京：商务印书馆2004年版。

埃米尔·本维尼斯特：《普通语言学问题》（选译本），王东亮等译，北京：生活·读书·新知三联书店2008年版。

安伯托·艾柯：《开放的作品》，刘儒庭译，北京：新星出版社2005年版。

安东尼·J. 卡斯卡迪：《启蒙的结果》，严忠志译，北京：商务印书馆2006年版。

安东尼·吉登斯：《现代性的后果》，田禾译，南京：译林出版社2000年版。

安托万·孔帕尼翁：《理论的幽灵——文学与常识》，吴泓缈、汪捷宇译，南京：南京大学出版社2011年版。

奥斯汀·哈灵顿：《艺术与社会理论——美学中的社会学论争·导论》，周计武、周雪娉译，南京：南京大学出版社2010年版。

鲍·安·乌斯宾斯基：《结构诗学》，彭甄译，北京：中国青年出版社2004年版。

保罗·德曼：《解构之图》，李自修等译，北京：中国社会科学出版社1998年版。

保罗·克罗塞：《批判美学与后现代主义》，钟国仕、莫其逊等译，桂林：广西师范大学出版社2005年版。

保罗·利科：《诠释学与人文科学——语言、行为、解释文集》，汤普森编译，孔明安、张剑、李西祥译，北京：中国人民大学出版社2012年版。

保罗·利科：《活的隐喻》，汪堂家译，上海：上海译文出版社2004年版。

保罗·利科：《虚构叙事中时间的塑形——时间与叙事卷二》，王文融译，北京：生活·读书·新知三联书店2003年版。

保罗·利科：《解释的冲突》，莫伟民译，北京：商务印书馆2008年版。

保罗·利科：《论现象学流派》，蒋海燕译，南京：南京大学出版社2010年版。

贝·布莱希特：《布莱希特论戏剧》，刘国彬、金雄晖译，北京：中国戏剧出版社1990年版。

本雅明：《经验与贫乏》，王炳钧、杨劲译，天津：百花文艺出版社1999年版。

彼得·毕格尔：《主体的退隐》，陈良梅、夏清译，南京：南京大学出版社2004年版。

彼得·威德森：《现代西方文学观念简史》，钱竞、张欣译，北京：北京大学出版社2007年版。

C. W. 莫里斯：《指号、语言和行为》，罗兰、周易译，上海：上海人民出版社2011年版。

陈永国、马海良编：《本雅明文选》，北京：中国社会科学出版社1999年版。

达维德·方丹：《诗学——文学形式通论》，陈静译，天津：天津人民出版社2003年版。

戴卫·赫尔曼主编：《新叙事学》，马海良译，北京：北京大学出版社2002年版。

邓晓芒：《冥河的摆渡者——康德的〈判断力批判〉》，武汉：武汉大学出版社2007年版。

杜小真编选：《福柯集》，上海：上海远东出版社2002年版。

E. E. 埃文斯-普理查德：《原始宗教理论》，孙尚扬译，北京：商务印书馆2001年版。

恩斯特·卡西尔：《语言与神话》，于晓等译，北京：生活·读书·新知三联书店1988年版。

费尔迪南·德·索绪尔：《普通语言学教程》，高名凯译，北京：商务印书馆1980年版。

费尔迪南·德·索绪尔：《普通语言学手稿》，于秀英译，南京：南京大学出版社2011年版。

福柯、哈贝马斯、布尔迪厄等：《激进的美学锋芒》，周宪译，北京：中国人民大学出版社2003年版。

弗拉基米尔·雅可夫列维奇·普·罗普：《神奇故事的历史根源》，贾放译，北京：中华书局2006年版。

弗兰克·克默德：《结尾的意义：虚构理论研究》，刘建华译，沈阳：辽宁教育出版社 2000 年版。

弗朗西斯·马尔赫恩编：《当代马克思主义文学批评》，刘象愚、陈永国、马海良译，北京：北京大学出版社 2002 年版。

弗里德里克·詹姆逊：《语言的牢笼 马克思主义与形式》，钱佼汝译，南昌：百花洲文艺出版社 1995 年版。

弗里德里克·詹姆逊：《政治无意识》，王逢振、陈永国译，北京：中国社会科学出版社 1999 年版。

弗雷德里克·詹姆逊：《文化转向》，胡亚敏译，北京：中国社会科学出版社 2000 年版。

高概：《话语符号学》，王东亮编译，北京：北京大学出版社 1997 年版。

高建平：《全球与地方——比较视野下的美学与艺术》，北京：北京大学出版社 2009 年版。

郭绍虞主编：《中国历代文论选》1—4 册，上海：上海古籍出版社 1979 年版。

海德格尔：《存在与时间》，陈嘉映、王庆节译，北京：生活·读书·新知三联书店 1987 年版。

海德格尔：《诗·语言·思》，彭富春译，北京：文化艺术出版社 1991 年版。

海德格尔：《荷尔德林诗的阐释》，孙周兴译，北京：商务印书馆 2000 年版。

海登·怀特：《话语的转义——文化批评文集》，董立河译，北京：大象出版社 2011 年版。

海登·怀特：《形式的内容：叙事话语与历史再现》，董立河译，北京：文津出版社 2005 年版。

汉斯·罗伯特·耀斯：《审美经验与文学解释学》，顾建光、顾静宇、张乐天译，上海：上海译文出版社 1997 年版。

赫伯特·马尔库塞：《爱欲与文明——对弗洛伊德思想的哲学探讨》，黄勇、薛民译，上海：上海译文出版社 1987 年版。

赫伯特·马尔库塞：《单向度的人——发达工业社会意识形态研究》，

刘继译，上海：上海译文出版社 2006 年版。

赫伯特·马尔库塞：《审美之维——马尔库塞美学论著集》，李小兵译，北京：生活·读书·新知三联书店 1989 年版。

赫伯特·马尔库塞：《现代文明与人的困境——马尔库塞文集》，李小兵等译，上海：上海三联书店 1998 年版。

赫·马尔库塞等：《现代美学析疑》，绿原译，北京：文化艺术出版社 1987 年版。

洪汉鼎主编：《理解与解释——诠释学经典文选》，北京：东方出版社 2001 年版。

加达默尔：《真理与方法——哲学诠释学的基本特征》上、下卷，洪汉鼎译，上海：上海译文出版社 1999 年版。

加达默尔：《哲学解释学》，夏镇平、宋建平译，上海：上海译文出版社 1994 年版。

James Phelan，Peter J. Rabinowitz 主编：《当代叙事理论指南》，申丹、马海良、宁一中等译，北京：北京大学出版社 2007 年版。

简·艾伦·哈里森：《古代艺术与仪式》，刘宗迪译，北京：生活·读书·新知三联书店 2008 年版。

杰拉德·普林斯：《叙事学：叙事的形式与功能》，徐强译，北京：中国人民大学出版社 2013 年版。

卡尔·曼海姆：《意识形态与乌托邦》，黎鸣、李书崇译，上海：上海三联书店 2011 年版。

康德：《判断力批判》，邓晓芒译，北京：人民出版社 2008 年版。

克利福德·格尔兹：《文化的解释》，纳日碧力戈等译，上海：上海人民出版社 1999 年版。

克罗齐：《作为表现的科学和一般语言学的美学的历史》，王天清译，北京：中国社会科学出版社 1984 年版。

克罗齐：《美学原理 美学纲要》，朱光潜等译，北京：外国文学出版社 1982 年版。

拉曼·塞尔登、彼得·威德森、彼得·布鲁克：《当代文学理论导读》，刘象愚译，北京：北京大学出版社 2006 年版。

理查·罗蒂：《哲学和自然之镜》，李幼蒸译，北京：生活·读书·新知三联书店 1987 年版。

理查德·舒斯特曼：《生活即审美——审美经验和生活艺术》，彭锋等译，北京：北京大学出版社 2007 年版。

列维 – 布留尔：《原始思维》，丁由译，北京：商务印书馆 1987 年版。

琳达·哈琴：《后现代主义诗学：历史·理论·小说》，李杨、李锋译，南京：南京大学出版社 2009 年版。

林赛·沃特斯：《美学权威主义批判》，昂智慧译，北京：北京大学出版社 2000 年版。

刘俐俐：《文学"如何"：理论与方法》，北京：北京大学出版社 2009 年版。

刘小枫主编：《现代性中的审美精神：经典美学文选》，上海：学林出版社 1997 年版。

陆梅林辑注：《马克思、恩格斯论文学与艺术》，北京：人民文学出版社 1983 年版。

露丝·本尼迪克特：《文化模式》，王炜等译，北京：社会科学文献出版社 2009 年版。

鲁晓鹏：《从史实性到虚构性：中国叙事诗学》，王玮译，北京：北京大学出版社 2012 年版。

路易·阿尔都塞：《保卫马克思》，顾良译，北京：商务印书馆 1984 年版。

罗伯特·莱顿：《艺术人类学》，李东晔、王红译，桂林：广西师范大学出版社 2009 年版。

罗兰·巴特：《符号学原理》，李幼蒸译，北京：中国人民大学出版社 2008 年版。

罗兰·巴特：《S/Z》，屠友祥译，上海：上海人民出版社 2000 年版。

罗兰·巴特：《文之悦》，屠友祥译，上海：上海人民出版社 2002 年版。

罗兰·巴特：《符号学历险》，李幼蒸译，北京：中国人民大学出版社 2008 年版。

罗兰·巴特：《文艺批评文集》，怀宇译，北京：中国人民大学出版社 2010 年版。

罗曼·英加登:《论文学作品:介于本体论、语言理论和文学哲学之间的研究》,张振辉译,开封:河南大学出版社 2008 年版。

罗曼·英加登:《对文学的艺术作品的认识》,陈燕谷、晓未译,北京:中国文联出版公司 1988 年版。

罗伊·马丁内兹编:《激进诠释学精要》,汪海译,北京:中国人民大学出版社 2011 年版。

M.H.艾布拉姆斯:《镜与灯:浪漫主义文论及批评传统》,郦稚牛、张照进、童庆生译,北京:北京大学出版社 2004 年版。

M.H.艾布拉姆斯:《以文行事——艾布拉姆斯精选集》,赵毅衡、周劲松等译,南京:译林出版社 2010 年版。

M.李普曼编:《当代美学》,邓鹏译,北京:光明日报出版社 1986 年版。

马丁·布伯:《我与你》,陈维纲译,北京:生活·读书·新知三联书店 1986 年版。

马克·柯里:《后现代叙事理论》,宁一中译,北京:北京大学出版社 2003 年版。

马克思:《1844 年经济学—哲学手稿》,刘丕坤译,北京:人民出版社 1979 年版。

马里奥·佩尔尼奥拉:《仪式思维——性、死亡和世界》,吕捷译,北京:商务印书馆 2006 年版。

玛乔瑞·帕洛夫:《激进的艺术:媒体时代的诗歌创作》,聂珍钊等译,上海:上海外语教育出版社 2013 年版。

玛莎·努斯鲍姆:《诗性正义——文学想象与公共生活》,丁晓东译,北京:北京大学出版社 2010 年版。

迈克·费瑟斯通:《消费文化与后现代主义》,刘精明译,南京:译林出版社 2000 年版。

迈克·费瑟斯通:《消解文化——全球化、后现代主义与认同》,杨渝东译,北京:北京大学出版社 2009 年版。

麦·莱德尔编:《现代美学文论选》,孙越生、陆梅林、程代熙等译,北京:文化艺术出版社 1988 年版。

门罗·比厄斯利:《西方美学简史》,高建平译,北京:北京大学出版社 2006 年版。

米歇尔·福柯：《知识考古学》，谢强、马月译，北京：生活·读书·新知三联书店 1998 年版。

米歇尔·福柯：《词与物——人文科学考古学》，莫伟民译，上海：上海三联书店 2001 年版。

米歇尔·德·塞尔托：《历史与心理分析——科学与虚构之间》，邵炜译，北京：中国人民大学出版社 2010 年版。

米歇尔·德·塞托：《日常生活实践·1. 实践的艺术》，方琳琳、黄春柳译，南京：南京大学出版社 2009 年版。

莫里斯·布朗肖：《文学空间》，顾嘉琛译，北京：商务印书馆 2003 年版。

纳尔逊·古德曼：《事实、虚构和预测》，刘华杰译，北京：商务印书馆 2010 年版。

纳尔逊·古德曼：《艺术语言：通往符号理论的道路》，彭锋译，北京：北京大学出版社 2013 年版。

纳尔逊·古德曼：《构造世界的多种方式》，姬志闯译，上海：译文出版社 2008 年版。

尼采：《悲剧的诞生——尼采美学文选》，周国平译，北京：生活·读书·新知三联书店 1986 年版。

倪梁康选编：《胡塞尔选集》上、下，上海：上海三联书店 1997 年版。

诺埃尔·卡罗尔：《超越美学》，李媛媛译，北京：商务印书馆 2006 年版。

诺思罗普·弗莱：《批评的剖析》，陈慧、袁宪军、吴伟仁译，天津：百花文艺出版社 1998 年版。

诺思洛普·弗莱：《伟大的代码——圣经与文学》，郝振益、樊振国、何成洲译，北京：北京大学出版社 1998 年版。

诺思洛普·弗莱：《批评之路》，王逢振、秦明利译，北京：北京大学出版社 1998 年版。

帕米拉·麦考勒姆、谢少波选编：《后现代主义质疑历史》，蓝仁哲、韩启群译，北京：中国社会科学出版社 2008 年版。

佩里·安德森：《后现代性的起源》，紫辰、合章译，北京：中国社会科学出版社 2008 年版。

彭兆荣：《人类学仪式的理论与实践》，北京：民族出版社 2007 年版。

皮埃尔·布迪厄：《艺术的法则——文学场的生成和结构》，刘晖译，北京：中央编译出版社 2001 年版。

皮埃尔·马舍雷：《文学在思考什么?》，张璐、张新木译，南京：译林出版社 2011 年版。

钱中文：《钱中文文集》，上海：上海辞书出版社 2005 年版。

钱中文：《文学理论：求索与反思》，北京：中国社会科学出版社 2013 年版。

钱中文主编：《巴赫金全集》1—6 卷，石家庄：河北教育出版社 1998 年版。

乔纳森·波特、玛格丽特·韦斯雷尔：《话语和社会心理学：超越态度与行为》，肖文明、吴新利、张擘译，北京：中国人民大学出版社 2006 年版。

乔纳森·卡勒：《结构主义诗学》，盛宁译，北京：中国社会科学出版社 1991 年版。

乔纳森·卡勒：《文学理论》，李平译，沈阳：辽宁教育出版社 1998 年版。

让-保罗·萨特：《存在与虚无》，陈宣良译，北京：生活·读书·新知三联书店 1987 年版。

让-保罗·萨特：《想象心理学》，褚朔维译，北京：光明日报出版社 1988 年版。

让-保罗·萨特：《萨特文学论文集》，施康强等译，合肥：安徽文艺出版社 1998 年版。

让-保罗·萨特：《萨特哲学论文集》，施康强等译，合肥：安徽文艺出版社 1998 年版。

让·贝西埃：《文学理论的原理》，史忠义译，广州：暨南大学出版社 2012 年版。

让·波德里亚：《象征交换与死亡》，车槿山译，南京：译林出版社 2006 年版。

让·波德里亚：《消费社会》，刘成富、全志钢译，南京：南京大学出版社 2001 年版。

让·格朗丹：《哲学解释学导论》，何卫平译，北京：商务印书馆 2009 年版。

让-米歇尔·拉巴泰：《1913：现代主义的摇篮》，杨成虎等译，上海：上海外语教育出版社 2013 年版。

让-皮埃尔·韦尔南：《神话与政治之间》，余中先译，北京：生活·读书·新知三联书店 2001 年版。

热拉尔·热奈特：《热奈特论文集》，史忠义译，天津：百花文艺出版社 2001 年版。

热拉尔·热奈特：《转喻：从修辞格到虚构》，吴康茹译，桂林：漓江出版社 2013 年版。

瑞恰慈：《文学批评原理》，杨自伍译，南昌：百花洲文艺出版社 1992 年版。

申丹：《叙述学与小说文体学研究》第三版，北京：北京大学出版社 2004 年版。

斯拉沃热·齐泽克、泰奥德·阿多尔诺等：《图绘意识形态》，方杰译，南京：南京大学出版社 2002 年版。

苏珊·朗格：《情感与形式》，刘大基、傅志强、周发祥译，北京：中国社会科学出版社 1986 年版。

苏珊·S. 兰瑟：《虚构的权威——女性作家与叙述声音》，黄必康译，北京：北京大学出版社 2002 年版。

苏珊·桑塔格：《沉默的美学》，黄梅等译，海口：南海出版公司 2006 年版。

孙惠柱主编：《人类表演学系列：谢克纳专辑》，北京：文化艺术出版社 2010 年版。

孙周兴选编：《海德格尔选集》上、下，上海：上海三联书店 1996 年版。

唐纳德·戴维森：《真与谓述》，王路译，上海：上海译文出版社 2007 年版。

特里·伊格尔顿：《当代西方文学理论》，王逢振译，北京：中国社会科学出版社 1988 年版。

特里·伊格尔顿：《马克思主义与文学批评》，文宝译，北京：人民文学出版社1980年版。

特里·伊格尔顿：《美学意识形态》，王杰、傅德根、麦永雄译，桂林：广西师范大学出版社1997年版。

特里·伊格尔顿：《历史中的政治、哲学、爱欲》，马海良译，北京：中国社会科学出版社1999年版。

W. C. 布斯：《小说修辞学》，华明、胡苏晓、周宪译，北京：北京大学出版社1987年版。

王逢振、盛宁、李自修编：《最新西方文论选》，桂林：漓江出版社1991年版。

王国维：《宋元戏曲史》，上海：上海古籍出版社1998年版。

王昆吾：《中国早期艺术与宗教》，上海：东方出版中心1998年版。

王霄冰、迪木拉提·奥迈尔主编：《文字、仪式与文化记忆》，北京：民族出版社2007年版。

王运熙、周锋撰：《文心雕龙译注》，上海：上海古籍出版社1998年版。

汪建钊编选：《别尔嘉耶夫集》，上海：上海远东出版社2004年版。

汪民安、陈永国、马海良主编：《后现代性的哲学话语——从福柯到赛义德》，杭州：浙江人民出版社2000年版。

维克多·特纳：《仪式过程——结构与反结构》，黄剑波、柳博赟译，北京：中国人民大学出版社2006年版。

维克多·特纳：《象征之林——恩登布人仪式散论》，赵玉燕、欧阳敏、徐洪峰译，北京：商务印书馆2006年版。

维特根斯坦：《哲学研究》，汤潮、范光棣译，北京：生活·读书·新知三联书店1992年版。

威廉·冯·洪堡特：《论人类语言结构的差异及其对人类精神发展的影响》，姚小平译，北京：商务印书馆1999年版。

闻一多：《神话与诗》，北京：中华书局1959年版。

沃尔夫冈·韦尔施：《重构美学》，陆扬、张岩冰译，上海：上海译文出版社2002年版。

沃尔夫冈·伊瑟尔：《虚构与想像：文学人类学疆界》，陈定家、汪正龙等译，长春：吉林人民出版社 2003 年版。

沃尔特·翁：《口语文化与书面文化——语词的技术化》，何道宽译，北京：北京大学出版社 2008 年版。

吴持哲编：《诺思洛普·弗莱文论选集》，北京：中国社会科学出版社 1997 年版。

席勒：《美育书简》，徐恒醇译，北京：中国文联出版社 1984 年版。

西摩·查特曼：《故事与话语——小说和电影的叙事结构》，徐强译，北京：中国人民大学出版社 2013 年版。

徐葆耕编：《瑞恰慈：科学与诗》，北京：清华大学出版社 2003 年版。

徐岱：《基础诗学：后形而上学艺术原理》，杭州：浙江大学出版社 2005 年版。

雅克·德里达：《论文字学》，汪堂家译，上海：上海译文出版社 1999 年版。

雅克·德里达：《声音与现象——胡塞尔现象学中的符号问题导论》，杜小真译，北京：商务印书馆 1999 年版。

雅克·德里达：《书写与差异》上、下册，张宁译，北京：生活·读书·新知三联书店 2001 年版。

严平编选：《加达默尔集》，邓安庆等译，上海：上海远东出版社 2003 年版。

叶·莫·梅列金斯基：《神话的诗学》，魏庆征译，北京：商务印书馆 2009 年版。

叶舒宪：《文学人类学教程》，北京：中国社会科学出版社 2010 年版。

约埃尔·魏因斯海默：《哲学诠释学与文学理论》，郑鹏译，北京：中国人民大学出版社 2011 年版。

约翰·B.汤普森：《意识形态与现代文化》，高铦等译，南京：译林出版社 2005 年版。

约翰·兰肖·奥斯汀：《如何以言行事》，张洪芹译，北京：知识产权出版社 2012 年版。

约翰·塞尔：《意识的奥秘》，刘叶涛译，南京：南京大学出版社 2009 年版。

约翰·塞尔：《意向性：论心灵哲学》，刘叶涛译，上海：上海人民出版社 2007 年版。

曾繁仁：《转型期的美学研究：曾繁仁美学文集》，北京：商务印书馆 2007 年版。

詹姆斯·费伦：《作为修辞的叙事——技巧、读者、伦理、意识形态》，陈永国译，北京：北京大学出版社 2002 年版。

詹姆斯·乔治·弗雷泽：《金枝》上、下，赵昍译，西安：陕西师范大学出版总社有限公司 2010 年版。

张京媛主编：《新历史主义与文学批评》，北京：北京大学出版社 1993 年版。

张永清、马元龙主编：《后马克思主义读本：文学批评》，北京：人民出版社 2011 年版。

赵奎英：《中西语言诗学基本问题比较研究》，北京：中国社会科学出版社 2009 年版。

赵宪章主编：《西方形式美学》，上海：上海人民出版社 1996 年版。

赵毅衡：《当说者被说的时候——比较叙述学导论》，北京：中国人民大学出版社 1998 年版。

赵毅衡编选：《"新批评"文集》，天津：百花文艺出版社 2001 年版。

赵毅衡编选：《符号学文学论文集》，天津：百花文艺出版社 2004 年版。

周锡山编校：《王国维文学美学论著集》，太原：北岳文艺出版社 1987 年版。

周宪、阎嘉主编：《文学理论精粹读本》，北京：中国人民大学出版社 2006 年版。

朱立元总主编：《二十世纪西方美学经典文本》1—4 卷，上海：复旦大学出版社 2000 年版。

Alain Badiou and Slavoj Zizek, *Philosophy in the Present*, Cambridge: Polity Press, 2009.

Brian McHale, *Postmodernist Fiction*, London: Methuen, 1987.

Christopher Butler, *Postmodernism*, Beijing: Foreign Language Teaching and Research Press, 2010.

Douglas Kellner, *Herbert Marcuse and the Crisis of Marxism*, Berkeley: University of California Press, 1984.

Greenblatt, *Renaissance Self-fashioning*, Chicago: The University of Chicago Press, 1980.

Haden White, *Met History: The Historical Imagination in Nineteenth Century Europe*, Baltimore: Johns Hopkins University Press, 1990.

Herbert Marcuse, *An Essay on Liberation*, Boston: Beacon Press, 1969.

Jacques Derrida, *Acts of Literature*, New York and London: Routledge, 1992.

Jacques Derrida, *Acts of Religion*, edited by Gil Anidjar, New York: Routledge, 2002.

James Dicenso, *Hermeneutics and the Disclosure of Truth, a Study in the Work of Heidegger, Gadamer, and Ricoeur*, University Press of Virginia, 1990.

J. Hillis Miller, *The Form of Victorian Fiction: Thackeray, Dickens, Trollope, George Eliot, Meredith and Hardy*, Notre Dame: University of Notre Dame Press, 1968.

J. Hillis Miller, *The Ethics of Reading*, New York: Columbia University Press, 1986.

J. Hillis Miller, *Speech Acts in Literature*, Stanford: Stanford University Press, 2001.

J. Hillis Miller, *On Literature*, New York and London: Routledge, 2002.

J. Hillis Miller, *Literature as Conduct: Speech Acts in Henry James*, New York: Fordham University Press, 2005.

John R. Searle, *Expression and Meaning: Studying in the Theory of Speech Acts*, London: Cambridge University Press, 1976.

John R. Searle, *Speech Acts: An Essay in the Philosophy of Language*, Beijing: Foreign Language Teaching and Research Press, 2001.

Linda Hutcheon, *The Canadian Postmodern: A Study of Contemporary English-Canadian Fiction*, Toronto: Oxford UP, 1988.

Louis Althusser, *Reading Capital*, trans by Ben Brewster, London: Verson, 1979.

Marie-Laure Ryan, *Avatars of Story*, Minneapolis: U of Minnesota P, 2006.

Marie-Laure Ryan, *Narrative across Media: The Languages of Storytelling*, Lincoln: U of Nebraska P, 2004.

Michel de Certeau, *The Possession at Loudun*, Chicago: University of Chicago Press, 2000.

Michel de Certeau, *The Capture of Speech and Other Political Writings*, Minneapolis: University of Minnesota Press, 1997.

Michel de Certeau, *The Mystic Fable*, Chicago: University of Chicago Press, 1992.

M. -L. Ryan, *Possible Worlds, Artificial Intelligence and Narrative Theory*, Bloomington: Indiana University Press, 1991.

Nelson Goodman, *Of Mind and Other Matters*, Cambridge, MA: Harvard University Press, 1984.

Northrop Frye, *Creation and Recreation*, Toronto: Univ of Toronto Press, 1980.

Northrop Frye, *Myth and Metaphor: Selected Essays 1974 – 1988*, ed. Robert D. Denham, Charlottesville: Univ of Virginia Press, 1990.

Northrop Frye, *Words with Power: Being a Second Study of "The Bible and Literature"*, New York: Harcourt Brace Jovanovich, Publishers, 1990.

Paul de Man, *Allegories of Reading: Figural Language in Rousseau, Nietzsche, Rilke and Proust*, New Haven and London: Yale University Press, 1979.

Paul de Man, *Blindness and Insight: Essays in the Rhetoric of Contemporary Criticism*, Minneapolis: University of Minnesota Press, 1983.

Paul de Man, *The Resistance to Theory*, Minneapolis: University of Minnesota Press, 1986.

Paul Ricoeur, *On Translation*, Trans. Eileen Brenna, London and New York: Routledge, 2006.

Pierre Macherey, *A Theory of Literary Production*, Trans. by Geoffrey Wall, London: Henley & Bostc, 1978.

Robert A. Segal, *Myth*, Beijing: Foreign Language Teaching and Research

Press, 2008.

Sahlins, *Historical Metaphors and Mythical Realities*, Ann Arbor: The University of Michigan Press, 1981.

Stanley Fish, *Is There a Text in This Class: The Authority of Interpretive Communities*, Cambridge: Harvard University Press, 1980.

Susan Blackmore, *Consciousness*, Beijing: Foreign Language Teaching and Research Press, 2007.

T. G. Pavel, *Fictional Worlds*, Cambridge, MA: Harvard University Press, 1986.

Terry Eagleton, *Criticism Ideology: A Study in Marxist Literary Theory*, London: Verso, 1976.

Terry Eagleton, *Ideology: An Introduction*, London and Nework: Verson, Typeset by Leaper & Gard Ltd. Great Britain, 1991.

附录　课题阶段性成果(论文)目录

《话语行为与文学阐释》，《文学评论》2013年第6期（中国人民大学书报资料中心《文艺理论》2014年第2期全文转载）。

《审美形式、文学虚构与人的存在》，《文学评论》2012年第1期（中国人民大学书报资料中心《文艺理论》2012年第5期全文转载）。

《回归文学活动：从索绪尔到奥斯汀》，《文艺研究》2014年第7期（中国人民大学书报资料中心《文艺理论》2014年第9期全文转载）。

《跨越自律性与功利性的鸿沟——论萨特文学虚构观》，《文艺研究》2012年第5期。

《话语行为与文学虚构》，《文艺理论研究》2014年第1期。

《从仪式神圣世界到文学虚构世界》，《文艺理论研究》2012年第3期。

《弗莱：文学是有意识的神话》，《文艺争鸣》2013年第11期。

《重新认识文学虚构性和真实性》，《文艺争鸣》2014年第5期。

《虚构理论的开端及其现代命运》，《学术月刊》2014年第6期（中国人民大学书报资料中心《文艺理论》2014年第10期全文转载）。

《马尔库塞的审美乌托邦》，《浙江社会科学》2012年第9期（中国人民大学书报资料中心《美学》2012第12期全文转载）。

《越界的冲动——巴赫金的边界思想》，《浙江学刊》2011年第5期（中国人民大学书报资料中心《文艺理论》2011年第12期全文转载）。

《语言论转向与文学虚构理论》，《浙江学刊》2014年第2期（中国人民大学书报资料中心《文艺理论》2014年第5期全文转载）。

《文学活动视域中的文论走向》，《江海学刊》2012年第2期。

《古德曼：日常生活世界与文学艺术世界》,《学术论坛》2015年第1期。

《历史的"诗学"性质——论海登·怀特的虚构观》,《中南民族大学学报》（人文社会科学版）2013年第2期。

《颠倒的世界——论海德格尔的文学虚构观》,《贵州师范大学学报》（社会科学版）2012年第3期。

《论作为"边界文化"的文学》,《中国文学研究》2013年第2期。

《文学对历史的"理论表述"——塞尔托论历史、心理分析与文学》,《北方论丛》2013年第5期。

后　　记

　　写完书稿，已是 6 月中旬。终于赶在规定时限内完成国家基金项目，一种解脱、一种欣慰油然而生。几年来，这是我最受折磨的一项工作，同时也给我带来最大的快意。

　　文学虚构是文艺学无法回避的核心问题。当年，在钱中文、杜书瀛先生指导下撰写第一部著作《生命的沉醉》时，我就已经涉及文学虚构问题。后来，在《诗性语言研究》、《文学时间研究》的写作过程中，也都不得不面对这个问题，但是，当时只是把文学虚构作为一个没有疑义的现成的基础，以此出发来讨论诗性语言和文学时间。也就在那时，我发现在西方理论界文学虚构是备受争议的，并意识到，只有破解了文学虚构问题，才能对诸如审美性、文学性、诗性、真实性、批判性、意识形态性、社会功利性等其他问题给出正确的答案，才能为文艺学提供一个相对稳固的理论基础。

　　项目于 2010 年 6 月获得批准。可是，当我正式进入研究状态，却感到已经陷入理论的泥潭了。虚构不仅仅是文学研究和美学研究领域的问题，而且是史学、哲学、语言学、人类学普遍关注的问题，只有把文学虚构置于这个大的理论背景中，才有可能对它做出正确解释。这一发现是痛苦的，它逼迫我不得不放慢脚步，转而去涉猎不同的学术领域。这期间，为整理家父遗著耗费了不少时日和精力；参加学术会议所遇到的新的理论问题也吸引着我，令我分心去撰写其他方面的论文。所幸，这些文章虽然涉及许多不同问题，却一步步将我引向一个共同点：文学活动，并让我逐步认识到，文学活动应该是文学研究的逻辑起点。2012 年，我把这些文章结集为《文学活动论》由浙江大学出版社出版。当我把文学研究的逻辑起点确定为文学活动，言语行为理论自然就成为一种极为有效的理论工具，它可以进入文学活动的具体过程，揭示出文学话语运行的内在机制。唯有如此，文学虚构问题才可能得到正确、深入的阐释。

在此前的研究中，我比较注重现象学和存在论美学。《诗性语言研究》则是追随语言论转向的一项研究成果。其间，我试图将现象学、存在论美学与语言学相调和，而实际上，两者间却仍然存在难以弥合的裂隙：现象学和存在论美学讲究直接性和生命性，而语言论美学则强调语言的中介性并将人和人的生命排除在研究视野之外。恰恰是言语行为理论为我找到协调两者的理论途径。较之于现代阐释学，言语行为理论更为深入地介入了文学话语活动的内在过程。感谢奥斯汀，正是借助于他的言语行为理论，才使我有可能在文学虚构问题上与西方理论大家对话，并找到各种争论的症结所在，对文学虚构以及相关问题提出一个自己满意的答案。

该项目得到姚文放、欧阳友权、吴其南教授的热情支持。项目研究过程中，作为课题组成员，孙鹏程、张书端博士参与翻译了部分外文资料，潘品丽参与撰写了第四章的部分初稿，他们都为这项研究做出了贡献。此外，王峰博士组织了关于语言论专题的小型研讨会，朱国华、王峰、汪正龙、苏宏斌、赵奎英、单小曦、张瑜、刘彦顺等年轻博士，他们的发言以及平时邮件交流，不仅给我诸多启发，让我深深感受到年轻人的思想活力，也使我忘记自己和他们间的年龄差距，似乎能够重返往昔，享受最为奢侈的美好人生。在全书完成之前，不少观点曾经以论文形式在各学术刊物上发表，方克强、高建平、陈剑澜、张永清、赵炎秋、吴子林、孟春蕊、项义华、张曦、戴庆瑄、刘蔚、刘洋诸先生都给予了指导和帮助，这些都令我永志不忘。

这项研究得到浙江省社科规划办公室、温州大学人文社科处和人文学院的热心支持，并受到重点学科的出版资助，在此一并表示感谢。

马大康于温州洪殿寓所
2014.10.30.